ALEXANDRA JONES

Das Echo der Liebe

Ins Deutsche übertragen von
Ulrike Werner

BASTEI
LÜBBE

BASTEI LÜBBE TASCHENBUCH
Band 15 202

1. Auflage: Oktober 2004

Vollständige Taschenbuchausgabe

Bastei Lübbe Taschenbücher ist ein Imprint der Verlagsgruppe Lübbe

Deutsche Erstveröffentlichung
Titel der englischen Originalausgabe: *Duncan's Tower*
Published by Arrangement with Alexandra Jones
Dieses Werk wurde vermittelt durch die Literarische Agentur
Thomas Schlück GmbH, 30827 Garbsen.

Umschlaggestaltung: Gisela Kullowatz
Titelbild: Alamy Images
Satz: hanseatenSatz-bremen, Bremen
Druck und Verarbeitung: Ebner & Spiegel, Ulm
Printed in Germany
ISBN 3-404-15202-6

Für Dennis, wie immer

»... Wenn du mich heiratest, erhält Jamie seinen Namen, sein Geburtsrecht und sein Erbe zurück. Ich würde ihn als meinen rechtmäßigen Sohn anerkennen. Er wäre mehr mein Sohn als der von Lindsay. Ich würde sein wirklicher Vater werden, der Vater, den er nie gehabt hat. Verweigere ihm nicht zum zweiten Mal den Vater, Annie.«

Das war Erpressung. Emotionale Erpressung.

In guten und in schlechten Tagen ... Das Ehegelöbnis würde aber auch bedeuteten, in der großen Stadt Glasgow zu leben und Schmutz, Schwefeldünste und Lärm ertragen zu müssen.

Hübsche Augen hatte sie gehabt, und einen wirklich tollen Zopf. Jack fragte sich, ob Gouvernanten ihr Weihnachtsessen mit der Herrschaft oder mit den Dienstboten einnahmen.

Das ist der Fluch von Glengarth! Rory hörte die Antwort klar und deutlich in seinem Kopf. Der Fluch der alles verschlingenden Macht, die über das Grab hinaus für immer und ewig nach dir greift, nach dir greift, nach dir greift ...

»Die Ansprüche eines Halbbürtigen stehen hinter denen eines Vollbürtigen gleichen Grades zurück ...«

»Aye! Das ist es!«

Triumphierend klappte Duncan die Bücher zu.

Teil 1

Schottland, 1917

1. Kapitel

Annie bestand darauf, dass ihr Sohn seine Mütze aufsetzte. Sie zog das Umschlagtuch fester um ihre schmalen Schultern. Vom Fluss her wehte ein kalter Wind, der abscheulich nach den Abgasen der Industriestadt Glasgow stank und an den Bändern ihrer altmodischen Haube zerrte. Der ohrenbetäubende Lärm der Werften zu beiden Seiten des Clyde hätte selbst einem eingeschworenen Abstinenzler tagelang Kopfschmerzen verursachen können. Panik stieg in Annie auf. Sie wollte nur noch fliehen: fliehen aus Glasgow, fliehen vor dem, was sie im Namen ihres Sohnes zu erledigen hatte. Nichts sehnte sie mehr herbei als die Wildnis von Glengarth und den Trost der Insel Rill.

Doch diese Möglichkeit war ihr verwehrt. Glengarth befand sich einschließlich des dazugehörigen Grundbesitzes in den Händen der Admiralität. So lange, wie dieser schreckliche Krieg dauern würde, war Annie fremd im eigenen Land.

Annie ertappte sich dabei, dass sie eine geradezu körperliche Sehnsucht nach dem Haus von Schwester Craig in Gairloch verspürte, das lange ihre Zuflucht gewesen war, und nach dem trägen Geschiebe auf dem Fischmarkt von Ullapool, wo sie am Ende einer langen, im Boot zwischen den Summer Isles und Skye verbrachten Nacht ihren Fang zu verkaufen pflegte. Es hatte sie nie gestört, wenn die Männer hinter ihr herpfiffen und derbe Scherze machten; sie freute sich über die Kameradschaftlichkeit, mit der diese rauen, aber äußerst liebenswerten Menschen einander begegneten, die in der wilden Schönheit von Wester-Ross zu Hause waren.

Dennoch konnte sie die Leiden und Entbehrungen, die ihre einfache Herkunft ihr auferlegt hatte, nie ganz vergessen. Härte und Missbrauch hatten ihre Kindheit und Jugend dominiert und sie viel zu früh reifen lassen. Ihre Schönheit und ihr ungezwungenes Wesen waren die Ursache für Eifersucht und Rivalität gewesen, die sowohl einfache Menschen – wie beispielsweise ihren schrecklichen Stiefvater – als auch hochgestellte Persönlichkeiten wie den Laird von Glengarth erfasst hatten und die in Streit und Bestechung ausgeartet waren. Ihr war es wie Eva ergangen – sie hatte ihr Paradies verloren. Dann aber war ihr Söhnchen Jamie zur Welt gekommen. Jamie war zwar unehelich geboren, aber Annie hatte seinen Vater sehr geliebt.

Noch heute erschauerte Annie, wenn sie an ihre Vergangenheit dachte. Der Missbrauch und die Erniedrigung, die sie jahrelang hatte ertragen müssen, verursachten ihr noch immer eine Gänsehaut. Heimlich, still und leise war ihr die Zeit davongelaufen. Das Gewebe ihres Lebens hatte sich verändert und war nach und nach auseinander gefallen, denn die Erbsünde war ein nicht wieder gutzumachendes Vergehen in Gegenden wie dem wilden Moor Inchnadamph. In dem im französischen Stil erbauten Herrenhaus von Glengarth war Annies Zukunft damals unwiderruflich und für immer in Stein gemeißelt worden. Eines Tages würde sie Jamie von den Ereignissen erzählen, die sie diesen neuen und unsicheren Weg hatten einschlagen lassen. Doch jetzt war nicht der richtige Zeitpunkt dafür.

In ihrer Furcht, man könne ihr das Kind auch noch nehmen, umfasste sie die Hand ihres Sohnes fester. Den Intrigen der Familie Roskillen hatte sie damals nichts entgegenzusetzen gehabt und nun spielte sich die Realität ihres Lebens an Orten ab, die ihr immer noch fremd waren. Eine neue Morgenröte dämmerte herauf, ein neuer Tag in Glasgow. Sie und Jamie waren nun Teil eines fremden Landes, dessen Kultur nichts mit dem zu tun hatte, was sie gekannt und so geliebt hatten. Vor ihnen lag eine beängstigende, von einem nicht enden wollenden Krieg zerrissene Zukunft. Annie fühlte sich wie eine Gefangene in diesem Land – eingesperrt wie die jungen Soldaten, die auf dem Festland in deutsche Kriegsgefangenschaft geraten waren. Auch Jamie, der noch dazu für nichts von alledem etwas konnte, war ein Gefangener. Die Legende des Fluchs von Glengarth warf immer noch ihren dunklen Schatten auf Annie – vor allem aber auf ihren Sohn, der seines Geburtsrechtes beraubt worden war.

Annies Herz pochte wild. Gedanken wirbelten in ihrem Kopf herum. Was um alles in der Welt hatte sie bewogen, die Briefe des neuen Laird von Glengarth zu beantworten? Vermutlich die Aussicht, demnächst knietief in Vorladungen und Briefen von Notaren zu stecken, in denen es samt und sonders darum ging, endlich über Jamies Zukunft zu entscheiden.

Annie atmete tief durch und straffte die Schultern. Immer nach vorne schauen – niemals rückwärts. Mit ihren smaragdgrünen Augen lächelte sie den Skipper der »Renfew Maid«, auf der sie sich befanden, an. »Es geht das Gerücht, wir hätten es bald überstanden.«

Einen Moment lang starrte der Skipper wie gebannt in die schönen Augen, deren geheimnisvoller Blick von einem traurig-süßen Lächeln begleitet wurde. Gedanken an Sirenen und Meerjungfrauen schwirrten ihm plötzlich durch den Kopf, Bilder von wunderschönen Geschöpfen der See, die Männer den Kopf verdrehten und in den sicheren Tod lockten. Er rief sich zur Ordnung und in die Wirklichkeit zurück.

»Aye! Und Schweine können fliegen, Missus«, unkte er, schaute nun aber an ihr vorbei. »Seit fast vier Jahren wollen uns die Politiker jetzt weismachen, dass der Krieg in Nullkommanix vorüber sein wird und dass wir die Deutschen ohne jegliche Gegenwehr vernichten können. Geschwätz! Märchen! Politisches Kauderwelsch, das uns das Maul stopfen soll!«

»Auf keinen Fall dürfen wir den Mut verlieren, Master Skipper«, murmelte Annie, die sich an ihre Zeit als Krankenschwester in Kingseat erinnert fühlte, »denn das würde den sicheren Sieg unserer Feinde bedeuten.«

»Schon recht, Missus. Wir lassen uns nicht unterkriegen. Schließlich hat Gott die Menschen nach seinem Ebenbild geschaffen. Außer den Politikern. Die ähneln samt und sonders mehr dem Teufel. So, junger Mann!« Mit diesen Worten hob er Jamie über die Reling. Am Kai wartete bereits Mr Rory, ein mutiger, in ganz Clydeside bekannter und beliebter Offizier darauf, den Jungen zu begrüßen. »Alles zu seiner Zeit, Missus«, fuhr der Skipper fort. Jamie packte die Furcht, der Mann könne ihn ins Wasser fallen lassen. Er jammerte laut auf. »Ich wünsche Ihnen und dem Jungen eine schöne Zeit in Glasgow. Grüßen Sie mir Mr Rory.«

Mr Rory stand, angetan mit seinen sämtlichen Orden, an der Anlegestelle. Er trug dunkle Augengläser. Der Grund dafür war düsterer als der wolkenverhangene Himmel. Natürlich konnte der Skipper nicht ahnen, dass der engelhaft aussehende kleine Junge ein uneheliches Kind war und dass es sich bei dem wartenden Mann nicht um seinen Vater handelte, wie er annahm. Wie sollte er auch? Annie Gowrie trug Handschuhe, die das Fehlen eines Eherings verbargen. Leise und respektvoll setzte der Seemann hinzu: »Gott segne ihn, Missus. Er hat Herz, Gliedmaßen und Augenlicht für sein Vaterland geopfert. Schön, dass er Sie und den Kleinen hier hat ...«

Beinahe hätte er den Jungen in die Arme des Mannes fallen lassen, den er für seinen Vater hielt. Erst im letzten Augenblick fiel ihm ein, wie schwer Mr Rory in der Seeschlacht vor dem Skagerrak verwundet worden war. Nicht nur, dass er den größten Teil seines Augenlichtes eingebüßt hatte, er war auch fast taub und hatte nur noch ein Bein. Und so rief der Skipper den Mann, der neben dem Laird stand: »Aaachtung, Mr Ackker!«

Jamie flog in hohem Bogen in die Arme des Mannes, den ganz Clydeside für den größten East-End-Gangster nördlich der schottischen Grenze hielt. Er und sein ähnlich beleumundeter Kumpan

Gammon, der von allen nur Gamin genannt wurde und heute ausnahmsweise nicht dabei war, gehörten zu Rory Roskillens ständigem Gefolge. Ackker fing den Jungen geschickt auf.

Jamie gefiel das alles ganz und gar nicht. Er fand, dass er alt genug war, um auf eigenen Füßen zu stehen, und strampelte unwirsch. Außerdem war schließlich keiner der beiden Männer sein Vater. Er hatte keine Ahnung, wer der hoch gewachsene Mensch mit den Orden sein könnte. Ein wenig sah er aus wie Admiral Lord Nelson, dessen Bild er in einem seiner Bilderbücher entdeckt hatte. Um seine Mutter zu ärgern, nahm Jamie die Mütze ab und ließ sie wie ein Jojo an ihren roten Bändern baumeln.

Annies Herz pochte heftig beim Anblick des Bruders des verstorbenen Lairds. Wie ähnlich sie sich sahen! Und doch lagen Welten zwischen ihren Temperamenten und ihren Charaktereigenschaften.

Sie zog es vor, das Schiff ordentlich über die Gangway zu verlassen. Auf keinen Fall wollte sie wie Jamie über die Reling gehievt werden. Plötzlich wurde sie sich ihres ärmlichen, wenngleich ordentlich gebügelten Kleides und ihrer altmodischen Haube bewusst.

Jamie errötete peinlich berührt, als der große Mann mit dem weißen Stock vorwärts humpelte und Annie so selbstverständlich auf beide Wangen küsste, als hätte er sich diese familiäre Geste schon viele Male erlauben dürfen.

»Wie schön, dich endlich wiederzusehen, Annie Gowrie. Willkommen in Glasgow. Das gilt natürlich auch für dich, junger Mann.«

Der Schirm seiner Seemannsmütze, die er über die Stirn nach oben geschoben hatte, sah aus wie ein schwarz glänzender Schnabel. Entsetzt wich Jamie einen Schritt zurück, als Rory ein wenig ungeschickt über die blonden Locken des Jungen strich. Nicht, dass er ihn auch noch küssen wollte!

Wenn die Erwachsenen diese Küsserei doch endlich sein lassen könnten! Mit brummigem Gesicht setzte Jamie seine Schottenmütze wieder auf. Er ärgerte sich über seine Mutter, die ihn an einen derart scheußlichen Ort gebracht hatte. Wie gerne wäre er jetzt zu Hause gewesen, hätte versucht mit seinem Schmetterlingsnetz Felsenkrabben einzufangen oder mit den Hummerreusen gespielt, die er abwechselnd als Bausteine, Trittleiter oder Boote benutzte. Aber trotz seines Ärgers brannte ihm eine Frage auf den Lippen, die er nicht unterdrücken konnte.

»Woher wissen Sie, wer wir sind, wenn Sie uns doch nicht sehen können?«

Der Mensch namens Ackker platzte fast vor Lachen.

»Schnauze, Ackker!«, kommandierte Rory Duncan Roskillen mit unbewegtem Gesicht. »Geben Sie dem Jungen lieber ein Bonbon.«

»Jamie«, erklärte Annie, die ahnte, wie peinlich Rory das Ganze war, mit sanfter Stimme, »das ist dein Onkel Rory. Er ist der neue Laird von Glengarth und die Überraschung, die ich dir versprochen habe.«

»Das ist keine richtige Überraschung, Mama. Ich kann ihn nicht leiden. Seine Augen sind ganz schwarz und er geht mit einem Stock wie der Tippelbruder in Gairloch.«

Wieder prustete der Begleiter des Laird los, dieses Mal etwas dezenter hinter seinen Lederhandschuhen.

»Jamie«, mahnte Annie. Das Benehmen ihres Sohnes entsetzte sie zutiefst. »Das war gar nicht nett. Und dabei habe ich dir beigebracht, zu allen Leuten freundlich zu sein. Entschuldige dich bitte sofort bei Onkel Rory.«

»Verzeihung ... Onkel Rory!« Mit den Fäusten wischte sich Jamie die müden, tränenden Augen.

Annie blieb hart. »So ist es schon viel besser. Und jetzt zu deiner Frage: Onkel Rory ist nicht vollständig blind. Er kann noch ein wenig sehen. Mit der Zeit wird es immer besser werden, und irgendwann braucht er die schwarze Brille nicht mehr.«

»Hysterische Blindheit, nicht wahr, Schwester Gowrie? So hast du es mir in Kingseat erklärt.«

»So ähnlich, Rory. Entschuldigen Sie bitte Jamies Verhalten, aber ich glaube, er ist ziemlich übermüdet. Wir hatten eine lange, beschwerliche Reise«, sagte sie mit fast vorwurfsvoller Stimme.

Rory betrachtete seinen Neffen genauer. Wie durch einen Nebel erblickte er die Umrisse eines kleinen Körpers ohne genaue Konturen ausmachen zu können. Er bezwang die aufsteigende Wehmut; es half nichts – er musste dem Schicksal die Stirn bieten! Der unbequeme, künstliche Ersatz seines verlorenen Beines machte die vor der Skagerrak-Schlacht so selbstverständlich gewesene Beweglichkeit zunichte.

»Ob du es glaubst oder nicht, Jamie, mein Junge«, sagte der neue Laird von Glengarth und beugte sich etwas steif zu dem Kind hinunter, »als ich in deinem Alter war, bin ich mal von einem englischen Pony gefallen: Danach wuchs doch tatsächlich ein Schnurrbart auf meinem Hintern ...«

Annie räusperte sich und beugte sich geschwind zu dem Pappköfferchen hinunter, in dem sie ihre und Jamies Habseligkeiten verstaut hatte. Mr Ackker war allerdings um den Bruchteil einer Sekunde schneller und griff grinsend nach dem Gepäckstück. Rory bemühte sich weiter, dem ernsten kleinen Jungen ein Lächeln zu entlocken.

»... ich meine natürlich auf dem hinteren Teil von meinem Brughtin. Mein dickes altes Kindermädchen wollte ihn mich nicht essen lassen, bis ich mich bei dem blöden Klepper, der mich schließlich abgeworfen hatte, entschuldigt hätte. Findest du nicht, dass das ungerecht war? Ich war schließlich noch ein ziemlicher Dreikäsehoch.«

»Was ist ein Brugh ... wie hieß das noch?«

»Brughtin. Das ist eine Art Kuchen aus Hafermehl. Du kannst ihn toasten und alles Mögliche damit machen. Aber am leckersten schmeckt er mit Butter. Nachher zum Tee kannst du einen haben. Mr Ackker kümmert sich darum. Der beste im Broomilaw.«

»Wer? Ich oder der Kuchen, Chef?«, wollte die rechte Hand des Laird wissen.

Annie schüttelte den Kopf und verbiss sich das Lachen. »Ihr habt euch beide kein bisschen verändert«, sagte sie zu Ackker. »Immer noch der gleiche alte Rory Duncan Roskillen samt seiner Gesellschaft mit beschränkter Haftung! Das freut mich.«

»Damit wollen Sie sagen, wir sind immer noch verrückt, nicht wahr, Ma'am? Wissen Sie, der alte Junge hier tritt eben ganz in die Fußstapfen seiner Vorfahren. Und nun folgen Sie mir bitte, Ma'am. Sie natürlich auch, junger Herr. Der Wagen steht gleich um die Ecke.«

»Wo steckt Gamin?«, fragte Annie erstaunt.

»Eingebuchtet. Ma'am.«

»Warum? Was hat er denn dieses Mal angestellt?«

»Sich den Arm gebrochen, Miss Annie.«

»Und ich dachte schon, er wäre im Gefängnis.«

»Gar nicht so abwegig!« Rory hatte sich bei Annie eingehängt. Schwer auf seinen weißen Stock gestützt humpelte er mühsam neben ihr her. Jamie hielt sich an den Röcken seiner Mutter fest. Sie folgten Mr Ackker zum Auto, bei dessen Anblick sich Jamies Gesichtsausdruck sofort erhellte. Er nahm den Daumen aus dem Mund und betrachtete den Wagen mit staunendem Blick. Mit Ehrfurcht in der Stimme flüsterte er: »Mein Vater hatte auch einen Rolls-Royce, Mr Ackker.«

»Oh, du scheinst dich ja mit Autos gut auszukennen, junger Mann.«

»Ja, Mr Ackker. In Glengarth hängt ein Foto von meinem Vater mit seinem Silver Ghost.«

»Nun ja ...« Rory räusperte sich. »Also, ehrlich gesagt, junger Mann, der Mann auf dem Bild ist nicht dein Vater, sondern dein ergebenster Diener ... will heißen, ich bin es. Und der Rolls, den du gesehen hast, gehörte meinem Onkel Austen. Der sammelte nämlich schöne Autos. Er war übrigens auch dein Onkel, dein Großonkel, um genau zu sein. Leider ist er ein Sassenach, das heißt, er *war* ein Sassenach. Inzwischen ist er tot.«

»Was ist denn ein Sassenach?«, fragte Jamie verwirrt.

»Später, Jamie!«, mischte sich Annie ein und stieg in den Fond des großen Wagens. »Versuchen Sie bloß nicht, auf jede seiner Fragen einzugehen«, flüsterte sie Rory zu. »Nicht nur, dass er nie ein Ende findet – am Ende ist man selbst völlig durcheinander.«

»Das gefällt mir«, brummte Rory.

»Kann ich vorne sitzen?«, bettelte Jamie.

»Es heißt nicht: ›Kann ich vorne sitzen‹, Jamie«, seufzte Annie, »sondern: ›Darf ich bitte vorne sitzen‹. Und ehe Sie sich einmischen, Rory, oder Sie, Mr Ackker – für alles, was meinen Sohn betrifft, bin *ich* zuständig!« Ihre smaragdgrünen Augen blitzten gefährlich. Sie hatte früher schon genügend einschlägige Erfahrungen mit den beiden Männern gesammelt.

»Sie dürfen natürlich sitzen, wo Sie möchten, junger Herr«, erklärte Ackker, blinzelte seinem Chef aus alter Gewohnheit verschmitzt zu, auch wenn dieser es momentan nicht sehen konnte, und half dem Jungen auf den Beifahrersitz. Jamie schmiegte sich in den tiefen, mit graublauem – ozeanfarbenem, wie er fand – Leder bezogenen Sitz. Wie ein kleiner Prinz genoss er den Luxus. Er und Mama erledigten normalerweise alles zu Fuß. Außer natürlich, wenn sie fischen gingen, denn dann nahmen sie selbstverständlich das Boot. Oft war das ganz schön ermüdend. Aber auch jetzt, nach der langen Reise von Gairloch nach Glasgow, begann Jamie, sich müde zu fühlen, und war daher dankbar, sich nicht zu Fuß fortbewegen zu müssen. Er gähnte, schloss die Augen, steckte den tröstlichen Daumen in den Mund und schlief zur großen Erleichterung seiner Mutter bald ein.

»Ich bin so froh, dass du dich endlich dazu entschlossen hast, nach Glasgow zu kommen«, strahlte Rory und drückte Annie zum wiederholten Mal die eiskalte Hand. Er konnte ihre Kälte durch den dünnen Handschuh hindurch spüren. Die innige Zuneigung, die er trotz ihrer Verbindung mit seinem verstorbenen Bruder Lindsay für diese Frau empfand, wärmte sein Herz und erfüllte ihn mit Sehnsucht. Nach der Explosion des Flaggschiffs »Barham«, die ihn und viele seiner Kameraden buchstäblich in Stücke gerissen hatte, war er der Meinung gewesen, nie wieder etwas empfinden zu können. Doch das bezog sich gewiss nicht auf Annie Gowrie, die ihn im Royal Naval Hospital in Kingseat aufopfernd gepflegt hatte. Sie war es gewesen, die ihn nach der Seeschlacht vor dem Skagerrak wieder ins Leben zurückgeholt hatte. Nun war er an der Reihe, etwas für sie zu tun. »Darf ich davon ausgehen, dass du meine Einladung angenommen hast, um endlich Ja zu sagen?«

»Ja zu welchem Vorschlag?«

»Mich zu heiraten. Du weißt sehr genau, warum ich dich hierher gebeten habe.«

»Ich wusste nur, dass wir über Jamies Zukunft sprechen wollten.«

»Nun komm schon, Annie! Hör auf, Spielchen mit mir zu spielen. Dafür ist das Leben weiß Gott zu kurz.«

»Was erwarten Sie von mir, Rory?«

»Sag einfach nur Ja.«

»Ich kann nicht in einer Stadt wie Glasgow leben. Und Jamie möchte ich es auch nicht zumuten.«

»Woher willst du wissen, was Jamie sich später wünscht? Jedenfalls hat er ein Recht auf einen Vater, wie jedes andere Kind auch.«

»Sie sind aber nicht sein Vater.«

»Ich könnte es aber werden ...« Er hatte die schwarze Brille abgenommen und wandte ihr sein Gesicht zu. »Sieh mich an.«

»Ich sehe Sie an.«

»Bin ich hässlich?«

»Nein, natürlich nicht.«

»Habe ich irgendwelche entstellenden Narben?«

»Rory, Sie sehen noch genauso gut aus wie früher.«

»Lehnst du mich ab, weil ich Lindsay auf dem Gewissen habe?«

»Hören Sie endlich auf damit. Sie haben ihn nicht umgebracht. Dieser Krieg hat uns beide gelehrt, die Dinge in einem anderen Licht zu sehen. Ich versichere Ihnen, Sie könnten noch so hässlich, narbig, blind und einbeinig sein, ich würde Sie sofort heiraten, wenn ich in der Lage wäre, Sie so zu lieben, wie Sie es verdienen.«

»Und warum heiratest du mich nicht einfach und setzt unser beider Qualen ein Ende? Wenigstens wäre Jamies Zukunft so abgesichert. Und außerdem weiß ich, dass du etwas für mich empfindest. Erinnere dich an Kingseat.«

»Ich hätte das Gefühl, Sie nur auszunutzen, Rory.« Na also. Sie hatte es endlich gesagt. Mit einem Mal war ihr die Wahrheit über die Lippen gekommen. Nächtelang hatte sie bei Rory gewacht, sie hatte gefleht, er möge nicht sterben, sie hatte sich gewünscht, dass er wenigstens ansatzweise in ein Leben zurückkehren könnte, das seinem lebendigen Geist und starken Charakter entsprach, sie hatte gehofft, dass er weiter kämpfen und trotz aller Widrigkeiten überleben würde. Und genau das hatte er getan. Er hatte überlebt. Und jetzt, wo er wieder fest im Leben stand, gehörte ein gerütteltes Maß an Mut dazu – oder war es etwa Dummheit? – ihn erneut zurückzuweisen.

»Rory, ich kann Sie einfach nie so lieben wie ich Lindsay geliebt habe. Sie sind mir lieb und teuer und ich bewundere Sie wirklich sehr, aber ich kann nicht Ihre Frau werden. Nach allem, was geschehen ist, wäre es ein Verrat an Ihrem und meinem, aber ganz besonders an Jamies Recht, ohne Reue und Gewissenbisse zu leben. Ich würde Sie aus Gründen heiraten, die nichts mit Liebe zu tun haben. Ich würde immer darüber nachgrübeln, wie unser Leben hätte verlaufen können, wenn Sie und Lindsay in jener Sturmnacht nicht zu mir gekommen wären ... Und ich will einfach nicht mehr als nötig daran erinnert werden, was vor drei Jahren geschah.«

»Ich würde auch einen Kompromiss akzeptieren, Annie. Heirate mich trotzdem – vielleicht lernst du ja mit der Zeit, mich so zu lieben, wie du Lindsay geliebt hast.«

»Schon möglich. Aber schon allein die Zeit bis dahin überbrücken zu müssen, wäre für uns beide nicht fair.«

»Mein liebes Mädchen«, sagte Rory mit traurigem Lächeln, »wir sind uns doch beide darüber im Klaren, dass es in dieser Welt so etwas wie Fairness längst nicht mehr gibt. Und deshalb sollte deine

Sorge vor allem Jamie gelten. Das betrifft auch mich; immerhin ist er als Sohn meines toten Bruders auch mein eigenes Fleisch und Blut.«

»Sie werden eine andere finden ...«

»Ich will aber gar keine Andere finden!«

»Sie könnten sich in eine Frau verlieben, die Ihrem Stand eher entspricht als ich. Sie würden sie heiraten und eigene Kinder bekommen. Ganz sicher, Rory. Es ist wie bei Lindsay ...« Annie zögerte. Plötzlich wurde ihr bewusst, wie viel sie verloren hatte. »... Ihre Zukunft ist – wie seine es war – vorherbestimmt. *Ich* wünsche mir nichts als einen kleinen Beitrag zu Jamies Erziehung und eine gewisse finanzielle Absicherung für ihn, den Sohn des verstorbenen Laird von Glengarth. Den Rest schaffe ich allein.«

»Aber ich nicht! Ich will dich! Ich brauche dich! Mein Gott, Annie, ich habe nicht die geringste Lust, mich in eine andere Frau zu verlieben. Das habe ich längst ausprobiert. Ich liebe dich, Annie! Ich habe es immer schon getan. Viel mehr als Lindsay dich geliebt hat. Und ich habe es dir bereits im Krankenhaus gesagt: Ich will *dich* heiraten, Annie, dich und keine andere. Bitte stoße mich nicht zurück! Ich habe mich so auf unser Treffen gefreut, weil ich sicher war, dass wir einen Weg finden würden und dass wir schon bald als Mann und Frau nach Glengarth zurückkehren könnten.«

Annie fühlte sich, als sei sie in eine Falle getappt. Eine Falle, die sie an ihr Leben mit ihrem grässlichen Stiefvater Fleddon an Fletcher erinnerte. Dabei war der Vergleich mehr als ungerecht, denn Rory Duncan Roskillen war mit Sicherheit kein schlechter Mensch, sondern nur ausgesprochen hartnäckig. Aber jetzt, da sie endlich frei war, sich ihre Freiheit als allein stehende Frau im wahrsten Sinne des Wortes hatte hart erkämpfen müssen, war sie nicht bereit, sie so schnell wieder aufzugeben. »Ich brauche Zeit, Rory. Zeit, mir über mich und meine Gefühle klar zu werden.«

Er hob hilflos beide Hände.

»Nimm dir alle Zeit, die du brauchst. Aber denk auch an Jamie, Annie. Du schuldest es ihm. Weißt du, was es für ihn bedeutet, ein

Leben lang mit dem Stigma des illegitimen Sohnes zu leben? Hast du wirklich ernsthaft *seine* Bedürfnisse in Betracht gezogen? Wenn du mich heiratest, erhält Jamie seinen Namen, sein Geburtsrecht und sein Erbe zurück. Ich würde ihn als meinen rechtmäßigen Sohn anerkennen. Er wäre mehr mein Sohn als der von Lindsay. Ich würde sein wirklicher Vater werden, der Vater, den er nie gehabt hat. Verweigere ihm nicht zum zweiten Mal den Vater, Annie!«

Das war Erpressung. Emotionale Erpressung. Und dennoch – Rorys Argumente waren stichhaltig und sie empfand tiefen Respekt und wirkliche Zuneigung für ihn. Doch fühlte sie sich einfach nicht in der Lage, diesen Mann nicht nur körperlich, sondern auch emotional, mit Herz, Kopf und Seele auf die gleiche Weise zu lieben, wie sie einst seinen Bruder geliebt hatte. Sie wusste, dass *ihre* Argumente alles andere als stichhaltig waren. »Ich möchte nicht, dass Jamie in einer Großstadt wie Glasgow aufwächst«, sagte sie lahm.

»Auch du hast es in der Großstadt ausgehalten, als du den Schwesternlehrgang in Edinburgh gemacht hast.«

»Leute wie Jamie und ich gehören nach Wester-Ross, Rory.«

»Ich gebe dir ja Recht: Nichts auf der Welt ist mit Wester-Ross vergleichbar, Annie«, sagte Rory verzweifelt. »Glaube mir, ich würde lieber heute als morgen dorthin zurückkehren, wenn nur endlich dieser Krieg vorüber wäre.«

Endlich fand Annie Gelegenheit, das Thema zu wechseln. »Sie würden also Ihren Besitz in Glengarth nicht verkaufen und ein Stadtmensch werden, wie Sie es in einem Ihrer Briefe angedeutet haben?«, fragte sie.

»Ach, Annie.« Erneut drückte er ihre kalte Hand. Er war verzweifelt. Er, der sich so verzweifelt wünschte, sie lieben zu dürfen, er, der hoffnungsvolle Erbfolger, der ausgemusterte Seemann, er, der sich weder wirklich als Schotte noch ganz und gar als Engländer fühlte, der in einem Gemisch aus vielen verschiedenen Kulturen aufgewachsen war, er wusste schon lange nicht mehr, wohin er gehörte. Nur eines war ihm klar: Er wünschte sich Annie Gowrie für den Rest seines Lebens an seiner Seite.

»Als ich als kleiner Junge zum ersten Mal dieses monströse Etwas, dieses Relikt aus vergangener Zeit zu Gesicht bekam, das mein Bruder eines Tages erben sollte, haben mich Eifersucht und Neid fast zerfressen. Glengarth erschien mir wie eine Festung, ein kleines Königreich, und ich war bitter enttäuscht, dass nicht ich darüber herrschen sollte. Aber das weißt du längst. Was ich dir damals vom Krankenlager aus geschrieben habe, war barer Unsinn; ich war nicht ganz bei mir. Das Schlimme ist nur: Jetzt besitze ich es endlich – ich meine, sobald die Admiralität es mir zurückgibt – weiß aber nicht, was ich damit anfangen soll. Als Lindsay das Anwesen nach dem Tod unseres Vaters in Indien übernahm, hätte ich mich am liebsten ins Meer gestürzt. Er hat es mit viel Geld – dem Geld seiner Frau – und viel Herzblut renoviert und instand gehalten. Es wird noch eine ganze Menge mehr kosten, es nach dem Krieg wieder in seinen früheren Zustand zu versetzen. Auch Lindsay wusste, dass dieser Besitz ein wahres Geldgrab und ein Klotz am Bein ist. Ich bin mir dessen ebenfalls bewusst. Trotzdem möchte ich nach dem Krieg versuchen, es zu renovieren, und habe auch schon gewisse Pläne. Manche Leute halten mich für ziemlich unbekümmert, aber du kennst mich, Annie: Ich pokere nun einmal gern. In Wirklichkeit hänge ich so sehr an Glengarth, dass ich es niemals würde aufgeben können. Deshalb interessiert mich eines brennend: In was für einem Zustand ist Glengarth, seit U-Boote und Kriegsschiffe den Meeresarm befahren? Ist das Haus noch zu retten? Oder besteht keine Chance mehr, es zu renovieren? Was meinst du, Annie?«

In einem seiner Briefe hatte Rory Annie gebeten, sich eine Besuchserlaubnis für Glengarth zu verschaffen, das die Admiralität samt seinem herrlichen See und den wunderbaren Wäldern für Kriegszwecke beschlagnahmt hatte. Man gestattete Annie eine kurze Stippvisite in Begleitung. Doch sie hatte kaum Zeit gehabt, einen Blick auf das Herrenhaus und die ehemaligen Wohnräume der Familie zu werfen, als man sie auch schon wieder hinauskomplimentierte.

»Es ist wie immer«, antwortete sie mit leuchtenden Augen. »Wie ein Fels in der Brandung. Eine wahre Trutzburg. Nur ist es jetzt viel belebter. Leider durfte ich weder die Ländereien betreten, noch zum See hinunter gehen, denn überall standen ›Betreten verboten‹-Schilder. Wahrscheinlich haben Sie viel mehr Ahnung als ich, was dort vor sich geht. Trotzdem werden Sie vermutlich erst nach dem Krieg erfahren, ob und wie sehr das alte Gemäuer wirklich gelitten hat, dessen Erhalt Lindsay immer so sehr am Herzen lag.«

»Wie hast du es geschafft, dass man dich hineinließ?«, fragte Rory mit einem Lächeln.

»Ich habe den Admirälen erklärt, dass ich früher Hausdame in Glengarth war und Seine Lordschaft, der neue Laird von Glengarth mich beauftragt hat zu überprüfen, ob sein Besitz mit dem nötigen Respekt behandelt wird. Sie ließen mich vermutlich nur deshalb hinein, weil Sie seit der Schlacht am Skagerrak als Kriegsheld gelten.«

»Bravo, Annie. Gut gemacht. Wenn hier einer einen Orden verdient, dann du.«

»Mir fällt gerade auf, dass Sie befördert worden sind«, lächelte Annie. »*Leutnant* Rory Roskillen. Meinen Glückwunsch.«

»Jawohl. Dank der Tatsache, dass die ›Barham‹ in die Luft geflogen ist und niemand auf der Brücke meinen Funkspruch gehört hat, bin ich jetzt kein Unter-was-auch-immer mehr. Vizeadmiral Beatty schwört Stein und Bein, dass er nicht einfach abgedreht und sich im Alleingang auf den Feind gestürzt habe. ›Welche Schiffe? Ich habe nicht ein einziges unserer verdammten Schiffe gesehen‹ – diese Art Argument, du weißt schon. Tatsächlich hat er an dem bewussten Tag aber etwas gesagt, das eindeutig beweist, dass er sie sehr wohl gesehen haben muss: ›Mit unseren Schiffen scheint heute etwas nicht zu stimmen. So groß und so verdammt schön.‹ Ist das zu fassen, Annie? Bloß den Schwarzen Peter nicht für sich behalten! Aber wie dem auch sei: Admiral Jellicoe hätte mich zum Oberst ernannt, wenn ich nicht bei der Marine gewesen wäre. Er hätte sicher auch für die Reparaturarbeiten auf Glengarth bezahlt, wenn ich eine Belohnung verlangt hätte, so ängstlich war er darauf bedacht, das Logbuch sauber zu halten. Was für ein Ärger, dass es jetzt auf dem Meeresgrund liegt. Und das Resultat? Ich bin fast blind, halb taub und mir fehlt ein Bein, Hunderte meiner Kameraden leisten dem Logbuch auf dem Meeresgrund Gesellschaft und die deutsche Flotte hält den Hafen immer noch besetzt. So sehen die Freuden des Seekriegs unter dem Kommando kurzsichtiger Admiräle aus. Ich wäre wirklich besser zu den Pfadfinderinnen gegangen.«

Er hatte schon immer einen merkwürdigen Sinn für Humor gehabt; aber trotz seiner Bemühungen, die schief gelaufenen Dinge auf die leichte Schulter zu nehmen, spürte Annie, wie viel Bitterkeit in ihm steckte. Sie war geradezu erleichtert, als Ackker die gläserne Trennscheibe beiseite schob und fragte: »Wie lange soll ich noch um den Block fahren, Sir? Bei allem Respekt: Ihnen geht vielleicht der Sprit noch nicht aus, der Karre hier aber schon.«

Annie warf Rory einen vorwurfsvollen Blick zu. Er musste Ackker instruiert haben, so lange in der Stadt herumzufahren, bis sie vor Rorys großzügigen Angeboten kapitulierte und dessen Heiratsantrag annahm.

»Wo fahren wir eigentlich hin?«

»Wir machen eine Stadtrundfahrt. Ich wollte, dass du die Stadt kennen lernst, ehe wir zum Tee nach Hause fahren«, antwortete Rory, wobei er nicht einmal log. Allerdings waren sie inzwischen mehrfach am Haupteingang des Clyde Navigation Trust vorüber gekommen, wo Rorys Büros lagen, und das hatte Rory tatsächlich mit dem Fahrer abgesprochen. Die winzige Irreführung verursachte Rory allerdings keine Gewissensbisse. Er wollte Annie nur so lang in seiner unmittelbaren Nähe haben, bis sie endlich Ja sagte. Im Navigationshandbuch nannte man so etwas »strategisches Taktieren«.

»Sie arbeiten also wieder. Das freut mich wirklich«, sagte sie.

»Ich weiß nicht recht. Genau genommen herrscht im Büro ein ziemliches Durcheinander. Mr John ist in Rente gegangen. Miss Crawford hat uns nach einem heftigen Streit mit Lizzie verlassen. Ich kann ihr das nicht einmal übel nehmen. Lizzie wollte sie am Telefon feuern, aber Miss Crawford kam ihr zuvor, legte auf und ging hoch erhobenen Hauptes hinaus und wahrte so ihre Sekretärinnenehre. Lizzie hat überdies keine Ahnung, was sich hier in Glasgow abspielt. Ihr geht es viel mehr darum, die Dinge auf der anderen Seite des Großen Teiches am Laufen zu halten. Dafür darf ich ihr ständig wegen offener Rechnungen hinterhertelefonieren. Ich könnte weiß Gott eine gute Sekretärin brauchen. Ackker tippt im Zwei-Finger-System und schafft ungefähr zehn Wörter am Tag. Hättest *du* nicht Lust, den Job zu machen, Annie? Du könntest mir beim Neustart im Büro Augen und Ohren ersetzen, wenn du schon nicht meine Frau werden willst.«

Annie musste lachen.

»Sie sind wirklich ein Witzbold, Rory. Ich bin ausgebildete Krankenschwester; von Sekretariatsarbeiten habe ich keine Ahnung. Warum geben Sie keine Anzeige auf?«

»Heutzutage bekommst du doch nur noch Ausschussware. Die guten Leute sind alle im Krieg! Einheimisches Personal steht hoch im Kurs, ganz zu schweigen von erstklassigen Sekretärinnen, die auch noch Steno beherrschen. Die Mädchen wissen, was sie wert sind. Und das alles geht auf das Konto dieser Suffragettenbewegung und von Frauen wie meiner Schwester Christabel«, brummte Rory.

Annie wechselte das Thema.

»Wo werden Jamie und ich in Glasgow wohnen?«

»In Lizzies Villa.«

»Lizzies Villa?« Eigentlich hätte sie es wissen müssen: Alle Freunde von Rory lebten in Villen!

»Erinnerst du dich nicht an Lizzie Roebling Chanin? Meine frühere Partnerin – ich meine natürlich Geschäftspartnerin – aus dem

Haus Chanin-Beauly? Inzwischen hat sie sich im Britischen Oberhaus ganz schön hochgearbeitet, und zwar durch die Heirat mit einem alten Knacker mit mehr dicken Eiern in der Krone als sonst wo. Sie ist jetzt Countess von Albion oder so ähnlich.«

Rory hatte das englische Gesellschaftssystem niemals behagt, obwohl er selbst der privilegierten Klasse angehörte.

»Ich kann mich entsinnen, dass Sie mir viel von ihr erzählt haben, aber ich glaube, ich habe sie nie kennen gelernt. Lizzie war für Sie wohl das, was ich für Lindsay war.« Annie bemühte sich, das Wort Mätresse zu umgehen. Der Status bedeutete eine gewisse Erniedrigung, außer vielleicht wenn man die Mätresse eines Königs war.

»Lizzie und dich kann man nicht vergleichen, Annie. Lizzie ist knallhart und manipuliert die Leute. In ihren Adern fließt kein Blut sondern Dollars.« Rory dachte wieder einmal bei sich, wie dankbar er seinem inzwischen verstorbenen Verwandten und Wohltäter Hamish MacDearg war, dass dieser ihm den Rat gegeben hatte, die Ölmillionärin Lizzie auf keinen Fall zu heiraten.

Erneut unterbrach Ackker ihre Unterhaltung: »Chef, langsam kriege ich einen Krampf in dem Fuß, der auf dem Gaspedal steht. Außerdem müssen wir Benzin sparen, auch wenn Miss Lizzie die Rechnungen bezahlt. Wohin also jetzt?«

»Nach Hause. Ich glaube, Annie hat keine Lust, sich jetzt das Büro anzusehen.«

Das hatte sie wirklich nicht. Sie fröstelte, hatte Hunger, war müde und verwirrt. Außerdem war Jamie inzwischen aufgewacht. Er hatte sich auf den Beifahrersitz gekniet und spähte durch den Spalt in der Trennscheibe nach hinten. Dabei wirkte er so munter, als habe er eine ganze Nacht lang tief und fest geschlafen.

»Mama hat gesagt, Sie sind ein Kriegsheld. Muss man blind werden, um ein Kriegsheld sein zu können, Onkel Rory?«

»In gewisser Weise schon, junger Mann«, schmunzelte Rory. Er drückte Annies Hand. Jamies Interesse an seiner Blindheit tröstete ihn auf eine merkwürdige Weise.

»Mama sagt, Sie sind ein Überbleibsel von der Schlacht am Skak-Arrak.«

»Sagt sie das? Na, vermutlich hat sie Recht.«

»Lieben Sie meine Mama? Sie haben sie vorhin doch geküsst. Heiraten Sie sie? Mama sagt, von himmlischen Küssen bekommt man Babys ...«

»Schluss jetzt, Jamie!« Annie war rot geworden. Ihr frühreifer kleiner Sohn! »Seien Sie ihm nicht böse, Rory«, sagte sie entschuldigend, »er ist manchmal ein bisschen vorlaut.«

»Es tut mir sehr Leid, dass Sie ein Kriegsheld sind, Onkel Rory. Ich wäre eigentlich auch gern einer, aber ich glaube, Mama würde mich nicht lassen. Und mir würde es auch nicht gefallen, nichts mehr zu sehen und zu hören.«

Rory beugte sich nach vorn und tätschelte Jamie die Schulter. »Schon gut, Kleiner, ich habe gelernt, damit umzugehen. Und es stimmt schon, ich würde deine Mama gern heiraten. Aber sie will mich nicht.«

»Rory, bitte ... gießen Sie nicht noch Wasser auf seine Mühlen.«

»Weißt du, Annie«, erklärte Rory schmunzelnd, der gerade ein Déjà-vu-Erlebnis hatte, »er ist genau wie Lindsay in dem Alter. Ein richtiger kleiner Besserwisser.«

Mit seinem weißen Stock tippte er an die gläserne Trennwand.

»Und jetzt setz dich wieder richtig hin, Jamie. Ich habe mit deiner Mutter wichtige Dinge zu besprechen.« Er schloss die Trennwand mit dem silbernen Knauf des Blindenstocks.

Nachdem Jamie und dem Fahrer auf diese Weise gewissermaßen eine Unterhaltung aufgezwungen worden war, drehte sich der kleine Junge wieder zur Straße um, verschränkte die Arme und fragte heiter: »Wo sind denn die ganzen Häuser hin, Mr Ackker?«

»Nun, junger Herr, die haben wir hinter uns gelassen. Wir fahren jetzt in den Süden der Stadt, in den Pollock Park. Dort gibt es ein Schloss, Haggs Castle, das eine gewisse amerikanische Lady von der Familie Maxwell gemietet hat.«

»Was für eine amerikanische Lady?«

»Sie heißt Lizzie, junger Herr. Der Laird kennt sie besser als er mich kennt.«

»Was bedeutet: gemietet?«

»Jemandem für Geld etwas für eine gewisse Zeit zu überlassen, junger Herr.«

»Warum sprechen Sie so vornehm mit meiner Mama und mir, aber nicht mit Onkel Rory?«

Nur einen Augenblick lang war Reginald Ackker um eine Antwort verlegen. Schnell gewann seine pfiffige Art jedoch wieder die Oberhand. »Wissen Sie, junger Herr, Männer wie ich müssen sich der Umgebung anpassen. So wie sich ein Reh im Heidekraut, die Sonne hinter den Wolken oder ein U-Boot in der Nordsee oder zu Reparaturarbeiten in Loch Garth versteckt. Bei meiner Seele, junger Herr, noch niemals vorher habe ich ein Kriegsgeheimnis ausgeplaudert und schon gar nicht an einen so jungen Mann wie Sie. Entschuldigen Sie, junger Herr.«

Zwar hatte Jamie Mr Ackkers Antwort nicht ganz verstanden, aber ein paar Brocken genügten ihm durchaus, um Zutrauen zu diesem zu fassen.

»Wissen Sie«, vertraute er dem Fahrer an, »meine Mama liebt meinen Papa noch immer. Er ist gestorben, bevor ich geboren wurde. Er ist doch sicher ein noch größerer Held als Onkel Rory, stimmt's, Mr Ackker?«

»Wie kommen Sie darauf, junger Herr?«

»Weil er ist wie Jesus: Er ist gestorben, um uns alle zu erlösen.«

»Tja ... wenn man das so sieht ...« Ackker wusste nicht, was er sagen sollte. Ohne es zu wollen könnte der Kleine mit solchen Aussagen die ohnehin schon blank liegenden Nerven im Fond des Wagens ganz schön durcheinander rütteln. Schnell das Thema wechseln!

»Hätten Sie vielleicht Lust auf ein Bonbon, junger Herr?«

»Aber nur, wenn Sie mich nicht immer ›jung‹ nennen. Schließlich werde ich bald vier.«

»Natürlich. Da drüben im Handschuhfach, Euer Hoheit. Genau da. Nehmen Sie so viel Sie wollen!« Hoffentlich stopft ihm das eine Zeit lang den Mund, dachte Ackker bei sich. Bei allem Respekt: Der Kleine war ein ganz schön frühreifes Bürschchen! Glücklicherweise hatten sie inzwischen ihr Ziel erreicht.

»Haggs Castle, Chef!« Mit quietschenden Reifen hielt Ackker vor dem imposanten Hauptportal.

Argwöhnisch beäugte Annie die abscheulichen grauen Türme, die hoch über ihrem Kopf aufragten. Haggs Castle ähnelte eher einem Gefängnis als einer Villa und war ganz und gar nicht das, was sie erwartet hatte. Sie zögerte.

»Das ist schon in Ordnung, Annie«, beruhigte Rory sie. »Ich habe die Schlüssel. Lizzie hat das Gemäuer von den Maxwells gemietet, als der Krieg anfing. Die Maxwells wissen, dass du und Jamie meine Gäste seid. Morgen Abend sind wir bei ihnen zum Essen eingeladen. Sie wohnen auf der anderen Seite des Parks.«

»Auf keinen Fall möchte ich mit Jamie hier allein bleiben.« Schon bei dem Gedanken zitterte Annie vor Entsetzen. »Lieber wohne ich in der Stadt. Eine einfache Pension genügt mir.«

»Schon gut, Annie, du bist hier nicht allein. Ackker bleibt bei dir. Und auch Gamin wird da sein – dann hast du auch einen richtigen Chauffeur. Ackker taugt wirklich zu nichts anderem als zum Schwätzen und dazu, seine Meinung ungefragt kundzutun.«

»Das ist nicht fair, Chef!«, protestierte Ackker, während er den Pappkoffer auslud, den die Gäste Seiner Lordschaft als einziges Gepäckstück mitgebracht hatten.

»Sie bleiben also hier?«, wandte sich Annie an Ackker. In welch kompromittierende Situation wollte Rory Duncan Roskillen sie da in den Augen ihrer unbekannten Gastgeber bringen?

»Richtig«, bestätigte Ackker. »Ich wohne in der William-Adam-Suite. Sie und Jamie sind in der Pollock-Suite untergebracht. Mein Freund Gamin ist übrigens im Vollrausch die Dienstbotentreppe hinuntergestürzt und hat sich dabei den Arm gebrochen. Jetzt trägt er ihn in einer Schlinge. Deshalb ist er aber noch lange kein Kriegsheld, Jamie.«

Selbst Annie musste sich das Lachen verbeißen.

»Fühl dich wie zu Hause, Annie«, sagte Rory. »Ach übrigens, Jamie: Der Rolls gehört meiner früheren Chefin. Du weißt sicher schon, dass sie Lizzie heißt. Eines Tages wirst du sie kennen lernen, aber zurzeit hält sie sich in den Staaten auf.«

»In Amerika, Jamie«, flüsterte Annie ihrem Sohn hastig zu. Sie wusste genau, welche Frage er als Nächstes gestellt hätte.

»Wenn du es dir bequem gemacht hast, Annie, brauchst du nur zu klingeln. Ackkers oder Gamin begleiten dich dann zum Tee in den Salon. Ich fürchte, du wirst ihn ziemlich überladen finden, aber Lizzie gefiel er. Sie hat eben einen sehr amerikanischen Geschmack.«

Annie war nicht sehr glücklich mit der Situation, die zwischen ihr und Rory herrschte. Außerdem besaß sie nicht ein einziges hübsches Kleid für den Tee im Salon. In den Kreisen, in denen die Roskillens verkehrten, hielt man eine angemessene Garderobe für selbstverständlich. Sie jedoch gehörte der anderen Seite an; sie hatte in Glengarth den Tee eingeschenkt, nicht serviert bekommen.

Doch sie fügte sich, ging mit Jamie hinauf und tauschte dort ihre ärmliche Reisekleidung gegen einen rostfarbenen, schmalen Rock und eine elfenbeinfarbene Seidenbluse mit weiten Ärmeln, die früher Lindsays Frau Iona gehört hatte. Annie war ihre Zofe gewesen.

»Wenn ich während der nächsten Stunden eine einzige unpassende Frage von dir höre, marschierst du ohne Abendessen sofort ins Bett«, warnte sie ihren Sohn, während sie seine Locken so lange mit der Bürste bearbeitete, bis sie wie ein Heiligenschein glänzten.

»Warum bist du heute so ärgerlich, Mama?«

»Weil ich müde bin und genug von alledem habe, Jamie.«

Er umschlang ihre Knie.

»Bin ich schuld, dass du müde bist? Hast du von mir auch genug?«

»Ach Jamie!« Sie ging vor dem Kind in die Knie. Immer noch hielt sie die Haarbürste in der Hand. »Natürlich nicht! Du kannst nichts dafür, mein Schatz, und du darfst so etwas nie denken. Du bist doch das Liebste, was ich habe ...« Mit Tränen in den Augen umarmte sie ihren Sohn, für den sie ihr Leben opfern würde. »Es gibt einfach Dinge, die mich manchmal traurig machen ... Dinge, auf die ich keinen Einfluss habe. Manchmal weiß ich einfach nicht, wo ich hingehöre, Jamie. Eine Frau mit einem Kind sollte ein Zuhause haben.«

»Aber du gehörst doch nach Gairloch, nicht wahr, Mama? In das Haus von Schwester Craig.«

»Nein, Jamie. Weder nach Gairloch noch zu Schwester Craig.«

»Wohin denn dann, Mama?«

»Ich gehöre nach Rill. Das ist eine ganz besondere Insel, Jamie. Sie gehört uns beiden. Sie ist unser eigenes kleines Stück Glengarth. Dein Vater hat sie mir vor langer Zeit geschenkt.«

»Und warum können wir nicht dorthin gehen, Mama? Das Haus hier gefällt mir nicht.«

»Mir auch nicht, Jamie. Aber wir lassen uns nicht unterkriegen. Es ist ja nur für ein paar Tage. Für ganz kurze Zeit, hoffe ich. Dein Onkel Rory und ich müssen ein paar Papiere unterschreiben. Das ist sehr wichtig für deine Zukunft, und nur die Anwälte der Familie Roskillen in Glasgow kennen die Familiengeschichte gut genug, um alles Wichtige für uns beide zu berücksichtigen. Deshalb sind wir hergekommen. Und deshalb waren wir gestern in Glengarth. Ich wollte, dass du Glengarth einmal mit eigenen Augen siehst. Glengarth gehört dir, Jamie, und ich werde dafür kämpfen, dass du es eines Tages bekommst. Das ist der Grund, weshalb ich dem Treffen mit Onkel Rory und seinen Anwälten zugestimmt habe.«

Annie richtete sich auf, legte die Haarbürste auf die Frisierkommode, prüfte, ob Jamies Hände und Gesicht sauber waren, und machte sich mit ihm auf den Weg in den Salon, ohne vorher zu läuten. Sie brauchte niemanden, der sie führte. Mit Schlössern, imposanten Gemäuern und großen, unpersönlichen Gebäuden kannte sie sich hinreichend aus. Und das kopflose Hausgespenst – die enthauptete Schottenkönigin Maria Stuart –, das in den langen Korridoren dieses Mausoleums namens Haggs Castle sein Unwesen treiben sollte, fürchtete sie nicht.

Jamie stolperte an der Hand seiner Mutter hinter ihr her. Aus Furcht, ohne Abendessen ins Bett gesteckt zu werden, wagte er nicht, die brennende Frage zu stellen, die ihm auf der Zunge lag: Warum hieß er Jamie *Gowrie* und nicht Jamie *Roskillen*?

2. Kapitel

Wundervoll siehst du aus, Annie!«

Rory begrüßte seinen Gast im Salon von Haggs Castle mit einem weiteren, liebevollen Kuss. Er saß dicht neben ihr auf einem Sofa am Kamin. Jamie blickte seinen Onkel finster an und rückte in dem unwillkürlichen Versuch, seine Mutter zu schützen, so dicht an sie heran, dass sie ihn ein wenig zur Seite schieben musste, um noch bequem sitzen zu können.

Benjamin Gammon, genannt Gamin servierte mit einem Arm in der Schlinge dem Neffen des Laird einen Teller Brughtins. Er selbst pflegte den Kuchen *Bannock Cake* zu nennen. Aus den Krümeln konnte man noch einen wunderbaren Porridge kochen, den Jamie am nächsten Tag kosten würde, ob es ihm nun passte oder nicht.

Ohne Umschweife kam Annie auf das zu sprechen, was sie auf dem Herzen hatte. »Die Einladung zu deinen Vermietern morgen Abend muss ich leider ablehnen, Rory.«

»Ach. Hast du etwa anderweitige Verpflichtungen in Glasgow, Annie Gowrie?«

»Machen Sie sich nicht über mich lustig, Rory Duncan, dazu kennen wir einander viel zu gut. Ich habe einfach nichts Passendes anzuziehen, das ist alles.«

Annie war immer bodenständig gewesen, und das Schönste an ihr war ihre Ehrlichkeit.

»No problem!« Rory hatte bei seiner früheren Geliebten und

Geschäftspartnerin Lizzie, inzwischen Countess von Albion, viele amerikanische Ausdrücke aufgeschnappt, die er liebend gerne verwendete. Seine Familie hatte sich oft an der neumodischen Ausdrucksweise gestört, aber Rory war sich immer treu geblieben. »In Glasgow gibt es jede Menge Geschäfte für Damenoberbekleidung. Morgen früh fahren wir in die Stadt und kaufen dir ein Kleid, dessen du dich in Anwesenheit von Sir Robert und seiner Familie aus Stirling nicht zu schämen brauchst.«

»Das kann ich mir nicht leisten. Und ehe Sie jetzt etwas Falsches sagen, Rory: Ich werde auch keine milde Gabe annehmen, so gut sie gemeint sein mag.«

»Dann heirate mich, und du brauchst meine milden Gaben nicht mehr anzunehmen. Im Gegenteil: Ich werde auf deine angewiesen sein.«

Typisch Rory. Annie musste lächeln. Sie neigte sich über ihre Teetasse und stellte zum wiederholten Mal fest, dass sie sich seit Lindsays Tod immer wieder selbst verleugnete. *Tod, wo ist dein Stachel?* Aber dazu gehörte auch: *Liebe, wo ist dein Balsam?*

»Du siehst sehr hübsch aus«, erklärte Rory zum zweiten Mal. »Ich mag es, wie du dein Haar trägst ... so hoch gekämmt ...«

»Man nennt es ein *Chignon.*«

»Äußerst elegant. Warum kannst du nicht einfach morgen Abend zum Dinner das anziehen, was du jetzt trägst?« Rory war schon immer ein Schmeichler gewesen, vor allem Damen gegenüber. Sein Bruder hingegen wirkte meist mürrisch und sprach nicht viel. Wenn er allerdings etwas sagte, dann hatte es Hand und Fuß.

»Welche Farbe hat mein Kleid, Rory?«

»Grau.«

»Und wie ist meine Haarfarbe?«

»Grau.«

»Kennen Sie die Farbe meiner grünen Augen?«

»Ja. Grau!«

»Sie sind grün, Onkel Rory.« Entrüstet sprang Jamie auf.

»Wie hört sich das Klingeln in Ihren Ohren an, Rory?«

»Wie Schiffsglocken, Annie.«

Annie seufzte.

Sie erwartete nicht, dass Rory ihre Lage verstand; sie hingegen verstand seine sehr wohl. Auf keinen Fall wollte sie mit ihm über ihre pekuniäre Situation sprechen. Er musste mit viel schwerwiegenderen Dingen fertig werden als der Frage, welches Kleid sie zu einer Einladung anziehen würde. Sein Körper ließ ihn im Stich, und das, obwohl er mit seinen siebenundzwanzig Jahren noch ein junger Mann war.

Annie schämte sich. War es fair, ihm die Lebensqualität zu verweigern, die ihm noch blieb – ihm, der ohne es zu wollen Laird von Glengarth geworden war, der Titel und Ländereien von seinem viel zu früh verstorbenen älteren Bruder geerbt hatte, obwohl sie rechtmäßig eigentlich Lindsays Sohn Jamie zugestanden hätten?

Sie könnte Rory eine große Hilfe sein, sein neues Leben zu meistern. Sie könnte sein zerstörtes Selbstbewusstsein wieder aufbauen, indem sie seine Braut, seine Frau, seine Krankenschwester, seine Begleiterin und sein Mentor würde. Sie könnte seine Gefährtin und Vertraute werden. Er brauchte sie, nachdem die Bombe so viel für ihn zerstört hatte.

Doch sie war ebenso dickköpfig wie die Roskillens. »Danke vielmals. Das, was ich gerade anhabe, sind abgelegte Kleidungsstücke Ihrer Schwägerin. Außerdem ist es unangemessen, am Abend Nachmittagskleidung zu tragen.«

»Iona hat in ihren teuren Haute-Couture-Kleidern nie so gut ausgesehen wie du, Annie. Du würdest sogar in Sack und Asche noch eine gute Figur machen.«

»Aye. Ihr Erinnerungsvermögen ist Ihnen von gutem Nutzen, Rory Roskillen. Wenigstens können Sie sich jetzt voll darauf verlassen.« Auf ihren Wangen brannten rote Flecke und unterstrichen ihre grünen Meerjungfrauen-Augen. Wenn sie sich ärgerte, wirkte sie schottischer denn je. Ansonsten gab sie sich so englisch, wie ihre englische Herrschaft es gewünscht hatte; nach den langen Jahren, die sie an ihrem Tisch bedient und mit ihrem Herrn das Bett geteilt hatte, wusste sie, wie man als Engländer zu sein hatte.

Auf eine gewisse Weise mochte Annie diesen Rory Duncan Roskillen, der ihren Sohn unfreiwillig seines Erbes beraubt hatte, sehr. Sie kannte all seine Fehler und Schwächen, seine Kühnheit, seine Unverschämtheit und seine Einstellung zum Leben. Sie liebte ihn nicht mit der Art von Liebe, die sie für seinen Bruder empfunden hatte, einer Liebe, die ihr Herz und ihre Seele bis in die Grundfesten ihres Seins erschüttert hatte – ihre Zuneigung zu Rory war viel sanfter und frei von der Leidenschaft, die ihre Beziehung zu Lindsay gekennzeichnet hatte. Trotzdem war es Liebe, eine zärtliche und verbindende, eine tröstliche und belohnende Liebe. Ähnliche Gefühle hatte sie für Dan Barnes gehegt, ehe sein für den Rücktransport verwundeter Soldaten eingesetztes Schiff von einem U-Boot beschossen und versenkt wurde. Dan, der ihre Gefühle erwiderte, hatte eher ihrer sozialen Klasse angehört; doch der Beziehung war nicht die Zeit vergönnt gewesen, sich zu entfalten ...

Seither hatte Annie nie mehr über eine Ehe nachgedacht, schon gar nicht mit dem Laird von Glengarth. Mätresse ja – aber Ehefrau? Niemals! Rory ähnelte Dan in vielen Dingen. Dan war ein ganz besonderer Mensch gewesen: sanft, freundlich, aufmerksam, loyal, respektvoll und mit viel Sinn für Humor. Wäre Dan nicht gefallen – wer weiß ... Aber was dann?

Mit Sicherheit würde sie jetzt nicht mit Rory Roskillen, dem neuen Laird von Glengarth, in diesem scheußlichen Schloss sitzen und sich zum soundsovielten Mal um ihre Hand bitten lassen. Waren positive Attribute überhaupt Grund genug, einen Mann zu heiraten? Waren daneben nicht auch starke Gefühle notwendig?

Seit dem Abschied vor achtzehn Monaten im Kingseat Naval Hospital hatte Annie immer wieder versucht, ihren Stellenwert im Leben von Rory von Glengarth zu leugnen. Für sie bedeutete jegliches Gefühl für einen anderen Mann den Verrat an Lindsay, dem Vater ihres Sohnes.

Wieder versuchte Annie, Rory mit einer – zugegeben lahmen – Entschuldigung abzuspeisen. »Ich glaube kaum, dass so edle schottische Lairds wie die Maxwells of Pollock es gerne sehen würden, wenn ich in Sack und Asche an ihrer Tafel speiste, Mylaird.«

Rory, der jeden Augenblick mit ihr genoss und bereit war, sich jedes Argument anzuhören, so lange er am Ende bekam, was er wollte, pflichtete ihr bei. »Wenn du dich wirklich so unwohl dabei fühlst, Annie, werde ich dich natürlich nicht zwingen. Ehrlich gesagt sitze ich sowieso lieber mit Jamie und dir hier am Kamin.«

»Liebster Laird«, lächelte Annie, »was ist Haggs Castle eigentlich für ein Schloss? Warum haben Sie Jamie und mich in einem derart bizarren Gemäuer untergebracht?«

»Das Schloss gehört der Familie Maxwell seit dem vierzehnten Jahrhundert. Zuvor standen auf dem Gelände von Pollock schon zwei andere Schlösser. Dieses hier hat eine ziemlich interessante Geschichte. Eine Zeit lang diente es als Schmiede.«

»Kein Wunder, dass der Rauch nicht abzieht«, hustete Annie gespielt. »Ganz zu schweigen von dem geisterhaften Hammerklirren in der Dunkelheit.«

»Ach, und ich dachte, das wäre mein Tinnitus!«

Rory war durchaus in der Lage, sich über seine Behinderungen lustig zu machen, und das gefiel Annie. Er war fähig, sich aufzurappeln und sein Leben, auch wenn es ihm momentan ziemlich grau erscheinen musste, in Angriff zu nehmen.

»Alte Wasserrohre, Annie. Der neunte Baronet hat das Schloss völlig renovieren lassen. Bis zum Ende des vorigen Jahrhunderts wurde es noch von seinem Gutsverwalter bewohnt. Der alte Knabe starb 1899, und seither standen die Gebäude leer, bis Lizzie sie unmittelbar vor dem Krieg mietete, um ein Standbein in Schottland zu haben. Allerdings kam sie mit dem schottischen Wetter nicht klar und verschwand wieder nach New York, um die ›Chanin-Beauly-Line‹ von dort aus zu leiten. In den letzten Jahren sind die Buchungen für luxuriöse Transatlantikfahrten stark zurückgegangen. Kein Mensch will mit einem deutschen U-Boot im Schlepptau nach New York schippern, und nachdem die ›Titanic‹ mit einem Eisberg kollidiert und die ›Lusitania‹ von den Deutschen versenkt worden ist, haben Luxusliner nicht gerade Hochkonjunktur. Aber genau wie Lizzie glaube ich, dass sich das nach dem Krieg wieder ändern wird. Und inzwischen darf ich das Schloss benutzen, weil der Mietvertrag sowieso noch ein paar Jahre läuft. *Mi casa è su casa*, wie die Spanier so schön sagen.«

Annie hatte sich nie vom gesellschaftlichen Status der Geschwister Roskillen beeindrucken lassen. Sie besaßen Glengarth und ihre Titel dank eines hierarchischen Feudalsystems, das sich auf jahrhundertelange Unterdrückung und Brutalität gründete. Annie missgönnte ihnen weder ihre Äcker noch Wälder, noch ihre Parks und Schlösser oder etwa ihre Titel; den einzigen leisen Stich Neid verspürte sie, wenn sie an ihre Erziehung dachte. Vor allem die Ausbildung von Rorys Schwester hob sich deutlich von der anderer Frauen ab und verschaffte ihr eine völlig andere Ausgangsposition und andere Chancen für ihr Leben als Annie sie hatte.

Ohne einen exzellenten gesellschaftlichen Status waren eine gute Erziehung und eine umfassende Allgemeinbildung die nächstbesten Mittel, sich aus seiner gesellschaftlich untergeordneten Klasse zu befreien. Annie hatte es mit großer Anstrengung geschafft, ihre eigenen Grenzen zu überschreiten, und für ihren Sohn wünschte sie das Gleiche. Deshalb saß sie jetzt hier. Jamie sollte die besten Voraussetzungen erhalten, nämlich die Möglichkeit, die Welt mit dem Wissen, das einer guten Ausbildung entstammte, für sich erobern zu können.

»Eigentlich dachte ich, wir würden in Ihrem Büro einen Treuhändervertrag für Jamies Ausbildung und spätere Absicherung unterzeichnen. Zumindest stand es so in Ihren Briefen. Oder war das nur ein Vorwand, um mich hierher zu locken? Keine Angst – ich werde sicher nicht gleich morgen nach Gairloch zurückkehren, uns bleibt also noch ein wenig Zeit miteinander. Trotzdem verstehe ich nicht, warum Sie mich unbedingt wildfremden Leuten wie den Maxwells vorstellen wollen, die ich vermutlich niemals in meinem Leben wieder sehen werde. Wo sind denn nun die Anwälte, die ich hier eigentlich treffen sollte?«

»Alles zu seiner Zeit, Annie. Heute ist Freitag und die Kanzleien schließen früh. Samstags spielen sogar Roskillens Anwälte Golf, und sonntags gehen sie in die Kirche. Wir werden sie also frühestens Montagmorgen zu Gesicht bekommen. Und was die Maxwells betrifft, so glaube ich, dass sie uns sehr nützlich sein können. Vor allem Jamie. Der kleine Havers Maxwell ist in seinem Alter; die beiden werden sicher gut miteinander zurechtkommen. Weißt du, es ist nicht wichtig, was du *weißt*, sondern wen du *kennst*. Den Spruch werde ich ins Familienwappen aufnehmen und auf meinen Grabstein meißeln lassen. So, und in der Zwischenzeit solltest du versuchen, dich zu entspannen.« Er stand auf, legte Holz nach und schenkte sich einen Single Malt Whisky ein. Die Teetasse ignorierte er geflissentlich, obwohl es kaum fünf Uhr war. Nach dem Mädchen oder nach Ackker läutete er nicht. Er legte lieber selbst Hand an.

Der Nachmittag verlief eher langweilig. Der Laird und Annie wälzten Probleme, die großen Einfluss auf ihr beider Leben haben könnten. Jamie wurde von Gamin und Ackker in die Geheimnisse des Kartentisches eingeweiht und schien großen Gefallen daran zu finden. »Schnapp! Mr Ackker, gerade haben Sie die Bäckersfrau erledigt!«, schrie er voller Eifer. Jamie war glücklich, und darüber war Annie froh, denn Jamie war das Wichtigste in ihrem Leben.

»Ohne Schönfärberei – wie viel sehen Sie eigentlich noch?«, wandte sich Annie an Rory.

»Na ja ...«, meinte er gedehnt.

»Also sind Sie blind wie eine Fledermaus.«

»Ich arbeite mit Radar, Annie.«

»Blind wie eine Fledermaus.«

»Und das sagst ausgerechnet du? Wer ist denn hier ausgebildete Marinekrankenschwester und eher ein Geschöpf des Wassers?«

Annie musste lachen. Dieser Schauspieler! »Sie wissen, dass es sich bei Ihnen um hysterische Blindheit handelt, Rory. Ich habe ein Buch über psychosomatische Störungen gelesen.«

»Und was zum Teufel steht da drin?«

»Bitte nicht fluchen, wenn mein Sohn dabei ist.«

»Entschuldige. Aber sag es mir trotzdem.«

»Laienhaft ausgedrückt geht es darum, dass die Psyche oft Auslöser für Erkrankungen ist.«

»Und was heißt das genau?«

»Schwer zu erklären ...«

»Versuch es wenigstens.«

»Die Ursache von körperlichen Störungen sind häufig verdrängte traumatische Erfahrungen.«

»Wer behauptet das?«

»Ich habe ein Buch von einem Mann gelesen, der tiefenpsychologische Studien gemacht hat, um unser Unterbewusstsein zu erforschen ...«

»Aha, so eine Art Radar für die Seele«, witzelte Rory. Immer noch versuchte er, seine Behinderungen zu überspielen.

»Der Autor heißt Sigmund Freud.«

»Und er weiß, warum mir ständig die Ohren klingeln, warum ich blind bin und warum ich nur ein Bein habe?«

»Seine Theorien über hysterische Blindheit würde Sie verblüffen, Rory. Unsere Psyche kontrolliert unseren gesamten Körper. Was wir denken und fühlen hat einen großen Einfluss auf das, worunter wir jetzt leiden und vielleicht in Zukunft leiden werden.«

»Was denkst du nur von mir, Annie? Zum Teufel mit diesem Sigmund Freud ... entschuldige, ich habe schon wieder in Gegenwart deines Sohnes geflucht. Ich rede nicht von meinen körperlichen Gebrechen, sondern von der Möglichkeit, als – wie ich denke nicht-hysterischer – Blinder Glengarth wieder aufbauen zu können, ha, ha.«

»Es gibt nicht den geringsten Grund, warum Sie nicht der beste Laird werden sollten, den Glengarth in seiner bewegten Geschichte je gehabt hat, Mylaird.«

»Willst du mich heiraten und mir dabei helfen, Annie?«

»In Kingseat haben Sie mir Bedenkzeit versprochen, Mylaird.«

»Das ist jetzt achtzehn Monate her ... und hör endlich auf, mich Laird zu nennen, Annie. Ich fühle mich nicht wohl dabei. Es ist als ob du mit dem Fingernagel über eine Schultafel kratzt. Wir kennen uns inzwischen so viel besser – sollen wir nicht endlich mit diesen unnötigen Formalitäten aufhören? Schließlich leben wir im zwanzigsten Jahrhundert, nicht im zwölften. Und um auf meine Frage zurückzukommen: Ich dränge, weil ich dich mehr denn je brauche. Mehr als in Kingseat, wo du mich und zwanzig andere verwundete Helden so oft gebadet hast, dass wir vermutlich unser ganzes Leben lang sauber bleiben werden. Die Zeit ist um, Annie Gowrie. Und wenn du willst, dass ich jetzt vor dir niederknie, dir die Hand küsse und dich noch einmal bitte, mich zu heiraten, dann tue ich es eben.«

Jamie kicherte. Er interessierte sich jetzt mehr für Rory, der vor seiner Mutter niedergekniet war, als für sein Kartenspiel mit Ackker und Gamin.

»Mama, Onkel Rory hat ein Loch in der Socke. Hinten an der Ferse. Ist er jetzt sehr albern? So albern wie ich manchmal?«

»Ja, Jamie, er ist ziemlich albern. Vor allem, weil er nur ein Bein hat und deshalb gleich umfällt!«

*

Beim Frühstück am nächsten Morgen füllte Annie Jamies Schüssel mit Porridge. »Bieten Sie ihm bloß keinen Zucker an«, sagte sie warnend zu Gamin, »er ist Porridge mit Salz gewöhnt.«

Sie wandte sich an Rory. »Ich würde mich dort völlig fehl am Platze fühlen. Gehen Sie ruhig ohne mich zu diesem Dinner. Bestimmt fällt Ihnen eine plausible Entschuldigung für mich ein. Ich passe einfach nicht in Ihre sozialen Kreise. Wenn die Leute anfingen, mir persönliche Fragen zu stellen, würde ich mit Glanz und Gloria untergehen. Was sollte ich zum Beispiel sagen, wenn ich nach der Art meiner Beziehung zu Ihnen gefragt würde? Oder zu Ihrem verstorbenen Bruder? Oder zu Jamies unehelicher Geburt?«

»Was heißt unehelich, Mama?«

Sofort wusste sie, dass sie das Thema nicht hätte anschneiden dürfen, und ignorierte Jamie und seine frühreife Intelligenz ganz bewusst. »Mit Sicherheit werden sie peinliche Fragen stellen und ich werde mich fühlen wie bestellt und nicht abgeholt. Tun Sie mir das nicht an, Rory. Ich habe weder eine Zofe noch angemessene Kleider, ganz zu schweigen von Schmuck. Ich wohne unter einem Dach mit einem unverheirateten Mann; sogar mit dreien, wenn wir Ackker und Gamin mitzählen ...«

»Mich auch!«, krähte Jamie fröhlich und nutzte die vorübergehende Unaufmerksamkeit seiner Mutter aus, um einen großen Löffel Zucker auf seinem Porridge zu verteilen.

»Ohne Anstandsdame ist das nicht in Ordnung, Rory – nicht schicklich, wie Ihre Schwester Lady Christabel sagen würde«, fügte Annie hinzu, während sie gleichzeitig rügte: »Jamie, mit vollem Mund spricht man nicht! Und Sie, Gamin, sollten dem Jungen doch keinen Zucker ...«

»Vielleicht änderst du deine Meinung nach einem romantischen Spaziergang im Park mit mir«, schlug Rory vor. »Auch ein blinder Mann bedarf ab und zu der Leibesertüchtigung – am besten natürlich mit professioneller Unterstützung.«

»Das mag schon stimmen«, gab Annie zurück, »aber es muss ja nicht unbedingt ein romantischer Parkspaziergang sein.«

»Oh bitte, Mama, können wir in den Park gehen?«, quengelte Jamie sofort. »Draußen liegt so schön viel Schnee! Wir könnten eine Schneeballschlacht machen.«

»Mal sehen.«

»Vielleicht möchte deine Mutter lieber nach Glasgow fahren und sich ein neues Kleid kaufen«, warf Rory ein.

»Auch das halte ich für eher unwahrscheinlich«, erklärte Annie.

»In Lizzies Schränken oben hängen sicher noch ein paar teure Kleider, die für ein Dinner angemessen wären«, sagte Rory.

Annie lachte verächtlich auf. »Aye. Und der Mottenkugelgeruch ist genau das, was zu mir passt, mein edler Laird! Außerdem bin ich mindestens einen Fuß kleiner als Lizzie.«

»Vielleicht einen halben Fuß, wenn überhaupt. Du bist längst nicht so klein wie Gamin. Aber eins interessiert mich ja doch: Woher weißt du, wie Lizzie aussieht, wenn du sie doch angeblich nie getroffen hast?«

»Im Büro hängt ein Bild von ihr, die sie bei einer Schiffstaufe zeigt. Sie überragt das versammelte Mannsvolk gut um eine Kopflänge.«

»Ach ja, das war die Taufe der ›Devana‹. Sie hat das erste Schiff der ›Chanin-Beauly-Line‹ nach ihrem Geburtsort Devana Prairie in Texas benannt.«

»Wie auch immer, die Antwort lautet Nein, Rory.«

Ackker schnaufte soeben mit einem Eimer Kohlen für die Küche die Treppe empor. »Jede Wette«, sagte Gamin leise zu ihm, »wenn die beiden da je heiraten sollten, dann funkt es ganz ordentlich.«

»Gieß uns lieber einen Tee ein, Gamin, und hör mit dem idiotischen Getratsche auf. Je eher dein verdammter Arm wieder einsatzfähig ist, desto besser. Ja, ja, ich weiß, dass schon seit deiner Geburt mit deinem Arm irgendwas nicht stimmt. Du und der Typ da drüben, ihr solltet bei der Arbeit mal lieber eure Arme und Beine wie wir normalen Menschen einsetzen. Ich war nicht mehr so kaputt, seit wir die Deutschen die Nordsee hinaufgejagt haben. Und außerdem ist der Knilch da nicht gut genug für Annie Gowrie, und das wissen sie auch beide.« Ackker ließ sich auf den Schemel neben dem Kamin fallen, schnappte nach Luft und stocherte ungeniert in seinen Zähnen herum.

»Ganz schön frech«, sagte der Laird, der nicht halb so taub war, wie er manchmal glauben machen wollte. »Passt bloß auf, ihr beiden. Ihr seid nicht unersetzlich. Ich könnte euch feuern.«

»Und wer würde dann auf Sie aufpassen, Boss? Immerhin nehmen Gamin und ich Ihrer Lordschaft jede verdammte Kleinigkeit ab.«

»Nicht in Gegenwart des Jungen fluchen!«

»'tschuldigung, Boss!«

»Schon besser. Jamie, was hältst du davon, mit mir im Pollock Park eine Schneeballschlacht zu veranstalten?«

»Au ja, Onkel Rory!« Jamie sprang auf. Der Stuhl scharrte über die Küchenfliesen und Annie bekam eine Gänsehaut. Im letzten Augenblick erwischte sie ihren zur Tür sausenden Sohn an seinem großen Matrosenkragen. »Komm her, Jamie, nicht so eilig. Erst müssen wir dir Mund und Hände abwischen.« Sie feuchtete eine Serviette an und bearbeitete das Gesicht des Jungen. Rory fühlte sich in seine Kindheit in Bredon Hall mitten im Herzen Englands zurückversetzt. Genau so hatte sein Kindermädchen Delish ihn nach jeder Mahlzeit bearbeitet.

»Kommst du wirklich nicht mit?«, wandte sich Rory mit erhobenen Augenbrauen an Annie. Sein Haar wuchs zwar allmählich nach, aber seine Frisur erinnerte immer noch eher an die eines Kapuzineräffchens. »Heute ist so herrliches Wetter. Wir könnten schon mal Weihnachtslieder üben – auf jeden Fall aber sollten wir die Sonne und den Schnee genießen.«

Ackker half dem Laird beim Anlegen von Stiefeln, Mantel, Handschuhen und Mütze – der Marineuniform, die Rory bereits am Vortag getragen hatte, um Annie zu beeindrucken und daran zu erinnern, wie er früher gewesen war. Als ob sie das vergessen hätte!

Schließlich stand der momentan quasi im Exil lebende Laird von Glengarth auf der Türschwelle der Küche von Haggs Castle und blinzelte in die schwache, schottische Wintersonne. Er spürte sie auf seinem Gesicht, genoss ihre lauen Strahlen und mit einem Mal schien ihm nichts mehr selbstverständlich zu sein. Umständlich setzte er die schwarze Brille auf, die das feuerrote Narbengewebe um seine Augen verbarg, griff nach seinem weißen Stock und wartete geduldig darauf, dass Annie sich doch noch dazu entschloss, ihn in die Zukunft zu führen.

»Na ja ... na gut ... ich könnte schließlich wirklich ... Ich will auf keinen Fall, dass Sie im Schnee ausgleiten und sich Ihr intaktes Bein auch noch brechen, Mylaird.« Schnell zog Annie einen Mantel über und folgte Jamie und Rory in den Park.

Es war wirklich ein herrlicher Wintertag. Die weite Fläche unberührten Schnees lag gleißend in der Sonne und blendete die Augen. Als echter Gentleman bot Rory Annie seine Sonnenbrille an, doch sie lehnte höflich ab. So etwas brauchte sie nicht.

Durch den Schnee zu laufen war nicht ganz leicht. Zwar war er nicht besonders tief, aber man wusste nie, ob sich Eis darunter befand. Rory, der sich noch nicht vollständig an sein Holzbein gewöhnt hatte, geriet mehrmals ins Rutschen. Aber Annie half ihm, und gemeinsam schafften sie es sogar, sich eine Schneeballschlacht mit Jamie zu liefern.

Später spazierten sie auf einen kleinen Hügel. In der Ferne lag ein schönes, wohl proportioniertes Haus. Lange Fensterreihen gaben ihm ein freundliches Aussehen, und symmetrisch angelegte Seitenflügel lenkten den Blick zum eleganten Haupthaus, dessen beeindruckende, halbrunde Freitreppe vom Schnee befreit worden war. Ein typisch georgianisches Herrenhaus, architektonisch eher großzügig als streng gehalten.

»Das ist vermutlich die Villa, in die ich heute Abend in Sack und Asche zum Dinner ausgeführt werden soll, nicht wahr, Mylaird?«

»Die Villa heißt Pollock House, Annie. Ist sie nicht wirklich schön?«

Etwas in seiner Stimme ließ sie herumfahren. »Vergleichen Sie etwa gerade ein georgianisches Herrenhaus mit Glengarth und Glengarth zieht dabei den Kürzeren?«

»Nun ja, ein etwas leichter und vor allem billiger zu unterhaltendes Haus wäre schon ganz nett. Glengarth ist ein ziemlicher Klotz am Bein.«

»Glengarth ist Ihr Erbe, Rory. Sie können es nicht einfach so aufgeben!«

»Aber das soll mich nicht daran hindern, anderer Leute Erbe genau unter die Lupe zu nehmen, Annie.«

Fast wie eine Frau, dachte Annie amüsiert.

»Wenn Pollock House zum Verkauf stünde, würde ich Lizzie überreden, es zu kaufen. Leider kann davon keine Rede sein. Deshalb ziehe ich Haggs Castle in Betracht, das demnächst verkauft werden soll.«

»Das kann doch nicht Ihr Ernst sein! Doch nicht dieses hässliche, stinkende Gemäuer!«

»Vielleicht doch.«

»Denken Sie an die schmalen Flure und die winzigen Zimmer! Eine ehemalige Schmiede mit eigener Kohlegrube, die auf Marschland und Blutvergießen gebaut ist – das können Sie doch nicht wirklich wollen, Mylaird. In den engen Treppenhäusern stolpern Sie ebenso leicht wie zu Hause in Duncans Turm. Was macht es für einen Sinn, ein Mausoleum gegen ein anderes einzutauschen?«

»Keinen, Annie. Außer, dass es nur drei Meilen von Glasgow und meinem Büro entfernt liegt. Nach dem Krieg will ich richtig loslegen. Glengarth ist dafür zu weit weg. Am anderen Ende der Welt. Von Glengarth nach Glasgow braucht man genauso lang wie von Glasgow nach London. Nein, nach London ist es kürzer.«

»Aye. Wenn der Herr das Haus nicht baut, bauen die Arbeiter vergebens.«

»Falsch zitiert, Annie, obwohl ich deine Bibelfestigkeit rückhaltlos bewundere. Ich gebe zu, dass Haggs Castle nicht gerade ein Palast ist. Dabei fällt mir allerdings ein gewisser Snobismus deinerseits auf.«

»Könnte schon sein, Rory Duncan.«

Diese These sollte sich jedoch nur allzu bald als wahr erweisen.

Rory und Jamie stiegen gemeinsam die vom Schnee befreiten Stufen hinauf, wobei Rory seinen weißen Stock wie einen Lenker vor sich hielt. Er war nämlich durchaus in der Lage, ohne dieses Hilfsmittel auskommen. Auf der Kletterpartie zur Terrasse begann Rory lauthals zu singen.

Annie hatte vergessen, wie warm und volltönend seine Stimme klang und freute sich, dass er wieder sang. Trotzdem er halb taub war, traf er immer die richtige Note, während er aus dem Stegreif ein bekanntes Lied für sie umdichtete:

»Auf den sanften Hügeln von Maxwell,
Der Wind, er kam von Nord,
Gab die süße Annie Gowrie
Da gab sie mir ihr Wort
Da gab sie mir ihr Wort.
Bald ist es wie im Traum genau:
Die süße Annie Gowrie
Sie wird meine Frau ...«

In diesem Augenblick bog eine junge Frau in einem elegant geschnittenen blaugrauen Mantel mit Samtkragen und ebensolchen Ärmelstulpen um die Ecke der Terrasse. Der eisige Wind spielte mit den Federn ihres maßgefertigten Hutes. Sie zog einen Schlitten mit einem warm eingepackten Kind hinter sich her, den sie in einer glitzernden Schneefontäne unmittelbar vor Annie zum Stehen brachte. Lächelnd ließ sie die Leine des Schlittens fallen und klatschte mit ihren ebenfalls in jenem vornehmen Blaugrau behandschuhten Händen einen unhörbaren Applaus.

»Bravo, Mr Roskillen. Da capo! Sie haben wirklich eine wunderbare Stimme, einen geradezu unvergleichlichen Bariton, wenn Sie gestatten. Und das ist sicher der kleine Jamie, nicht wahr? Der Sohn Ihres Bruders. Havers, sag Jamie Roskillen Guten Tag. Wir freuen uns darauf, ihn und seine Kinderfrau bald einmal bei uns zum Tee begrüßen zu dürfen.« Freundlich nickte sie in Annies Richtung. »Und jetzt entschuldigen Sie uns bitte: Havers' zweites Frühstück wartet. Es war nett, Sie getroffen zu haben, Mr Roskillen. Und dich, Jamie, mit deiner Kinderfrau.«

Kaum waren die beiden außer Hörweite, da zischte Annie wütend: »Habe ich es Ihnen nicht gesagt? Schon beleidigen sie mich!

Stellen Sie sich einmal vor, was geschehen wäre, wenn ich heute Abend mit zum Dinner gekommen wäre! Es wäre für uns beide sehr peinlich geworden.«

»Ruhig Blut, Annie«, grinste Rory. »Die Dame war nicht Lady Maxwell. Das war Miss Arbuthnot, das Kindermädchen der Maxwells.«

»Dann ist es ja noch peinlicher«, sagte Annie. »Von einem einfachen Kindermädchen so herablassend behandelt zu werden! Wenn sie nur eine Angestellte ist, sollte sie nicht einen derart aufwendigen Hut tragen.«

»Meine Güte, Annie Gowrie, du hast ja wirklich alle Anlagen zum Snob!« Rory konnte sich das breite Lächeln nicht verkneifen.

»Was ist ein Snob, Mama?«, wollte Jamie wissen.

Als Annie Jamie an diesem Abend zu Bett brachte, überlegte sie, wie sie es anstellen könne, Montagmorgen das erste Schiff zurück nach Hause zu nehmen.

»Vergiss nicht zu beten, Jamie.«

Gemeinsam mit ihrem Sohn kniete sie vor dem breiten Bett, das sie sich teilten.

»Lieber Gott«, betete sie, »bitte lass es über dem Clyde nicht neblig sein, sonst fährt das Dampfboot nicht. Und bitte, lass es nicht mehr schneien, damit der Zug nach Achnasheen nicht ausfällt. Und lass bitte Josh aus Gairloch, seinem Pony und seinem Wagen nichts passieren ...«

Eine starke Stimme mit schönem Timbre klang durch den Flur:

»... und Schiffe voll Mais und voll Weizen.
Nie vergess ich die Nacht auf dem Weizenschiff,
Dem süßen, sanften Weizenschiff,
Die Nacht meiner Liebe mit Annie!«

Annie sprang auf die Füße und strich sich den Rock glatt.

Die Tür zum Schlafzimmer stand halb offen. Kaum hatte Rory angeklopft, als auch schon sein Kopf im Türspalt auftauchte.

»Bist du noch angezogen? Wenn nicht, würde es mir auch nichts ausmachen.«

Er hatte sich in seine Highland-Tracht geworfen. Zu Kilt und Weste mit dem Tartan der Roskillens trug er ein weißes, mit Spitze an Brust und Ärmeln verziertes Hemd, Gürtel und Uhrkette, Ziertasche, derbe Schuhe, Dolch und die unvermeidliche Karomütze, die Jamie so hasste.

Annies Herz stockte. Rory erinnerte sie so sehr an seinen Bruder Lindsay – noch mehr in seiner Tracht, die Lindsay ebenso getragen hatte, wenn er an bestimmten Festlichkeiten in Glengarth teilnahm. Wie lange war das schon her? Viel zu lang. Und heute sah sie sich als Teil der modernen Welt, ohne ihr wirklich angehören zu wollen.

»Psst, ein bisschen leiser, Mylaird!« Sie legte den Zeigefinger an die Lippen. »Ihre Bediensteten machen sich vielleicht falsche Vorstellungen, wenn Sie aus vollem Hals dieses schreckliche Lied singen.«

»Welche Bediensteten? Und welches schreckliche Lied? Robert Burns hat nicht ein einziges schreckliches Lied geschrieben.« Er trat schließlich ein. »Ich wollte nur Jamie gute Nacht sagen. Gute Nacht, Jamie!« Er winkte zu seinem Neffen hinüber, der aufrecht im Bett saß und aufmerksam jede Kleinigkeit registrierte.

»Wie sehe ich aus, Annie?« Rory drehte und wendete sich vor dem Spiegel. »Fällt mein Holzbein sehr auf, oder sollte ich lieber eine lange Tartanhose anziehen?«

Jamie brachte es schnell auf den Punkt: »Onkel Rory, Sie sehen genau aus wie mein Vater!«

»Woher weißt du denn, wie dein Vater aussah?«, fragte Annie im gleichen Moment, als auch Rory zu dieser Frage ansetzte.

»Ich habe ihn gesehen, Mama.«

»Wo und wann hast du ihn gesehen, Jamie?« Annie fühlte sich versucht, an Geister zu glauben.

»In Glengarth, Mama. Du hast mir von meinen Vorfahren erzählt. Du hast es *gesagt*.«

Annie nahm Jamie in die Arme. »Natürlich habe ich das, mein Liebling ...«, sagte sie beruhigend.

»Ich weiß noch, als wir die Bilder von den vielen Lairds betrachtet haben, da sagtest du, dass mein Vater so ähnlich aussähe wie Bonnie Prince Charlie ... Und Onkel Rory sieht auch aus wie Bonnie Prince Charlie. Ist er mein Papa?«

Der drängende Wunsch ihres Sohnes nach einem lebendigen Vater schmerzte Annie. Sie ahnte, dass sie allein diese Lücke niemals würde ausfüllen können.

Sie dachte an die großen, prachtvollen Gemälde der Lairds von Glengarth, an Lindsay in seiner Highland-Tracht und daran, was Jamie entgehen würde, wenn sie Rorys Antrag ablehnte. Hilflos blickte sie zu Rory auf, der in seiner Tracht alle quälenden Erinnerungen an Glengarth in ihr weckte.

Sie riss sich zusammen und wandte sich an ihren Sohn: »Das sieht fein aus, was, Jamie? Die Schotten aller Clans sehen gut aus, wenn sie Kilt tragen. Und Sie«, sagte sie zu Rory, »Sie sehen ganz besonders gut aus. Das Holzbein kann man kaum erkennen. Es ist wirklich hervorragend gemacht.«

»Was ist mit Ihrem richtigen Bein passiert, Onkel Rory?«

»Es wurde von einem Schwein gefressen.«

»Von welchem Schwein? Hast du ein Schwein?«

Du liebe Zeit, dachte der Laird von Glengarth, der Sohn meines Bruders ist weiß Gott ein helles Bürschchen. Er sah Annie an. »Schade, dass du nicht mitkommen willst, Annie Gowrie, mein stolzes Mädchen. Vermutlich darf ich neben dem Kindermädchen sitzen. Miss Eleanor Arbuthnot ist in meine Stimme verliebt, dem einzigen, was an mir intakt geblieben ist. Wenn du aber schon hier bleibst, möchte ich dich bitten, einen Blick auf diese Papiere hier zu werfen, während ich mich drüben im Pollock House an Rehbraten,

Lachs aus Loch Mac und Eis mit süßen Cairngorm-Kirschen gütlich tue.« Mit diesen Worten ließ er einen Stapel Akten auf das Bett fallen.

»Hinaus mit Ihnen, mein schöner Laird«, lachte Annie und drehte ihn zur Tür um. »Sie wollen mich ja nur eifersüchtig auf das Kindermädchen und hungrig auf den Lachs machen. Um was geht es bei diesen Papieren?«

»Lies sie, dann weißt du es. Sie sind deine Strafarbeit dafür, dass du heute Abend meine Gesellschaft verschmähst. Aber ich verstehe dich, Annie. Und weil weder meine Überredungskünste, noch das Angebot von passender Kleidung oder freundlicher Begleitung bei dir fruchten, werde ich kein weiteres Wort darüber verlieren. Nur noch eines: Ich kann es kaum erwarten, bis Miss Arbuthnots Federn meinen Gaumen kitzeln.«

»Mama, warum gehen wir nicht beide mit Onkel Rory und besuchen Havers?«

»Weil ich es so beschlossen habe.«

»Aber Onkel Rory ist ein tapferer Kriegsheld, der Mamas Hilfe braucht. Das hast du selbst gesagt.«

»Ich bin ein Fisch auf dem Trockenen«, erwiderte Annie kurz angebunden. »Manchmal sage ich Dinge, die ich später bereue – vor allem, wenn du heimlich lauschst. Und jetzt leg dich hin und deck dich zu ...«

»Liest du mir noch etwas vor, Mama?«

»Was möchtest du denn hören?«

Rory trieb sich immer noch an der Tür herum. Plötzlich sehnte sich Annie mit jeder Faser ihres Seins danach, ihn zu dem vorweihnachtlichen Dinner in Pollock House begleiten zu dürfen. »Was denn nun, Jamie? Shir Khan, Balu, der Bär oder Ikki, das Stachelschwein?«

»Ikki«, entschied Jamie.

»Ich mochte immer Colonel Hathi am liebsten«, sagte Rory von der Tür her.

»Warum, Onkel Rory?«

»Weil er mir ähnelt. Er ist ein Lasttier. Vielleicht sollte ich ein paar Colonel Hathis für Glengarth kaufen: Sie könnten dort Holz transportieren. Merkwürdig, dass Lindsay nie daran gedacht hat ...«

»Hinaus!«, rief Annie. Aber Rory blieb, wo er war.

»Ich freue mich, dass du ihn zu einem richtigen Mann erziehst, Annie. Das Dschungelbuch ist doch tausendmal besser als all diese Geschichten von Elfen und Nixen hinten im Garten ...« Er duckte sich, um Annies Pantoffel auszuweichen, der durch die Luft flog und sein taubes Ohr nur um Haaresbreite verfehlte.

Und dann stand sie auf, ging geradenwegs auf ihn zu und blieb dicht vor ihm stehen.

Er spürte ihre verlockende Nähe, atmete ihren süßen Duft ein. Mit allen Sinnen kostete er den Augenblick aus. Wären nicht Jamie und der wartende Ackker gewesen, er hätte sie in die Arme genommen. »Annie? Was machst du da?«

»Stillgestanden«, kommandierte sie in bester Stabsschwesternmanier. Vorsichtig nahm sie Rory die Brille ab und wedelte mit ihrer Hand vor seinen Augen herum. Er zwinkerte nicht ein einziges Mal. Während sie ihm die Brille zurückgab, sagte sie: »Aye, mein schöner Laird. Niemand ist so blind wie der, der nicht sehen will!«

»Gute Nacht, Annie!« Er setzte die schwarzen Augengläser auf. Ackker, der auf ihn wartete, drückte ihm den weißen Blindenstock in die Hand.

»Wissen Sie, Miss Annie ...« Ackker machte ein verschwörerisches Gesicht und winkte Annie näher. Der Laird humpelte bereits die Treppe hinunter. »... Sie brauchen es der Marine ja nicht weiterzusagen: Unser großer Kriegsheld kriegt eine Menge Zaster dafür, dass er nichts sieht. Sie glauben wirklich, dass er blind wie ein Maulwurf ist. Und deshalb haben sie Mitleid und zahlen ihm eine traumhafte Summe als Schadensersatz. Also lernt er jetzt Braille statt Morsealphabeth. Täte er das nicht, würde die Abfindung gekürzt und Gamin und ich müssten betteln gehen. Tun Sie es nicht, Miss Annie, oder wollen Sie uns alle drei zu Bettlern machen? Und bitteschön, hier ist Ihr Pantoffel!«

Annie riss ihm den Schuh aus der Hand. »Ihr seid mir vielleicht Schwindler! Alle drei! Ich hätte es ahnen müssen ... Gute Nacht!« Sie knallte die Tür hinter sich zu und schlüpfte mit einem schiefen Lächeln in ihren Pantoffel. Rory Duncan wusste, wie man sein Schäfchen ins Trockene bringt.

Nachdem sie Jamie eine Geschichte vorgelesen hatte, griff Annie nach Rorys Ordnern. Wie erwartet handelte es sich um Papiere in steifstem Advokatenkauderwelsch, die sich mit Jamies Erziehung und Zukunft beschäftigten. Auf der letzten Seite fand sich ein Absatz, der alles deutlich einfacher erscheinen ließ, obwohl auch hier eine Spur Erpressung nicht ganz von der Hand zu weisen war.

Im Fall der Einheirat der Kindsmutter Annie Gowrie in die Familie Roskillen wird seine Lordschaft, der Laird von Glengarth, das Kind Jamie Gowrie adoptieren und so mit dem Status eines legitimen Erben versehen; dem Jungen wird eine erstklassige Schulausbildung sowie eine großzügige monatliche Apanage zuteil. Des Weiteren wird ein Treuhänderfonds eingerichtet, um die Zukunft Jamie Gowries als Schottischer Laird abzusichern, und so weiter und so fort.

Annie lehnte sich in ihrem Schaukelstuhl zurück und schloss die Augen. Der leise, tiefe Atem ihres schlafenden Sohnes gab ihr Ruhe zum Nachdenken und plötzlich wurde ihr ihre Armut und Einsamkeit schmerzlich bewusst.

Niemals würde sie allein Jamie die Dinge bieten können, die er eigentlich verdiente, denn so viel Geld könnte sie nicht einmal aufbringen, wenn sie wieder als Krankenschwester für verwundete Soldaten arbeiten würde. Im Übrigen zehrte die harte Arbeit an Körper und Geist; für Jamie bliebe nicht mehr viel von ihr übrig.

Wer würde Jamie versorgen? Die alte Krankenschwester Craig lebte nicht mehr. Sie hatte Mutterstelle an dem Jungen vertreten, während Annie sich in Kingseat ihren Lebensunterhalt verdiente. Zu wem konnte sie heimkehren? Ihr einziges Zuhause war bei Craigie gewesen. War es wirklich fair, ihren Sohn sein Leben lang zum Außenseiter zu stempeln, wenn es eine andere Möglichkeit gab?

Annie wusste, wie man sich fühlte, wenn die ausgestreckten Zeigefinger auf einen wiesen und wenn man so am Boden zerstört war, dass man nicht mehr leben, sondern nur noch überleben wollte: So hatte sie sich gefühlt, als Lindsay ihr begegnet war.

Doch Rory Roskillen hatte ihr klar gemacht, dass es mehr im Leben gab, als immer nur anderen zur Verfügung zu stehen und nichts anderes als das Aschenputtel zu sein, das keinen Anspruch auf Respekt oder Anerkennung hat. Manche Leute hatten Annie gar für eine Hure gehalten. Rory hatte ihr mindestens so viel Rückhalt gegeben wie Craigie, die sich dafür eingesetzt hatte, dass Annie weit weg von Glengarth und den Erinnerungen an Lindsay eine Ausbildung zur Krankenschwester machte. Rory hatte sie immer wie ein vollendeter Gentleman behandelt und sich um ihr Wohlergehen und ihre Würde gesorgt, ganz im Gegensatz zu seinem Bruder. Lindsay hatte sich stets als hoher Herr gegeben, als Laird von Glengarth, dem alle anderen, einschließlich seiner Frau und seines Bruders, unterlegen waren.

Aber war *das* Grund genug, den Bruder zu heiraten?

War es Jamie gegenüber fair, ihm seine verbrieften Rechte zu verweigern, nur weil sie selbst sich nicht damit abfinden konnte, ihre Freiheit zu verlieren und sich in die Hände eines Mannes zu begeben?

War es ihr selbst gegenüber fair?

Annie wusste es nicht, doch sie spürte, dass sie vieles wieder gutmachen konnte, wenn sie den Bruder des Mannes heiratete, dem sie den rechtmäßigen Erben von Glengarth geboren hatte.

Außerdem – Rory Duncan liebte sie wirklich. Er kannte ihre Geschichte wie kein anderer. Rory würde ihr und ihrem Sohn Zuneigung und Sicherheit schenken, er würde ihr seine Liebe zu Füßen legen, ihr jeden Wunsch von den Augen ablesen und er wäre Jamie ein Vater. Ein guter Vater.

Warum nur war es so schwierig, sich dazu durchzuringen? Sie

hatte ihn schon vor dem Krieg gekannt. Ihr war bewusst, wie schwer der tragische Tod seines Bruders auf ihm lastete und dass er sich noch immer Vorwürfe deswegen machte. Sie verstand auch, dass die Seeschlacht vor dem Skagerrak ihn physisch, mental und emotional gebrochen hatte. Auch wenn Rory den Clown spielte und jedem zu verstehen gab, dass außer einer schwarzen Brille, einem Piepsen im Ohr und einem Holzbein mit ihm alles in bester Ordnung war – sie wusste es besser.

Und was würde die Zukunft bringen? Durfte sie überhaupt eine solche Frage stellen? Was würde aus ihr, aus Rory und aus Jamie in den Fängen von Glengarth? Probleme erschienen ebenso wie der Geist Fleddon an Fletchers vor ihren Augen. Doch die Legende von Glengarth zwang sie, eine Wahl zu treffen.

Ehe sie sich für die Nacht fertig machte, nahm Annie ihr kleines schwarzes Buch zur Hand und schlug den Psalm 127 auf. Sie dachte an die Inschrift über der Eingangstür von Haggs Castle und die Heirat einer gewissen Margaret Conynghn mit William Cunningham of Ayrshire, die beide schon lange tot waren. *»Siehe, ein Erbe vom Herrn sind Söhne, eine Belohnung ist die Leibesfrucht. Wie Pfeile in der Hand eines Helden, so sind die Söhne der Jugend. Glücklich der Mann, der seinen Köcher mit ihnen gefüllt hat. Sie werden nicht beschämt werden, wenn sie mit Feinden reden im Tor.«*

In dieser Nacht schlief Annie wenig. Sie wälzte die Probleme ihrer Vergangenheit und die ihrer Zukunft, bis am Ende drei Aussagen übrig blieben, die eine klare Sprache sprachen: Erstens: Rory hatte ihr seine Liebe gestanden und sie in jeder Hinsicht bewiesen. Zweitens: Er hatte ihr eine Ehe ohne Bedingungen oder Verpflichtungen ihrerseits angeboten. Drittens: Er war bereit, ihren Sohn nicht nur zu akzeptieren, sondern ihn an Kindes statt anzunehmen und zu adoptieren.

Was konnte sie mehr vom Laird von Glengarth erwarten?

Annie nahm einen Stift und fügte der letzten Seite der ihr von Rory übergebenen Akte ein Kodizill hinzu.

3. Kapitel

Am Samstag, den 30. März 1918, schlossen W/T Leutnant Rory Duncan Roskillen, R. N. R., Laird von Glengarth, Ross-Shire und Q. A. R. N. N. S. Anne Nic Gowrie aus Gairloch den Bund der Ehe. Die schlichte Zeremonie fand in Pollock, Glasgow, in Anwesenheit des Kaplans des Hauses Maxwell statt. Die Braut trug einen smaragdgrünen Samtzweiteiler mit passender Toque aus dem renommierten Modehaus Guthrie in der Sauchiehall Street. Brautführer war James Scott Beauly Roskillen, der dreieinhalbjährige Sohn des Lairds aus erster Ehe. Als Zeugen unterzeichneten Mr Benjamin Gammon, Ingenieur, R. N. R., wohnhaft in London, Mr Reginald Ackker, wohnhaft in London, sowie Miss Eleanor Arbuthnot, wohnhaft in Pollock, Glasgow. Beide Brautleute haben große persönliche Opfer im Dienst des Britischen Empire und im Einsatz gegen den Feind erbracht. Das glückliche Paar wird seine Flitterwochen an einem geheim gehaltenen Ort verbringen.«*

»Oh je! Dieser Journalistenjargon!«, schnaubte Annie. »Und von wegen geheim: Die beiden Bluthunde da draußen schnüffeln doch schon die ganze Zeit hinter uns her.« Sie legte die schon ziemlich zerfledderte Zeitung beiseite. Immerhin hatte der ehrwürdige »Glasgow Herald« in einem angemessenen Stil über ihre Hochzeit berichtet. Der Reporter und der Fotograf, die draußen auf dem

* Queen Alexandra's Royal Naval Nursing Service

Gang standen und neugierig in ihr Erster-Klasse-Abteil starrten, gehörten zu einem Konkurrenzblatt der Boulevardpresse.

Das letzte Mal, dass Annie mit einem so überwältigenden Anfall von Klaustrophobie zu kämpfen gehabt hatte, war in einer kleinen Hütte auf der Insel Rill gewesen. Nachdem ihr Vater, der Fischer Donald Gowrie, eines Tages vom Fischfang nicht mehr zurückgekehrt war, musste sie sich bereits in sehr jungen Jahren um ihre kranke Mutter kümmern. Bald schon wurde das kleine Anwesen von Fleddon an Fletcher übernommen, der zuvor pro forma die sterbende Witwe Gowrie geheiratet hatte. Mit solch verwirrenden Familienverhältnissen begannen Annies Qualen. Noch schlimmer wurde es, als Laird Lindsay Annie zu seiner Geliebten machte, denn die verbotene Liaison schuf natürlich mancherlei Kontroversen. Hilflos hatte sich Annie damals den Menschen gefügt, die Macht über sie ausübten ...

Annie bemühte sich, die schrecklichsten Tage ihres Lebens aus ihrem Gedächtnis zu verbannen. Sie hatte es weiß Gott nicht leicht gehabt. Es war nicht einfach gewesen, ganz auf sich selbst gestellt zu überleben. Doch trotz der Erinnerungen, die sie manchmal noch heimsuchten, war sie um Jamies willen eine neue Verbindung eingegangen. Sie würde daran arbeiten müssen, sich selbst zu mögen. Erst dann, und das wusste sie, wäre sie in der Lage, dem neuen Laird von Glengarth, ihrem Ehemann, die Liebe zu schenken, die er verdiente.

Annie wischte sich die Augen. Sie wusste nicht genau, ob es Tränen des Glücks waren.

Seit Dezember war ein Wirbelwind der Ereignisse über sie hinweg gefegt und hatte sie dahin gebracht, wo sie jetzt war: Sie war die neue Herrin von Glengarth. Sie hatte kapituliert. Zwei Jahre und drei Monate nach seinem ersten Antrag im Militärkrankenhaus von Kingseat hatte sie schließlich eingewilligt, Rory Duncan Roskillen zu heiraten. Zwei Jahre und drei Monate hatte es gedauert, ehe viele Krankenhausaufenthalte und Rehabilitationsmaßnahmen sowie eine lange Genesungszeit bei seiner

Schwester Kitty in Rutland sein Leben wieder lebenswert gemacht hatten.

Annie war währenddessen mit ihrem Sohn in Gairloch gewesen. Sie und der neue Laird hatten den Kontakt mit Briefen aufrechterhalten, in denen Rory sie mit seinen Heiratswünschen geradezu bombardiert hatte. Wie oft schon war sie nah daran gewesen, Ja zu sagen! Aber sie hatte es nicht getan. Bis heute.

Ursprünglich hatte Annie nicht einwilligen wollen, weil sie genau wusste, dass eine solche Ehe für Rorys Familie eine Mesalliance darstellte. Sie fürchtete die herablassende, an Intoleranz grenzende, vorgebliche Zustimmung seiner Angehörigen, und deren Demütigungen, denen sie ihres niederen Standes wegen früher täglich ausgesetzt gewesen war und die sie weder sich selbst, noch Jamie noch dem Laird zumuten wollte.

Warum aber hatte sie ihre Meinung schließlich geändert? Die Antwort war einfach: Es ging um Jamies Zukunft. Für ihren Sohn würde sie jede Unannehmlichkeit auf sich nehmen.

Und was ihren Ehemann anging, so war er der wunderbarste Mann, den ein Mädchen wie sie sich nur vorstellen konnte. Trotz seiner Narben sah er wirklich gut aus. Immer war er fröhlich und gut gelaunt und bewies sich als perfekter Gentleman. Nachdem Annie ihm ihr Jawort gegeben hatte, war er sofort mit Ackker aus Haggs Castle ausgezogen, um sie als seine Verlobte nicht zu kompromittieren. Nur Gamin hatte er zu ihrer Bedienung zurückgelassen.

Rory Duncan war in der Tat ein Traummann. Annie schwor sich, ihn bis zu ihrem Tod mit jeder Faser ihres Herzens zu lieben. Jedes Wort des Eheversprechens, das sie geleistet hatte – ihn zu lieben und zu ehren –, war ihr bitter ernst gewesen. Aber sie hatte sich auch fest vorgenommen, alles nur Mögliche für Glengarth zu tun, indem sie Rory darin unterstützte, es zu erhalten. Sie war eine Frau des zwanzigsten Jahrhunderts, eine emanzipierte und stolze Frau. Vor allem aber war sie stolz auf den Mann, den sie geheiratet hatte; genau so stolz, wie er auf sie war.

Er hatte sie zu Lady Anne Roskillen gemacht. Sie war jetzt Ehefrau eines Laird und Herrin von Glengarth, und nicht mehr die bettelarme Annie Gowrie von der Insel Rill. Manchmal musste sie sich heimlich kneifen, um es wirklich zu glauben.

Annie stand auf und ließ die Sichtblenden an den Abteilfenstern hinunter. Zum ersten Mal im Leben verspürte sie eine Art Macht. Sie war die Frau eines Mannes mit Land und Titeln, eines Mitglie-des des schottischen Adels und sie sonnte sich in dem Gefühl, die beiden Schnüffler von der Sensationspresse von sich fern halten zu können. Mit einem einzigen Federstrich, mit ihrer Unterschrift auf einem Blatt Papier war sie nicht nur adelig geworden, sondern konnte sich endlich auch gegen die kleinen Unbilden des Alltags wehren.

Niemals mehr würde jemand auf sie herabblicken. Sie stand nicht mehr auf einer Stufe mit den Menschen da draußen im Gang; sie war ihnen überlegen. Wäre es ihre Art gewesen, hätte sie Leute von nun an einschüchtern können, aber das lag ihr nicht. Doch sie schwor sich, dass sie selbst sich nicht mehr so schnell einschüchtern lassen würde. Der Gedanke, Macht gegen frühere Unterdrücker ausüben zu können, war in der Tat berauschend!

Aber würde es sie nicht auf eine Stufe mit denen stellen, die sie einst gefürchtet hatte, wenn die Macht, die sie gegen sie ausübte, allein auf Rache basierte? Auf eine Stufe mit denen, die sie unterdrückt, eingeschüchtert, herumkommandiert und ihr alles genommen hatten? All die unliebsamen Gesichter, deren man zu Recht niedere Beweggründe unterstellen konnte? Würde so etwas nicht das gute Gefühl verringern, das sie ihrem Leben jetzt abgewann?

Annie zuckte die Schultern. Es spielte keine Rolle mehr. Sie war endlich eine freie Frau. Auf ihren Mann konnte sie sich in jeder Weise verlassen. Rory würde ihr niemals im Weg stehen. Er ging nicht nur recht ungezwungen mit seinem Erbe um, sondern hatte auch immer schon eine großzügige Geisteshaltung bewiesen.

Ein wunderbar warmes Gefühl durchrieselte Annie. Sie wusste, dass Rory sie aus einer schrecklichen Lage befreit hatte, an der seine Familie nicht ganz unschuldig war. Aber auch sich selbst hatte er in dem Augenblick befreit, als er ihr den Ring an den Finger steckte. In der Familienkapelle der Maxwells in Pollock war Annie in die Würde und Ehre alter Familienbande aufgenommen worden, obwohl niemand von der Familie anwesend war. Ihr war eine Art Unsterblichkeit zuteil geworden, der Wert und die Anerkennung, die dem Namen Roskillen anhafteten. Aber dafür würde sie auch einige Anstrengungen in Kauf nehmen müssen, sowohl Roskillen als auch Glengarth bedurften großen Einsatzes.

Der Bericht von ihrer Hochzeit im »Glasgow Herald« war auf der letzten Seite erschienen. Der gesamte vordere Teil widmete sich dem Krieg und den Ereignissen an der Westfront.

Weder Annie noch Rory hatten sich eine große Hochzeit mit der kompletten Familie gewünscht. Rory hatte immerhin noch so viel Familie, dass sie ihn gehörig hätte unter Druck setzen können. Die Hochzeit war daher bis zum Schluss geheim gehalten worden; noch nicht einmal Rorys heiß geliebte kleine Schwester Kitty, verheiratete Lady Tapstock, war davon in Kenntnis gesetzt worden.

Sie hätten sich allerdings auch zum gegenwärtigen Zeitpunkt keine großzügige Hochzeit leisten können. Keine Dudelsäcke, keine Kilts und keine Hochzeitszeremonien wie 1913 bei der Eheschließung von Laird Lindsay mit Lady Iona, die sich über mehrere Tage hingezogen hatte. Es war eine Traumhochzeit gewesen, wie es sie nur vor dem Krieg hatte geben können, mit all dem Pomp, der der Status eines Laird erforderte – und Annie als Bediensteter. Lady Iona Cowell Lennox hatte alles besessen: Schönheit, Intelligenz, eine gute Familie und viel Geld. Doch der Ausschlag gebende Faktor für diese Ehe war ihr Reichtum gewesen. Annie wusste sehr wohl, wen Laird Lindsay in Wirklichkeit geliebt hatte.

Sicher hätten Annie und Rory gern in Glengarth geheiratet. Aber es ging nun einmal nicht; Bettler hatten keine große Auswahl. Die Hochzeit war tatsächlich eines Bettlers würdig gewesen. Noch nicht einmal eine Aussteuer hatte Annie gehabt. Das Einzige, was sie mit in die Ehe gebracht hatte, war Jamie, ihr uneheliches Kind. Und Glengarth war noch immer von der Regierung beschlagnahmt.

Das alles waren Gründe dafür, dass Annies Hochzeit mit dem heldenhaften Bruder von Lindsay weitgehend von der einschlägigen Presse ignoriert wurde, die sich momentan sowieso eher nach dem Geschmack der Amerikaner richtete.

Natürlich würden sie es früher oder später der Familie erzählen müssen. Schon bei dem Gedanken daran bekam Annie Magenschmerzen. Aber diesen Gang würden sie bis nach den Flitterwochen verschieben. Jetzt hatten sie und Jamie erst einmal Ferien. Es war vor allem Jamie, um den sie sich angesichts Rorys renommierter Familie Sorgen machte.

Jamie würde in den kommenden Jahren sicher noch häufig vor den Fallstricken und Spitzen geschützt werden müssen, mit denen die so genannte gute Gesellschaft ihm nachstellen würde. Aus eigener leidvoller Erfahrung wusste Annie, wie grausam die Leute manchmal waren, und zwar nicht nur Fremden gegenüber – nur allzu oft betraf es die eigene Verwandtschaft. Annie erinnerte sich nur zu gut daran, wie unbarmherzig, grausam und kalt einige von Rorys Angehörigen sein konnten und wie selbstgerecht sie oft waren.

Am meisten fürchtete sie Lady Christabel. Die permanente und zuweilen äußerst renitente Einmischung der Suffragette und bekennenden Sozialistin in das Familienleben ihrer Verwandten, ihre scharfe Zunge und ihr Taktieren hatten letztendlich zu Lindsays frühem Tod geführt. Oh ja, Christabel hatte viel Kummer auf dem Gewissen.

Selbst wenn sie nicht in Glengarth weilte, hatte Lady Christabel noch düstere Schatten geworfen. Sie hatte sich mit Lindsay über das Gut gestritten; ebenso mit Iona. Sie hatte versucht, Rory zu übertrumpfen und ihn gegen jeden aufzuwiegeln, der ihr bei ihrem Ziel – das Stimmrecht für Frauen zu erlangen – im Weg stand. Sie hatte Klatsch und komplett erfundene Geschichten über Rorys jüngere Schwester, die in England lebte, verbreitet. Am schlimmsten aber war gewesen, dass sie versucht hatte, Annies Selbstwertgefühl, ihren Ruf und damit ihr Leben zu zerstören, indem sie deren Beziehung zu ihrem Bruder Lindsay öffentlich in den Schmutz gezogen hatte ...

Annie hielt Lady Christabel für den wahren Fluch von Glengarth.

Im Gegensatz zu ihr war Kitty eine wirkliche Lady. Sie war immer freundlich und liebte ihre Familie. Sie war es, die ihrem Bruder die Briefe geschickt hatte, die ihn nach seiner Verwundung ins Leben zurückgerufen hatten. Sie war es, die ihm Schutz und Schild geboten hatte, als er als kleiner Junge völlig verwirrt aus Indien zurückgekehrt war. Kitty hatte sich in England um ihn gekümmert wie eine Glucke.

Jetzt waren die Würfel gefallen: Der Fluch von Glengarth ging auf die nächste Generation der Roskillen über, darüber war sich Annie im Klaren.

Annies Gedanken wanderten von einem Leid zum nächsten. In diesem düsteren Kriegsjahr 1918 verendeten Tausende junger Männer auf den Schlachtfeldern Flanderns. In ganz Europa litten und starben Menschen in einem Krieg, den sie nicht verstanden, während Politiker Durchhalteparolen gegen Tyrannei, Unterdrückung und Diktatur verkündeten.

Die ganze Welt wurde plötzlich von Diktatur und Irrsinn beherrscht. Die Welt schien ein Spielbrett für Diktatoren und deren wahnsinnige Winkelzüge zu sein.

Annie hatte nie ganz verstanden, warum die Weltordnung es vorsah, dass die eine Hälfte der Welt unter der anderen Hälfte zu leiden hatte. In Zeiten wie diesen brach die Welt, wie man sie kannte, in einer Schwindel erregenden Spirale zusammen. Auch das Leben selbst? Hoffentlich nicht. In Kriegen hatte man dem Leben niemals einen großen Wert beigemessen.

Nie würde Annie die düsteren Gefühle vergessen können, die sie an jenem Morgen verspürte, als sie – im Häuschen von Schwester Craig – ihr soeben geborenes Baby in den Armen hielt. Sie hatte dieses Kind ohne den Schutz und die Unterstützung eines Vaters oder einer Familie auf die Welt gebracht und damit einem Leben in Armut und in einer grausamen Welt ausgeliefert. Sie wusste, dass von diesem Tag an ihre erste Sorge immer Jamie gelten würde. Annie hatte ihren kleinen Jungen ganz fest gehalten. Sie war die Einzige, die ihn vor den Grausamkeiten des Lebens schützen konnte. Ihre eigene Mutter war bei ihr dazu nicht in der Lage gewesen. Sie betete zu Gott, dass ihr Sohn niemals in einem Krieg kämpfen musste; einem Krieg so grausam wie diesem, der von jedem von ihnen schon so viele Opfer gefordert hatte.

Jamie blickte sie schelmisch an und rückte ein Stück von ihr fort. Er nabelte sich allmählich ab, ertrug die mütterlichen Küsse und Streicheleinheiten nur noch widerwillig. Annie musste lächeln, obwohl es sie ein wenig schmerzte. Sie war so stolz auf ihren intelligenten, kleinen Sohn, der jetzt den Namen Roskillen tragen durfte!

In der Zeitung hatte Annie zum ersten Mal ihren vollen Namen abgedruckt gesehen: *Anne Nic Gowrie.* Im Gälischen bedeutet Nic »Tochter von«, so wie Mac »Sohn von« heißt. Annie verspürte ein merkwürdiges Gefühl dabei, so als wäre sie, mitten im Leben stehend, unsterblich geworden. Wirklich stolz aber war sie darauf, dass man ihren vollständigen Titel und alle Qualifikationen erwähnt hatte. Diese Sporen hatte sie sich selbst verdient, die neuen Familienverhältnisse hingegen waren ihr mehr oder weniger in den Schoß gefallen. Sie war nicht mehr Annie Gowrie, das arme Fischermädchen und die Mätresse – viele hatten auch Hure gesagt – des verstorbenen Laird Lindsay, über die in Ullapool und Gairloch getuschelt wurde, sondern eine hoch qualifizierte Krankenschwester, eine Art moderner Florence Nightingale. Und obendrein war sie die Frau des Lairds von Glengarth, wenn auch nicht desjenigen, dessen Mätresse sie gewesen war.

Vor der Hochzeit war das Büro für Schottische Heraldik an sie herangetreten, um ihr Familienwappen mit dem der Roskillens zu vereinigen.

Natürlich besaß Annie weder ein Familienwappen noch einen eigenen Tartan. Der Mann vom Heraldikbüro, ein mit ausgeprägt englischem Akzent sprechender Mr Rannoch, hatte sogar versucht, sie mit einem gewissen Nathanial Gow aus Inver in Verbindung zu bringen, dem Sohn eines berühmten Vaters.

Inver bei Dunkeld in der Grafschaft Perthshire lag tatsächlich recht nah an Glengarth.

Nathanials Vater Neil, ein Tuchweber, war eine Art Wunderkind gewesen. Sein wunderbares Geigenspiel hatte ihm die Gönnerschaft des Duke of Athol eingetragen und ihn auf beiden Seiten der Grenze berühmt gemacht.

»Beinahe wie ich«, hatte Rory Annie ins Ohr geflüstert.

Nathanial war nach Mr Rannochs Worten als jüngster der fünf Söhne Neil Gows in Inver geboren und später von seinem musikalischen Vater nach Edinburgh geschickt worden, wo er Orchesterchef wurde. Sein bekanntester Mäzen war der Prince of Wales, der spätere König George IV.

»Was er nicht sagt!«, hatte Rory mit so komischer Miene geflüstert, dass Annie sich das Lachen verbeißen musste.

Das Schöne an ihrer Beziehung war, dass sie vor allem auf einer wirklich guten Freundschaft beruhte. Sie konnten miteinander lachen und weinen, offen miteinander reden und sich auch schon einmal streiten. Rory schmollte nie, war nie verletzend und vertrug sich immer schnell wieder mit Annie – alles Eigenschaften, die man seinem Bruder Lindsay nicht unbedingt hatte nachsagen können. Annie war sich sicher, dass ihre Liebe zu Rory allmählich wachsen würde. Allerdings würde es nie die Art von Liebe werden, die sie für Lindsay gehegt hatte.

»So, und Sie meinen also, Annie Gowrie wäre den Gows aus Inver verwandtschaftlich verbunden?«, hatte Rory den Mann vom Heraldikbüro spöttisch gefragt.

»Aber sicher, Sir. Es wäre immerhin möglich.«

»Na, dann suchen Sie mal.« In Rorys Augen lag ein mutwilliges Glitzern.

Sehr ernsthaft hatte Mr Rannoch auf dem Küchentisch einen dicken Wälzer mit Wappen aufgeschlagen, der Rory nicht im Geringsten interessierte und in dem er momentan zudem sowieso nichts erkennen konnte. Er wollte Annie heiraten, weil er sie liebte – andere Gründe gab es nicht.

»Kennen Sie zufällig das Volkslied ›Cam ye by Atholl‹, Mylaird?«

»Aber natürlich«, hatte Rory geantwortet und war drauf und dran gewesen, das schottische Lied zu intonieren, als Annie ihm einen Stoß in die Rippen versetzte.

»Was hat das denn mit mir zu tun?«, fragte sie verlegen.

»Möglicherweise sehr viel, Ma'am«, tat sich Mr Rannoch wichtig. »Nathanial und Neil Gow veröffentlichten ihre Kompositionen in drei Bänden unter dem Namen ›Neil Gow und Sohn‹. Und das blieben nicht die einzigen Werke.«

»Und was hat das mit mir und Rory zu tun?«

»Nun, Ma'am, wenn wir vor Gericht beweisen können, dass Sie tatsächlich eine Nachfahrin Nathaniel Gows sind, dann haben Sie Ansprüche auf Honorare. Außerdem stammt Ihr zukünftiger Ehemann aus einer Familie mit einer Jahrhunderte alten Geschichte – sogar über tausend Jahre alt, wenn wir die skandinavische Herkunft mit einbeziehen.«

»Daher habe ich meinen skandinavischen Blondschopf«, sagte Rory zu Jamie. »Er ist zwar seit dem Skagerrak ein bisschen grauer geworden, aber immerhin. Deine flachsblonden Locken werden sicher auch irgendwann grau, falls der deutsche Kaiser zulässt, dass du je so alt wirst.«

»Rory, sag solche Sachen bitte nicht!«, protestierte Annie.

Mr Rannoch versuchte noch immer, sein Wappen zu verkaufen: »Wenn wir also Recht haben, dann könnten wir das Wappen der Gows in das der Roskillens einfügen, wie es mit den nordischen Häuptlingsinsignien der Vorfahren Ihres zukünftigen Gatten geschehen ist, Ma'am. Die Vorfahren Ihres Mannes siedelten ab dem Jahr 1215 auf dem Vorgebirge. Das gälische Wort für Vorgebirge lautet ›Ros‹. Daher kommt der Name Ross-Shire für das von den Skandinaviern besetzte Land, und natürlich auch der Name Roskillen. Die Feudalherrschaft dauerte an, bis ein gewisser Fearchar Mac an t-Sagairt oder Farquhar, der Sohn eines Priesters, Alexander II. von Schottland gegen die Erben der alten keltischen Dynastie beistand, allerdings später von Malcolm III. und seiner zweiten Frau, der Königin Margaret ...«

An dieser Stelle unterbrach Rory den Redefluss des Heraldikers. »Ja, ja, herzlichen Dank. Sagen Sie mir nur noch eines: Wie kommen Sie darauf, dass der Name meiner Verlobten von den Gows abstammt? Spielt das überhaupt irgendeine Rolle?«

»Aber sicher, Mylaird. Immerhin ist es Ihr Vermächtnis, und das Ihrer Nachkommen.« Mr Rannoch wischte die Feder seines Füllfederhalters sorgfältig mit einem eigens dafür vorgesehenen Läppchen ab, schraubte die Kappe auf und verstaute ihn ordentlich in seiner Brusttasche. Dann sammelte er seine Listen und Bücher ein. »Miss Gow...«

»Gowrie«, vervollständigte Annie.

»Gowrie und Gow stammen von der gleichen gälischen Wurzel ab, nämlich dem Wort *Gobhan*. Es bedeutet ›Schmied‹. Auch Neil und Nathanial ...«

»Sehr schön, vielen Dank«, sagten Rory und Annie fast im gleichen Atemzug.

»Schmied geht für uns in Ordnung«, meinte Rory schelmisch, »nehmen Sie doch einfach dieses Wappen.«

Es war wie ein Rausch. Manchmal glaubte Annie, nur zu träumen. Das grüne Kleid, ein Hochzeitsgeschenk Rorys, hatte sie ein wenig widerstrebend akzeptiert – sie war nicht gern von seiner Mildtätigkeit abhängig. Einen etwas säuerlichen journalistischen Kommentar, der besagte, dass »Grün, vor allem Smaragdgrün, nicht von einer Braut getragen werden sollte, weil es als Unglücksfarbe gilt«, überlas sie ohne mit der Wimper zu zucken.

Was sollte dieser Unfug bezüglich der Farbe ihres Brautkleides nur? Grün war schließlich die Farbe des Inchnadamph-Moores und der Hügel, Wälder und Parks von Glengarth. Wie konnte eine von Gott geschaffene Farbe, zudem eine, die Wiedergeburt verhieß, als Unglücksfarbe gelten?

Jamie hatte sich, während Annie ihren Überlegungen nachhing, auf die Polster gekniet, einen Zipfel der Sichtblenden angehoben und drückte nun seine Nase an das Glas. Er wollte wissen, was draußen auf dem Gang passierte. Ziemlich erschrocken prallte er zurück, als genau vor ihm ein großes, weißes Gesicht auftauchte. Der Mann trug einen Bowler und begann, mit dem Finger auf das Glas zu schreiben.

»Mama!«, rief Jamie. »Mama, da ist ein komischer Mann, der schreibt Buchstaben. Was heißt das, Mama?«

Annie bemühte sich, das spiegelverkehrte Geschreibsel auf der beschlagenen Scheibe zu entziffern. »Bild von dir + blindem Onkel, jetzt Papa? Schön lächeln!«

Wutentbrannt schob Annie die Abteiltür auf, baute sich in ihrer grünen Pracht wie ein Erzengel vor dem Reporter und dem Fotografen auf, der auf diesem Wege gerade versucht hatte, ein Bild von Jamie zu schießen, und donnerte sie an: »Nun verschwindet endlich!«

Sofort machten sich die beiden aus dem Staub.

Verblüfft betrachtete Jamie seine Mutter. Nie zuvor hatte er sie mit einer so tiefen und lauten Stimme sprechen hören. Er zitterte. Mama hatte immer nur freundlich mit ihm gesprochen – nur manchmal lag eine gewisse Schärfe in ihrer Stimme. Aber so laut? Doch die Reporter waren verschwunden. »Mama, sie sind weg!«, rief er erleichtert.

»Ja, Jamie, sie sind weg. Die wären wir endlich los!« Annie klatschte in die behandschuhten Hände und ließ sich triumphierend in ihren Sitz fallen.

Rory, der nicht hatte lesen können, was auf der Scheibe stand, war neugierig geworden. Auch er hatte Annie noch nie mit einer solchen Stimme sprechen hören, aber er wusste, dass sie mit jedem fertig werden würde. Er war gerade dabei, mit einem Monokel auszuprobieren, ob er nicht doch selbst die Zeitung lesen konnte, anstatt wie ein kleines Kind vorgelesen zu bekommen. »Deine Mutter hat die beiden mit einem ihrer Nixenzaubersprüche verschwinden lassen, mein Junge.«

»Was ist eine Nixe, Onkel Rory?«

Annie wurde ärgerlich. Sie forderte Jamie auf, sich richtig hinzusetzen und fragte sehr ernst: »Was habe ich dir gestern vor der Hochzeit gesagt?«

»Nichts von Nixen, Mama.«

»Aber ich habe dir erklärt, dass du jetzt immer Papa oder Vater zu Rory sagen musst. Er ist dein rechtmäßiger Adoptivvater, Jamie, daran musst du immer denken. Nicht mehr *Onkel* Rory – jetzt ist er dein *Papa*! Das ist sehr wichtig, Jamie!«

»Wie wichtig?«

»Sehr wichtig. Du bist jetzt sein Sohn, so wie ich deine Mutter bin.«

»Aber mein Vater ist tot. Das hast du mir selbst gesagt, Mama.«

»Um Himmels willen, Jamie, erwähne bitte nie mehr – hörst du: nie mehr – in der Öffentlichkeit, dass Laird Lindsay dein Vater ist. Rory ist jetzt dein Vater und du bist sein rechtmäßiger Erbe. Dein Name ist ab sofort und für immer: Jamie Scott Beauly Roskillen. Du besitzt nun einen Titel und etwas, worauf du ganz besonders stolz sein kannst: ein wunderbares Gut namens Glengarth, das eines Tages dir gehören wird. Hast du mich verstanden?«

»Ja, Mama. Ich verspreche, brav zu sein.«

»Gut. Und eine Nixe ist eine Art Wassergeist.«

»Wird Papa mir das Fischen beibringen, wenn wir zum Loch Lomond kommen, Mama?«

»Aber sicher, mein Junge«, sagte Rory. Stirnrunzelnd versuchte er sich an die Vorstellung zu gewöhnen, dass er an einem einzigen

Tag nicht nur eine Frau, sondern auch ein ziemlich wissensdurstiges Kind bekommen hatte.

Es war an der Zeit, die Vergangenheit zu vergessen und mit Annie und Jamie einen Neuanfang zu wagen, dachte er ein wenig frustriert, und warf das völlig nutzlose Monokel aus dem Fenster. Stattdessen setzte er wieder die schwarze Brille auf, die allerdings wegen der starken Vergrößerung seine Augen immer sehr anstrengte. Rory schwor sich, nach den Flitterwochen einen Augenspezialisten in London aufzusuchen. In der Zwischenzeit musste er sich damit abfinden, dass Annie ihm vorlas und Gamin und Ackker seine »Blindenhunde« spielten. Vielleicht würde die hysterische Blindheit ja mit der Zeit heilen, ganz zu schweigen von dem dauernden Klingeln in seinen Ohren, das Annie mit ihrem Fachwissen »Tinnitus« nannte. Entschlossen vertraute er darauf, dass ihm eines Tages – genau wie es ihm seine Frau immer wieder predigte – die Schuppen von den Augen fallen würden und er wieder sehen könnte.

Auch Annie war fest entschlossen, ein neues Leben zu beginnen – und welcher Tag hätte sich besser dafür geeignet als ihr Hochzeitstag? Lindsay war tot und begraben, genau wie das missgebildete Kind, das Lady Iona nach ihrem Sturz vom Pferd zur Welt gebracht hatte. Der Unfall hatte Lady Iona damals an den Rollstuhl gefesselt und dafür gesorgt, dass Glengarth ohne Erbe blieb. Auch Lady Christabel stellte für Annie keine Bedrohung mehr dar. Jetzt war Rory Annies Ehemann, und er würde sie vor seiner Schwester beschützen. Annies schrecklicher Stiefvater Fleddon an Fletcher hatte seine gerechte Strafe erhalten und würde sich niemals mehr in ihr Leben drängen. Und was den legendären Fluch von Glengarth betraf, der in den Augen vieler eine echte Bedrohung für die Familie Roskillen darstellte, der war in Annies Augen nichts weiter als ein heidnischer Hokuspokus, den ein verrückter heiliger Mann in Indien (Rory nannte ihn Fakir oder Swami) vor vielen Jahren ausgesprochen hatte. Immerhin gab es für Glengarth inzwischen einen Erben. Laird Rory hatte nicht nur überlebt, sondern konnte der Zukunft sogar gelassen entgegensehen, denn er hatte einen Erben – James Scott Beauly Roskillen.

Annie war nach dieser positiven Bilanz bereit, endlich ein wenig Sonne und Glück in ihre Seele zu lassen. Das war Gott ihr schuldig.

Plötzlich klopfte es laut gegen die Glastür. Annie schreckte aus ihren Tagträumen hoch. Im Abteil war es heiß und stickig. Jeder hatte vor sich hingedöst. Seufzend stand Annie auf und ging nachsehen.

Wenn es die beiden Schmierfinken sein sollten, würden sie ihr blaues Wunder erleben ... Doch an der Tür stand Eleanor Arbuthnot. Sie stützte sich auf ihren zusammengerollten Regenschirm wie auf einen Spazierstock. An der Hand hielt sie den kleinen Havers Maxwell. Unwillkürlich prallte Annie einen Schritt zurück. Sie hatte gehofft, dass sie Miss Arbuthnot nach der Unterzeichnung der Personenstandsregister in der Familienkapelle der Maxwells nie wieder sehen würde.

»Oh, hallo!« Eleanor hob ihre behandschuhten Finger zu einem Gruß, der Annie ein wenig albern erschien, da sie sich erst kurze Zeit zuvor von den Roskillens getrennt hatte. »Wir dachten uns schon, dass wir Sie hier finden würden. Sag Jamie guten Tag, Havers. Darf ich ...?«

»Aber natürlich, bitte sehr. Du natürlich auch, junger Mann.« Rory stand auf, um die Kinderfrau und den Jungen aus Pollock House zu begrüßen. Annie warf ihrem Mann einen merkwürdigen Blick zu, den er dank seiner schwarzen Brillengläser nicht beantworten konnte oder wollte.

Eleanor ließ sich zierlich auf der Kante des Sitzes nieder und faltete die Hände im Schoß. Havers und Jamie saßen mit verschränkten Armen nebeneinander, die rundlichen Beinchen weit von sich gestreckt, und hatten sich nichts zu sagen. Eleanor trug das gleiche graublaue Kleid mit passendem Federhut, das Annie bereits kannte. Es war ihre Kindermädchen-Uniform, wobei der Hut mit seinen Straußenfedern viel zu auffällig für ein Kindermädchen war. Vermutlich hatte sie ihn von Lady Elizabeth Maxwell geerbt.

»Ich dachte mir schon, dass Sie ebenfalls diesen Zug nehmen würden, Rory, und hoffe, Sie verzeihen mir mein Eindringen. Ich weiß, dass Sie sich auf Hochzeitsreise befinden, aber ich wollte Sie warnen. Im Zug befinden sich ein paar Sensationsjournalisten. Einer hat sogar eine Kamera dabei.«

»Das wissen wir«, sagte Annie kurz angebunden. »Wir haben sie schon getroffen.«

»Sie sind hinter Lord und Lady Maxwell her«, erklärte Miss Arbuthnot. Aus irgendeinem Grund fühlte Annie sich plötzlich ernüchtert.

»Die beiden sind allerdings mit dem Wagen nach Gargunnock voraus gefahren«, fuhr das Kindermädchen fort. »Havers und ich sollen die Schreiberlinge auf die falsche Fährte locken. Am Wochenende stehen übrigens Jagen und Fischen auf dem Programm. Sir Robert hat mich beauftragt, Sie und Annie einzuladen, wenn ich Sie treffe. Sie wohnen ja nur einen Steinwurf weit von uns entfernt.«

»Das finde ich sehr anständig von dem alten Jungen«, sagte Rory. »Allerdings liegt mir nicht besonders viel an der Jagd, Elly. Früher schon nicht und jetzt kann ich noch nicht einmal mehr richtig laufen. Der Verlust eines Beines, eines Trommelfells und beider Augen wird mir wohl auf immer verbieten, noch einmal durch die Hügel meiner Jugend zu streifen.«

»Was für ein Unsinn. Sie sehen unglaublich fit aus und sind doch noch jung!«, gab Eleanor zurück. Annie stellte fest, dass Miss Arbuthnot grundsätzlich flirtete, wenn sie mit Rory sprach.

»Kann schon sein, Elly. Trotzdem sitze ich lieber am Feuer und drehe Däumchen – und zwar ganz eng an meine Frau gekuschelt.«

»Oh ... natürlich ... ich verstehe.« Sie schien ein wenig verlegen. »Wissen Sie, man vergisst leicht, wie schwer verwundet Sie sind, weil Sie immer so fröhlich sind und mitten im Leben zu stehen scheinen ... Nun gut, wo wir nun schon einmal im gleichen Zug sitzen, wollte ich Ihnen zumindest Bescheid sagen.«

»Vielen Dank, Elly«, nickte Rory. »Sagen Sie, warum reisen Sie und Havers nicht mit uns zusammen?«, fügte er in seiner höflichen Art hinzu. Annie hätte ihn am liebsten erwürgt. Schließlich waren sie auf *Hochzeitsreise!* Was dachte er sich nur dabei, Miss Arbuthnot in ihr Abteil einzuladen?

»Warum ist denn die Presse hinter Lord und Lady Maxwell her?«, erkundigte sich Annie schnell.

»Soviel ich weiß, hat es etwas mit Kunstdiebstahl zu tun«, antwortete das Kindermädchen der Maxwells, wiederum an Rory gewandt. »Sie wissen ja sicher, Rory, was für ein großer Menschenfreund Sir Rob ist, genau wie sein Vater vor ihm. Und eben auch genauso ein passionierter Kunstsammler. Die Sensationspresse – Journalisten kann man sie ja nicht nennen – ist nun hinter ihm her, weil sie Näheres über den Diebstahl einiger unbezahlbarer Gemälde wissen will. Mehr darf ich Ihnen leider nicht sagen, denn die Polizei wurde natürlich ebenfalls eingeschaltet. Im Übrigen würden Havers und ich die Reise selbstverständlich gern hier bei Ihnen verbringen, falls Annie nichts dagegen hat.«

Natürlich blieb Annie keine andere Wahl, als zu sagen, dass sie nichts dagegen hätte.

»Du bleibst hier bei Jamie, während ich mich darum kümmere, unsere Sachen zu holen«, befahl Eleanor Arbuthnot dem kleinen Havers, ehe sie loszog, um ihr Gepäck aus einem anderen Erste-Klasse-Abteil des Zuges zu holen.

Verstimmt blieb Annie sitzen. Vor dem jungen Maxwell durfte sie ihren Gefühlen nicht allzu frei Luft machen. »O ja, Sir Robert ist *wirklich* ein Menschenfreund, wie sein Vater vor ihm! Klar, ihm zufolge wird sein Vater es wohl kaum gewesen sein. Du kennst vielleicht merkwürdige Leute, Rory!«

»Wie meinst du das, liebste Gattin?«

»Das weißt du sehr genau«, entgegnete sie finster.

Er beugte sich vor und tätschelte ihr Knie. Da die beiden Jungen miteinander zu spielen begannen, fühlte er sich unbeobachtet und fragte: »Du bist doch nicht etwa eifersüchtig auf E. A.?«

»Um Himmels Willen, nein«, entrüstete sich Annie. »Wie könnte ich? Sie ist schließlich nur ein Kindermädchen!«

4. Kapitel

Aus Annies Flitterwochen wurde nicht viel mehr als die Erneuerung der engen Freundschaft, die sie schon zuvor mit ihrem Ehemann verbunden hatte. Sie knüpften an die kurze, aber glückliche Zeit in Glengarth an.

Es war einfach noch zu früh. Beide waren in den vergangenen vier Jahren gefühlsmäßig viel zu stark traumatisiert worden, als dass aus ihren Flitterwochen mehr werden konnte als ein erneutes, vielleicht ein wenig intensiveres Kennenlernen. Tage und Nächte voller Leidenschaft – in denen man die Hände nicht voneinander lassen konnte –, wie es sie in romantischen Romanen gab, erlebten sie nicht miteinander. Es wäre Annie und Rory ohnedies schwer gefallen, sich Tag und Nacht aufeinander zu konzentrieren, denn sie waren weder allein noch ungestört: Jamie begleitete sie auf Schritt und Tritt.

Bald schon beschloss der Laird von Glengarth, unmittelbar nach der Rückkehr nach Glasgow eine Gouvernante und einen Hauslehrer für den Jungen einzustellen. Rory schaffte es einfach nicht, mit dem Kleinen und seinen endlosen Fragen Schritt zu halten, ganz zu schweigen von der kindlichen Energie, die nie nachzulassen schien. Er beneidete das Kind um die Zeit, die Annie zu seiner Beschäftigung und Unterhaltung aufwendete. Selbst nachts war das frisch gebackene Ehepaar nicht allein, denn Jamie schlief in ihrem Bett. Er hatte Angst, in dem fremden Haus allein zu bleiben.

»Welch ein Unfug«, sagte Rory nach einer weiteren unruhigen

Nacht zu Annie. »Er muss lernen, allein zu schlafen. Schließlich ist er ein großer Junge.«

»Ist er nicht«, widersprach Annie. »Er ist ein kleiner, ängstlicher Kerl. Er musste sich in letzter Zeit an viele fremde Häuser gewöhnen; das kannte er bisher nicht.« Annie hatte ihren Sohn in die Arme genommen und wärmte und wiegte ihn, wie sie es im kleinen Haus der Hebamme Craig immer getan hatte. Doch dieses Mal geschah es auf Kosten des Ehemannes.

Die Dunkelheit, die Rory ständig umgab, machte ihm nichts aus. Für ihn gab es kaum einen Unterschied zwischen Tag und Nacht. Doch seine eingeschränkte Sehkraft verhinderte, dass er der unabhängige, selbstständige Mann war, der er früher gewesen war – obwohl er sich redlich bemühte, dagegen anzugehen. Wäre es ihm möglich gewesen, sich aus der infernalischen Dunkelheit zu befreien, die ihn dauernd umgab, hätte er sich aus dem Schlafzimmer in Leckie Castle gestohlen und seinen Ärger an Ackker oder Gamin ausgelassen. Er hätte sich Kakao, Whisky und ein Telefon bringen lassen und Lizzie in Amerika oder seine Schwester Kitty angerufen – einfach irgendwen, der für ihn da war. Aber Ackker und Gamin hielten sich in Glasgow auf. Und so biss Rory die Zähne zusammen und ertrug klaglos – weil es seine neu erworbene Vaterschaft nun einmal so verlangte – Jamies kalte Füße, die sich oftmals an seinen Bauch drückten.

Und dann waren da noch die Maxwells.

Für Annies Geschmack wohnten sie einen Tick zu nah an ihrem Flitterwochendomizil. Das galt vor allem für Eleanor Arbuthnot.

In regelmäßigen Abständen schickte Sir Robert einen Diener mit Einladungsschreiben für Rory und Annie von Gargunnock House, einem seiner Stammsitze, nach Leckie Castle. Immer handelte es sich um Picknicks, Spielabende, Partys, Jagdpartien und Angelausflüge, und jedes Mal sagte Annie ab. Ihr Mann war zwar sicher ausgesprochen beliebt, aber während der Flitterwochen wollte sie ihn nun einmal für sich allein.

Und wieder einmal war Jamie enttäuscht und Rory verärgert.

»Was ist nur los mit dir, Annie? Sie sind doch nur höflich und obendrein freundlich. Warum bist du so unhöflich und snobistisch? Schließlich sind es meine ... unsere Freunde.«

»Du kannst ja mit Jamie hingehen«, sagte Annie. »Sie haben versprochen, die Kutsche zu schicken – es wäre also kein Problem.« Sie selbst zog es vor, in Leckie Castle zu bleiben, dem ehemaligen Wohnsitz eines Laird. Es erinnerte sie an ihre Zeit mit Lindsay. 1745 hatte Lady Leckie hier Bonnie Prince Charlie empfangen. Annie fühlte sich wohl in dem Schloss, denn es war gemütlich eingerichtet und von Bauernhöfen, Feldern und Hügeln umgeben. Der sehr von Reichtum geprägte Lebensstil der Familie Maxwell und ihre protzigen Herrenhäuser machten ihr jedoch Angst.

Glengarth war da ganz anders. Auch Glengarth erschien manchen Leuten als hochherrschaftlich, aber es war ihr Zuhause gewesen, die einzige Zuflucht, die sie in ihrer Jugend gehabt hatte. Auch wenn ihre Welt der Dienstbotentrakt gewesen war, sah sie Glengarth mit dem gleichen Recht als ihre Heimat an wie jeder Laird Roskillen. Und genau da lag der Unterschied: Sie brauchte keine Fremden in ihrem Leben. Sie brauchte ihre eigenen Leute, ihre Familie.

Sie fand die Aristokraten, die »Eingebildeten«, wie sie sie im Stillen noch immer bezeichnete, ziemlich merkwürdig. Das überwältigend ausgestattete Gargunnock House, ein durch Diplomatie und Heirat auf die Maxwells übergegangener Stammsitz der Stirlings, wurde Haus genannt, obwohl es doch eher einem Schloss glich. Das aus dem sechzehnten Jahrhundert stammende Leckie Castle hingegen hatte gar nichts von einem Schloss, hieß aber so. Es war, als würde man zu einem Tischtuch Serviette sagen, oder Lachs zu einem Hering. Die oberen Zehntausend hatten eben einen Spleen!

Rory war es allmählich leid, sich ständig Annies wegen zu entschuldigen, und schlug einen bestimmenden Ton an: »Annie, wir werden *gemeinsam* zu diesem Picknick auf den Campsie Fells gehen. Die Maxwells waren so freundlich, uns einzuladen, und wir werden nicht so unhöflich sein, schon wieder abzusagen. Ich möchte nicht immer absagen müssen. Und ich möchte, dass du auch mal als meine Frau an meiner Seite bist – und nicht nur als Jamies Mutter.«

»Sie sind *deine* Freunde, Rory. Ich fühle mich bei ihnen fehl am Platz.«

Rory nahm mit seiner eingeschränkten Sehkraft Annie nur als kerzengrade stehende, resolute Gestalt wahr, die sich vor dem hellen Fenster abhob. Er stand aus seinem Sessel neben dem Kamin auf, ging auf sie zu und legte ihr die Hände auf die Schultern. Seine Augen waren rot gerändert. Auch die Narben auf seiner Stirn leuchteten purpurn. Er sah aus wie ein gehäutetes Kaninchen. Annie hob ihre Smaragdaugen zu ihm empor.

In Rorys Erinnerung hatten diese wunderschönen Augen immer traurig geschaut – voller Sehnsucht nach Lindsay. Es schmerzte ihn noch immer in tiefster Seele, wie schlecht Lindsay Annie behandelt hatte. Er erinnerte sich ihres unschuldigen Liebreizes und ihrer Süße, die derjenigen der Hügel, des Meeres und der Blumen im Inchnadamph glich. Das war die wahre Annie gewesen, bevor Lindsay seine gierigen Hände nach ihr ausgestreckt hatte. Nicht zum ersten Mal meldete sich seine Eifersucht. Rory zog Annies Kopf an seine Schulter.

Auch Annie erinnerte sich. Vor allem an seine blauen Augen. Sie waren von bestürzender Klarheit gewesen, intensiv und so anziehend, dass sie an ihrer Seele zerrten. Seine jetzt so schrecklich entstellten Augen waren die Fenster zu seinem Innersten gewesen. Annie wünschte sich nichts mehr, als ihm nah sein zu können. Sie wollte ihm gegenüber ganz Frau sein und nicht so, wie er sie zuletzt gesehen hatte: als uniformierte Krankenschwester, die ihm Befehle erteilte und ihn schikanierte – obwohl das natürlich zu seinem Besten geschehen war.

Diese Ehe war eine reine Vernunftehe. Das wussten sie beide. Keine im Himmel geschlossene Ehe, sondern zusammengekittete Scherben. Annie war die übrig gebliebene Mätresse eines früh verstorbenen Mannes, der gesellschaftlich hoch über ihr gestanden hatte und noch dazu verheiratet gewesen war, hatte ein uneheliches Kind und war arm wie eine Kirchenmaus. Wer hätte sie noch heiraten wollen? Nur Rory Roskillen, ein fast blinder, fast tauber, einbeiniger ehemaliger Soldat, dessen einzige Zukunftsaussicht ein zerfallendes Schloss war, für das die Admiralität noch nicht einmal Miete bezahlte, sowie ein See, der beschädigten Kriegsschiffen als Zuflucht vor der deutschen Marine diente. Ein vom Leben Gezeichneter. Wo waren seine schönen, reichen Freundinnen geblieben? Wo war Lizzie, die Multimillionärin, seine frühere Lebensgefährtin und Geschäftspartnerin?

Vielleicht hatte sie einen Fehler gemacht, dachte Annie reuig. Sie hatte um der finanziellen Absicherung für Jamie und des männlichen Schutzes willen viel zu schnell Ja gesagt. Wie hieß es noch? Schnell gefreit, lang gereut. Sie war wohl der Versuchung erlegen, eine Lady und die Frau eines Laird zu werden. Sie war auf die gesellschaftliche Stellung aus gewesen, hatte Jamie einen Vater geben und seine Zukunft absichern wollen. Rory hingegen profitierte insofern von ihrer Verbindung, als er eine rund um die Uhr erreichbare Krankenschwester in seiner Nähe wusste. Genau genommen war diese Ehe nichts als ein Vertrag, und der gegenseitige Nutzen war mit einer Unterschrift und einem goldenen Ring besiegelt worden.

Annie erkannte plötzlich, wie zerstört und verletzt sie beide waren. Sie waren emotionale und physische Krüppel, die nach einer Zuflucht gesucht hatten – einer Zuflucht, die sie sich gegenseitig bieten konnten. Doch die Zuflucht beruhte auf nichts anderem als den Geistern der Vergangenheit. Oh ja, Annie wusste sehr wohl, warum Rory sie unbedingt hatte heiraten wollen. Aber sie wusste auch, warum sie ihn geheiratet hatte.

»Ich möchte mich nicht dauernd zurückziehen, Annie«, sagte Rory. »Du hast mich damals einen Feigling gescholten, als ich mich weigerte, die Bürde anzunehmen, die das Leben mir meiner Ansicht nach unverdientermaßen aufgeladen hatte. Jetzt bin ich an der Reihe, dich daran zu erinnern, Annie. Du hast mir das Leben wiedergeschenkt, zu deinem und Jamies Vorteil. Ich bitte dich nur um das eine: Sei meine Frau. Sei Lady Anne, nicht Annie Gowrie. Annie Gowrie ist tot, genau wie Lindsay. Wir beide fangen jetzt ganz neu an. Der einzige Mensch, der sich deiner schämt, bist du selbst. Ich ganz bestimmt nicht. Jamie auch nicht. Aber du bringst mich dazu, mich zu schämen, wenn du dich mir entziehst. Jamie und ich brauchen dich, Annie! Und dazu gibt es jetzt noch eine andere Dimension in deinem Leben: *Noblesse oblige.** Auch ich bin mit diesem Prinzip nicht immer einverstanden. Aber die Leute da draußen sehen dich als Lady Anne Roskillen. Nicht als Annie Gowrie. Noch einmal: Sie ist tot. Lindsay ist tot. Das alles ist Geschichte ...« Seine Tränen zerrissen ihr das Herz.

»Pst, Rory ... nicht weinen ... ist doch gut ...« Sie zog ihn an sich und versuchte ihn zu trösten. Dabei hasste sie sich selbst um ihrer Gedanken willen, die ihm gegenüber nicht immer fair waren. »Rory, Rory, ich tue ja alles, was du willst ... aber bitte, hör auf, mich gefühlsmäßig zu erpressen!«

»Dann nimm meine Hand und halte deinen Kopf hoch. Adel verpflichtet, Annie. Tu es für mich. Und dann geh und hole deine und Jamies Wanderschuhe. Um meine eigenen kümmere ich mich selbst. Ich möchte nicht, dass du dir wie eine Dienerin vorkommst. Sei einfach nur meine liebe Frau und mein treues, schottisches Mädchen, Annie Roskillen!« Er wischte sich die Tränen aus den Augen und sie drückte ihn noch einmal fest an sich.

»Lass uns versuchen, unsere Leben auf einen Nenner zu bringen. Alle drei.« Mit diesen Worten griff Rory nach seinem weißen Stock, humpelte aus dem Zimmer und machte sich auf die Suche nach seinen Wanderstiefeln. Sein künstliches Bein hatte einen beweglichen Fuß, an den jede Art von Schuh passte. Zum Teufel, er war doch immer noch ein unabhängiger Mann, der für sich selbst sorgen konnte!

Annie blieb unbeweglich stehen. Viel zu schnell war das Hoch-

---

* Adel verpflichtet

gefühl in Vergessenheit geraten, das sie im Zug von Glasgow nach Stirling bei der Konfrontation mit den beiden Journalisten verspürt hatte. Sie hatte sich wie eine wiedergeborene Frau gefühlt, eine Frau, die ein Anrecht auf ein eigenes und vor allem besseres Leben hat, eine Frau, die nun einer höheren Gesellschaftsschicht angehörte. Und jetzt verkroch sie sich vor Leuten aus ebendieser Gesellschaftsschicht, weil sie das Gefühl hatte, dass diese ihr immer noch weit überlegen waren. Sogar ihr Ehemann gehörte einer anderen, einer privilegierten Welt an als sie selbst – einer Welt voller Prestige und Reichtum. Hatte ihre Unsicherheit vielleicht damit zu tun, dass sie bisher ihre neu erworbene Macht immer nur gegenüber Menschen eingesetzt hatte, deren Ansehen weniger hoch war als das der Maxwells, Stirlings und Roskillens? Dabei waren doch eigentlich alle Menschen gleich.

Waren sie nicht!, protestierte ihre innere Stimme. Die Aristokraten lebten hoch oben in den Wolken, ganz nah bei Gott. Ihr Reichtum und ihr Rang bildeten die Basis ihrer Macht, einer Macht, die ihnen ein vollkommen anderes Leben ermöglichte, obwohl sie selbst auch aus Fleisch und Blut waren ...

Aber ihr Blut war *blau!*

Ja und?

Sie waren zwar menschliche Wesen, jedoch welche mit blauem Blut und daher wie von einem anderen Planeten.

Was die beiden Reporter im Zug anging, so schämte Annie sich gründlich: Sie hatte ihnen eigentlich genau das angetan, was sie selbst früher hatte erleiden müssen.

Sie wusste, dass das britische Klassensystem nur deshalb fortbestand, weil die bessere Gesellschaft ihre Reihen fest geschlossen hielt und das Eindringen der unteren Schichten in ihre Welt verhinderte. Und sie selbst gehörte jetzt dazu. Sie war durch einen Ehevertrag von einer einfachen Frau zur Lady aufgestiegen und nun offiziell berechtigt, Pelze und Hüte mit Federn zu tragen ...

Apropos Federn: Wenn Annie sich gegenüber ganz ehrlich war, dann hatte sie mehr Respekt oder gar Angst vor Miss Eleanor Arbuthnot und ihrer Rolle ihn Rorys Leben, als davor, Lord Robert und Lady Elizabeth Maxwell zu treffen.

Worüber beschwerte sie sich eigentlich? Immerhin war Havers bereit, mit Jamie zu spielen.

Trotzdem ging Annie die Frage nicht aus dem Kopf, was Miss Arbuthnot mit Rorys früherem Leben zu tun hatte. Es gab da eine Zeit, über die Annie nichts wusste, etwas, das sich in Südengland abgespielt hatte.

Annie hätte gern mehr über die Vergangenheit ihres Gatten gewusst. Doch nun galt es, sich Mut zuzusprechen und die Wanderschuhe zu holen.

*

Das Picknick war ganz anders, als alle Picknicks, die Annie je erlebt hatte. Es hatte absolut nichts mit den einfachen, fröhlichen, gemeinsamen Picknicks auf den sonnigen Hangwiesen am Inchnadamph, am Loch Garth oder auf dem Beinn Claidheamh Mor zu tun, wo man Brot, Käse und Früchte verspeiste und sie mit dem kühlen, klaren Wasser einer Quelle hinunterspülte. Wer brauchte da noch Champagner?

Die Picknick-Gesellschaft der Maxwells dagegen brach in einer Karawane unterschiedlichster Fahrzeuge von Gargunnock House auf, obwohl es der zweitkälteste Ostermontag seit Beginn der Wetteraufzeichnungen war. Verrückt, dachte Annie, einfach nur verrückt. Aber sie versuchte, sich der aristokratischen, äußerst britischen Exzentrik anzupassen, denn ob sie wollte oder nicht – sie war jetzt ein Teil dieser bizarren Hierarchie.

Sir Robert Maxwell und Lady Elizabeth fuhren mit Lord und Lady Jedburgh in ihrem Rolls-Royce voraus. Alle waren in Reisedecken aus Rentierfellen gehüllt. Die Mitglieder der englischen und schottischen Aristokratie, die einen etwas geringeren Status innehatten, folgten in ihren Privatfahrzeugen der Marken Daimler oder Bentley. Die jüngeren Leute und der niedere Adel folgten in einem Ausflugsbus. Den Abschluss bildeten einige Lieferwagen mit Bediensteten, Helfern und genügend Proviant für eine komplette Armee.

Die lange Wagenkolonne quälte sich die engen, gewundenen Sträßchen von Gargunnock zu den Campsie Fells hinauf. Manchmal gab es einen kleinen Stau, weil die schweren Fahrzeuge auf den schmalen Straßen stecken geblieben waren und der ganze Konvoi zurücksetzen oder eine Abkürzung über private Äcker suchen musste.

Auf den weiten, gefrorenen Marschen sah man nichts als Schafe und Wasserläufe, Moos, Torfgruben und noch einmal Schafe. Es war nicht unbedingt der sehenswerteste Teil der Campsies. Außerdem wären Schlitten von größerem Nutzen gewesen als die röhrenden Motorfahrzeuge, die mit schwarzen Rauchwolken die klare Luft verpesteten.

Annie erfuhr, dass das Ziel ein kleines, pittoreskes Dörfchen namens Fintry sein sollte. Miss Arbuthnot schien über jedes Detail informiert zu sein. Und natürlich mussten Rory und sie mit ihr zusammen fahren, denn sowohl Havers als auch Jamie wollten unbedingt im Bus sitzen.

Die restliche Besatzung des Busses bestand aus kichernden jungen Mädchen und etwas konfusen jungen Frauen mit ziemlich verrückten Hüten. Junge Männer gab es nicht – sie waren an der Front. Die beiden Jungen fanden es viel schöner, von einem Chauffeur in einem Bus hinaufgefahren zu werden, als mit den alten Knackern zusammen in einen Rolls-Royce gepfercht zu werden.

»Wie aufregend!«, zwitscherten die jungen Mädchen. »Ein Picknick im Schnee! Wie aufregend!«

Rory, der mit seinen siebenundzwanzig Jahren der älteste Insasse des Busses war, unterhielt die jungen Dinger mit seinem Bericht über die Explosion der »Barham«.

Rory war ein Charmeur. Seine schillernde Persönlichkeit und das heroische Abfinden mit seinen schweren Kriegsverletzungen gefiel den jungen Damen. Sie waren die zukünftige Adelsgeneration und hatten nichts mit Emporkömmlingen wie Annie zu tun. Ganz gleich, woher sie kamen – die jungen Leute erkannten ihresgleichen. Und sie liebten Rory, der von Kopf bis Fuß einer von ihnen war.

Zum Glück hielt das Wetter, abgesehen von ein paar Schneeschauern. Der scharfe Wind zwang Annie, sich tief in ihre warme Kleidung zu kuscheln. Handschuhe und Schals waren bei diesem Wetter unverzichtbar. Annie fand die auffälligen Federhüte der Damen absolut fehl am Platz. Am verrücktesten aber war das Kindermädchen der Maxwells, das heute einen mit weißen Reiherfedern geschmückten Hut trug.

Es war wirklich kein Picknickwetter. Man begnügte sich mit einem kurzen Spaziergang über die Heide, um sich die Beine zu vertreten, wie Eleanor Arbuthnot sich ausdrückte. Ihre helle Stimme durchdrang Annies Gedanken. »Die Bediensteten bereiten das Picknick auf dem Gelände von Culcreuch Castle vor. Sie sind vorausgefahren. Hoffentlich schneit es gleich noch richtig! Wäre das nicht schön, Annie? Entschuldigung, ich meine natürlich: Lady Roskillen ...«

»Annie ist schon in Ordnung«, gab sie ein wenig säuerlich zurück.

»Nun«, fuhr die Kinderfrau der Maxwells fort, nachdem sie tief Luft geholt hatte, »es scheint, als wäre für jeden gesorgt: Wer spazieren gehen möchte, der kann das tun. Wer nur herumsitzen und Tee trinken möchte, kann das dort ebenfalls tun. Und wer etwas Stärkeres trinken möchte, zum Beispiel Champagner oder Whisky, für den ist auch gesorgt. Dem Dämmerschoppen steht nichts im Weg, ganz gleich, ob die Dämmerung nun dem Sonnenuntergang oder einem ordentlichen Schneeschauer zu verdanken ist. Und erst dann fahren wir entweder nach Hause oder in die jeweiligen Unterkünfte. Sie kennen sich doch sicher mit Dämmerschoppen aus, Rory. Schließlich waren Sie in Indien.«

Im Zusammenhang mit einem Schneeschauer war die Erwähnung Indiens sicher nicht unbedingt angebracht, aber Annie merkte, dass Miss Arbuthnot Rory lediglich in ein Gespräch verwickeln wollte – ganz egal, wie dumm es klingen mochte.

»Wissen Sie, ich war damals noch nicht alt genug, um gemeinsam mit meinem Vater dem *uisge beatha* zu frönen, Elly. Schade eigentlich«, sagte Rory bedauernd.

»Sicher. Aber was meinen Sie bitte mit uis... ge...?«

»Gälisch für ›Wasser des Lebens‹, Elly. Whisky, um genau zu sein.«

»Ach so!« Fröhlich wandte sie sich zu Annie um. »Sprechen Sie Gälisch?«

»Ja.«

»Könnten Sie es mir beibringen?«

Annie fühlte sich überrumpelt. »Aber natürlich«, sagte sie, ohne nachzudenken.

»Übrigens – für den Fall, dass jemand heute Abend nicht nach Hause fahren möchte, oder wir alle wegen des Wetters nicht zurückfahren können, wurden bereits Vereinbarungen getroffen, dass wir in Culcreuch Castle übernachten können.«

Wieder fühlte sich Annie wie verloren. Hilfe suchend blickte sie Rory an. »Wir haben aber nichts für eine Übernachtung mitgebracht.«

»Das ist schon in Ordnung, Annie«, beruhigte Rory sie. »Alles bei diesem Ausflug ist freiwillig. Wenn du nach Leckie Castle zurück möchtest, steht uns jederzeit ein Wagen zur Verfügung. Einige der Anwesenden wollen morgen auf den Beinn Lomond steigen. Heute ist es nicht mehr lang genug hell, und man muss mindestens fünf Stunden für den Aufstieg rechnen. Man nennt es *Munro-bagging** ...«

»Ich weiß, wie man das nennt. Ich bin Schottin, falls du das vergessen haben solltest«, fauchte Annie.

---

* Munro: Alle schottischen über 3000 Fuß hohen Berge sind in der so genannten Munro-Liste verzeichnet. *Munro-bagging* nennt man den Sport, sämtliche Berge in der Liste zu besteigen.

In Glengarth hatten sie innerhalb der Dienerschaft ein Spiel erfunden, das sie ebenfalls *Munro-bagging* nannten. Es bestand darin, ahnungslose Neuankömmlinge mit Hunderten von sinnlosen Aufträgen und fingierten Botengängen die Treppen hoch zu hetzen, deren es in Glengarth unglaublich viele gab. Am Ende eines Tages waren die Probanden ebenso erschöpft wie nach dem Aufstieg auf einen über dreitausend Fuß hohen Berg; Annie erinnerte sich noch immer gern an diese Zeit ihres Lebens.

»Wer will, kann auch fischen gehen oder über die Campsie Fells wandern. Allerdings auf eigene Gefahr. Das Wetter schlägt hier oft von einem Augenblick auf den anderen um«, informierte Miss Arbuthnot die jungen Leute im Bus.

»Wir sehen einfach mal, was auf uns zukommt, Annie«, flüsterte Rory ihr beruhigend zu. »Wir tun nur das, was uns Spaß macht, und das gilt nicht nur für heute, sondern für unser ganzes Leben. Es gibt keinerlei Verpflichtung; wir befinden uns auf einem lockeren Picknickausflug über die Osterfeiertage.«

»Und was ist mit Jamie?«

»Was soll mit ihm sein?«

»Du hast ihm versprochen, mit ihm im Loch Lomond fischen zu gehen.«

»Das Versprechen halte ich auch. Es ist alles schon arrangiert, Annie. Heute Nachmittag gehen wir mit ein paar anderen Anglern am See unten fischen. Der Diener von Maxwells wird mich begleiten und Jamie zur Seite stehen. Wenn du willst, kannst du mitkommen. Du kannst aber auch bei den Damen bleiben und Tee trinken oder mit ihnen wandern. Ganz, wie es dir gefällt, Annie. Niemand zwingt dich, etwas zu tun, was du nicht magst. Am wenigsten ich.«

»Der Diener kann sich nicht gleichzeitig um dich und um Jamie kümmern. Du weißt doch, wie lebhaft der Junge ist. Ehe du dich versiehst, ist er auf und davon und fällt mir vielleicht in den See oder einen Hang hinunter. Und wenn er sich nur auf den Jungen konzentriert, wer wird dir dann als Augen, Ohren und Beine dienen, Rory? Wer wird dir den Köder am Haken befestigen, die Angel einziehen und dir helfen?«

»Das macht mein Sohn Jamie, Annie. Er dient mir als Augen, Ohren und Beine!«

*

Die Bediensteten und Helfer vom Stammsitz der Sterlings begannen umgehend mit der Arbeit. Wie von Zauberhand wurde eine mobile Küche mit transportablen Öfen aufgebaut und Licht behelfsmäßig installiert. Sie erinnerte an eine Feldküche in einem Manöver, allerdings war sie deutlich größer. Ein Zelt wurde aufgebaut. Die Diener stellten Tische darin auf und deckten sie mit gestärkten weißen Tischtüchern und Servietten, Bestecken mit Monogrammen, Kristallbechern, edlem Porzellan, silbernen Kandelabern, Tafelaufsätzen und sogar Weinkühlern, obwohl man an diesem kalten Tag den Wein nur hätte für kurze Zeit in den Gießbach nebenan legen müssen, um ihn zu kühlen.

Die Gesellschaft ließ sich unter dem Zeltdach nieder. Noch Jahre später beschrieb Annie das Ambiente als Nachbildung eines gräflichen Speisesaals im von Kohlenbecken geheizten Zelt eines arabischen Scheichs, das auf einer Lichtung neben einem Gießbach auf dem Culcreuch aufgebaut war und langsam im Schnee versank.

Alles war so wunderschön wie ein gelungenes Weihnachtsfest – etwas, das Jamie bis zu diesem Weihnachtsfest – seiner ersten wirklichen Kinderweihnacht – nicht gekannt hatte. In Haggs Castle hatte Rory Annies vollständig verzaubertem Sohn ein Weihnachtsfest geschenkt, das dieser wohl nie vergessen würde. Es gab einen mit brennenden Kerzen geschmückten Weihnachtsbaum, Spielzeug, Lametta, künstlichen Schnee und ganze Schlittenladungen Geschenke ...

Und jetzt erlebte sie wieder eine Märchenszenerie, einen Zauber, den sie ihrer Verbindung mit einem Laird zu verdanken hatte.

Sie saß mitten unter den Großen und Mächtigen des Landes und lernte einen Reichtum kennen, der zu Ostern Weihnachtsstimmung schaffen konnte – nun ja, das war vielleicht weniger dem Geld der Maxwells als viel mehr den Kapriolen des schottischen Wetters zu verdanken.

Noch nicht einmal auf Glengarth hatte Annie so etwas je erlebt. Das nannten sie also ein Picknick? So zauberhaft es war, fand Annie es doch gleichzeitig recht vulgär und großtuerisch. Während Soldaten im Krieg für ihr Vaterland starben, wurde hier geprotzt und geprunkt und auf großem Fuße gelebt, als ob es keine anderen Sorgen gäbe. Es war, als ob die Aristokratie sich für nichts anderes als ihre kleine Welt interessierte und vor allem nicht einen Pfifferling darum gab, dass in der wirklichen Welt jeden Tag Leute durch den Krieg und an Hunger starben.

Diese Haltung ärgerte Annie und machte sie gleichzeitig traurig. Am liebsten wäre sie zum nächsten Telefon geeilt und hätte Christabel angerufen, um sich ihrer Bewegung anzuschließen. Dabei hätte Annie nie geglaubt, jemals den Wunsch zu verspüren, etwas mit dem Streben nach weltweiter Einführung des Stimmrechts für Frauen oder sozialer Veränderungen in einer von Männern geprägten Welt zu tun haben zu wollen. Bisher hatte sie, was die so genannten »Frauenrechte« betraf, immer sehr zwiespältige Gefühle gehegt. Die Männer, die etwas zu sagen hatten – vor allem die Politiker – waren viel zu mächtig, als dass man gegen sie vorgehen konnte. Vor allem Frauen wie sie, Frauen der unteren sozialen Schichten, hatten ihnen viel zu wenig Kraft, Einfluss und Stimmgewalt entgegenzusetzen, als dass sie ihre Forderungen nach politischer Gleichstellung und gleicher Bezahlung für gleiche Arbeitsleistung hätten durchsetzen können. Aber sie merkte allmählich, dass es durchaus einen Gedanken wert war ... wenn auch erst nach dem Krieg!

Obwohl sie jetzt einer anderen Gesellschaftsschicht angehörte, hatte sie ihre Herkunft nicht vergessen. Sie verspürte das Bedürfnis, den Unterprivilegierten zu helfen, der Dienerschaft, den Menschen ihrer Klasse. Aber sie konnte nicht! Wie gerne hätte sie die Anwesenden lautstark dafür kritisiert, dass diese angesichts all des Leids in der Welt weiterhin ihren selbstsüchtigen Lebensstil pflegten. Aber sie konnte nicht! Sie gehörte jetzt selbst dem System an – ein System, in dem es diejenigen gab, die bedient wurden, und diejenigen, die dienten. Man nannte es das *British Empire*, und jedermann hatte darin seinen Platz, sowohl im Krieg wie auch im Frieden. Auch wenn es Annie nicht gefiel, so wollte sie doch Teil dessen sein, um ihrem kleinen Sohn eine gute Erziehung zu ermöglichen. Und Rory, der ebenfalls ein Mitglied des British Empire war, brauchte ihre ganze Zuwendung, um sein Leben wieder in den Griff zu bekommen.

Annie schalt sich heimlich: Sie durfte nicht mehr in der Vergangenheit leben und musste vor allen Dingen aufhören, die Menschen um sie herum zu verurteilen. Es ging um das Wohl von Jamie und Rory. Natürlich wäre sie viel lieber in Ross-Shire und würde sich als »Meerjungfrau« betätigen, wie Rory immer neckend bemerkte, aber sie schuldete es nun einmal ihrem Ehemann, ihrer Umgebung hier unter diesem Zeltdach in den Lowlands die gebührende Aufmerksamkeit zu zollen. Vielleicht war sie ja tatsächlich ein Highland-Snob!

Miss Arbuthnot schien allem Anschein nach die Weihen als Sprecherin und Organisatorin der Picknick-Gesellschaft empfangen zu haben.

»Guten Morgen, Ladies und Gentlemen, eigentlich hatten Lord und Lady Maxwell den Pfarrer von Gargunnock gebeten, zu Ihnen zu sprechen, der es sicher auch gerne an meiner Stelle getan hätte, wenn er es nur geschafft hätte, aus dem Bett zu kommen! (Allgemeines Gelächter erfolgte.) Nein, nein, nicht, was Sie denken: Er hat sich schrecklich erkältet. (Ausrufe des Mitleids wurden laut.) Und da ich ebenfalls über eine Stimme verfüge, die Tote auferwecken kann (wiederum brandete Gelächter sowie vereinzelter Applaus auf und Zwischenrufe wie »Bravo, Kleine!« wurden laut) schickt der Herr Pfarrer – selbst ein begeisterter Angler

– durch mich seine herzlichsten Ostergrüße und entschuldigt sich, dass er nicht bei uns sein kann. Und jetzt möchte ich Ihnen das Programm erläutern: Wer sich für das Fischen interessiert, möge sich an Ihre Lordschaft Stirling-Maxwell-Baden-Powell etc. etc., an Lord Jedburgh oder an Lord Roskillen wenden. Die Herren haben sich als freiwillige Helfer für diejenigen zur Verfügung gestellt, die das eine Ende einer Angel nicht vom anderen unterscheiden können, was natürlich einem echten Pfadfinder nie passieren darf! Bitte halten Sie sich an die Regeln: Weder Lachs noch Seeforelle, obwohl der Club die Fanggenehmigung für Wildforellen bis zum Ende dieser Woche verlängert hat. Normalerweise erlischt sie bereits am 14. März. Brassen, Schleien und Gillinge dürfen Sie nach Herzenslust aus dem Wasser holen. Aber die gewieften Angler unter Ihnen dürften mit den schottischen Fischereivorschriften vertraut sein. Für alle gilt folgende Regel: Keine Zigarren- oder Zigarettenkippen auf den Stränden unseres schönen Schottland zu hinterlassen.«

Donnernder Applaus für Miss Eleanor Arbuthnot brandete auf. Rory schien noch heftiger zu klatschen als alle anderen.

»Woher kennst du sie eigentlich?«, flüsterte Annie ihm zu. »Und seit wann?«

»Das erzähle ich dir später«, antwortete Rory und drückte beruhigend ihre Hand.

»Die Wagen stehen bereit, um die Angler zum Loch Lomond zu bringen. Wer sich mehr für das Wandern interessiert, sollte sich bei Lady Maxwell, Lady Jedburgh oder mir melden. Behalten Sie Ihre Hüte bitte auf, Ladies, die brauchen Sie gleich noch. Wir wollen bis Drymen gehen, wo es eine herrliche Aussicht zu bewundern gibt. Wem das alles zu mühsam ist, der kann auch mit unserer hoch betagten Lady Sterling hier bleiben und dem Nichtstun frönen.« (Für ihre Kühnheit bekam Miss Arbuthnot weiteren Applaus, gleichzeitig aber auch einen finsteren Blick von der königlich wirkenden Seniorin zugeworfen.)

Eleanor Arbuthnot, die in Annies Augen eine hervorragende

Kandidatin im Kampf für die Befreiung der Frauen abgegeben hätte, fuhr fort, das Programm zu erläutern: »Die Mahlzeit wird hier im Zelt pünktlich um vier Uhr serviert. Bis dahin haben wir uns alle hoffentlich ordentlich Appetit verschafft. Viel Glück! Wir sollten jetzt alle schnell aufbrechen, denn es ist viel zu kalt, um herumzustehen.«

In ihren Wanderstiefeln kletterte Annie einen felsigen Hügel empor. Über dem smaragdgrünen Ensemble trug sie einen Pelzmantel, und um ihren mit der modischen kleinen Toque geschmückten Kopf hatte sie einen dicken Schal aus Rorys Besitz geschlungen.

Annie lief den edlen Damen voraus. Sie spürte den Wind im Gesicht und hatte den Duft der Freiheit in der Nase. Hier war sie weit entfernt von all dem Stress und den Anforderungen, die das moderne Leben an sie stellte. Sie fühlte sich wie zu Hause in Ross-Shire, wo sie barfuß in den Hügeln umhergewandert war und sich nie um das Wetter geschert hatte; sie war einfach nur ein Teil des Ganzen gewesen. Sehr früh schon hatte Annie dort die unterschiedlichen Jahreszeiten lieben gelernt, und die Gründe dafür nachvollziehen können, dass alles Leben der Natur gehorchen musste. Der weiße Sand der Insel Rill, der aus Myriaden zermahlener Muschelschalen bestand, die aufgehende Sonne über dem Beinn Claidheamh Mor und die untergehende Sonne über Loch Garth hatten es sie gelehrt.

Ihr Vater Donald Gowrie, ein braver Seemann, hatte ihr beigebracht, dass es für jedes Ding eine eigene Zeit gab, und dass alles wiederkehrte: Sonnenuntergänge, Springfluten, Krokusse und Osterglocken, Rosen und Ringelblumen, Auerhahn und Schneehuhn, Lachs und Forelle; jeder Tag auf der Erde war das Versprechen eines mächtigen Schöpfers. Sie verstand ihn nicht, aber sie respektierte ihn. Mit Gott hingegen hatte sie oft gehadert, sie hatte ihn gehasst und den Glauben an ihn in Zweifel gezogen. Wie konnte er in einer Welt, die er selbst geschaffen hatte, nur so viel Leid zulassen? Wie sollte sie diese altmodische Geschichte von einem Gott glauben, den niemand je gesehen hatte und der in einem Garten Eden wohnte?

Sie glaubte dagegen fest an einen Schöpfer aller Dinge. Einen Schöpfer, der nichts mit dem nutzlosen Gott zu tun hatte, der für den Tod ihres Vaters, ihrer Mutter und Lindsays verantwortlich war. Doch obwohl sie vor ihm davonlief, folgte ihr dieser Gott auf Schritt und Tritt. Wer war er? Wer war dieses allgegenwärtige Wesen, das lebendig, stark und beständig wie eine Eiche, wie goldgelber Stechginster und flammendes Heidekraut, wie der Mond, die Sterne, die Sonne und das Meer, wie die Wolken und die Berge, wie das Kommen und Gehen der Jahreszeiten war? Wer war er, der so viel Macht besaß, dass Generationen von Menschen in seinem Namen töteten? Wer war er, der über Tod und Wiedergeburt entschied?

Eines jedoch wusste Annie: Alles im Leben hatte seine Zeit – die Geburt und der Tod, das Säen und das Ernten, das Töten und das Heilen, die Zerstörung und der Wiederaufbau ...

Jetzt war *ihre* Zeit des Wiederaufbaus gekommen. Alles in ihrem Leben war zerstört worden, mit Feuer und Schwefel, wie es in der Bibel stand. Aber jetzt kam die Zeit des Heilens und des Aufbaus. Jamies Geburt hatte ihr Selbstvertrauen geschenkt, genau wie die Ermutigung der alten Krankenschwester Craig, in die Welt hinauszugehen und etwas zu lernen, um sich von der Sklaverei zu befreien.

Im Leben und Schicksal Donald Gowries, Fleddon an Fletchers und Lindsays war sie ein unscheinbares Nichts gewesen. Aber im Leben und Schicksal von Jamie und Rory spielte sie eine wichtige Rolle. Sie, Annie, hatte mit einem Mal Einfluss auf das Leben anderer. So wie eine Jahreszeit auf die nächste folgte, befand sie sich nun in einem neuen Lebenszyklus und war dabei, zu sich selbst zu finden. So wie die Jahreszeiten immer wiederkehrten, kehrte auch jeder Kreis wieder an seinen Ausgangspunkt zurück. Sie konnte nun ihr Leben von Neuem beginnen – jetzt begann die kreative Phase ihres Lebens!

»Sind Sie ganz sicher, Miss Arbuthnot, meine Liebe? Das sieht mir doch ziemlich steil aus ...«

Annie wurde aus ihren Gedanken gerissen. Sie zwang sich, sich nicht länger mit der Vergangenheit sondern mit der Wirklichkeit zu beschäftigen, sie hörte auf, vor den anderen her zu laufen und jegliche Berührung mit ihnen zu vermeiden, und wandte ihre Aufmerksamkeit dem zu, was vor ihren Augen geschah.

»Das ist schon in Ordnung, Lady Maxwell. Folgen Sie einfach Lady Roskillen und mir. Setzen Sie Ihre Füße in meine Fußstapfen und nehmen Sie meine Hand. Gut so. Es ist ganz einfach. Annie ... Entschuldigung ... Lady Roskillen ...!«

»Jetzt hören Sie endlich mit diesem Dünkel auf!«, zischte Annie auf Miss Arbuthnots Federhut hinunter. »Halten Sie die Hand der Dame fest und nennen Sie mich um Himmels willen Annie ... Eleanor!«

»Annie hilft Ihnen oben weiter, Lady Jay. Sie ist von uns allen die Zäheste. Aber sie ist auch im Gebirge aufgewachsen ... in der Wildnis sozusagen. Wenn Sie einmal oben sind, werden Sie mit der herrlichsten Aussicht belohnt!«

»Wir sollten jetzt vielleicht lieber umkehren, Eleanor. Schließlich wollen wir rechtzeitig zum Essen zurück sein«, schlug Lady Maxwell vor. Sie begann um die Sicherheit ihrer Gäste zu fürchten. Sie ermahnte die Damen daher, vorsichtig zu sein, und flehte im gleichen Atemzug Miss Arbuthnot an, nur ja nichts Unbedachtes zu tun und niemanden einer Gefahr auszusetzen.

»Wir kommen, Lady Maxwell!« Eleanor, die längst nicht so weit oben gewesen war wie Annie, machte sich bedauernd an den Abstieg. »Wissen Sie, Lady Maxwell, wir etwas kühneren Mitglieder unserer Seilschaft wollten doch unbedingt diesen Gipfel bezw... Oh, Verzeihung!!!«

Eleanor war gestrauchelt, hatte das Gleichgewicht verloren und rutschte nun – ihre schweren Bergstiefel voran – den steilen Hang hinunter auf Lady Jedburgh zu, die sich trotz der Kälte für eine kurze Verschnaufpause auf der Erde niedergelassen hatte. Da es dem Kindermädchen nicht gelang, rechtzeitig abzubremsen, landeten die schweren Stiefel mit voller Wucht in Lady Jedburghs

Kreuz. Unglücklicherweise hatte das Kindermädchen gleichzeitig einen ganzen Hagel lockerer Steine losgetreten, die nun auf Lady Jedburgh einprasselten. Sie rutschte unter der Wucht des Aufpralls zusammen mit Eleanor ein Stück den Hang abwärts, bis beide schließlich zum Halten kamen. Während Eleanor sofort aufsprang, blieb Lady Jedburgh unbeweglich und leise stöhnend liegen. Das Gesicht voller Kratzer und Staub, aber immer noch stoisch beherrscht, erklärte sie: »Es tut mir wirklich Leid, meine Damen, aber ich fürchte, ich habe mir einen Wirbel oder gar den Knöchel verstaucht. Ich kann mich nicht bewegen ... Oh mein Gott!« Sie spuckte angewidert ein Steinchen aus.

»Was haben Sie sich dabei gedacht, Eleanor! Wieso haben Sie uns diesen gefährlichen Abhang hinaufgeführt? Ich habe mich darauf verlassen, dass Sie einen wirklich sicheren Weg auswählen.« Lady Maxwell bebte vor Zorn und nahm keinerlei Rücksicht darauf, dass alle Anwesenden mitbekamen, wie sie Havers unerschrockenes Kindermädchen herunterputzte.

»Es tut mir unendlich Leid, Mylady.«

»Das ist auch gut so! Was für ein Leichtsinn, bei solchem Wetter auf einen Berg zu steigen!«

Von wegen Berg, dachte Annie amüsiert, die hastig den steinigen Abhang hinuntereilte. Das war nichts weiter als ein nicht ganz ebener Zugang zu einem wunderbaren Aussichtspunkt. Ihre Sympathien lagen diesmal ganz auf der Seite des Kindermädchens, das in seiner Begeisterung ein wenig unachtsam gewesen war.

Lady Maxwell kniete neben ihrer Freundin nieder. Die beiden breitrandigen Hüte nahmen fast den ganzen Abhang ein. »Machen Sie sich jetzt wenigstens an den Abstieg und schicken Sie sofort jemanden um Hilfe, Eleanor! Sofort!«

»Sehr wohl, Mylady.«

»Wir brauchen einen Arzt, eine Trage und einen Krankenwagen«, befahl Lady Maxwell.

Zwar glaubte niemand daran, dass ein Krankenwagen es bis hier oben schaffen würde, aber wer wollte schon der erzürnten Gastgeberin widersprechen?

Annie sah sich plötzlich in der Lage, sich nützlich machen zu können.

»Vielleicht darf ich Ihnen helfen?«

Trotz ihrer mehr als unangenehmen Lage – sie war in einem Stechginsterbusch gelandet, der zwar ihren Sturz gebremst hatte, dessen hässliche kleine Stacheln nun aber in allen ungeschützten Körperteilen saßen – übte Lady Jay sich in Selbstkontrolle und klagte mit keinem Wort.

»Wer sind Sie?«, fragte sie nur.

»Mein Name ist Anne Roskillen.«

»Sind Sie mit den Grafen von Sutherland, Athol oder Argyll, verwandt?«

»Ich bin mit dem Laird von Glengarth verheiratet.«

»Annie befindet sich in den Flitterwochen, Lady Jay«, versuchte Eleanor zu erklären.

»Seien Sie doch endlich einmal still, Eleanor«, sagte Lady Maxwell verärgert, »und lassen Sie auch einmal andere zu Wort kommen. Wie könnten Sie Lady Jedburgh helfen, Anne?«

»Ich bin ausgebildete Krankenschwester und habe im Marinehospital von Kingseat gearbeitet. Ich weiß, was hier zu tun ist. Wenn Sie bitte alle einen Schritt zurücktreten könnten, damit ich ...«

»Bitte zurücktreten, bitte alle einen Schritt zurück ...« Eleanor war schon wieder in ihrem Element und scheuchte die bunt behütete Damenriege zur Seite.

»Machen Sie mit mir, was immer Sie für nötig halten«, sagte Lady Jay dankbar. Annie schnürte ihr währenddessen bereits den Schuh auf, zog ihn aber nicht aus.

»Ihr Knöchel ist stark angeschwollen und ein wenig verdreht.« Annie untersuchte den Fuß, so gut es ging, ohne der Patientin größere Schmerzen zuzufügen. Dabei bewegte sie ihn vorsichtig, um festzustellen, ob etwas gebrochen war. »Mir scheint, Sie haben sich nichts gebrochen. Es ist offenbar nur eine heftige Verstauchung.

Möglicherweise ist ein Zeh gebrochen, aber das kann man erst nach einer eingehenden Untersuchung feststellen, und dafür müsste ich Ihren Schuh ganz ausziehen. Das möchte ich jetzt aber nicht tun, denn wir müssen Sie ja irgendwie nach Culcreuch zurückbringen. Könnte bitte eine der Damen diesen Schal ins Wasser tauchen?« Annie nahm Rorys Schal ab, mit dem sie ihren Hut befestigt hatte.

Mit dem von eiskaltem Wasser tropfenden Paisley-Schal bandagierte Annie Lady Jays Knöchel, ehe sie mit einem Taschentuch die Kratzer in deren Gesicht vorsichtig säuberte.

»Du liebe Zeit«, strahlte Lady Jedburgh am Ende der Prozedur, »sie weiß ja wirklich, was sie tut. Es tut schon viel weniger weh.«

»Ihr Knöchel ist jetzt taub, Lady Jedburgh. Ich bin nur Krankenschwester, keine Ärztin. Sie müssen sich später von Ihrem Arzt genau untersuchen lassen.«

»Von dem Spinner? Sie scheinen sehr geschickt zu sein, Lady Roskillen ... darf ich Sie Anne nennen? Ich glaube, ich traue Ihnen mehr zu als Sir Terence MacIvery, der sicher einen Knöchelbruch diagnostizieren würde, weil der mehr Geld einbringt als ein gebrochener Zeh.«

»Vor allem dürfen Sie Ihren Fuß jetzt nicht belasten, Lady Jedburgh.«

»Nennen Sie mich bitte Sadie, Anne. Und danke, meine Liebe.« Sie drückte Annies Hand. »Ich glaube, ich bin in der Lage, hinter den anderen her zu humpeln.« Tapfer erhob sie sich, stützte sich dabei auf ihren Gehstock, stöhnte aber auf, als ihr verletzter Fuß kurz den Boden berührte. »Eleanor! Kommen Sie her, Mädchen, und leihen Sie mir Ihre Schulter. Schließlich sind Sie an dem ganzen Debakel schuld. Jetzt bringen Sie mich bitte ohne weiteren Zwischenfall zurück zum Zelt.«

Annie hielt diese Entscheidung nicht unbedingt für weise. Doch mit Hilfe der ehrenwerten Victoria Parness, die in der anderen Hand Lady Jedburghs Gehstock hielt, und auf Eleanors Schulter gestützt, setzte sich Lady Jedburgh tatsächlich langsam in Bewegung.

»Wir werden im Handumdrehen beim Zelt sein«, versprach Eleanor.

»Je eher, desto besser«, schnaufte Lady Jedburgh, ein wenig außer Atem.

Von ihren beiden menschlichen Krücken gestützt brachte sie es fertig, tapfer den Hügel hinunterzuhumpeln. Lady Elizabeth Maxwell scheuchte derweil den Rest der Truppe wie eine aufgeregte Schäferin.

»Um Himmels willen, Sadie«, sagte die alte Lady Stirling, während sie die Teetasse auf halber Strecke zwischen ihrem Mund und ihrem perlengeschmückten Busen in der Schwebe hielt und kurzsichtig durch ihre Lorgnette äugte, »hat es etwa einen Unfall gegeben?«

»Das kann man wohl sagen! Und das alles haben wir Miss Arbuthnots Ungeschicklichkeit zu verdanken. Hätte mir Lady Roskillen – sie heißt übrigens Anne – nicht geholfen, dürfte ich vermutlich den Rest meiner Tage im Liegen verbringen und Terence MacIvery würde Edward und mir auch noch den letzten Penny für seine Hausbesuche abluchsen.«

Schweiß stand auf Lady Jedburghs weißer Stirn; Annie wusste, dass sie unter Schock stand und wahrscheinlich große Schmerzen hatte. Trotzdem wahrte sie den Schein und ließ sich nichts anmerken.

Annie fragte einen der Bediensteten, ob man über Brandy verfüge.

»Ja, Ma'am. Lord Eddy bringt zu jeder Gesellschaft seinen eigenen Cognac mit.«

»Genau das Richtige«, lächelte Annie.

Sie reichte den Cognacschwenker an die Lady weiter, die ihn dankbar annahm und mit einem Schluck leerte. »Danke, meine Liebe.«

Annie bettete Lady Jays Fuß behutsam auf einen zweiten Stuhl, damit er nicht noch weiter anschwoll.

»Wenn Sie das nächste Mal in Edinburgh sind, müssen Sie unbedingt bei uns vorbeischauen«, sagte Sadie Jedburgh voller Herzlichkeit. »Ich wäre entzückt, Sie und Ihren Gatten bei mir zu empfangen. Wir besitzen eine Gästewohnung in Holyrood ... Ah, da kommen ja auch die Herren. Ich hoffe nur, dass sie keine übel riechenden Fische mitbringen ...« Mitten im Satz fiel Lady Jedburgh höchst anmutig in Ohnmacht und sank mit dem Gesicht nach vorn in die bereits angerichtete Foie Gras. Ihr leuchtend violetter Hut, der schon bei dem Sturz gelitten hatte, bedeckte die Platte vollständig.

»Du lieber Himmel«, seufzte die betagte Lady Stirling und äugte noch angestrengter durch ihre Lorgnette, »so etwas!«

»Allmächtiger!«, stöhnte Lady Maxwell, während Lord Eddy ausgesprochen verblüfft dreinblickte.

»He, altes Mädchen, das sind doch nur ein paar Wildforellen.« Er nahm die Forellen aus dem Behältnis und reichte sie einem Gefolgsmann. »Die Gute ist allergisch gegen Fisch! Was hat sie denn mit ihrem Fuß gemacht? Und wie sieht ihr Gesicht erst aus?«

Annie hatte unwillkürlich eine Hand auf ihr Herz gepresst. Für den Bruchteil einer Sekunde hatte sie befürchtet, ihre Patientin mit dem doppelten Cognac umgebracht zu haben. In ihrer Tasche führte sie Riechsalz mit, das sich jetzt als nützlich erwies. Sie hielt das Fläschchen unter Lady Jays Nase.

Lady Jay schnappte nach Luft und hob den Kopf und sah sie verwirrt an. »Ach, der Engel der Barmherzigkeit ...«

Sie verstand nicht, warum die gesamte Gesellschaft in lautes Lachen ausbrach. Annie griff sich einige Servietten und reichte sie an Miss Arbuthnot weiter. »Lady Jay braucht Ihre Hilfe, Kinderfräulein!«

Eine sehr verlegene Eleanor befreite das etwas mitgenommene Gesicht der Lady so gut es ging von Stopfleberresten.

Annie ertappte sich derweil bei einen Gefühl tiefster Befriedigung.

5. Kapitel

Annie lachte noch immer in sich hinein, als sie und Jamie vor Leckie Castle aus dem Bus sprangen. Ihr Mann lehnte jede Hilfe beim Aussteigen ab und brummte nur: »Geht schon!«

Rory war müde. Für alle war es ein langer Tag gewesen.

Auch Lady Jedburgh war mit ihrer Zofe im Rolls-Royce nach Gargunnock House zurückgekehrt. Sie rief ihren Arzt in Glasgow an und wies ihn an, zu kommen, sich ihren Fuß anzusehen und ihr Laudanum gegen die Schmerzen in Knöchel und Gesicht zu verschreiben; was ihre Verletzung angehe, so sei sie bereits von einer qualifizierten Krankenschwester diagnostiziert und versorgt worden, daher könne er ihr keine Behandlung außerhalb der Sprechzeiten in Rechnung stellen.

Lord Eddy Jay hingegen hatte sich entschlossen, am folgenden Tag den Beinn Lomond zu erklimmen. Der Chauffeur brachte ihn nach Culcreuch Castle, obwohl inzwischen dichtes Schneetreiben herrschte und die weiße Pracht auch liegen blieb.

Annie und Rory äußerten die Vermutung, dass das Osterpicknick gerade noch rechtzeitig stattgefunden hatte; es sah ganz danach aus, als müssten am nächsten Tag die Pässe geschlossen werden.

»Hast du Miss Arbuthnots Gesicht gesehen, als sie Lady Jedburgh abgewischt hat?« Annie half Rory, es sich vor dem Kamin bequem zu machen. Das Feuer war vom Hausmädchen in Gang gesetzt worden. »Ich weiß nicht, ob es Elly oder Sadie war, die komischer dreingeschaut hat. Beide waren völlig durcheinander.«

»Elly. Sie hatte bestimmt gehofft, den ersten Preis für den schönsten Federhut im Schnee zu bekommen.«

»Ich glaube, es war Sadie.«

»Wieso?«

»Weil auf ihren doppelten Cognac zu schnell zwei Wildforellen gefolgt sind.«

Beide mussten lachen.

Jamie drückte sich an der Tür herum. Er hätte gern mit den Eltern gelacht. Mutter saß auf Vaters Schoß und ließ sich von ihm kitzeln. Sie kicherte wie das Hausmädchen ... Sein Papa, der früher Onkel Rory geheißen hatte ... Für Jamie war das alles ziemlich verwirrend. Er wünschte sich, er dürfte auf Mutters Schoß sitzen, so wie früher in Gairloch. Damals war er derjenige, der gekitzelt wurde und lachte ...

Doch Annie wandte sich zu Jamie um und sagte: »Geh bitte nach oben und mach dich fertig. Ich bringe dir gleich noch ein Glas Milch.«

»Muss ich schon ins Bett?«

»Aber sicher. Es ist längst Schlafenszeit. Vergiss nicht, dir die Zähne zu putzen ... oder warte besser damit, bis du die Milch getrunken hast. Und jetzt husch, husch!«

Der Tag war sehr anstrengend gewesen.

Rory freute sich, wieder zu Hause zu sein. Sein Holzbein bereitete ihm immer noch große Probleme. Annie hatte vorgeschlagen, einen Prothetiker aufzusuchen und ein künstliches Bein auf Maß anfertigen zu lassen. Das würde er tun, auch wenn es teuer würde. Und wenn er einmal dabei war, würde er auch seine Augen untersuchen lassen und sich eine Hörhilfe zulegen.

Man hatte ihm zwar erklärt, seine Hörkraft würde ebenso wie das Augenlicht mit der Zeit zurückkehren – aber im Augenblick konnte davon noch nicht die Rede sein. Überhaupt war er nicht zufrieden mit sich. Er befand sich in den Flitterwochen und sehnte sich nach dem hübschen, jugendlichen Körper seiner Frau, aber er war einfach nicht in der Lage, ihr das zu beweisen. Weder in der vergangenen Nacht, noch in der Nacht davor – in keiner einzigen Nacht. Guter Gott, was war nur mit ihm los? Er hoffte inständig, dass sie sein Dilemma verstand. Er liebte sie wirklich, aber er konnte es ihr momentan nicht so zeigen, wie er es gern getan hätte.

»Annie, Liebste, würdest du mir bitte einen doppelten Scotch einschenken?« Er hasste es, sie um die einfachsten Dinge bitten zu müssen. Sie hatte schon genug mit ihrem lebhaften kleinen Sohn zu tun, und jetzt musste sie sich auch noch um einen alten Krüppel kümmern. Rory setzte die dunkle Brille ab und versuchte, sein Holzbein auszustrecken, aber der Fuß hatte sich im Läufer verfangen. Jamie kam angelaufen und half ihm. Ohne es zu wollen, bestärkte er den Laird damit in seinen Versagensängsten noch.

Er übersah daher völlig, dass Jamie ihm nur einen Gefallen hatte tun wollen. Inständig hoffte er, dass der Junge endlich tat, wie ihm geheißen war und ins Bett ging, denn er hatte noch etwas Wichtiges mit Annie zu besprechen. »Geh endlich ins Bett, Jamie«, sagte er in einem schärferen Ton, als er beabsichtigt hatte.

Jamie sah seine Mutter an. »Papa sagt, wenn wir wieder in Glasgow sind, bekomme ich eine Gouvernante.«

»Das finde ich eine gute Idee, Jamie. Du bist fast vier, es wird Zeit, dass du etwas lernst.« Annie reichte Rory seinen Drink.

»Havers sagt, er wird sie vermissen.«

»Wen vermissen?« Annie fuhr zu ihrem Sohn herum.

»Arth... not«

»Miss Arbuthnot?«

»Marsch ins Bett, Jamie«, fuhr Rory dazwischen.

»Wie kommst du jetzt auf Miss Arbuthnot, Jamie?«, fragte Annie, die sehr wohl spürte, dass sich das Ganze auf eine Unterhaltung beziehen musste, die Rory und Jamie miteinander und vielleicht sogar mit Havers und Eleanor geführt hatten.

»Sie ist gefeuert, Mama. Hat Havers gesagt. Was heißt gefeuert, Mama?«

Annie sah Rory fragend an. »Haben die Maxwells Havers Kinderfrau tatsächlich entlassen?«

»Freigestellt ... Jamie, würdest du bitte tun, was deine Mutter sagt, und zu Bett gehen?«

Etwas in Rorys Stimme bewirkte, dass Jamie widerstrebend gehorchte.

Annie läutete dem Hausmädchen und bat sie, Jamie eine Tasse heiße Milch zu bringen und darauf zu achten, dass er ins Bett ging. Dann schloss sie die Tür des Salons und wandte sich zu ihrem Mann. »Was soll dieses Getue um Eleanor bedeuten?«

»Ich wollte es dir erzählen, aber leider ist mir Jamie zuvorgekommen. Ich habe sie gebeten, seine Gouvernante zu werden.«

Annie ließ sich auf die Armlehne seines Sessels fallen. »Du hast *was?*«

»Bitte nicht ärgerlich werden, Annie – dafür gibt es nicht den geringsten Grund. Ende nächsten Monats wird Eleanor arbeitslos. Ich habe ihr eine Stelle angeboten. Und da Jamie eine Betreuerin braucht ...«

»Ich weiß sehr wohl, was Jamie braucht, Rory. Ich bin seine Mutter. Warum hast du mich nicht gefragt? Warum haben wir nicht erst einmal darüber gesprochen?«

»Das wollte ich eigentlich ... Aber ich habe die Möglichkeit einer Beschäftigung in einem Gespräch ganz nebenbei erwähnt, und sie ist sofort darauf angesprungen ...«

»Natürlich ist sie das.«

»Was meinst du damit?«

»Das weißt du sehr genau!«

»Nein, Annie, das weiß ich nicht. Würdest du mir bitte deine Einwände erklären? Miss Arbuthnot ist eine hoch qualifizierte Lehrerin. Sie entstammt einer sehr angesehenen Familie ...«

»Warum arbeitet sie dann als Kindermädchen?«

»Ihre Familie hat harte Zeiten durchgemacht. Vor dem Krieg besaß ihr Vater eine große Weberei und war sehr wohlhabend. Ihr Leumund ist ausgezeichnet ...«

»Was ist passiert?«

»Der Vater investierte in peruanische Silberminen und machte

Bankrott. Er war gezwungen, Haus und Weberei zu verkaufen und seine drei Töchter ...«

»Seine Töchter auch?«

»Nun warte doch ab! Er hat seine Töchter nicht verkauft! Sie mussten sich allerdings von nun an selbst um ihren Lebensunterhalt kümmern. Sie alle haben eine hervorragende Ausbildung genossen, und zwar nicht nur in ... na ja, in so typischen Mädchenfächern wie Musik, Tanzen, Zeichnen, wie es bei meinen Schwestern der Fall war. Die drei Mädchen haben eine fundierte Spracherziehung genossen, unter anderem auch Latein und Griechisch, und haben einen Abschluss sowohl in Mathematik als auch in Literatur. Sie alle verdienen ihr Geld nun als Kinderfrauen oder Gouvernanten.«

»Ich bemitleide sie zutiefst!«, sagte Annie ironisch.

»Manchmal bist du schrecklich hart, Annie. Elly und ihre Schwestern müssen inzwischen ihre Eltern unterstützen.«

»Warum?«

»Der Vater leidet an einer Krankheit namens Schüttellähmung, die unheilbar ist. Die Mutter hat Tuberkulose. Deshalb braucht Elly ein gesichertes Einkommen.«

Annie nickte zerknirscht.

Rory hatte ein so gutes Herz, dass es ihn manchmal selbst in die Zwickmühle brachte – das beste Beispiel waren Gamin und Ackker. Aber ausgerechnet Eleanor Arbuthnot als Gouvernante für Jamie?

»Wo hast du sie eigentlich kennen gelernt?«

»In London.«

»Wie?«

»Auf einer Party.«

»Was für eine Party?«

»Bei Christabel.«

»Ist sie etwa auch eine Suffragette?«

»Aus deinem Mund hört sich das ja wie eine Krankheit an, Annie.«

»Es *ist* auch eine Krankheit. Suffragetten sind wie ein lästiger

Hautausschlag – sie überfallen einen ohne Vorwarnung. Einfache Frauen wie ich verstehen meistens gar nicht, um was es ihnen geht. Wir erleben nur die Gewalt, die sie provozieren, und ihre Propagandataktiken sind auch nicht ohne. Meiner Ansicht nach schaden sie den Frauen eher, als dass sie ihnen nützen.«

»Du hast eben schlechte Erfahrungen gemacht«, gab Rory seufzend zurück. Er dachte an seine Kusine Leonora. »Ehrlich gesagt war ich der Meinung, gerade du hättest Verständnis für sie, nach allem, was du mit uns Männern durchgemacht hast.« Doch Rory mochte nicht weiter darüber diskutieren und wechselte das Thema. »Eigentlich wollte ich mit dir über Glengarth sprechen, Annie. Heute Nachmittag kam mir eine wunderbare Idee. Als wir zu Tisch saßen, sagte Rob etwas über ...«

»Könntest du mir das morgen erzählen, Rory? Ich bin wirklich sehr müde.« Annie stand auf. »Wenn es dir nichts ausmacht, würde ich gern zu Bett gehen. Wenn du noch etwas brauchst, kannst du ja läuten. Ned ist noch wach.«

»Bekomme ich keinen Gutenachtkuss?«, fragte Rory leise.

Annie küsste ihn flüchtig auf die Stirn. Sie ärgerte sich immer noch, dass er nicht als Erstes mit ihr über Miss Arbuthnot gesprochen hatte.

Nachdem sie die Tür hinter sich geschlossen hatte, seufzte Rory tief auf. Traurig blickte er auf sein leeres Glas. Wenn er doch nur den verdammten Whisky selbst holen könnte!

*

Am Tag nach Maxwells Osterpicknick lag halb Schottland unter einer dichten Schneedecke. In und um Sterling herum konnte der Straßenverkehr nicht aufrecht erhalten werden. Annie und Rory fühlten sich wie von der Außenwelt abgeschnitten. Sie bemühten sich, das Beste aus ihren verlängerten Flitterwochen zu machen, aber es war furchtbar kalt. Traurig starrte Rory den Boden seines leeren Whiskyglases an. Die Karaffe stand unmittelbar neben ihm, sodass er sich selbst bedienen konnte. Annie war nicht entgangen, wie viel er trank.

Sie spielten endlose Kinderspiele mit Jamie, machten Schneeballschlachten, fuhren Schlitten, bauten Schneemänner mit Karottennasen, Kohlenaugen und Kohlblätterohren und hofften jeden Tag, dass endlich Tauwetter einsetzen würde und sie nach Glasgow zurückkehren könnten. Haggs Castle erschien ihnen weit weniger erschreckend als ihre derzeitige Situation.

»Gut, dass wir das Picknick vorher gemacht haben, Mama«, stellte Jamie fest und zog den Springer. In seiner Frustration hatte Rory dem kleinen Jungen das Schachspiel beigebracht. »Mein Springer schlägt deine Dame, Onkel Rory ...«

»Mist!«

»*Papa!* Nicht Onkel!« Annie schrie es fast heraus. Sie legte ihr Strickzeug beiseite.

»Na gut, dann eben Papa. Ich will brav sein und daran denken. Aber bitte, Mama, du darfst nicht schnauben wie ein Drache. Bald kommt noch Rauch aus deinen Nasenlöchern!«

Rory grinste. Er hatte einen Verbündeten. »Gut gesprochen, Jamie. Annie, er ist einfach gut. In nur zwei Zügen hat er mit seinem Springer meine Dame geschlagen. Prima gespielt, mein Sohn.« Rory strich über Jamies goldene Locken, und dieses Mal ließ Jamie ihn gewähren.

Die Temperaturen fielen auf dreizehn Grad unter Null. Annie, Rory und Jamie kratzten Eisblumen von den Fenstern in Leckie Castle, tauten mit ihrem Atem Löcher in die Eisschicht auf den Scheiben und erfanden ein Spiel, bei dem sie ihre Wünsche, Hoffnungen und Träume in das unberührte Weiß schrieben.

GLENGARTH schrieb Jamie auf die Scheibe.

MEINE HEIMAT fügte Annie hinzu.

MEINE HEIMAT IST ÜBERALL, HAUPTSACHE WIR KOMMEN MORGEN HIER RAUS, lautete Rorys Satz. Und dann fügte er noch hinzu: P. S. ICH WÜNSCHE MIR, DASS MEINE FRAU MICH LIEBT.

»Ich wollte, dieser verdammte Schnee würde endlich verschwinden«, grantelte er später, als Jamie in die Küche gelaufen war, um ein paar Leckerbissen zu ergattern, ganz entgegen seiner üblichen Art. »Mein widerlicher Beinstumpf tut bei diesem ekelhaft nassen Wetter verflucht weh. Annie, wir ziehen in die Wüste. Wie wäre es mit Arizona? Die Quacksalber haben mir schon immer geraten, meine Zelte in einem wärmeren Klima ohne Nebel und Regen aufzuschlagen. Zum Teufel!«

»Pst, Rory!« Annie beruhigte ihn, wie immer. »Mir gefällt es auch nicht, hier festzusitzen. Zu Hause könnte ich wenigstens etwas tun!«

»Was zum Beispiel?«

»Bügeln, Betten machen, Marmelade einkochen, Fische ausnehmen und meinen Feinden die Augen auskratzen ...«

»... und vielleicht mit mir zu schlafen?«

»Oh«, antwortete sie betont lässig, »das wäre auch ganz nett ...« Doch sie merkte, wie der Gedanke sie erregte und wurde ein wenig verlegen.

Rory hatte es allmählich satt, den galanten Bräutigam zu spielen. Ständig wurden ihre Nächte von einem schlaflosen kleinen Jungen gestört, da konnte man ja nicht in Stimmung kommen! Was war dagegen einzuwenden, sich an einem verschneiten Nachmittag auf dem Bärenfell vor dem Feuer miteinander zu vergnügen, während Jamie in der Küche mit Teig spielte und von der Köchin beaufsichtigt wurde? Besser konnte es gar nicht kommen! Sie fühlten sich beide entspannt und waren verliebt. Ihre zeitweilige Reizbarkeit war sicherlich nur darauf zurückzuführen, dass sie inzwischen acht Tage verheiratet waren und noch nicht ein einziges Mal Gelegenheit gehabt hatten, die Freuden der Ehe zu genießen. Der Zustand bedurfte dringend einer Veränderung! Rory liebte Annie, er betete sie an, er brauchte sie als Gefährtin und Seelenfreundin – aber vor allen Dingen brauchte er ihre Liebe. Aber solange ihr Lindsay noch immer im Kopf herumspukte und sie von allen körperlichen Freuden abhielt – und dabei diente Jamie vermutlich als willkommener Vorwand – gab es kaum Hoffnung, dass sich die Situation verändern würde. Also war es höchste Zeit, die Tür zu verriegeln und zu sagen: Komm, Liebste, jetzt verscheuchen wir ein für alle Mal die Erinnerung an Laird Lindsay!

Rory hoffte inständig, dass er ihren Ansprüchen genügen konnte. Annie schien von der Vorstellung, sich am hellen Nachmittag auszuziehen und mit ihm auf dem Boden zu wälzen, zwar ein wenig schockiert, aber immerhin nicht so schockiert, dass sie keine Lust dazu zu haben schien, wie Rory erfreut feststellte.

Während sie sich musterten und jeder die Gedanken des Anderen zu ergründen versuchte, mussten sie beide plötzlich über sich lachen. Und dann stand mit einem Mal Jamie vor der Tür, hämmerte mit seinen kleinen Fäusten gegen das Holz und wollte eingelassen werden. Annie warf einen Blick zu Rory hinüber und sagte ihm dann, er solle wieder in die Küche gehen und noch einen Kuchen backen. Verblüfft tat der Kleine wie geheißen. Da mussten sie noch mehr lachen, weil ihnen aufging, wie kindisch sie sich benahmen, aber es war ihnen egal. Diese Zeit gehörte ihnen ganz allein. Sie waren Mann und Frau und fanden es wundervoll, sich an diesem kalten Winternachmittag vor dem warmen Feuer zu lieben.

Danach lagen sie noch ein Weilchen eng umschlungen und hingen – beide müde und sehr glücklich – ihren Gedanken nach. Rory wusste jetzt, dass er sich keine Sorgen um seine Männlichkeit mehr machen musste, und Annie spürte, dass Lindsays Gespenst von einem liebevollen Ehemann besiegt worden war. Neben vielen Vorzügen besaß Rory eine Gabe, die Lindsay immer gefehlt hatte, stellte sie erstaunt fest: Rory hatte Humor.

Glücklich ermattet lagen sie nebeneinander und starrten in die Flammen des Kamins. Sie fühlten sich geliebt, geborgen und warm. In Rorys Umarmung konnte Annie alles vergessen, was sie je gepeinigt hatte, und sie wünschte sich nichts auf der Welt mehr, als für immer in diesen Armen liegen zu dürfen. Jamie würde sich an die Vorstellung gewöhnen müssen, dass sie ab und zu mit Rory allein sein wollte – natürlich liebte sie den Jungen deshalb nicht weniger, und irgendwann würde sie ihm das auch erklären können.

Natürlich konnten sie auch am nächsten Tag Leckie Castle noch nicht verlassen. Die Tage wurden immer kälter. Sie kuschelten sich zu dritt unter ihren Decken zusammen und Rory erzählte spannende Geschichten über die Wikinger aus dem Norden, von denen seine Vorfahren abstammten, und über die blutige Vergangenheit von Glengarth. »Ich will nichts beschönigen«, sagte er zu Jamie, »wir Roskillens sind eine ziemlich blutrünstige Familie. Schon der Name hört sich nach Killer an. Aber daran lässt sich nichts ändern – der Lauf der Geschichte kann nicht verändert werden.«

»Außer von Reportern, Papa. Solchen wie im Zug von Glasgow nach Stirling. Wenn man etwas schreibt, was nicht wahr ist, Papa, ist das dann Verleumdung oder üble Nachrede?«

»Verdammt, Annie, was für ein wortgewandtes Monster hast du da in die Welt gesetzt?« Hilflos drehte Rory sich zu Annie um. Der Kleine hatte ihm im wahrsten Wortsinn den Wind aus den Segeln genommen.

»Bitte hör auf, in seiner Gegenwart zu fluchen, sonst wird er ein noch viel wortgewandteres Monster!«, sagte Annie lachend.

Danach erzählte Rory von seiner Kindheit in Indien, wo Kindermädchen *Ayahs* genannt wurden und man Ladys mit *Memsahib* und Lords mit *Sahib* ansprach.

»Da würde ich gerne einmal hinfahren.«

»Das kannst du machen, wenn du etwas älter bist. In Baharabad lebt eine Stiefschwester von mir. Sie heißt Sula und ist deine Tante ...«

Annie blickte währenddessen nachdenklich aus dem Fenster auf die weiße Landschaft. »Ich hatte mich für eine Hochzeit zu Ostern entschieden, weil eigentlich um diese Zeit der Winter vorbei sein sollte, Rory«, seufzte sie.

»Siehst du, Süße, das beweist wieder einmal, dass der Mensch denkt und Gott lenkt.«

»Was meinst du damit?«

»Damit meine ich, geliebte Gattin, dass dies hier die schönsten Flitterwochen sind, die ich je hatte. Komm einmal zu mir, Annie. Jamie, rutsch zur Seite.«

»Warum?«

»Da wir keine Wärmflasche haben, Jamie, möchte ich lieber von deiner Mutter warm gehalten werden, als deine kalten Füße auf dem Bauch zu spüren.«

Und wieder folgte ein gegenseitiges Kitzeln. Rory hatte eine gewisse Fähigkeit entwickelt, den ernsten kleinen Jamie aus der Reserve zu locken. Zusammen mit seinem Adoptivvater lachte und kicherte er ebenso oft wie jeder andere Junge seines Alters, und hörte auf, frühreife Fragen zu stellen.

So glücklich Annie auch darüber war, dass die beiden sich so gut verstanden, es versetzte ihr doch einen Stich der Eifersucht. Sie fühlte sich vergessen und als Randfigur. Voller Sorge fragte sie sich, ob Jamie eines Tages nicht würde wissen wollen, wer sein wirklicher Vater war.

*

Endlich setzte Tauwetter ein und die Roskillens konnten nach Haggs Castle zurückkehren. Berge von Briefen hatten sich angesammelt, die Annie der Reihe nach wie Fische aufschlitzte und ausnahm, wie Rory grinsend feststellte. Auch ein Brief von Lady Jedburgh war dabei, und das interessierte ihn weit mehr als die Rechnungen für Strom oder Lebensmittel. Außerdem gefiel es Rory, dass er dort nun endlich mit Annie unter einem Dach leben durfte und nicht mehr aus Schicklichkeitsgründen in seinem Büro im Broomilaw übernachten musste.

»Und? Was schreibt sie?«

Annie las vor:

»Liebe Anne, wir möchten uns nochmals bei Ihnen entschuldigen, dass wir Sie so schnöde Ihres frisch angetrauten Gatten beraubt haben, der mit meinem Mann zum Angeln ging, während

Sie die Überbleibsel unserer Bergtour aufsammeln durften. Sie sind eine echte Schottin, Anne Roskillen. Sie ließen uns Ihre Flitterwochen auf selbstsüchtigste Weise missbrauchen, blieben dabei aber immer ruhig und freundlich. Dafür möchte ich Ihnen aus ganzem Herzen danken. Mein Knöchel hat wieder zu seinem ursprünglichen Umfang zurückgefunden, trotzdem humpele ich noch am Stock herum. Eleanor, die ja eigentlich an allem schuld ist, habe ich mittlerweile verziehen. Obwohl sie meinen Hut, für den ich doch einen Preis bekommen wollte, völlig ruiniert hat! So ein dummes Mädchen! Jedenfalls habe ich jetzt auf Dinnerpartys immer etwas zu erzählen. Ich zeige meinen ruinierten Hut und Knöchel herum und nenne die Anekdote: Wie Eleanor mich eines Tages mit Steinen von Möweneiergröße berieselte und mit Foie Gras eincremte. *Sie kennen die Geschichte ja leider schon. Mit freundlichen Grüßen S. J.«*

Ein anderer Brief kam von Lady Maxwell, die sich ebenfalls für Annies Hilfe und Unterstützung bedankte:

»Rob und ich haben dieses Jahr einen Osterausflug organisiert, um uns alle davon abzulenken, dass die Welt momentan voller Tod, Zerstörung und Krankheit ist. Wir haben so viele liebe Menschen in diesem schrecklichen Krieg verloren, dass wir uns vornehmen wollten, unseren Freunden noch ein wenig Spaß zu bieten, ehe alles vorüber ist. Das war durchaus nicht frivol oder oberflächlich gemeint. Wir wissen, wie es um die Welt steht und dass es noch viel schlimmer kommen kann. Wir hoffen und beten um einen baldigen Sieg. Unsere Rettung liegt in den Händen der Vereinigten Staaten von Amerika, die uns ihre eigenen Soldaten schicken, nachdem so viele unserer jungen Männer in den vergangenen vier Jahren ihr Leben auf europäischen Schlachtfeldern verloren haben. Ich hoffe, Sie freuen sich mit uns, dass wir trotz des teilweise missglückten Ausflugs und der leider ausgefallenen Prämierung des schönsten Hutes immerhin 1103 Pfund für den J. S. F. zusammengebracht haben. Mit allen guten Wünschen, Elizabeth Maxwell«

»Was ist der J. S. F.?«, wollte Annie von Rory wissen.

»Der ›Jütländer Seemanns Fonds‹«, gab er obenhin zurück.

»Davon hast du mir nie erzählt.«

»Du wolltest doch nie mit mir zu Veranstaltungen gehen oder meine Freunde treffen.«

»Wenn du mir gesagt hättest, dass es für einen guten Zweck ist, hätte ich es vielleicht getan.«

»Ich hatte immer den Eindruck, es würde dich nerven, meine Bekannten zu treffen und mit ihnen *Small Talk* zu halten.«

»Höre ich da etwa ein gewisses Sticheln heraus, liebster Laird?«

»Aye, mein hübsches Mädchen!«

»Das haben wir nur Eleanor zu verdanken.«

»Wie das?«, fragte Rory erstaunt.

»Nun, ich nehme an, sie hat die ganze Veranstaltung bewusst sabotiert und vielleicht sogar versucht, es mir anzuhängen.«

»Ich weiß nicht, wovon du redest, Annie.«

»Na, die Hutprämierung, die dann leider nicht stattfand. Ich bin allen anderen voraus auf den Berg gestiegen. Eleanor ging direkt hinter mir. Die Ladys mit ihren ausladenden Hüten wollten alle ebenfalls hinauf, obwohl sie weiß Gott nicht richtig dafür angezogen waren. Manche trugen sogar hohe Absätze. Ich hatte mich die ganze Zeit gefragt, warum alle Welt mit diesen merkwürdigen Hüten herumlief. Verrückt, völlig verrückt! In derart ausgefallenen Kleidern auf Berge zu steigen bedeutete für mich nur, den Wahlspruch ›Noblesse oblige‹ ein wenig zu wörtlich zu nehmen.«

»Aber auch du warst nicht für eine Gebirgstour angezogen«, erinnerte Rory sie.

»Richtig. Obwohl ich mein Hochzeitskleid eigentlich nur aus Sparsamkeitsgründen trug. Leider ist es jetzt ruiniert. Ich hätte aber auch nie damit gerechnet, dass wir etwas machen, was über den harmlosen Spaziergang, den diese Damen üblicherweise machen, hinausgeht, sonst hätte ich irgendein altes Kleid angezogen. Davon habe ich wirklich jede Menge. Wie dem auch sei – ich bin es gewohnt, auf Berge zu steigen. Die Damen nicht. Noch nicht einmal Miss Verflixt-noch-mal-Arbuthnot ...«

»Weib, würdest du sofort aufhören, in meiner Gegenwart zu fluchen!«, grinste Rory.

»... die auf keinen Fall von mir ausgestochen werden wollte. Warum hast du mir denn nichts gesagt? Ich hätte einen Hut gekauft, der alle anderen in den Schatten gestellt hätte.«

»Dessen bin ich sicher, liebste Annie.«

»Also, warum hast du mich nicht gewarnt?«

»Ich habe einfach nicht daran gedacht.«

»Wahrscheinlich hattest du an Wichtigeres zu denken. Angeln vielleicht?«

»Ich denke immer und andauernd an dich, meine süße Liebste.«

»Hör auf, Süßholz zu raspeln. Du flunkerst ja doch nur.«

Er entschied sich, nichts zu seiner Verteidigung vorzubringen, weil er sowieso nur den Kürzeren gezogen hätte.

»Ich fand es irgendwie normal«, fuhr Annie fort. »Eleanor mit ihrem wundervollen Federhut. Er erinnerte mich an den deiner Schwester Christabel, den sie einmal aufhatte, als sie beim Tee in Glengarth mit den Hamiltons ...« Annie biss sich auf die Unterlippe. Der Name Hamilton rief traurige Erinnerungen wach ... Schnell redete sie weiter.

»Also, die Damen wollten auf den Berg, die Aussicht genießen und vielleicht ein paar Fotos machen. Als Eleanor ins Rutschen kam, Lady Jedburgh mitriss und dabei ihr Hut ruiniert wurde, brach alles wie ein Kartenhaus zusammen. Ich könnte mir sogar vorstellen, dass Elly Lady Jays Hut absichtlich beschädigt hat, um selbst zu gewinnen. Irgendwie war es unglaublich komisch. Zumindest für mich. Lady Maxwell ist da nicht ganz meiner Meinung, fürchte ich. Hoffentlich hat sie das Kindermädchen nicht deswegen rausgeworfen.«

»Nein«, beruhigte Rory sie, »sie dachten, es sei an der Zeit, dass Havers einen Hauslehrer bekommt. Er wird allmählich zu groß für eine Gouvernante.«

»Jamie ist genau so alt wie Havers. Vielleicht sollte er auch lieber einen Hauslehrer als eine Gouvernante bekommen.«

»Kein Problem, wenn du das möchtest. Elly findet sicher schnell eine andere Anstellung; ihre Referenzen sind ausgezeichnet. Aber du wolltest mir von dem Zwischenfall am Berg erzählen.«

»Da gibt's nicht mehr viel zu erzählen. Eleanor hat nicht darüber lachen können, weil sie schuld an der Misere war. Und ich konnte es erst später, denn im ersten Moment glaubte ich wirklich, Lady Jay hätte sich das Rückgrat gebrochen.«

»Du arme kleine Annie ... komm her und setz dich auf mein Holzknie.«

»Ich werde es in Erwägung ziehen, wenn du endlich aufhörst, Süßholz zu raspeln. Schade eigentlich, dass der Hutwettbewerb wegen Miss Arbuthnot abgeblasen werden musste.«

»Finde ich auch. Wir Männer hatten uns alle so darauf gefreut, den witzigsten Hut zu prämieren. Sir Robby hätte den Hut, der gewonnen hätte, vielleicht sogar seiner Kunstsammlung einverleibt.«

»Apropos Kunstsammlung: Sind die gestohlenen Gemälde je wieder aufgetaucht? Hat man die Diebe dingfest machen können?«

»Bisher noch nicht. Die Polizei ist damit beschäftigt. Es handelt sich übrigens um Postimpressionisten – sie sind eine Menge Geld wert. Obwohl ich persönlich ja finde, dass man alles, was mit Post zu tun hat, besser dem Briefträger überlässt ...«

Sie warf ein Kissen nach ihm. »Auf jeden Fall hat Sir Robby einen Privatdetektiv mit der Sache beauftragt«, erzählte er weiter.

»Du hast sicher viel Geld an seine Lordschaft gespendet, oder?«

»Für die gestohlenen Gemälde?«

»Nein, du Dummerchen. Für den J. S. F., oder besser gesagt den Hutwettbewerb, der letztlich abgeblasen wurde.«

»Natürlich waren wir Männer sehr enttäuscht, euch hübschen Damen in euren wundervollen Hüten keine schönen Augen machen zu können.«

»Ach komm schon, Rory Roskillen. Den Hüten hättest du sowieso keine schönen Augen gemacht!«

»Sie haben eine schmutzige Fantasie, Mylady!«

»Sie aber auch, Mylaird.«

»Komm zu mir, Annie ...«

Sie warf sich in seine Arme, den sichersten Hafen gegen den Unbill der Welt. »Ich bin wirklich stolz auf dich und deine Florence-Nightingale-Fähigkeiten. Aber manchmal wünschte ich mir, du wärst nicht immer nur für andere Leute unterwegs. Für mich gibt es anscheinend keinen Platz«, sagte Rory ein wenig traurig.

»Was meinst du damit?«

»Hör auf, dich nach Gairloch zu sehnen. Seit du in Glasgow bist, tust du nichts anderes.«

»Ich sehne mich nicht nach Gairloch. Ich sehne mich nach Glengarth.«

»Ich auch.«

»Du hast mich gebeten, nach Glasgow zu kommen. Dass das nicht der Platz ist, an dem ich für immer leben möchte, siehst du doch sicher ein, oder?«

»Ich habe dich gebeten, mich zu heiraten. Und zwar nicht zum ersten Mal. Das erste Mal war in Kingseat vor über zwei Jahren, und ...«

»Ich frage mich noch immer, warum.«

»Annie, das ist doch nicht dein Ernst!« Rory schwankte zwischen Lachen und Weinen.

»Wann habt ihr – du und sie und alle anderen – dieses Picknick geplant?«, fragte Annie störrisch nach.

»Aha, wir sind also wieder beim Thema. Lass mich nachdenken ... Also, wenn du es wirklich wissen willst und Miss Arbuthnot meinst: Es war an dem Abend, als ich Kilt trug und mein Dolch am Holzbein steckte.«

»Und das ist wirklich alles, mein schöner Highland-Laird?«

»Okay. Auch damals, als du zu dem Dinner im Pollock House eingeladen warst. Ich wollte dich vorzeigen und sie wollten alle die große Liebe meines Lebens treffen, meine zukünftige Frau. Damals ging es um einen Fonds für Kriegsopfer und wir haben uns überlegt, zu Ostern etwas zu arrangieren, was Geld einbringt. Eleanor ist die Sekretärin der …«

Annie befreite sich aus seinen Armen und baute sich hoch aufgerichtet vor ihm auf. Er ließ sich in gespielter Angst im Sessel zusammensinken und hielt das Kissen wie zum Schutz vor sich hin.

»Da! Schon wieder! *Eleanor, Eleanor, Eleanor!* Ich kann den Namen nicht mehr hören.« Annie brach in Tränen aus. »Ich vermute, jetzt tut es dir Leid, dass du ein armes Fischermädchen geheiratet hast und nicht eine gebildete Gouvernante aus guter Familie.«

Rory erschrak vor dem plötzlichen Ausbruch. »Annie!« Er schleuderte das Kissen zu Boden. »Was um alles in der Welt geht in dir vor? Ich liebe doch *dich*, nicht sie! Ich habe dich geheiratet, weil ich dich liebe, und verstehe überhaupt nicht, warum du dich so aufführst.«

Sie warf ihr schwarzes Haar mit einer ungeduldigen Bewegung zurück und sagte trotzig: »Aye! Sie ist schließlich nur das Kindermädchen. Ich aber bin *Lady* Anne Roskillen. Und wenn mir etwas nicht passt, werde ich einfach gehen.«

Das war wieder die starke Annie Gowrie, und es tat gut, ihre Augen wieder blitzen zu sehen. Rory hoffte, dass er den Funken nie erlöschen sähe, wie es beinahe nach Lindsays Tod geschehen wäre. »Recht hast du! Und um das ein für alle Mal klarzustellen: Unsere gefiederte Freundin ist *nicht* die Liebe meines Lebens, obwohl du es aus irgendeinem Grund anzunehmen scheinst.«

»Aber warum hast du nicht eine tolle Frau mit Titeln und viel Geld geheiratet, mein schöner Laird?«

»So wie Lindsay meinst du?« Rory wusste, dass er sie verletzte, aber er war es leid, dass sie seinen Bruder nach wie vor vergötterte, obwohl dieser sich ihr gegenüber ziemlich rücksichtslos verhalten hatte.

Annie begann erneut zu schluchzen.

Er streckte die Arme nach ihr aus und sagte sanft: »Komm her, kleines Dummerchen. Ich erkläre dir, warum. Ich erkläre es dir so lange, bis es in deinen Fischermädchen-Kopf geht.«

Glücklich kuschelte sie sich in seine Arme.

»Glaubst du, wir können Jamie überzeugen, heute Nacht bei Gamin und Ackker zu schlafen?«, flüsterte er dicht an ihrem Ohr.

Annie lächelte unter Tränen. Dieser Rory – er nahm wirklich jede Gelegenheit wahr! Aber sie wünschte sich nichts sehnlicher als seine Liebe, seinen Schutz und vor allem sein Verständnis.

»Vielleicht zeigt ein Spritzer *uisge* in seiner heißen Milch heute Abend ja die nötige Wirkung, Mylaird«, sagte sie spitzbübisch.

*

In guten und in schlechten Tagen ... Das Ehegelöbnis bedeutete leider auch, in der großen Stadt Glasgow zu leben und Schmutz, Schwefeldünste und Lärm ertragen zu müssen.

In seinem Büro im Broomilaw drehte Rory Däumchen. Luxus-Kreuzfahrten waren nun einmal zurzeit nicht gefragt. Dafür forderte die Admiralität umso mehr: Dies oder jenes musste angeschafft, repariert oder angestrichen, Kanonenboote sollten ausgebessert und Fregatten nachgerüstet werden. Rory wurde sogar gefragt, ob es in Loch Garth nicht noch tiefere Stellen für eine neue Art von U-Boot gäbe.

»Verdammt noch mal! Dafür müsste die Admiralität schon das Tal ausschachten, das Gott dort erschaffen hat! Was denken die eigentlich, wer ich bin? Die glauben wohl, ich kann zaubern!«, regte sich Rory auf.

»Wie wäre es damit, aus Wasser Bier zu machen?«

»Das ginge ja noch, Gamin. Am Geschmack würde sich nicht viel ändern – das Bier schmeckt doch heutzutage nach gar nichts mehr. Halt jetzt den Mund, ich denke nach.«

»'tschuldigung!«

»Dabei haben sie uns schon den Wald und die Ländereien weggenommen.«

»Es ist eine Schande«, erklärte Annie, die sich daran erinnerte, wie hart Lindsay für den Erhalt der Hebridenwälder in Glengarth gekämpft hatte.

Rory stand ständig unter Anspannung. Er litt unmäßig darunter, nicht richtig sehen, hören und laufen zu können. Und dabei musste so vieles organisiert werden – selbst ein gesunder Mann würde Mühe haben, all diesen Anforderungen gerecht zu werden. Außerdem fühlte er sich schuldig, sich nicht mehr aktiv am Kriegsgeschehen beteiligen zu können.

»Du hast alles gegeben« erinnerte Annie ihn immer wieder.

»Stimmt, Chef«, stimmte Gamin ein, dessen gebrochener Arm inzwischen geheilt war, »und Sie haben jede Menge Orden, die es beweisen.«

»Hören Sie mal, Sir« mischte sich nun auch Ackker ein, »ich und Gamin haben nach der Skagerrak-Schlacht Ihre Einzelteile zusammengeklaubt. Und jetzt hören Sie endlich auf, sich das noch ein zweites Mal zu wünschen, verdammt noch mal.«

»So eine Respektlosigkeit!«

»Kann schon sein. Wir kennen Sie eben schon, seit Sie als junges Pickelgesicht ohne einen Penny von Dublin nach Aberdeen kamen, Mylaird«, erklärte Gamin. »Und jetzt haben Sie uns am Bein, ob Sie wollen oder nicht. Wenn wir weg gewollt hätten, wären wir gegangen. Nun ist es zu spät ...«

»Und warum habt ihr es nicht getan? Und vor allem – was hättet ihr stattdessen gemacht?«, fragte Rory neugierig.

»Ich war zum Beispiel Mechaniker, Chef«, antwortete Gamin, während Ackker seine Zähne mit einem Zahnstocher bearbeitete. »Erinnern Sie sich? Ich habe als Chauffeur bei Lord Burrett gearbeitet. Ihretwegen habe ich meine Karriere in den Wind geschossen. Als Sie auftauchten, haben Sie mich vom richtigen Kurs in meinem Leben abgebracht.«

»Und der wäre was gewesen?«

»Chauffeur von Lord Rupert«, höhnte Ackker.

»Rupert und Charlotte! Du liebe Zeit, diese alten Familiengeschichten!«

»Stimmt, Chef«, Gamin kratzte sich den Kopf, »wir werden langsam älter. Wenn nicht Sie und Reginald gewesen wären, hätte ich mit meinem Leben bestimmt etwas anderes angefangen.«

»Ach ja? Und was?«, erkundigte sich Ackker.

»Ich wollte immer Rennfahrer werden.«

»Ach du liebe Zeit«, lachte Ackkers.

»Ich verstehe Sie, Gamin. Sie und ich hätten als Rennteam sicher besser abgeschnitten als wir es als Schiffsunternehmer bis jetzt getan haben. Und was Sie angeht, Reggie, hätte ich nie gedacht, Sie nach Ihrem Atlantikabenteuer wiederzusehen.«

»Glaubten Sie, ich wäre in die Luft gesprengt oder harpuniert worden, Euer Lordschaft?«

»So etwas in der Art, Reggie.«

»Seit wann sprechen Sie Gamin und mich eigentlich mit unseren Taufnamen an?«

»Sind Sie etwa keine Christen?«

»Nee, ich bin ein ebensolcher Heide wie er.« Ackker zeigte mit dem Zahnstocher auf Gamin. »Aber im Ernst, Chef, was ich sagen wollte ...«

»Als Sie weggelaufen sind, um sich mir anzuschließen, war ich jedenfalls schon erwachsen und hatte ebenfalls ganz andere Dinge mit meinem Leben vor.«

»Ach, Chef, und was?«

»Zunächst einmal möchte ich euch eine wichtige Mitteilung machen.«

»Was denn, Chef?«

»Ich hatte niemals Pickel!«

»Natürlich nicht. Sie waren immer wun-der-schön und braun gebrannt wie ein Maharadscha«, beeilte sich Gamin zu sagen.

»Jedenfalls war ich nie so ein Londoner Käsegesicht wie ihr. Aber eines stimmt: Ehe ich Ihren Kumpel Reginald traf, hatte ich nicht die geringste Ahnung von Schiffen. Er allerdings auch nicht. Gott weiß, wie er dort in Dublin an das Schiff gekommen ist.«

»Das war der schönste Tag in Ihrem Leben, stimmt's, Chef?« Ackker und Gamin grinsten.

»Der Tag, der mein Leben veränderte, Reggie. Sie und Benjamin sind wirklich die tollsten Halunken, die mir je über den Weg gelaufen sind.«

»Waren das nicht herrliche Tage, damals in Strangford's Werft?«

»Einfach genial!« Rory hatte sich zurückgelehnt, sein Holzbein auf den Schreibtisch gelegt und ließ sich von Erinnerungen an die Vergangenheit mitreißen. »Wisst ihr was? Ich kann mich einfach nicht mehr an den Namen des ersten Schiffes erinnern, das wir da unten seetüchtig machen wollten ...«

»Die ›Lady Leonora‹, Chef«, antworteten Gamin und Ackker unisono.

»Ach ja ... na ja ...« Rory hüstelte verlegen und ließ das Thema fallen.

In der Vergangenheit herumzustochern war ein Zeichen, dass man älter wurde. Er setzte sich resolut in seinem Chefsessel auf und reichte Annie ein Anforderungsschreiben der Admiralität. Sie hatte inzwischen begonnen, ihm an zwei Tagen in der Woche im Büro zu helfen. Vier Tage arbeitete sie als Krankenschwester in einem Glasgower Krankenhaus. So blieb ein Tag für Jamie, der sich in der restlichen Zeit unter Eleanor Arbuthnots Fittichen aufhielt.

*

Während das Leben in Glasgow für Rory und Annie im Schneckentempo verlief und der Krieg in Europa von Tag zu Tag blutiger wurde, begann Rory die Weichen für eine neue Zukunft in Glengarth zu stellen. Der Krieg durfte einfach – mit Gottes Hilfe – nicht noch viel länger dauern. Viele junge Männer würden nicht übrig bleiben, um die Grundlage für eine neue Generation zu legen, und die, die übrig bleiben würden, hätten vermutlich keine Lust mehr dazu.

Beim Sieg der Engländer vor acht Monaten in Passendaele hatte Rory geweint. »Gott sei Dank, dass Hump nicht ganz umsonst gestorben ist.« Er war mit der Hand über sein vernarbtes Gesicht gefahren und hatte bittere Tränen um seine vergangene Jugend vergossen. Annie und Gamin waren Zeugen einer überwältigenden Trauer um Menschen gewesen, die Rory geliebt hatte und die ihm bei der Arbeit und im Kampf nah gewesen waren.

Passendaele – Jütland – Passendaele. Warum nur? Warum um des Allmächtigen willen ist immer noch Krieg? In hundert Jahren weiß kein Mensch mehr den Grund dafür. Die Welt ist aus den Fugen geraten!

»Weißt du was, Annie?«, sagte er jetzt.

»Was denn, Rory?«, fragte sie zerstreut.

»Hör endlich auf, die verdammten Schlagzeilen zu lesen, und hör mir zu!«

»Ich höre dir zu.«

»Du bist eine tolle Krankenschwester, aber eine miserable Sekretärin.«

»Danke sehr, Mylaird.«

»Aber dafür bist du sehr schön ... ganz ehrlich, du bist schöner denn je. Du scheinst in der letzten Zeit irgendwie zu leuchten, was ich äußerst charmierend finde.«

»Danke, Mylaird – aber heißt es nicht eher charmant?«

»Das auch. Äh ... ich will wirklich nicht undankbar sein oder dem Chauvinismus frönen, aber ...«

»Chauvinismus?«

»›Übersteigerter und blinder Patriotismus, der den Nationalismus bis zur Missachtung fremder Rechte steigert‹.«

»Sei nicht so herablassend. Ich bin durchaus in der Lage, selbst im Lexikon zu lesen.«

»Englisch oder Gälisch?«

»Was willst du mir eigentlich sagen, Rory?«

»Miss Crawford kommt zurück. Sie wird wieder meine Sekretärin. Ist das nicht wunderbar, Annie?«

»Du hast ihr bestimmt ununterbrochen zugesetzt, wie du es bei mir auch getan hast.«

»Schon, aber sie will ich nicht heiraten.«

»Da bin ich aber wirklich froh, Mylaird. Aber was soll ich jetzt mit den freien Wochentagen anfangen? Meine Kündigung kommt ja sozusagen fristlos.«

»Möchtest du eine Abfindung?«

»Ich wäre nicht abgeneigt, Mylaird.«

»Nun, wie wäre es mit einem tollen Dinner heute Abend? Ich kenne da einen ganz tollen Laden: die Küche von Haggs Castle. Jamie könnte in Pollock Park ein paar Blumen als Tischdekoration pflücken. So, und jetzt, wo diese Sache vom Tisch ist, kann ich dir ja sagen, dass deine Ablage und Buchhaltung eine ziemliche Katastrophe ist. Man schuldet mir ungefähr eine Million Pfund, aber ich kann sie nirgends finden.«

»Hast du schon mal im Papierkorb nachgesehen?«

»Könntest du vielleicht mal deinen süßen Hintern hier rüber schieben – wie die Amis sagen würden – und deinem Chef einen Kuss geben?«

»Weißt du, was ein Ami jetzt sagen würde? Du kannst mich mal, Boss!«

»Ich finde, die Amerikaner haben keinen guten Einfluss auf schottische Mädchen!«, sagte Rory kopfschüttelnd.

»Denkst du dabei etwa an Elly?«

»Ganz genau.«

»Du bist doch nur eifersüchtig!«

»Ich hoffe, das meinst du nicht ernst.«

»Und ich hoffe, ihr Liebesleben hat keinen allzu großen Einfluss auf Jamies Lehrplan.« Annie hoffte inständig, dass die unerschrockene Elly ihren Yankee-Freund möglichst bald heiraten und auf dem schnellsten Weg in die Vereinigten Staaten abdampfen würde, um dort das Evangelium des Frauenwahlrechts zu predigen. Aber vielleicht geschah das nie. Immerhin hatte sie noch zwei Schwestern, mit denen sie gemeinsam ihre kranken Eltern unterstützen musste.

»Elly glaubt, ihre Mutter hat es bald hinter sich«, fügte Annie hinzu.

»Das dürfte eine Erlösung sein.« Rory blickte vom Schreibtisch auf, fingerte an seinem Hörgerät herum und legte das starke Vergrößerungsglas beiseite, auf das er trotz seiner Brille angewiesen war.

Ein starkes Gefühl der Zuneigung überkam Annie: Er war so mutig, so geduldig und immer heiter. Er hielt sich einfach fabelhaft, und das alles eher um ihret- als um seinetwillen. Sie erinnerte sich: Als ihre eigene Mutter an Lungenentzündung starb, war es auch eine Erlösung gewesen. Tod durch den Krieg, wie zum Beispiel bei Rorys gefallenem Vetter Humphrey, einem engen Freund aus Kindertagen, konnte in gewisser Weise ebenfalls als Erlösung gelten. Aber wenn der Krieg Menschen verwundete, verletzte und verstümmelte, ganz gleich, ob Männer, Frauen oder Kinder, dann war das weiß Gott keine Erlösung, sondern ein entsetzliches, unfassbares Schicksal.

»Für kommenden Monat habe ich Termine mit einigen Spezialisten gemacht, Rory«, berichtete Annie.

»Augen, Ohren, Beine?«

»Genau.«

»Glaubst du, das hilft?«

»Könnte durchaus sein. Ich denke, wir sollten alles versuchen.«

»Du bist die Krankenschwester und kennst dich aus.«

»Wir dürfen die Hoffnung nicht aufgeben, Rory!«

»In diesen Fall dürftest du dich freuen, dass es wieder Hoffnung für Glengarth gibt.«

Sie wusste nicht recht, ob er wieder einmal nur Witze machte; manchmal scherzte er nur, um seine Probleme zu vertuschen. Sie war oft die Einzige, die es bemerkte. Doch Hoffnung für Glengarth war nicht das Schlechteste – etwas, worauf er hinarbeiten konnte, und etwas, was sie beide sich herbeisehnten.

»Soll ich es dir erzählen?«

»Natürlich!«

»Na ja, vor ein paar Monaten, damals nach dem Picknick bei Maxwells, warst du nicht sehr interessiert. Aber vielleicht lag es auch nur am schlechten Timing. Du hast dich ziemlich verloren gefühlt, nicht wahr? Glaub nicht, dass ich es nicht gemerkt habe. Ich bin immer noch so froh, dass du mich gewollt hast. Zusammen schaffen wir es bestimmt, Glengarth wieder auf die Beine zu bringen. Für Jamie. Ich freue mich übrigens, dass er sich so gut mit Elly versteht – ich hatte es geahnt. Sie lesen übrigens gerade die ›Ilias‹ auf Griechisch ... Mein Gott, ich habe Homer gehasst! Ich hatte diesen schrecklichen Hauslehrer: Mr Shawmoss. Merkwürdig, dass ich mich noch an seinen Namen erinnere, denn ich habe jahrelang versucht, ihn aus meinem Gedächtnis zu verbannen. Damals habe ich ihn Hephaistos getauft, nach dem hinkenden Sohn von Zeus und Hera, der aus dem Olymp verbannt wurde. Manchmal glaube ich, ich sollte an Jamies Stunden teilnehmen und das nachholen, was ich bei diesem Hinkebein versäumt habe.« Als ihm klar wurde, was er gerade gesagt hatte, lachte er bitter auf. »Ha ha. Der alte Hephaistos und ich – das ist die wahre Ironie des Schicksals!«

Annie sagte nichts dazu. Wenn er bei Miss Arbuthnot sein Griechisch aufpolieren wollte, so war das seine Sache. Sie selbst allerdings sah es als neue Masche an, mit seiner gefiederten Freundin in Kontakt zu bleiben. »Na, dann bin ich ja wohl überflüssig ...«

»Aber ganz und gar nicht, meine Süße. Im Gegenteil – du wirst ganz schön zu tun bekommen. Vielleicht musst du sogar deine Arbeit im Krankenhaus aufgeben. Natürlich nicht sofort. Pass auf: Ich wünsche mir, dass du Mrs Beeton und Mrs Watson über Haushaltsführung aus... horchst ...« Er hielt inne, weil sie ihn mit Blicken geradezu durchbohrte.

»Wie bitte?« Sie glaubte, ihren Ohren nicht zu trauen.

»Eine Art Catering auf ganz hohem Niveau, Annie«, fügte er rasch hinzu, ehe er den Mut verlor, weiter zu sprechen. »Mich interessieren alle Vergnügungen und sportlichen Aktivitäten, die an bestimmte Jahreszeiten geknüpft sind, weißt du? Wann man jagen darf, wann die Angelsaison ist und so weiter – darüber weißt du mehr, als irgendjemand anders. Du bist Expertin auf diesem Gebiet. Lindsay hat dich zur Expertin gemacht. Verstehst du denn nicht, Annie?« Er ließ sich von seiner Idee mitreißen. »Ich will, dass Glengarth so wird, wie Pollock und Gargunnock, wie Culcreuch und Sterling!«

Annie legte die Finger an ihre Schläfen. Ein längst vergangenes Gespräch mit Lindsay schwirrte durch ihren Kopf.

Eines Tages würde ich mir gern Glasgow ansehen.

Dann zeige ich dir Glasgow. Wir fahren zusammen hin. Ich überrede meinen Bruder, uns auf einem seiner Luxusliner unterzubringen und zu beköstigen. Das gefällt dir bestimmt, Annie.

Wer weiß ... ich lebe nicht gern wie eine Prinzessin, Mylaird.

Sie und Lindsay. Und nun hatte sein Bruder ihren Wunsch erfüllt, aber Glasgow schien ihr längst nicht so mehr verlockend wie in der Zeit, als sie nur ein einfaches Fischermädchen gewesen war und nichts von der Welt außerhalb der kleinen Insel Rill kannte.

Glasgow hatte einen schlechten Einfluss auf sie. Manchmal glaubte sie, die Stadt sauge ihre Energie und ihren Tatendrang einfach aus ihr heraus. Sie wusste nicht, warum Rory behauptete, sie sähe strahlend aus. Sie selbst fühlte sich müde und ausgelaugt. Dabei zeigte Rory sonst keine Tendenz, Dinge schönzureden.

»Bitte langsam, Rory. Ich habe heute Nachmittag schreckliche Kopfschmerzen.«

»Tut mir Leid ... möchtest du ein Glas Wasser? Gamin, bitte Wasser für die Lady.«

»Sofort, Chef.«

»Danke.« Anne nahm das Glas. »In ein paar Minuten geht es mir besser. Rory, sag, was du zu sagen hast, ehe ich nach Haggs Castle zu Jamie zurückmuss. Eleanor möchte heute Abend mit ihrem Amerikaner ausgehen.«

»Aber natürlich ...« Er runzelte die Stirn. »Sollen wir vielleicht lieber zu einem anderen Zeitpunkt darüber reden?«

»Schon gut. Erzähl mir einfach, was du dir überlegt hast. Ich merke schon lange, dass etwas in dir gärt. Du bist doch Schiffsunternehmer und nicht etwa Quartiermeister. Oder willst du dich verändern?«

»Aber nein. Es geht mir nur um Glengarth. Glengarth hat für mich absolute Priorität.«

»Was hast du denn beschlossen? Du hast doch sicher längst etwas beschlossen ohne mich zu fragen, nicht wahr?«

Die kleine Spitze traf nicht. Begeistert schwärmte Rory: »Liebste, wenn der Krieg vorüber ist, werden wir etwas völlig Neues aus Glengarth machen!«

»Willst du es etwa umbauen?«

»In gewisser Weise ja. Zumindest renovieren.«

»Aber das hat Lady Iona bereits vor langer Zeit getan.«

»Umso besser. Dann können wir gleich zum nächsten Planungsziel übergehen: Schlafzimmer mit angegliederten Bädern.«

»Auch die gibt es auf Glengarth seit langem, Rory. Lady Iona liebte es nicht, wenn Besucher und Gäste im ganzen Schloss herumliefen und nach einem Bad suchten – ganz zu schweigen von der Dienerschaft.«

»Dann kann ich diesen Punkt also auch von der Liste streichen. Vom finanziellen Standpunkt gesehen ein wahrer Glücksfall. Lizzie wird sehr zufrieden mit uns sein.«

»Rory, um was geht es hier eigentlich?«

»Um ein Jagd- und Fischressort.«

»Glengarth *ist* schon immer ein Jagd- und Fischressort *gewesen*, Rory.«

»Richtig. Aber in Zukunft wird es einen kleinen Unterschied geben.«

»Und der wäre?«

»Glengarth bleibt zwar unser Privatbesitz, aber wir werden es kommerziell nutzen und Millionen scheffeln.«

»Wer soll diese Millionen bezahlen?«

»Jeder, der gerne einem herrschaftlichen Lebensstil frönt und die Mittel hat, Mitglied in einem der exklusivsten Clubs Schottlands zu werden. Ich denke da vor allem an Amerikaner, die häufig ganz wild darauf sind, Ahnenforschung im Land ihrer Vorfahren zu betreiben. Ich sehe die Werbung schon vor mir: von Alabama nach Achnasheen, von Iowa nach Inverness, von Georgia nach Glengarth ... Weißt du, nach dem Krieg werden viele Leute sehr reich sein, Annie.«

»Das hoffst du.«

»Ich weiß es.«

So, wie er alles über Luxusliner gewusst hatte, die über den Ozean kreuzten. Er war immer schon voller verrückter Ideen gewesen, aber diese stellte alles bisher Erlebte in den Schatten. Und Lizzie hatte immer alles finanziert, weil sie mehr Geld als gesunden Menschenverstand besaß. Annie seufzte. Rory lebte seine Träume aus. Lindsay hingegen war kühl und überlegt gewesen. Seine Pläne, wie die Aufforstung der alten kaledonischen Wälder, waren zumindest in gewisser Hinsicht zukunftweisend gewesen. Wäre nicht der Krieg ausgebrochen, hätte Lindsay damit durchaus Erfolg haben können.

»Und was wird aus Lindsays Wäldern?«, fragte Annie stirnrunzelnd, obwohl sie die Antwort bereits kannte. Als sie den Ausdruck in Rorys Gesicht sah, wünschte sie, sie hätte vom »Aufforstungsprogramm in Glengarth« gesprochen.

»Vermutlich wird nach dem Krieg nicht viel davon übrig sein, Annie.«

»Wahrscheinlich hast du Recht.« Annie dachte an ihren letzten Besuch in Glengarth. Es war viel gerodet worden. Lindsay hatte oft darüber gesprochen, wie langsam ein Baum wächst – geschweige denn ein ganzer Wald. Die uralten Hebridenwälder Schottlands waren in Tausenden von Jahren entstanden.

»Annie, hör zu. Eigentlich ist es ganz einfach, und wenn die Stirlings, Maxwells und Jedburghs es können, können wir es schon lange. Glengarth liegt landschaftlich wunderschön; es ist ein wahres Geschenk Gottes an Leute wie dich und mich – und natürlich Jamie. Wir sollten die Gegebenheiten nutzen. Die Wälder sind für Kriegszwecke gerodet worden. Es würde mindestens dreißig Jahre brauchen, ehe sie durch erneute Aufforstung wieder Geld einbringen. So lange können wir aber nicht warten. Wir müssen jetzt einen Plan machen; schließlich wird der Krieg nicht mehr ewig dauern.«

»Das versucht man uns schon seit vier Jahren weiszumachen, Rory.«

»Hoffnung, Annie. Hier geht es um *Hoffnung*. Genau wissen kann es keiner, aber eines ist sicher: Ohne Hoffnung sind wir schon so gut wie tot.«

»Nun gut. Was soll ich also tun?«

»So ist es brav, mein Mädchen. Du sollst quasi eine Machbarkeitsstudie erstellen, Annie. Niemand kennt Glengarth besser als du. Du weißt über die Örtlichkeiten Bescheid und kennst alle Verkehrsmittel. Du bist mit Klima, Wetter und Temperaturen vertraut. Tu es für *uns*, Annie! Wir bauen das exklusivste Ressort für Hirschjagd, Moorhuhnschießen und Lachsfang, das die Welt je gesehen hat. Egal, ob die Leute vorher den Mississippi oder Ganges bereist haben, in den Bergen Kanadas oder Amerikas gefischt oder gejagt haben – Glengarth wird ihnen besser gefallen!« Er zog Annie auf seinen Schoß. Seine Begeisterung war ansteckend.

»He, Rory! Langsam, mein Junge! Beinahe hättest du das Tintenfass umgeworfen. Du weißt ja, wer dein schönes, weißes Hemd waschen und bügeln darf, oder? Lass uns bitte gründlich und sorgfältig über alles nachdenken.«

»Das habe ich schon. Sehr gründlich sogar. Du musst dich nur noch um die Speisekarte und die Bediensteten kümmern, wie viele wir brauchen, wie viele wir uns leisten können ... Zahlen, Zahlen, Zahlen. Du machst das schon, Annie. Wichtig ist vor allem Qualität. Ich will nichts Billiges oder Einfaches. *Alles* muss frisch, etwas ganz Besonderes und der Jahreszeit angepasst sein. Nur die besten schottischen Spezialitäten: Lachs, Forelle, Moorhuhn, Fasan, Rotwild, überhaupt jede Art Wild, Rhabarber ...«

»Rhabarber?«

»Bin ich froh, dass ich das nicht gesagt habe, Mylady!«, grummelte Gamin, der mit einem Finger auf der Schreibmaschine herumtippte.

»Rhabarber- und Apfelstreusel, Brot- und Butterpudding, all die guten alten Sachen, an die ich mich aus meiner Kindheit erinnere ... Du musst Charlotte nach den Rezepten fragen. Das wird den Yankees gefallen. Eis muss es natürlich auch geben. Ich weiß, dass du das kannst, Beherrscherin meines Herzens! Ich werde dich zur reichsten Frau in ganz Ross-Shire machen, Liebste.« Er küsste sie herzhaft.

»Woher nimmst du das Startkapital für ein so aufwendiges Unterfangen, Rory?«, wollte Annie wissen, obwohl es ihr widerstrebte, seiner Begeisterung gleich wieder einen Dämpfer zu versetzen. »Falls du es vergessen haben solltest: Wir befinden uns noch immer im Krieg.«

»Na, von Lizzie. Ich habe Ackker gerade mit einem Telegramm zur Post geschickt, in dem ich sie um Unterstützung bitte.«

»Und wenn sie sie verweigert?«

»Das tut sie nicht. Sie ist ein Yankee. Und die Yankees lieben uns Engländer.«

»Du meinst wohl: Lizzie liebt *dich*.«

»Lizzie hat mich nie geliebt. Sie hat mich *benutzt*. Annie, der Plan ist wirklich viel versprechend. Selbst Sir Robert und die Jedburghs haben sich bereit erklärt, in das Projekt zu investieren.«

»Heißt das, dass du längst mit ihnen gesprochen hast? Ohne mich vorher zu informieren?«

Rory wand sich. »Na ja ... ich habe eben schon einmal erwähnt, was mir so durch den Kopf ging, und da haben sie mir ihre volle Unterstützung zugesagt.«

»*Welch* ein Menschenfreund. Genau wie sein Vater vor ihm.« Annie konnte sich den Seitenhieb nicht verkneifen.

»Hör auf, Annie. Warum hackst du immer auf Elly herum?«

»Weißt du das wirklich nicht, Mylaird?« Sie zupfte an seinem Ohrläppchen.

»Ich weiß jedenfalls ganz genau, dass Lizzie nicht Nein sagen wird«, sagte Rory, der sich inzwischen weigerte, das Thema Eleanor Arbuthnot weiter zu behandeln.

»Und was geschieht, wenn der Krieg noch weitere vier Jahre dauert?«

»Dann wird die ganze Welt bankrott sein, Annie, und alle werden ganz von vorn anfangen müssen. Aber glaube mir, ich werde der Erste sein, der sein Recht beansprucht. Glengarth gehört immer noch uns. Es ist im Familienbesitz geblieben, obwohl einige meiner Vorfahren es um Haaresbreite verspielt hätten. Am nächsten an einem Verlust vorbeigeschrammt sind wir, als mein Vater James beschloss, im Osten zu bleiben und das dekadente Leben eines Nabobs zu führen. Das schottische Klima hielt ihn davon ab, je wieder nach Glengarth zurückzukehren. Lindsay ist wirklich die Rettung des Schlosses und der Ländereien zu verdanken; das muss ihm der Neid lassen. Er hat dem Besitz und damit auch uns das Weiterleben ermöglicht. Wir dürfen seine Bemühungen nicht enttäuschen. Ich möchte Glengarth nach seiner langen Geschichte voller schlimmer Schicksalsschläge eine neue Perspektive schenken. Wir können natürlich auch weiterhin für einen Hungerlohn Schiffe für die Regierung reparieren. Aber wir können auch der Sonne entgegensegeln. Leben, Annie, bedeutet doch, alle Chancen wahrzunehmen. Es bedeutet, den Tag zu nutzen, ohne die Hoffnung auf ein Morgen aus den Augen zu verlieren.«

Dagegen konnte Annie nichts einwenden.

*

Später an diesem Abend stand Annie vor dem Spiegel und bürstete ihr dunkles Haar, als ein merkwürdiges, wohl bekanntes Gefühl sie beschlich. Entsetzen übermannte sie.

Im dunklen Spiegelglas sah sie ein verängstigtes Gesicht, das sie nicht als ihr eigenes erkannte. »Eleanor? Sind Sie das, Eleanor?«

Hektisch wischte sie mit dem Ärmel ihres Nachthemdes über den Spiegel. Plötzlich waren *zwei* Gesichter da. Annie erkannte die beiden Hamilton-Jungen. Doch nur Aeneas schien eine gewisse Substanz zu haben. Der kleine Bruce war nichts als ein blasser Geist im Schatten des Lebendigen ...

Annie zitterte. Oft war es nicht die Vergangenheit, die sie verfolgte, sondern die Zukunft. Sie hatte die Gabe des Sehens. Sie wusste es. Lindsay hatte es ebenfalls gewusst, Rory bislang noch nicht. Das Gefühl überkam sie nicht sehr oft. Manchmal lagen Jahre zwischen den Visionen; wenn sie sich allerdings ankündigten, konnte sie nichts dagegen tun.

Es kam vor, dass die Visionen tröstlich waren; viel öfter aber beinhalteten sie eine Warnung. Die letzte Warnung hatte sie in der großen Halle von Glengarth erhalten, unmittelbar bevor sie mit Jamie an Bord der »Renfrew Maid« ging, um nach Glasgow zu reisen. Die Vision war nicht sehr beruhigend gewesen: Sie war gewarnt worden, in ihrer Ehe mit dem Laird von Glengarth wachsam zu bleiben, ohne dass ihr von der Hochzeit vollständig abgeraten wurde.

Aus Angst, als Hexe verschrien zu werden, hatte sie niemals jemandem von ihrer Gabe erzählt.

Über ihrer rechten Schulter spürte Annie plötzlich Jamies Anwesenheit. Zu ihrer Linken schwebte ein unbekanntes Gesicht: Es war das Gesicht ihres ungeborenen Kindes.

Plötzlich ging die Tür auf. Ein eisiger Luftzug fuhr durch das Zimmer. Die Kerze auf dem Frisiertisch flackerte auf und erlosch. Mit dem Licht verschwanden auch die Erscheinungen im Spiegel.

Annie tastete nach den Streichhölzern. In Haggs Castle gab es, wie auf Glengarth, weder Gas noch Elektrizität. Mit zitternden Fingern zündete sie die Kerze an. Die Tür hinter ihr war geschlossen. Im immer noch leicht beschlagenen Spiegel sah sie nichts anderes als das eigene Gesicht. Doch sie hörte Stimmen.

Auf deinen Kopf, auf deinen Kopf, auf deinen Kopf ... Es waren geisterhafte Stimmen aus der Vergangenheit, Erinnerungen an jene schreckliche Nacht, in der Lindsay versucht hatte, die Vettern Hamilton aus dem Feuer zu retten. Annie hielt sich die Ohren zu, doch das Flüstern blieb. *Duncan, Duncan, Duncan* ... Ein spöttisches Echo, das sich über das tote Baby von Lindsay und Lady Iona lustig zu machen schien. Annie griff sich an den Bauch.

»*Nein! Nein! Nein!* Bitte lieber Gott, lass es mich nicht verlieren! Tu es für Rory!«

Der Schmerz ließ nach, und mit ihm die warnenden Stimmen. Mit beiden Händen wischte Annie über den Spiegel. Das Glas wurde rot. Blut ...

Annie wirbelte herum: »Jamie, wieso bist du nicht im Bett? Wo ist Elly?«

Der Frisierstuhl setzte sich auf dem polierten Parkett in Bewegung und stieß Annie um. Sie fiel. Mit dem Kopf stieß sie an eine Ecke des Frisiertischs, ehe sie ohnmächtig zu Boden glitt.

*

Das Hausmädchen fand Annie in dem Moment, als Eleanor Arbuthnot von ihrem Rendezvous nach Hause kam.

Mädchen und Gouvernante zogen ihr das blutbefleckte Nachthemd aus, wuschen sie, kleideten sie in ein frisches Nachtgewand und brachten sie zu Bett. Das Mädchen wischte die Blutspuren vom Spiegel, an den sich Lady Anne bei der plötzlichen Schmerzattacke gekrallt haben musste. Man schickte nach einem Arzt. Eleanor hielt ein Fläschchen mit Riechsalz unter Annies Nase. Sie war ziemlich lange ohnmächtig gewesen.

»Nicht gut«, konstatierte der fette kleine Arzt, der kaum zehn Minuten blieb und ständig vor sich hin murmelte. »Sie wird leben ... sie wird leben. Absolute Bettruhe. Aber ich bin spät dran, sehr spät dran ... ich muss noch viele Leute besuchen ...« Er erinnerte an das weiße Kaninchen bei Alice im Wunderland.

Schließlich tat das Riechsalz seine Wirkung.

Annie schlug die Augen auf und starrte Jamies Gouvernante an, die ihr plötzlich ungeheuer groß erschien.

»Ich dachte, Sie wären ausgegangen«, murmelte Annie kraftlos.

Nach wie vor fühlte sie sich schwach. Ihr war übel. Vorsichtig griff sie sich an die schmerzende Schläfe und ertastete ein Pflaster. »Habe ich das Baby verloren?«

»Nein, Gott sei Dank nicht. Aber vorerst werden Sie das schwere Tragen und Heben im Krankenhaus aufgeben müssen.«

»Elly, was ist eigentlich passiert?«

»Das müssten Sie eigentlich am besten wissen, liebste Annie. Das Mädchen und ich haben Sie vor Ihrem Frisiertisch gefunden. Wahrscheinlich sind Sie nach dem Blutverlust ohnmächtig geworden. Es sah übrigens schlimmer aus, als es tatsächlich war. Der Arzt meinte, man brauche sich keine allzu großen Sorgen zu machen. Er nuschelte etwas von einer tief liegenden Plazenta. Auf jeden Fall müssen Sie in Zukunft kürzer treten, Annie.« Eleanor trug immer noch ihr Ausgehkleid. Sie schüttelte den Kopf und lächelte leicht. »Gut, dass ich früher zurückgekommen bin. Es war schon das zweite Mal diese Woche, dass Sie ohnmächtig geworden sind, Annie. Haben Sie es Rory eigentlich schon gesagt?«

Annie verneinte. »Ich wollte erst ganz sicher sein.«

»Nun, jetzt ist es wirklich sicher. Sie sollten es nicht länger für sich behalten. Rory ist allerdings noch im Büro. Seine Sekretärin hat angerufen und ausgerichtet, er wäre nicht vor neun zu Hause. Das Mädchen wollte Ihnen gerade Bescheid sagen, als es Sie fand. Mit dem Blut auf Ihrem Nachthemd, an Ihrer Stirn und auf dem Spiegel dachte sie zunächst, Sie wären ermordet worden und schrie Zeter und Mordio. Gut, dass ich früh da war und Rory noch im Büro ist. Er hätte einen Anfall bekommen, wenn er sie so gesehen hätte.«

»Er hätte es auf mein monatliches Unwohlsein geschoben, bei dem ich auch manchmal ohnmächtig werde.«

Eleanor nickte. »Stimmt. Trotzdem sollten Sie möglichst bald einen Gynäkologen oder einen Arzt für Geburtshilfe aufsuchen, wenn Sie mir den Vorschlag gestatten. Diesen merkwürdigen Arzt vorhin hätte man nicht einmal nach der Uhrzeit fragen dürfen – er hätte sie sicher nicht gewusst. Außerdem roch er nach Whisky.«

Elly trug dem Mädchen auf, für ein Glas heiße Milch zu sorgen. »Sie müssen sich auf jeden Fall jetzt schonen, Annie. Wünschen Sie, dass ich Rory die freudige Nachricht überbringe und ihm berichte, was passiert ist?«

»Nein«, wehrte Annie hastig ab, »ich will ihn nicht unnötig aufregen. Er hat wirklich genug andere Sorgen. Und von dem Baby möchte ich ihm gern selbst erzählen.«

»Natürlich, meine Liebe. Selbstverständlich.«

»Sie haben doch nicht etwa Krach mit Ihrem Freund, Elly?«, fragte Annie. Sie fühlte sich schwindelig.

»Er ist nach Frankreich geschickt worden.«

»Oh, das tut mir aber Leid für Sie. Wann denn?«

»Heute Abend. Ich habe ihn eben zum Zug gebracht. Brauchen Sie noch etwas, ehe ich mich um Jamie kümmere?«

»Nein, vielen Dank. Die Milch genügt mir. Gute Nacht.«

»Gute Nacht. Versuchen Sie, schön fest zu schlafen. Soll ich das Krankenhaus anrufen und sie für morgen krank melden?«

»Ja, bitte. Ach, und ...«

»Ja, Annie?«

Eigentlich hatte Annie fragen wollen, wann Elly nach Hause gekommen war und ob sie Jamie in den Flur vor ihrem Badezimmer gebracht hatte. Aber sie entschied sich anders. »Schon gut, es war nicht wichtig. Passen Sie gut auf Jamie und sich selbst auf, Eleanor.«

»Aber sicher, Annie. Habe ich jemals etwas anderes getan?«

»Ich weiß, Sie sind wirklich gut zu ihm. Und auch zu Rory und mir. Gute Nacht.«

»Gute Nacht, Annie, schlafen Sie gut. Sollten Sie mich brauchen oder irgendetwas passiert – falls Sie wieder Blutungen bekommen oder dergleichen –, läuten Sie bitte. Stehen Sie bitte auf keinen Fall auf! Anweisung des Arztes! Läuten Sie. Das Mädchen kann Ihnen eine Bettpfanne bringen – glücklicherweise haben wir im Schrank eine gefunden. Meiner Ansicht nach sollte es in jedem Haushalt eine geben!«

Eleanor schloss die Tür hinter sich. Annie hoffte, dass Rory bald nach Hause kam. Er arbeitete in der letzten Zeit viel zu viel. Selbst ein nicht behinderter Mann wäre bei diesem Pensum bald an den Rand seiner Kräfte gelangt. Fast machte es den Eindruck, als wolle Rory die vergeudete Zeit aufholen. Manchmal bewunderte Annie ihn dafür. Rory, der ehemalige Playboy, der jetzt für Ehefrau und Sohn sorgte und bald vielleicht ein weiteres Kind haben würde ...

Annie schlief bereits, als er in ihr Zimmer kam, um ihr Gute Nacht zu sagen. Er küsste sie zärtlich, ohne das Pflaster zu bemerken, das von ihren langen, seidigen Flechten verborgen wurde. Obwohl es dunkel war, wusste er, wie schön sie aussah. Glücklich schnupperte er den Duft ihres Parfüms.

Mit Ackkers Hilfe suchte Rory sein eigenes Zimmer auf und ließ sich auskleiden. »Brauchen Sie noch etwas, ehe ich mich zurückziehe, Mylaird?«

»Ja, Ackker. Das dicke Buch auf dem Schreibtisch.«

»Seit wann können Sie wieder so gut sehen, dass Sie sich nachts mit einer Enzyklopädie vergnügen wollen?«

»Oh, nicht ich werde lesen, sondern Sie!«

»Ich kann aber nicht so gut lesen, Chef.«

»Sie können! Holen Sie uns zwei Gläser und eine Flasche Talisker.«

Ackker begutachtete den Titel des imposanten Werkes und sah verblüfft seinen Vorgesetzten an, der in einem gestreiften Pyjama im Bett saß. Das Holzbein lag auf dem Boden. »Lieber Himmel, Chef, Sie denken doch nicht etwa daran, ihren eigenen zu brennen?«

»Oh doch, genau das.«

»Kennen Sie sich denn mit Whisky aus? Ich meine – außer wie man ihn trinkt?«

»Whisky zu machen – die Kelten nennen ihn übrigens *ooshka* – ist ganz leicht. Man nimmt Gerstenmalz, fermentiert und destilliert es, lässt es alt werden und trinkt es; zumindest die Amis trinken es, wenn sie in unserem Hotel wohnen. ›Glengarth Single

Malt‹! Ich spüre ihn schon auf der Zunge. Und jetzt los, fangen Sie an. Ich wollte vor morgen früh noch eine Mütze Schlaf mitbekommen.«

»Lieber Himmel«, stöhnte Ackker, »Ihre gottesfürchtige Gattin kriegt 'nen Herzanfall, Chef, wenn sie rauskriegt, was Sie da vorhaben.«

6. Kapitel

Annie befand sich in einem Dilemma. Einerseits fürchtete sie, dass Eleanor ihren Aufenthalt in London nachhaltig stören würde, andererseits wollte sie die Kinderfrau nicht mit Jamie allein lassen. Rory mochte sie mit ihrem Problem nicht behelligen; er würde sowieso nur über sie lachen.

Annie war sich dessen sehr wohl bewusst, dass sie nicht einfach ohnmächtig von ihrem Frisierstuhl gefallen war. Jemand hatte es darauf angelegt, sie zu erschrecken. Jemand, der wusste, wie empfindsam und verletzlich sie war. Damit schieden Gamin oder Ackker von vorneherein aus. Außerdem traute sie den beiden ohne Wenn und Aber. Das Gleiche konnte sie von Miss Arbuthnot nicht unbedingt behaupten.

Warum war Eleanor an jenem Abend vorzeitig heimgekehrt, nachdem sie vorher ausdrücklich um Ausgang gebeten hatte? Nie zuvor war die Rede davon gewesen, dass ihr Freund nach Frankreich geschickt werden sollte. Dabei hatte sie nie ein Blatt vor den Mund genommen, was ihre Liebe zu dem jungen Amerikaner anging. Wieso also war sie im Schloss gewesen, als man sie ganz woanders vermutete?

Annie zuckte die Schultern. Sie musste fair bleiben. Die amerikanischen Soldaten und Marinekontingente wechselten ständig die Standorte. Man würde Eleanor kaum vierzehn Tage im Voraus darüber informieren, wenn ihr Freund auf den Kontinent geschickt werden sollte.

Das Dilemma wurde schließlich von Rory gelöst. Wenn er sich einmal zu etwas entschloss, war er genau wie Lindsay: Er ließ sich nicht von seinem Vorhaben abbringen. Jamie sollte mit seiner Gouvernante und Gamin in Glasgow bleiben, Ackker hingegen würde Annie und Rory nach London begleiten. Annie war erleichtert. Bei Gamin war Jamie in Sicherheit, denn Gamin liebte den Jungen von ganzem Herzen.

*

In London waren Besuche in renommierten Kliniken geplant, denn Annie hoffte auf Expertenrat. Der erste Termin fand bei einem Ohrenarzt statt, wo Rory sich zahlreichen Gehörtests unterziehen musste. Er wurde gefragt, ob man ihm Gesagtes oft wiederholen müsse. Seine Antwort lautete Ja. Verstand er manchmal das Falsche? Nur allzu oft, sagte er. Vermied er Gesellschaften und lärmintensive Umgebungen? Auch das war der Fall. Hatte er den Eindruck, dass die Leute nuschelten, wenn sie mit ihm sprachen? Oh ja! Hatte er Schwierigkeiten, einer Konversation mit mehreren Teilnehmern zu folgen? Nein. Der Arzt bat um eine nähere Erklärung und Rory sagte, dass er sich von vorneherein aus solchen Unterhaltungen ausklinkte.

»Verstehe«, sagte der Ohrenarzt, »Sie empfinden es also als schwierig festzustellen, aus welcher Richtung ein Klang kommt.«

Aber auch das verneinte Rory.

Beim Testen der Hörfrequenz witzelte Rory, dass er sich fast wie im Funkraum des Feuerschiffs »Barham« fühle.

»Sind Sie etwa Feuerwehrmann?« Der Arzt, der die Tests durchführte, stellte sich als Däne heraus.

»Könnte man so sagen. Jedenfalls habe ich ganz schön Zunder bekommen und die Zerstörung meines Schiffes nur sehr knapp überlebt.«

»Das Flaggschiff ›Barham‹«, erklärte Annie hastig.

»Oh, jetzt verstehe ich!«, stammelte der Arzt verlegen. »Sir Angus wird die Untersuchung fortsetzen.«

Sir Angus MacIntyre war gestandener Schotte und Experte auf seinem Fachgebiet. Er teilte ihnen mit, dass die Prognosen für Rorys Heilungschancen ausgezeichnet waren. Zunächst sollte Rory – natürlich nicht umsonst – ein neues, sehr viel kleineres Hörgerät erhalten, das überdies deutlich besser funktionieren würde als der schwere, altertümliche Apparat aus Navy-Beständen, den Rory bisher benutzte. Gegen den Tinnitus gab es dagegen kein Mittel. Doch der größte Teil von Rorys Hörstörungen war nicht auf den Tinnitus zurückzuführen und daher reparabel.

»Unnatürlich hohe Lärmbelästigung beim Bombardement eines Schiffes führte zu einer Perforation des Trommelfells«, las Sir Angus aus dem Bericht des Audiologen vor.

»Ach ja?«, witzelte Rory. »Und ich dachte immer, es hätte an den kreischenden Frauen beim Teekränzchen unseres Pfarrers gelegen!«

Sir Angus lächelte verhalten. »Ihr Hörvermögen ist nicht ernstlich beeinträchtigt, Mylaird. Sie haben mich gerade sehr gut gehört. Ihr kleines Problem wird sich mit der Zeit von selbst lösen.«

»Das heißt mit anderen Worten, ich werde vollständig taub?«

»Ich meine, dass der Tinnitus eine Folge einer außergewöhnlich großen Lärmbelästigung ist. Sie haben an Bord Ihres Schiffes einen heftigen Schock erlebt. Aber Sie sind jung und Ihre Hörstörungen werden sich quasi auswachsen.«

»Genau, was ich dir gesagt habe«, flüsterte Annie im Taxi in Rorys Ohr, als sie zum nächsten Arzt fuhren. »Alles spielt sich nur in deinem Kopf ab. Genau wie deine Blindheit.«

Rory drückte ihre Hand. »Ich weiß, du redest von hysterischer Blindheit. Was bedeutet denn ›auswachsen‹, liebste Annie? Wahrscheinlich nur, dass er nichts Genaues weiß. In meiner Sprache heißt das: Scheiß drauf! Jamie ist nicht hier, also darf ich fluchen. Dieser blödsinnige Termin mit diesem so genannten Experten hat mich soeben fünfundzwanzig Pfund gekostet. *Fünfundzwanzig*

Pfund, Annie! Überleg mal, wie viel Sinnvolles wir damit hätten anfangen können! Zum Beispiel hätten wir es in die Entwicklung von Glengarth stecken können. Ich hasse es, nicht meinem gesunden Menschenverstand vertrauen zu dürfen, sondern mich in die Fänge eines Spinners zu begeben, der womöglich noch tauber ist als ich.«

»Niemand hat dich zu etwas gezwungen, Rory. Sir Angus MacIntyre ist ein anerkannter Fachmann auf seinem Gebiet.«

»Das war ich auch, ehe ich von Experten in meine Einzelteile zerlegt wurde. Experten wie unserer Admiralität und unserem Kriegsminister, diesem verdammten Winston Churchill. Man darf ihnen nicht *trauen*, Annie. Und jetzt lass uns diese Expertentour so bald wie möglich hinter uns bringen. Ich möchte zurück nach Glasgow. Und ich möchte vor allen Dingen nichts erklärt bekommen, was ich längst weiß. Das alles hier tue ich nur deinetwegen.«

Jetzt war sie also Schuld! Trotzdem versuchte Annie, Rory zu beruhigen: »Mach dir keine Sorgen um deine Taubheit. Wirf endlich das uralte Hörgerät fort und versuche das neue. Und vor dem nächsten Termin atme einmal tief durch und führe dir vor Augen, dass es nur besser werden kann. Du brauchst einfach Zeit.«

»Und warum durfte ich dann soeben einen dicken Scheck für einen Experten ausschreiben, wenn der nichts anderes sagt als du? Diese fünfundzwanzig Pfund hättest wir uns sparen können, Liebste.«

»Du glaubst mir ja doch nicht!«

»Sonst noch was?«, fragte Rory verbittert.

»Bezahlt hast du für das Hörgerät, das du bekommst, ehe wir nach Glasgow zurückkehren. Und du musst dich nicht operieren lassen. Das ist doch schon etwas!«

»Wirklich?«

»Sei einfach einmal geduldig mit dir selbst, Rory. Alles kann nur besser werden.«

»Ja, wenn ich eines Tages mumifiziert bin wie ein ägyptischer Pharao, kann ich vielleicht meine Dienste im Tal der Könige anbieten. Und in dreitausend Jahren buddelt mich jemand aus und kann sagen: Sieh einmal, hier habe ich ein ganz außergewöhnliches Exemplar eines halb lebendigen, halb toten Helden vom Feuerschiff ›Barham‹, das etwa um 1916 herum explodierte ...« Er ballte die Hände zu Fäusten und starrte aus dem Taxifenster.

»Pst, Rory. Du darfst die Hoffnung nicht aufgeben! Eines Tages wirst du überhaupt kein Hörgerät mehr brauchen, das verspreche ich dir.« Annie wusste nicht mehr weiter. »Lass uns über etwas anderes sprechen. Was hältst du von Ellys amerikanischem Freund?«

»Was soll ich denn von ihm halten?«, fragte er schmollend. Er erinnerte Annie an ein verzogenes Kind. Nicht an Jamie – Jamie war viel zu reif, um noch zu schmollen.

Rory hatte sich häufig mit Theo Longmorn unterhalten. Theo stammte aus Missouri, aber seine Vorfahren kamen aus Schottland, aus der Gegend von Rothes und Elgin, wo einer der besten schottischen Whiskys produziert wurde. Theo und Rory hatten sich zahllose Stunden dem Thema Whisky und Rorys geplanter Eigenproduktion eines Single Malt in Glengarth gewidmet und dem edlen Getränk dabei auch fleißig zugesprochen.

»Ich habe keine Ahnung von Amerikanern«, plauderte Annie, »und ich habe Eleanors Freund nur ein paar Mal getroffen. Aber ich fand ihn ganz schön schneidig.«

»Na und?« Jütland hatte Rory in einen Zyniker verwandelt, so viel war sicher.

»Wir sind da. Hast du das Geld griffbereit?«

»Ach, müssen wir tatsächlich zahlen?«

Er wurde Tag für Tag mehr zu einem sprichwörtlichen Schotten – und er trank in letzter Zeit viel zu viel. Ein schlechtes Zeichen.

Annie half Rory aus dem Taxi. Immer noch trug er dunkle Brille und weißen Stock und schien Wert darauf zu legen, sich möglichst blind und lahm zu stellen. Annie wusste sehr wohl, dass er es hasste, von so genannten Experten mit ihrem ellenlangen Fragenkatalog gelöchert zu werden. Das hatte er in Kingseat zur Genüge genossen. Trotzdem: Es war zu seinem Besten. Hartnäckig arbeitete sie auf eine bessere physische und mentale, vor allem aber eine schmerzfreie Zukunft für ihn hin. In diesem Punkt war sie ganz Krankenschwester.

Nach der folgenden Untersuchung wies Mr Taylor-Bishop Rory darauf hin, dass sich als Folge seiner Augenverletzungen ein grauer Star ausgebildet hatte.

»Dann gibt es also keine Hoffnung mehr?«, fragte Rory. »Muss ich den Rest meines Lebens als Blinder verbringen?«

»Ganz im Gegenteil«, gab der Arzt zurück. »Eigentlich ist der graue Star eine Folge des Alterns. Die Linse wird nach und nach trüb und der Patient nimmt immer weniger Licht und Farbe wahr.«

»Stimmt genau«, sagte Rory traurig.

»Nun, junger Mann, dann brauchen Sie nicht mehr lange zu leiden. Ich kann keine andere krankhafte Veränderung Ihrer Augen feststellen.«

»Und was bedeutet das?«, wollte Rory wissen.

»Dass eine einfache Operation Ihnen das Augenlicht zurückgeben kann, Lord Roskillen.«

Die Auskunft gefiel Rory ausnehmend gut. Weg mit dem Alten, her mit dem Neuen – das war ganz nach seinem Geschmack.

»Und?«, hakte er vorsichtig nach.

»Ich schlage vor, in zwei Schritten vorzugehen. Ein Auge nach dem anderen.«

»Damit kann ich leben. Veranlassen Sie alles Notwendige und setzen Sie mich auf die Liste, Mr Taylor-Bishop.« Er stand auf und winkte mit dem weißen Stock, den Annie ihm reichte. »Stell dir mal vor, Annie, jetzt brauche ich vielleicht doch nicht die Braille-Schrift zu erlernen.«

»Wollen Sie denn nicht wissen, wie die Operation vor sich geht?«, fragte der Arzt erstaunt und reichte dem jungen schottischen Laird die dunklen Augengläser, die er auf dem Behandlungstisch hatte liegen lassen. Dabei lächelte er geduldig, denn er war die Marotten seiner aristokratischen Patienten gewöhnt.

»Meine Frau ist ausgebildete Krankenschwester«, erklärte Rory, »sie wird mich aufklären. Ich möchte die Operationen noch während unseres Aufenthalts in London durchführen lassen. Einen schönen Tag noch, Herr Doktor, und vielen, vielen Dank.«

Draußen vor der Tür geriet Rory ins Schwärmen. »Dieser Mensch, dieser Taylor-Bishop, der weiß wirklich, wovon er spricht. Endlich jemand, dem man vertrauen kann. Wohin als Nächstes?«

»Nach Hause – ich meine: ins Hotel. Dein nächster Termin ist erst morgen. Ich habe einen ganzen Tag für den Erwerb einer gut angepassten Beinprothese eingeplant. Die Zeiten deines Piratenbeins aus Marinebeständen sind vorbei.«

»Gut gemacht, Annie. Ich fühle mich schon fast wie ein neuer Mensch. Komm, wir gönnen uns einen guten Tee und einen großen Whisky.«

Am nächsten Tag wollte ein irischer Orthopäde von Rory wissen, warum die Amputation notwendig gewesen war.

»Weil«, antwortete Rory seufzend, »das Bein völlig zerfetzt an meinem Körper hing.«

»Tut mir Leid, Mylord ...«

»Hören Sie auf, mich Lord zu nennen. Mr Roskillen genügt vollauf.«

»Tut mir Leid, Mr Roskillen, aber ich muss Ihnen diese Fragen stellen. Ich weiß, es ist anstrengend, sie sicher schon zum hundertsten Mal zu beantworten, aber ich brauche die Informationen, um die richtige Prothese zu finden.«

»Mit einem ganz normalen Bein wäre es durchaus getan. Ich habe nur einfach keine Lust, auf den Knien zu kriechen oder auf den Händen zu laufen.«

»Natürlich. Und genau das will ich auch vermeiden. Deshalb die Fragen. Wurde Ihr Bein abgesägt? Guillotine-Amputation?«

»Das kann man wohl sagen. In Jütland wurden mein Kopf und mein Bein voneinander getrennt.«

»Sie sprechen von Phantomschmerzen?«

»Für meine Begriffe fühlen sich die Schmerzen sehr echt an.«

»Nun gut. Die Guillotine-Variante benutzen wir in Notfällen, und das war bei Ihnen wahrscheinlich angebracht. Darf ich einen Blick auf den Stumpf werfen?« Er machte einer Schwester ein Zeichen, sie möge Rory bei der Entfernung der Marineprothese helfen, aber Rory fuhr ihn unwirsch an:

»Meine Frau ist ausgebildete Krankenschwester und kennt sich aus.«

Annie war bereits an Rorys Ausbrüche gewöhnt. Sie überfielen ihn meist, wenn er verlegen wurde, was angesichts der jungen, hübschen Schwester sicher der Fall war. Sie ging daher in die Knie, schnallte Rory das Holzbein ab und schenkte dem gut aussehenden, rothaarigen irischen Arzt ein freundliches Lächeln. »Ich habe meinen Mann nach der Seeschlacht vor dem Skagerrak medizinisch versorgt und kann Ihnen daher sagen, dass es sich tatsächlich um eine Guillotine-Amputation handelt.«

Einen Augenblick lang verlor der Ire sich in den grünen Seejungfrauenaugen und dem lieblichen Lächeln. »Äh ... stammen Sie aus Irland, Lady Roskillen?«

»Oh nein, ich bin waschechte Schottin, Mr Youghal.«

»Tja ... hm ... wissen Sie ...« Nach kurzem Nachdenken fiel ihm etwas ein. »Jemanden wie Sie könnte ich ausgezeichnet hier brauchen, Lady Roskillen.« Doch schnell wurde ihm klar, was der schottische Ehemann von einem derartigen Angebot halten könnte, und er fügte schnell hinzu: »Wissen Sie, jetzt im Krieg können wir jeden brauchen, der sich mit Amputationen einigermaßen auskennt, und ...«

»Hm ...«, räusperte sich Rory, »Lady Roskillen lebt mit mir in Schottland. Ihr Weg zur Arbeit würde demnach unangemessen lang ausfallen. Sie sprachen gerade von der Guillotine, Sir.«

»Ja ... ja natürlich.« Der Arzt konzentrierte sich auf seine Arbeit und begann, mit einem Stift auf Rorys Beinstumpf herumzuzeichnen und vor sich hin zu murmeln: »Ischiasnerv, Oberschenkelknochen, gut. Amputation unmittelbar über dem Kniegelenk, ebenfalls gut. Je länger der Stumpf, desto besser die Hebelwirkung.

Je besser die Muskelkontrolle, desto einfacher die Nutzung der Prothese. Gut. Muskeln, Haut und Fettgewebe, typische Folgeeffekte, gut. Alles andere kann operativ eingestellt werden. Oberschenkelarterie gut abgeheilt, obwohl die Marine da anscheinend einen Metzger rangelassen hat ... Alles in allem sieht das Ganze ziemlich gut aus.« Er lächelte zu Annie hinüber. »Es war wirklich eine Guillotine-Amputation, Schwester – Entschuldigung, Lady Roskillen. Um die volle Bewegungsfreiheit zu gewährleisten, muss allerdings eine zweite Operation erfolgen ...«

»Wie bitte?«, platzte Rory heraus.

»Pst«, versuchte Annie ihn zu beruhigen, »Hör doch erst einmal zu, was Mr Youghal zu sagen hat.«

»Haben Sie große Schmerzen, wenn Sie die Holzprothese tragen, Mr Roskillen?«, fragte der Experte.

»Sehr große. Es ist kaum auszuhalten.«

»Dachte ich mir.« Mr Youghal ging zu einer Wandtafel und begann, mit einem Stück Kreide Rorys Amputation grafisch festzuhalten. »Das hier ist Ihr Beinstumpf. Hier genügt ein kleiner Eingriff mit dem Käsemesser – so etwa ...«

»Käsemesser?«, fuhr Rory auf.

»Es handelt sich um eine chirurgische Säge zur Knochenamputation. Wir nennen sie nur so, weil sie benutzt wird wie ein Käsemesser. Meine erste Begegnung mit einem Käsemesser fand übrigens in Donegal statt. Ich war noch ein kleiner Junge, und mein Vater führte den örtlichen Lebensmittelladen. Er spornte mich immer an, etwas Besseres zu werden als ein bloßer Käse-Zerschneider ... Ha, ha, ha, das habe ich jetzt davon.« Er lachte über seinen eigenen Witz. »Ich studierte Medizin und wurde Chirurg. Ich habe sogar ein eigenes chirurgisches Käsemesser entwickelt, das inzwischen in weiten Kreisen benutzt wird. Dank des Lebensmittelladens meines Vaters war mein Weg in die Chirurgie und der sauberen Amputation ohne Folgeschäden vorgezeichnet, Mr Roskillen.«

»Verdammter Mist«, war Rorys einziger Kommentar.

»Eine Amputation kann mit der Guillotine-Methode auch an Bord eines Schiffes schnell und effektiv durchgeführt werden.«

»Ich bin mit dem ganzen verdammten Ding in die Luft geflogen!«

»Wie auch immer, Mr Roskillen ...«, der Arzt wandte sich Annie zu und verzog das Gesicht, »eine zweite Operation ist unausweichlich, um eine gut und schmerzfrei sitzende Prothese zu ermöglichen. Sie wissen doch sicher selbst, Lady Roskillen, dass der Stumpf nur mittels dieser zweiten Operation vorbereitet werden kann. Warum wurde sie bis heute noch nicht durchgeführt? Dann wären auch die Phantomschmerzen nicht so stark geworden.«

»Wir sind erst seit kurzer Zeit verheiratet, Mr Youghal. Bisher war mein Mann für sich selbst verantwortlich.«

Erneut verlor sich Mr Youghal in Annies smaragdgrünen Augen. Er konnte nicht wissen, wie viele Männer diesem Zauber bereits erlegen waren. Missmutig beäugte Rory Annies Flirt mit dem Chirurgen über seinem entblößten Beinstumpf.

»Annie, schnall mir bitte das Bein wieder an«, raunzte er in der unwirschen Art, die Annie inzwischen sehr wohl kannte. Das war nicht ihr fröhlicher, freundlicher Rory, sondern ein übel gelaunter Ehemann.

»Wir arbeiten heutzutage mit synthetischem Gummi, Mr Roskillen«, fuhr der Arzt unbeeindruckt fort. »Holz und Eisen sind passé. Der Patient bekommt Gliedmaßen, die lebensecht wirken und keine Schmerzen mehr verursachen.« Er hatte Mitleid mit der jungen Frau, die sich an diesen schottischen Brummbär gebunden hatte. Doch er zeigte auch Verständnis für Lord Roskillen: Der Mann hatte wirklich einiges durchmachen müssen. Dennoch unterhielt er sich lieber mit der wesentlich netteren Frau und wandte sich weiterhin an sie: »Wir können ihn gerne für diese zweite Operation vormerken. Hoffentlich ist es noch nicht zu spät, der Phantomschmerzen Herr zu werden. Wie ich bereits erwähnte – künstliche Gliedmaßen stehen derzeit hoch im Kurs.«

»Verständlich«, murmelte sie. »Nach vier Jahren Krieg ist es kein Wunder, wenn Ihr Geschäft boomt.«

Rory gestattete sich zum Abschied ein Lächeln, doch im Taxi kam seine Übellaunigkeit schnell wieder zum Vorschein.

»Mister Youghal, Mister Youghal!«, äffte er sie nach. »Was für ein dämlicher Affe! Hat man je von einem Iren mit einem so blöden Namen gehört? Hört sich doch eher orientalisch an! Und dem willst du mein Bein anvertrauen?«

»Du steckst genau so voller Vorurteile wie früher Lindsay. Wahrscheinlich stammt das aus eurer Zeit in den Kolonien. Jeder, der nicht eurer englischen Public-School-Mentalität entspricht, fällt sofort durch jedes Raster.«

»Hältst du mich etwa für engstirnig, Annie Gow?«

»Ja. Und hör mit diesem Namen auf. Ich bin Annie Gowrie von Rill und brauche kein Wappen, Mylaird.«

»Du hast schon eins, Mylady. Schließlich hast du mich geheiratet. Was mich wieder darauf bringt, wie du mit diesem rothaarigen Iren geflirtet hast! Meine Güte, hast du vielleicht mit den Wimpern geklimpert!«

»So wie ich mit dir geflirtet habe, als ich noch Lindsays Geliebte war?«

»Ganz genau!«

»Weißt du was, Mylaird?«

»Was denn?«

»Du wirst deinem Bruder von Tag zu Tag ähnlicher.«

»Nun, dann kannst du mich vielleicht eines Tages ebenfalls lieben«, gab er zurück.

»Mir war bisher nie aufgefallen, wie viel Schaden die Bombardierung in deinem Kopf angerichtet hat. Mag schon sein, dass ich ein wenig geflirtet habe. Aber nimm es bitte nicht so schwer wie Lindsay. Eifersucht bekommt dir nicht.«

Rory schwieg, obwohl er versucht war, auf Annies Eifersucht gegenüber Eleanor Arbuthnot anzuspielen.

»Im Augenblick ist es meine einzige Absicht, dich körperlich und geistig schmerzfrei zu machen, Rory Roskillen. Ich erlebe Tag und Nacht, wie du gute Miene zum bösen Spiel machst. Es schmerzt mich, wenn du Schmerzen hast. Darum geht es mir. Nicht ums Flirten.«

»Entschuldige bitte«, sagte Rory nach einer Weile. »Es ist nur – ich liebe dich so sehr. Und ich will nicht, dass dich ein Mann, an dem im Gegensatz zu mir noch alles dran ist, mir wegnimmt, Annie Gowrie von Rill.«

»Ich verstehe, dass du verletzt, müde und verärgert bist und es an mir auslässt. Aber du sollst wissen, dass ich alles nur für dich tue.«

»Und für Jamie.«

»Auch für Jamie. Aber Jamie ist mein Sohn und du bist mein Mann. Meine Liebe euch beiden gegenüber ist natürlich unterschiedlich. Was ich Jamie gebe, nimmt dir nichts weg, Rory. Als wir noch jung waren – ich meine wirklich jung, also vor dem Krieg – und du zum ersten Mal über den Inchnadamph in mein leeres Leben gekommen bist, da hätte ich dich am liebsten in die Arme genommen, obwohl ich Lindsays Geliebte war. Ich wusste zwar, dass ich Lindsay niemals würde heiraten können, aber das spielte damals keine Rolle. Du warst einfach so ganz anders als er. Du hast mir in der Liebe völlig neue Perspektiven eröffnet. Du hast immer nur gegeben, nie genommen. Bis zum heutigen Tag kann ich nicht vergessen, dass dein Bruder starb, weil er dachte, ich hätte ihn mit dir betrogen. Wir beide wissen, dass es nicht wahr ist. Ich habe ihn erst vier Jahre danach betrogen, indem ich dich heiratete. Aber auch mich selbst habe ich betrogen, denn ich sehe, dass *auch du* mir nicht vertraust.«

Rory seufzte. »Die Welt hat sich verändert, Annie. Keiner von uns wird je wieder so sein wie früher. Auch der Krieg verändert alles: Das gilt für die Welt, für ganze Nationen und ihre Landkarten. Die Karten, die Jamie heute studiert, haben morgen bereits keinen Wert mehr. Aber unser beider Welt sollte sich nicht ändern, Annie. Du weißt, dass ich dich liebe. Lass uns also nicht mehr über das dumme Bein reden. Ich habe kein Recht, eifersüchtig zu sein, und möchte dich auch nicht als Eigentum besitzen, wie es Lindsay getan hat. Männer können dir und deinen Augen nun einmal nicht widerstehen – bitte verzeih mir, dass ich mich wie ein Barbar aufgeführt habe.«

Annie griff nach seiner Hand. Längst kannte sie Rorys Anfälle von Seelenpein und Schrecken darüber, was dieser Krieg ihm angetan hatte, und vergab ihm nur zu bereitwillig. »Da gibt es nichts zu verzeihen. Als es in meinem Leben keine Perspektive mehr gab und ich nur noch traurig war, da zeigte mir Schwester Craig den richtigen Weg. Sie sagte, es könne nur besser werden, wenn ich die Dinge selbst in die Hand nähme. Du warst der zweite Mensch, der meinem Leben wieder einen Sinn gab. Und der dritte war Jamie.«

»Und wo passt ... passte Lindsay in dieses Schema?«

»Lindsay hat immer nur genommen. Aber wir sollten nicht mehr in der Vergangenheit wühlen, Rory. Es wie ein Messer in einer offenen Wunde.«

»Du hast Recht, Liebling. Komm, halt mich fest.«

Sie rückte in dem dunklen Londoner Taxi nah an ihn heran. »Fahren wir ins Hotel?«, fragte Rory. »Ich würde dich gern ohne Jamies kalte Füße zwischen uns ein wenig verführen. Oder haben wir noch einen Termin?«

»Nein, Termine haben wir erst morgen wieder«, antwortete Annie und lehnte ihren Kopf an seine Schulter. Schneller als erwartet kam das Taxi ans Ziel.

»Eine kleine Verführung wäre jetzt eigentlich genau das Richtige«, flüsterte Rory, als er aus dem Wagen stieg.

*

Am nächsten Morgen, in Dr. Zaidels Institut für Neuropathie, wurde Rory wieder laut und dramatisch. »Was soll denn das, Annie? Willst du mich für verrückt erklären lassen? Soll ich etwa hier eingesperrt werden, damit du in Ruhe Glengarth übernehmen kannst? Steht eine Whisky-Brennerei deinen religiösen Anschauungen so sehr entgegen, dass du mich aus dem Weg räumen willst?«

Annie lächelte geduldig. »Dein Kopf muss von Zeit zu Zeit untersucht werden. Immerhin behauptest du, weder schmecken noch riechen zu können.«

»Glaubst du mir etwa nicht?«

»Natürlich glaube ich dir. Du hast dem Termin übrigens zugestimmt, genau wie allen anderen. Ich habe sie nicht ohne deine Erlaubnis gemacht.« Den kleinen Seitenhieb bezüglich der eigenmächtigen Handlungsweise Miss Arbuthnots und seiner eigenen, die er nicht zuletzt mit dem Vorschlag der Einrichtung einer Whisky-Brennerei in Glengarth unter Beweis gestellt hatte, hätte sie sich sparen können; er scheiterte praktischerweise an seinen tauben Ohren. »Und jetzt sind wir eben hier, um deine Sinnesorgane testen zu lassen.«

»Mein Gott«, brummte er, »ich wollte, ich wäre mit einem Fischermädchen verheiratet, und nicht mit einer besserwisserischen Krankenschwester.«

Annie fühlte sich an seinen Nervenzusammenbruch in Kingseat erinnert und sagte sanft: »Wenn du den Termin absagen willst, dann tu es. Ich möchte heute Nachmittag einkaufen gehen und freue mich über ein wenig freie Zeit.«

Rory dachte nach. »Nein, ich gehe hin. Wird schon klappen.«

Später war er froh, den Facharzt konsultiert zu haben. »Was Zaidel mir da gesagt hat, klang wirklich gut.«

»Fein!«

»Er sprach darüber, dass das Gehirn aus zwei völlig verschieden gearteten Hälften besteht. Ziemlich gelehrtes Zeug, den Rest habe ich auch nicht verstanden. Vielleicht könntest du mir das Ganze in klarem, deutlichem Gälisch erklären?«

Annie freute sich, ihn so gelöst zu erleben. Die Launen der vergangenen Tage waren schwer zu ertragen gewesen. Sie bemühte sich, ihm die vorübergehenden Ausfallerscheinungen seines Gehirns zu erklären. »Eine Verletzung des rechten vorderen Hirnlappens kann zu Geschmacksverlust führen, obwohl der Appetit zunimmt.«

»Jetzt bin ich also ein Vielfraß. Sonst noch etwas?«

»Der Verlust des Geruchssinns hat mit dem Erinnerungsvermögen zu tun. Das heißt, die Verbindung eines bestimmten Geruchs mit angenehm oder unangenehm, auch mit vertraut oder neu, wird normalerweise vom Gehirn gespeichert.«

»Richtig. Ich leide also außerdem noch an Gedächtnisverlust. Willst du mich jetzt sofort oder später erschießen?«

»Geruchs- und Geschmackssinn werden genau wie das Gehör früher oder später zurückkehren. Das hat auch Sir Angus gesagt. Laut Doktor Zaidal findet das Erkennen von Aromen in einer anderen Hirnregion statt als dem Sitz des Geruchs- und Geschmackssinns.«

»Sir Angus hat mir weniger deutlich gemacht als Dr. Zaidal, dass es sich bei meinem Leiden um eine Hirnschädigung handelt.«

»Davon hat auch Zaidal nichts gesagt. Er hat nur versucht, dir zu verdeutlichen, dass die beiden Hirnhälften verschiedene Signale verarbeiten. Du kennst dich doch mit elektrischen Strömen aus, jedenfalls besser als ich.«

»Aha«, brummte Rory, »meine Signale haben sich also überkreuzt und sind von der jeweiligen Hälfte nicht erkannt worden.«

»Ganz genau. Ich habe dir von Anfang an gesagt, dass sich alles nur im Bewusstsein abspielt«, stichelte Annie und er warf ihr einen frechen Blick zu. Sie küsste ihn. »Ich hoffe, es macht dir nichts aus, allein im Hotel zu bleiben. Ich möchte ein paar kleine Einkäufe erledigen. Ackker bleibt als Babysitter bei dir.«

»Ich brauche keinen Babysitter«, grummelte Rory und angelte nach Kleingeld für den Taxifahrer.

»Ich zahle das Taxi, Rory«, sagte Annie, »ich brauche es noch.«

Er beugte sich an der geöffneten Tür zu ihr hinunter und griff nach ihrer Hand. »Du verlässt mich doch nicht, Annie? Du gehst doch nicht für immer?«

»Dummerchen! Ich brauche nur ein paar neue Sachen für Jamie und mich.«

»Gut. Aber geh mir nicht verloren! Und bleib nicht zu lange weg, sonst mache ich mir Sorgen.«

»Nun ja, dann wirst du dir wohl ein paar Stunden lang Sorgen machen müssen. Bis nachher.«

Sie sah ihm nach, bis er das Hotelfoyer sicher erreicht hatte, dann wandte sie sich an den Taxifahrer: »Zur Harley Street bitte.«

Zwei Stunden später kehrte sie ins Hotel zurück. Sofort fiel Rory auf, dass sie keine Tüten bei sich hatte. »Wo bist du gewesen?«

»Ich habe Baby-Shopping gemacht!«

»Wie bitte?«

»Ich war beim Frauenarzt. Rory, wir bekommen ein *Kind.*«

Völlig verblüfft starrte er sie an. »Was?«

»Ein Baby, Rory. Dein und mein Kind.«

»Warum hast du denn nichts gesagt? Ich wäre doch mitgekommen ...«

»Ich wollte erst ganz sicher sein. In ungefähr sieben Monaten bekommt Jamie ein Brüderchen oder Schwesterchen. Einfacher kann ich es nicht erklären, Mylaird.«

»Du lieber Gott!« Erst nach und nach verstand er wirklich, was Annie ihm da gesagt hatte. Glücklich umarmte er sie. »Du lieber Gott! Ich werde Vater. Und dieses Mal ganz echt. Gut gemacht, süße Annie ... hm, müssen wir vielleicht jetzt eine Hebamme engagieren?«

»Jetzt noch nicht.«

»Soll ich den Zimmerservice rufen? Das muss doch mindestens mit einer Magnumflasche Champagner gefeiert werden!«

»Wenn du das Bedürfnis hast, bitteschön. Für mich allerdings nicht.«

»Ach ja, natürlich! Beinahe hätte ich vergessen ... Du liebe Zeit, ein Baby! Dann lasse ich mir eben einen doppelten Whisky kommen und proste dir zu.« Er wusste kaum, ob er lachen oder singen sollte. Zu Annies großer Erleichterung sang er nicht.

»Und was ist morgen?«, fragte er schließlich.

»In Ordnung, morgen ist auch noch Zeit für deinen Whisky«, antwortete Annie zerstreut. Dabei schlüpfte sie aus ihren Schuhen. Der Tag war ziemlich lang gewesen. Auch die ersten Wochen ihrer Schwangerschaft waren ihr lang vorgekommen; aber nun war alles gut und sie konnte es kaum erwarten, Jamie in Glasgow auf sein Geschwisterchen vorzubereiten.

Die ersten Schwangerschaftswochen waren von Furcht gekennzeichnet gewesen – Furcht vor einer Fehlgeburt, Furcht vor einer Totgeburt. Sie hatte daher Angst gehabt, Rory einzuweihen. Jetzt aber wusste sie, dass alles in Ordnung war und konnte endlich darüber reden.

Der Facharzt in der Harley Street hatte bestätigt, dass das Baby lebte und sich bester Gesundheit erfreute. Sie sollte die Dinge weiterhin »ruhig angehen«, was auch immer das bedeutete, sie sollte viel Gemüse, Obst und andere gesunde Dinge essen, gut und viel schlafen und lange Spaziergänge an der frischen Luft machen. Dann, so sagte der Gynäkologe, würde es nicht das geringste Problem geben.

Am liebsten hätte sie den Arzt darauf aufmerksam gemacht, dass sie sich immer noch im Krieg befanden. Woher um alles in der Welt sollte sie Gemüse und Obst bekommen? In London und Glasgow herrschte Lebensmittelknappheit. Ganz zu schweigen von frischer Luft ... In Glengarth gab es wunderbar frische, nach Tannen duftende Luft. In Glengarth könnte sie ihr eigenes Gemüse ziehen. Ihr Heimweh nach Glengarth und der kleinen Insel Rill, wo sie hingehörte, wurde immer schlimmer, je länger der Krieg andauerte.

Nur mit halbem Ohr hörte sie, was Rory sagte: »Wir wollten morgen meine Verwandten besuchen und sie über unsere Hochzeit in Kenntnis setzen.«

»Hm.«

»Das sagen wir ab. Ich rufe Christabel an ...«

»Warum denn?«

»In deinem Zustand solltest du nicht reisen.«

»Sollte ich vielleicht nicht, zumindest nicht weit. Aber bisher ...

ist alles ... *okay, honey*, würde Ellys amerikanischer Freund jetzt sagen. Ich möchte nicht die nächsten sieben Monate in diesem Hotelzimmer verbringen, auch wenn es wirklich gediegen ist.« Auf Strümpfen ging sie über den weichen Teppich zu Rory und legte ihm beide Hände an die Wangen. »Ich bin nicht krank, Rory, auch wenn es zu Beginn manchmal auf der Kippe stand. Deswegen habe ich bisher auch nichts gesagt. Aber Mutter und Kind sind wohlauf; das hat mir der Gynäkologe heute bestätigt. Ich bin schwanger – mehr nicht. Mit Jamie habe ich das alles schon einmal erlebt. Außer der morgendlichen Übelkeit.«

»Übelkeit?«

»Keine Sorge, das geht vorüber. Und nun zu morgen. Natürlich fahren wir zu deinen Verwandten und informieren sie über unsere Hochzeit. Einmal muss es ja sein. Je länger wir es aufschieben, desto schwieriger wird es. Ob du ihnen von dem Baby erzählen willst, überlasse ich dir. Hast du Abendessen bestellt?«

»Ich wollte damit auf dich warten.«

»Danke; leider bin ich überhaupt nicht hungrig.«

»Du musst aber essen, Annie. Vor allem jetzt ...«

»Ich weiß«, lächelte sie. »Craigie hat immer gesagt, ich müsste für zwei essen. Aber ich würde mich lieber einen Augenblick hinlegen. Ich bin ziemlich fertig.« Sie ging zum Bett, schlug die Decke zurück und ließ sich mit einem erleichterten Seufzer dankbar in die Kissen sinken.

»Ich bestelle unser Abendessen aufs Zimmer«, beschloss Rory, legte sich neben sie und hob den Hörer des Zimmertelefons ab. Sie nestelte verspielt an seiner Krawatte herum und flüsterte ihm ins Ohr:

»Es ist jetzt an der Zeit zu gehn
Durch eine Landschaft wunderschön
Voll duft'gen Flieders Hand in Hand,
Zu zweit allein im Wunderland.«

Er bedeckte die Sprechmuschel mit der Hand und deklamierte feierlich:

»Mit heißem Herzen atemlos
So wälzt sie sich mit ihm im Moos.
Er löst ihr Strumpfband voller Glück
Und schlägt verzückt den Rock zurück.[*]

Mich hungert nach dir – zum Teufel mit dem Abendessen. Wir bleiben jetzt hier im Bett und plaudern über Robert Louis Stevenson, dem du einen guten Teil deiner Erziehung verdankst. Wer soll die Patenschaft übernehmen?«

»Vielleicht Ackker und Gamin?«, murmelte Annie schläfrig.

»Kitty und Toby«, schlug Rory begeistert vor.

»Pst«, flüsterte Annie mit geschlossenen Augen, »sei still und trink deinen Whisky, du schottischer Sassenach-Papi! Das Kleine ist noch nicht geboren.«

---

[*] Robert Louis Stevenson, »It is the season now to go«, aus »Underwoods«

7. Kapitel

Annie war sich nicht ganz sicher, wie sie in der Familie Roskillen aufgenommen würde, aber eines stand fest: Je eher sie es hinter sich brachte, desto besser.

»Annie! Kannst du dich ein bisschen beeilen?« Aufgewühlt wirbelte Annie herum ...

Rory saß hinter ihr in einem bequemen Sessel und zog friedlich an seiner Zigarre. Tröstend lächelte er sie an. Browns Hotel war Rorys Lieblingshotel in London. Hier tat man alles für ihn. Aus diesem Grund waren sie hier abgestiegen, anstatt sich das Stadthaus der Familie in der Park Lane mit Lady Christabel zu teilen, die derzeit dort residierte.

Rory wartete geduldig auf Annies letzte Korrekturen an ihrem Äußeren. Sein Herumblättern in der Hotelbroschüre stellte sich als diplomatische Variante des Daumendrehens heraus. »Wusstest du schon, Annie, dass von diesem Hotel aus das erste erfolgreiche Telefonat von und nach Amerika stattfand? Ein junger, völlig unbekannter schottischer Emigrant hat es probiert.«

»Aha!« Annie war nicht sonderlich beeindruckt.

»Es war Alexander Graham Bell. Er kam 1897 hierher und bemühte sich, die britische Regierung für seine Erfindung zu interessieren.«

»Aye! Deine Sehkraft scheint sich erheblich verbessert zu haben, Mylaird, dass du sogar das Kleingedruckte lesen kannst.«

Er grinste sie an und drohte spielerisch mit dem Finger. »Wir

Schotten haben unsere Finger überall im Spiel. Du vergisst, dass ich das Hotel hier kenne wie meine Westentasche. Und mein Erinnerungsvermögen ist nach wie vor nicht das schlechteste, trotz aller anderen Einschränkungen.«

»Wie zum Beispiel, dass du nicht in der Lage bist, das Aroma eines Roastbeefs von dem eines Fischgerichts zu unterscheiden. Du bist übrigens noch nicht rasiert«, fügte sie kurz angebunden hinzu.

»Ich lasse mir einen Schnurrbart wachsen«, erklärte Rory und streifte die Asche von seiner Zigarre ab.

»Warum das denn?«

»Das ist bei uns Marineveteranen so Sitte.«

»Aber dein Schnurrbart ist rot!«

Er sah sie an. »Gar nicht wahr!«

»Dann muss das am Tabak liegen.« Sie versuchte, ihn herauszufordern.

»Bist du endlich fertig?«, fragte er. »Seit sieben Uhr heute Morgen fummelst du an dir herum. Jetzt ist es zehn nach zwölf. Wir kommen zu spät zum Mittagessen.«

»Muss ich wirklich mitkommen? Schließlich habe ich Lady Christabel in Glengarth zur Genüge genossen ... Würde es dir etwas ausmachen, wenn ich Kopfschmerzen bekäme, Mylaird?«

»Aber ganz und gar nicht, Annie. Ich verstehe nur allzu gut, dass du keine Lust hast, die Menschenfresserin zu treffen. Mir geht meine ältere Schwester ebenfalls gegen den Strich. Schade wäre es nur wegen Kitty und Toby. Du kennst die beiden noch nicht. Kits ist sehr nett und freundlich, ganz anders als Chrissy. Du würdest Kits mögen, und sie dich auch, da bin ich ganz sicher. Toby und Kitty sind eigens nach London gekommen, aber das macht nichts. Ich könnte Alexander Graham Bells persönliches Telefon nehmen und Christabel erklären, wir hätten einen schrecklichen Unfall gehabt ...«

»Das würdest du nicht wagen, Rory. Man darf die Vorsehung nicht herausfordern.« Entsetzt hob Annie die Hände. Da sie die Gabe des zweiten Gesichts hatte, konnte sie solche Dinge beim besten Willen nicht auf die leichte Schulter nehmen. Sie stäubte einen letzten Hauch Puder über die Nase, griff nach ihren Handschuhen und fragte: »Wie sehe ich aus?«

»Wunderschön! So bezaubernd wie die Loreley.«

»Dann bin ich jetzt fertig. Hast du ein Taxi bestellt?«

»Das Taxi wartet bereits seit einer dreiviertel Stunde, geliebtes Weib ...« Er brummte etwas von Verschwendung und führte sie zu der wartenden Droschke, die sie in die Park Lane brachte. Die Stadtresidenz der Familie lag kaum eine Viertelstunde von Browns Hotel entfernt. In der Zeit, die das Taxi brauchte, um sich durch den dichten Verkehr rings um den Hyde Park zu manövrieren, hätten sie die Strecke ohne weiteres zu Fuß bewältigen können. Doch als Laird von Glengarth legte Rory Wert darauf, statusgemäß vor seiner zynischen Schwester Christabel zu erscheinen.

*

James Beauly Roskillen, Jamies Großvater, der innerhalb der Familie auch als »Indienliebhaber« bezeichnet wurde, hatte im Jahr 1880 ein heruntergewirtschaftetes Stadtpalais in der Park Lane erstanden; es war in der »Baharabad Racing Gazette« als Schnäppchen bezeichnet worden. Er betrachtete es als Quartier nach durchzechten Nächten in der größten Hauptstadt der Welt – abgesehen einmal von Kalkutta, Delhi, eventuell auch Kairo und möglicherweise Rio. Und vielleicht auch ... nun ja, völlig egal! Das Nachtleben war das Einzige, was eine Stadt wie London einem Lebemann zu bieten hatte, der ausschließlich seinen hedonistischen Freuden, seiner Spielleidenschaft und anderen Frevelhaftigkeiten frönte. Glengarth, die Residenz in Schottland, hatte James, dem Indienliebhaber, niemals zugesagt. Für Jamie gab es keinen Grund, auf seinen Großvater, dessen Namen er trug, besonders stolz zu sein. Er kannte nichts als sein Portrait, das er bei einem kurzen Besuch auf Glengarth vor mehr als einem Jahr gesehen hatte.

Annie und Rory waren auf dem Weg zum Londoner Besitz der Roskillens. Trotz aller Vorbehalte war Annie neugierig, wie die Familie lebte.

Nur allzu gut erinnerte sich Annie der Entschuldigungen Lindsays, wenn er – zumindest ihrer verliebten Jungmädchenmeinung nach – endlose Wochen fern von Schottland weilte und sich angeblich Familiengeschäften widmete. Seine Adresse lautete dann: »The Town House, Park Lane, London.« Nicht, dass sie ihn je unter dieser Adresse hätte besuchen, geschweige denn anrufen können; sie hätte nicht einmal gewusst, wie man telefoniert. Ihren ersten Kontakt zum Großstadtleben hatte sie in Edinburgh lange nach Lindsays Tod gehabt; jetzt lebte sie sogar in Glasgow. London erschien ihr aber trotz alledem, gelinde ausgedrückt, erschreckend.

London war eine Welt für sich. An Rorys Seite entdeckte das Mädchen aus dem schottischen Hochland eine Großstadt, die deutlich interessanter, zugleich aber auch bedrohlicher wirkte als Edinburgh oder Glasgow.

London entpuppte sich in Annies Augen als wahre Monsterstadt. Hätte Rory nicht der besten Ärzte bedurft, sie wäre längst schon geflüchtet. Kalt lächelnd hätte sie allen Theatern, Music Halls, Restaurants und den hellen Lichtern der Großstadt den Rücken gekehrt. Hier ging alles noch seinen gewohnten Gang, weil die Kriegsheimkehrer es gerne so haben wollten. Was bedeutete schon Flandern? Oder Ypern? Passendaele? Kingseat? Inmitten aller Kriegswirren war London eine Stätte der brodelnden Aktivität und des Amüsements geblieben.

Annie enthielt sich angesichts dessen wohlweislich irgendeiner Kritik. Man musste die Zeiten nehmen, wie sie waren. Noch war der Krieg nicht vorüber, aber wie sehr hatten sich die Zeiten verändert! Und wie viel hatte sich auch für sie persönlich verändert! Sie wusste jetzt sogar, wer Alexander Graham Bell war und wo er sein erstes Ferngespräch geführt hatte. Trotzdem zitterte sie vor Furcht, als das Taxi in der Park Lane hielt.

»Nur ruhig Blut, Annie. Kopf hoch!« Rory griff beruhigend nach Annies Arm und führte sie vorwärts. Sein weißer Stock tastete sich entlang der Lorbeerhecke bis zum imposanten Portal der Villa mit ihrem Ausblick auf den Hyde Park. Auf dem Gartenweg lagen Blätter wie Konfetti vor den Füßen einer Braut.

»Wer sind denn Sie?« Verblüfft musterte Rory den Mann, der ihnen die Tür öffnete. »Wo sind Mr und Mrs Roberts?«

»Pardon, Monsieur?«

»Unsere Hausdame und ihr Mann, unser Butler?«

»Ich bin der neue Butler.«

»Sie sind viel zu jung für einen Butler! Woher kommen Sie?«

»Ich bin Franzose, Monsieur.«

»Dachte ich mir. Heutzutage findet man überall Franzosen. Sicher ein Flüchtling, nicht wahr? Wo ist Mr Roberts?«

»Entschuldigen Sie, Monsieur, aber Lady Christabel beschäftigt ...«

»Lady Christabel soll zur Hölle fahren! Sie hat nicht das Recht, irgendwen einzustellen, ohne mich vorher zu fragen. Franzose oder was auch immer! Ich bin der Laird von Glengarth und damit Besitzer dieses Hauses. Einstellungen fallen in meine Zuständigkeit. Wo ist meine Schwester?«

»Im ›Conservatoire‹, Monsieur. Aber ...«

Rory schob den jungen Franzosen einfach beiseite und erstürmte, von Annie gefolgt, seine eigene Bastion. Laut Lindsays Anwaltsfirma zahlte Christabel keinen Penny für die Instandhaltung des Hauses und Rory wollte das nicht länger hinnehmen. Annie schwankte auf ihren modischen, in letzter Minute erstandenen Schuhen.

Christabel erhob sich von dem eleganten, S-förmigen Sofa, auf dem sie zuvor dicht neben einer Frau gesessen hatte, und hielt Rory ihre in einer langen Spitze steckende Zigarette genau vor das Gesicht. Annie dachte einmal mehr, wie hart und berechnend Christabels Gesicht doch wirkte.

»Liebstes Bruderherz ... Mein Gott! Mit diesem Schnurrbart

siehst du genau wie Lindsay aus!«, säuselte Christabel und begrüßte Rory mit einem kühlen Kuss auf die Wange. »Herzlich Willkommen, Rory. Schön, dich einmal wiederzusehen ... Oh, diese entsetzlichen Narben. Sie sind ...« Christabel hielt ihn ein Stück von sich weg, um ihn besser betrachten zu können. »... sie sind schrecklich. Ganz furchtbar. Was ist bloß mit deinem hübschen Gesicht passiert?«

»Jütland, Chrissy«, stieß Rory gepresst hervor. »Wo sind Kitty und Toby?«

»Oh, sie sind alle hier. Inklusive dieser grässlichen Jane.«

»Jane?«

»Ja doch, Jane Burett. Unsere Suffragetten-Kusine aus Leicestershire. Du wirst sie doch nicht etwa vergessen haben?«

»Ich habe so einiges vergessen. Ich leide immer noch an Gedächtnislücken und Blackouts. Also musst du mir schon auf die Sprünge helfen ...«

»Inwiefern denn, Rory?«

»Ach, egal. Ich nehme an, *er* ist nicht hier?«

»Wer soll nicht hier sein?« Ängstlich blickte sie ihn an.

»Papa, Chrissy. Papa! Und wo ist Sula?«

»Sula?«

»Hast du sie etwa nicht zu unserer Familienfeier eingeladen? Verdammt noch mal, Chrissy!« Rory schrie beinahe. »Sula ist unsere Halbschwester. Unsere *asiatische* Halbschwester. Du kannst sie doch nicht einfach *vergessen*!«

»Aber Sula lebt doch in Baharabad, Rory ...« Christabel wandte sich Hilfe suchend an Annie. »Sie als seine Krankenschwester verstehen ihn sicher besser als wir. Ich nehme an, dass Sie ihn nach seiner Verletzung in Jütland begleitet haben. Vielen Dank dafür, Annie Gowrie. Sie und ich waren in der Vergangenheit vielleicht nicht die besten Freundinnen, aber ich schätze Sie aufrichtig für das, was Sie jetzt für meinen Bruder tun. Leider verstehe ich ihn nicht ganz ... ist er ... hat er nach der Explosion auf der ›Barham‹ einen Schaden davongetragen?« Christabel tippte sich mit dem Zeigefinger vielsagend an ihre Stirn und ließ die Frage im Raum stehen.

Annie nickte. Aus irgendeinem Grund machte es ihr Spaß, auf Rorys Spiel einzugehen. Plötzlich fühlte sie sich sicherer.

»Gibt es denn keine Hoffnung auf eine Wiedereingliederung in die Gesellschaft?«, bohrte Christabel weiter.

Annie schüttelte den Kopf. Rory mimte weiter den Verrückten.

»Oh, Liebste«, sagte Christabel und legte Annie mitfühlend eine Hand auf die Schulter. »ich danke Gott, dass es Menschen wie Sie gibt, die sich für diese dringend notwendige Pflege aufopfern. Die Anwälte von Glengarth müssen sofort von Rorys Geisteszustand erfahren. Auf keinen Fall kann er so die Geschäfte weiterführen ...«

Rory nutzte die Situation schamlos aus. Er schob Annie vorwärts bis sie fast in Christabels Armen lag und rief: »Ich weiß, du bist auch eine von ihnen ... genau wie Lennie!«

»Wie wer, Rory?« Christabel ging einige Schritte rückwärts.

»Die arme Irre. So haben sie Lennie genannt. Du kannst sie doch nicht vergessen haben, Chrissy-Schatz!« Er stierte Christabel an, die sich instinktiv weiter vor ihm zurückzog. »Darf ich dir Annie Gowrie von der Insel Rill vorstellen?«

»Wir kennen uns bereits, Rory. Sie war in Kingseat deine Krankenschwester.«

»Und jetzt ist sie meine Frau, liebste Schwester.« Rory schob Annie genau in Christabels Blickfeld. »Ich wiederhole klar und deutlich: *Annie ist meine Frau!* Und solltest du noch *weitere* Ideen bezüglich meiner Enterbung auf Grund mentaler Störungen haben – vergiss es einfach! Oh ja, meine Anwälte sind die ganze Zeit mit mir in Verbindung gewesen. Ich weiß *alles* über meine Verwandtschaft, selbst über die Hamilton-Linie. Jetzt ist Annie meine *nächste* Verwandte, und Jamie ist unser gemeinsamer Sohn, dem bald noch ein weiterer folgen wird. Vergiss deinen Anspruch auf Glengarth, Schwesterherz. Vergiss deinen Plan, mich der Invalidität, der Geistesgestörtheit und der Verantwortungslosigkeit zu bezichtigen und dir auf diese Weise Glengarth einzuverleiben. *Du* bekommst Glengarth nie!« Beinahe hätte er noch »Du unfruchtbare Lesbe« hinzugefügt, bremste sich aber im letzten Moment.

Genau vor diesem Augenblick hatte Annie sich gefürchtet. Sie sah die glühende Zigarettenspitze länger als nötig vor ihren Augen tanzen.

»Annie? Annie Gowrie von der Insel Rill? Ich kann mich undeutlich an eine Person dieses Namens erinnern. War sie nicht Lindsays Mätresse? Und du sagst ...« Christabels Stimme erstarb in einer Wolke von Rauch und Ungläubigkeit. »... sie ist nicht deine Krankenschwester?«

»Oh doch, sie ist meine Krankenschwester. Aber sie ist auch *meine Frau*, Christabel. Wir haben vor einigen Wochen geheiratet und sie erwartet unser zweites Kind. Das erste ist – wie man so sagt – unehelich ...«

Christabel ließ sich auf das S-förmige Sofa in die Arme ihrer Liebhaberin zurückfallen. »Oh, mein Gott!«

»Bitte keine Blasphemie, Chrissy. Und jetzt würde ich wirklich gern mit Kitty und Toby sprechen.«

Christabel machte eine unbestimmte Handbewegung in Richtung der inzwischen versammelten Gäste. Dabei starrte sie Annie an, als würde sie insgeheim die Finger gegen einen entsetzlichen Fluch kreuzen, der ihr beschauliches Leben in Park Lane mit einem Skandal bedrohte.

Doch das hatte Annie bereits in ihrer Zeit als Zofe bei den Roskillens gelernt: Alles wurde geduldet, solange es nur nicht ans Licht der Öffentlichkeit drang.

»Kitty ist irgendwo da drüben«, flüsterte Christabel schwach und winkte zur Viscountess Tapstock hinüber.

Rory flog seiner jüngeren Schwester geradezu entgegen. »Kits ... ach Kits!« Sie fielen sich um den Hals. Nach vier langen Kriegsjahren, nach großen körperlichen und seelischen Leiden, nach dem Tod vieler geliebter Menschen und nach den wenigen Briefen, die Annie Rory in Kingseat vorgelesen hatte, hatten die Geschwister sich endlich wiedergefunden.

Viscount Toby Tapstock zückte sein Taschentuch, um ein paar echte Tränen abzutupfen; mit der anderen Hand drückte er Annies und hieß sie von Herzen Willkommen im Schoß der Familie. Kittys Ehemann wartete noch immer darauf, dass sein zweiundneunzig Jahre alter Vater endlich den Löffel abgab und ihm den Grafentitel nebst einem großen, ziemlich kostspieligen Besitz und einer deftigen Erbschaftssteuer vererbte.

Tobys Tränen waren für Annie schwer zu ertragen, vor allem, als er begann, sentimental zu werden und von verstorbenen Familienangehörigen und Freunden zu erzählen: »Ach ja, der gute alte Hump. Und Mordan! Und dann der andere Zwilling – ich vergesse immer seinen Namen – stimmt: Michael. Ich erzähle dir alles, Rory. Echte Charakterköpfe waren sie, und was sind sie jetzt? Grabsteine mit Mohnblumen davor. Es ist so schrecklich, liebste Annie ...« Tony wischte sich die Augen.

Rory hatte Annie bereits gewarnt, dass Toby Tapstock ziemlich sentimental werden konnte. Toby könne weinen wie ein kleines Mädchen, hatte Rory erzählt, und schäme sich dessen nicht einmal. Annie fühlte sich sofort zu Toby hingezogen. Es gab also außer ihr noch jemanden, der für diesen lebhaften und immer kämpferischen Clan der Roskillens zu sensibel war!

Rory war sich darüber im Klaren, dass es an ihm lag, die sentimentale Stimmung zu vertreiben, wusste allerdings nicht, wie er es anfangen sollte. Er selbst hatte einen Kloß im Hals, als Kitty sich ebenfalls eine Träne aus den Augen wischte und sagte: »Schön, dich endlich wiederzusehen, Rory. Du siehst wirklich gut aus. Wie immer.«

»Danke dir, Kits.« Kitty stand ihm sehr nahe. Nach dem Tod der Mutter hatte sie Mutterstelle an ihm vertreten.

»Du erinnerst mich an Lindsay ... durfte ich das sagen?« Erschrocken schlug sie sich die Hand vor den Mund. Rory war immer ihr bester Freund gewesen, ihr geliebter Bruder, ihr Held – eben ihr Rory. Selbst ihr Ehemann hatte die innige Zuneigung nie ganz verstanden. Schließlich war Rory auch ein Taugenichts, ein

Draufgänger und zuletzt auch noch ein unverschämter Glückspilz, als er den Titel eines Lairds von Glengarth erbte. Aber Kittys heiß geliebter Ehemann war in den frühen Kindertagen eben noch nicht bei ihr gewesen, ganz im Gegensatz zu Rory, der Himmel und Hölle mit ihr geteilt hatte. Gemeinsam hatten sie ihre unruhige Kindheit in Indien durchgestanden. Danach waren sie von ihrer Familie getrennt und gemeinsam zu lieblosen Verwandten in Pflege gegeben worden, die ihnen so lange feindlich gegenüber standen, bis sie bewiesen hatten, dass sie eine Bereicherung in deren Leben und nicht nur eine Last waren.

Kitty liebte ihren Bruder, das schwarze Schaf der Familie, mit einer tiefen, hingebungsvollen, alles verzeihenden Liebe. Weder Chrissy noch Toby verstanden die Art und das Ausmaß ihrer Liebe voll und ganz; sie verstanden sie nicht, weil sie nie in einer ähnlichen Situation gewesen waren. Kitty übersah jeglichen Fehler ihres Bruders.

Sie war glücklich, ihn wiedergefunden zu haben. Er war ein Teil ihrer Geschichte. Sie hatten sich in ihrer lieblosen Kindheit in einer kalten, materialistisch eingestellten Welt gegenseitig Halt geschenkt und einen Lebensinhalt gegeben. Weder Chrissy noch Lindsay hatten eine solche Stütze jemals nötig gehabt und daher die innige Gemeinsamkeit der beiden nie verstanden.

»Ich weiß. Das liegt an meinem Schnurrbart«, grinste Rory, der nun von allen Seiten begrüßt wurde. Auch Kitty war über Rorys Aussehen erschrocken, zeigte es aber nicht. Keiner der Anwesenden wusste so recht, wie er reagieren sollte. Alle sahen zum ersten Mal die schweren Verletzungen und Narben, die er in der Seeschlacht vor dem Skagerrak davongetragen hatte.

»Dein Mann ist wirklich ein Glückspilz, Kits«, erklärte Rory und schlug dem Viscount kameradschaftlich auf die Schulter. Sie hatten sich in ihrer Jugend gerne in aller Freundschaft geprügelt – auch Cousin Humphrey war oft mit von der Partie gewesen. Der Gedanke an die Burretts verursachte Rory einen neuen Kloß im Hals. Man wurde sich erst bewusst, wie viel man besaß, wenn man es endgültig verloren hatte. »Toby, du bist immer noch die alte Vogelscheuche!«

»Tja, auch in den schönsten Gärten braucht man Vogelscheuchen, du schottischer Hering!«, erwiderte Toby und grinste Rory über seinen rot-weiß getupften Binder hinweg an, ehe er diesen ohne ersichtlichen Grund zurechtrückte.

Die Erwähnung seines Spitznamens aus Schulzeiten bewegte Rory mehr, als er zugeben mochte. Mühsam räusperte er sich. »Tja ... hm ... ich glaube, dein Schneider braucht ein wenig Nachhilfe in Farbenlehre, mein lieber Augustus Cäsar. Unglaublich, diese Zusammenstellung! So, ihr beiden ...«, setzte er zu einer feierlichen Ankündigung an, die jedoch schnell wieder in seiner üblich pragmatischen Art endete, »das hier ist meine Ehefrau Annie. Annie, komm her und versteck dich nicht hinter den Zimmerpflanzen!«

Kitty, die ein lavendelfarbenes zweiteiliges Kostüm trug und ihr dunkles Haar elegant frisiert hatte, trat einen Schritt vor. Auf einen Hut hatte sie bewusst verzichtet; sie mochte keine Hüte und hielt sie bei Familientreffen für unnötig. Freundlich sagte sie: »Rory hat viel von dir geschrieben, Annie.«

So, so. Er hatte also der Verwandtschaft bereits von der heimlichen Hochzeit berichtet, ohne ihr davon zu erzählen, und sie bis zum heutigen Tag Blut und Wasser schwitzen lassen! Wirklich unverzeihlich! Hatte er etwa nur vergessen, sie zu informieren? Oder maß er der Tatsache so wenig Bedeutung bei? Jedenfalls ärgerte sich Annie darüber, dass Rory Dinge, die sie ebenfalls betrafen, derart nachlässig handhabte. Sie lächelte Lady Tapstock an, die sie bereits einmal gesehen hatte: Aus weiter Ferne bei Lindsays Beerdigung, als sie sich im Schatten der Bäume auf dem Inchnadamph versteckt hielt.

»Schön, dich endlich kennen zu lernen!«, fuhr Kitty fort und blickte sie aus klaren blauen Augen – die eine große Ähnlichkeit mit Rorys Augen vor dem Krieg hatten – an. »Außer bei Lindsays Beerdigung haben wir uns, glaube ich, noch nie gesehen«, fuhr Kitty fort, »und auf diese eher unerwartete Situation war keiner von uns vorbereitet. Egal. Komm, ich stelle dir die restliche Familie vor. Tatsächlich alles Familie! Ein paar von uns mögen dir vielleicht merkwürdig erscheinen, andere – na ja – vielleicht vertretbarer, um es milde auszudrücken. Du wirst dir sicher eine eigene Meinung über uns bilden. Aber auch wenn einige der Anwesenden dir ein wenig verrückt vorkommen, sind sie doch alle im Grunde in Ordnung.«

Kitty schien außerordentlich nett zu sein; bei ihr fühlte Annie sich wohl und war dankbar, hier in der Höhle des Löwen eine Stütze zu haben. Ein wenig verwirrt ließ sie sich die Familienbande erklären, lernte Vettern, Enkel, Neffen, Nichten, Roskillens väterlicherseits und Burretts mütterlicherseits kennen – Mr Rannoch vom Heraldikbüro hätte seine helle Freude gehabt.

Nach einer Weile trat eine hoch gewachsene, dürre Frau auf sie beide zu und schüttelte Rorys Hand mit viel Kraft. »Hallo, du! Erinnerst du dich noch an mich?«

»Eigentlich nicht.«

»Ich bin Jane.«

»Welche Jane?«

»Deine Kusine ersten Grades. Jane Burrett, Ruperts Schwester, Ada und Austens älteste Tochter!«

»Du liebe Zeit, stimmt! Tut mir Leid. Wie geht's dir, Jane?«

»Fit für die Schlacht, Rory. Von meinen Brüdern kann ich das leider nicht behaupten. Die meisten wurden in diesem entsetzlichen Krieg abgeschlachtet. Schrecklich! Die Zwillinge Mordan und Michael und auch Humphrey, der dir immer auf die eine oder andere Weise auf den Wecker ging – weißt du noch? Und erinnerst du dich noch an das Kindermädchen Delish? So ein Mist! Ich bete dafür, dass sie in den Himmel und nicht in die Hölle kommen, aber so richtig überzeugt bin ich nicht. Seit ich den sinnlosen Tod meiner kleinen Brüder und der süßen Leonora erleben musste, bin ich zu einer säumigen Christin mutiert. Zwar bete ich, aber meine Gebete trösten mich nicht. Ich zünde Kerzen an, die sofort erlöschen, sobald ich sie angezündet habe. Irgendjemand da draußen versucht, mir etwas mitzuteilen. Vielleicht sollte ich mich im Hyde Park auf eine Kiste stellen und meinen eigenen Friedensplan verkünden. Erinnerst du dich? Die kleine tote Leonora und wir – alle zusammen? Aber das ist vorüber. Du willst sicher nicht daran erinnert werden, und ich kann es dir nicht einmal verdenken. Es ist der Preis, den wir für den Krieg bezahlen. Grässlich! Ich bin Pazifistin und habe eine Menge pazifistisch eingestellter Freunde – wie zum Beispiel Chrissy und Vita und Virginia. Und noch viele andere. Weißt du was, Rory?«

»Was denn, Jane?«

»Wir Frauen über dreißig haben endlich das Stimmrecht!«

»Lieber Gott! Bist du wirklich schon über dreißig? Du siehst aus, als wärst du keinen Tag älter als sechzehn, Jane.«

»Schmeichler!«

»Ich schmeichele gerne schönen Frauen wie dir, Jane. Jedenfalls gratuliere ich dir herzlich zu diesem Erfolg. Kein Wunder, dass meine Schwester Chrissy so großspurig tut; sie muss längst über dreißig sein. Wo ist denn deine Mutter, Jane?«

»Oh, sie muss hier irgendwo sein. Sie wollte unbedingt nach London kommen und dich sehen. Wir wussten ja nicht, dass du geheiratet hast. Eigentlich hatten wir versucht, sie zu überzeugen, in Breedon Hall zu bleiben. Stattdessen lebt sie jetzt in dem kleinen Haus auf dem Anwesen. Nachdem mein Vater sich erschossen hat, haben Charlotte und Rupert das Hauptgebäude geerbt. Ich bringe dich zu ihr. Ist das deine neue Frau?«

»Ich hatte nie eine alte, Jane.«

»Ha, ha, Rory, du alter Schlawiner«, kicherte Jane und warf ihren auffällig bunten Fransenschal über die Schulter zurück, ehe sie Annie freundlich die Hand reichte. »Du weißt ja nicht, auf was du dich da eingelassen hast, Annie. Ein derart verkommenes Subjekt zu heiraten! Ich darf gar nicht daran denken, dass die Zukunft von Glengarth in den Händen meines von Motoren besessenen Cousins liegt. Wer weiß, welche Höllenmaschinen er in den ehrwürdigen schottischen Highlands einführt. Rory Duncan, der neue Laird von

Glengarth. Dass ich nicht lache! Er ist ein absoluter Prolet! Trotzdem freue ich mich, dich endlich kennen zu lernen. Du hast die schönsten grünen Augen, die ich je gesehen habe – eigentlich sehr irisch, obwohl alle sagen, dass du Schottin bist. Kaum zu glauben. Trotz dem ganzen Familientratsch hoffe ich natürlich, dass du dich entschließt, unsere Sache zu unterstützen, Annie. Du *musst* zu uns in die Frauenpartei kommen. Hier in London ist Chrissy für Beitritte zuständig – ich spreche von Christabel Roskillen. Christabel Pankhurst hält sich noch in Paris auf. Komm, Rory, wir gehen zu Mutter. Sie sitzt da unter den Palmen, wie damals, als wir ihr reinen Wein einschenkten ... Lennie mit ihren rosa Programmzetteln und zierlich wie eine Elfe ... He, da ist Mutter ...«

Witwe Lady Ada Burrett beäugte ihre Umgebung vermittels einer Lorgnette, steckte sich ein Hörrohr ins Ohr und trompetete sehr vernehmlich: »Sprich lauter, Jane! Hör auf, dir in den Bart zu murmeln!«

»Mama, erinnerst du dich an Rory? Deinen Adoptivsohn aus Indien?«

»Wer wohnt in Indien?«

»Nein, Mutter ... ach lassen wir das! Rory, sprich du mit ihr. Sie ist ein wenig schwierig geworden. In ihrer Anwesenheit bekommt man Ohrenschmerzen.«

Rory beugte sich zu seiner alten Tante hinunter, die ihn und Kitty nach ihrer Rückkehr aus Indien bei sich aufgenommen hatte. Erinnerungen stiegen in ihm auf. »Hallo, Tante Ada! Erinnerst du dich an mich? Ich bin Rory Duncan aus Baharabad in Indien. Du hast Kitty und mich nach dem Tod unserer Eltern unter deine Fittiche genommen ...«

»Wo ist Stella, Jane?«

»Ich glaube, sie steht am Büfett an, Mama.«

»Aha, ein Büfett! Hier wird wohl gespart! Wem haben wir diese Billigveranstaltung zu verdanken?«

»Christabel.«

»Christine Bell?«

»Nein, Mutter, Christabel. Sie hat ein Familientreffen organisiert. Für ihren Bruder Rory und seine Frau Lady Anne.«

»Wer lädiert seine Frau?«

»Nein, Mutter. Niemand lädiert hier jemanden. Jedenfalls noch nicht. Christabel Roskillen hat uns zum Mittagessen eingeladen, weil ihr Bruder und seine Frau aus Schottland nach London gekommen sind.«

»Hol mir sofort Stella her! Auf keinen Fall darf sie mit einem schottischen Barbaren flirten. Und wer sind Sie, junger Mann, abgesehen davon, dass Sie ziemlich hässlich sind?« Sie begutachtete Rory, der sich vorbeugte, um ihr die behandschuhte Hand zu schütteln. »Wo sind denn Ihre Haare? Hat Sie jemand rasiert? Auf einer Seite stehen sie zu Berge, lieber Junge!«

»Nehmt es ihr nicht übel«, flüsterte Jane Rory und Annie zu. »Sie ist manchmal sehr direkt. Es ist das Alter. Sie wird langsam senil.«

Rory dachte bei sich, dass er sie als ebenso senil wie früher empfand, als er ein kleiner Junge war. Sie starrte ihn an, und er fühlte sich noch immer verunsichert. Für einen Moment war ihm, als hätte sich nichts verändert. Er war wieder vierzehn Jahre alt und hatte ein wundes Hinterteil, weil die alte Hexe ihn windelweich geprügelt hatte, um einen christlichen englischen Gentleman aus ihm zu machen.

»Ich bin Rory Duncan Gavin William ... den letzten Namen habe ich leider vergessen. Du bestimmt nicht, Tante Ada. Ich bin dein barbarischer Schottenneffe aus Baharabad.«

»Rabatt? Oh, du böser Junge – jetzt erinnere ich mich! Du hättest beinahe einmal das Sprunggelenk eines hervorragenden Ponys ruiniert!«

Ihr Erinnerungsvermögen hatte offenbar nicht besonders gelitten. Auch Rory war der Vorfall im Stall von Breedon Hall noch deutlich im Gedächtnis.

»Rory ist der neue Laird von Glengarth, Mama. Außerdem ist er ein Held. Er hat in Jütland gekämpft.« Jane bemühte sich, ihre Mutter von Rorys Qualitäten zu überzeugen.

»Na fein. Rutland ist eine gute Gegend für die Fuchsjagd; Toby und Kitty können das bestätigen. Immer noch besser als ein Gärtner! Wo ist Stella?«, fragte sie ärgerlich.

Gärtner? Rory verstand nichts mehr. Aber möglicherweise hatte das alte Mädchen beim Wort Glengarth an so etwas wie Garten gedacht. Wie dem auch sei, Lady Ada hatte offensichtlich einen ordentlichen Dachschaden und war immer noch schwer zufrieden zu stellen.

Soweit sich Rory erinnerte, war Stella die älteste Tochter von Charlotte und Rupert, eine Nichte von Jane und die Enkelin von Tante Ada. Sie war die Einzige, die einigermaßen mit Lady Ada umgehen konnte. In Rorys Gedächtnis existierte Stella nur als Störenfried während der Sommerferien, als Leonora noch lebte und sie alle dachten, der Sommer würde eine endlose Party voller Sonne und Champagner werden ... Niemand rechnete mit Sturm und Wolken. Ach, die liebe kleine Lennie, seine beste Freundin, seine Verbündete, seine erste, unschuldige Liebe ... um Annies willen sollte er besser nicht mehr an sie denken. Mit erzwungenem Frohsinn sagte er: »Darf ich dir meine Frau vorstellen, Tanta Ada? Annie Gowrie, jetzt Lady Roskillen.«

Sofort stauchte sie ihn zurecht. »Annie Laurie sagst du? Die gibt es doch gar nicht. Das ist nur ein schottisches Lied. Lennie hat es oft auf dem Klavier gespielt. Schottischer Blödsinn. Wo sind Leonora und Stella?«

Sie fuhrwerkte mit dem Hörrohr herum, bis Stella erschien und ihre Großmutter einigermaßen beruhigte. Eines Tages würde die jetzt vierzehnjährige Tochter von Charlotte und Rupert eine ausgemachte Schönheit werden. In gewisser Weise erinnerte sie Rory an Lady Leonora, die ebenso wie drei ihrer Brüder viel zu früh gestorben war. Kein Wunder, dass Onkel Austen sich erschossen und Tante Ada sich in ihren verwirrten Geist geflüchtet hatte.

Auf Stella konnten Charlotte und Rupert sicher stolz sein, obwohl sie eigentlich Schokolade hätte heißen müssen.

»Schokolade?«, echote Annie fragend, während Rory sie zum Büfett lotste.

»Charlotte, Stellas Mutter, aß während ihrer Schwangerschaft so viele Schokoriegel, dass das Kind eigentlich dunkelbraun mit einem Kern aus Pfefferminzcreme hätte sein müssen«, erklärte er grinsend. »Solltest du irgendwelche Gelüste bekommen, Liebste, dann lass es bloß keine Schokoriegel sein. Ich glaube, ich würde mich sofort übergeben ... Du siehst – jetzt brauchst du dich nicht mehr zu fürchten oder zu schämen, Annie. Du hast ja gesehen, was meine Familie für ein Völkchen ist. Dein Stammbaum ist gesünder als meine gesamte Verwandtschaft zusammengenommen. Lang lebe Jamie! Prost!« Er hob ihr ein Glas Champagner entgegen.

Sie erinnerte ihn daran, dass er – Völkchen hin, Völkchen her – zumindest einen Stammbaum besaß, ganz im Gegensatz zu ihr. Auch machte sie ihn darauf aufmerksam, dass er bald der legitime Vater eines Halbbruders oder einer Halbschwester von Jamie sein würde – was wäre, wenn sich das Baby als ebenso dämlich wie die restliche Familie herausstellen würde?

»Dann, liebste Annie, machen wir eben das Beste draus«, sagte er vertrauensvoll. Er war überzeugt, dass sein und Annies Kind ein schönes, lebhaftes Mädchen werden würde – ein gelungener Gegenpol zu Jamie. Mädchen waren niedlich, Jungen ungestüm; Rory stand der Sinn nach der perfekten Balance. Er wollte, so es Gott gefiel, eines von jeder Sorte und es damit bewenden lassen.

Im Hotel begrüßte Ackker sie mit sorgenvollem Gesicht. »Tut mir Leid, Chef, aber aus Schottland ist ein Telegramm gekommen.«

»Oh, mein Gott ... Jamie!« Weiß wie ein Leichentuch sank Annie auf den nächsten Stuhl. »Es ist Jamie, oder? Mein Gott, Rory, ich könnte nicht ertragen, wenn meinem Sohn etwas passiert wäre.«

»Ruhig, Annie. Denk an deinen Zustand. Im Übrigen ist Jamie *unser* Sohn.« Rory riss den Umschlag auf. »Nicht Jamie, Annie. Elly!«

»Ist ihre Mutter gestorben?«

»Nein, Elly liegt im Sterben. Sie hat sich die Pulsadern aufgeschnitten nachdem sie erfahren hat, dass Theo Longmorn in Cantigny gefallen ist.«

Annie machte sich bittere Vorwürfe, weil ihre Erleichterung kaum Grenzen kannte; sie verspürte nichts als eine tiefe Dankbarkeit, obwohl sie doch eigentlich mit Eleanor Arbuthnot hätte fühlen müssen.

Am folgenden Morgen reisten sie mit dem Zug nach Edinburgh, stiegen um in den Zug nach Glasgow und nahmen dort sofort ein Taxi, mit dem sie zum Krankenhaus fuhren. Jamie und Gamin saßen am Bett der Gouvernante. Immer wieder streichelte Jamie ihre Stirn. Er wollte, dass sie endlich die Augen öffnete und ihn ansah.

»Mama! Papa!«, überglücklich warf der Junge sich in die Arme seiner Eltern. »Ich dachte schon, ihr hättet mich für immer allein gelassen und würdet nie mehr wiederkommen. Ich hatte Angst, ihr wärt mir böse, wie Miss Arbuth...«

»Niemand ist dir böse, Jamie! So etwas darfst du nicht denken.« Annie schloss ihren Sohn in die Arme und hielt ihn ganz fest. »Du weißt doch: Papa musste in London einige Ärzte aufsuchen. Deshalb haben wir dich mit Gamin und deiner Kinderfrau allein gelassen. Das habe ich dir doch erklärt – hast du es denn schon wieder vergessen? Mama und Papa würden dich doch nie verlassen!« Sie umarmte Jamie so heftig, dass er nach Luft schnappte.

»Jamie, alter Junge«, sagte Rory und ließ sich im Sessel neben dem Bett nieder, »erzähl uns doch mal, was mit Elly passiert ist.«

»Sie hat ganz doll geweint, weil sie einen Brief von Theos Freund aus Frankreich bekommen hat. Der Freund ist verwundet, aber nicht tot und hat geschrieben, dass Miss Ellys Freund vom Feind erschossen worden ist. Nach dem Lesen wurde sie ganz still. Sie war ziemlich tapfer. Sie sagte, sie hätte Kopfschmerzen und ging zu Bett.« Jamie seufzte tief. »Und dann ... dann ... ach, Mama, Papa ... sie kam nicht zum Frühstück. Gamin hat Ginny in ihr Schlafzimmer geschickt. Das Mädchen hat ganz laut geschrien.

Und dann kam der Krankenwagen. Aber ich bin wirklich nicht Schuld, Mama ...«

»Natürlich nicht, mein Liebling. Niemand macht dir einen Vorwurf. Elly war sehr traurig, als sie die schlechten Nachrichten über Theo erhielt. Wir sind alle traurig, aber leider ist es nun einmal so: Soldaten fallen im Krieg, Jamie. Papa und ich haben schon mit dem Arzt gesprochen. Miss Elly wird nicht sterben wie Theo. Aber es wird lange dauern, ehe sie wieder so gesund ist, dass sie dir Unterricht geben kann. Wir gehen jetzt heim, denn Miss Elly muss sich ausruhen. Morgen Nachmittag besuchen wir sie wieder. Vielleicht ist sie dann wach.«

»Sie ist sicher nur schrecklich müde und spricht deswegen nicht mit uns, oder?«

»Sie ist ohnmächtig, Jamie. Aber sie wird bestimmt bald aufwachen. Sie braucht jetzt viel neues Blut; man nennt so etwas eine Transfusion. Siehst du die Nadel in ihrem Arm? Damit wird das Blut ersetzt, das sie verloren hat, als sie ...« Annie mochte dem Jungen nicht erklären, was ein Selbsttötungsversuch war – jedenfalls jetzt noch nicht. Er sollte erst einmal über das Unglück als solches hinweg kommen und erkennen, dass es nichts mit ihm zu tun hatte.

Im Krankenhausflur stellte Rory Gamin zur Rede. »Was war denn da los, Gamin? Kaum sind wir fort ...«

»Was soll denn das, Rory?«, mischte Annie sich ein. Sie ließ Jamies Hand nicht los. Wie hatte sie den Kleinen vermisst! »Du kannst doch Gamin nicht verantwortlich dafür machen! Außerdem wissen wir, was passiert ist. Wir hätten Jamie doch mit nach London nehmen sollen! Eleanor muss sehr tief gehende seelische Probleme haben, dass sie so etwas tut, während ihr ein kleiner Junge – unser Sohn! – anvertraut ist. Man kann sich scheinbar nicht auf sie verlassen. Ich jedenfalls werde ihr mein Kind nie mehr anvertrauen.«

»Tut mir Leid, Chef.« Gamin versuchte, mit dem erstaunlich schnell vorwärts humpelnden Laird Schritt zu halten. »Bis das Telegramm kam, war alles in Butter. In dem Kabel stand, dass die Amerikaner am 28. Mai Cantigny eingenommen haben und dass es der erste Sieg der Truppen aus Übersee war. Ein bisschen spät, wenn Sie mich fragen ...«

»Halten Sie die Klappe, Gamin. Niemand interessiert sich für Ihre Meinung.«

»'tschuldigung, Chef. Aber er ist tot, und sie hat sich die Pulsadern aufgeschnitten. Gott sei Dank hat die gute Ginny sie rechtzeitig gefunden. Das war vielleicht ein Blutbad! Wissen Sie, was ich glaube, Chef – Haggs Castle steht unter einem verdammten Fluch!«

Annie und Rory informierten Elly Arbuthnots entsetzte Schwestern über den Suizidversuch. Eine von beiden überließ die sterbende Mutter und den schwer kranken Vater der Obhut der anderen Schwester und kam nach Glasgow, um Elly zu pflegen. Annie war erleichtert, dass ihr diese Last von den Schultern genommen wurde.

Es dauerte mehrere Monate, ehe Eleanor körperlich so weit hergestellt war, dass sie wieder ein selbstständiges Leben aufnehmen konnte. Nachdem sie das Krankenhaus in Glasgow verlassen konnte, verbrachte sie viele Wochen in einer geschlossenen Anstalt in Edinburgh, ganz in der Nähe ihrer Schwestern, die ein wachsames Auge auf sie hielten. Während ihrer langsamen Rekonvaleszenz starb zunächst die Mutter und kurz darauf auch der Vater. Den beiden jüngeren Arbuthnot-Schwestern blieb scheinbar nichts erspart.

Rory wollte Jamie so lange unterrichten, bis der Junge alt genug für die Schule war. Annie fürchtete diesen ersten Schultag.

Im August starteten Engländer, Kanadier und Australier einen massiven Angriff auf Amiens. Im September rieb General Allenby die Reste der türkischen Armee in Meggido auf und die Offensive der Alliierten begann. Im Oktober akzeptierten die Deutschen die Vierzehn Punkte Präsident Wilsons, und im November dankte Kaiser Wilhelm ab und ging ins Exil nach Holland.

Am 11. November unterzeichneten die Deutschen den Waffenstillstandsvertrag in Compiègne in Frankreich: Endlich herrschte wieder Friede in der Welt.

Es war der schlimmste Krieg der Geschichte gewesen. Zehn

Millionen Soldaten waren gefallen, und ebenso viele Zivilisten hatten den Tod durch Hunger und Krankheit gefunden.

Rory legte deprimiert die Zeitungen beiseite. Nichts als fürchterliche Schlagzeilen! Nur Trauer, Entsetzen und Hilflosigkeit! Letztendlich war und blieb der Mensch in den Fußangeln seiner eigenen Bösartigkeit gefangen.

Rory war inzwischen erfolgreich an beiden Augen operiert worden und konnte endlich wieder Zeitung lesen. Zwar war er immer noch auf eine Lesebrille angewiesen, aber das schreckliche Vergrößerungsglas gehörte endgültig der Vergangenheit an.

Erleichtert stellte er fest, dass es auch in diesen Zeiten doch noch Menschen gab, die ein uneingeschränktes Lob Wert waren: Menschen, die Blinde sehend machten, die einem Lahmen das Gehen ermöglichten, die einem das Gehör zurückgaben und die den Wirrwarr im Kopf eines Patienten beseitigten. Es waren diese Menschen, denen man Anerkennung zollen sollte: den hart arbeitenden Chirurgen, Ärzten und Spezialisten – und nicht etwa Generälen, die vom grünen Tisch aus entschieden, beredten Politikern oder mit Orden behängten Diktatoren, die korrupt waren und das Volk nach Strich und Faden belogen. Oh ja, Rory war aus tiefster Seele bereit, Pazifist zu werden und, wenn nötig, den nächsten Krieg im Gefängnis zu verbringen. Aber einen nächsten Krieg würde es hoffentlich nie geben.

Seine süße Annie hatte Recht gehabt: Wo ein Wille war, war auch immer ein Weg – das waren ihre Worte gewesen. Pragmatisch hatte er jedoch hinzugefügt: »Er muss allerdings bezahlbar sein. Denk nur an die armen Teufel, die nicht einmal ihre Seele verpfänden können, weil sie ihnen nicht mehr gehört ... Das wiederum erinnert mich an Glengarth, Liebste. Jetzt, wo der entsetzliche Krieg endlich vorüber ist, sollten wir meiner Meinung nach unsere Zelte in Haggs Castle abbrechen und nach Hause zurückkehren. Was sagst du dazu, geliebtes Weib?«

Für Annie konnte der Tag ihrer persönlichen Befreiung gar nicht früh genug kommen.

Teil 2

Rückkehr nach Glengarth

8. Kapitel

Wie ein echter Highlander hieb Jamie seine Spielzeugaxt gegen den Stamm der schönsten Tanne im Wald und sang dabei lauthals mit Jack Montgomery um die Wette. Jack war der neue Oberförster seines Vaters, ein Kanadier schottischer Abstammung, der zu seinen Ursprüngen zurückgekehrt war, nachdem er sein Handwerk in den Rocky Mountains von British Columbia gelernt hatte. Er schwang seine scharf geschliffene Axt im Wechsel zu Jamies Schlägen mit dem Gummispielzeug.

Wills und Bills MacBride, ein erst vor kurzem in Glengarth eingestelltes Zwillingspaar, zogen fachmännisch an den Seilen, bis der fünfzehn Fuß hohe Baum genau an der vorgesehenen Stelle zu Boden krachte. Die beiden achtzehnjährigen Brüder aus Achnasheen hatten gerade einmal vier Monate in der Armee gedient, als der Krieg zu Ende war und sie entlassen wurden. Arbeit in den Highlands war knapp, aber die Zwillinge hatten sich beim Laird von Glengarth eingeschmeichelt. Zwar hatten sie keine Erfahrungen mit Waldarbeit, aber sie erschienen eifrig und lernwillig, und Rory hatte sich entschieden, es mit ihnen zu versuchen. Genau genommen war es Annies Entscheidung gewesen. Sie hatte in Personalfragen immer das letzte Wort. Sie war der Meinung gewesen, die beiden Burschen könnten es unter Jack Montgomerys Anleitung zu etwas bringen.

Jamie jauchzte auf und tanzte wie ein kleiner Indianer mit Gummitomahawk um den gefällten Riesen. Genau wie sein Vater zeigte er Freude und Dankbarkeit ohne jeden Vorbehalt. »Ein toller Baum ist das, Jack. Er gefällt mir, und Duncan wird er bestimmt auch gefallen. Er macht alles, was ich will, dafür sorge ich schon!«

Die Tatsache, dass sein kleiner Bruder erst zwei Monate alt war und noch gestillt wurde, spielte für Jamie keine Rolle. Er war so stolz und glücklich wie nie zuvor – das da war *sein* Baum! Einen kleinen Bruder durfte man ein wenig ärgern und necken, aber natürlich musste man ihn auch lieb haben, denn er gehörte zur Familie. Von seiner Mutter hatte Jamie gelernt, dass eine Familie das Wichtigste im Leben eines Mannes sein sollte. Männer hatten naturgemäß einen Hang dazu, Kriege zu führen und sich für das Vaterland aufzuopfern. Wenn Frauen zu entscheiden hätten, gäbe es früher oder später keine Kriege mehr auf der Welt.

Jamies Mutter erzählte oft Geschichten von blutrünstigen Taten, die Engländer gegen Schotten ausgeheckt hatten. Sein Vater hingegen sagte viel nettere Dinge über die Sassenachs, aber Papas Sympathien waren zu beiden Seiten der Grenze gleich verteilt. Jamie allerdings wusste ganz genau, wem seine Zuneigung gehörte. Zwar war er sich der Gründe noch nicht wirklich bewusst, aber er fühlte sich als waschechter Schotte. Sein Herz gehörte dem großen Sir William Wallace, dem Retter aller schottischen Patrioten vor einem kalt berechnenden Feind, dessen barbarischen Absichten sich hinter hübschen Worten verbargen, die das Papier nicht wert waren, auf dem sie standen.

Jamies schottische Gouvernante hatte ihn gelehrt, dass die Engländer eine Invasionsmacht waren und sich ganz und gar nicht freuten, als Sir William Wallace von Elderslie um das Jahr 1297 den Spieß umdrehte und in England einmarschierte, nachdem er zuvor Stirling Castle erobert hatte. Zum Schluss allerdings wurde Wallace verraten und von den Engländern gefangen genommen. Er fand im Tower von London ein ziemlich grausames Ende, was wiederum bewies, wie barbarisch und skrupellos die Engländer sein konnten, hatte der Wolf erst einmal den Schafspelz abgestreift.

Jack Montgomery war in Jamies Augen der William Wallace des

zwanzigsten Jahrhunderts; er war sein Held. Wo der Oberförster auftauchte, da war Jamie in seinen kleinen Gummistiefeln und mit der Spielzeugaxt nicht weit. Dank Jack lernte er alles über den Wald und seine Bewohner und begann außerdem, vieles über sein Erbe und dessen Erhalt zu erfahren. Diese Art Erziehung lag ihm erheblich mehr als Homer und die Griechen, die Miss Arbuthnot ihm zu vermitteln versucht hatte. Für Jamie war es im Nachhinein geradezu ein Glücksfall gewesen, dass Elly sich die Pulsadern aufgeschnitten hatte, nachdem ihr amerikanischer Liebster auf dem Schlachtfeld von Cantigny gefallen war. Wäre sie noch seine Gouvernante, hätte er sicher längst nicht so viel Spaß am Leben.

Jamie hatte ebenfalls gelernt, dass sein Schicksal von einer ihm unbekannten Macht vorbestimmt war. Aber erst viel später war er wirklich sicher, dass jemand viel Größeres – jemand, über den seine Mutter alles zu wissen schien – auf die Gebete von James Scott Beauly Roskillen antwortete.

Jamies allergrößter Wunsch war gewesen, endlich aus Haggs Castle fort zu kommen. Er hatte das Schloss als schrecklichen Ort empfunden und die dunklen, gewundenen Flure und die morbide, gruftähnliche Atmosphäre aus tiefstem Herzen gehasst. Nichts hatte er sich sehnlicher gewünscht, als in Schwester Craigs Häuschen nach Gairloch zurückzukehren, wo er sich sicher fühlte. Sein zweitgrößter Wunsch war die Flucht vor der erstickenden Fürsorge seiner Gouvernante, die er zwar eigentlich ganz gut hatte leiden können, die ihm aber ständig bewusst machte, dass die Herkunft seiner Mutter der ihren weit unterlegen war. Jamie hatte sich dabei immer unwohl gefühlt und war daher froh, als sein Vater sich entschloss, seine Erziehung so lange selbst in die Hand zu nehmen, bis der Junge alt genug für ein Internat war.

Der geheimnisvolle Gott seiner Mutter, diese unbekannte Macht dort oben, hatte seine Gebete erhört, und nun war alles so, wie es seiner Meinung nach sein sollte: Der Krieg war vorüber, sie waren endlich dort angekommen, wo sie alle hingehörten und obendrein hatte sich Glengarth als viel schöner als das windige

Hafenstädtchen Gairloch herausgestellt. Zu allem Überfluss vergaß Papa nur allzu oft die Unterrichtsstunden.

Viele Stunden täglich durchstreifte Jamie die zu Glengarth gehörenden Ländereien; manchmal allein, manchmal in Begleitung der Förster oder anderer Angestellter, die nach den langen Kriegsjahren Glengarth nach und nach wieder auf Vordermann brachten. Niemand mochte mehr über den Krieg sprechen – man empfand ihn als einen Makel in der Geschichte, der möglichst schnell ausgewischt werden musste. Da Jamie nicht so recht wusste, wer inzwischen sein Lehrer war, schloss er sich eng an den Oberförster von Glengarth an. Jack war wirklich ein toller Kerl.

Papa hatte gesagt, Jamie dürfe sich einen Christbaum ganz nach seinem Geschmack aussuchen, so lange er nicht gerade neunzig Fuß hoch war. Der Laird von Glengarth – und diesen Titel würde Jamie eines Tages erben, was ihm durchaus nicht missfiel – hatte nämlich keine Lust, für einen auch noch so schönen Weihnachtsbaum das Dach seines Schlosses abzudecken. In diesem Jahr 1918, dem Jahr des Kriegsendes und des Neubeginns, feierte man Weihnachten auf Glengarth weniger zum Andenken an die Geburt Jesu oder des kleinen Duncan, als vielmehr dafür, dass der lange, Menschenleben vernichtende Krieg endlich vorüber war. Jamie hoffte, der Baum möge zum Symbol für die Befreiung der Familie Roskillen werden, die endlich wieder auf Glengarth residieren durfte.

Natürlich konnte er in seinem zarten Alter solche Gefühle noch nicht aussprechen. Erst später, als Erwachsener, wurde er sich bewusst, wie viel er mit diesem Baum verbunden hatte.

Jamies Intelligenz war ausgesprochen weit entwickelt. So setzte er sich ein wenig über die erlaubte Länge des Weihnachtsbaums hinweg und wählte ihn so, dass er gerade eben in die große Halle von Glengarth Castle passte. Dort sollte er, mit Kerzen, Spielsachen und Geschenken geschmückt, ihn und Duncan erfreuen.

»Gut gewählt, mein Sohn«, sagte Jack anerkennend. »Das ist eine Nobilistanne; wissenschaftlicher Name: *Abies procera.*«

»Ist sie aus Schottland?«

»Nein, sie stammt wie ich aus Nordamerika.«

»Und was suchen der Baum und du dann hier in Schottland?«

»Ich bin hier, weil ich von Schotten abstamme. Der Baum ist einfach verpflanzt worden. Aber wir sind beide glücklich, uns hier in Glengarth wiederzufinden.«

»Stimmt es, was Papa sagt? Dass wir Schotten manchmal kein Sitzfleisch haben?«

»Ganz bestimmt. Meine Vorfahren sind irgendwann nach Amerika ausgewandert.«

»Mein Großvater ist auch ausgewandert. Er war auf der Suche nach einem riesigen Vermögen.«

»So ist es immer, mein Sohn.« Jack zündete sich eine Pfeife an, während seine Helfer den schönen Baum auf einen Pferdewagen verluden, um ihn zum Schloss zu bringen. »Übrigens – der Baum, den du ausgesucht hast, um an Weihnachten Friede auf Erden zu verkünden – allen Menschen, die guten Willens sind – ist im Staat Washington oder Oregon beheimatet. In seinen natürlichen Vorkommensgebieten wächst er auf Höhen zwischen 2000 und 5000 Fuß, aber auch hier in Schottland gedeiht er ganz wunderbar. Die männlichen Blüten produzieren im Mai Pollen und die weiblichen Pflanzen bilden Zapfen aus. Im Frühjahr zeige ich dir das, Kleiner. Wenn du deine Felder und Wälder gut verwalten willst, musst du Bescheid wissen. *Abies procera* wird vor allem wegen ihres Holzes gezüchtet, das eine feine Maserung aufweist und ein sehr gutes Bauholz ist; aber auch als Zierbaum ist sie beliebt. Wer immer diese Nobilistannen hier gepflanzt hat, wusste, was er tat.«

»Mein Großvater war es bestimmt nicht. Er mochte Glengarth nicht besonders. Das schottische Wetter gefiel ihm nicht. Er liebte die heiße Sonne Indiens und schoss lieber auf Tiger als auf Hirsche. Ich glaube auch nicht, dass es mein Onkel Lindsay war. Er war Vaters älterer Bruder und vor ihm der Laird. Onkel Lindsay starb kurz vor dem Krieg. Er war noch ziemlich jung. Ich weiß, dass Bäume langsam wachsen, deshalb glaube ich nicht, dass er sie gepflanzt hat. Vielleicht war es mein Urgroßvater. Über ihn weiß ich nicht sehr viel. Ich habe nie einen meiner Vorfahren getroffen. Meine Eltern sprechen nie von ihnen – vor allem nicht von Onkel Lindsay. Und wenn ich danach frage, wechseln sie immer das Thema. Aber ich glaube, er mochte Bäume. Genau wie ich.«

»Wieso glaubst du das?«

»Ich weiß nicht genau, Jack. Ich kann sie spüren. Ich finde sie groß und mächtig und schön. Und sie leben lange – viel länger als wir.«

»Was du da sagst, ist meinen Büchern nach zu urteilen ein wirklich guter Grund, Holzarbeiter zu werden. Männer wie wir lieben den Wald mehr als die Frauen. Wenn du eines Tages ein Mann bist, wirst du verstehen, was ich meine. Dein Onkel Lindsay könnte diese Bäume tatsächlich gepflanzt haben, denn sie wachsen sehr schnell. Der, den du ausgesucht hast, war sozusagen noch im Kindergarten. Erwachsen wäre er noch lange nicht, aber als Zierbaum eignet er sich hervorragend. Und als Bauholz, wie ich eben schon gesagt habe. Scheint, als ob derjenige, der sie gepflanzt hat, sie gehegt und gepflegt hat.«

»Das hört sich aber komisch an, Jack. Gehegt und gepflegt. Warst du in der Holzarbeiterschule, oder warum weißt du so viel über Bäume?«

»Genau. Ich war in der Holzarbeiterschule.«

»Meinst du, ich sollte da auch hingehen?«

»Ich würde sogar schon bald damit anfangen. Es gibt eine Menge zu lernen.«

»Ich hoffe, du bleibst noch lange hier und wirst mein Forstmeister, wenn ich Glengarth erbe. Ich glaube, ich brauche keine Stunden mehr bei Miss Artbut ... Ich finde Holzarbeiter-Unterricht viel interessanter.«

Jack Montgomery tätschelte die Schulter des Jungen, der das Thema noch bis zum Sankt-Nimmerleins-Tag fortgesetzt hätte. »Geschichte ist auch sehr wichtig, kleiner James. Die Zukunft mit all der Verantwortung, die vor dir liegt, ist ein besonderes Privileg. Aber viel über Geschichte und vor allem über die eigene zu wissen, ist noch ein viel größeres Privileg. Damit kannst du uns alle überflügeln. Den richtigen Platz im Leben einzunehmen ist das Beste, was ein Mann tun kann. Dafür musst du aber über sehr viele unterschiedliche Dinge Bescheid wissen.«

»Wie meinst du das, Jack?«

»Nun, ich finde, man kann nicht herumlaufen und anderen Leuten sagen, was sie zu tun haben, wenn man nicht weiß, wovon man redet. Man sollte immer mit gutem Beispiel vorangehen. Deine Familie hat sich seit vielen Hundert Jahren hier verschanzt, und deshalb ...«

»Was heißt verschanzt?«

»Tief eingegraben. In Gräben, so wie die Brandschneisen, die wir um Waldstücke graben, damit das Feuer nicht überspringt.«

»Warum soll es das nicht?«

»Nadelbäume enthalten Harz. Wenn Harz einmal brennt, entsteht eine solche Hitze, dass in der Feuersbrunst nichts überleben kann. In diesem alten Hebridenwald wachsen eine Menge Tannen, Kiefern und andere Bäume, die sich in dem feuchten, kühlen Klima hier in Wester-Ross wohl fühlen. Aber wenn es einmal heiß wird, kann die geringste Unaufmerksamkeit – ein achtlos weg geworfenes Streichholz oder eine Zigarettenkippe – aus den Bäumen den reinsten Zunder machen.«

»Einige Mitglieder meiner Familie sind bei einem Waldbrand ums Leben gekommen. Ich glaube, es war, als mein Onkel Lindsay noch hier wohnte. Aber nie erzählt mir jemand davon, Jack. Als der Krieg anfing, hat die Admiralität die ganze Bibliothek von Glengarth in den alten Ostturm geschafft. Er heißt Duncans Tower. Als ich noch kleiner war, hat mich Mama einmal nach Glengarth gebracht, damit ich mir die Familienporträts ansehen konnte. Aber das war nur ein Vorwand. In Wirklichkeit wollten Papa und Mama wissen, was die Admiralität aus Glengarth gemacht hatte.«

»Stimmt das, junger Mann?«

»In dem Turm spukt es, Jack, deshalb darf man nicht hineingehen. Wenn man hineingeht, stirbt man. Der Turm ist ein gutes Versteck für grausige Familiengeheimnisse. Papa und Mama haben keine Ahnung, dass ich manchmal hingehe und in meiner Vergangenheit nachforsche. Ich habe da drin viel mehr gelernt als aus den doofen Geschichtsbüchern, die ich mit Elly wälzen musste ... Elly war in Glasgow meine Gouvernante. Ihr Freund ist in der ersten Schlacht der Amerikaner bei Cantigny gefallen. Er hieß Theo Longmorn und stammte aus Minnesota. Ich habe im Atlas nachgesehen: Minnesota liegt in der Nähe der Großen Seen. Bestimmt ist es richtig schön da. Schade, dass Ellys Freund gefallen ist. Es hätte ihr bestimmt gefallen, an den Großen Seen zu wohnen. Aber nach seinem Tod ist sie durchgedreht.«

»Stimmt das?«

»Ich glaube schon. Ich glaube, sie träumte davon, aus dem schottischen Nebel zu fliehen und irgendwo zu leben, wo es mehr Sonne gibt. Wie zum Beispiel Amerika. Als ich klein war, konnte ich den Namen meiner Gouvernante nicht aussprechen – eigentlich kann ich es noch immer nicht. Und übrigens machen mir Gespenster, Nixen und Wassergeister überhaupt nichts aus. Ich habe keine Angst davor. Wahrscheinlich wissen meine Eltern auch gar nicht, dass ich hier bei dir bin, um dir zu helfen, Jack. Aber was ich gerne wissen würde: Warum bist du aus Kanada nach Glengarth gekommen?« Jamie hopste am muskulösen Arm des Holzarbeiters auf und ab und redete wie eine Wasserfall.

»Weil, du kleiner Schlauberger ...«

»Was ist ein Schlauberger?«

»Ein allzu schlauer junger Mann so wie du.«

»Kein Wunder, dass Mama gern mit dir spricht, Jack. Ihr sprecht beide Gälisch und kennt Gedichte. Wer hat dir beigebracht, so wie Mama zu sprechen?«

»Meine liebe alte Großmama.«

»Hattest du keine Mutter?«

»Aber sicher doch.«

»Was ist mit ihr passiert? Ist sie jung gestorben?«

»Nein, sie ist nicht jung gestorben, Master Jamie.« Jack zog nachdenklich an seiner Pfeife. Sein Blick verlor sich in der Ferne. Er hörte dem Jungen kaum zu.

»Ich habe keine Großmutter. Aber Mütter können manchmal ganz nützlich sein, findest du nicht auch, Jack?«, plapperte James.

»Sehr nützlich, mein Sohn.«

»Erzähl mir von deiner Großmutter, die dir schottische Gedichte beigebracht hat.«

Jamie hing wie ein Schwergewicht an Jacks Arm. Jack hatte keine andere Wahl, als seinen Arm zu senken und den warm eingemummelten Jungen auf den Waldboden plumpsen zu lassen. Erstaunt blickte Jamie den hoch über ihm stehenden Jack an, der den Tabak in seiner Pfeife fester stopfte, und erklärte: »Das war ein sehr schlauer Trick, Jack.«

Jack zündete die Pfeife wieder an, blickte in den Himmel, der bedrohlich nach Schnee aussah, und dachte daran, dass er der Neugier des Kleinen nicht noch Vorschub leisten durfte. Andererseits hätte er ihm gern als Gegenpol zu seiner elitären Erziehung eine echte Holzarbeiterausbildung geboten.

»Als meine liebe Großmama mit siebenundneunzig Jahren starb – Gott sei ihrer Seele gnädig – da hinterließ sie mir in ihrem Testament ein kleines Büchlein mit ihren schottischen Lieblingsgedichten. Ich habe sie alle auswendig gelernt. Ich habe es mir selbst beigebracht, du kleiner Schlauberger ... He! ... *He!* ...«

Noch während sich Jamie verdutzt vom Boden aufrappelte, rannte Jack bereits den Zwillingen hinterher. Jamie wurde plötzlich Zeuge einer gänzlich anderen Seite von Jack. »So eine Kacke! So eine verdammte ...! Ein Pferd ist nun mal kein Elefant! Mist, verdammter!« Sein Kopf verschwand irgendwo hinter dem massigen Pferdeleib. Jack zog, stieß und schuftete. Mühsam wuchtete er Pferd und Wagen Stück für Stück von dem abschüssigen und glitschigen Hang weg, auf dem das Gefährt in den See abzurutschen drohte.

»So geht man nicht mit Pferd und Wagen um, geschweige denn

mit einem frisch geschlagenen Christbaum. Ihr bringt uns noch alle um, wenn ihr das Pferd mit Gewalt den Hügel hochpeitscht. Wäre die Karre ins Rutschen gekommen, wären wir alle hin gewesen ... Langsam ... langsam ... Ihr dürft dem Tier keine Angst machen und vor allem keine Schrammen in lebendige Bäume fahren ... Langsam ... vor allem jetzt im Winter, wenn es glatt ist ... Morgen treffen wir uns alle in der Forsthütte oben am Inchnadamph. Dort werde ich euch Grünschnäbeln erst einmal ein paar wissenswerte Dinge über Bäume beibringen, und dann reden wir auch mal über Wetter, Klima und die Überlebensmöglichkeiten unseres Planeten – die dieser durchaus hätte, wenn wir alle die Umwelt schonten, die uns der allmächtige Gott geschenkt hat. Amen.«

Oh ja, Amen. Ein Mann konnte seine Wurzeln nie vergessen, ganz gleich, wie lange er nicht in seinem Land gewesen war. Jamie war glücklich mit Jack Montgomery, der je nach Gelegenheit verschiedene Sprachen sprach. Normalerweise war es ein weicher, leiser kanadischer Akzent, der im Handumdrehen zum Dialekt eines schottischen Kriegers wie William Wallace mutieren konnte. Was auch immer der Grund für Jack Montgomerys Rückkehr nach Schottland gewesen sein mochte, Jamie begrüßte ihn. Er wusste sein Erbe sicher in der Hand eines Mannes wie Jack.

Und Gott möge auch meine Mutter schützen, dachte Jamie, während er sich auf den Rückweg zum Schloss machte. Der glänzende See und die alten Wälder erschienen ihm fast wie der Garten Eden. Einen noch schöneren Platz konnte es unmöglich geben – ausgenommen vielleicht Minnesota. Jamie war glücklich, endlich mit seiner Familie zu Hause angekommen zu sein. Vor allem natürlich mit Mama, die sich in der Hauptsache um das Personal kümmerte. Wenn man Papa glaubte, gab es niemanden, der Charaktere besser beurteilen konnte als Mama.

Jamie verließ den Wald und lief den steilen Abhang zum See hinunter. Er wollte am See vorbeigehen und dann auf dem wieder ansteigenden Pfad durch Inchnadamph zum Schloss laufen, das hoch über den Klippen und der donnernden See thronte. Jamie war tief in Gedanken, als ihm eine Gestalt mit zerzaustem Bart den Weg versperrte und ihn fast zu Tode erschreckte.

»Ahhhch!« Das Gesicht des Fremden sah ganz zerknittert und noch viel schlimmer aus als Papas Narben. Jamie wusste plötzlich nicht mehr so genau, ob er sich nicht doch vor Nixen und Seegeistern fürchtete. »Wer sind Sie?«, fragte er mit einem vor Angst piepsigen Stimmchen.

Seine Mutter hatte ihm eigentlich verboten, mit Fremden zu sprechen. Sie hatte ihn gewarnt, den bösen Teufeln in die Quere zu kommen, die inmitten der Menschen lebten, unschuldige Leute einfingen und kleine Kinder fraßen, die sie vorher Stück für Stück gar kochten ...

In diesem Augenblick verließen Jamie Stimme und Mut vollends. Er wich entsetzt vor der Gestalt mit dem schrecklich roten Knittergesicht zurück. Der Mann trug einen alten Khakimantel, der mit einer Kordel um den Bauch gehalten wurde, und uralte Lederstiefel, die schon bessere Tage gesehen hatten. Er stieß Jamie einen langen Knotenstock auf die Brust und krächzte: »Nicht so schnell, du kleiner Halunke – wo willst du denn hin?«

Jamie blieb wie angewurzelt stehen. Am liebsten hätte er gesagt, dass das den Alten nicht die Bohne anginge, aber die Zunge klebte an seinem Gaumen fest.

»Ganz schön frech bist du, du Dreikäsehoch. Du willst doch zum Schloss hoch, nicht wahr, kleiner Sassenach?«

Das Wort Sassenach hatte etwas Tröstliches.

»Ja ... ja ...«, brachte Jamie heraus.

»Wie heißt du?«

»J... Jay... Jamie.«

»Jamie wie?«

»Roh... Rohs... Roskillen.«

Der Mann warf den zerrupften Kopf zurück und brach in ein röhrendes Lachen aus.

Plötzlich fand Jamie seinen Mut wieder. Obwohl ihm das Herz

bis zum Hals schlug, hob er entschlossen die kleine Gummiaxt und sagte: »Lassen Sie mich bitte vorbei. Es ist sehr kalt, wenn man still steht, und es wird bald dunkel. Ich muss zum Tee zu Hause sein, sonst sucht man nach mir. Dann werden Sie geschnappt und mein Vater lässt Sie in ein Verlies werfen.«

»Glaubst du?«

»Sicher. Wir haben immer noch Verliese in Glengarth Castle.«

»Was glaubst du wohl, wer als Erster von uns beiden schreit? Wer wird wohl mit den Ketten rasseln, du oder ich? Die Frage ist, wer jagt hier wen, mein Junge?« Das verlebte Gesicht kam ganz nah an Jamie heran. Der Whiskyatem des Fremden schlug dem Jungen entgegen. Manchmal roch Papa auch so.

Erneut ließ Jamie der Mut im Stich. Vielleicht war er zu vorlaut gewesen und hatte etwas Falsches gesagt. Vielleicht war es besser, das Wesen nicht zu reizen. Vielleicht sollte er einen kühlen Kopf bewahren. »Wollen Sie mich umbringen und aus meinen Knochen Lampenöl kochen?«, fragte Jamie mit zitternder Stimme.

Wieder lachte der Fremde mit dem struppigen Bart laut auf. Plötzlich verwandelte sich sein Lachen jedoch in Tränen, er schluchzte, heulte wie ein Hund, spuckte Speichel und benahm sich so merkwürdig, dass Jamie zwischen Angst und Mitleid mit dem verloren wirkenden wilden Wassermann hin und her gerissen wurde, der vermutlich aus dem See gekommen war und sich im Wald nicht zurechtfand.

»Haben Sie sich verirrt?«, fragte Jamie kühn.

»Oh ja, verirrt, verirrt, verirrt ...« Die khakifarbenen Fäustlinge des Mannes waren voller Löcher. Jamie sah schmutzige, blau gefrorene Finger.

»Wo wohnen Sie?«, wollte Jamie wissen. Er fühlte sich jetzt ein wenig sicherer. Der Nachmittag war weit fortgeschritten. Wenn er nicht zum Tee zu Hause wäre, würde man tatsächlich nach ihm suchen. Allmählich gewann seine Neugier die Oberhand. »Wo wohnen Sie, Herr Wassermann?«

»Ich heiße nicht Herr Wassermann.«

»Wie dann?«

»Wolfsmann.«

»Wolfsmann – und wie weiter?«

»Einfach nur Wolfsmann.« Der Wolfsmann zog eine selbst gedrehte Zigarette aus der Tasche und zündete sie an. Grüne Tabakkrümel flackerten auf. Der Wolfsmann starrte wie gebannt in die Flamme, mit der er seine gefährlich aussehende Zigarette entzündete. Dann sah er dem Jungen ins Gesicht.

»Kennst du Rill?«

»Die Insel im See?«

»Aye.«

»Natürlich.«

»Kennst du Loch Garth?«

»Natürlich.«

»Kennst du Forest Lodge?«

»Ja, aber es ist bis auf die Grundmauern niedergebrannt.«

»Aye. Und Inchnadamph?«

»Ja.«

»Kennst du Duncans Tower?«

»Ja.«

»Ich bin der Laird von alledem. Das ist mein Land.«

»Das stimmt nicht. Mein Papa ist der Laird von Glengarth.«

»Weißt du von den Hamiltons?«

»Ja.«

»Was wird über sie gesagt?«

»Nicht viel. Was ist mit Ihrem Gesicht passiert?«

»Das geht dich nichts an, Bürschchen.«

»Warum hinkst du wie mein Papa? Bist du auch ein Kriegsheld?«

»Kennst du Romulus?«

»Nein.«

»Und Remus?«

»Nein.«

»Nun, du kleiner Besserwisser, ich bin Romulus.« Er deutete

mit dem Finger auf seine Brust. »Mein Bruder ist Remus. Wir wurden von einer Wölfin gesäugt und von Maggie-Rabs Wolfskindern geprügelt ... *waauuu* ... *waauuu!*« Die wilde Gestalt stieß ein markerschütterndes Heulen aus, ehe sie sich umwandte, davonhinkte und leise über die Brut des *verfluchten* Laird Lindsay fluchte.

9. Kapitel

»Mama, im Wald wohnt ein Tippelbruder. Er sagt, er heißt Wolfsmann. Er hat mir ziemlich Angst gemacht!« Jamie zerrte an Annies Röcken, um ihre Aufmerksamkeit zu erregen. »Sein Gesicht ist wie das von Papa, ganz rot und so zerknittert wie Krepppapier. Wie der selbst gebastelte Weihnachtsschmuck, den du mich zu basteln gelernt hast.«

Annie seufzte. Sie arbeitete angestrengt in der Vorratskammer, wo sie die noch brauchbaren Vorräte aus den schlecht gewordenen aussortierte. In den Regalen standen Unmengen von Flaschen, Gläsern und Konserven mit Chutney, Marmelade, Gelee, eingemachten Früchten und Gemüse aus längst vergangenen Erntezeiten. Manche waren mehr als zehn Jahre alt. Annie rümpfte die Nase. Ein durchdringender Duft entstieg dem soeben von grünlichem Staub befreiten und geöffneten Glas. »Puh, das hier ist nun wirklich um!« Sie warf es in den Müll und griff nach einer Flasche, deren Etikett Aprikosen in Branntwein ankündigte. »Jamie«, sagte sie dabei leicht zerstreut, »wieso sprichst du wie ein Straßenjunge ohne jede Erziehung? Es heißt nicht: was du mich *gelernt* hast, sondern: was du mich *gelehrt* hast.«

»Aber Gamin spricht auch so, Mama.«

»Du solltest auf keinen Fall ausgerechnet Gamin imitieren. Geschweige denn Ackker.«

»Was ist ein Immi-Tier?«

»Kein Tier. Imitieren bedeutet so viel wie nachmachen.«

»Tally redet aber auch so.«

»Wer ist denn Tally?«

»Den kennst du doch. Der Mann aus Drumbarry.«

»Ach, dieser gesetzlose Schelm!«

»Was ist ein Schelm?«

»Mr Talisker ist zum Beispiel einer.«

»Papa sagt, er ist ein komischer Kauz.«

»Aye. Ein Schelm und ein Schwätzer. Ich frage mich wirklich, was dein Vater mit ihm zu schaffen hat.«

»Er kalkiert die Wände in dem alten Stall, wo Papa seinen Whisky brennen will.«

»Er kalkuliert vielleicht – kalkieren gibt es nicht.«

»Doch! Er streicht die Wände mit Kalk an. Morgen kommen nämlich die Destillierapparate.«

»Ach so, er *kalkt* die Wände. Schatz, wir müssen unbedingt einen Lehrer für dich finden. Dein Vater scheint mehr Interesse an seinem Malt Whisky zu haben als daran, seinem Sohn eine gepflegte Sprache beizubringen. Du sprichst wie ein *Hooligan*.«

»Was ist ein *Hooligan*?«

»Du zum Beispiel, mein Junge. Dein Gesicht und deine Hände sind schmutzig. Wasch dich bitte vor dem Abendessen.«

»Kacke!«

»Was?« Annie starrte ihren Sohn wie vom Donner gerührt an. »*Was* hast du da gesagt?«

»Das sagt Jack immer.« Betreten rieb Jamie einen seiner schmutzigen Gummistiefel an der Ferse des anderen.

»Mir ist völlig egal, was Jack sagt. Aber du benutzt in diesem Haus niemals wieder solche Wörter. Hörst du? *Niemals!* Hast du mich verstanden?«

»Glengarth ist ein Schloss, Mama, kein Haus.«

Sie versetzte Jamie einen leichten Klaps auf sein Hinterteil und zog ihn am Ohrläppchen hinter sich her zum Waschbecken. Mit Jack Montgomery würde sie ein ernstes Wort reden. Er musste unbedingt aufhören, in Anwesenheit des Jungen diese Gossensprache zu benutzen.

Daisy Foxton, die Säuglingsschwester, hatte große Probleme mit Duncan, der ein ziemlich unruhiges, großes und sehr lautes Baby war. »Er verlangt schon wieder nach der Brust, Ma'am.«

»Nun, dann wird er wohl warten müssen. Er hat mich vor noch nicht einmal zwei Stunden völlig leer getrunken. Machen Sie ihm ein Fläschchen fertig, Daisy. Ich stecke bis über beide Ohren in der Arbeit und kann jetzt keine Pause machen, um ihn zu füttern. Wir erwarten zu Weihnachten wichtige Gäste.«

»Ich glaube, der Kleine verlangt sowieso bald nach festerer Nahrung.«

»Ziemlich sicher sogar. Aber jetzt geben Sie ihm abgekochte Kuhmilch. Warten Sie, bis sie abgekühlt ist, damit er sich nicht den Mund verbrennt. Und bitte keine Haferflocken! Noch würde er daran ersticken. Anschließend baden Sie bitte Jamie. Achten Sie unbedingt darauf, dass er sich den Mund mit Seife auswäscht.«

»Wie bitte, Ma'am?« Das kuhäugige Mädchen aus dem Tal starrte sie verständnislos an.

»Geht es Ihrer Tante besser?«, fragte Annie unvermittelt.

»Aye, Ma'am. Der Tante geht es viel besser und meine Mutter dankt Gott dem Herrn, dass Tantchen alles gut überstanden hat. Mutter wird morgen rechtzeitig um sechs zur Arbeit erscheinen. Ich soll Sie noch einmal bitten, die Verspätung zu entschuldigen, und Ihnen danken, dass Sie so viel Verständnis für uns arme Leute hatten.« Daisy machte einen hastigen Knicks, obwohl Duncan in ihren runden Armen sicher schwer wog.

*

Annie war erleichtert, dass Mrs Foxtons Schwester von ihrer Lungenentzündung genesen war und die gerade erst eingestellte Köchin von Glengarth Castle endlich ihren Dienst antreten konnte.

Die rotwangige, rundliche Mrs Foxton, die sechs Töchter von gleichem Schrot und Korn ihr eigen nannte, brachte ihre Zweitjüngste gleich mit: Dainty sollte als Spülmädchen auf dem Schloss arbeiten. Annie hatte keine Einwände. Solange die Leute ihre Arbeit taten und sich ordentlich benahmen, war sie zufrieden.

»Heute Morgen hat sich hier eine Witwe vorgestellt, um sich auf den Posten der Haushälterin zu bewerben«, berichtete Dolly Foxton einige Wochen später.

»Was haben Sie ihr gesagt?«

»Ich habe ihr erklärt, dass Sie Ihre Wahl bereits getroffen haben, Ma'am, und dass die Dame in den nächsten Tagen ihre Arbeit antritt.«

»Schade. Ich wünschte, Sie hätten sie zu mir hineingeschickt, Mrs Foxton. Die Dame, die ich für den Posten ausgesucht hatte, hat nämlich inzwischen abgesagt. Nein, mir ist durchaus klar, dass Sie das nicht wissen konnten und dass Leute, die an der Hintertür nach Arbeit fragen, manchmal ganz schön stören können. Wahrscheinlich hätte sie sich sowieso nicht geeignet. Wie wirkte sie? Wissen Sie ihren Namen? Woher stammte sie?«

»Aye, Ma'am. Sie heißt Agatha Kemster, ist Witwe und kommt aus Aberdeen. Sie schien ordentlich und rechtschaffen zu sein und erklärte, seit dem Tod ihres Mannes wäre sie arm wie eine Kirchenmaus. So drückte sie sich aus, Ma'am. Vermutlich sucht sie ein festes Dach über dem Kopf ...«

»Schon möglich. Nun ja, jetzt ist es zu spät. Wahrscheinlich ist sie längst auf dem Rückweg nach Aberdeen.«

»Nein, ist sie nicht. Sie wollte unbedingt Arbeit als Haushälterin hier in der Gegend finden. Sie sagte, Aberdeen erinnere sie zu sehr an ihren verstorbenen Mann. Sie wollte es noch in Inverdune und im Castle Hotel in Gairloch probieren und ist zurzeit im Drumbarry Arms abgestiegen, Mylady.«

Annie lächelte. »Nun, Mrs Foxton, mir scheint, Sie hatten eine recht ausführliche Unterhaltung mit der Witwe Kemster. Ich schicke einen der Jungen nach Drumbarry. Vielleicht trifft er sie ja an.«

»Aye, Ma'am, ich glaube, das ist gut. Obwohl sie für meinen Geschmack ein bisschen mürrisch und geziert gewirkt hat.«

»Perfekt! Das ist genau die Art Haushälterin, die wir brauchen«, lachte Annie. »Hoffentlich finden wir sie, ehe jemand anders sie uns wegschnappt.«

Die kleine, merkwürdig düster wirkende Witwe Kemster war das genaue Gegenstück zur fröhlichen, rotwangigen Dolly Foxton. Sie hatte runde Vogelaugen und war von Kopf bis Fuß in altmodischen, schwarzen Kreppstoff gehüllt, der bei jeder Bewegung raschelte. Man würde immer im Voraus Bescheid wissen, wenn sie irgendwo auftauchte. Auf ihrem Kopf saß eine strenge, schwarze Haube, die ihr Haar und dessen undefinierbare Farbe verbarg. Die ehemals schwarzen Kinnbänder hatten einen grünlichen Schimmer angenommen, was sowohl am Alter des Stoffs als auch an der übermäßigen Trauer der Besitzerin liegen mochte.

Mrs Kemster schien mit ihrer Haube zusammengewachsen zu sein. Annie vermutete, dass sie überhaupt nicht die Absicht hatte, ihre Witwenkleidung je abzulegen. Die Vermutung bestätigte sich recht bald, denn bei näherer Befragung stellte sich heraus, dass Agatha Kemsters Ehemann bereits vor mehr als zehn Jahren verstorben war. Annie fand Mrs Kemsters Dauertrauer zwar ein wenig befremdlich, nahm sie jedoch nicht sonderlich wichtig; wichtig waren allein die Fähigkeiten, die sie haben musste, um die gestellte Aufgabe meistern zu können.

Mrs Kemster erkundigte sich nach den Stubenmädchen. Annie hatte noch keinen Gedanken an Stubenmädchen verschwendet und gab den Schwarzen Peter mit einem süßen Lächeln weiter, einem Lächeln der Versuchung, dazu gedacht, ihr Gegenüber gefügig zu machen. »Nun, wenn Sie sich in der Lage fühlen, den Vollzeitjob einer Hausdame hier in Glengarth zu bewältigen, dann lasse ich Ihnen freie Hand, jemanden zu suchen. Für mich bedeutet das eine Entlastung.«

»So soll es sein, Mylady. Aber was ist mit Hausmädchen, Wäscherinnen und so fort? Ich kann einem so großes Haus nicht ganz ohne Personal vorstehen, wissen Sie?«

»Das erwartet auch niemand von Ihnen – ich selbst am allerwenigsten. Schließlich weiß ich, wie viel Arbeit Glengarth erfordert. Für die Hausmädchen gilt ebenfalls, dass ich Ihnen da freie Wahl lasse. Sie wissen sicher am besten, was Sie brauchen. Aber Mrs Foxton hat noch vier Töchter ohne Job. Zwei arbeiten bereits hier: Daisy ist die Säuglingsschwester und Dainty das Spülmädchen.«

»Meiner Ansicht nach ist es keine sehr gelungene Idee, die Arbeit einem Familienunternehmen zu überlassen«, gab die Witwe mürrisch zurück. Über Annie schlug eine Panikwelle zusammen: Was wäre, wenn Mrs Kemster den Posten als unzumutbar ausschlagen würde?

»Aber bitte«, sagte Annie und zwang sich zu einem Lächeln, »nicht mehr als zwei Hausmädchen. Wir müssen ein wenig ...« Eigentlich wollte sie auf die engen finanziellen Grenzen Glengarths hinweisen, besann sich aber. Die privaten Finanzen gingen niemanden etwas an, am wenigsten zukünftige Bedienstete. So viel hatte sie in ihrer Zeit als Zofe in Glengarth gelernt.

»Ein solches Arrangement empfinde ich als recht ungewöhnlich«, erklärte Mrs Kemster mit hochgezogenen Augenbrauen. »Ich habe schon in vielen Schlössern gearbeitet und kann die besten Referenzen vorweisen, falls ich mich entschließe, die Arbeit hier anzunehmen. Abgesehen von einer angemessenen Entlohnung erwarte ich allerdings zwei Dinge.«

»Und die wären?« Insgeheim kreuzte Annie die Finger. Eigentlich war es verrückt, diese Frau als Hausdame in Erwägung zu ziehen. Sie kannte sie nicht, hatte bisher noch nicht eine einzige ihrer angeblichen Referenzen zu Gesicht bekommen, und nun stellte sie auch noch Forderungen. Trotz der Kälte begann Annie leicht zu schwitzen. Sie hasste es, dass Rory es ihr überlassen hatte, sich um das Personal zu kümmern; sie empfand diese Aufgabe als Albtraum. Immer hatte sie das Gefühl, jeder könne sie durchschauen und sehen, was sie eigentlich war – eine Hochstaplerin: »... die wären?«, wiederholte Annie mutlos.

»Ich wünsche ein eigenes Bad und jeden Sonntag Freizeit für den Kirchgang. Einmal im Monat möchte ich ein komplettes Wochenende frei haben. Ich kümmere mich um meinen Bruder, der Junggeselle ist und in Aberdeen in einer Einrichtung für früher in Indien eingesetzte Soldaten wohnt.«

»Das ist absolut kein Problem!«, rief Annie erleichtert. Sie stand auf und schüttelte die an eine Vogelkralle gemahnende Hand ihrer Besucherin. Halb hoffte sie, Mrs Kemster würde den Job ablehnen, doch andererseits wünschte sie nichts mehr, als einen Teil der vielen Aufgaben, mit denen Glengarth täglich aufwartete, auf ein Paar kompetente Schultern abwälzen zu können. Mrs Kemster würde bestimmt darauf achten, dass jedermann spurte.

Annie fühlte sich von ihr durch ihr selbstbewusstes Auftreten geradezu eingeschüchtert. Eine ähnliche Empfindung hatte sie auch bei Eleanor Arbuthnot gehabt. »Auf Wiedersehen, Mrs Kemster, und vielen Dank für Ihren Besuch. Einer der Förster wird Sie mit dem Wagen ins Drumbarry Arms zurückbringen.«

»Vielen Dank, sehr freundlich von Ihnen. Ich werde Ihnen in den nächsten Tagen schreiben und Sie wissen lassen, ob ich die Arbeit annehme.«

»Tun Sie das!« Annie war froh, die alte Dame endlich los zu sein. Obwohl: War die Witwe Kemster denn wirklich alt? Sie war schwer einzuschätzen – sie konnte ebenso gut vierzig wie hundertvierzig Jahre alt sein. Ihre viktorianische Trauerkleidung und der Mottenkugelgeruch ließen keine genauere Eingrenzung zu. Du liebe Güte! Es war wirklich kein Zuckerschlecken, Schlossherrin in einem schottischen Schloss zu sein, dessen Unterhalt geradezu militärische Präzision erforderte. Selbst die reiche, schöne und äußerst tatkräftige Lady Iona, die vorige Schlossherrin, hatte zu ihrer großen Enttäuschung feststellen müssen, dass alte schottische Schlösser nicht unbedingt für ein modernes Leben geeignet waren, und war samt ihrem Rollstuhl ziemlich bald ins zivilisierte Edinburgh übersiedelt. Arme Iona!

Und ich Ärmste erst!, dachte Annie, als sie sich am gleichen Abend vor dem Spiegel in Lady Ionas früherem Schlafzimmer kämmte. So viele traurige Erinnerungen und so viel zu tun! Würde sie es schaffen? Belog sie sich nicht selbst?

Doch, das tat sie. Sie saß in einem Glashaus aus zerbrochenen Träumen, und sie würde sich blutige Finger holen, wenn sie versuchte, die Scherben der Familie Roskillen aufzuklauben.

Am folgenden Tag kamen die Destillierkolben. Sie kamen per Schiff; es hatte keine andere Möglichkeit gegeben, sie aus der Gießerei in den Midlands abzuholen. Sie waren aus getriebenem Kupfer und sahen aus wie vier russische Kirchturmspitzen, die erhaben auf genau dem Weg durch Loch Garth tuckerten, den die Kriegsschiffe Seiner Majestät zu ihren geheimen Docks genommen hatten. Ackker und Gamin hatten die Apparate abgeholt. Sie hatten in Rorys unbenutztem Bootshafen in Renfrew ein Kanonenboot gefunden, mit dem sie die Brennblasen von der Gießerei bis zu den Wasserfällen im Wald bringen konnten, wo das geflößte Holz aus den Wäldern von Glengarth für den Abtransport in die Seehäfen gesammelt wurde.

Immer noch bildete die Holzwirtschaft eine wichtige und lukrative Einkommensquelle für Glengarth und würde es auch bleiben, sofern die Regierung nicht weiterhin große Teile der Hebridenwälder abholzte, wie es während des Krieges geschehen war. Rory nutzte das auf lange Sicht angelegte Kapital seines verstorbenen Bruders. Die Bäume, die vor und während Lindsays Zeit in Glengarth gesetzt worden waren, würden bald eine schöne Dividende bringen. Wie schade, dachte Rory, dass sein Bruder nicht lange genug gelebt hatte, um den Erfolg seines Aufforstungsprogramms mitzuerleben.

Jack und die Zwillinge Bills und Wills aus Achnasheen standen mit ihren schweren Holztransportern bereit. Auch der so genannte Whiskyexperte Tom Talisker aus Drumbarry war an Ort und Stelle, sowie Jamie, der so aufgeregt herumzappelte, dass ihm nach einer Weile ganz übel wurde. Annie befahl ihm, still zu halten, um nicht am Ende noch in den See zu fallen.

»Schneide das Band durch, Annie«, kommandierte Rory, »jetzt sind wir im Geschäft.«

»Welches Band?«

»Haben wir keins? Dann nimm meinen Schal – aber bitte, wir wollen nur so tun, als ob.« Sein Atem bildete in der kalten Luft eine weiße Wolke. Er umarmte sie. »In fünf, acht, zehn, fünfzehn oder vielleicht sogar fünfzig Jahren werden wir den Inhalt dieser Apparate mit dem Lastwagen zu unseren Kunden in aller Welt fahren. Unser ›Glengarth Single Malt Whisky‹, gebrannt aus bester Gerste und klarstem, durch den Torf des Inchnadamph gefilterten Wassers! Glengarth wird dank des Whiskys und dank Lindsays Holz bald wieder im ganz großen Geschäft mitmischen, das darfst du mir glauben, Liebste.«

Annie seufzte. Das wichtigste Einkommen von Glengarth ging immer noch auf Lindsay zurück, und Rory wusste es. Hatte er sich auf die ihr im Innersten widerstrebende Whisky-Brennerei nur deshalb eingelassen, weil er sich als Laird von Glengarth unsicher fühlte und sich etwas beweisen musste? Wollte er gar seinen toten Bruder übertrumpfen? Auch vielleicht damit, dass er die ehemalige Mätresse dieses Bruders in einem Anfall von Euphorie geheiratet hatte?

»Mama, mir ist schlecht!« Jamie übergab sich und holte Annie in die Realität zurück.

»Du liebe Zeit, was hast du denn wieder gegessen?«

»Gar nichts.«

»Du musst doch irgendetwas gegessen haben, dass dir so schlecht ist! Vielleicht Beeren?«

»Ich habe nichts gegessen, Mama.«

»Du hast noch nichts gegessen? Den ganzen Tag noch nicht?«

»Nein, Mama. Ich war mit Jack unterwegs ...« Er würgte wieder, doch sein Magen war leer.

Annie fühlte sich schuldig. Sie hatte ihren Sohn und sein Wohlergehen vernachlässigt, um Glengarth wieder in Schuss zu bringen. Der arme Kleine hatte den ganzen Tag noch nichts gegessen. Ihm war übel, weil er hungrig war, weil er nicht richtig versorgt wurde. Was für eine Rabenmutter war sie doch! Sie musste Mrs Foxton anweisen, Jamie regelmäßig zu essen zu geben und ihn zu den Mahlzeiten zu rufen; im Notfall sollte Dainty ihn im Wald suchen gehen. Schließlich durfte der zukünftige Erbe von Glengarth nicht verhungern, nur weil er den ganzen Tag in Jack Montgomerys schlechter Gesellschaft verbringen wollte. »Komm einmal mit!«

»Aber ich möchte doch zusehen, wie die Apparate ausgeladen werden, Mama!«

»Nein, jetzt sofort!« Annie griff nach der kleinen, sehr schmutzigen Hand und zog den widerstrebenden Jungen hinter sich her in die warme, dampfige Küche. »Mrs Foxton, kennen Sie Jamie?«

»Nicht wirklich, Mylady. Meinen Sie den hübschen blonden Sohn des Försters?« Sie rollte gerade eine Teigplatte aus, die fast so groß war wie der peinlich sauber geschrubbte Tisch. Dainty schälte einen Gemüseberg, mit dem man eine ganze Armee satt bekommen konnte. Annie fragte sich, ob ihr Wunsch, Aufgaben zu delegieren, vielleicht dazu geführt hatte, dass Mrs Foxton sich völlige Freiheit nahm.

»Ich mache Pasteten nach eigenem Rezept, Mylady. Nur mit den frischesten und besten Zutaten. Auf einer Marmorplatte können Sie sie mindestens eine Woche lang aufbewahren.«

Annie sah ein, dass sie tatsächlich ein wachsames Auge auf die Köchin halten musste. »Jamie ist mein ...« Jamies Vorgeschichte fiel ihr ein und sie rief sich zur Räson. »Das ist James Scott Beauly Roskillen, Mrs Foxton. Er ist der zukünftige Laird ...«

Aber Mrs Foxton hörte nicht zu. Eifrig bewegte sie sich zwischen Tisch und Herd hin und her. »Wir müssen unbedingt das Wildbret aufhängen, Ma'am. Die Zeit vergeht wie im Flug ...«

Doch Annie sprach einfach weiter. »Jamie ist noch nicht einmal fünf Jahre alt, Mrs Foxton. Er ist frühreif, gescheit und mutig. Aber er ist auch waghalsig, ungehorsam, gerissen und eigensinnig. Er steigert sich in Dinge hinein und vergisst vor lauter Begeisterung das Essen. Ich wünsche, dass Sie sich um seine Mahlzeiten kümmern und ihn dabei beaufsichtigen. Er soll jeden Morgen um acht hier am Küchentisch sitzen und frühstücken, um elf ein Glas Milch trinken und zwei Haferkekse dazu essen, Mittagessen gibt es um eins, Tee um halb vier und Abendessen um sechs. Bitte achten Sie darauf, dass er anschließend nach oben geht und badet, ehe er sich schlafen legt.«

»Wird gemacht, Mylady!«, erklärte Mrs Foxton. Dann drehte sie sich um und rief hinüber zur Spülküche: »Dainty, hier ist ein kleiner Gentleman, der auf seine Elf-Uhr-Milch wartet!« Sie wandte sich wieder an Annie. »Dainty wird sich um den Jungen kümmern, und zwar genauso gut wie Daisy, die oben das Baby versorgt.«

Die zwölfjährige Dainty erschien in der Küchentür. »Du brauchst wirklich nicht so zu schreien, Mama. Ich bin nicht taub, und bis Glasgow braucht man dich nicht unbedingt zu hören!«

»Du hast eine ganz schön scharfe Zunge, mein Mädchen!«

Die Foxtons sprachen Scots.

»Danke, Mrs Foxton«, sagte Annie. Sie hatte ihr Leben lang Gälisch gesprochen, verstand aber Scots sehr gut. Manchmal ertappte sie sich dabei, nicht genau zu wissen, ob ein Wort wirklich British Englisch oder Scots war. Dabei bemühte sie sich redlich, ein perfektes Englisch ohne jeglichen Dialekt zu sprechen – schließlich war ihr Mann ein halber Sassenach. »Ich bin überzeugt, dass Ihre Pasteten ausgesprochen lecker sind. Unsere Weihnachtsgäste werden sie sicher in kürzester Zeit aufessen. Ich bin auch überzeugt, dass Sie weder verdorbenes noch billiges Fleisch verwenden und Sie haben Recht: Marmorplatten sind fast so kalt wie Kühlräume. Man kann fertige Speisen durchaus einige Tage darauf verwahren. Ich weiß ebenfalls zu schätzen, dass Sie Brennstoff sparen und alles an einem Tag backen wollen, aber ich glaube, wir haben in Glengarth genügend Holz für eine lange, lange Zeit. Und was das Wildbret angeht: Die Jungen bringen im Lauf des Tages das Fleisch zum Schloss hinauf, damit es ausreichend lang abhängt und den richtigen Hautgout bekommt.«

»Vielen Dank, Mylady. Sie verstehen mich. Und ich danke Ihnen auch, dass Sie meiner Familie Arbeit gegeben haben. Arbeit ist in den Glens nicht leicht zu finden. Es gibt ja noch nicht mal mehr Schafe. Die Witwe Kemster ahnt ja nicht, wie viel Glück sie hat!« Mrs Foxton knickste voller Dankbarkeit vor ihr, was Annie überhaupt nicht mochte.

*

Ackker las laut aus dem dicken Buch vor, das Rory ihm in Haggs Castle in die Hände gedrückt hatte. Annie sah die gesamte Whisky-Brennerei immer noch als verrückte Idee an. Die vier Destillierapparate standen inzwischen am vorgesehenen Platz. »Früher, Mylord«, erklärte Ackker, »wurde das Destillat über Kohle- oder Torffeuern erhitzt – komisch, nicht wahr?«

Gamin kratzte sich die Stirn. »Stimmt. Ein bisschen übertrieben, wenn Sie entschuldigen wollen, Mylaird.«

»Mach weiter, Reggie. Komm endlich auf den Punkt.« Rory stand am Beginn eines neuen Abenteuers. Zwischen seinen mittlerweile schnurrbärtigen Lippen steckte eine Zigarre. Seine großen, blauen Augen nahmen inzwischen alles außer klein gedruckter Schrift wahr. Auch die Prothese bereitete ihm keine Schwierigkeiten mehr: Das Bein sah fast wie echt aus und schmerzte kaum noch. Er war seiner liebsten Annie, die über solche Dinge so gut Bescheid wusste, unendlich dankbar, dass sie ihn gezwungen hatte, sich zu seinem eigenen Besten den notwendigen Behandlungen zu unterziehen.

Der selbst ernannte Whisky-Experte Tally, der seinen Namen sowohl zu Ehren des Whiskys, der von der Insel Skye stammte, als auch dank seines Fachwissens bezüglich schwarz gebrannter Destillate trug, kümmerte sich um die Installation dessen, was Glengarth in Zukunft ein hoffentlich legitimes Einkommen bescheren sollte. Rory hatte dem kauzigen Alten zu einer Beschäftigung verholfen und hoffte, das nicht eines Tages bereuen zu müssen, sondern im Gegenteil seinen Whisky genießen zu können.

Für Rory war die Welt in Ordnung. Lizzie und ihre Dollarmillionen würden bald eintrudeln; Annie hatte Glengarth unter Kontrolle, und die Maxwells, Jedburghs und Konsorten wollten demnächst zum Jagen und Fischen nach Glengarth kommen und einige Pfund Sterling da lassen. Die Dinge wandten sich eindeutig zum Besseren.

»Zerkleinern und zu Maische verarbeiten, Euer Lordschaft.«

»Wovon reden Sie eigentlich da, Ackker?«

»'tschuldigung, Euer Lordschaft, aber ...«

»Würden Sie endlich aufhören, mich Euer Lordschaft zu nennen?«, fauchte Rory.

»Und wie bitte schön soll ich Sie ansprechen?«

»Chef genügt völlig.«

»Okay, Chef. Eine Dis-till-erie kann ohne Wasser nicht betrieben werden ...«, las Ackker etwas mühsam aus dem Leitfaden für die Herstellung der flüssigen Währung Schottlands vor.

Tally aus Drumbarry knirschte vernehmlich mit den Zähnen. Er lehnte sich vor, schnappte sich den Wälzer, warf ihn erbost zu Boden und trampelte mit beiden Füßen auf der Geschichte des Whiskys herum.

»Weg mit diesen heidnischen Sassenach-Bibeln. Vor Ihnen steht ein Mann, der die Herstellung von *uisge beatha* in allen Einzelheiten auswendig kennt! Vertrauen Sie mir einfach, Mylaird, und in Nullkommanix wird mit Hilfe des Allerhöchsten goldener Saft in die Gläser sprudeln ... Ich spreche natürlich von Ihm da oben im Himmel. Er gab den Menschen zehn Gebote, aber eigentlich gilt es nur elf Worte zu behalten: Gerste, mälzen, zerkleinern, fermentieren, destillieren, reifen, Alkoholgehalt, Wasser, Destillat, Holz und das vermaledeite Klima. Das war's schon, Mylaird, und es ist ein Wunder, dass Ihre Vorfahren nicht schon längst auf die Idee gekommen sind, Whisky zu brennen.«

»Wahrscheinlich haben sie es getan. Bis ihre Schwarzbrennereien stillgelegt wurden.«

»Kann schon sein. Aber jetzt, Mylaird, müssen wir über das Geschäftliche sprechen. Genau genommen über Erträge. Eine Hand wäscht die andere, wie es im Sprichwort so schön heißt.«

Gamin und Ackker blickten sich an.

Gamin kratzte sich den Kopf.

»Was quatscht der da, Chef?«, fragte Ackker schließlich.

»Ich glaube, Sie haben einen Fehler beim Halsdurchmesser der Destillierapparate gemacht, Reggie.«

»Ich?«

»Ja.«

»Wie meinen, Chef?«

»Wir haben den ganzen Mist falsch verstanden – Sie, ich und Gamin. Dieses blöde Buch, aus dem Sie mir die ganze Zeit vorlesen, erwähnt an keiner Stelle, dass hohe Destillierkolben ein anderes Ergebnis bringen als kurze.«

»Wie meinen, Chef?«

»Wenn Sie das noch ein einziges Mal sagen, Reggie, dann ... dann ...«

»Mister Roskillen«, mischte sich der Fachmann aus Drumbarry ein, »da gibt es nichts, worüber Sie sich ärgern müssten. Ich habe Whisky im Blut, in der Seele, in meinen Wachträumen – ich kenne mich wirklich aus. Laienhaft ausgedrückt könnte man sagen, dass hohe Kolben eher leichte Whiskys und kurze Kolben eher schwere produzieren. Sie besitzen zwei von jeder Sorte und sind damit auf alles vorbereitet. Jedes Destillat im Doppelpack!« Der alte Mann wollte sich ausschütten vor Lachen über die Dummheit der Leute aus dem Süden.

In ihrer Unzufriedenheit verbündeten sich Gamin und Ackker: Tally war ein irischer Stümper – und sie mussten es schließlich wissen. War seine Hoheit etwa mit Blindheit geschlagen? Sie würden es Mr Talisker schon heimzahlen, dass er sich in ein äußerst lukratives Unternehmen hineinzuschwindeln versuchte – mit Länge hatte das ganz gewiss nichts zu tun.

Der unglückliche junge Mann, der auf einem hölzernen Holm oberhalb von Loch Garth saß, ließ das Fernglas sinken. Wie früher schon Laird Lindsay fühlte er sich verpflichtet auszuspionieren, was auf seinem Land geschah. Am Vortag hatte er das Schiff mit der kostspieligen Kupferfracht im See ankommen sehen; er hatte erlebt, wie dem Jungen übel wurde und die Mutter ihn hinter sich her zum Schloss zerrte, wo ihm sicherlich geholfen werden sollte.

An diesem Tag hatte er einen Blick in Herz und Seele des neuen Laird von Glengarth werfen können, der dabei war, den Grundstein zu seinem neuen Königreich zu legen. Niemals hatte der einsame Mann mehr Bitterkeit und Rachegelüste verspürt.

10. Kapitel

Ackker saß im Büro des Schlosses und stocherte zwischen seinen Zähnen herum. Gamin kratzte sich indessen den lichter werdenden Schopf unter seiner Arbeitskappe. Die Chauffeursmütze trug er nur bei besonderen Gelegenheiten.

»Wenn Sie meine unmaßgebliche Meinung hören wollen, Chef, dann stellen Sie sich besser anstatt auf echte Qualität auf einen verdammten irischen Whisky ein; also, ich rühre ja solches Zeug sowieso nicht an. Ich bin mehr für Ale – das ist wenigstens ein ehrliches Gebräu.«

»Was faseln Sie da eigentlich, Reggie?«

»Na, dieser Tally ist ein gewiefter Betrüger. Ich muss es wissen, ich bin schließlich bei irischen Kesselflickern aufgewachsen.«

»Könnten Sie sich etwas klarer ausdrücken?«

»Meine Güte, Chef, der Typ stinkt doch eine Meile gegen den Wind!«

»Ohne persönlich werden zu wollen, aber was haben Sie auf dem Herzen und in der Nase?«

»Das Gleiche wie Gamin, Mylord.«

»Dann raus damit.« Rory hatte es sich bequem gemacht, seine Füße auf dem Schreibtisch seines verstorbenen Bruders gelegt und rauchte eine Havanna.

»Tally ist ein Betrüger, Chef«, erklärte Gamin, während er seine Haarwurzeln einer intensiven Untersuchung unterzog. Er spürte, wie dünn das Haar auf dem Oberkopf schon geworden war. Vor zehn Jahren hatte er noch eine dichte, schwarze Lockenmähne gehabt, in der die Mädchen gern herumwühlten. Schnell setzte er die Kappe wieder auf.

»Wie bitte?« Der Laird tat, als ob er keine Ahnung hätte, wovon sie redeten.

»Er kommt geradenwegs aus dem Gefängnis von Drumbarry in diese herrliche Gegend hier«, sagte Ackker missfällig.

»Ich weiß. Ich habe die Kaution gestellt«, nickte Rory seelenruhig. »Also erzählt mir etwas anderes.«

»Sie wissen es?«, echoten Gamin und Ackker unisono.

»Natürlich. Schließlich sitze ich im Magistrat der Grafschaft.«

»Verdammte Hacke«, grunzte Ackker.

»Entschuldigen Sie mal, Chef«, setzte Gamin feierlich an, »aber ich kenne Sie jetzt seit einer ziemlich langen Zeit. Ist es kein Gesetzesbruch, wenn Sie die Kaution für einen von Ihnen selbst eingebuchteten Kriminellen stellen?«

»Talisker ist kein Krimineller. Er ist ein irre geleiteter Alkoholiker, der sich seinen eigenen Whisky schwarz gebrannt hat. Zurzeit ist er Freigänger.«

»Glauben Sie ihm?«

»Nun«, Rory legte sein gesundes Bein auf das künstliche, das zu zittern begonnen hatte. Die Ärzte hatten ihm erklärt, das sei völlig normal, obwohl er es nicht verstand, denn da war ja kein Bein mehr. Phantombein-Syndrom war der lustige, medizinische Name für die Beschwerden, unter denen er manchmal litt. »Ihr beiden seid wirklich ausgemachte Skeptiker. Ich weiß nicht, warum ich euch nicht schon längst entlassen habe. Ihr seid überfällig.«

»Wie unser Gehalt. Was zum Teu...«

Die Bürotür war aufgeflogen und ein wahrer Schneesturm, der sich auf den zweiten Blick als Sibirischer Silberfuchs entpuppte, wirbelte ins Zimmer. Rory versuchte aufzuspringen, schaffte es aber nicht rechtzeitig. *»Honey!!!«* Die pelzverbrämte Gestalt ließ sich auf seinen Schoß fallen.

»Hallo, Rory, mein Süßer! Sorry, dass ich so hereinplatze, aber deine Frau Hannie da draußen hat mir gesagt, wo ich dich finde. Na, wie geht's dir so, Löwe des Nordens?«

»Lizzie ... liebste Lizzie«, ächzte er halb erstickt in ihrer Umarmung. Elizabeth Roebling Chanin, seit einiger Zeit Countess Albion of Rotherhurst, hatte es immer fertig gebracht, ausgesprochen kostspielig zu duften. Sie kam mit Macht über ihn wie eine Erscheinung aus der Vergangenheit und weckte wilde Erinnerungen an tausend und eine Nacht, an Dinge, die er einst heiß begehrt hatte, obwohl er genau wusste, dass sie ihm nicht gut taten.

Lizzie schob ihre Fellkapuze zurück und flüsterte ergriffen an seinem Hals: »Rory, du liebe Zeit. Ach, Süßer! Mein Gott, ist das lange her. Sitzt du jetzt wirklich in diesem wichtigen Sessel hier?«

»Jawohl! Ich ganz allein!«, bestätigte er.

»He, mein kleiner Lord! Und das nach all den Jahren, in denen du versucht hast, sesshaft zu werden. Der *Laird von Glengarth!* Ich könnte heulen, *Honey* ...«

»Nicht weinen, Lizzie!« Mit einer väterlichen Geste tätschelte Rory ihr den pelzigen Rücken. »Schön, dass du da bist. Kannst du dich noch an Gamin und Ackker erinnern?«

»An die beiden alten Schlawiner? Sicher kann ich das.« Sie hörte auf, wie ein Trüffelschwein zu schniefen, und wischte sich die Tränen mit einem Batisttaschentuch aus ihrer teuren Handtasche ab.

Lizzie weinte? Echte Tränen? Rory war tief beeindruckt. Sollte Lizzie etwa sentimental geworden sein? Er kannte sie jedenfalls nicht so.

»Hi, ihr beiden! Wie geht's euch denn so?«, fragte sie die beiden treuen Seelen. Dabei zog sie sich die Lippen nach und begutachtete sich in einem Fabergé-Taschenspiegel.

Gamin und Ackker grunzten nur. Die überwältigende Erscheinung hatte sie verstummen lassen. Rory hatte noch nicht oft erlebt, dass den beiden die Worte fehlten.

Countess Albion ließ sich dekorativ auf einer Ecke des alten Schreibtischs nieder und entnahm ihrer Handtasche eine Zigarettendose und ein Feuerzeug, beides aus mit Diamanten besetztem

Gold, beides ebenfalls aus der Manufaktur Fabergé. Der Besitz auch nur eines dieser Utensilien hätte Rorys Gefolgsleute ohne profane Probleme wie ein wöchentlich fälliges Gehalt sorgenfrei für den Rest ihres Lebens über Wasser halten können. Der Laird von Glengarth konnte ihnen den Neid nachfühlen. Lizzies geschwungene Lippen bliesen einen großen Rauchring über die Köpfe der Männer hinweg, ehe sie fragte: »Was hat dir dieser schottische Krieg angetan, Rory, Süßer? Ich meine, dein Gesicht ...«

»Das habe ich dem Skagerrak zu verdanken, Lizzie.«

»Ist das ein Ort oder eine neumodische Gesichtschirurgie?«

»Eine Seeschlacht, Lizzie, die mich in meine Einzelteile zerlegt hat. Ich kann froh sein, dass ich überhaupt hier sitze.«

»Oh je! Das tut mir aber mächtig Leid«, flötete sie, während sie mit der Hand, die eine Zigarettenspitze aus Gold und Ebenholz hielt, eine elegante Bewegung machte.

Rory lächelte. Lizzie war immer eine hervorragende Schauspielerin gewesen und gab gerade eine Vorstellung zum Besten, mit der sie sich als waschechte Amerikanerin ausweisen wollte. Lizzie war in Amerika aufgewachsen – vorwiegend bei einer Kinderfrau aus den Südstaaten, die einen großen Einfluss auf ihre Kindheit gehabt hatte. Lizzies Mutter war nämlich einem Sumpffieber zum Opfer gefallen, als Lizzie sechs war. Sie und ihre kleine Schwester Susan Jenny wurden von ihrem Vater und einer schwarzen Mammy namens Shirley aufgezogen. Was mochte wohl aus Susan Jenny geworden sein?, überlegte Rory.

Es schien schlechterdings unmöglich, den unglaublichen Reichtum zu erschöpfen, den Lizzie und ihre Familie aus dem Boden aus der Devanna Prairie in Texas pumpten – selbst wenn Lizzie ewig leben sollte. Sie hatte daher das gute Recht, ein wenig unkonventionell – vielleicht sogar ein bisschen verrückt – zu sein. In dieser Beziehung ähnelte Lizzie ihm, dachte Rory. Sie waren beide verrückt: Lizzie hatte es sich angewöhnt, bei ihm war es ererbt. Er fühlte sich zerrissen.

»Spar dir dieses mitleidvolle Grinsen, als hätte man dir die Butter vom Brot geklaut. Ich meine es ernst. Warum willst du mit einem solchen Gesicht rumlaufen? In New York gibt es einen Spezialisten, der dich operieren könnte. Er ist gelernter Kieferchirurg.«

»Mit meinem Kiefer ist alles in Ordnung.«

»Drüben in den Staaten nennen wir solche Leute Schönheitschirurgen.«

»Ich vertraue einem Amerikaner weder mein Gesicht noch meinen Kiefer an.«

»Mensch, *Honey*. Du bist schon immer ein Dickkopf gewesen. Der Mann heißt Sir Barnabas Flyte-Roberts und ich glaube, er ist Schotte, genau wie du. Zumindest hat er lange in England gearbeitet. Übrigens in Sidcup in Kent, gleich um die Ecke bei meiner Grafschaft. Merkwürdig, dass du noch nichts von ihm gehört hast. Es gibt auch noch einen Sir Harold Gillies, der in der gleichen Klinik neue Techniken entwickelt hat. Barney und Harry sind schon seit Jahren gute Freunde von mir und kommen zu jeder meiner Dinner-Partys.«

Sie schien unendlich stolz auf ihre Dinner-Partys zu sein. Rory fiel nun wieder ein, warum er und Lizzie sich getrennt hatten. Ihre Besessenheit für britische Adelstitel und die zugehörigen Herrensitze oder gar Schlösser fand Rory, gelinde ausgedrückt, ein wenig irritierend. Aber sie stammte nun einmal aus Texas, wo blaues Blut und jahrhundertealtes Erbe als etwas ganz Besonderes galt. Dagegen war es meistens lediglich eine große finanzielle Belastung. Sein Bruder Lindsay hatte immer gesagt, dass Herrensitze, und ganz besonders schottische Schlösser, ein Fass ohne Boden waren. Man konnte sie nur mit dem nötigen Kleingeld einigermaßen in Schuss halten ... Rory konzentrierte sich wieder auf den Monolog seiner ehemaligen Partnerin. Ihr Südstaatenakzent war unverkennbar.

»Barney hat bei Harry gelernt. So sagt man doch in England, oder? Alby spricht ein sehr gepflegtes Englisch und ich bemühe mich in meiner Eigenschaft als Countess und Lady, es ihm nachzutun.« Sie kreuzte ihre langen Beine. Leider verhinderten die Lederstiefel und der lange Pelz, dass Ackker und Gamin einen Blick auf die Farbe ihrer Strümpfe, ihre Unterröcke oder eventuell gar ihre Wäsche erhaschen konnten. »Weißt du was? Ich rufe sie einfach an und lasse sie herkommen. Sie sollen einen Blick auf dein Gesicht werfen. Es verursacht mir eine Gänsehaut – entschuldige bitte, Süßer.«

»Entschuldigung angenommen, Lizzie.«

»Sie kommen nicht von weit her. London und Kent, und ...«

»Lebst du denn noch mit ihm zusammen?«

»Mit wem?«

»Alby.«

»Na ja, er ist mein Mann, Süßer.«

»Nummer fünf, sechs oder sieben? Ich habe ein wenig den Überblick verloren.«

Sie verzog das Gesicht. »Ehrlich gesagt: ich auch. Wir beide hätten unsere Fäden enger knüpfen sollen. Wir sind wie füreinander gemacht.«

»Wie kommst du denn darauf?«, fragte Rory. Im Geiste sah er ein enges Fadengewirr vor sich, das ihm die Luft abschnürte.

»Na, meine Millionen und dein Adelstitel. Wir hätten mit deinen schönen Augen und meinem schönen Öl aus Glengarth ein wahres Kleinod gemacht.«

»Daran zweifele ich keine Sekunde.«

»Mensch, Rory, du hast immer so verdammt gut ausgesehen. Schrecklich, was dir da in Jütland passiert ist. Aber wenn du nett zu Barney und Harry bist, machen sie aus dir wieder den Beau, der du einmal warst. Versprochen!«

»Vielen Dank, Lizzie, aber dazu fehlen mir die Mittel. Glengarths neues Gesicht ist als Erstes dran.«

»Aber Glengarth ist alt – und du nicht!«

»Ich darf Lindsay nicht enttäuschen. Er sieht mir bestimmt von da oben aus zu. Gib dem hässlichen Frosch einfach einen Kuss; vielleicht verwandelt er sich ja in einen schönen Prinzen. Tut mir Leid, dass mein Erscheinungsbild dir so gar nicht behagt.«

»Verflixt, nein, Süßer. Es ist nur ... wenn du gut aussiehst, fühlen sich die Leute in deiner Anwesenheit wohler ... also ... ich meine ...«

»Ich weiß sehr genau, was du meinst, Lizzie. Meine vornehmen Jagdgäste kriegen das kalte Grausen, wenn sie den halb blinden, einbeinigen und narbigen Schlossherrn zu Gesicht bekommen, der dank eines puren Zufalls – oder war es der Fluch eines indischen Sadhu? – den Titel des Laird von Glengarth geerbt hat. Stimmt's?«

»Hör auf, Rory Duncan!« Sie hatte ihre pelzgefütterten Handschuhe abgelegt und tippte ihm mit einem rot lackierten Nagel auf die Brust. »*Das* meinte ich absolut nicht. Und außerdem hast du einen Spleen mit deinem indischen Fluch. Wie oft hast du mir davon erzählt, als wir noch zusammen waren? Nun lass mal die gute alte Lizzie zu Wort kommen: Ich bin bestimmt nicht der hellste Stern am Himmel von Texas, aber ich bin weder gemein noch hartherzig. Ich würde es für dich tun, Süßer. Schließlich warst du immer mein kleiner Sonnenschein. Wie meine Mammy und mein Schwesterchen ... Wo war ich stehen geblieben? Ach ja, zu was nutzt mir all mein schwarzes Gold, wenn ich nicht ein paar von den Dollars für meine eigenen Interessen ausgeben darf?«

»Welche Interessen?«

»Meine Freunde, Süßer. Du weißt selbst, wie sehr ich dich mag, und außer Papa und Suzy-Jay habe ich keine Familie mehr.«

Obwohl Ackker und Gamin der Unterhaltung zwischen der reichen Erbin und ihrem Seelenverwandten mit großem Interesse folgten, wagte es Ackker, sie mit einem deutlichen Räuspern zu unterbrechen: »Mylord, Gamin und ich schließen uns jetzt dem Whisky-Mann an. Allerdings wäre da noch immer das kleine Problem mit unserem Gehalt ...« Er blinzelte hinter dem teuer bepelzten Rücken der Lady.

»Schon in Ordnung, Reggie. Sie und Gamin dürfen verschwinden.«

Kaum waren Ackker und Gamin aus der Tür, da sagte Lizzie: »Also, deine Frau, diese Hannah ...«

»Annie. Sie heißt Annie.«

»Wie auch immer. Also, diese Hannie, mit der du da verheiratet bist – ich muss schon sagen: Sie ist einfach umwerfend! Ich kann dir nur gratulieren, sie ist ein echter Hingucker. Verführerische grüne Augen, eine Haut wie aus Perlmutt und schwarze seidige Haare – also, wenn ich mir nicht ausschließlich etwas aus Männern machen würde, dann würde ich mich glatt für sie interessieren. Dein Geschmack in punkto Frauen ist nicht übel, Süßer.« Sie klopfte ihm auf die Schulter. »Hannie hat mir erklärt, ich wäre einen Tag zu früh dran, und ich würde dich irgendwo finden, wo du die Füße auf den Tisch legen könntest. Sie hatte Recht.« Lizzie zündete sich eine weitere Zigarette an, nachdem sie die Kippe der vorigen mit einem geschickten Schnipsen ihrer Zigarettenspitze auf den Boden katapultiert hatte.

»Ich wollte mich noch bei dir entschuldigen, Süßer«, nuschelte sie, während sie tief inhalierte und eine blaue Rauchwolke ausstieß, »aber ich habe ziemlich viele Leute mitgebracht, die nicht angekündigt waren. Mein Gefolge sozusagen. Hannie wirkte ein bisschen gereizt, aber das war ich auch, weil sie so unfreundlich war, als ich ihr sagte, wer ich bin. ›Wir haben Sie noch nicht erwartet‹, sagte sie sehr hoheitsvoll. Meine Güte, ihr Briten seid immer so förmlich! Trotzdem bin ich gerne hier. Es ist anders, aber immer auch eine Herausforderung. Deine Geschäftsidee für den hübschen alten Kasten hier – also, da läuft es mir heiß und kalt den Rücken hinunter. Ehrlich gesagt kapiere ich nicht so genau, woher der Wind weht. Aber die Typen, die ich mitgebracht habe, wissen, worauf es ankommt. Sie scharren schon mit den Füßen in der Erwartung, herumgeführt zu werden. Pass bloß auf, dass du die Sache nicht wieder an den Nagel hängst wie damals bei der Chanin-Beauly-Dampfschifffahrtsgesellschaft.«

»Wie bitte? Ich?« Rory sprang entrüstet auf. »Ich habe gar nichts an den Nagel gehängt! Ich musste in den Krieg ziehen, wenn du gestattest!«

»Du bist abgehauen, Süßer. Nachdem dein Bruder von den Klippen gestürzt ist, hast du dich ganz schnell aus dem Staub gemacht. Oder hattest du da ein bisschen nachgeholfen? Vielleicht damit du die hübsche kleine Hannie heiraten konntest? Mal ganz ehrlich!«

»Du bist sehr unfair, Lizzie. Eine ziemlich unangebrachte Bemerkung«, brauste Rory auf, »und das weißt du auch verdammt gut. Du hast hinter meinem Rücken sämtliche Angestellten gefeuert und meinen Teil des Geschäfts einfach sich selbst überlassen. Dann bist du nach New York abgedampft, ohne dich darum zu kümmern, was aus der von Renfew aus betriebenen Filiale der Gesellschaft wird.«

Sie konnte sehen, dass er wirklich ärgerlich war. Daher ließ sie diese beiden Themen einfach fallen. Schließlich besaß sie selbst eine florierende Flotte, die zwischen Southampton und New York verkehrte, und es konnte ihr egal sein, wie die Geschäfte im Einzelnen liefen. »Dann erzähl mir mal von Glengarth und deinen unternehmerischen Ideen!«, lenkte sie ab.

Rory grinste ein wenig schief. »Hast du die Machbarkeitsstudie nicht bekommen, die ich dir geschickt habe?«

»Machst du dich über mich lustig? Ich bin gerade so eben in der Lage, Schecks zu unterschreiben, Süßer. Das war's aber auch schon. Lesen – das tun meine Anwälte für mich! Den einzigen Kontakt zum geschriebenen Wort habe ich bei der Lektüre der Speisekarten im Savoy, Ritz oder Buckingham Place ...«

»Buckingham Palace«, murmelte er kopfschüttelnd.

»Gut, dann sag mir eines: Was springt für die Countess Lizzie Albion dabei heraus? Welche Garantien bietest du mir, wenn ich dir das Kapital für eine Whisky-Brennerei und die Restauration eines mit Erbsteuer und Kriegsschäden belasteten Anwesens vorschieße? Und noch viel wichtiger: Wenn ich deinen Arsch zum inzwischen dritten Mal rette, wie kann ich verhindern, dass du wieder aus meinem Leben verschwindest, wenn die Dinge nicht so laufen, wie der Schlossherr sich das wünscht?« Lizzie sah ihm geradewegs in die Augen. Wenn sie die harte Geschäftsfrau gab, verstärkte sich ihr Südstaatenakzent dramatisch.

»*Du* hast *mich* verlassen, Lizzie, und zwar in dem Moment, als klar wurde, dass der Schlossherr der Diamantenprinzessin keine Krone anbieten konnte.«

»Um was geht es hier eigentlich? Um Diamanten oder Schiffe?«

»Eigentlich um unsere Flitterwochen, die nie stattgefunden haben.«

»Ach ja, ein bisschen Wehmut ist also immer noch da ... Es bringt nichts, in der Vergangenheit herumzuwühlen, da wird einem nur das Blut sauer. Das gute alte England, das wir beide vor dem Krieg gekannt haben, ist für immer verloren. Rory, Süßer, wir reden jetzt über eine neue Ära. Schließlich leben wir im zweiten Jahrzehnt des Zwanzigsten Jahrhunderts.«

»Was willst du von mir, Lizzie?«

»Ich will, dass du dein Gesicht herrichten lässt. Danach können wir über die Whisky-Brennerei sprechen. Inzwischen würde ich gerne einen trinken, auch wenn er noch nicht aus Glengarth kommt. Es ist verdammt kalt hier!« Sie zitterte theatralisch. »Gehen wir?« Sie knöpfte den Pelzmantel zu und zog die Kapuze über das kurz geschnittene Haar.

Lizzie hatte sich von einer strahlenden Brünetten in einen Blondschopf verwandelt. »Was hast du mit deinem schönen Haar gemacht?«

Sie strich sich über die Frisur. »Gefällt es dir?«

»Nicht besonders. Es steht dir nicht. Früher sah es besser aus.«

»Oh je, typisch männlich! Du bist seit unserem letzten Treffen ganz schön spießig geworden, Mylaird. Warum mögen Männer es nicht, wenn sich Frauen die Haare kurz schneiden lassen? Ihr sehnt euch immer nach langen Locken! Jedenfalls ist der Bubikopf jetzt modern, Süßer, und er kommt aus ...«

»Du brauchst es mir nicht zu verraten. Aus den USA natürlich!«

Lizzi klemmte sich ihre Handtasche unter den Arm, streifte die Handschuhe über und machte sich bereit, wärmere Räume aufzusuchen. »Ich brauche jetzt einen Drink, Süßer.«

»Gute Idee.« Rory stand auf, nahm Mantel und Schal vom Haken und öffnete die Tür. Eiskalte Luft schlug ihnen ins Gesicht.

Lizzie ließ die halb gerauchte zweite Zigarette in den dünnen Schnee fallen und hakte sich fröstelnd unter. »Mich verblüfft immer wieder, wie ihr Engländer in euren Schlössern mit dem kalten Wetter, dem ewig grauen Himmel und diesem höllischen Klima ohne Zentralheizung zurechtkommt. Alby ist auch so.«

»Er ist eben ein echter Brite, und außerdem ist die Hölle heiß. Wie geht es Lord Albion überhaupt?«

»Unverändert. Er läuft wie ein Eisklotz herum und weigert sich zu sterben. Wie mein alter Paps, der von Tag zu Tag kleiner wird. Er ist zu einem wahren Zwerg geschrumpft, obwohl er früher ein großer, stolzer Texaner war. Das ist übrigens einer der Gründe, warum ich mir Barney und Sir Harry warm halte, Süßer.«

Rory verstand den Zusammenhang nicht.

»Ich habe eine Heidenangst davor, Süßer, wie eine ägyptische Mumie auszusehen, wenn ich älter werde. Weißt du, wie die, die sie gerade im Tal der Könige exkremieren.«

»Lizzie, du bist noch nicht einmal dreißig, wie kannst du dir da schon das Alter zu Herzen nehmen! Und zu deiner Information: Das, was du meinst, heißt exhumieren. Exkrement ist ein gebildetes Wort für Scheiße.«

Lizzie zitterte, was diesmal allerdings nichts mit dem Wetter zu tun hatte. »Bitte, sprich in meiner Gegenwart nie von Scheiße, und schon gar nicht in diesem Zusammenhang, Süßer! Ich verlasse mich voll und ganz auf Barney, dass er mich zusammenflickt, wenn ich mich langsam in meine Einzelteile auflöse.«

Zeichnete sich da etwa Ehemann Nummer sechs, sieben oder acht ab? Lizzies kosmetischer Betreuer? Unwillkürlich dachte Rory daran, wie lange es her war seit der süßen »Tin Lizzie« und den wundervollen, ungezwungenen Tagen an einem langen, goldenen Strand in Wales ... Gleichzeitig fiel ihm auf, dass er Lindsay immer ähnlicher wurde. Kaum achtundzwanzig, und schon ein vom Leben abgestumpfter Zyniker!

»Der alte Knacker, mit dem ich verheiratet bin, ist genauso alt wie der, der mich gezeugt hat. Beide sind fast neunzig. Mal sehen, wer mir den Gefallen tut, sich als Erster aus dem Staub zu machen. Daddy ist immer noch schwer damit beschäftigt, sich mit Standard Oil zu messen, was mir noch mehr Reichtum garantiert. Also sollte ich wohl hoffen, dass der Earl bald das Zeitliche segnet und mir seinen Titel und das süße Schloss hinterlässt.«

»So funktioniert das aber leider nicht, Lizzie«, klärte Rory sie auf. »Der Titel geht auf den nächsten Verwandten über. Üblicherweise auf ein männliches Mitglied der Familie. Das Gleiche gilt auch für das Schloss und alles andere. Wenn du Glück hast, bekommst du eine Witwenapanage und ein winziges Häuschen gleich neben dem Eingangstor zur Verfügung gestellt. Tut mir Leid, Süße.«

»Glaubst du wirklich?«, fragte Lizzie erschreckt.

»Ich weiß es! So etwas kommt in den besten Familien vor. Meine Tante Ada, zu ihrer Zeit eine der vornehmsten Damen Englands, lebt jetzt genau so. Der älteste Sohn hat alles geerbt, sie sitzt auf dem Altenteil.«

»Verdammt! Und ich habe nicht einmal einen Sohn. Das heißt, ich sollte vielleicht nicht unbedingt bis zu seinem seligen Ende bei Alby bleiben, oder?«

Rory sah Lizzie bereits als verwitwete Countess, die ihren Dauerwohnsitz in Glengarth aufschlug, und erwiderte sehr ehrlich: »Nicht so hastig, Lizzie. Vielleicht hat Alby keinen männlichen Nachfolger, der das Erbe antreten könnte.«

Sie kicherte. »Alby hat überhaupt nichts Männliches. Ich lebe keusch seit ...«

»Das will ich gar nicht wissen«, sagte er mit fester Stimme.

»Oh doch, das willst du. Und ich erzähle es dir um der alten Zeiten willen.«

Inzwischen waren sie am Dienstboteneingang des Schlosses angelangt und stießen dort auf eine Frau in Schwarz, die sich mit der Türglocke abmühte. Hätte Rory nicht genau gewusst, dass Queen

Victoria schon lange tot war, hätte er angenommen, sie wäre aus Balmoral zu einer Stippvisite herübergekommen. Ob ihr Geist hier in Glengarth umherirrte? Vielleicht traf sich der Geist seines verrückten Vorfahren MacDearg ja hier mit dem von Queen Victoria? Du liebe Zeit, diese Haube! Geradezu ein gefundenes Fressen für zukünftige Gäste aus Amerika! In diesem Momenat wusste Rory genau, dass Lizzie ihn bestimmt nicht mit der geplanten Whisky-Destille im Stich lassen würde – sicher nicht.

Die Frau war so klein, dass sie die Krücke ihres schwarzen Schirms benutzen musste, um den Glockenstrang zu erreichen.

»Darf ich Ihnen helfen?«, bot Rory an.

Sie drehte sich zu ihm um und erkundigte sich hoheitsvoll: »Wer sind Sie, wenn ich fragen darf?« Ihre schwarzen Vogelaugen ließen ihn zusammenschrumpfen wie zu Tante Adas besten Zeiten, wenn sie ihm die Missetaten seiner Cousins in die Schuhe zu schieben versuchte.

»Mein Name ist Rory Roskillen, Ma'am. Und wer sind Sie?«

»Ich bin die neue Haushälterin. Gestatten, Agatha Kemster. Und die Lady?«, wandte sie sich an Lizzie, die sich bis über die Nasenspitze in ihren Silberfuchs eingemummelt hatte.

»Ach, mein Name tut nichts zur Sache, Ma'am«, tönte Lizzies Stimme halb erstickt aus pelziger Tiefe. »Ich bin die Kammertopf-Magd und ehemalige Mätresse dieses Herrn hier. Er ist der neue Lakai. Wir sind wegen der weihnachtlichen Jagdsaison hier, Ma'am.«

Agatha Kemster schnaubte abfällig. »Ausländer, nehme ich an?«

»Ich fürchte ja, Ma'am. Aus dem guten alten Amerika.«

Glücklicherweise wurde in diesem Augenblick die Tür geöffnet und Annie erschien. Sie sah müde aus und schien überrascht, sie alle drei dort draußen vorzufinden. Noch ehe jemand etwas sagen konnte, sagte die neue Haushälterin an die Herrin von Glengarth gewandt. »Ich habe mindestens zehn Minuten hier in der Kälte gestanden, bis endlich die Tür aufging. Das ist gar nicht gut, Mylady.« Agatha trat über die Schwelle und drückte Rory ihren Schirm in die Hand. »Ich werde mit dem Butler darüber sprechen«, fügte sie an Annie gewandt hinzu.

»Wie bitte?« Annie verstand nichts mehr.

»Nun, das Personal muss dringend lernen, sich besser zu benehmen, Mylady. Sehen Sie sich nur diesen seltsamen Lakai und die ausländische Zofe an. Die beiden müssen dringend erfahren, wo ihr Platz ist. Ich hoffe, Sie haben inzwischen einen Butler gefunden? Bitte schicken Sie mir jemanden, der mich zu meinem Zimmer und meinem Bad begleitet. Ich möchte meine Kleidung wechseln.«

»Ich bringe Sie selbst auf Ihr Zimmer«, sagte Annie.

»Das ist gar nicht gut. Die Personaldecke in diesem Haus ist empörend gering. Nehmen Sie mir bitte nicht übel, wenn ich es so deutlich sage. Sie sind ein ganz armes Ding, Mylady, dass Sie mit alledem allein fertig werden müssen, aber Ihr Personal ist keinen roten Heller wert. Natürlich ist der Krieg Schuld daran: Die Standards sind auf niedriges Niveau zurückgeschraubt worden, und Geld hat anscheinend einen höheren Stellenwert als das Seelenheil.« Sie warf den beiden hinter ihr Stehenden einen bösartigen Blick zu. Mit diesen beiden würde sie ein Hühnchen rupfen, sobald sie ihre Stelle richtig angetreten hatte.

Annie warf Rory und auch Lizzie einen hilflosen Blick zu. Sie ahnte allmählich, wer die Dame im weißen Pelz war, die sie vorhin noch für einen der Gäste gehalten hatte.

Aber wie sollte sie mit der äußerst vereinnahmenden Mrs Kemster umgehen, die schließlich doch noch geruht hatte, den Posten als Hausdame anzunehmen? Rory und Lizzie waren wirklich im völlig falschen Moment aufgetaucht.

»Rory, Lord und Lady Maxwell und Lord und Lady Jedburgh kommen morgen. Countess Albion und ihre Begleitung sind im Nordturm untergebracht«, erklärte sie ein wenig steif.

»Sagen Sie ruhig Lizzie zu mir, Süße.«

Annie ließ sie stehen und ging Agatha Kemster voraus zum Nordturm. Insgeheim sandte sie ein Stoßgebet zum Himmel, dass keines der Apartments überschwemmt würde, falls über Weihnachten Tauwetter einsetzen sollte.

»Habe ich etwas Falsches gesagt?«, wollte Lizzie wissen.

»Sie ist nicht gewöhnt, Süße genannt zu werden.«

»Verflixt, Rory, Süßer, deine Hannie wird sich schon noch an mich gewöhnen.«

»Mach dir keine Gedanken. Bleib einfach du selbst, aber sei nicht *zu* draufgängerisch. Meine schottischen Gäste könnten so etwas ebenfalls übel nehmen. Wenn es hart auf hart kommt, können wir ganz schön patriotisch sein.« Rory wusste, dass Lizzie niemandem wehtun wollte; Annie war nur einfach nicht an die lockere amerikanische Lebensart gewöhnt.

»Oh je, Rory, ich glaube, weder deine Frau noch deine Haushälterin können mich leiden. Tut mir Leid, Süßer.« Lizzie folgte Rory in den Aufenthaltsraum, wo sie beschloss, ihren Pelz anzubehalten, denn hier drinnen war es ebenso kalt wie draußen.

Das Leben in Schottland gefiel ihr ganz und gar nicht. Wie schön nahm sich dagegen Rotherhurst Castle in Kent aus! Das Gebäude war eine hübsche Mischung aus Herrenhaus und Schlösschen. Auf gepflegten Grasrabatten wuchsen Rosen, die symmetrische Architektur fügte sich in herrliche, nach italienischem Vorbild angelegte Gärten ein, in denen nackte Steingottheiten neben perlenden Wasserfällen standen und sich in einem stillen Teich spiegelten, wo sich japanische Karpfen in aller Ruhe vermehrten und wo man im Ruderboot unter Trauerweiden entlanggleiten konnte, deren Äste das Wasser berührten ...

Rorys Schloss hingegen war beeindruckend wie eine starke Festung. Es gab nichts Weiches, nichts Heiteres; nur Nacktheit und Funktionalität. In der herben Landschaft wuchs nichts als Stechginster und Heidekraut und hinter der stolzen Meeresfront rauschte ein wilder Wald, in dem wilde Tiere lebten. Wo um alles in der Welt kaufte Hannie ein? Wo waren Theater, Kinos, Restaurants, Casinos, Nachtclubs und andere wichtige Vergnügungsstätten? Wo waren Ärzte und das nächste Krankenhaus? Frisör und

Schönheitssalon? Wo waren die Verkehrsmittel, sah man einmal vom eigenen Delauney-Belleville ab? Wo ging man hin, wenn man gesehen werden wollte? Glengarth machte Lizzie Angst; zwar war jetzt Winter, aber sie fürchtete, dass es im Sommer nicht viel besser sein würde. Das Schloss wirkte wie die sprichwörtliche Bastion der Vergangenheit; eine unnahbare Monstrosität, ein Symbol für die Kluft zwischen Engländern und Schotten. Und Hannie als Furcht erregende Schlossherrin verströmte die gleiche Kälte wie das Gebäude.

Im zweiten Jahrzehnt des zwanzigsten Jahrhunderts konnte man sich nicht allein auf die umwerfende Schönheit der Lage, auf Wasser, Land und Wild verlassen. Man brauchte Bäder, sanitäre Anlagen, heißes Wasser und moderne Einrichtungen, wenn man bei den Amerikanern Erfolg erzielen wollte. An Whisky sollten der Laird von Glengarth und seine Frau zunächst besser nicht denken; es gab wichtigere Prioritäten. Lizzie bekam ernsthafte Bedenken, ob es sich lohnte, das Projekt zu unterstützen. Sie konnte sich nicht vorstellen, dass Glengarth genügend Potential für einen Erfolg bot.

Auch Rory dachte über die Zukunft nach. Er fragte sich, ob Annie wirklich die richtigen Personalentscheidungen getroffen hatte. Wie kam sie dazu, eine religiöse Eiferin wie diese Mrs Kemster als Hausdame einzustellen? Ärger zwischen Personal und Gästen schien geradezu vorprogrammiert, ganz zu schweigen von den Leuten, die täglich in Glengarth ein und aus gingen. Und was sollte diese Geschichte mit den Maxwells und den Jedburghs? War Annie völlig von Sinnen, sie in der Nähe der Bediensteten im Nordturm unterzubringen? Ach nein, es hieß ja nicht mehr ›Bedienstete‹ – das war ein Luxus, der der Vergangenheit angehörte. Heutzutage sprach man von Haushaltshilfen.

»Papa! Papa!« Jamie zerrte ihn am Ärmel, um seine Aufmerksamkeit zu erlangen. Er hatte mit dem von Jack geschnitzten Pferd samt Wagen Holzarbeiter gespielt und begann sich zu langweilen. »Papa! Ich habe mit ganz vielen Leuten gesprochen, bevor du gekommen bist. Mama hatte mir aufgetragen, sie zu unterhalten. Die Leute kamen nämlich zu früh und sie hatte noch zu tun. Sie sagte, heute würde eine komische alte Hausdame ihren Dienst aufnehmen, aber sie war noch nicht da, als die Leute kamen ... auch diese Lady da.« Jamie blickte zu Lizzie in ihrem herrlichen Silberfuchs auf und atmete tief durch. Die Schneekönigin flößte ihm große Ehrfurcht ein. Mama hatte ihm erklärt, sie wäre gekommen, um Glengarth vor dem Bankrott zu bewahren – er hatte allerdings keine Ahnung, was dieses Wort bedeutete. »Sind Sie die Countess Albion of Rotherhurst?«, fragte Jamie und hielt der schönen Frau die Hand hin.

»Die bin ich, Süßer. Und wer bist du?« Mit diesen Worten schüttelte Lizzie das nicht ganz saubere Händchen.

»Ich bin Jamie. Wenn Papa stirbt, werde ich Laird von Glengarth.«

»Na, das ist aber toll. Ich wusste gar nicht, dass dein Papa einen Erben hat. Und auch nicht, dass er schon ans Sterben denkt.« Lizzie wandte sich mit fragendem Blick zu Rory um, aber der füllte gerade großzügige Portionen Whisky in die Gläser ihrer schwarz gekleideten Begleiter. Wenn alles klappte, würden diese Herren seine Sponsoren werden, während Lizzie das benötigte Kapital zur Verfügung stellte.

Sie ließ ihn weiter den Gastgeber spielen. Rory wünschte inständig, er könne bereits Glengarths eigenes Destillat ausschenken und nicht, wie in diesem Fall, Talisker von der Insel Skye, obwohl der seiner Ansicht nach zu Recht als König der Whiskys galt. Aber in ein paar Jahren ...

Jamie flirtete noch immer mit der blonden Countess. »Vielleicht hat er es Ihnen nur noch nicht erzählt. Aber ich bin wirklich sein Erbe. Mein Name ist James Scott Beauly Roskillen, und mein Bruder heißt Duncan Hamish. Wir sind nämlich jetzt zu zweit.«

Der Erbe und sein Ersatz: Lizzie lächelte. Der hübsche Kleine gefiel ihr. »Weißt du, ich bin mir nie so ganz sicher, wen ich heiraten soll, aber ich glaube, ich nehme dich. Wir sind ja schon fast Partner. Du hast die gute alte Tante Lizzie ganz schön bezaubert. Tja, Kleiner, wenn du jemals Lust hast, zu mir in die Staaten zu kommen, dann bringe ich dir bei, wie man auf einem echten Hengst aus Texas reitet. Dein kleiner Hintern sieht aus, als wäre er wie dafür gemacht.«

»Soll ich Ihnen Duncans Turm zeigen, Lizzie?«

»Was um alles in der Welt ist Duncans Turm?«

»Unser Familienarchiv. Die Geschichte von Glengarth. Ich weiß, dass Sie die Chefin meines Vaters sind, und ich weiß auch, dass Sie hier sind, weil Glengarth bald bankrott ist, wenn Papa und Mama nicht bald Geld auftreiben.«

»Wie alt bist du, Jamie?«

»Fast fünf.«

»So alt schon? Wow!« Die Countess war verblüfft. Nie zuvor hatte sie einen so wohlerzogenen beinahe Fünfjährigen erlebt wie diesen Jamie Scott Beauly Roskillen.

Am nächsten Tag sagte Lizzie zu Rory: »Ich unterstütze dich auf der ganzen Linie. Mach Whisky zu Gold, Bäume zu Bauholz und aus Glengarth ein Jagdressort für reiche Amerikaner, die nichts Besseres zu tun haben, als euch Engländern das Geld in den Rachen zu schmeißen. Was soll ich noch sagen, Süßer? Deine Hannie scheint ein kluges Köpfchen zu sein. Ich bleibe auf Dauer. Ich will ein Türschild auf dem steht, dass die Countess Albion sich nebst Lord und Lady Maxwell, Lord und Lady Jedburgh und jeder Menge weiterer britischer Snobs und Nabobs in Glengarth niedergelassen hat. Also denk an das Türschild.«

»Ach, Lizzie, ich weiß gar nicht, wie ich dir danken soll.«

»Gib mir schnell einen Kuss, bevor ich meine Meinung ändere – das heißt, wenn es deiner Hannie nichts ausmacht.«

Er küsste sie auf beide Wangen und achtete peinlich darauf, jeden näheren Kontakt mit den verführerischen, roten Lippen zu vermeiden.

»Danke, Lizzie«, war alles, was er herausbrachte. Glücklicherweise würde aus ihr nie eine wirkliche englische Countess werden. Lizzie gab sich erfrischend natürlich und ihr Charme war echt. Ihr einziger Makel war, dass sie sich eines Titels wegen an einen alten Mann verkauft hatte.

»Für welche meiner Großzügigkeiten dankst du mir soeben?«, fragte sie.

»Hier in der Gegend gibt es außer Talisker kaum Brennereien. Die Konzession ist mir sicher. Ich verspreche dir, dass alles, was in Zukunft aus meinen vier Destillierapparaten kommt, dir gewidmet sein wird.«

»Dem möchte ich noch Zinsen hinzufügen, Rory.«

»Sehr großzügig von dir.«

»Ich meine damit, dass ich Jamies Taufpatin werden möchte.«

»Da musst du mit Annie sprechen.« Rory befand sich in einer Zwickmühle. Er hatte keine Ahnung, ob Jamie bereits getauft war. »Wie wäre es mit Duncan Hamish?«, fragte er fröhlich und hoffte, dass es ihr egal war.

»Es muss schon Jamie sein.«

»Er ist fast fünf!«

»Ganz egal. Es wird Jamie sein!« Sie bestand auf ihrer Forderung. »Ich habe einen Narren an dem Kleinen gefressen.«

»Oh Gott«, stöhnte Rory.

Abends im Bett sprach er Annie auf das Thema an. »Annie, Lizzie möchte Jamies Taufpatin werden. Was hältst du davon? Ist Jamie überhaupt schon getauft?«

Sie ließ ihr kleines schwarzes Buch zuschnappen. Sie war gerade beim vierten Buch Mose, Kapitel 26, Vers 62 angelangt: *Und ihre Summe war dreiundzwanzigtausend, alles Mannsbilder, von einem Monat und darüber. Denn sie wurden nicht gezählt unter die Kinder Israel; denn man gab ihnen kein Erbe unter den Kindern Israel.*

Für Annie war es ein Zeichen des Himmels. »Ich habe ihn bisher nicht taufen lassen. Als Jamie geboren wurde, haderte ich mit

Gott. Aber wenn du es willst und sie es will, und wenn ihr Herz groß genug ist, dann habe ich nichts dagegen.«

Rory blickte sie verwirrt an. »Jamie ist fast fünf Jahre alt, Annie. Jeder muss annehmen, dass er längst getauft ist. Auch ich war der Meinung, dass du dich schon früher darum gekümmert hättest. Immerhin kenne ich deine strengen religiösen Grundsätze.«

»Nun, er ist es nicht. Jedenfalls nicht offiziell.«

»Wäre es nicht passender, wenn Lizzie Duncans Patin würde? Dann gäbe es kein Gerede darüber, warum wir bei Jamie so lange gewartet haben.«

»Man kann in jedem Alter ein Kind Gottes werden«, gab Annie zurück. »Gott ist es egal, ob wir fünf Monate, fünf Jahre oder fünfzig Jahre alt sind. Allein Sein Plan zählt, Rory. Und wenn es deine Freundin Lizzie nicht stört, warum sollte es dann den Pfarrer stören?«

So konnte man die Dinge natürlich auch betrachten.

»Weder Duncan noch Jamie sind bisher getauft«, sagte Rory am nächsten Tag zu Lizzie. »Hättest du nicht Lust, Taufpatin von beiden zu werden?«

»Und zwei Schecks auszustellen? Das meinst du doch.« Sie musste über seine Verwegenheit kichern.

Trotzdem liebte sie ihn. In der ihr eigenen, unbekümmerten Weise wusste sie es jetzt sicherer denn je. Nach ihren vielen gescheiterten Ehen war Rory der Mann, zu dem sie immer wieder gern zurückkehrte. Zwar war sein Gesicht nicht mehr so schön wie früher, aber das konnte leicht behoben werden. Lizzie wusste, dass sie für Rory alles tun würde, für den »schottischen Hering«, wie ihn seine Familie in Breedon Hall zu nennen pflegte. Dort, in dem schönen alten jakobitischen Haus, hatten sie sich über einem Teller Schinken mit Eiern am Morgen »danach« ineinander verliebt.

Oh ja, das gute Mädchen aus Texas würde alles für ihren schottischen Hering tun. Ohne Hintergedanken würde sie ihm alles ermöglichen, wie sie es auch schon in der Vergangenheit getan hatte – einfach, weil sie gern mit ihm zusammen war.

Lizzie, die reiche Frau mit dem großen Herzen, war im Grunde sehr allein. Inmitten von Glanz und Glitzer spürte sie nichts als eine grenzenlose Einsamkeit, die niemand außer ihr ermessen konnte. Am wenigsten Rory.

Ihre freudlose Seele hatte immer wieder versucht, sich zu befreien. Sie suchte nach Anerkennung, und zwar unabhängig von ihrem Reichtum. Wie gerne wäre sie von jemandem um ihrer selbst willen geliebt worden!

Lizzie hatte eine jüngere Schwester. Rory musste von ihr wissen, dennoch hatte er sich noch nicht nach Susan Jenny erkundigt. Das Mädchen lebte in einer geschlossenen Anstalt, denn sie war den Weg gegangen, gegen den Lizzie selbst noch ankämpfte.

Arme Suzy-Jay. Auch sie war unendlich reich, aber weder schön noch gescheit. Die Männer waren vor ihr davongelaufen. Auch Rory. Das Schicksal der Schwester war der Grund, warum Lizzie sich so einsam fühlte. Sie empfand Schuldgefühle. Suzy-Jay war eingesperrt, weil sie in dem großen Spiel die schlechteren Karten bekommen hatte; das Schicksal war ungerecht zu ihr gewesen. Der großen Schwester hingegen waren alle Trümpfe in den Schoß gefallen.

Dennoch tat Lizzie ihr Möglichstes, um Daddys Geld so schnell wie möglich zu verprassen. Sie suchte nach ihrem großen Traum – nach Liebe. Nach echter Liebe mit einem wirklichen Mann – ehe es zu spät für sie war. Aber es klappte nicht. *Es klappte einfach nicht!*

11. Kapitel

Mylady! Mylady!« Agatha Kemster lief auf der Suche nach Annie durch die Flure. »Mylady! My... Ach, hier sind Sie!« Als hätte sie nicht längst geahnt, dass sie Annie inmitten von Konserven, Gelee, Marmelade und sauren Gurken im Vorratsraum finden würde! Der Vorratsraum war nun einmal Annies Lieblingsplatz.

Annie wusste nicht mehr weiter. Es war Heiligabend, aber immer noch herrschte das absolute Chaos im Haus. Sie hatte nicht die geringste Ahnung, wo sich Jamie und Rory aufhielten, wie es Duncan ging und wo die erlauchten Gäste waren, die Glengarth ihr Geld und ihre Titel für Werbemaßnahmen zur Verfügung stellen wollten.

Annie hoffte, dass Rory sich um die Leute kümmerte. Sie hatte jenen Zustand der Erschöpfung erreicht, in dem Körper und Geist getrennte Wege gingen.

»Was ist denn, Mrs Kemster?«, fragte Annie müde.

»Da ist eine Lady, die unbedingt mit Ihnen sprechen will, Ma'am. Sie weigert sich, das Haus zu verlassen.«

»Was für eine Lady?«

»Sie behauptet, sie wäre die Gouvernante des Jungen.«

»Welches Jungen?«

»Natürlich Master Jamie, Mylady.«

»Jamie hat keine Gouvernante mehr, Mrs Kemster.«

»Sie ist äußerst hartnäckig.« Mrs Kemster senkte die Stimme.

»Sie wartet in der Eingangshalle, Mylady. Ich habe sie aufgefordert, zu gehen, aber sie weigert sich. Ob sie von guter Herkunft ist, lässt sich nicht sagen, aber sie sieht gepflegt aus und spricht sehr gewählt. Allerdings will das heutzutage nichts mehr heißen, Lady Anne.«

»Da mögen Sie Recht haben, Mrs Kemster.« Annie band die Schürze ab und hängte sie an einen Haken. Auf dem Weg durch die Küche erkundigte sie sich bei Mrs Foxton, ob alles in Ordnung war.

»Aber sicher, Mylady. Hier läuft alles wie am Schnürchen und wir freuen uns, obwohl wir Schotten eigentlich nicht Weihnachten feiern. Unser Fest ist der Silvesterabend.«

»Richtig«, bestätigte Annie. Die Erinnerung an ein vergangenes Silvester lag ihr schwer auf der Seele. Sie freute sich nicht sehr auf den in einer Woche stattfindenden Jahreswechsel. Er würde wieder alte Wunden aufreißen. Dennoch lag auch ihr die Silvesterfeier mehr am Herzen als das Weihnachtsfest ihres Sassenach-Gatten. Eilig strebte sie in die Eingangshalle und erkannte bestürzt die wartende Lady samt ihrem unverkennbaren Hut.

»Miss Arbuthnot ... Eleanor!«, rief Annie überrascht. »Was treibt Sie her? Und vor allem ausgerechnet heute Abend? Das Wetter ist ja nicht gerade zum Reisen geeignet!«

»Liebste Lady Roskillen!« Bewegt griff Elly nach Annies Hand. »Wie schön, Sie endlich wiederzusehen. Die Reise von Edinburgh hierher war haarsträubend! Sie würden nicht glauben, was mir alles widerfahren ist. Man hat mich bedroht, auf mich eingeredet ... Ich wurde gegen meinen Willen eingesperrt, beleidigt und von meinen jüngeren Schwestern fälschlicherweise beschuldigt. Die beiden sind hinter dem Geld meiner Eltern her. Nicht, dass es sehr viel wäre, darum geht es gar nicht. Seitdem meine Eltern kurz hintereinander gestorben sind, versuchen meine Schwestern, mir meinen Erbteil vorzuenthalten. Als Grund dafür nennen sie diesen nichts sagenden Vorfall nach dem Tod meines Verlobten Theo Longmorn. Erinnern Sie sich an ihn? Der liebe Theo, der in Cantigny gefallen ist. Wir waren ja so verliebt ... Leider hatten wir nicht viel Zeit ...«

Annie sah sich gezwungen, den aufgeregten, atemlosen Wortschwall zu unterbrechen. »Immer mit der Ruhe, Miss Arbuthnot. Atmen Sie tief durch ... Ganz langsam ...«

»Wir hatten so schöne Pläne für die Zeit nach dem Krieg. Ich wäre mit ihm nach Amerika gegangen. Nun, jetzt muss ich eben einer Zukunft ohne Theo entgegensehen. Inzwischen habe ich mich damit abgefunden, bin über meine Depression hinweg und wieder kerngesund. Deshalb wende ich mich auch an Sie und Rory. Sie sind immer so großherzig und freundlich gewesen: Ich unterwerfe mich Ihrer Gnade.« Mit diesen Worten ließ sie sich auf die Knie sinken. »Sie sollen wissen, dass ich vor allem Jamies wegen hier bin.«

»Jamie geht es gut«, beeilte sich Annie zu sagen. »Stehen Sie bitte auf. So etwas müssen Sie nicht tun.«

Miss Arbuthnot folgte der Aufforderung. »Oh, man hat mir zugetragen, dass er dringend des Unterrichts und der Aufsicht bedarf und dass Sie bisher keinen angemessenen Hauslehrer für ihn gefunden haben. Ist das nicht richtig?«

Annie wurde misstrauisch. Hatte Rory etwa hinter ihrem Rücken an Eleanor geschrieben? Hatte er sie gebeten zurückzukommen? War Elly ehrlich? Verlegen blickte sie die Gouvernante an.

Einerseits freute sie sich ganz und gar nicht, dass Eleanor Arbuthnot in ihr Leben zurückgekehrt war – die Gründe dafür mochte sie sich selbst nicht eingestehen. Andererseits würde es ihr eine ungeheure Erleichterung bedeuten zu wissen, dass am nächsten Tag jemand für den eigenwilligen kleinen Jamie da wäre. An den Festtagen würde dank der illustren Gäste eine Menge Arbeit auf sie zukommen.

Es war so unglaublich wichtig, dass dieses Weihnachtsfest ein Erfolg wurde. Ein großer Erfolg sogar! Wenn sie ihre Gäste nicht zufrieden stellen konnten, waren das Schloss, das Land, die Wälder und der See auf immer verloren. Sogar die kleine Insel Rill stand auf dem Spiel, die Lindsay ihr überschrieben hatte und die seither ihr persönliches Eigentum und oft genug der Grund für ihren Überlebenswillen war. Wenn Rory und sie es jetzt nicht schafften, dann mussten sie alles verkaufen.

Annie reagierte so instinkthaft wie ein Tier. Das hatte sie immer schon getan; Lindsay war der Einzige gewesen, der es je bemerkt hatte. Sie wandte sich an die Haushälterin, die im Hintergrund gewartet hatte, und sagte: »Mrs Kemster, das ist Miss Arbuthnot. Sie war tatsächlich Jamies Gouvernante und ist nach langer Krankheit zu uns zurückgekehrt. Würden Sie sie bitte in den Kindertrakt begleiten und ihr ein Zimmer zuweisen?«

»Sehr wohl, Mylady.«

Elanor Arbuthnot und die Witwe Kemster vermieden jeden Augenkontakt, bis sie den Flügel des Schlosses erreichten, in dem die Familie wohnte und die Kinderzimmer lagen. Agatha quartierte Eleanor in einen Raum neben Jamies Zimmer ein, unmittelbar in der Nachbarschaft der Zimmer von Daisy Foxton und Duncan.

»Danke sehr«, sagte Eleanor und zog eine lange Hutnadel aus ihrer Frisur. Sie war erleichtert, endlich wieder einen sicheren Hafen, ein Heim und ein Bett zu haben.

Mrs Kemster nickte. »Um wie viel Uhr wünschen Sie morgens Ihren Tee, Miss?«

»Um acht, Mrs Kemster.«

»Und wann frühstücken Sie und Jamie?«

»Um neun, Mrs Kemster.«

»Gut, Miss. Ich sage der Köchin Bescheid. Frohe Weihnachten, Miss Arbuthnot.«

»Das wünsche ich Ihnen auch, Mrs Kemster.«

*

Das Läuten des Haustelefons schreckte Elly aus dem Schlaf. Sie brauchte eine Weile, ehe sie sich zurechtfand. Doch dann fiel ihr ein, wo sie war. Sie stand auf und ging zu dem schrillenden Apparat.

Aus dem Hörer drang eine dünne, krächzende, unendlich ferne

Stimme. »Miss Arbuthnot? Eleanor? Wir warten auf die Kinder. Würden Sie bitte mit Jamie herunterkommen und Daisy bitten, Duncan ebenfalls zu bringen? Wir wollen die Weihnachtsgeschenke öffnen.«

»Aber natürlich, Annie ... Lady Anne.«

Elly warf einen unzufriedenen Blick auf die Wanduhr. Zehn Uhr! Sie hatte verschlafen!

Die Haushälterin hatte sie nicht wie vereinbart geweckt.

Sie warf einen schweren Morgenmantel aus Wolle über und lief in Jamies Schlafzimmer, wo sie über einen Berg zerrissenen Geschenkpapiers, wirrer Bänder und verstreuter Geschenke stolperte. Jamie war nirgends zu sehen. Sie seufzte. Es würde sicher Wochen dauern, ehe die Hinterlassenschaften des fröhlichen Weihnachtsfestes 1918 geordnet und die zugehörigen Karten wieder aufgetaucht waren, sodass Jamie seine Dankesbriefe schreiben konnte. Oh, wie sie ihren Job hasste!

Eleanor betrat das Nachbarzimmer, wo Daisy Foxton gerade das Baby badete.

»Wer sind denn Sie?« Zu Tode erschreckt durch die hoch gewachsene, schlanke Frau im Herren-Morgenmantel, über deren Schulter ein dunkler Zopf baumelte, beugte sich Daisy schützend über den Säugling.

»Was?« Auch Elly war erschrocken. »Ach so, ich bin die neue Gouvernante. Sie müssen Daisy sein. Beeilen Sie sich. Die Lady wünscht die Kinder zu sehen. Wissen Sie vielleicht, wo Jamie ist?«

Daisy zuckte die Schultern, hob Duncan aus der Wanne, wiegte ihn ein wenig, wobei ein wenig Wasser herumspritzte, und hüllte ihn in das über ihre Knie hängende Handtuch. Das Baby jauchzte. »Vielleicht in der Küche beim Frühstück?«

Elly eilte die Dienstbotentreppe hinunter und folgte den appetitlichen Düften, die sie zur Küche führten. Mrs Foxton war der Meinung, einer der Hausgäste hätte sich verirrt, und rief in die Spülküche hinüber: »Dainty, hier ist eine Lady, die das Frühstückszimmer sucht. Komm raus und zeig ihr den Weg!«

»Ich bin Jamies Gouvernante. Mein Name ist Eleanor Arbuthnot«, stellte Elly sich vor.

Mrs Foxton knetete Plätzchenteig. Sie wischte mit dem Handrücken über ihre bemehlte Nase. »Der Kleine ist draußen im Holz, Ma'am.«

»Im Holz? Ach, Sie meinen Schlitten fahren!«

»Nein, er macht Holz mit Master Montgomery. Das ist der Förster des Laird.«

»Und wo finde ich die beiden?«

Dolly Foxton zuckte die Schultern. »Draußen auf dem Berg.«

Elly wollte soeben durch die Hintertür hinausrauschen, da rief die Köchin ihr nach: »Warten Sie, Miss Arbuthnot ... Ohne Schuhe und in dem Mantel da holen Sie sich auf dem Berg den Tod. Da drüben steht frischer, heißer Tee.« Sie deutete mit einer Kopfbewegung auf den Kessel.

»Nein, danke!« Eleanor kehrte in ihr Zimmer zurück, warf sich hastig wärmere Kleidung und ein Kapuzencape über und zog Stiefel an. Dann beugte sie sich über ihre Reisetasche, entnahm ihr einen in braunes Papier gewickelten Flachmann, schraubte den Verschluss ab, nahm einen tiefen Schluck, schloss die Flasche wieder, versteckte sie und fühlte sich sofort gestärkt für die Anforderungen des Tages und des verhassten Jobs.

Erster Tagesordnungspunkt: Jamie finden.

Nach langer Suche bergauf und bergab, nachdem sie über steile Hänge geklettert und immer wieder ausgerutscht war, entdeckte Elly Arbuthnot schließlich Jamie in Gesellschaft eines Mannes, den sie für den Förster hielt.

Jack Montgomery saß vor seiner Holzhütte und rauchte eine Pfeife. Er hörte konzentriert auf das, was der Knirps, der ihm kaum bis zu den Knien reichte, ihm zu erzählen hatte. In der Nacht war Schnee gefallen. Jetzt schien eine blasse Sonne und verzauberte die Landschaft, sodass sie wie ein glitzerndes Weihnachtsmärchen wirkte. Trotz ihrer schmerzenden Gliedmaßen genoss Eleanor das Bild das sich ihr bot: eine echte Männerfreundschaft zwischen dem großen Mann und dem kleinen Jungen.

Vorsichtig ging sie auf die beiden zu. »Mr Montgomery?«

Er nahm die Pfeife aus dem Mund. »Aye. Und wer sind Sie?«

Sein weicher Akzent fiel ihr sofort auf. »Sind Sie Amerikaner, Mr Montgomery?«

»Kanadier, Ma'am.«

Elly lächelte. Jamie hingegen runzelte die Stirn. »Was wollen Sie denn hier?«, fragte er frech. »Ich dachte, Sie sind in Edinburgh.«

»Nun, jetzt bin ich wieder hier. Deine Eltern haben mich kommen lassen, Jamie.«

»Warum?«

»Ich bin immer noch deine Gouvernante, Jamie. Den Job habe ich nie verloren. Zwar war ich krank, aber jetzt bin ich wieder völlig gesund und zurück auf meinem Posten. Deine Eltern haben mich gebeten, dich zu suchen und nach Hause zu bringen, weil ...«

»Ich habe mit Jack gefrühstückt, so!«

»Das ist in Ordnung. Aber jetzt musst du bitte sofort mitkommen.«

»Mama hat mir nicht gesagt, dass Sie zurückkommen.«

Eleanor bemühte sich, ruhig und geduldig zu bleiben. »Es ist Weihnachten, Jamie. Du hast deiner Familie gegenüber gewisse Verpflichtungen.«

»Das ist mir egal. Ich möchte gerne hier bei Jack bleiben.«

»Jamie, du hättest deine Geschenke nicht so unachtsam auspacken dürfen. Wie sollen wir jetzt wissen, bei wem wir uns für welches Geschenk bedanken sollen?« Ihr immer noch schneller Atem dampfte in der kalten Luft.

»Na und?« Er blickte zu Jack auf. »Musst du auch manchmal Dankeschön-Briefe schreiben, Jack?«

»Aber sicher, mein Junge. Ganz oft«, antwortete Jack. Er versuchte vergebens einen Blick auf die unter ihrer Kapuze verborgene Lady zu erhaschen. Der dicke, dunkle Zopf lag mit Tautropfen beperlt wie ein zahmer Nerz auf ihrer Brust.

»Miss Arbut ist meine Gouvernante. Sie hat versucht, sich umzubringen.«

»Du liebe Zeit. Jamie, das ist überhaupt nicht wahr. Wie kannst du nur so etwas erzählen?« Eleanor griff aufgebracht nach Jamies Hand. Ehe sie mit ihm davonging, wandte sie dem Kanadier ihr hochrotes Gesicht zu. »Entschuldigen Sie bitte, Mr Montgomery. Jamie hat eine ziemlich ausgeprägte Fantasie.«

Jamie ärgerte sich schrecklich über ihr Auftauchen. Auch er war jetzt sehr rot im Gesicht. Er riss sich los, nahm einen der Holzklötze, die Jack für sein Feuer gespalten hatte und warf ihn nach der Gouvernante. Er verfehlte sie nur um Haaresbreite.

Erschrocken griff Jack nach Jamies Schulter. Nie zuvor hatte er den Jungen derart aggressiv erlebt. »Also ehrlich, Kleiner – ist das etwa eine Art, Damen zu behandeln?«

»Aber ich will nicht mit ihr gehen. Du hast mir versprochen, dass ich morgen Treiber sein darf, wie Bills und Wills. Das hast du versprochen, Jack ...«

Eleanor zerrte Jamie hinter sich her und machte ihm bittere Vorwürfe. »Kein Wunder, dass deine Eltern mich zurückgeholt haben, Jamie. Du bist ja richtig wild geworden.« Ihre Kapuze glitt hinab und enthüllte die vom Schlaf noch wirren Haare, die sie zu einem unordentlichen Zopf gebunden hatte. Über die Schulter zurückgewandt sagte sie: »Danke, dass Sie auf ihn aufgepasst haben. Und entschuldigen Sie bitte seine Manieren, Mr Montgomery. Ach ja, und frohe Weihnachten!«

»Frohe Weihnachten, Miss.«

»Eleanor Arbuthnot. Elly.«

»Jawohl, Ma'am.« Jack zündete seine Pfeife erneut an und kämpfte gegen sein schlechtes Gewissen an, weil er das Versprechen nicht einhalten konnte; trotzdem war es höchste Zeit, dass der kleine Jamie endlich eine Gouvernante bekam. Er wurde allmählich wirklich anstrengend. Der Laird und Lady Anne überließen ihn einfach zu oft sich selbst. Endlich war jemand da, der die Verantwortung für den Kleinen übernehmen konnte. Und sie sah nicht einmal schlecht aus. Aber mit ihrem autoritären Gehabe konnte sie einen wirklich das Fürchten lehren.

Weihnachten war so ungefähr der einzige Tag im Jahr, an dem Jack nicht zu arbeiten brauchte, aber dennoch Lohn bekam. Weil es noch keinen Gutsverwalter gab, hatte er sich allerdings bereit erklärt, das Rotwild im Wald zu zählen, einen Bock zum Abschuss auszusuchen und die Jäger über seinen Standort zu informieren. Er hoffte inständig, dass die Damen und Herren sich königlich amüsierten, denn sonst würde er dieses Jahr keinen Bonus mehr einheimsen können.

Eigentlich durften sich in den Schonungen keine Rehe aufhalten. Jack hatte tatsächlich weder Spuren noch Losung gefunden. Zu seinen Aufgaben gehörte es, die Zäune rings um die Forste in Ordnung zu halten, denn Rehe richteten unübersehbare Schäden an den Bäumen an. Das Wild hielt sich üblicherweise am Waldrand auf, aber auch in den Auwäldern und in den Mooren von Inchnadamph, von wo sie immer freien Zugang zu Loch Garth hatten.

Jack überlegte, was er nach den erledigten Aufgaben mit dem Tag anfangen würde: Als Erstes würde er seine Jungs ins Drumbarry Arms auf eine Limonade einladen, weil Weihnachten war. Jack trank keinen Alkohol. Anschließend ging es zurück ins Schloss, wo Dolly Foxton dem Personal eine leckere Weihnachtsmahlzeit vorsetzen würde, nachdem die Lords und Ladys ihr Dinner genossen hatten.

Hübsche Augen hatte sie gehabt, und einen wirklich tollen Zopf. Jack fragte sich, ob Gouvernanten ihr Weihnachtsessen mit der Herrschaft oder mit den Dienstboten einnahmen.

12. Kapitel

Am zweiten Weihnachtstag trafen sich Rorys illustre Gäste um zehn Uhr morgens im Hof von Glengarth Castle. Countess Lizzie trug die modischste Reitkleidung, die man sich nur vorstellen konnte, und war eine ausgesprochen geübte Reiterin. Annie, die der versammelten Jagdgesellschaft den Abschiedstrunk reichte, fühlte sich an Lady Iona erinnert. Vor ihrem Reitunfall war Iona gern zur Jagd geritten.

Annie hasste Jagden, obwohl sie noch nie an einer teilgenommen hatte; dazu hatte ihr sozialer Status früher nicht ausgereicht. Doch selbst wenn man sie eines Tages dazu einlud, würde sie ablehnen. Sie fand es schrecklich, ohne Not auf Wild oder Vögel zu schießen und Tiere allein um der sportlichen Betätigung willen zu töten. Alles in ihr widersetzte sich der Vorstellung, eine Kreatur Gottes mit Hilfe von Hunden bis zur Erschöpfung zu hetzen, ihr die Kehle durchzuschneiden und dem noch warmen Körper während des Ausblutens die Leber zu entnehmen sowie die Füße abzuschneiden, die dann als Souvenirs unter die Jagdgesellschaft verteilt wurden.

Sie erinnerte sich an ein Erlebnis, das sie zutiefst verstört hatte: Eines Tages hatte sie vor ihrer Hütte auf Rill einen wundervollen Hirsch beobachtet, in dessen Augen vor Panik das Weiße sichtbar wurde. Gnadenlose Hunde und Jäger hatten ihn so lange gehetzt, bis er erschöpft ins Wasser floh. Dort hielten ihn seine Peiniger so lange fest, bis er ertrank. Anschließend hatte man das herrliche Tier vor ihren entsetzten Augen in Stücke geschnitten.

Für sie war es ein Akt der Barbarei gewesen, was menschliche Wesen da einem wehrlosen Tier antaten. Natürlich war ihr klar, dass der Adel – und damit auch die Lairds von Glengarth – die Jagd als legitime Beschäftigung ansah, aber sie mochte sich nicht daran beteiligen. Sie würde sich auch nie dazu hinreißen lassen, das Hetzen von Hirschen, Rehen oder Füchsen guten Gewissens einen Sport zu nennen.

Glengarth besaß zwar die besten Jagdgebiete in der Umgebung, unterhielt aber noch kein eigenes Hunderudel. Daher hatte sich Rory mit seinem nächsten Nachbarn, Sir John Pemberton-Fookes abgesprochen. »Sie dürfen mit Ihren Hunden, Jägern und Pikören mein Land nutzen und wir profitieren bei der Jagd von ihrer Hundemeute.« Rory war schon immer ein Spieler gewesen; daran hatten die Jahre nichts geändert.

Sir John war der älteste Sohn des wollüstigen alten Geizhalses Major Pemberton-Fookes, der bei Lady Ionas Reitunfall eine wichtige Rolle gespielt hatte. (Wie lange war das schon her!, dachte Annie.) Der Major war nach einem wüsten Zechgelage einem Schlaganfall erlegen (geschah ihm Recht!) und Sir John hatte die Residenz Inverdune auf der anderen Seite des Tals geerbt. Annie erinnerte sich noch lebhaft an die scharfen Auseinandersetzungen, die Lindsay mit dem alten Major, seinem Jagdmeister, geführt hatte. Der Sohn hatte den Titel geerbt, war aber ein erheblich angenehmerer Nachbar als sein seliger Vater.

Ehe die Gesellschaft aus dem Hof trabte, informierte Sir Johns Jagdaufseher Murchas ihn über Standort, Größe und Zustand des zum Abschuss vorgesehenen Bocks. Anschließend hielt Sir John eine kurze Ansprache, die sich vornehmlich an die Uneingeweihten richtete – in diesem Fall an die Amerikaner aus New York, die sich vermutlich im Bürostuhl sicherer fühlten als im Sattel. Die berittene Gruppe würde dem Rotwild folgen, dessen Spur die Hunde bereits aufgenommen hatten. Im Gegensatz zu Hirschen versteckte sich Rotwild nie. Das Unterholz war im Winter weniger dicht, und daher versuchte das Wild, sich in Herden zu sammeln. Um diese Jahreszeit geschah das meist am Inchnadamph.

Annie, die das barbarische Ritual sehr gut kannte, dem sowohl Lindsay als auch Lady Iona aus tiefster Seele gefrönt hatten – die Hirschsaison dauerte von August bis April und Rotwild wurde von November bis Februar gejagt; somit handelte es sich um ein fast ganzjähriges Pläsier – nahm Rorys Glas an sich und warnte: »Sei bitte vorsichtig. Du bist kein so geübter Jäger wie dein Bruder. Geh also kein unnötiges Risiko ein.«

Lizzie lehnte sich aus dem Sattel und stellte ihr Glas auf das Silbertablett, das so hoch gehalten wurde, wie Jamies Arme reichten. »Keine Sorge, Hannie, ich passe schon auf den Laird von Glengarth auf. Er wird sich das andere Bein nicht brechen. Die gute alte Lizzie ist sozusagen im Sattel geboren. In meinen Adern fließt das Blut von texanischen Cowboys, Süße.«

»Und in Papas Blut fließt Whisky. Jedenfalls behauptet Mama das«, trumpfte Jamie auf. Rorys Gäste brachen in unbändiges Gelächter aus.

»Danke dir, Annie, und dir auch, Lind ... äh, Jamie«, grummelte Rory.

Dann brach die Jagdgesellschaft auf. Sir John stellte sein Glas ab und versuchte, Lord Maxwells Pferd aus dem Hof zu drängen, um sich auf diesem Wege einen Vorteil zu verschaffen. Man wollte durch das Tal reiten, dann über die endlos weite, mit Erika und Stechginster bestandene Heide des Inchnadamph und die bewaldeten Hänge entlang bis zum Anstieg des Beinn Claideamh Mor, dem hohen Berg, der Glengarths Horizont begrenzte. Als Anführer der Gruppe hofften Sir John und Lord Maxwell, den Bock als Erste zu Gesicht zu bekommen.

Rory, der am Schluss der Gruppe reiten wollte, wendete sein Pferd im Hof so geschickt, dass es parallel zu Lizzies Pferd zu stehen kam, und sagte stolz zu Frau und Sohn: »Ha, seht ihr? Mit fünf habe ich mit meinem Vater in Indien Polo gespielt – du musst mich nicht lehren, wie man mit einem Pferd umgeht, Lizzie, altes Mädchen.«

»Das kannst du deiner Großmutter erzählen«, murmelte Annie vor sich hin und hoffte inständig, dass die Prothese und die immer noch eingeschränkte Sehkraft ihrem Mann keinen Strich durch die Rechnung machten.

Rory und Lizzie preschten davon. Schlecht gelaunt fragte Jamie wohl zum hundertsten Mal: »Mama, warum kann ich nicht mit ihnen reiten?«

»Weil die Jagd kein Sport ist.«

»Was ist sie dann?«

»Eine hässliche Grausamkeit gegenüber Mensch und Tier.«

»Wieso, Mama?«

»Sie lässt aus Menschen blutrünstige Räuber werden und verwandelt Tiere in hilflose Opfer.«

»Heißt das, dass ich niemals Dinge tun darf, die andere machen, Mama?«

»Im Augenblick ja. Wenn du erwachsen bist, kannst du selbst wählen, ob du mit den Wölfen heulen willst oder ein eigenständiges Individuum wirst, das Gut und Schlecht voneinander unterscheiden kann.«

»Ich glaube, ich werde richtig wählen.«

»Da bin ich ganz sicher. Aber ich bin deine Mutter, und bis du einundzwanzig bist, wirst du mir wohl oder übel gehorchen. Danach bist du sicher erwachsen genug, dich selbst zu entscheiden. Aber denk daran, Jamie – manche Männer werden nie erwachsen. Das ganze Leben besteht aus Entscheidungen, und eine einzige falsch getroffene Entscheidung kann dich für den Rest deines Lebens unglücklich machen.«

»Ja, Mama. Ich will versuchen, ein vernünftiger Mann zu werden.«

Der größte Teil des Hunderudels wurde von den Treibern in einem der zerstörten Gebäudeteile von Forest Lodge, dem ehemaligen Haus der Hamiltons, zurückgehalten.

Forest Lodge war vor dem Krieg bis auf die Grundmauern niedergebrannt; seither hatte man nichts zum Wiederaufbau des Hauses unternommen. Das Dach war nur noch ein Gerippe, und die Mauern bröckelten unter dem Efeubewuchs. Heidekraut, Disteln und dorniges Gestrüpp hatten die Herrschaft über die Ruine übernommen. Verkohlte Balken und Dachsparren drohten ständig einzustürzen, vor allem bei starken Stürmen, die in Wester-Ross häufig waren. Jamie war es daher nicht gestattet, in der Nähe des Gemäuers zu spielen. Ein oder zwei Mal hatte er sich trotzdem über Annies Verbot hinweggesetzt, denn seine Neugier war stärker als der Hang zum Gehorsam.

Stöberhunde waren die zuverlässigsten Verfolger von Fährten. Die Jagdgesellschaft führte fünf Paare mit, die auf der Spur blieben, ohne anzuschlagen. Gemeinsam mit dem Jäger und dem Pikör hatten sie die Aufgabe, den Bock vom Rudel abzutrennen. Sobald er auf sich selbst gestellt war, würde der Jäger den Rest des Rudels auf die Fährte ansetzen.

Der Wolfsmann hielt sich die Ohren zu. Das Rudel in Forest Lodge machte einen entsetzlichen Lärm. Auch Bills und Wills MacBride waren unter den Treibern. Niemand konnte den Wolfsmann sehen. Er verbarg sich hoch oben zwischen den rußigen Dachsparren. Die Hunde allerdings konnten ihn riechen, das wusste der Wolfsmann. Doch die beiden unerfahrenen Treiber nahmen an, dass die Hunde einfach nur unruhig waren, weil sie endlich freigelassen werden wollten. Sie dachten nicht im Traum daran, dass hoch über ihnen jemand saß, dessen Grinsen schwarze, abgebrochene Zahnstummel zum Vorschein brachte, während er seinen Kopf mit schmutzigen behandschuhten Fingern umklammerte und eine stumme, irre Freudenorgie feierte.

*

Mr Charles, Sir Johns Faktotum und gleichzeitig auch sein Pikör, positionierte sich an der Stelle, wo der Bock die Deckung verlassen musste, um zum Inchnadamph durchzubrechen. War das zum Abschuss vorgesehene Tier erst einmal von der Herde getrennt und allein, würden die mitgeführten Hunde Witterung aufnehmen. Inzwischen sollte Murchas nach Forest Lodge zurückkehren und den Rest des Rudels holen, während Mr Charles die Stöberhunde auf der Fährte hielt. Erst wenn das ganze Rudel schließlich der Fährte folgte, würde die Jagd richtig beginnen.

Heute allerdings hatte Mr Charles den Eindruck, dass etwas nicht stimmte – genau genommen stimmte an dieser Jagd rein gar nichts. Die Stöberhunde irrten umher, ohne Witterung aufzunehmen.

Auch war nicht ein einziges Stück Wild zu sehen, noch nicht einmal der ausgewählte Bock, dessen Fährte den Hunden vorgegeben worden war.

Obwohl Mr Charles aus Erfahrung wusste, dass es bei einer Jagd im Anfangsstadium oft Zeit brauchte, ehe sie wirklich losging, und die gehetzten Rehe manchmal versuchten, den Hunden zu entkommen, indem sie andere Rehe aufscheuchten und sich an ihre Stelle legten, schien das Inchnadamph heute merkwürdig leer zu sein. Kein Wild – nicht das geringste Anzeichen irgendwelcher Rehe. Weder auf den Moorflächen noch in den mit Heidekraut bestandenen Senken sammelten sich die Herden, die man noch am vorigen Tag dort gesichtet hatte.

Jack Montgomery hatte geschworen, dass sich im Wald keine Rehe mehr aufhielten. Wo aber waren sie dann? Und wo war der Rest der Jagdgesellschaft?

Erschrocken registrierte Murchas das Chaos, das sich in der Reitergruppe breit machte. Einige Reiter waren abgestiegen, andere fluchten und schimpften. Die Spürhunde schnüffelten herum, japsten, jaulten, niesten, wirkten wie aufgedreht und jagten ihrem eigenen Schwanz hinterher. Auf Befehl des Lairds von Glengarth hatte der Jagdmeister das gesamte Feld angehalten, nachdem die

Countess Albion und ein paar andere Teilnehmer vom Pferd gestürzt waren und sich verletzt hatten.

Keiner wusste, ob die Verletzten sich etwas gebrochen hatten – es herrschte absolutes Chaos. Murchas, der seinen Ruf als ausgezeichneter Jäger wahren wollte, schrie sich die Lunge aus dem Leib. Er schickte Treiber und Bedienstete in den Wald hinauf, um die Herde aufzutreiben, ehe der Nachmittag fortschritt und es damit zu dunkel für eine Treibjagd würde. »Versucht es in den Randwäldern. Möglicherweise sind die Tiere stark verängstigt und verbergen den Bock.«

»Verdammt noch mal, Murchas!« Schimpfend ritt Sir John zu seinem Oberjäger. »Was ist denn das für ein Durcheinander? Was ist mit den Hunden? Und wo ist dieser verdammte Bock? Ich habe darauf vertraut, dass Sie diese Jagdpartie vernünftig organisieren. Was zum Teufel ist hier los?«

»Keine Ahnung, Sir.«

»Dann finden Sie es eben heraus!« Verstimmt ritt Sir John davon. Ein paar Waldarbeiter und diejenigen der Jagdteilnehmer, die bereits aufgegeben hatten, halfen den Verletzten in einen Unterstand.

»He, Leute«, ließ sich Lizzie vernehmen, »wuselt nicht so um mich herum. Ich liege doch nicht im Sterben! Weißt du, Rory, ihr könnt ruhig ohne mich weitermachen. Vermutlich habe ich gewisse Probleme mit den Bergen hier. Texas ist flach wie ein Pfannkuchen, aber das hier erinnert mehr an die Rocky Mountains.«

Einer der Treiber kam aufgeregt um Atem ringend aus den Schonungen von High Hills. Mühsam rang er um Worte: »Ma... ster Mur... chas, Ma... ster Charles, der Förster ... dieser Jack Montgomery ... er ist angeschossen worden ... er ist halb tot ... die Rehe sind im Wald ... alle Zäune sind heruntergerissen worden ...«

Charles wirbelte zu Murchas herum. »So ein Mist! Sollen wir die Hunde auf ihre Fährte setzen und sie weiterhetzen?«

»Du bist wohl verrückt, Charlie. Halt bloß den Mund! Wir trommeln alle zusammen. Die Jagdpartie ist vorbei. Ich gehe und hole einen Arzt für Master Jack. Hoffentlich hat der Chef keine Unannehmlichkeiten. Aber das war bestimmt Sabotage!«

»Auf jeden Fall scheint das zu stimmten, was man sich so erzählt«, fügte Charlie hinzu. »Auf dem Schloss liegt ein Fluch!«

»Wo?«

»Auf Glengarth.«

»Ach Quatsch!« Murchas ging mit einem der Treiber in die Schonung hinauf. Er hoffte inständig, dass nicht um eines kapitalen Bocks willen ein Mord geschehen war.

*

Natürlich musste die Polizei eingeschaltet werden.

Murchas hatte Jack Montgomery zu Annies und Rorys größtem Entsetzen ohnmächtig auf dem Boden liegend vorgefunden. Er blutete aus einer schlimm aussehenden Kopfwunde und in seinem Bein steckten Hunderte von Schrotkugeln. Kreuz und quer über das Moor von Inchnadamph waren Fallstricke gespannt und überall war Pfeffer verstreut worden.

In der Nacht zuvor musste jemand das Wild vom Inchnadamph in die Schonungen getrieben haben, nachdem er die Wildschutzzäune umgekippt und zerstört hatte. In den Aufforstungsgebieten hatte keine Jagdpartie etwas zu suchen: Es gab genügend Moor und Heide, wo man der Jagdleidenschaft frönen konnte. Doch der Saboteur hatte viele der jungen Bäume ruiniert, als er das Rotwild in die Schonung trieb.

»So eine Schweinerei!«, schimpfte Lord Robert Maxwell, als er nach der abgebrochenen Treibjagd in die Eingangshalle des Schlosses stapfte. Nun würde er zu allem Überfluss auch noch die Fragen eines Dorfpolizisten beantworten müssen – welche Demütigung! Maxwell war ziemlich schmutzig, aber unverletzt geblieben. Die Tatsache, dass er seinen Lieblingssport heute unverhofft nicht hatte ausüben können, versetzte ihn in unglaublich schlechte Laune. Kaum saß er vor dem großen Holzfeuer, begann er erneut zu lamentieren. »Roskillen, Sie müssen die Verantwortlichen dingfest machen – wer immer es gewesen ist. Auf meinem Besitz hätte ein Saboteur keine Chance; er würde sofort erschossen.«

Rory versuchte, den aufgebrachten Lord mit einem doppelten Whisky zu besänftigen. Er wusste nicht, was er sagen sollte. Gemeinsam warteten sie auf Nachrichten von Jack Montgomery, der in das kleine Krankenhaus von Drumbarry gebracht worden war.

Die Polizei hatte darum gebeten, dass sich alle Teilnehmer an der Jagdpartie zur Verfügung halten sollten; nur Sir John, der selbst Staatsanwalt war, hatte sich über die Bitte hinweggesetzt und war nach Inverdune zurückgekehrt. Er ärgerte sich über den verschenkten Tag und den Schmerz, den Pferde, Hunde und Menschen – in genau dieser Reihenfolge – hatten erleiden müssen.

Lizzie war zwar übel gestürzt, hatte sich aber glücklicherweise nichts gebrochen, als sich die Hufe ihres Pferdes in den mutwillig ausgespannten Fischnetzen verfingen. Rory hoffte, dass sich diese Unannehmlichkeit nicht negativ auf Lizzies Bereitschaft auswirken würde, in das zukünftige Jagdressort Glengarth zu investieren.

Lizzie gab sich jedoch außergewöhnlich fröhlich. Sie nahm alles von der heiteren Seite. In den Gästeunterkünften half ihr Eleanor Arbuthnot aus den feuchten und verschmutzten Kleidern, während Mrs Kemster ein Bad für sie einließ.

Als die Haushälterin bemerkt hatte, dass die Dame, die sie für ein schlecht erzogenes Hausmädchen aus Übersee gehalten hatte, in Wirklichkeit eine echte Countess war, war sie sehr rot geworden und hatte sich wortreich bei Lizzie entschuldigt. Sie erklärte, sie sei sehr müde und durchgefroren gewesen und hoffe, nie wieder einen solchen Fehler zu begehen. Aber Lizzie hatte es ihr nicht übel genommen. »Wissen Sie, Mrs Agatha, ich bin nicht sehr nachtragend«, hatte sie gegrinst. »Am besten, Sie suchen Seine Lordschaft auf und entschuldigen sich bei ihm. Nicht, dass er Sie am Ende noch in eines seiner Verliese sperrt!«

Mrs Kemster konnte sich dem Laird von Glengarth gegenüber gar nicht ehrerbietig genug zeigen, nachdem sie ihn zuvor irrtümlich für einen Lakaien gehalten hatte. Jetzt musste nur noch die Countess als wichtigster Gast bei Laune gehalten werden. Und tatsächlich: Zur Feier des Tages gab es sogar fließendes heißes Wasser!

Als Lizzie die braune Brühe sah, die aus den Wasserhähnen sprudelte, schrie sie laut auf. Zunächst dachten alle, es hätte mit ihrem verletzten Knöchel zu tun. »Igitt, Mrs Agatha! Lassen Sie das sofort ablaufen. Nie und nimmer lege ich mich in diese Schweinerei. Ist das Whisky? Vielleicht sogar Jauche?«

Agatha Kemster war zwar schockiert über Lizzies Ausdrucksweise, aber in diesem merkwürdigen Haushalt hatte sie sich schon an einiges gewöhnt. »Das kommt vom Torf, Countess«, versuchte sie zu erklären.

»Ist mir egal, woher es kommt – in dem Zeug bade ich nicht!«

»Versuchen Sie es, Lizzie«, sagte Annie, die soeben mit angewärmten Handtüchern das Bad betrat. »Es ist das sauberste Wasser, das Sie sich vorstellen können. Es kommt aus unserem eigenen Berg und wird durch den Torfboden des Inchnadamph gefiltert; daher die goldene Farbe. Dieses Wasser tut übrigens der Haut ausgesprochen gut.«

»Ganz sicher, Süße?«, fragte Lizzie mit einem Anflug von Zweifel. »Darf ich den bandagierten Fuß mitbaden, oder soll ich ihn lieber trocken halten?«

»Wie Sie möchten«, antwortete Annie. »Das Wasser lässt die Bandage ein wenig einlaufen. Damit verhindern Sie ein weiteres Anschwellen. Dem Knöchel schadet das überhaupt nicht.«

»Ach, Hannie, Sie sind wirklich ein Engel.«

Lizzie fühlte sich wie die Königin von Saba. Alle kümmerten sich um sie. Die Haushälterin, die für ihre geringe Körpergröße ausgesprochen stark war, und die Gouvernante, von der man das trotz ihrer hoch gewachsenen Gestalt ganz und gar nicht behaupten konnte, halfen der Countess Albion in die Wanne. Lizzie hielt Eleanor ihr Whiskyglas hin. Rory hatte ihr eine Sonderration seines Hausmittels gegen Schmerzen und Unannehmlichkeiten zur Verfügung gestellt. »Jetzt kann ich wenigstens so tun, als badete ich in Scotch. Elly, Süße, füllen Sie doch bitte das Glas nach.«

Lizzie betrachtete ihren verletzten Fuß, der schmerzend über den Rand der Badewanne hing. Schließlich entschloss sie sich, Annie zu vertrauen, und tauchte ihn samt Bandage in das heiße, braune Wasser.

Es tat ungeheuer wohl. Wenn jetzt noch Elly mit dem Whisky käme – wie wohl würde sie sich dann erst fühlen! Glücklich döste Lizzie vor sich hin. Sie begann, Glengarth wirklich aus ganzem Herzen zu mögen.

Innerhalb einer halben Stunde war alles vorbei. Die Polizisten waren gekommen, hatten ihre Fragen gestellt, die Antworten aufgeschrieben und waren wieder verschwunden. Die Damen waren noch immer in ihren Bädern, während die Herren sich die Zeit vor dem Abendessen mit Gesprächen vertrieben.

»Haben Sie irgendeine Ahnung, wer der Missetäter sein könnte?«, wandte sich Lord Jedburgh an Rory.

Rory zuckte die Schultern. Im Grunde war er froh, dass der Bock überlebt hatte. Aber es tat es ihm sehr Leid, dass Jack angeschossen worden und Lizzie vom Pferd gefallen war, und dass sich auch einige andere Jagdteilnehmer verletzt hatten, als die Hufe ihrer Pferde sich in den Fischnetzen verfingen. Er zündete sich eine Zigarre an und machte es sich in einem Sessel gemütlich. Jeder Muskel seines Körpers sehnte sich danach, so massiert und durchgewalkt zu werden, wie Lizzie vermutlich jetzt massiert wurde. Aber was tat man nicht alles, um die Countess bei Laune zu halten!

Vorerst müsste ein Whisky genügen. Später würde auch er ein heißes Bad nehmen, wenngleich ihm leider nur Gamin und Ackker zur Verfügung standen.

Plötzlich stand Jamie vor ihnen. Er hatte hinter einem Sessel gespielt. »Ich weiß, wer es war.«

»So, so, du weißt es also, mein Kleiner.« Lord Jedburgh hob überrascht die wild wuchernden weißen Augenbrauen. Jamie schien immer irgendwo aus dem Nichts aufzutauchen. »Und? Wer war es?«

»Er heißt Wolfsmann.«

»Wolfsmann! Du lieber Himmel!«

»Er ist der böse Geist von Glengarth. Wissen Sie, ein heiliger Mann in Indien hat unsere Familie verflucht.«

Lord Robert Maxwell, der auf der anderen Seite des Feuers saß, nieste und nahm sofort eine weitere Prise Schnupftabak aus einer kleinen Dose aus Sèvres-Porzellan. »Man sollte ihn auspeitschen. Die Fährte verwischen, die Spur unkenntlich machen, die Hunde verwirren, die Pferde straucheln lassen, Jagdteilnehmer verletzen, den Oberförster anschießen ... muss ich fortfahren? Verdammt sollen sie sein, diese Jagdgegner. Sie erinnern mich irgendwie an die Frauen aus der Suffragetten-Bewegung. Die haben sich auch so aufgeführt. Glauben Sie mir, Roskillen, diese Leute schrecken vor nichts zurück. Sie würden vermutlich sogar einen Menschen umbringen, um die Jagd zu stoppen. Beinahe wäre es ja heute so weit gewesen. Hoffentlich schnappt die Polizei den Kerl möglichst bald und buchtet ihn so lange wie möglich ein. Noch besser wäre es, ihn gleich aufzuhängen.«

Die Nacht war klar und hell. Es ging auf Mitternacht zu. Nordlichter flackerten über den Himmel. Jetzt im Winter sah man sie sehr deutlich. Annie zog ihren Umhang fester um die Schultern und stopfte vereinzelt flatternde Haarsträhnen darunter. Sie tat das, wonach sie sich immer gesehnt hatte: Sie lief barfuß, wie zu Lindsays Zeiten. Weder das Wetter noch der gefrorene Boden machten ihr etwas aus. Die kleine Wilde war endlich heimgekehrt.

Annie wurde von zwei Fenstern aus beobachtet. Beide Beobachter nahmen sich vor, bis zu ihrer Rückkehr wachsam zu bleiben.

Annie ging hinunter zum See und stieg auf der entgegengesetzten Seite zur Forest Lodge am Rand des Inchnadamph empor. Sie betrat die Ruine und sagte sanft auf Gälisch in die Finsternis: »Ich weiß, dass du da bist, also versteck dich nicht. Was spielst du für ein Spielchen?«

Es blieb völlig still.

»Komm heraus, Aeneas. Wieso hast du unseren Förster angeschossen?«

Plötzlich drang ein rauer Singsang aus der Finsternis. Annie erschrak. *»Romulus und Remus, die träumen, die träumen ... Maggie-Rabs Kinder sind Sünder, sind Sünder ... Wolfskinder, Herdanzünder ... Blutsauger, Auslauger ...«*

»Hör sofort damit auf!« Annie hielt sich die Ohren zu.

Der Singsang verstummte. In der Stille hörte Annie Aeneas atmen. Sie bekam eine Gänsehaut. Sie konnte nicht vorhersehen, ob er ihr etwas antun würde, aber sie musste ihn unbedingt erreichen. Irgendwie.

»Was willst du von mir, Aeneas?«

»Mein rechtmäßiges Erbe.« Die erstickte Antwort von irgendwo oberhalb ihres Kopfes.

»Forest Lodge?«

»Nein, Glengarth. Es steht mir zu. Du und er, ihr habt es mir weggenommen.«

»Das ist nicht wahr und du weißt es auch.«

»Heirate mich, Annie. Ich habe dich als kleiner Junge so sehr geliebt.«

»Ich bin bereits verheiratet, Aeneas.«

»Aye. Mit diesem Sassenach. Du hast bekommen, was du wolltest. Und was ist mit mir? Was bleibt für *mich* übrig, Annie Gowrie? Du hast dich von mir abgewandt. Du hasst mich ...« Ein lautes Schluchzen durchbrach die Barriere seines Schmerzes.

»Was mit Forest Lodge geschehen ist, hat nichts mit mir zu tun«, sagte Annie eindringlich.

Er lachte irre.

Annie musste ihn sehen. Sie musste Auge in Auge mit ihm sprechen, wenn sie ihm den Kopf zurechtrücken wollte. »Aeneas, bitte, tu uns das nicht an. Komm runter und lass uns miteinander reden.«

Er sprang und landete wie ein grotesker, mit den Armen wedelnder Schimpanse gelenkig vor ihren Füßen. Sein Geist war nicht mit dem Körper gewachsen; er war nach wie vor ein kleiner Junge, der in einem Männerkörper steckte. Das irre Lachen ängstigte jeden, der mit ihm in Berührung kam. Aeneas bedeutete für Annie ein Stück Erinnerung an ihre eigene Vergangenheit, eine Erscheinungsform des Todes. Er war wie ein Teil des Fluches, mit dem Glengarth behaftet war.

»Blutsauger, Auslauger ...« Er tanzte wie ein Irrwisch vor ihr herum. Das Mondlicht verzerrte seinen Schatten.

Annie streckte die Hand aus und versetzte ihm eine schallende Ohrfeige. Aeneas Wolfsmann fiel rücklings in das bereifte Gras. Die nicht narbige Seite seines Gesichtes war jetzt genauso rot wie die andere. Er blieb liegen, die Beine in Embryonalstellung angewinkelt, weinte und lachte gleichzeitig, schluchzte und fluchte. Annie kniete neben ihm nieder und nahm sein Gesicht in beide Hände.

»Aeneas, tu das nicht. Bitte! Ich bitte dich darum. Ich bin gekommen, um dir zu helfen, aber bitte mach Rory, Jamie und mir nicht alles kaputt.«

Als sie ihre Familie erwähnte, beugte er sich vor und biss ihr heftig in den Arm. Vor Schmerz und Angst ließ sie ihn sofort los. Wie eine Schlange kroch er im blassen Mondlicht von ihr weg. Speichel rann aus seinem Mund. *»Blutsauger, Auslauger ... Aeneas, wer ist das ... Maggie-Rab, hau doch ab ... Lindsay, hey, hey ... schönes altes Glengarth, welche Farce, welche Farce ... Lug und Trug ... Pferde-Herde ... Blutsauger, Auslauger ...«*

Er verschwand zwischen dem Stechginster und dem Heidekraut des Inchnadamph. Einst hatte Annie dort im Frühjahr zwischen gelben Blumen gelegen und war glücklich gewesen – so unendlich glücklich! Aber die schönen Tage waren für immer dahin. Niemals mehr würde sie dieses tiefe Glücksgefühl empfinden ... Ein bitterer Schmerz machte ihr das Herz schwer. Sie weinte verzweifelt.

Was hatte sie den Hamiltons und Forest Lodge nur angetan? Und alles nur, weil sie zu sehr geliebt hatte!

13. Kapitel

Der legendäre Fluch von Glengarth schien wieder zum Leben erwacht zu sein. Dieses Mal zeigte er sich im Irrsinn von Aeneas, dem Wolfsmann. Als dieser dreizehn gewesen war, in einem sehr verletzlichen und gefährlichen Alter, war er das Opfer einer entsetzlichen Tragödie geworden und hatte sich seither geistig nicht mehr weiterentwickelt. Er war ein kleiner Junge, der im Körper eines Mannes steckte, und nicht merkte, dass die Welt sich inzwischen weiter gedreht hatte.

Annie musste daran denken, dass nicht nur Aeneas unter den traumatischen Folgen eines schrecklichen Erlebnisses zu leiden schien, sondern auch Eleanor. War sie eigentlich erst *nach* dem Tod ihres Verlobten aus ihrem seelischen Gleichgewicht geraten oder schon vorher?

Annie dachte daran, wie wenig selbstsicher ihr Eleanor immer erschienen war. Nicht nur ihre hastige, ziemlich überstürzte Affäre mit einem amerikanischen Soldaten war ein Beweis dafür, sondern auch der Selbstmordversuch nach seinem Tod. Und wie sie gebettelt und gefleht hatte, um wieder bei ihnen aufgenommen zu werden! Sie hatte behauptet, die Schwestern hätten ihr das elterliche Erbe vorenthalten wollen – welches Erbe? Rory hatte Annie erzählt, dass Vater und Mutter Arbuthnot nach dem Bankrott ihrer Weberei ihr gesamtes Vermögen verloren hatten. Es waren auch nicht die Schwestern gewesen, die Eleanor in eine geschlossene Anstalt hatten einweisen lassen – der behandelnde Arzt hatte diese Maßnahme nach dem Selbsttötungsversuch für notwendig gehalten.

Eleanor Arbuthnot gab tatsächlich einige Rätsel auf und war daher auch jetzt wieder Thema ihrer Unterhaltung.

Nach den Worten Lady Maxwells zu urteilen, war Miss Arbuthnot zur Familie Roskillen zurückgekehrt, weil niemand anders sie nach ihrem Nervenzusammenbruch weiter beschäftigt hätte. Auch ihren früheren Posten bei Lady Maxwells jüngstem Sohn Havers hatte sie wegen ihres neurotischen Verhaltens verloren, gab Lady Maxwell nun zu. Selbst Sadie Jedburgh ließ sich zu der Feststellung hinreißen, sie halte Annie für recht mutig, Miss Arbuthnot nach ihrem »Unfall« wieder einzustellen. Fürchtete Annie nicht, die Gouvernante könne Jamie oder dem Baby etwas antun?

Nein. Annie war sich inzwischen sicher, dass Eleanor niemals einem Kind etwas zu Leide tun würde. Elly suchte Zuwendung. Sie suchte Sicherheit und einen Sinn in ihrem Leben. Daher hatte sie sich Hals über Kopf in ihre Liebe zu Theo Longmorn gestürzt. Sie wollte lieben und geliebt werden.

»Elly ist schlau, intelligent, witzig, attraktiv und sehr feinfühlig«, sagte Rory, der für sie in die Bresche sprang. Alle mussten zustimmen.

»Ganz zu schweigen von ihrer Schwäche für ausgefallene Hüte«, sagte Sadie Jedburgh und zwinkerte Beth zu. »Waren das abgelegte Exemplare aus Ihrem Besitz?«

»Warum auch nicht?«, verteidigte sich Beth. »Mit etwas musste sie ja anfangen!«

»Nett von Ihnen.«

»Ach, die arme Elly. Sie möchte so gern hoch hinaus«, seufzte Lady Maxwell.

»Sie sieht doch gut aus«, warf Lord Jedburgh ein. »Eigentlich braucht sie nur einen guten Ehemann. Einen, der sie beschützt, was, Roskillen?«

»Ganz richtig!« Für Annies Geschmack stimmte Rory ein wenig zu enthusiastisch zu.

»Aber warum findet sie keinen?«, erkundigte sich Lizzie erstaunt.

»Weil Eleanor die Männer verschreckt. Sie will unbedingt geheiratet werden«, sagte Beth Maxwell und Sadie Jedburgh nickte. »Liebste Lizzie, Männer riechen es über Meilen, wenn eine Frau sich zu sehr bemüht.«

Lizzie hatte ihren Fußknöchel auf einen Sessel gebettet. Sie lachte schallend. »Also ehrlich, bei mir hatte das nie eine negative Wirkung. Ich war so oft verheiratet, dass ich gar nicht mehr mitzähle.«

Lady Jedburgh fühlte mit Lizzie – war es doch noch nicht allzu lange her, dass sie selbst an einem verstauchten Knöchel laboriert hatte. Sie erinnerte sich sehr deutlich, wie unangenehm es war, sich nicht ungehindert bewegen zu können. »Das ist nicht ganz das Gleiche, meine Liebe. Elly ist längst nicht so reich wie Sie.«

»Da haben Sie Recht ... außerdem bringt sie die Männer immer aus der Fassung«, brummte Eddy Jedburgh.

Annie lauschte dem Klatsch und hing weiter ihren Gedanken nach.

Rätsel gab ihr auch Agatha Kemster auf, die merkwürdige Witwe aus Aberdeen, die immer alles genauestens beobachtete und auf irgendetwas zu warten schien, ständig predigte ... Irgendetwas stimmte nicht mit ihr.

Sie dachte auch darüber nach, was sie im Hinblick auf Aeneas unternehmen sollte. Wie sollte sie mit seinem verrückten Benehmen und seiner Besessenheit fertig werden, den Traum von Glengarth für sie und Rory zu zerstören, noch ehe er richtig angefangen hatte?

Natürlich wusste Rory sehr gut über seinen gestörten Cousin Bescheid, aber er war ganz anders geartet als Lindsay. Rory lehnte sich lieber in seinem Sessel zurück und tat nichts, wie es seiner Haltung gegenüber dem Leben im Allgemeinen entsprach. Er war der Meinung, dass die Dinge sich von selbst arrangierten, dass alles nur noch schlimmer wurde, wenn man hektisch eingriff und dass jedem Teufel ein Schutzengel auf dem Fuß folgte. Im Übrigen gehörte Aeneas zur Familie, wenn auch nicht in direkter Linie, und Rory hätte es niemals fertig gebracht, einen Verwandten der Polizei auszuliefern.

Mit alledem war Annie durchaus einverstanden, nur der Mordversuch an Jack Montgomery störte sie ernsthaft. Auge um Auge, Zahn um Zahn, hätte Lindsay gesagt und den Schuldigen seiner gerechten Strafe zugeführt.

Glücklicherweis erholte Jack sich bereits von seinen Verletzungen. Er konnte sich an nichts erinnern, was an jenem Tag im Wald vorgefallen war, und war den ermittelnden Polizisten keine große Hilfe. Seine letzte Erinnerung bezog sich auf Wills, der ihn mit der Nachricht überrascht hatte, die Zäune um die beinahe schlagreife Schonung in High Hills seien umgeworfen und eingerissen worden. Sollte Wildverbiss entstehen, wäre das ein kaum schätzbarer Verlust für Glengarth. Also war Jack sofort losgestürmt, um den Schaden in High Hills zu kontrollieren. Es war der zweite Weihnachtstag gewesen, und unmittelbar zuvor hatte man ihm gemeldet, dass die Jagdpartie in Kürze aufbrechen wollte. Genau in diesem Augenblick hatte man aus dem Wald auf ihn geschossen. Jack hatte keine Ahnung, wer es gewesen sein könnte. Er war gestolpert und hatte sich den Kopf an einem Baumstumpf angeschlagen; danach erinnerte er sich an nichts mehr.

Ob er dachte, dass jemand ihn absichtlich mit einem Stück Holz oder einem Gewehrkolben bewusstlos geschlagen hätte, hatten ihn die Polizisten gefragt.

Wer sollte so etwas tun? Jack fiel niemand ein, der ihn so sehr hasste, dass er seinen Tod in Kauf nahm. Aber natürlich hätten es auch mehrere sein können, die sich die Arbeit der Sabotageaktion geteilt hatten.

Der junge Polizist aus Drumbarry, der an Jacks Bett im Krankenhaus saß, notierte abschließend in sein Büchlein, dass Mr Montgomery nach seiner Kopfverletzung noch etwas verwirrt zu sein schien und sich nicht an die Ereignisse des zweiten Weihnachtstages erinnern konnte.

Natürlich machten sich Annie und Rory Sorgen um Jack. Doch die Nachrichten, die Dr. Ben Buckie über die einzige, etwas krächzende und nie sehr stabile Telefonleitung übermittelte, waren ermutigend.

Jack stand zwar noch unter Schock und fühlte sich ein wenig schwach, doch die Schrotkugeln waren erfolgreich aus seinem Bein entfernt worden. Wenn die Wunden erst einmal abgeheilt waren, würde er bald wieder arbeiten können; er verfügte über eine starke Konstitution. Die Kopfwunde sah schlimmer aus als sie war; der Arzt hatte sie mit ein paar Stichen genäht und außer ein paar Tagen Kopfschmerz würde nichts zurückbleiben.

Annie und Rory waren erleichtert. Jack ging es den Umständen entsprechend gut und es würde keine Morduntersuchung auf ihrem Besitz stattfinden. Wenn man es recht bedachte, hatte Jack schließlich selbst ein Gewehr dabeigehabt, als er stolperte und sich den Kopf stieß. Möglicherweise war der Schuss in sein Bein versehentlich losgegangen. Zumindest war ein solcher Vorfall nicht ganz von der Hand zu weisen. Immerhin war der Förster ziemlich aufgeregt und nervös gewesen, weil flüchtendes Rotwild seine kostbaren Bäume zu beschädigen drohte. Vielleicht war der Unfall ja auf mangelnde Vorsicht seinerseits zurückzuführen.

Rory hatte den beiden Polizisten die niedergerissenen Zäune gezeigt, die sicher nicht auf das Konto von Tieren gingen: Rehe konnten weder die Pfähle umgehackt noch die Verdrahtung mit einer Zange durchgeschnitten haben. Auch war es ziemlich unwahrscheinlich, dass sie Fallstricke in Form von Fischnetzen über das Moorgelände des Inchnadamph legten.

Die Polizisten gaben zu, dass es eine Fremdeinwirkung gegeben haben musste und dass sie Rory auf dem Laufenden halten würden, sobald weitere Beweise gefunden waren. Falls in der Zwischenzeit irgendwer weitere Informationen hätte, wäre ihnen das eine große Hilfe. Die Beamten erklärten, sie seien ausgesprochen interessiert daran, Näheres über die merkwürdigen Ereignisse am zweiten Weihnachtstag zu erfahren.

Doch die Gäste machten ihrem Zweifel lautstark Luft, als die Beamten Glengarth verlassen hatten.

»Wer's glaubt!«

»Ja, ja.«

»Das war's dann wohl!«

»Viel Lärm um nichts hier in Drumbarry!«

Die Reaktion der einflussreichen und blaublütigen Gäste auf Schloss Glengarth, die samt und sonders aus großen Städten kamen und sich bereits die ganze Zeit über die Landgendarmen und ihre Ermittlungsmethoden lustig gemacht hatten, war ein Zeichen ihrer Ungeduld. Was kannten diese Polizisten schon? Vermisste Schafe und davongelaufene Hirsche!

»Ich glaube, wir sollten einen Wildhüter einstellen«, sagte Rory zu Annie. »Es geht nicht an, dass Jack sich neben seiner Arbeit auch noch darum kümmern muss.«

Annie stimmte zu, obwohl sie für zusätzliche Einstellungsgespräche kaum Zeit hatte; die Tage in Glengarth waren mehr als ausgefüllt. Doch Rory überließ ihr solche Aufgaben gern, denn sie war in Glengarth geboren und aufgewachsen; wenn jemand über Wildhüterei und die damit verbundenen Aufgaben Bescheid wusste, dann sie.

»Wo soll ich inserieren? In der ›Wester-Ross Weekly‹ oder im ›Scotsman‹? Beide auf ein Mal können wir uns nicht leisten.«

»Eigentlich brauchen wir überhaupt nicht zu inserieren. Der richtige Mann ist bereits hier.« Rory wirkte ein wenig blasiert, als er seine Zigarrenspitze kappte.

»Ist er das? Wer denn?«

»Tally!«

»Tally?«, hakte sie unwirsch nach. »Der alte Stiesel? Spinnst du, Mylaird?«

»Kann schon sein. Aber ich hoffe nicht. Er braucht einen Job, um nicht wieder auf die schiefe Bahn zu geraten. Bis die Whisky-Brennerei richtig anläuft, hat er hier nicht viel zu tun; lassen wir ihn doch inzwischen als Wildhüter arbeiten. Außerdem erspart uns das ein weiteres Gehalt. Ich werde ihn darauf hinweisen, dass er immer noch auf Bewährung ist und wir ihm eine gewisse Vergütung bieten – je nachdem, wie gut seine Arbeit ist.«

Annie konnte seiner Logik nicht ganz folgen. »Und in der Zwischenzeit bestiehlt er uns nach Strich und Faden?« Das war wieder einmal eine typische Rory-Idee!

Annie wagte sich ein zweites Mal in Aeneas Nähe und warnte ihn, dass man ihn, sollte er sich weiterhin als Saboteur betätigen, auch als solchen behandeln und verhaften lassen würde. Dabei steckte sie ihm einen Umschlag mit Geld zu.

»Also werde ich rausgeworfen, nicht wahr, Maggie Rab?«, grinste Aeneas.

»Aye. Ein unerwartetes Erbe. Darauf hast du doch immer gewartet, nicht wahr?«

»Aye, du Hexe. Bekomme ich jetzt Silber, um so gebildet zu werden wie dein Sassenach?« Er machte sich über sie lustig. »Ich könnte es auch vertrinken. Wie mein Vater, der sich im River Clyde ertränkt hat, nicht wahr, Maggie Rab?« Aeneas wischte sich mit dem Handrücken den Speichel aus den Mundwinkeln. Er ärgerte sich. Hilflos musste er mit ansehen, wie man ihm alles wegnahm, und sehen, was man ihm vorenthielt. Und jetzt wurde er sogar bestochen, Glengarth zu verlassen – von einem Mann und einer Frau, die sicher weniger Recht als die Hamiltons hatten, sich dort aufzuhalten. Diese Sache würde er ihnen lebenslänglich nachtragen. Niemals würde er die Knie vor Rory und Annie beugen. Aber ihr Bestechungsgeld, das würde er annehmen, so viel war sicher!

Aber wenn er seine Trümpfe vorsichtig ausspielte und erst einmal alles tat, was die Bewohner von Glengarth von ihm verlangten, und abwartete – dann würde man sehen, wer am längeren Hebel saß! Der neue Laird stand schließlich in dem Ruf, ein draufgängerischer Spieler zu sein.

»Ganz gleich, was du mit dem Geld oder aus dir selbst machst,

Aeneas – Hauptsache ist, du gehst und lässt uns in Ruhe. Rory muss sich um so vieles kümmern; jemanden wie dich, der mit seiner seltsamen Gerechtigkeitsauffassung die Roskillens zu zerstören droht, kann er wirklich nicht brauchen.«

Aeneas wog den braunen Umschlag abschätzend in der Hand. Einen Moment lang fürchtete Annie, er könne sein Wolfsgeheul ausstoßen, aber er antwortete nur unerwartet vernünftig mit trauriger Stimme: »Ach, Annie, die Lairds von Glengarth haben schon lange vor Lindsay ihren Weg mit Bestechung und Korruption geebnet. Was soll ich nun mit diesem Geld tun? Meiner toten Mutter einen teuren Kranz kaufen? Oder vielleicht meinem Vater? Bruce? Und wohin soll ich ihn legen, den Kranz meiner Trauer? Weißt du es, Annie Gowrie? Wem soll ich ihn zu Füßen legen?«

Oh, wie sehr wünschte Annie sich, sie könnte jetzt sagen: *Bleib, Aeneas. Bleib und werde unser Wildhüter. Wir brauchen jemanden, der Glengarth frei von Wilderern, Dieben, Gaunern hält ...* Doch sie wusste, sie durfte es nicht tun. Ihm eine derart untergeordnete Stellung anzubieten, auch wenn er sonst nichts hatte, wäre die schlimmste aller Beleidigungen für ihn gewesen. Noch schlimmer als das Geld ...

Sie trat auf ihn zu und nahm ihn in die Arme. Den Kopf gegen den alten Uniformmantel gelehnt, den er wahrscheinlich einem Soldaten gestohlen hatte, hielt sie seinen stinkenden, ungeliebten und missbrauchten Körper fest, den Körper eines jungen Mannes, dem man die Seele herausgerissen hatte. »Gott segne dich, Aeneas. Pass auf dich auf.«

»Ich tue das nur für dich, Annie«, schluchzte er.

»Ich weiß.«

»Niemals würde ich weggehen, wenn jemand anderes mich darum bitten würde.«

»Auch das weiß ich.«

»Ich liebe dich, Annie. Ich habe dich immer geliebt. Und nur weil *du* mich darum bittest, gehe ich weit weg und lasse dich dein Leben mit diesem Hochstapler in Frieden leben.«

»Rory ist kein Hochstapler, Aeneas. Als einziger Bruder Lindsays hat er den Titel und Glengarth geerbt. Und jetzt geh bitte. Und kein weiterer Spuk, keine Flüche und keine hässlichen Erinnerungen. Wir müssen die Vergangenheit hinter uns lassen, Aeneas. Unbedingt. Die Gegenwart ist ein Geschenk, und das darfst du nie vergessen.«

Für Jack Montgomerys Unfall wurde letztendlich niemand belangt und ein ähnlicher Vorfall wie an jenem denkwürdigen zweiten Weihnachtstag des Jahres 1918 wiederholte sich nicht mehr.

Trotz ihres verstauchten Knöchels hatte Lizzie mehr Spaß denn je. Für sie war dieses Weihnachtsfest voller Intrigen, Sabotage und Beinahe-Morde im Schoß einer richtigen Familie die beste Unterhaltung, die sie sich denken konnte. Im Voraus buchte sie auf Jahre hinaus die Zeit vom ersten bis einunddreißigsten August und einen weiteren Monat im Winter, um Weihnachten und Silvester auch in Zukunft auf Glengarth verbringen zu können.

In der »Wester-Ross Weekly« erschien ein nicht gerade schmeichelhafter Artikel über Glengarth. Rory war jedoch der Meinung, dass jede Art von Werbung gut sei, so lange sie ihr Unternehmen bekannt machte.

»Nachdem Schloss Glengarth in Wester-Ross von der Admiralität aufgegeben und wieder von Privatleuten übernommen wurde, haben es die Reichen und Schönen dieser Welt zum Feriendomizil erkoren. Von hier aus können sie der fortgesetzten Dezimierung und Entweihung von Flora, Fauna und Nachbarschaft frönen. Rotwild, Hirsch, Wildschwein, Salm, Moorhuhn, Fasan, ja selbst Schottlands berühmter großer Auerhahn – kein Tier entgeht dem fast ganzjährigen Schlachtfest, das landläufig Jagd genannt wird. Doch so sieht das neue Gesicht Glengarths nun einmal aus. Der altehrwürdige Besitz, der seit mehr als sechshundert Jahren den Lairds von Ross-Shire und den Outer Isles gehört, hat den Schritt ins zwanzigste Jahrhundert vollzogen. Die Zeiten der Schwert-

kämpfe, der Dolchmorde, der eisernen Kanonen und der Musketenschüsse sind endgültig vorüber. Es gibt keine Fehde mehr zwischen Engländern und Schotten, die Schreie der Gefolterten in den Verliesen sind verstummt, kein Gespenst spukt mehr durch düstere Korridore und verwunschene Türme. Die blutrünstige Vergangenheit von Glengarth hat Platz für eine lukrativere Tötungsmaschinerie gemacht.

Lord Rory und Lady Anne haben sich das Ziel gesetzt, den Markt amerikanischer Millionäre zu erobern und Texaner um ihre Einkünfte aus dem Verkauf des schwarzen Goldes – Dank sei Mr Ford und seinem Automobil – zu erleichtern. Sie vermitteln unseren vulgären amerikanischen Vettern gegen gutes Geld das Gefühl, für die Zeit ihres Aufenthalts im Schloss echt schottische Lords und Ladys zu sein. Lasst uns die Mützen abnehmen und unser Whiskyglas auf das Wohl von Rory und Anne Roskillen auf Glengarth erheben: Ich für mein Teil werde für den nächsten Sommer buchen.«

Unterzeichnet war der Artikel von einem gewissen Glums Aleck von der »Wester-Ross Weekly«.

»Verschone uns!«, seufzte Annie. »Wir brauchen keinen Aleck in Glengarth. Der macht uns nur das Leben schwer.«

In der Zeitschrift »Scottish Country Life« hingegen erschien eine mit dem schwarzen Gold der Countess Albion bezahlte ganzseitige Anzeige, die das Leben auf Schloss Glengarth in den schönsten Farben ausmalte.

»Eines der schönstgelegenen und interessantesten schottischen Schlösser befindet sich im Besitz eines jungen, gut aussehenden Marineleutnants, der bei der Schlacht vor dem Skagerrak schwer verwundet wurde. Laird Rory Roskillen von Glengarth ist einer der letzten Nachkommen keltischer Ureinwohner und *gälisch sprechender Bevölkerung. Sein Schloss lebt und atmet Geschichte und die Lage ist erstklassig – was für eine Landschaft! Viele Menschen würden einiges dafür geben, ein Schloss besuchen zu dürfen, das den Minch und die Äußeren Hebriden überragt, ganz zu schweigen davon, ein solches Vermächtnis selbst zu besitzen. Rory Roskil-*

len führt neben dem Titel des Laird von Glengarth den eines Laird der Outer Isles, sitzt im Magistrat seines Bezirks und trägt viele weitere Auszeichnungen – eine bemerkenswerte Karriere für einen so jungen Mann.

Besuchen Sie Glengarth, und Sie werden an der herrschaftlichen Tafel gemeinsam mit dem Laird speisen, dessen Vorfahren auch heute noch in den Korridoren des alten Schlosses spuken, vor allem in den alten Gewölben von Duncans Turm. Zum Frühstück serviert man hier Räucherhering und fremdartige Gerichte, die der Lord in seiner Kindheit in Indien schätzen gelernt hat. Das mittägliche Büfett besteht aus kaltem und warmem Fleisch eigener Produktion, das Sie unbedingt mit Lady Annes selbst hergestellten Chutneys genießen sollten. Und stellen Sie sich einmal gebratenes Moorhuhn mit Artischocken oder Wildbret mit in Rotwein eingelegten Walnüssen zum Dinner vor! Auf Glengarth kommt jeder Gourmet auf seine Kosten.

Wenn es Ihnen Spaß macht, einem Auerhahn nachzupirschen, Moorhuhn oder Fasan zu jagen und zu mitternächtlicher Stunde nach Salmen zu angeln, dann sind Sie in Glengarth genau richtig. Glengarth bietet Ihnen unvergessliche Stunden in einer mittelalterlichen Umgebung. Folgen Sie der Schlossherrin durch die Steingewölbe in ihren uralten Vorratsraum, wo sie die Früchte des Waldes, des Moors und des fischreichen Sees in Einmachgläsern konserviert …«

Annie gefiel der Artikel ganz und gar nicht. »Einmachgläser! Außerdem – Fisch? Wer hat das geschrieben?« Misstrauisch blickte sie ihren Mann an. »Du etwa?«

Er heuchelte Unschuld. »Nein. Natürlich nicht.«

»Die Countess?«

»Lizzie ist nicht einmal in der Lage, gesprochene Worte in eine vernünftige Reihenfolge zu bringen – geschweige denn Schriftliches.«

»Eleanor?«

Rory zuckte die Schultern.

Annie wurde wütend. »Das habt ihr ja fein ausgeheckt! Habt ihr das etwa in ganz Schottland veröffentlicht?«

»Wir müssen Kunden werben, Annie. Das können wir nicht allein Lizzie jenseits des Atlantik überlassen. Sie hat doch keine Ahnung – sie kann keinen Lachs von einer Forelle unterscheiden.«

»Was hast du Miss Arbuthnot über Einmachgläser erzählt, Rory?«, fragte Annie totenbleich. Ihr war eiskalt. Die Furcht, Rory könne einer Frau, der sie selbst in einer Million Jahre nicht mehr trauen würde, eines von Lindsays bestgehüteten und schmerzlichsten Geheimnissen verraten haben, nagte an ihrer Seele.

»Ich verstehe nicht, was du meinst, Annie ...«

»Oh, doch, du verstehst mich sehr gut. Ich meine das Gewölbe und das tote Baby von Iona und Lindsay!«

»Ach so! Jetzt weiß ich: der Altar des Moloch ... Mein Gott, Annie! Daran habe ich wirklich nicht im Traum gedacht. Ich verstehe – deshalb bist du so gegen unseren kleinen Werbebeitrag eingenommen. Musst du aber nicht! Du verrennst dich da in etwas, Annie. Als Elly und ich den Text entworfen haben, ging es lediglich um die Gegenwart und darum, wie wir Glengarth aus der Misere helfen können. Es gab keinerlei Anlehnung an ... äh ... konservierte Dinge ... äh ... und ganz bestimmt nicht um das schlimme Gerede der Vergangenheit. So etwas darfst du nicht von mir glauben«, bettelte er. Er wusste, wie loyal sie Lindsay gegenüber noch immer war.

»Hast du ihr davon erzählt?«

»Wem?«

»Eleanor natürlich!«

»Wovon?«

»Vom Altar des Moloch.«

»Natürlich nicht.«

»Dann ist es gut.« Sie wandte sich brüsk ab und war bereits auf dem Weg in ihre Vorratskammer, als Rory ihr nachrief:

»Eingemachte Zwiebeln und Pflaumenmus sind nicht das Gleiche wie ein in Formaldehyd konservierter Fötus, Annie. Wenn du wirklich glaubst, dass ich gefühllos genug bin, solche Dinge in alle Welt auszuposaunen, dann hättest du mich nicht heiraten dürfen.«

Mit dieser Bemerkung hatte er sie kalt erwischt. Ihr fiel keine passende Antwort ein, weil sie sich ihm gegenüber schuldig fühlte. Aufgewühlt verließ sie den Raum und war noch ganz in Gedanken, als Mrs Kemster hinter ihr auftauchte: »Mylady, Mylady, endlich finde ich Sie. Ich muss Ihnen etwas Wichtiges mitteilen. Aber bitte unter vier Augen.« Annie hoffte inständig, dass es ihre Kündigung war.

Mrs Kemster zog Annie hinter sich her in ihr Zimmer, nötigte sie in einen schäbigen Rosshaarsessel und drängte ihr eine Tasse Tee auf, die Annie nicht ausschlug; Tee würde ihren blank liegenden Nerven vielleicht gut tun.

Die Haushälterin thronte am Fußende ihres Bettes und trank mit abgespreiztem kleinem Finger aus einer zierlichen Tasse mit Rosenmuster; das Service war vor dreißig Jahren ein Hochzeitsgeschenk für sie und ihren teuren Verblichenen gewesen und noch vollständig erhalten.

»Lady Anne, ich möchte mich über die Gouvernante beschweren.«

»Wie bitte, Mrs Kemster?«

»Aye. Es ist ein Skandal, Mylady ...«

Nun sprich es schon aus, dachte Annie und schloss die Augen. Sie ahnte, was jetzt kommen würde: Die Haushälterin war darüber gestolpert, dass Rory und Eleanor eine Affäre hatten und würde auf Grund der mangelnden Moral in Glengarth die Kündigung einreichen. Eleanor war dann sicher die Nächste. Auch gut! Zwei Leute weniger in diesem Schmelztiegel – drei, wenn sie Aeneas Hamilton mitzählte ...

»Es geht um sie und diesen Mr Montgomery. Seit er aus dem Krankenhaus zurück ist, scharwenzelt sie um ihn herum, pflegt ihn und schläft sogar manchmal in seiner Hütte im Wald ...«

Annies Rosentasse klapperte unsanft auf den Rosenunterteller.

Sie setzte beides auf dem Nachttisch ab, denn ihre Hände zitterten. »Sprechen Sie nicht weiter, Mrs Kemster. Danke für den Tee, aber ich muss mich jetzt sputen.«

Wütend eilte Annie in Richtung Kinderzimmer, wo Jamie um diese Zeit seine Schulstunden absolvierte. Sie hatte mit der Gouvernante ein Hühnchen zu rupfen. Jamie saß vor der Tafel und schrieb ein Gedicht ab.

Entsetzt registrierte Annie, dass es sich um ein Liebesgedicht handelte. Und das in Jamies Alter! Wie geschmacklos!

»Wo ist Miss Arbuthnot, Jamie?«

Er legte seinen Stift beiseite. »Ich weiß nicht, Mama. Gerade war sie noch hier ...«

Annie, die das Gelände ausgezeichnet kannte, rannte so schnell ihre Füße sie trugen zur Schonung High Hills. Atemlos erreichte sie Mr Montgomerys Hütte, gerade in dem Augenblick, als Eleanor die Verandatür hinter sich schloss und die Holzstufen hinabstieg. In der Hand hielt sie ein Tablett.

»Annie!« Eleanor reagierte sichtlich erschrocken.

Annie bemühte sich, zu Atem zu kommen und so kühl und überlegt zu handeln, wie es Rorys Schwestern sicher getan hätten. Sehr ruhig sagte sie: »Miss Arbuthnot, Sie sind entlassen! Bitte packen Sie Ihre Sachen und verlassen Sie Glengarth noch heute.«

Eleanor lächelte freundlich. »Was ist los, Annie? Warum?«

»Sie wissen sehr wohl, was los ist«, stieß Annie zwischen zusammengebissenen Zähnen hervor. »Sie haben meinen Sohn im Klassenzimmer allein gelassen und sich aus privaten Gründen hierher geschlichen, um den Oberförster meines Mannes zu pflegen.«

»Aber Jack ist noch sehr schwach und kann nicht für sich selbst sorgen, Annie. Nachdem er aus dem Krankenhaus entlassen war und in sein Haus zurückgekehrt ist, hat ihn außer Jamie niemand besucht. Irgendwann hat Jamie mich informiert, dass Jack Probleme hat und niemand sich um Pflege und Essen kümmerte. Es tut mir Leid, wenn ich Ihnen vorgegriffen habe, Annie. Ich wollte mich sicher nicht aufdrängen. Jamie hat Mr Montgomery als eine Art Ersatzvater adoptiert und ich weiß, wie beschäftigt Sie über die Feiertage waren. Jamie und ich wollten uns um Mr Montgomery kümmern, bis er wieder selbst dazu in der Lage sein würde. Immerhin hat er sich vor seinem unglückseligen Unfall auch um Ihren Sohn gekümmert. Vorhin habe ich Jamie eine Aufgabe gestellt, um Mr Montgomery das Essen bringen zu können, das Mrs Foxton für ihn vorbereitet hatte. Jamie wusste übrigens Bescheid.«

Annie ließ sich verwirrt auf die Treppenstufen fallen. Die Gouvernante hatte ihr den Wind aus den Segeln genommen. Freundlich ließ sich die Gouvernante neben ihr nieder. Auf ihrem Schoß hatte sie ein nahezu leeres Tablett – der arme Mann musste wirklich sehr hungrig gewesen sein! Nach einigem Nachdenken verschoss Annie ihren letzten Pfeil: »Ich glaube kaum, dass es eine sonderlich gute Idee war, Jamie sich mit Liebensgedichten beschäftigen zu lassen, Eleanor. Nicht in seinen jungen Jahren.«

Die Gouvernante lächelte und legte tröstend einen Arm um Annies Schultern. »Bei dem Gedicht handelt es sich um ›Rondeau der Liebe‹ von Alexander Scott. Ich bin mit Jamie inzwischen in der Tudor-Zeit und ihrer interessanten Sichtweise des Lebens und der Liebe sowie ihrer Neuorientierung angekommen. Eine wirklich große Epoche in der englischen Geschichte! Ach Annie, Sie haben meine Beweggründe gründlich missverstanden. Man muss das Rondeau vollständig lesen, erst dann kann man es interpretieren. Ich habe versucht, Jamie zu erklären, dass alles im Leben zwei Seiten hat: eine positive und eine negative. Freude kann zum Beispiel nur erlebt werden, wenn man Sorgen kennt, wo Sonne ist, gibt es immer auch Schatten und das Versprechen der Auferstehung gilt erst nach dem Tod. Sterben heißt, in ein anderes Leben überzugehen; so wird Theo zum Beispiel weiterleben. Und Liebe hat viele Gesichter, sehr, sehr viel Gesichter. In der Liebe – und sie ist die einzige Ausnahme – gibt es keine schlechte Seiten, sondern nur gute. Egal, wie wir lieben, wir geben uns immer selbst, wir sind Opfer und Sühne.«

Die Predigt wäre Mrs Kemsters würdig gewesen, doch Annie verstand, was Elly meinte. Sie selbst hatte so geliebt, ohne Grenzen, mit ihrem ganzen Wesen und ohne etwas als Gegenleistung zu verlangen. Sie stand auf. »Tut mir Leid, aber ich bin in Panik geraten, als ich Jamie ganz allein im Klassenzimmer vorfand.«

»Sie arbeiten zu viel, Annie. Lassen Sie es langsamer angehen. Glengarth steht felsenfest, aber Sie nicht, wenn Sie so weiter machen. Nehmen Sie sich Zeit für Rory und die Kinder. Seien Sie Ehefrau und Mutter und nicht die heilige Annie von Glengarth.«

Annie war unendlich erleichtert, dass Elly weder ein Verhältnis mit Rory hatte, noch eine wilde Affäre mit Jack Montgomery oder einem anderen Mann, mit der sie gegen Mrs Kemsters Moralvorstellungen verstoßen könnte. Auf dem Weg zur Küche platzte sie heraus: »Eleanor, ich bin wieder schwanger.«

»Wie wundervoll, Annie! Wenn ich dieses Tablett nicht in der Hand hätte, würde ich Ihnen jetzt um den Hals fallen und Ihnen richtig gratulieren. Ich kann Ihnen gar nicht sagen, wie glücklich ich bin, dass Sie und Rory mich wieder aufgenommen haben. Wer weiß, wo ich sonst gelandet wäre?«

»Oh, Sie wären sicher überall zurecht gekommen«, sagte Annie und meinte es auch so. Miss Eleanor Arbuthnot würde auch eine hervorragende Herzogin abgeben!

»Wenn Sie wünschen, dass ich auch für Duncan und das nächste Kind die Gouvernante werden soll, Annie – ich wäre nicht abgeneigt.«

Immerhin ist Elly eine wirklich gute Lehrerin und Gouvernante, dachte Annie, die sich längst wieder beruhigt hatte. Sie war gelehrt, freundlich, mitfühlend und intelligent. Seit sie wieder da war, hatte Jamie viel Lernstoff aufgeholt, und sie lehrte ihn das Flötenspiel. Annie fühlte sich, als hätte sie den Teufel mit Beelzebub ausgetrieben. »Nun ja, wenn es um meine Kinder geht, kann ich ein Paar helfende Hände immer gut gebrauchen«, gab sie zu.

»Sie machen mich sehr glücklich, Annie. Ich verspreche Ihnen, ich werde Sie und Rory niemals enttäuschen. Theo Longmorn gehört der Vergangenheit an und ich wiederhole meine Fehler nicht. Genau so wenig, wie ich je mein Herz wieder verschenken werde, auch wenn ich als alte Jungfer sterben sollte.«

Annie hörte nur mit halbem Ohr hin. Sie war der Meinung, dass Eleanor mit Versprechungen leicht bei der Hand war, sie aber ebenso schnell wieder vergaß. Doch sie brauchte Elly, nicht zuletzt weil Elly eine billige Arbeitskraft war: Sie arbeitete lediglich für Kost und Logis.

14. Kapitel

Es war gut, dass Miss Arbuthnot geblieben war. Im Jahr 1920 brachte Annie Zwillinge zur Welt und verdoppelte so innerhalb kürzester Zeit die Anzahl ihrer Kinder. Die beiden Mädchen hatten die Maxwells und Jedburghs als Paten und wurden auf die Namen Dulcie und Marjorie getauft. 1922 wurde Andrew geboren, dem 1923 Bruce und 1924 Heather folgte. Jedes Jahr ein Kind – Annie stellte sich als äußerst fruchtbar heraus.

»Einmal habe ich sogar zwei pro Jahr geschafft, Mylaird«, sagte Annie nach Heathers Geburt stolz zu Rory. »Ich glaube, ich habe meine Pflicht gegenüber Glengarth mehr als erfüllt.«

»Ich danke dir, Annie«, sagte Rory und küsste seiner Frau den Schweiß von der Stirn, »drei Jungen und drei süße Mädchen – was könnte ich mehr von dir verlangen?«

»Nicht zu vergessen den armen kleinen Jamie da unten im Süden.« Annie, kaum ihren – wie sie im Stillen hoffte, letzten – Wehen entronnen, erinnerte ihn daran, dass seine Vaterpflichten gegenüber all ihren Kindern galten.

»Aber natürlich, Annie. Jamie wird immer mein ältester Sohn und mein Nachfolger sein, sei unbesorgt!«, beteuerte Rory.

Jamie hasste Eton. Er wusste, dass ein Internat für seine Erziehung notwendig war, und er wusste auch, dass sowohl sein Vater als auch sein Onkel, sein Großvater und Urgroßvater – kurz: die ganze Verwandtschaft – in dieser Schule gewesen waren.

Doch er hasste die Schule so sehr, dass er körperlich darunter litt. Eine dauernde Verstopfung, gefolgt von Durchfällen machte ihm das Leben zur körperlichen Qual und ließ ihn des Nachts kaum schlafen, weil er den Morgen so sehr fürchtete. Wenn er nicht als Erster im Waschraum sein konnte, wurde sein Leben zur reinsten Hölle. Er krümmte und mühte sich so lange, bis schließlich die anderen Jungen vor der Toilettentür Schlange standen und klopften. Das machte ihn dann allerdings noch nervöser und förderte seine Verdauung in keiner Weise. Schlimmer als die schlimmste Folter, die die Engländer William Wallace 1305 im Tower angetan hatten, war der Aufruf am frühen Morgen. Zwar galt Pünktlichkeit als die Höflichkeit der Könige, aber was sollte man tun, wenn das Leben von wechselnden Anfällen von Durchfall und Verstopfung diktiert wurde? Jamie durchlief eine wahre Hölle und machte sich vor der ganzen Schule lächerlich.

Wenn seine Kameraden ihn auslachten, wünschte sich der zehnjährige Jamie zurück in die Zeit, als er knapp fünf Jahre alt gewesen war und von Jack Montgomery erzogen wurde. Jede Nacht hockte Jamie unter seiner Decke im Schlafraum, am Morgen hockte er auf der Toilette, tagsüber hockte er im Klassenzimmer; unter einer allgegenwärtigen Wolke aus Angst und Unglücklichsein verdüsterten sich seine Sinne. Er wünschte sich nichts sehnlicher, als nach Glengarth zurückzukehren, in den Frieden der Berge, des Meeres, des Sees und des Waldes, in das wunderschöne Land seiner Geburt, weit weg von Eton, Windsor und den Ärgernissen, die sein Leben bestimmten.

Aber am meisten hasste Jamie an Eton, dass man dort versuchte, ihn von einem echten Schotten in einen englischen Gentleman zu verwandeln. Ihm war es gleich, wie sein Vater, Großvater oder Urgroßvater auf solche Versuche reagiert hatten; sie waren sowieso nur englische Vasallen gewesen, die nichts anderes wollten, als ihr Land und ihre Titel gegenüber den alles erobernden Engländern zu verteidigen. Kein Wunder, dass sein Großvater sich nach Indien abgesetzt hatte.

Warum um alles in der Welt musste ein schottischer Laird in jedem Detail einem englischen Gentleman gleichen? Niemand konnte es ihm erklären. Wie wäre es, wenn er ebenfalls nach Indien verschwände und dort ein neues Leben anfinge?

In seiner Verzweiflung schrieb er an seine Eltern:

»Liebste Mutter, liebster Vater, bitte nehmt mich von dieser Schule! Nicht, dass ich zu dumm wäre – ich komme in allen Fächern gut mit, vor allem in Musik, Sport und Politik – aber ich bin nicht für diese Art von Plackerei geschaffen. Ich glaube, deswegen mögen sie mich hier auch nicht. Frag Papa, wenn du das nicht verstehst, liebste Mama: Er ist auch hier gewesen und kennt das Gefühl bestimmt. Man wird hier tyrannisiert, und das sage ich, ohne jammern zu wollen. Ich stelle es einfach nur fest. Die Kultur und Lebensart der Engländer ist mir fremd. Manchmal denke ich, ich sollte mir die Pulsadern aufschneiden wie Elly, als ihr das Leben zu viel wurde. Vielleicht tue ich es, wenn ihr mich hier nicht heraushol. Ich weiß jetzt, was die arme Elly empfunden haben muss. Sie wurde genau wie ich in eine Richtung gezwungen, in die sie nicht wollte, und hat zu alledem auch noch die Liebe ihres Lebens verloren. Die Liebe meines Lebens – das seid ihr, liebste Eltern, und das ist Glengarth. Bitte lasst mich nach Hause kommen, ehe ich etwas Unbedachtes tue, das wir alle für den Rest unseres Lebens bereuen. Euer euch liebender Sohn James Scott Beauly Roskillen. P. S.: Vielleicht fliehe ich ja auch nach Indien wie mein Großvater.«

»Erpressung. Das ist schiere Erpressung«, schimpfte Rory, der es in Eton wenigstens ausgehalten hatte, bis er sechzehn gewesen war. Allerdings hatte er das Glück gehabt, seinen älteren Bruder Lindsay auf der gleichen Schule zu wissen – eine Unterstützung, die Jamie verwehrt blieb. Rory erinnerte sich noch sehr gut daran, wie unglücklich er dort gewesen war und wie er schließlich weglief – nach Schottland, auf die Bootswerft seines Großonkels Hamish

MacDearg in Renfew. »Ich frage mich nur, wen er nach Indien mitnehmen will. Etwa Miss Arbuthnot?«

Annie fand den Brief überhaupt nicht zum Lachen. Sie war in Tränen aufgelöst. »Hol ihn da raus, Rory. Sofort! Jamie passt nicht nach Eton.«

»Als zukünftiger Laird von Glengarth muss er sich den Traditionen fügen, Annie.«

»Aye, Mylaird. Aber ein Schotte, der vor englischen Traditionen katzbuckelt? Jamie ist Schotte, kein Engländer. Und wir leben im zwanzigsten Jahrhundert. Queen Victoria samt ihrer Selbstkasteiung ist längst tot. Hol den Jungen da raus!«

»Ich verstehe dich ja, Annie«, sagte Rory beschwichtigend. »Lindsay war immer viel schottischer als ich, aber wir sind beide in England zur Schule gegangen. Ich war der Meinung, Eton sei das Richtige für Lindsays Sohn ...«

»Hol ihn da raus, Rory!«

»Ja natürlich.«

»Und wenn du so etwas jemals in der Öffentlichkeit sagst, Rory Duncan, dann verabreiche ich dir persönlich eine Tracht Prügel«, erklärte Annie aufgebracht. »Sag bitte niemals mehr, dass Jamie nicht dein Sohn ist, das klingt nämlich so, als hätte ich dich nur geheiratet, weil du mich an deinen Bruder erinnerst, weißt du?«

»Um Himmels willen, Annie!« Nun wurde auch Rory zornig. »Hör auf, mich ständig daran zu erinnern.« Er ging zum Telefon. »Gut, ich spreche mit dem Rektor. Wenn Jamie Eton wirklich so sehr hasst, kann er meinetwegen als Seekadett in Invergordan anfangen. Ich habe mich in Eton auch nicht wohl gefühlt, aber zu meiner Zeit wurde nicht danach gefragt. Ich hoffe, ich erweise mich als einfühlsamerer Vater.«

»Zumindest machst du alles wieder gut.«

»Was dachtest du denn?« Mit dem Hörer in der Hand wartete er darauf, dass die Verbindung zu Stande kam. Aus der Tiefe seines Sessels heraus philosophierte er: »Schließlich habe ich dich geheiratet, meine süße Annie.«

Sie lief zu ihm, setzte sich auf seinen Schoß und küsste ihn. »Danke, Rory, liebster Ehemann. Ich kann es einfach nicht ertragen, Jamie in England und unglücklich zu wissen.«

»Ich auch nicht, Annie. Sein Brief hat in mir Erinnerungen wachgerufen, die mich bis zum heutigen Tag verfolgen, und so etwas möchte ich ihm ersparen. Vielleicht gefällt es ihm ja in Invergordan. Ich werde sofort die Fühler ausstrecken.« Er legte den Zeigefinger über die Lippen. »Pst, ich glaube, die Verbindung nach Windsor ist da. Hoffentlich bricht sie nicht wieder zusammen.«

Neben dem Telefon standen Whisky und Zigarren griffbereit, falls es Schwierigkeiten gab und Rory des Trostes bedurfte. Manchmal fragte er sich, warum die Menschen so wild darauf waren, sich fortzupflanzen, wenn doch die Nachkommenschaft nichts als Kummer und Ärger machte.

*

Nachdem Jamie aus Eton erlöst und an der Kadettenschule in Invergordan untergebracht war, das zudem nicht allzu weit von Glengarth entfernt lag, konnten sich Annie und Rory wieder auf die wichtigen Dinge des Lebens konzentrieren. Für Annie bedeutete dies die Arbeit im Haushalt, der mit wachsender Familie ebenfalls wuchs; Rory kümmerte sich um sein Holzgeschäft, um Jagd- und Schonzeiten und vor allem um seine geliebte Whisky-Destille, deren fünftes Jahr anbrach.

Den während des Krieges hastig von der Admiralität hochgezogenen Anbauten am Schloss war neues Leben eingehaucht worden. Man hatte sie repariert und angestrichen und alles, was die Herstellung von Whisky erforderte, darin untergebracht. Inzwischen verfügte Glengarth über eine Mälzerei, wo die Gerste in runden Behältern gerührt und mit Quellwasser besprüht wurde, das auf eigenem Grund und Boden entsprang. Hier wurde Stärke in Zucker verwandelt. In einem anderen Gebäude fand der Gärungsprozess statt und die eigentliche Destille war nach den neuesten Erkenntnissen der Technologie ausgestattet worden. Bourbonfässer aus Eichenholz, die Rory aus Amerika importiert hatte, und Sherryfässer aus Portugal lagerten in einer großen Halle. In diesen Fässern sollte der Whisky viele Jahre lang reifen.

Gemeinsam mit Ackker und Gamin hatte Rory jeden einzelnen Produktionsschritt genauestens überwacht. Er beschäftigte mittlerweile mehrere Männer, die sich mit Whisky genauestens auskannten; einige von ihnen hatten in den berühmten Brennereien von Campbeltown und Loch Harport auf Skye gearbeitet.

Tally hatte sich leider tatsächlich als der Schwindler herausgestellt, vor dem Gamin und Ackker gewarnt hatten. Seine Behauptung, die Whisky-Produktion in- und auswendig zu beherrschen, stimmte nur soweit sie die innere Anwendung betraf: Er schüttete jede Menge des edlen Destillats in sich hinein. Rory hatte ihn daher als Wildhüter in den Wald verbannt. Dort war Telly glücklich, wenngleich auch nicht immer nüchtern. Er liebte es, Wilderer aus dem Hinterhalt anzuschießen, und war ein ausgesprochen geschickter Fallensteller. Vor allem aber genoss er die Freiheit, keinen gestrengen Chef vor der Nase sitzen zu haben, der ihm ständig predigte, was er zu tun oder zu lassen hatte.

Was nun den Laird selbst anging, so empfand er den Vorgang, goldene Gerste in harte Währung zu verwandeln, als ausgesprochen faszinierend. Allerdings war es noch viel zu früh, um mit einem Gewinn aus den Fässern rechnen zu können. Dennoch war der Tag, an dem der von der Insel Skye stammende Brennerei-Chef Gordom Gower die Fünf-Jahres-Verkostung ansetzte, ein großer Tag für Rory.

»Los, Leute, ab in die Destille!«, befahl Rory seinen beiden Getreuen.

»Wir haben aber keine Lust, dem verdammten Schrot zum x-ten Mal beim Kochen zuzusehen!«, begehrte Gamin auf, der viel Wichtigeres zu tun hatte. Seine Aufgabe war es, den gebrauchten Rolls-Royce seines Chefs zu waschen und zu polieren. Im Jahr zuvor war ein indischer Maharadscha mit dem Rolls in Glengarth vorgefahren und später mit einem nagelneuen, in der Gegend frisch erstandenen Rolls-Royce wieder abgereist. Anschließend hatte er ein Telegramm geschickt, in dem stand, Rory dürfe den alten Wagen behalten, wenn er ihn wolle. Diesem Angebot hatte Rory nicht widerstehen können. Allmählich füllte sich Rorys Garage mit vergessenen Autos, die einst reichen Feriengästen gehört hatten. Gamin hatte sein Lebensglück darin gefunden, unter diesen Autos zu liegen und an den Motoren herumzuschrauben.

»Keine Sorge«, gab Rory zurück, »die Würze ist abgekühlt und vergoren, die Maische wurde mehrfach destilliert, das Destillat ist gereift und der Alkoholgehalt wurde von fünfundsiebzig Prozent auf die Fassstärke von siebzig Prozent reduziert. Jetzt darf ich das Produkt endlich ›Glengarth Single Malt Whisky‹ nennen, weil es drei Jahre in Eichenfässern gelagert worden und insgesamt fünf Jahre alt ist. Und nun, meine Freunde, werden wir uns gemeinsam daran delektieren.«

»Du liebe Zeit«, sagte Ackker besorgt zu Gamin, »er scheint schon welchen intus zu haben!«

»Habe ich nicht, Reggie. Ich habe meine Geschmacksknospen für diesen großen Augenblick geschont. Gestern Abend ist nicht ein einziger Tropfen von dem billigen Zeug über meine Lippen gekommen: Ich möchte mein eigenes Erzeugnis mit vollem Genuss verkosten.«

»Um zehn Uhr morgens?«

»Ganz richtig, Reggie.«

Oho! Da hatte es jemanden ganz schön erwischt!

Gamin und Ackker hofften nur, dass das, was aus dem fünf Jahre alten Fass kam, einigermaßen schmecken würde. Ihr Chef wurde immer so traurig und bedrückt, wenn etwas schief ging. Mit angehaltenem Atem warteten sie auf Gordon Gower.

Vor dem Fass herrschte ein gewisses Gedränge. Rory wünschte, dass Lizzie die Verkostung hätte miterleben können, aber sie kümmerte sich drüben in Amerika um ihre Luxusliner. Er hatte auch Jack Montgomery zu dem Ereignis gebeten, doch der Förster hatte höflich abgelehnt. Starke alkoholische Getränke, vor allem Whisky, rührte er nicht an. Zwar traf man ihn durchaus dann und wann im Drumbarry Arms, aber wenn man seinen Männern glauben durfte, trank er dort höchstens leichtes Ale. Rory fand, Jack hätte keine Ahnung, was er verpasste, wenn er nicht wenigstens einmal das »Wasser des Lebens« kostete.

»Gute Farbe, Sir«, sagte Gordon und hielt sein Probierglas prüfend gegen das Licht. »Natürlich braucht es noch einige Zeit, ehe die Bernsteinfarbe weicher wird ...«

»Natürlich!«, echote Rory hastig. Für ihn sah der Whisky absolut fertig aus; bereit, in Flaschen abgefüllt und verkauft zu werden. Aber mit dem Whisky verhielt es sich wie mit Lindsays Aufforstungsprogramm: Er brauchte Zeit, viel Zeit. War er einmal in Flaschen abgefüllt, reifte er nicht weiter und es machte keinen Sinn, ihn zu lagern, wie man es mit Port- oder Rotwein tat. Wenn er aus dem Fass kam, sollte er getrunken werden.

Die Fachleute bewerteten zunächst die Farbe; danach kam, ganz wie bei einer Weinprobe, das Bukett an die Reihe. Sie machten sich Notizen, ehe sie schließlich vorsichtig kosteten.

Ackker, der nicht unbedingt zu den Fachleuten zählte, nahm einen großen Schluck von dem jungen Destillat. Der Whisky brannte wie Feuer in seinem Mund und ätzte seine Kehle dermaßen, dass er ihn hustend und spuckend in einer sprühenden Fontäne wieder von sich gab. Gamin musste ihm den Rücken klopfen, sonst wäre er am Ende noch erstickt. Rory entschuldigte sich schamrot für seinen Gefolgsmann – jetzt wusste wirklich jeder, dass Ackker kein Schotte war.

Irgendwer reichte Ackker ein Glas Quellwasser, mit dem er den *uisge* verdünnen sollte, was ihm ganz und gar nicht gefiel. Gower wandte sich an der Laird: »Mit Gottes Hilfe haben wir hier in zehn, zwanzig Jahren einen Whisky, der seinesgleichen sucht.«

»Aye«, stimmten die Experten zu, »er ist vollmundig und torfig, Mylaird. Er könnte ein guter Digestif werden, ähnlich einem ›Laphroaig‹.«

»Bloß nicht! Ein ›Laphroaig‹ taugt höchstens als Medizin!« Von irgendwoher war Tally bei der Verkostung aufgetaucht. Er hatte viel Übung, sowohl im Kosten als auch in geheimnisvollem Kommen und Gehen.

»Der hat das Zeug bestimmt meilenweit gerochen«, raunte Gamin Ackker zu.

»›Laphroaig‹ ist gut bei Fieber«, ließ Tally verlauten. »Nimm ihn mit ins Bett, stell einen Hut ans Fußende und trink, bis du zwei siehst.«

»Fußende?«, fragte Gamin erstaunt und hielt dem Brennerei-Chef sein Glas ein zweites Mal hin. »Und wovon soll ich zwei sehen?«

»Du wirst es gleich wissen, wenn du so weiter säufst«, flüsterte Ackker, der nach seiner ersten – und letzten – Kostprobe von Glengarths Feuerwasser noch immer sehr rot im Gesicht war. Seiner Meinung nach schmeckte Whisky noch abscheulicher als Guinness: Das eine hatte einen Geschmack, als führe man mit der Zunge an einem rostigen Geländer entlang, das andere, als leckte man an den Felsen unten am Meer. Er war nun einmal in London geboren und aufgewachsen, und außer mit Ale brauchte man ihm mit nichts anderem zu kommen.

»Was ist denn mit deiner Stimme passiert, Reggie?«, erkundigte sich Rory höhnisch.

»Das Zeug ist so scharf, dass es einem die Kehle wund ätzt. Wenn Sie gestatten, lasse ich die nächste Runde aus.«

»Der Mann spricht große Dinge gelassen aus«, grinste Tally.

»Für uns bitte noch ein Glas«, verkündete der Laird, stolz auf seinen Erfolg. Tally hatte trotz allem Recht gehabt: Es war ganz leicht. Man nimmt Gerstenmalz, lässt es gären, destilliert es und trinkt es. Nichts einfacher als das!

»Passen Sie bloß auf, Sir«, sagte Ackker, der sich nach dem

Quellwasser ein wenig erholt hatte, und machte eine Kopfbewegung auf das Fass hin, »Sie wissen, ja, wie Lady Anne reagiert, wenn man nicht mehr richtig laufen kann. Und damit meine ich nicht Ihr Holzbein, Sir.«

Rory hörte nicht hin. Der Tag musste einfach gefeiert werden.

Der Brennerei-Chef wurde ernst. »Wir müssen noch einen Antrag auf Zulassung stellen, Sir. Glengarth ist eine neue Brennerei. In unseren Fässern reift ein fünf Jahre alter Malt, für den wir eine Lizenz brauchen. Es ist nicht viel Arbeit, aber das wissen Sie ja, Chef ...« Gerade war Gordon Gower nämlich eingefallen, dass er mit dem Magistrat der Grafschaft sprach, der genau diese Lizenzen verteilte.

*

Annie dachte, dass sie es sich eigentlich hätte denken müssen, dass jeder Schritt vorwärts, den sie und Rory schafften, gleich wieder einen Rückschlag nach sich zog. Das erste Anzeichen von Ärger zeigte sich, als Gordon Gower eine Woche nach der Verkostung im Büro des Schlosses anrief. Zufällig war es Annie, die den Hörer abhob. Er schien überrascht, ihre und nicht die Stimme des Laird zu hören. Der Monat neigte sich seinem Ende zu und Annie hatte die Rechnungen ins Büro gebracht, um sie ins Haushaltsbuch einzutragen und anschließend abzuheften. Rory war nicht anwesend, also hatte sie den Hörer abgenommen.

Gordon klang merkwürdig. »Geht es Ihnen nicht gut, Mr Gower?«, fragte Annie. Gordons Stimme war so rau wie die von Ackkers nach zu viel Whisky. »Haben Sie Halsschmerzen? Bekommen Sie etwa eine Erkältung? Gerade ist eine Grippewelle im Anmarsch, und ...«

»Ich bin völlig in Ordnung und es geht mir gut, Mylady. Ist der Laird zu sprechen?«

»Ich weiß nicht, wo er hingegangen ist, aber er kommt sicher gleich wieder.«

»Würden Sie ihn bitte in die Brennerei schicken? Je eher, desto besser.«

»Aber natürlich? Gibt es etwa Ärger?«

»Das kann man wohl sagen!« Er hängte ein.

Einen Augenblick lang starrte Annie Rorys teures Tischtelefon an, ehe sie ebenfalls den Hörer auflegte. Dann machte sie sich auf den Weg in die Destille. Draußen fiel ein feiner Nieselregen. Sie schlang ihren Schal um den Kopf. Es war Herbst – eine eher ruhige Jahreszeit. Man behauptete, der beste Whisky würde aus Wintermalz hergestellt ... Sie betrat die Brennerei. Die kupfernen Brennblasen waren nicht mehr die altmodischen Apparate von früher, sondern große, sündhaft teure Geräte, von denen Rory nur im Fachjargon sprach.

»Wo ist Mr Gower?«, fragte sie einen der Arbeiter.

»Im Lager, Mylady.« Er sah sie nicht an.

In der gesamten Brennerei herrschte eine gedrückte Atmosphäre.

Annie sah sich um. Einer der großen Kupferkessel wurde nicht benutzt. Er sah merkwürdig fleckig und löchrig aus. Am Außenrand schien Flüssigkeit ausgelaufen zu sein. Sie ging zum Lager, das normalerweise immer verschlossen und verriegelt war. An diesem Tag stand die Tür weit offen. Wütend schimpfte der Brennerei-Chef darin auf einen der Arbeiter ein. Als Annie erschien, verstummte er.

»Was ist hier los, Mr Gower? Was ist passiert?«

»Ach, Mylady, ich wünschte, ich könnte Ihnen das ersparen – und noch mehr dem Laird«, sagte er gedrückt.

»Was denn?« Sie spürte Panik in sich aufsteigen. »Nun reden Sie doch!«

»Hier sind Vandalen oder Plünderer eingebrochen – vermutlich letzte Nacht. Sie haben mit Schrotflinten auf die Fässer geschossen. Das gute Destillat und sämtlicher Whisky im Reifeprozess sind ausgelaufen. Irgendein Verrückter ist hier Amok gelaufen. Fünf Jahre ... fünf Jahre harter Arbeit, Mylady – von einem auf den anderen Augenblick vernichtet.«

»Das bricht dem Laird das Herz«, hörte Annie einen Arbeiter einem anderen zuflüstern.

Annie war entsetzt. Der arme Rory! Und das ganze Kapital, das er eingesetzt hatte! Obwohl sie mit seinem Plan, seinen eigenen Whisky zu brennen und den großen Marken wie »Glenlivet«, »Talisker« oder »Glenfiddich« Konkurrenz zu machen, nie so ganz einverstanden gewesen war, wusste sie doch die Zeit, die Mühe und das Geld zu würdigen, die er eingesetzt hatte, um aus seinem Traum Wirklichkeit werden zu lassen. Beinahe wäre es ihm auch gelungen!

Der Vorfall würde ihn bis in seine Grundfesten erschüttern.

Obwohl Annie an Mäßigung glaubte und Enthaltsamkeit predigte, war sie um Rorys willen ebenfalls erschüttert. Wie sollte sie es fertig bringen, die Träume ihres Mannes zu zerstören und ihm von den Verwüstungen der vergangenen Nacht berichten? Alles war ruiniert. Und dabei war die Verkostung so positiv gewesen! Gerade erst hatte Rory langfristige Verträge abgeschlossen, um Lizzie und ihre Banker zu beruhigen.

Und wie würde ihr Mann ohne seinen Traum leben? Rorys Ziel im Leben war es, seine eigenen Grenzen zu überwinden; immer hatte er vor allem die von Lindsay gesetzten Limits übertreffen wollen. Gelungen war es ihm nie. Beiden Brüdern war so vieles misslungen! Wie würde Rory diesen Rückschlag hinnehmen?

Und was das Schlimmste war: Wie sollte Annie ihrem Mann klar machen, dass sein geistesgestörter Cousin Aeneas nach Glengarth zurückgekehrt war?

Teil 3

Rondeau der Liebe

15. Kapitel

Breedon Hall lag am Rand des großen Charnwood Forest, und wirkte im sanften Abendlicht wunderbar heimelig. Wilder Wein setzte einen Kontrapunkt aus flammender Pracht gegen die mit Adlerfarn bestandenen Versteckplätze einer glücklichen Kindheit. Rory hatte vergessen, wie sehr er die alte, aus der Zeit König Jakobs stammende Villa liebte. Hier stammte seine Mutter her, die in Indien starb, als er ein kleiner, sehr verletzlicher Junge von gerade acht Jahren war.

Er fragte sich, ob Polly, das Schaukelpferd seiner Mutter, noch immer im Kinderzimmer stand. Als Rory und Humphrey mit den übrigen Vettern noch in den oberen Stockwerken der Villa hausten, hatte die scheckige, zerkratzte Polly so manches Schimpfwort in die zerfledderten Ohren geflüstert bekommen. Delish, die Kinderfrau, die sich um Rorys Erziehung gekümmert hatte, war vor einigen Jahren gestorben. Doch die Erinnerung an das mottenzerfressene Schaukelpferd und an Delish gehörten zu Rorys glücklichsten Andenken an die Kindertage.

Auch Onkel Austen lebte ebenfalls nicht mehr. Der Bruder von Rorys Mutter war sein Vormund geworden, nachdem sein Vater ihn aus Indien weggeschickt hatte. Rory war damals gezwungen worden, »im Süden« bei der Verwandtschaft seiner Mutter zu leben, weil sein Vater keine Lust hatte, sich allein um seine Kinder zu kümmern. Die Aussicht hatte ihn zu Beginn seiner Verwandlung vom kleinen »Inder« zum englischen Gentleman sehr geängstigt.

Breedon Hall und die englische Verwandtschaft hatten ihn in die so genannte Zivilisation zurückgeführt; seiner inzwischen senilen Tante Ada, der Frau des verstorbenen Lord Burrett, zufolge war er ein höchst unerzogenes, wildes Kind aus den Kolonien gewesen.

Doch etwas fehlte der wunderhübschen Villa. Die Seele des Hauses war sozusagen in Passendaele gestorben, denn viele seiner Söhne kehrten von den Schlachtfeldern Flanderns nicht zurück. Onkel Austen war nie damit fertig geworden und hatte sich erschossen.

Vetter Rupert, der Titel und Haus nach dem Tod seines Vaters geerbt hatte, hatte sich in einen säuerlich dreinblickenden alten Mann verwandelt. Allerdings war er auch vor dem Krieg schon kein Ausbund an Fröhlichkeit gewesen. Trotzdem versetzte es Rory einen Schock, als er Rupert begrüßte: Er war das Ebenbild seines verstorbenen Vaters, ein Pfeife rauchender Geizhals. Es war, als stünde er noch einmal vor Onkel Austen, und das gefiel ihm durchaus nicht trotz all der langen Zeit, die inzwischen vergangen war.

Auch Ruperts Frau Charlotte hatte sich verändert. Aus der spindeldürren Erscheinung war eine großbusige, dralle Lady geworden, was man sicher auf die Schokoladenriegel zurückführen konnte, die sie während ihrer zahlreichen Schwangerschaften en gros verdrückt hatte. Sie widmete ihre Zeit der ständig wachsenden Familie und wohltätigen Aufgaben. Irgendwann hatte Charlotte, Charlie genannt, auch ihren mädchenhaften Sinn für Humor verloren, was sich sofort bemerkbar machte, als Rory von Lizzie sprach. Charlie war nicht mehr wieder zu erkennen – früher hatte sie sogar einmal nach einer ganz bestimmten, ziemlich wüsten Geburtstagsfeier die Favoritenliste angeführt; Rory konnte sich nicht mehr erinnern, ob es sein eigener oder Humphreys einundzwanzigster Geburtstag gewesen war.

Ziemlich sarkastisch bemerkte sie: »Ihr Mädchenname lautete Roebling. Sie entstammte einer deutschen Emigrantenfamilie, die sich in Amerika ansiedelte und dort die Chance ihres Lebens bekam, als auf ihren kargen Feldern Öl gefunden wurde. Als sie zum ersten Mal heiratete – glücklicherweise ebenfalls einen Öl-Tycoon – fügte sie ihrem Namen den Namen Chanin hinzu. Das war der dritte Glücksfall.«

Das Glück war Lizzie seither treu geblieben. Immer noch scheffelte sie Geld wie Heu. Rory hoffte inständig, dass es noch lange so bleiben würde, denn er hing auf Gedeih und Verderb von ihren Barrels Rohöl ab.

Tanta Ada stellte für Rory keine Bedrohung mehr dar. Sie vegetierte auf dem Witwenteil in einem kleinen Häuschen vor sich hin, wo sie den Geist ihrer drei gefallenen Söhne Humphrey, Mordan und Michael in ihren Uniformen, Orden und Ehrenbezeigungen einer längst vergangenen Zeit am Leben zu erhalten versuchte.

Aber auch Rory wurde auf Breedon Hall von Geistern heimgesucht: Der Geist seiner schönen Cousine Lenny, die er in seiner Jugend abgöttisch geliebt hatte, und die nach einer Suffragetten-Demonstration im Londoner East End Tuberkulose bekommen und daran gestorben war, ließ ihn nicht mehr los. Die süße Lenny, die ihn verlassen und sein junges Herz für immer gebrochen hatte ...

Die Erinnerung an sie trieb ihm noch immer Tränen in die Augen. Ohne sich zu schämen weinte er vor der silbern gerahmten Fotografie auf dem Flügel im Salon, wo in der schönen Zeit viele Konzerte stattgefunden hatten. Damals hatte noch niemand an Krieg und Tod gedacht, und jeder Tag war voller Sonnenschein gewesen.

Was mochte wohl aus Charis Vayer geworden sein? Sie war eine wahre Nymphomanin und die Erzieherin der Mädchen gewesen. Charis hatte Rory einst verführt und war für den Sechzehnjährigen die erste Frau gewesen. Vielleicht weil er im Gegensatz zu Humphrey, Mordan und Michael in der Pubertät keine Pickel bekommen hatte. Rorys Haut war glatt und weich gewesen und hatte noch einen golden Schimmer von der indischen Sonne zurückbehalten. Charis hatte später Humphrey geheiratet und war schnell Mutter und dann leider auch Witwe geworden. Der gute alte Humph war in der dritten Schlacht von Ypern gefallen ...

Tante Ada hatte Charis damals sofort aus dem Haus geworfen und der ehemaligen Erzieherin öffentlich schlechtes Benehmen, mangelnde Prinzipien und einen schädlichen Einfluss auf ihre Söhne und ihren Neffen unterstellt. Rory glaubte nicht, dass Tante Ada ihren unerwünschten Enkel jemals zu Gesicht bekommen hatte. Wo waren die Jahre geblieben?

Der einzig übrige, jedoch verdorrte Zweig der Familie war Jane; Rory konnte sie noch weniger leiden als ihren unglückseligen Bruder Rupert. Nach ein paar Tagen war er froh, Breedon-on-the-Wold mit seinen vielen guten aber auch einer Menge schrecklicher Erinnerungen hinter sich zu lassen und zu seiner Schwester Kitty nach Oakham Castle reisen zu dürfen.

Kittys Schwiegervater lag im Sterben und nun würde aus Viscount Toby bald der Graf von Oakham werden. Kitty bekäme dann den Titel einer Countess – genau wie Lizzie. Die Familie arbeitete sich allmählich empor. Wahrscheinlich würde man Rory bald den Titel eines »Master of Bedchamber« antragen – der Himmel möge es verhüten! Die britische Aristokratie war wirklich eine merkwürdige Einrichtung: Altmodisch und bizarr erweckte sie den Eindruck, als wolle sie eine moderne Schellack-Platte mit einem uralten Hermelinkragen schmücken. Aber auf Dauer war so etwas nicht möglich; man musste Alt und Neu trennen. Der einzige Royal, der als einigermaßen modern durchgehen konnte und den alle jungen Mädchen verehrten, war der Prince of Wales, der künftige König Edward VIII.

Der schottische Teil seines Erbes war Rory erheblich lieber. Er wünschte, er wäre wieder zu Hause im rauen Westen und dürfte seine dicke Weste tragen. In London und Südengland kam er sich vor wie ein Fisch auf dem Trockenen. Immer schon hatte er gespürt, dass ihm hier etwas fehlte, obwohl Kitty ihr Bestes tat, damit er sich wie zu Hause fühlte.

»Lass mich mal sehen ...« Sie drehte seinen Kopf hin und her, um die Ergebnisse der plastischen Chirurgie zu begutachten, der er sich in Sidcup unterzogen hatte. »Ein ziemlicher Unterschied. Man sieht nicht einmal mehr Narben. Wirklich gelungen, absolut nahtlos ... Stimmt's, Toby, Liebster? Oder hast du Rory damals beim Familientreffen im Stadthaus in der Park Lane nicht gesehen? Meine Güte, sieben Jahre ist das schon her! Die Zeit fliegt nur so dahin. Jedenfalls siehst du erheblich besser aus. Das war gut angelegtes Geld.« Freundlich zwickte sie ihn ins Ohrläppchen. »Du warst schon immer eitel, Bruderherz. Dabei hat dich immer jedermann gemocht, auch als dein Gesicht so übel zugerichtet war. Aber wirklich schlimm hast du nie ausgesehen«, beeilte sie sich diplomatisch hinzuzufügen.

»Der schottische Hering hatte immer genügend Grund, eitel zu sein«, erklärte Toby feierlich. Seit er auf dem Sprung vom Viscount zum Earl war, seit der Frosch sich allmählich in einen Prinzen verwandelte, trug er ein Monokel. Früher hatten Rory und Humphrey ihn häufig gehänselt und sich über seinen Taufnamen Augustus lustig gemacht, der im Lauf der Zeit zum Spitznamen Cäsar mutierte. Tobys Monokel hatte die schlechte Angewohnheit, immer wieder aus der Augenhöhle zu fallen. Mit schöner Regelmäßigkeit klemmte Toby es an seinen Platz zurück, wobei er jedes Mal das Gesicht verzog. »Rory war der hübscheste Kerl in der Umgebung, und alle Mädchen wussten es.«

»Danke, Cäsar, alter Kumpel«, sagte Rory und knipste das Ende seiner Zigarre ab. Er und Rory taten sich an den Havannas des alten Earls gütlich, der oben in seinem Zimmer sowieso nur daran erstickt wäre. »Lang möge dein Schornstein rauchen.«

»Wie bitte?«

»In Schottland gilt das als guter Wunsch.«

»Ah, verstehe.« Tony fummelte erneut an seinem Monokel herum, das inzwischen sicher mehr Fingerabdrücke aufwies als die gesamte Verbrecherkartei von Scotland Yard. »Schön, dich endlich wieder einmal zu sehen, Rory.«

»Geht mir mit dir genauso.«

»Du kannst natürlich bleiben, so lange du willst. Das Haus gehört sowieso bald mir. Die Ärzte sagen, dass der alte Knabe es bald hinter sich hat.«

»Danke vielmals, aber ich habe selbst ein Schloss samt Weib und Kindern, die ich bald wiedersehen möchte. Dir ist sicher klar, dass du und Kitty bei uns in Glengarth immer auf das Herzlichste willkommen seid.«

Rory war sehr zufrieden mit dem Ergebnis seiner Gesichtsoperation. Lizzie hatte Recht: Alles war möglich, wenn man über die nötigen Mittel verfügte. Bei ihm war das zwar nicht der Fall, bei ihr hingegen schon, und sie liebte ihn noch immer so sehr, dass ihr sein Aussehen am Herzen lag. Sie hatte ihm die besten Gesichtschirurgen Englands und Amerikas empfohlen. Im Gegenzug sammelte Rory Geld für den JSF, damit auch andere bei der Seeschlacht vor dem Skagerrak verwundete Seeleute die Chance auf ein neues Gesicht bekamen. Er selbst würde zwar vielleicht nicht mehr ganz so gut aussehen wie Rudolph Valentino, aber so abstoßend wie Quasimodo war er glücklicherweise auch nicht.

»Toby und ich haben uns ziemlich erschreckt, als wir hörten, was mit deiner Whisky-Brennerei passiert ist, Rory«, sagte Kitty. »Wisst ihr schon, wer es war?«

Rory zuckte die Schultern und starrte seine Zigarre an. »Das spielt jetzt keine Rolle mehr, Kits. Es ist nicht mehr wichtig. Wir fangen wieder ganz von vorne an. Allerdings muss ich ehrlich gestehen, dass ich zunächst ganz schön fertig war.« Er seufzte. »Immerhin hat der Brennerei-Chef mir erklärt, dass nicht alles verloren ist, obwohl die Versicherung nicht gezahlt hat. Auf der Police hatte ich nicht angegeben, dass ich fünf Jahre alten Whisky im Lager hatte, sondern nur den Dreijährigen aufgelistet. Das hatte etwas mit der Steuer zu tun.«

»Verflixte Steuern!«, brummte Toby voller Mitgefühl.

»Wie bitte, Liebster?«, fragte Kitty.

»Diese Steuern und Erbschaftsabgaben – der Staat ruiniert uns!«

»Aber wie ich bereits erwähnte, es ist nicht alles verloren«, fuhr

Rory fort. »So wie es aussieht, haben wir noch genug übrig für Blended Whisky, den wir auch sofort abfüllen können. Als mein Brennerei-Chef mir ein solches Vorgehen vorschlug, hätte ich ihn beinahe erschlagen. Ich wollte doch unbedingt einen Single Malt herstellen, der des Namens Glengarth würdig war. Aber inzwischen glaube ich, dass wir dank Gordons Vorschlag das Schlimmste abwenden können. Natürlich brauche ich immer noch alte Eichenfässer, in denen ich meine Whiskys zehn, zwölf, zwanzig, fünfundzwanzig, dreißig oder fünfzig Jahre lagern kann.«

»Klar brauchst du das, alter Junge«, murmelte Tony und betrachtete angelegentlich die Sohlen seiner Pantoffeln. »Kitty, Liebste«, er blickte seine Frau an, »Vater hat doch im Keller noch ein paar kleine Fässer, die Rory vielleicht nützen könnten, oder?«

Kitty schien darüber ebenso wenig zu wissen wie ihr Mann. Rory hatte sich immer schon gewundert, welchen Narren die süße, hübsche Kitty an einem kinnlosen Kerl wie Augustus Cäsar gefressen hatte. Vielleicht war es die Aura von Hoffnungslosigkeit, die Tobias umgab und die Muttergefühle in ihr weckte, nachdem Rory aus Breedon geflüchtet war.

»Wie kann das denn sein, liebster Toby?«, fragte sie geduldig. »Dein Vater war nie im Whisky-Geschäft. Oder hat er etwa schwarz gebrannt und du hast mir nur nie davon erzählt?«

»Ich rede von Sherry, altes Haus, den er aus Jerez de la Frontera hat kommen lassen. Ich denke, ein paar Fässer von diesem Zeug könnten gut in Rorys Whisky-Verschnitt passen. Ich stelle mir das so ähnlich vor wie bei Tee: ein wenig Assam, ein wenig Darjeeling, ein wenig Ceylon ...«

»Du darfst ihn nicht ernst nehmen!« Kitty lächelte Rory entschuldigend an.

In früheren Tagen hätte eine Bemerkung wie die von Toby mindestens eine an die Stirn geschossene Weintraube bedeutet. Aber da kein Obstkorb in Reichweite war, lehnte sich Rory gemütlich mit seiner Zigarre in den Sessel zurück. Seine Genesung nach der Operation hatte sechs Wochen gedauert, die er fern von Glengarth verbracht hatte. Jetzt freute er sich auf Annie und die Kinder. Am folgenden Tag wollte er heimreisen. Er vermisste seine Familie; er vermisste das ständige Durcheinander und den Lebensrhythmus von Glengarth; er vermisste die Planung von Jagdpartien. Natürlich war er sehr enttäuscht gewesen, als die Sache mit seinem fünf Jahre alten Malt passiert war, aber es ließ sich nun einmal nicht ändern. In Jütland hatte er gelernt, dass man die Uhr niemals zurückstellen konnte. Er musste die Vergangenheit hinter sich lassen und das Leben genießen. Es gab vieles, für das er dankbar sein konnte: Trotz des noch manchmal auftretenden Tinnitus hörte er entschieden besser, mit seiner Prothese lief er fast so gut wie mit einem echten Bein, abgesehen davon, dass er kein Gefühl darin hatte, und dank der modernen plastischen Chirurgie war seine Schönheit nun fast wieder hergestellt.

Während Rory sich im Herzen Englands seiner nachdenklichen Stimmung hingab und die Gesellschaft seiner Schwester und seines Schwagers genoss, klingelte das Telefon – jene Erfindung des zwanzigsten Jahrhunderts, mit der Nachrichten – meistens leider schlechte – übermittelt werden konnten. Kitty eilte zu einem wuchtigen Schreibtisch, der fast unter Tobys Büchern verschwand, und nahm den Hörer ab. Es war angenehm, das Telefon im Wohnzimmer zu haben, ohne dass der Butler alle fünf Minuten mit neuen Nachrichten hereinplatzen musste.

»Rory, es ist Chrissy. Sie möchte mit dir sprechen.«

»Warum?«, wollte er wissen.

Kitty zuckte die Schultern. »Ich glaube, sie hat die Nase voll von London und möchte ein paar Wochen Ferien in Glengarth machen ...« Kitty versuchte, die Telefonleitung zu entwirren, aber sie reichte nicht bis zu Rorys Sessel.

»Um Himmels willen, nein! Annie bekommt einen Nervenzusammenbruch. Und ich ebenfalls.«

Er stand auf und erklärte seiner älteren Schwester fast wahrheitsgemäß, dass kein Zimmer frei wäre. »Wir sind voll ausgebucht. Jetzt ist Seelöwen-Saison.«

»Hör auf, ständig Witze zu reißen! Ich habe sehr wohl gehört, was du über Nervenzusammenbrüche gesagt hast. Ich bin froh, dass du so ausgelassen bist. Kitty hat gesagt, deine Operation war erfolgreich und du siehst fast wieder so gut aus wie früher – aber was hat das Ganze mit Plastik zu tun?«

»Plastik? Ach Chrissy, das willst du in Wirklichkeit gar nicht wissen. Es ist viel zu kompliziert zu erklären.«

»Doch, ich will es wissen.«

»Es wird von dem Lateinischen *plasticus* und dem Griechischen *plasticos* abgeleitet und bedeutet, menschliches Gewebe aus italienischem Bakelit auf die Mensch gewordene Gestalt des griechischen Halbgottes Adonis zu übertragen, den man auch *Platypus erectus* nennt ...«

»Tut es sehr weh?«

»Schrecklich! Und was die Behandlung deiner Falten angeht – vergiss es, Chrissy. Bleib lieber bei deinem Wachs aus der Harley Street – aber halte dich fern von jeglicher Feuerstelle.«

»Kann diese Plastik-Geschichte denn den Alterungsprozess aufhalten?«, fragte seine Schwester aufgeregt.

»Nicht wirklich. Du willst doch nicht ernsthaft nach Glengarth kommen, nicht wahr? In London ist viel mehr los – sehr viel mehr los.«

»Ich bringe noch jemanden mit.«

»Denk doch einmal an all die Tanztees im Café Royal, die du verpasst, und ...«

»Wir treffen uns auf dem Bahnsteig in Kings Cross.«

Rory stöhnte innerlich auf. Christabel samt einer ihrer emanzipierten Freundinnen – das war einfach zu viel für die lange Strecke nach Edinburgh. Vielleicht konnte er sich in die dritte Wagenklasse verdrücken, während die beiden Damen erster Klasse fuhren. Oder konnte es sein, dass seine Schwester von einem Mann gesprochen hatte, der um ihre Hand anhielt? Als Chrissys nächster Verwandter wäre er in diesem Fall nur allzu gern bereit, sie ihm höchstpersönlich anzudienen, denn der Herr würde der Familie

Roskillen einen ungeheuren Gefallen erweisen. Chrissy war, gelinde ausgedrückt, eine Landplage.

*

Annie war nicht nur unangenehm berührt, sondern wirklich wütend. »Musstest du Christabel unbedingt mitbringen? Bei Kitty hätte ich nichts gesagt, aber Christabel und ihre gewöhnungsbedürftigen Freundinnen könnten unsere anderen, erheblich normaleren Gäste ziemlich verschrecken.«

»Du hast völlig Recht, Annie.« Er wusste genau, was sie mit normal meinte.

»Baroness Gertrude von Glasz! Eine Deutsche!«

»Der Krieg ist vorbei, Annie«, sagte Rory mit fester Stimme. »Vergiss einfach, wo sie herkommt. Wenn ich vergeben und vergessen kann, dann kannst du es auch. Und zu deiner Information: Sie ist Österreicherin.«

»Als ob das ein Unterschied wäre!«

»Oh, nicht schon wieder dieses Thema! Heute ist ein wunderschöner Tag. Wir reiten aus. Die Baroness und Chrissy kommen mit. Wenn du willst, kannst du uns begleiten.«

»Ich habe noch nie im Leben auf einem Pferd gesessen, und das weißt du genau!« Sie ließ ihn stehen und stolzierte über den Hof in ihren Vorratsraum.

Rory machte sich zunehmende Sorgen über Annies Verhalten, und zwar nicht nur ihm selbst, sondern auch seinen sämtlichen Freunden und Verwandten gegenüber. Es schien, als errichte sie Schranken um sich. Christabel und Annie hatten sich allerdings noch nie verstanden, was eindeutig mit Lindsay zu tun hatte.

Rory ging in den Stall, wo seine Schwester gerade dabei war aufzusitzen. »Welche Laus ist ihr denn jetzt über die Leber gekrochen?«, fragte Christabel, einen Fuß bereits im Steigbügel. »Ich habe sie eben im Korridor getroffen. Sie sauste an mir vorüber, als hätte ich die Pest!«

Rory wusste gleich, dass seine Schwester nur von Annie sprechen konnte. »Ach, es ist nichts …«, murmelte er und nahm sein Pferd von einem Stallburschen in Empfang. Vor den Gästen, die ungeduldig auf ihren Ausritt warteten, konnte er schlecht reden. Christabel hingegen nahm kein Blatt vor den Mund.

»Annie hat Probleme mit dem Sex, Rory.«

»Probleme?« Er machte den anderen ein Handzeichen. »Reitet schon einmal voraus. Wir kommen nach, wir müssen etwas Privates besprechen.« Er lenkte sein Pferd neben das seiner Schwester.

»Sie fühlt sich nicht wohl dabei«, beteuerte Christabel.

»Ich verstehe immer noch nicht, was du meinst.«

»Du lebst so weit ab vom Schuss, dass du nicht einmal die Ausdrücke verstehst, die in der Gesellschaft benutzt werden. Sie hat Probleme mit dem Sex will heißen, dass sie sich schuldig fühlt, weil sie zu sehr darauf versessen ist. Sie versucht, dafür zu büßen, indem sie sich ein bizarres Ritual auferlegt. In Annies Fall bedeutet das, sie taucht ihre Hände ein wenig zu oft in die schmutzige Wäsche von Glengarth.«

»Ich kann dir leider nicht folgen.«

»Die ganze Familie kennt das Geheimnis von Duncans Turm, Rory. Annie sowieso. Und wir wissen auch alle, dass Jamie der uneheliche Sohn von Lindsay ist, den du nur adoptiert hast, um ihm deinen Namen zu geben. Ihr könnt uns nicht zum Narren halten! Kitty und ich hatten früher Namen für dich und Lindsay: Der Adler und die Wildkatze. Sie stammen beide aus derselben Umgebung, bekämpfen sich aber ununterbrochen. Du warst die Wildkatze und Lindsay der Adler, weil er wegen seiner Drogenabhängigkeit immer in höheren Gefilden schwebte. Das Opium wurde Lindsay und seinem und Ionas Sohn zum Verhängnis. Annie hat es gewusst. Ich wusste es ebenfalls. Du vielleicht nicht, weil du damals noch im Süden wohntest und wenig Kontakt zu Lindsay hattest. Aber du bist auch schrecklich naiv, Bruderherz.«

»Inwiefern naiv?«, fragte er mürrisch. Christabel machte ihn allmählich nervös.

»Du hast also nichts bemerkt? Nun, dann will ich nicht diejenige sein, die dir die Augen öffnet ...«

Rory lehnte sich zur Seite und packte sie fest am Handgelenk. Die anderen Reiter waren bereits weit voraus. »Christabel, ich kann dir gar nicht sagen, wie satt ich dich und deine lesbische Freundin samt euren unterschwelligen Andeutungen habe! Am besten, ihr verschwindet so schnell wie möglich aus Glengarth. Dabei ist mir völlig egal, welcher deutschen, russischen oder englischen Adelsfamilie deine Freundin angehört – die meisten haben sowieso inzwischen abgedankt. Es wird mir nicht besonders schwer fallen, ohne euch auszukommen.«

Christabel riss sich los. »Dann interessiert es dich also nicht, was mit Annie los ist? Sie gab vor Lindsay zu lieben und hat ihm einen unehelichen Sohn untergejubelt, anschließend erklärte sie, dich zu lieben, sodass du Narr sie unbedingt heiraten musstest. Treue und Loyalität sind für sie Fremdwörter. Aber auch Annie weiß – genau wie damals Iona –, dass es auf alle deine Kinder übergehen kann ...«

»Es! Es! Was meinst du mit ›es‹?«

»Der Hang zum Fremdländischen. Die Verbindung unserer Familie mit dem Osten. *Opiumabhängigkeit.* Annie befürchtet, dass dieses Erbe eines Tages bei euren gemeinsamen Kindern ausbricht, und aus Angst davor hat sie sich mit einem anderen Mann zusammengetan. Annie liebt dich nicht ausreichend, um dir zu vertrauen, Rory. Das hat sie nie getan. Bist du dieser Ränkeschmiedin gegenüber wirklich genauso blind wie Lindsay? Sie hat dich nur geheiratet, um an das Schloss zu kommen, nichts wei...«

Unwillkürlich hob Rory die Peitsche, besann sich aber im letzten Augenblick. Tief im Innern wusste er, was Christabel von ihm wollte.

»Du verschwindest von Glengarth, Christabel, und zwar sofort. Ich will dich hier nie wieder sehen. Annie hat Recht gehabt: Du machst nichts als Scherereien. Du und deine dummen kleinen Lesben-Affären! Du hast auf die falschen Leute gesetzt, nicht wahr? Aber Geld und Titel geben dir nicht das Recht, anderen Leuten das Leben schwer zu machen. Deine tollen Freundinnen sind doch nichts als abgehalfterte alte Jungfern, die glauben, sie würden die Welt kennen. Dabei haben sie keine Ahnung. Und auch du bist ohne den Namen Roskillen ein Nichts, liebstes Schwesterherz. Deine Emanzen würden dich sofort wie eine heiße Kartoffel fallen lassen, wenn du ihnen nichts anzubieten hättest. Sie interessieren sich nur für Titel, große Namen und Reichtum. Es ist wie in ›Des Kaisers neue Kleider‹: Es geht nur um den Schein. Also verschwinde! Und dass weder du noch eine dieser Damen sich hier je wieder sehen lässt! Annie und ich arbeiten hart, aber immerhin tun wir etwas!« Wütend gab Rory seinem Pferd die Sporen und preschte seinen Gästen hinterher.

Doch Christabel war immer eine ausgezeichnete Reiterin gewesen. Mühelos hielt sie mit ihm Schritt. »Es geht nicht darum, wen man kennt, sondern was man weiß, Rory. Und ich weiß genug, um dich, Jamie, Annie und den Namen Roskillen für immer zu vernichten«, schrie sie gegen den Wind an.

»Was willst du von Annie und mir, Christabel?«, brüllte er zurück.

»Ich will, dass ihr mich und meine Freundinnen akzeptiert. Ich habe genauso viele Rechte an Glengarth wie du. Schließlich war ich zwar nach Lindsay, aber vor dir da. Ich wäre also nach der Erbfolge die Nächste gewesen. Das schottische Gesetz schließt den Titel eines Laird für Frauen nicht aus. Du kannst mir kein Hausverbot für Glengarth erteilen.«

»Das kann ich sehr wohl und werde es auch tun, so lange du dich nicht zu benehmen weißt.«

»Es ist mein voller Ernst, Rory. Ich werde jede auch noch so kleine Gesetzeslücke ausnutzen, um diese Frau – die du so übereilt geheiratet hast und der wir völlig egal sind – aus Glengarth zu vertreiben. Auf keinen Fall wird Jamie nach deinem Tod den Besitz erben, dafür werde ich sorgen.«

»Ich wollte mich nicht mit dir streiten, aber da du immer weiter gegen Annie intrigierst, muss ich es leider tun. So lange ich Laird von Glengarth bin, will ich weder dich noch deine Freundinnen hier je wieder sehen!«, sagte Rory kühl.

»Na schön. Aber dann will ich ausgezahlt werden.«

»Du hast deinen Teil des Erbes bereits erhalten. Was ist mit Vaters Geld geschehen? Und was mit dem von Mutter?«

»Ich habe es ausgegeben.«

»Das ist nicht mein Fehler«, sagte Rory hart.

»Ich wurde nun einmal nicht als Junge geboren. Als unverheiratete Frau muss ich für mich selbst aufkommen«, verteidigte sich Christabel.

»Na, dann heirate doch.«

»Ich mag aber keine Männer. Ich mochte weder Vater noch Großvater. Für dich und Lindsay habe ich immer wie eine Schwester empfunden, aber nie im Leben könnte ich um Mr Montgomery herumschwänzeln wie Annie oder die anderen Frauen, die anscheinend einen Narren an ihm gefressen haben. Auch deine starken schottischen Waldarbeiter sind mir völlig egal. Ich kann nun mal nicht über meinen Schatten springen, Rory.«

»Ich kann dir da leider nicht weiterhelfen, Christabel. Weder mit deinem Schatten noch mit deinem leeren Bankkonto. Auch ich besitze keinen Penny. Alles, was du hier siehst, haben wir der Großzügigkeit von Countess Albion zu verdanken.«

»Ich brauche aber dringend Geld, Rory. Was soll ich denn tun?«

»Verkauf dich an Lizzie, falls sie dich haben will. Allerdings fürchte ich, dass sie dafür zu viel Geschmack hat.«

»Du bist gemein!« Wütend hieb sie ihm mit der Reitgerte über die Schulter.

Rory wendete ohne ein weiteres Wort und ritt zurück nach Glengarth, wo er direkt in die Dienstbotenquartiere stürmte. Um diese Zeit trank das Personal seinen Tee. Noch völlig außer Atem wies er Agatha Kemster an, die Koffer der beiden im Rosenzimmer untergebrachten Damen zu packen, da sie am Folgetag abzureisen gedachten. Anschließend machte er sich auf den Weg in die oberste Etage, wo er an eine Tür klopfte.

Die Tür ging auf. Er fragte: »Darf ich hineinkommen? Ich muss mir dir reden.«

Sie trat zur Seite. »Aber natürlich. Seit wann fragst du?«

16. Kapitel

Zeig es mir! Zeig es mir!« Dulcie tänzelte und hopste aufgeregt herum. Schließlich schubste ihre Zwillingsschwester Marjorie sie beiseite.

»Nein, mir! Zeig es mir!«, schrie diese und versuchte, Dulcie bei jeder Drehung zu übertreffen.

Die rötlich-goldenen Locken der fünfjährigen Zwillinge hüpften wie Clownsperücken auf und ab. Lizzie brachte den Mädchen bei, Charleston zu tanzen.

Die Countess war eine wahre Meisterin des Charleston. Die männlichen Hausgäste standen im Sonnenzimmer herum und bewunderten die Leichtigkeit, mit der sie die Schritte beherrschte. Normalerweise war das Sonnenzimmer für die Ladys reserviert, die sich hier entspannten und dem neuesten Klatsch frönten, während die Herren sich nach dem Dinner mit ihrem Portwein beschäftigten. Doch die strengen Regeln früherer Jahre waren aufgeweicht. Glengarth hatte den Schritt in die Moderne vollzogen.

Die Herren plauderten angeregt. Sie rauchten und labten sich am ersten Glas *uisge beatha*, obwohl das Frühstück noch nicht allzu lang zurücklag. Die Damen ließen sich inzwischen von Lizzie den Charleston beibringen.

Das Schöne an Glengarth war, wie ein Gast bemerkte, dass man sich hier immer amüsierte, ganz gleich, welche Kapriolen das Wetter schlug. Man fühlte sich wie eine große Familie. »Hier herrscht eine unglaubliche Atmosphäre, finden Sie nicht? Außerdem ist

Glengarth der ideale Ort, um ›gesehen‹ zu werden, denn die Gästeliste ist vom Feinsten. Darauf kann man sich jederzeit verlassen.«

In diesem Herbst war das Wetter abscheulich. Tagelang regnete es in Strömen, und die Landschaft verschwand im dichten Nebel. Man konnte noch nicht einmal in Gummischuhen und Regenjacke über das Inchnadamph gehen, ohne sich der Gefahr auszusetzen, in der geballten Nässe zu ertrinken.

»Wer hat Sie Charleston tanzen gelehrt, Lizzie?«, wollte ein gewisser Mr Coward wissen, der es sich auf einer Couch in einem der Erker hoch über dem Minch bequem gemacht hatte und dem Treiben der Damen zusah. Vom Meer war nichts mehr zu entdecken; eine dicke schwarze Wolke verdeckte die Aussicht und der Regen machte Noahs Sintflut alle Konkurrenz.

»Niemand, Süßer. Ich habe es mir – wie die meisten Dinge übrigens – selbst beigebracht. Möchten Sie es einmal probieren?«

»Später, schöne Frau. Im Augenblick amüsiere ich mich damit, die hervorragenden Rezensionen über ›The Vortex‹ nachzulesen.«

»Um was geht es?« Lizzie, die allenfalls Speisekarten und Übernahmedokumente las, kannte keinerlei Scheu, ihre völlige Ignoranz hinsichtlich Mr Cowards literarischer Produktion zuzugeben.

»In ›The Vortex‹? Wollen Sie etwa behaupten ... ach, schon gut, Schäfchen, es geht um einen neurotischen jungen Mann und seine Mutter.«

»Eine Komödie?«

»Du liebes Bisschen, nein, gute Frau! Das Stück ist äußerst seriös. Erinnern Sie mich daran, Ihnen Theaterkarten zu reservieren, wenn Sie das nächste Mal in London sind, Countess«, sagte Coward leicht verschnupft.

»Okay«, gab Lizzie ungerührt und immer noch tanzend zurück, »und Sie erinnern mich doch bitte daran, Ihnen eine Überfahrt nach New York auf der ›Lady Manhattan‹ zu buchen – das ist mein neuester Luxusliner.«

»Einverstanden!« Er strahlte. »Und jetzt bitte Ruhe. Die Inspiration meldet sich. Ich denke gerade an ein patriotisches Stück, das in viktorianischer Zeit spielen könnte, und in dem es um eine Familie geht ... Vielleicht auch etwas darüber, dass nur verrückte Hunde und Engländer hinaus in die mittägliche Sonne gehen, schlaue Hunde und Schotten jedoch keinen Fuß vor die Haustür setzen, wenn es wie aus Eimern schifft ... gut?«

Miss Arbuthnot, die ein wachsames Auge darauf hatte, dass die Zwillinge den Erwachsenen in ihrem Überschwang nicht auf die Nerven gingen, trat schnell einen Schritt vor und klatschte in die Hände. »Schluss jetzt, Kinder. Zeit für das zweite Frühstück. Eure Brüder warten bestimmt schon im Klassenzimmer ...«

»Oh je«, meinte Mr Coward, »da bin ich, fürchte ich, ordentlich ins Fettnäpfchen getreten. Entschuldigen Sie bitte, Elly, ich wollte auf keinen Fall vor den Kindern ein unpassendes Wort benutzen. Schließlich sind sie für mich ein Quell der Inspiration. Ich könnte das Stück vielleicht ›Cavalcade‹ nennen. Die Nachkommenschaft in diesem Haus erinnert mich immer an nervöse kleine Pferde. Ich glaube, ich lege mich vor dem Mittagessen noch ein wenig hin und denke nach. Sicher nervt uns gleich dieser Chaplin wieder damit, wie groß Randolph Hearsts Ranch, sein Esstisch und die Besucherzimmer sind.«

Er begann, sich von der Couch aufzurappeln, als eine Frau namens Maud in einem auffälligen rosavioletten Kleid ihm zuflüsterte: »Zu spät, Noel. Da ist er schon, samt seinem Hollywood-Gefolge.«

»Oh je, zu spät. Nun ja, wir wollen die Amerikaner nicht zu schlecht behandeln, Mrs Worthington.« Mr Coward ging an dem Schauspieler vorbei und neigte den Kopf. »Ich muss weg, ich bin schon spät dran. Viel zu spät. Ich habe eine wichtige Verabredung.«

»No-el!« Mr Chaplin nahm die dicke Zigarre aus dem Mund und streckte eine teigige, weiße Hand aus. »Wann kommen Sie endlich nach Hollywood?«

»Nie, Charlie. Das hoffe ich zumindest. Fragen Sie Orsen.«

»Dieser Engländer ist einfach unbezahlbar!« Der in England geborene und in Amerika aufgewachsene Charles Spencer Chaplin schlug Noel Coward freundschaftlich auf die Schultern, was den schmucken jungen Mann ins Taumeln brachte. »Woran arbeiten Sie gerade, Noel?«

»Nennen Sie mich doch bitte Pierce ...«

»He«, freute sich Chaplin, »dieser Mann ist ein Genie! Wollen Sie eine Statistenrolle in ›Goldrausch‹, Noel? Meine neueste Produktion bei ›United Artists‹. Der Laden gehört mir ...«

»Ach, lieber nicht. Trotzdem vielen Dank, Charlie. Als ich ›The Kid‹ gesehen habe, bekam ich Nasenbluten. Filme sind für mich passé. Sie schaden meiner Gesundheit.«

»He, er ist wirklich unbezahlbar! Sie haben eine Menge ausgesprochen talentierter Gäste hier, Mylaird«, wandte sich Chaplin begeistert an Rory. »Und die gute alte Lizzie hat mich überdies mit dem berühmt-berüchtigten schottischen Nebel bekannt gemacht.«

»Das Wetter wird bestimmt bald besser«, sagte Rory hoffnungsvoll.

»Auf der Ranch von Hearst scheint immer die Sonne – aber die liegt ja auch in Kalifornien. Habe ich Ihnen je erzählt, dass das Haus so groß ist, dass ein Zug die alten Gäste um Mitternacht abholt und morgens eine neue Ladung bringt? Man frühstückt jeden Morgen mit neuen Gesichtern. Und es gibt ein Bett auf der Ranch, das ist steinalt; es gehörte irgendeinem Napoleon.«

»Wir haben hier wesentlich ältere Betten, Mr Chaplin«, murmelte Rory. »Ganz besonders eines, in dem bereits Maria Stuart geschlafen hat.«

»So lange keine schottischen Bettwanzen in Ihrem Nachthemd sind ...«, flachste Chaplin. Alles lachte.

In diesem Augenblick kam der kleine Duncan aus dem Klassenzimmer und zupfte seinen Vater am Ärmel. »Papa, darf ich Mr Chaplin um ein Autogramm bitten?«

»Sicher.« Charlie Chaplin schrieb seinen Namen auf Duncans

Übungsheft. Gerade wollte der Junge ins Klassenzimmer zurückflitzen, da fragte Noel Coward:

»Möchtest du auch ein Autogramm von mir?«

»Wer sind Sie denn?«, fragte Duncan erstaunt.

»Na, wenn das so ist ...« Entrüstet ob der unsensiblen Ehrlichkeit der jüngeren Generation rauschte Noel davon. Er fand es verzeihlich, dass das Kind ihn nicht kannte, aber es hätte die Tatsache nicht so hinausposaunen müssen!

Wie viele Kinder empfanden auch die Kinder von Rory und Annie ihre Umgebung als völlig natürlich. Sie wussten nicht, wie privilegiert sie lebten, und wuchsen auf, ohne sich darüber im Klaren zu sein, wie viel besser es ihnen ging als anderen Kindern ihres Alters. Sie hatten Kontakt zu gekrönten Häuptern und anderen Aristokraten, zu Politikern, Präsidenten und hoch gestellten Bürgern aus aller Welt und lernten auf diese Weise spielerisch gutes Benehmen.

Jamie, Duncan, Dulcie, Marjorie, Andrew, Bruce und die kleine Heather durften auf großen Rasenflächen Krocket spielen und angelten Lachse in Gesellschaft von Hollywoodstars, die sich in der ruhigen Frische des schottischen Hochlands erholten.

In der großen Halle von Glengarth erfanden sie eigene Theaterstücke, bei denen ihnen Noel Coward und George Bernard Shaw halfen; P. G. Wodehouse und Charlie Chaplin brachten sie zum Lachen und Ethel Barrymore antwortete auf ihre Frage, wie es denn in Hollywood so wäre, mit den Worten: »Unecht. Die Blumen duften nicht, die Früchte schmecken nach gar nichts und der ganze Ort ist ziemlich protzig. Schlagt es euch aus dem Kopf, Kinder.« Das hinderte die Zwillinge allerdings nicht, davon zu träumen, eines Tages selbst nach Hollywood zu gehen.

Manchmal betätigten sich die Kinder der Roskillens auch politisch. So debattierte Duncan mit Premierminister Baldwin darüber, welche Gründe die Arbeitslosigkeit hatte, was er gegen den drohenden Generalstreik unternehmen würde und ob er den Hungermarsch der Arbeitslosen von Glasgow nach London unterbinden wolle. Genau genommen debattierte Duncan und Mr Baldwin hörte zu.

Der Premier hatte selbst vier Töchter und drei Söhne und wusste, was es bedeutete, von einer großen Familie umgeben zu sein. Er genoss die Ferien in Glengarth, in denen es ihm weniger um Politik als vielmehr darum ging, dass St. Mirren den schottischen Fußballpokal gewonnen hatte und Schottland im internationalen Rugby an erster Stelle stand. Er versuchte, Duncan auf diese Themen zu lenken, und fragte ihn, ob er als echter Schotte nicht stolz auf solche Leistungen war.

»Ich bin kein Anhänger irgendeiner Mannschaft«, erklärte der achtjährige Duncan dem Premierminister Großbritanniens ernsthaft. »Und Sie als Engländer sollten sich nicht über Siege der Schotten freuen. Wäre ich Engländer, hielte ich Ihre Haltung den Wählern gegenüber für ausgesprochen unloyal, als Schotte allerdings ist es mir egal. Ich würde Sie sowieso nicht wählen.«

»Und warum nicht, junger Mann?«, fragte Stanley Baldwin amüsiert.

»Weil Politik ein schmutziges Geschäft ist, Sir. Aber wenn ich eines Tages wählen darf, stimme ich vermutlich für die Labour-Partei.«

Dem Premierminister machte es nichts aus, gegen die Roskillen-Kinder eine Partie Krocket zu verlieren, aber den Verlust eines potentiellen Wählers, der kaum dem Kindergarten entwachsen war, konnte er nicht hinnehmen. »Weißt du, Politiker sind ungefähr so wie Alice im Wunderland, die versuchte, mit einem Flamingo an Stelle eines Schlägers Krocket zu spielen.«

»Kann schon sein, Sir«, war Duncans Antwort. »Aber ich bin der Flamingo eines schottischen Lairds, dessen Familie auf sechshundert Jahre Geschichte zurückblickt. Sie hingegen stammen aus einer Familie von Eisenwarenhändlern, die reich genug geworden ist, um Sie in Harrow und Cambridge erziehen zu lassen. Ich bin bereits vor meiner Geburt in Eton und Oxford angemeldet worden – vielleicht schon vor sechshundert Jahren.« Das saß.

Hinter Premierminister Baldwin stand genügend Geld, um sich noch ein paar weitere Jahre selbst in Krisenzeiten halten zu können. »Weißt du, es gibt drei Dinge, die besonders schützenswert sind: Vögel, Wildblumen und Premierminister«, erklärte er dem kleinen Roskillen.

»Ich bin Labour-Anhänger durch und durch«, erwiderte Duncan. »Meine Mutter auch. Nur mein Vater weiß nicht so recht, auf welches Pferd er setzen soll.«

»Wirklich?« Wider besseres Wissen wurde der Premier neugierig. Sprachen nicht Kinder und Narren immer die Wahrheit?

»Papa ist halb Engländer und halb Schotte und das ist noch schlimmer, als Inder zu sein. Wissen Sie, er ist in Indien aufgewachsen und weiß nicht, wo er hingehört. Papa geht nie wählen, aber er lädt Leute aus allen Parteien nach Glengarth ein, damit er viel Geld verdient.«

Die Ehrlichkeit des Jungen beeindruckte Baldwin. »Solltest du jemals eine Karriere bei den Konservativen anstreben, junger Mann, dann komm zu mir.«

»Ich glaube kaum«, gab Duncan zurück. »Ich werde nämlich der nächste Laird von Glengarth, ganz egal, was die anderen hier davon halten.«

Um Kundschaft anzulocken, warb Rory mit einem Zimmer im Ostturm, in dem bereits Maria Stuart geschlafen haben sollte. Er zog die Anzeige allerdings schnell zurück, als Annie ihn darauf aufmerksam machte, dass Maria Stuart kaum ein Bad mit fließendem Wasser und Toilette gehabt haben konnte.

Es schien, als würde sich Rorys letzter und gewagtester Schachzug endlich lohnen. Alles hätte wunderbar sein können, wäre nicht ab und zu Aeneas wieder aktiv geworden. Kleine Sabotageakte waren an der Tagesordnung. Allerdings störte Aeneas immer nur so lange, bis er vom Laird einen braunen Umschlag erhielt, der ihn wieder für eine gewisse Zeit von Glengarth fern hielt.

Nach ein paar Monaten Ruhe begann dann alles wieder von vorn. Annie, Rory oder die Gäste wurden angegriffen, Dinge zerstört – Aeneas war wieder da, wie eine hässliche Narbe auf dem Gesicht von Glengarth. Doch allmählich lernten Annie und Rory, mit seiner Anwesenheit umzugehen.

Auch Christabel kam trotz des Verbots immer wieder nach Glengarth. Meist brachte sie eine oder sogar mehrere Liebhaberinnen mit und bescherte Annie und Rory oft peinliche Situationen.

Als Christabel jedoch eines Tages versuchte, heftig mit Lizzie Albion zu flirten, schritt Rory ein. Annie scheute sich, allzu deutlich zu werden; man wusste nie, was Christabel gegen sie in der Hand hatte. Rory aber nahm kein Blatt vor den Mund. »Du meine Güte, Christabel! Hast du denn überhaupt kein Schamgefühl? Du hast Lizzie mit deiner Flirterei fürchterlich in Verlegenheit gebracht, während deine deutsche Liebhaberin, Liebste ... Wie nennt man die Geliebte einer Frau?«

»Lesbierin«, war Christabels platte Antwort.

»Ja, das auch ... während deine Freundin von Glasz der Countess ziemlich offenkundig am liebsten einen Dolch in den Rücken gerammt hätte.«

»Und was für ein süßer Rücken, Bruderherz! So glatt und weiß strahlte er aus den Rückenausschnitt des kurzen schwarzen Abendkleides, das sie gestern zum Dinner trug. Und so viel nackte Haut!« Christabel zog an ihrer Zigarette, die in einer Spitze aus Ebenholz und Gold steckte. Sie gab sich als Vamp.

»Ich finde dich ekelhaft, Christabel«, sagte Rory ehrlich. »Ich schäme mich, dass du meine Schwester bist.«

»Das ist deine Sache, Bruderherz. Merkwürdig, dass du nichts gegen Mr Coward hast. Liegt es daran, dass er schreibt, oder daran, dass er der Einzige ist, der sich selbst liebt?«

»Er behält wenigstens seine Privatangelegenheiten für sich. Ich weiß wirklich nicht, warum ich dich immer noch in Glengarth ertrage.«

»Weil du ein weichherziger, liebevoller und verzeihender Bruder bist, der allen Frauen gefällt. Letztes Mal wolltest du Trudy und mich aus dem Haus werfen und bist sogar so weit gegangen, unsere Sachen packen zu lassen. Aber du hast dich eines Besseren besonnen, liebstes Bruderherz. Trudy hat über den Vorfall übrigens eine traurige kleine Ode geschrieben. Sie heißt ›Vertreibung aus dem Vaterhaus‹ und sie hat sie dir gewidmet. Interessant, wie ein zärtliches Kuscheln in den Armen einer Liebhaberin, Geliebten oder Mätresse alle Befürchtungen ausmerzen kann.«

»Wovon zum Teufel redest du da?«

»Ach ... nichts. Wir waren einfach nur froh, dass Elly Öl auf die Wogen gegossen hat und wir wieder auspacken und noch bleiben durften. Und jetzt sind wir wieder da. Wenn du kein Mann wärst, Rory, könnte ich mich glatt für dich interessieren. Weiß Annie übrigens, dass du eine Mätresse hier im Haus hast? Du brauchst dich dessen nicht zu schämen, Lindsay hatte schließlich auch eine. Ganz zu schweigen von unserem letzten König. Der hatte gleich einen ganzen Stall voll.« Christabel zog versonnen an ihrer Zigarettenspitze. Um ihre Lippen spielte ein leises Lächeln.

»Halt den Mund, Chrissy«, fuhr Rory sie entrüstet an. »Unsere arme Mutter würde sich im Grab umdrehen, wenn sie wüsste, was aus dir geworden ist. Lass Lizzie einfach nur in Frieden. Und die anderen, vielleicht etwas vernünftigeren Frauen möglichst auch.«

»Wenn sie so vernünftig wären, wären sie bestimmt nicht hier.« Sie sprach ein wenig schleppend, genau wie Lizzie. »Ich weiß, dass die Countess bei dir immer noch einen Stein im Brett hat. Oder verwechsele ich da etwas, und es geht dir nur um ihren Reichtum? Obwohl – den würde ich auch nicht von der Hand weisen! Und sie ist wirklich sexy. Schade, dass sie so mannstoll ist. Aber gewisse Vorlieben können sich auch in fortgeschrittenem Alter noch verändern. Das passiert uns allen; bestes Beispiel ist Vita.«

»Kenne ich nicht.«

»Das sollte mich wundern, Rory mein Junge.«

Er vermutete, dass es sich um eine von Christabels Geliebten handelte.

»Gleichgeschlechtliche Liebe unter Frauen steht nicht unter Strafe, weißt du. Von Annie hätte ich durchaus erwartet, dass sie uns verabscheut, aber nicht von dir, denn du hast eine weltläufige Erziehung genossen. Sie hingegen ist eben doch nur Plebs ... Wer weiß schon, wo sie herstammt? Aus einer Bauernfamilie bestimmt nicht. Ich tippe eher auf Tagediebe, Strolche oder Ähnliches. Unterste Kategorie. Du hast ziemlich unter deinem Stand geheiratet. Nicht nur, dass sie früher die Geliebte deines Bruders war, sondern sie ist außerdem eine geldgierige Heuchlerin.«

Um zu verhindern, dass er seine Schwester schließlich doch noch verprügelte, drehte Rory sich brüsk auf dem Absatz um und ließ sie stehen. Sollte sie sich doch mit ihrer Österreicherin amüsieren, die zu allem Überfluss auch noch schlechte Gedichte schrieb. Aber am liebsten hätte er sie ermordet.

Duncan führte ein heimliches Tagebuch. Er besaß ein großes Heft, in dem er Daten, Fakten, Zahlen, Fotos und anderes Material sammelte und aufbewahrte. Im Sommer 1926 schrieb er:

»Schon wieder Sommerferien!!! Ich wollte, ich wäre in Edinburgh in der Schule. In ein paar Jahren, wenn ich alt genug bin, schicken mich die Eltern nach Eton. Jamie war auch da, aber es hat ihm nicht gefallen. Ich glaube nicht, dass es dort so schrecklich ist, wie Jamie es den Eltern geschildert hat, aber er ist ein ziemliches Weichei und ein Muttersöhnchen! Jedenfalls bin ich froh, dass er in Invergordan ist. Ich glaube, ich könnte weder in der Schule noch zu Hause mit ihm mithalten. Wenn er hier ist, versucht er immer, mich zu übertrumpfen, und er meint, er ist etwas Besseres als Andrew, Bruce und ich, weil er nämlich nach Papas Tod Laird von Glengarth wird.

A und B sind noch ziemlich klein und in Ellys Obhut. Aber bald kommen sie auch in die Schule. Dulcie und Marjorie sind Mädchen und ziemlich doof. Sie bringen mich vor den Gästen ständig in Verlegenheit, vor allem, wenn wir Filmstars aus Hollywood im Haus haben. Miss Barrymore hat versprochen, ihnen eines Tages Hollywood zu zeigen. Ich wünschte, sie nähme die beiden heute noch mit. Sie laufen mir überall nach. Manchmal kontrolliere ich mit einem Feldstecher vom zerbrochenen Turmfester aus, ob sie mir wieder einmal nachspionieren. Heather ist erst zwei und kann noch nicht richtig laufen. Manchmal fährt Elly sie im Kinderwagen in den Wald. Wenn Elly allein geht, besucht sie meistens Mister M., mit dem sie eine heiße Affäre hat. Ich musste das Wort nachschlagen, denn nachdem Mrs Kemster davon gesprochen hatte, dachte ich erst, die beiden fackeln den Wald ab.

Alle hier tun so etwas; ich finde es wirklich ekelhaft. Sogar Mama, die sich wie die Jungfrau Maria meines Freundes Hector – er ist Katholik – gebärdet, hat einen heimlichen Liebhaber.

Jeder weiß, dass Papa eine Menge Freundinnen hat. Jeder beobachtet jeden. Hier ist es wie in einem Gefangenenlager. Miss A. besucht Mr M. heimlich im Wald und Mrs K. spioniert ihnen nach. Mrs K. beobachtet auch Mama und uns, dafür beobachtet Miss A. Papa, Mama und alle anderen. Ich wüsste gern, wer hier eigentlich keine Affäre hat. Vielleicht hat es mit der Luft von Glengarth zu tun. Die Leute tauschen ihre Schlafzimmer wie ich mit Hector Briefmarken tausche. Auch die Gäste machen mit. Die Böden knarren die ganze Nacht, weil Leute durch das Schloss schleichen, um sich zu amüsieren – Erwachsene sind ekelhaft!

PS. Die einzig nette Person hier ist Tante Christabel. Sie hat viele Freundinnen, die alle in Männerkleidung herumlaufen, tiefe Stimmen haben, Zigaretten in langen Spitzen rauchen, viel Whisky oder Gin trinken und von König und Königin oder Prinz Edward sprechen, als seien sie mit ihm verwandt. Ich weiß nicht, warum Mama Tante C. nicht leiden kann. Immerhin macht Tante C. keine widerlichen Dinge mit Männern – so wie Mama.

Ich weiß, dass es widerlich ist, weil Hector und ich in der Schule ein Buch mit Bildern gefunden haben, wo Männer und Frauen es miteinander tun. Es sah aus, als würden sie kämpfen wie Sumoringer, aber sie waren völlig nackt. Sumoringer bedecken ihre Schnie-

del wenigstens mit einem Stück Stoff. Und was ganz schlimm war: Der Mann versuchte anscheinend, seinen viel zu groß aussehenden Schniedel (ich glaube nicht, dass so etwas wirklich möglich ist) in das Schneckchen (Dulcie und Marjorie haben so etwas auch) der Lady zu schieben. Aber dann kam der Hausmeister und schimpfte mit uns, weil wir uns ›Pornografie‹ anschauten. Dabei hieß das Buch in Wirklichkeit ›Kama Sutra‹ und gehörte ihm selbst. Aber Hector und ich sagten nichts, weil wir keine Lust darauf hatten, vor der versammelten Schülerschaft mit dem Gürtel auf das nackte Hinterteil verdroschen zu werden.

Hector und ich finden es schrecklich, dass unsere Eltern vielleicht ebenfalls solch ekelhafte Dinge tun. Und andere Leute auch. Ist das nicht furchtbar? Wenn Hector und ich so etwas tun würden, wäre bestimmt die Prügelstrafe fällig. Ich glaube, ich werde lieber Priester als Sumoringer.

PPS. Mama hat anscheinend eine heiße Affäre mit Papas verrücktem Vetter Aeneas. Ist das nicht abstoßend? Andererseits weiß ich, dass sie Mr M. auch mag und ihn immer um Rat fragt, wenn Papa nicht gestört werden darf, weil er im ›Appartement seiner Mätresse‹ ist. So hat es Mrs K. ausgedrückt, als sie mit der Köchin sprach. Es klang nicht sehr nett, und die beiden wieherten dabei wie Pferde. Ich glaube, sie sprachen davon, dass Papa Countess Lizzie und den Whisky gut leiden kann. Und reich wäre er auch gerne.

Ich muss jetzt aufhören. Ich glaube, jemand spioniert mir nach. Eigentlich darf ich mich nämlich nicht in Duncans Turm aufhalten. Angeblich ist es gefährlich, aber ich verstehe nicht, wieso. Alles scheint ordentlich repariert zu sein und die Wände sind auch gerade erst gestrichen worden.

Später: Gut, dass ich den Feldstecher hatte. Elly war auf dem Weg nach High Hills. Und dann sah ich Mama, die in Richtung Forest Lodge ging. Wahrscheinlich trifft sie sich mit Aeneas. Gestern Abend gab es ein paar merkwürdige Vorfälle: Ein Schaf war mit Stacheldraht erstickt worden und man fand einen toten Hirsch, dem nichts als die Augen fehlten. Und im Schloss lag eine tote Ratte im Bett von Lord Albion. Er ist 60 Jahre alt, aber trotzdem mit der schönen jungen Lizzie verheiratet. Sie hat große Brüste mit einer hübschen Linie dazwischen. Papa schaut immer genau hin, aber ist seit seiner Verwundung wirklich sehr kurzsichtig. Heute allerdings hat er sich wenig um die Countess gekümmert. Das lässt wirklich tief blicken!«

Duncan legte den Stift beiseite und ging zurück ans Fenster um aufzupassen.

*

Annie hatte sich in Forest Lodge mit Aeneas verabredet. Sie wusste, dass sie beobachtet wurde. Da war vor allem ihr Sohn, der mit einem Feldstecher oben in Duncans Turm saß. Es machte ihr Angst, daran zu denken, was er von morgens bis abends während seiner Sommerferien in dieser Totengruft treiben mochte.

Auch Elly spionierte ihr nach, obwohl sie das Gegenteil behauptete.

Die Dritte im Bunde war Mrs Kemster, die sie niemals aus den Augen ließ und ständig mit »Mylady, Mylady«-Rufen hinter ihr her war. Die Stimme drang in Annies Kopf wie ein Messer. Sie würde sie wohl erst loswerden, wenn die Frau endlich verschwand.

Allerdings war Agatha eine ausgesprochen gute und tüchtige Haushälterin. Seit sie da war, lief in Glengarth alles wie am Schnürchen. Annie wusste, dass Agatha jeden Morgen um halb fünf aufstand und erst schlafen ging, wenn der letzte Gast das Gleiche tat. Mithin schlief sie manchmal nicht mehr als zwei bis drei Stunden. Die Frau war ein Ausbund an Tugend. Was würde Annie ohne sie anfangen? Man konnte ihr ihre Schnüffelei, ihre Neugier und ihre Frömmelei vorwerfen, aber sonst ...

Aber sonst?

Annie hätte nicht sagen können, was genau an Agatha Kemster ihr missfiel. Vielleicht lag es an ihrer Fähigkeit, die Zukunft vorherzusehen. Das letzte Mal war es in Haggs Castle passiert, als sie mit Duncan schwanger war. Damals hatte sie gesehen, wie Ellys Leben mit dem ihren verwoben sein würde, sie hatte Theo Longmorns Tod vorausgeahnt, sie hatte im Spiegel Aeneas Hamilton entdeckt, der nur wenig später in Glengarth sein Unwesen trieb, und sie hatte das Gesicht ihres ungeborenen Kindes erblickt, des kleinen Duncan, der ihr mit seinem merkwürdigen Benehmen große Sorgen bereitete.

Und genau aus diesem Grund nahm sie sich vor Agatha Kemster in Acht. Ihr gegenüber verspürte sie das beängstigende Gefühl, das ihren Visionen immer vorausging.

Annie erreichte die ausgebrannte Lichtung, wo einst Forest Lodge gestanden hatte. Es war ein sehr stiller Sommerabend. Um diese Jahreszeit ging die Sonne schon wieder auf, kaum dass sie untergegangen war. Die Tage waren lang, die Ernte wurde eingefahren, und der süße Duft von Geißblatt, Wildrosen, Heide und Stechginster tränkte die Dämmerung mit Erinnerungen.

»Aeneas?« Annie sah sich um. Außer einer verspäteten Biene, die um eine Purpurdistel summte, war nichts zu hören. »Aeneas?« Sie rief ein wenig lauter.

Immer noch kam keine Antwort. Vorsichtig betrat sie die Ruine. Alles hier erinnerte sie an ihren Stiefvater. Selbst der Boden trug die Schrift Fleddon an Fletchers. Hier musste dringend etwas getan werden.

»Aeneas Hamilton, wenn du nicht innerhalb der nächsten dreißig Sekunden hier auftauchst, verschwinde ich.« Annie hielt den braunen Umschlag wie eine Fahne vor sich hin.

In diesem Moment kam jemand aus dem Gebüsch. Der Mann trug einen dunklen Anzug und hatte eine Aktentasche und ebenfalls einen Umschlag in der Hand. Es war nicht Aeneas. Annie atmete scharf ein und trat einen Schritt zurück. »Wer sind Sie?«

»Ich bin der Anwalt von Mr Hamilton, Lady Roskillen.«

»Der Anwalt?«, wiederholte Annie. Sie ließ die Hand mit dem braunen Umschlag sinken. Ihr erster Gedanke war, dass Aeneas sich nie im Leben einen Anwalt leisten könnte, aber eine innere Stimme behauptete das Gegenteil.

»Aye. Ich habe hier eine gerichtliche Verfügung Ihrer Exmission von diesem Grund und Boden.«

»Wie bitte?«

»Es geht um einige Hektar Land, die sich rechtmäßig im Besitz der Familie Hamilton befinden. Aeneas als der älteste Sohn seines verstorbenen Vater Ian Hamilton ...«

»Halt! Warten Sie bitte einen Augenblick.« In Annies Kopf drehte sich alles. Sie ließ sich auf einen Holzstapel fallen. »Ich weiß bisher weder, wie Sie heißen, noch wo Sie herkommen – und außerdem: Wo ist Aeneas?«

Der angebliche Anwalt drehte sich um, und wie auf ein Zeichen hin stieg Aeneas über die eingestürzte Mauer. Doch er war nicht mehr der Wolfsmann, nicht mehr der Wassermann aus Jamies kindlichen Albträumen. Annie starrte den völlig verwandelten jungen Mann verdutzt an.

»Du liebe Zeit!«, stammelte sie. Aeneas war kaum wieder zu erkennen in seinem schicken, schwarzen Anzug, dem weißen Hemd und der Krawatte. Er hatte sich rasiert, roch wahrscheinlich erheblich besser als zuvor, trug die Haare kurz geschnitten und seine Narben waren im sanften Abendlicht kaum zu erkennen. Die Dr.-Jekyll-und-Mr-Hyde-Nummer war also nur Vortäuschung falscher Tatsachen gewesen, um Aufmerksamkeit zu erregen! Aeneas würde eine Menge zu erklären haben.

»Wo fangen wir an?«, fragte Annie, als sie sich wieder unter Kontrolle hatte. Darin besaß sie die Erfahrung vieler Jahre. Sie war schließlich Schlossherrin auf Glengarth und die Frau von Rory Roskillen, der den Titel des Laird rechtmäßig geerbt hatte, und setzte auf die Autorität ihrer Stellung. »Am besten beginnen wir mit deinem Anwalt.«

»Das ist Lionel de Mountjoy, Annie. Er ist mein Anwalt und Freund und kommt aus Glasgow. Wir haben zusammen Jura studiert.«

»Wie schön für dich, Aeneas. Gott sei Dank hast du Maggie Rabs Geld zu etwas Vernünftigem verwendet.«

»Aye. In Glasgow habe ich die Spuren meines Vaters verfolgt und nach den Gründen geforscht, warum er sich im Clyde ertränkt hat. Es ist nicht von der Hand zu weisen, dass er dazu gezwungen wurde, nicht wahr, *Maggie Rab*?«

»Und zu welchem Ergebnis bist du gekommen?«

»Dass es noch eine Menge zwischen den Roskillens und den Hamiltons zu besprechen gibt – ganz zu schweigen von den Gowries.«

»Und wozu diente die Verkleidung? Der wirre Bart? Der unverkennbare Wildgeruch, der selbst die treuesten Waldarbeiter das Fürchten lehrte? Wozu die Sabotage? Der ganze Ärger? War der Hokuspokus nötig, um mit mir und Rory ins Gespräch zu kommen?«

»Aye! Schließlich wollte ich etwas von euch haben, und da war die Wolfsmann-Verkleidung ganz nützlich. An dem Attentat auf Mr Montgomery bin ich allerdings völlig unschuldig, das schwöre ich. Mich trifft allenfalls eine winzige Schuld, was die Störung der Jagdpartie angeht. Ich mag keine Jagden.«

»Und auf wessen Konto gehen die Schüsse in der Brennerei, die brennenden Getreidesäcke?«

Aeneas warf den Kopf zurück und lachte herzlich. Die Krähen, die sich in den Bäumen auf dem provisorischen Friedhof von Forest Lodge niedergelassen hatten, stoben krächzend davon. Aeneas antwortete nicht auf Annies Frage, sondern schlug ihr vor, den Friedhof so bald wie möglich entfernen zu lassen und die Grabsteine für seinen Vater, die Mutter und den Bruder auf Inchnadamph zu errichten, wo sie hingehörten. Sie waren ein Teil der Familie, ein Teil des Erbes von Glengarth, genau wie der Hasenpfeffer, über den man zu Zeiten von Lindsay, seiner Frau Iona und ihres missgebildeten Kindes geredet hatte.

»Jetzt kannst du Fragen stellen, Annie Gowrie.«

»Aeneas, wenn wir jetzt über deinen Anspruch auf dieses Land hier reden, sitzen wir morgen früh noch hier. Ich schlage vor, du und dein Anwalts-Freund trefft euch mit Rory im Haus deiner Großmutter. Ich weiß, dass du dort in der letzten Zeit gewohnt hast ...«

»Großmutter Jeanie ist tot, Annie. Sie starb, kurz nachdem sich mein Vater in Glasgow umgebracht hat ... Hast du so schnell vergessen, dass meine bescheidene Familie dir Arbeit verschafft hat, nachdem Lindsay dich aus den Klauen deines Stief...«

»Hör auf! Hör endlich auf!« Annie hielt sich die Ohren zu. Sie wollte nichts von alldem hören, nie mehr zurücksehen. Ihre Hoffnung lag in der Zukunft. Aeneas hatte kein Recht, die Vergangenheit wieder aufzurollen.

In der Stille des Sommerabends hörte man nichts als die weit entfernte Brandung. Es war die gleiche See, die in einer Sturmnacht Lindsay das Leben gekostet hatte. Über die Insel Skye am Horizont huschten die blutroten Bänder eines Nordlichts hinweg.

»Es tut mir Leid ... so entsetzlich Leid ...« Annie schlug die Hände vor das Gesicht, als wolle sie sich am Sprechen hindern. »Ich bin damals fortgelaufen ... Ich hatte es vergessen ... Entschuldige ...«

Aeneas berührte vorsichtig Annies Schulter. »Tante Moira ist jetzt Witwe und lebt mit Tante Morag in einem modernen Haus in der Siedlung, die sie gerade drüben in Drumbarry bauen. Mach dich nicht verrückt, Annie ...«

»Ja, ja. Ich muss unbedingt mit Rory sprechen.« Erinnerungen, Stimmen und Gesichter aus der Vergangenheit suchten sie heim. Sie wollte nur noch weg, weit weg von diesem schrecklichen Ort, diesem Leichenhaus, diesem blutgetränkten Land, das sie gemieden hatte, bis Aeneas ihre Erinnerungen brutal zurückgeholt hatte. »Ich sorge für ein Treffen bei Moira und Morag, aber zunächst muss ich mit Rory sprechen«, sagte Annie. »Ich freue mich, dass du unser Geld dazu benutzt hast, um Anwalt zu werden, Aeneas. Dann ist es wenigstens nicht verschwendet.«

Wieder warf Aeneas den Kopf zurück und lachte fast spöttisch.

Annie merkte, dass auch er unter dem Bann der Vergangenheit stand. »Gib es ihr, Lionel!«

Der Anwalt aus Glasgow drückte Annie den dicken Umschlag in die Hand, den er die ganze Zeit bei sich getragen hatte.

»Da hast du die Papiere und das Geld. Es ist Blutgeld, Maggie Rab. Bestechungsgeld. Ich will mich nicht an Roskillens Korruption beteiligen. Mein Studium habe ich aus dem Erbe meines Vaters und meiner Großmutter bezahlt. Auch wir Hamiltons haben unseren Stolz. Wir betteln nicht. Es hat mich tief befriedigt und sogar Spaß gemacht, dich und Rory in meiner Wolfsmann-Verkleidung ordentlich aufzurütteln und den Verrückten zu spielen. Dem kleinen Jungen wollte ich allerdings keine Angst einjagen ... er heißt Jamie, nicht wahr? Wie dem auch sei – du und dein toller Roskillen, ihr solltet mir glauben, wenn ich sage, dass Forest Lodge und das umliegende Land mir gehören. Mir. Aeneas Hamilton. Deshalb habe ich Jura studiert. Und ich habe herausgefunden, dass die Brennerei deines Mannes auf *meinem* Land steht. Geh nach Hause und sag ihm, dass ich alle Papiere, Urkunden und Dokumente habe, um es zu beweisen. Ich will, dass er mein Land verlässt!«

17. Kapitel

Rory zuckte die Schultern und setzte insgeheim darauf, der Kelch würde an ihm vorübergehen. Zu seiner eigenen Überraschung zeigte dieses Verhalten häufig Wirkung. Immer schon hatte sein Motto gelautet: »Keine Sorge!«, und zwar selbst dann, wenn man sich eigentlich wirklich Sorgen hätte machen müssen. »Keine Sorge, Annie. Aeneas versucht es eben einmal!«

»Aber er hat Urkunden, die alles beweisen. Ich dachte, du wärst der Erste, der sich Sorgen macht. Immerhin müssten wir Aeneas Hamilton deine wertvolle Brennerei und ein großes Stück Land opfern, ganz zu schweigen von der zu erwartenden unangenehmen Nachbarschaft.«

»Auf den ersten Blick sieht es vielleicht so aus, Annie. Lass erst einmal unsere eigenen Anwälte einen Blick in die Unterlagen werfen.« Rory griff nach seiner Zigarrenkiste und der allgegenwärtigen Whiskyflasche.

Annie fiel auf, dass Rorys Bauch an Umfang zunahm. Rorys Erscheinung begann, sich deutlich von dem durchtrainierten Wikingerkörper seiner Jugend zu unterscheiden. Rory schwelgte mehr, als ihm gut tat. Das galt sowohl für körperliche Genüsse als auch für mentale – seine Sicht der Vergangenheit.

»Nie werde ich vergessen, wie sich Großonkel Hamish MacDearg zu Tode gehustet hat. Er lag in seinem Bett und schaute auf seine geliebte Bootswerft hinunter. Derweil saß Lindsay über einem Haufen Dokumente, die er in Glengarth in einer Schublade gefunden hatte. Der alte Mann wusste nichts von ihnen, aber sie hätten ihn retten können.« Rory kicherte. »Weißt du, Annie«, sagte er mit der Zigarre zwischen den Zähnen, »Dokumente sehen häufig ziemlich beeindruckend und beängstigend aus. Das sollen sie auch. Aber du glaubst nicht, wie viel Bluff oft dahinter steckt.« Er zog an seiner Zigarre.

Er sollte es besser wissen!, dachte Annie skeptisch. Niemand war auf der Seite von Aeneas, am wenigsten natürlich der Laird von Glengarth, in dessen Besitz Erbe, Land und Leben des jungen Mannes übergegangen waren. Annie wusste nicht, warum sie so lebhaft Aeneas' Partei ergriff – ganz, als wäre er eines ihrer eigenen Kinder. Im Grunde war er tatsächlich eines ihrer Kinder. Immerhin war sie früher in Forest Lodge sein Kindermädchen gewesen.

Annie wandte ihre Aufmerksamkeit wieder Rory zu.

»Hinter Glengarth stehen sechshundert Jahre Geschichte. In Duncans Turm stapeln sich Dokumente, die ein gewitzter Anwalt vielleicht eines Tages ausgräbt und auswertet. Duncan – der Geist, nicht unser Sohn – könnte uns einen Gefallen tun und in dem alten Krempel nach Papieren suchen, die sich mit Lindsays Zeit als Laird von Glengarth beschäftigen. Annie, Liebste, der Prozess gegen Aeneas könnte gut und gern hundert Jahre dauern.«

»Aye. Ich bin nun einmal keine Spielernatur. Und wir haben auch keine hundert Jahre Leben mehr vor uns, mein Lieber. Deshalb will ich keine Zeit mit Vermutungen verschwenden.«

Er wusste, dass sie verstimmt war. Wenn sie sich ärgerte, wirkte sie keltischer denn je.

*

Aeneas hatte mit seinen zeitweiligen Sabotageakten nicht nur Rorys und Annies Seelenfrieden, sondern vor allem ihren Geldbeutel strapaziert. Rory war bis über beide Ohren so verschuldet, dass ihm nicht einmal mehr die eigene Seele gehörte, ehe er nicht alle Darlehen an Lizzie und ihre amerikanischen Investoren zurückgezahlt hatte. Doch auch Lizzie war inzwischen nervös geworden; ihr drohte ein finanzielles Desaster.

Beim Börsenkrach von 1929 hatte Lizzie drei Viertel ihres Vermögens verloren.

Eine Zeit lang dachte sie an Selbstmord, wie viele Amerikaner, die fast ihr gesamtes Geld eingebüßt hatten. Doch Lizzie besann sich und zog sich nach Devanna Prairie in ihr Elternhaus zurück, wo sie sich ihrer jüngeren Schwester Susan-Jenny widmete, die sehr lang – viel zu lang – in einer Anstalt gelebt hatte.

»Außerdehm«, schrieb sie – Rory konnte ihre Rechtschreibung kaum entziffern –, *»scheint Paps es nicht meer lange zu machen; zumindest Behauptet das der alte Artzt hier in Devanna. Ich glaube, der Böhrsenkrach hat ihn die letzte Krafft gekostet. Armer, alter Paps! Er hasst es, mit ansehen zu müssen, wie unser schönes Öhl einfach ungenuzt im Apfluss verschwindet. Aber er ist innzwischen bestimmt fast hundert, und deshalb bleihbe ich hier, bis sich meine persöhnliche Sitewation geklärt hat. Natührlich ist es möglich, dass darüber mindestens so viel Zeit vergeht, wie eine Pipeline lang ist. Es kann dauern, biss ich keine Gehwissensbisse mehr wegen Jenny oder Paps habe, die ich anständig in unserem Familienmausoleum unterbringen will. Und wenn ich dann dran bin, Habe ich wenigstens kein schlechtes Gehwissen mehr. (Ich möchte nicht, dass Vampire kommen und mein Blut saugen.) Es ist schon schlimm genug, dass die gute alte Lizzie immer noch lebt und atmet und sich damit amüsiert, die Schärben des Lebens für ein schönes, neues Morgen aufzuklauben, wie unser singender Pfarrer in der Kirche. (Das soll übrigens ein Witz sein, Süßer – nuhr für den Fall, dass du ihn nicht verstanden hasst!) Ich war seid meiner Taufe nicht mehr in der Kirche. Meine schwarze Mammy sagte immer: ›Kind, unserem Herrn Jesus Christus gegenühber brauchst du dich nicht Schuldig zu fühlen. Er herrscht über unsere Sehlen. Himmel und Hölle aber haben die Menschen erfunden.‹ Rory, mein Süßer: Pass auf mein Geld auf, sonst muss ich die Zinsen erhöhen. Das tähte mir zwar schrecklich Leid, denn wir beide verstehen uns schlieslich wirklich gut,*

aber das gilt nicht für meine Geschäftspartner. In diesen schlechten Zeiten versuchen sie alles, um ihre Haut zu retten und lieber andere Leute ins Unglück zu stürzen …« Rory stopfte Lizzies Brief in die Brusttaschen und wischte sich eine Träne aus den Augen. Das arme Ding! Trotz allen Reichtums – denn auch nach dem Börsenkrach war immer noch genug übrig – war sie nicht einmal in der Lage, richtig zu schreiben. Andererseits: Was schadete es? Lizzie hatte ihr Geld schließlich mit Öl gemacht, nicht mit Worten.

*

Wenn allerdings der Laird von Glengarth sie nicht bei Laune hielt, würde Lizzie dann ihr Geld abziehen? Morgen vielleicht schon? Oder übermorgen? Annie machte sich Sorgen. Ebenso wie ihr Mann führte sie ein Leben auf Messers Schneide. Wenn sie beide nicht alles nur Mögliche unternahmen, den Betrieb Kosten deckend zu führen und solvent zu halten, würde Glengarth früher oder später untergehen.

Seit sich anlässlich des Börsenkrachs vom 30. November 1929 in New York Männer in schwarzen Anzügen von Wolkenkratzern gestürzt hatten, lief das Geschäft in Glengarth nicht mehr sehr gut. Die reichen Amerikaner blieben aus. Das Leben in Glengarth war eintönig geworden, und Annie hätte es gerne wieder ins alte Fahrwasser gebracht. Hier sah sie ihre Chance. Sie hatte, im Gegensatz zu Rory, immer den Überblick behalten, ihm aber nie in seine Angelegenheiten hineingeredet. Endlich konnte sie versuchen, ihn in die richtige Richtung zu dirigieren.

»Rory, wäre es nicht sinnvoller, wenn der SFK sich um unser Holzgeschäft kümmern würde? Holzarbeiter sind rar und schwer zu finden.«

»Was um alles in der Welt hat der ›Schottische Fußball Klub‹ mit unseren Schonungen zu tun? Mir fallen in diesem Zusammenhang allenfalls Krawalle ein, wenn ein Spiel ›Celtic‹ gegen ›Rangers‹ mit Elfmeterschießen endet.«

Natürlich wusste er genau, was sie meinte, aber es war typisch für ihn, die Sache auf die leichte Schulter zu nehmen und ins Lächerliche zu ziehen. »Die ›Schottische Forst Kommission‹, Rory. Die jungen Leute zieht es heutzutage mehr in die Büros. Kein Mensch hat mehr Lust, draußen zu arbeiten. Die Forstkommission untersteht der Regierung und hat eigene Arbeiter unter Vertrag.«

Rory legte seine Lesebrille auf den Schreibtisch und blickte Annie prüfend an.

»Forstkommission?«

»Ja.«

»Hast du mit Jack gesprochen?«

»Ja.«

»Wenn du glaubst, dass ich auch nur den winzigsten Teil meines ererbten Landes einer windigen Regierungsabteilung überlasse, dann bist du auf dem Holzweg, mein Schatz.«

»Die Wälder zu verpachten und profitabel bewirtschaften zu lassen macht meiner Meinung nach mehr Sinn, als uns hier mit viel zu wenig Personal mühsam abzustrampeln. Wir könnten mit unserem Bauholz eine Menge mehr Einkünfte erzielen.«

»Und *wie*?«, fragte Rory ungläubig.

Annie fiel ein, mit wie viel Nachdruck Lindsay Lady Iona vor einem von Major Pemberton-Fookes erworbenen Araberhengst gewarnt hatte. Iona war absolut nicht mit der Art und Weise einverstanden gewesen, mit der man ihre Handlungsfreiheit beschnitt, und hatte sich über alle Anordnungen hinweggesetzt. Die tragischen Konsequenzen waren auf Glengarth jedem bekannt: Iona verlor ihr Baby. Der Erbe von Glengarth fiel einem Reitunfall zum Opfer. Lindsays Schatten stand im Raum, und Annie nahm Rory das Verhör sehr übel.

»Annie, hast du hinter meinem Rücken etwa mit dem Oberförster gesprochen?« Es war genau wie damals bei Lindsay und Iona. Rory hatte den Vorfall zwar vermutlich aus seinem Gedächtnis verbannt, benahm sich aber jetzt genau wie sein Bruder.

»Ja, Mylord ... Wünschen Sie, dass ich auf die Knie falle?« Sie blitzte ihn wütend aus grünen Augen an.

Lieber hätte er den freundlichen Meerjungfrauen-Blick gesehen. Er wusste nicht, wie er fortfahren sollte.

»Ich habe rein geschäftlich mit ihm geredet, Rory.«

»Worüber?«

»Unser Aufforstungsprogramm.«

»Ist das nicht meine Angelegenheit?«

»Eigentlich schon, aber du hattest ja Besseres zu tun.«

»Wie meinst du das?«

»Ich meine, du hast sehr viel mehr Zeit darauf verwendet, Countess Lizzie per Telefon, Telegramm und Brief zu trösten, dich um Elly zu kümmern, die dich mit Leib und Seele zu brauchen scheint, und dich mit anderen Frauen zu beschäftigen. Für die Ratschläge deiner Frau oder deines Oberförsters blieb da nicht mehr viel übrig.«

»Annie, beschuldigst du mich etwa ...?«

»Außerdem ist da zum Beispiel noch dein Geschäft in Glasgow, die Bootswerft deines alten Onkels Hamish, die du nach dem Krieg reaktiviert hast. Dann das Handelsbüro im Broomilaw, das deine frühere Sekretärin Miss Craig leitet. Die Reihe ließe sich beliebig fortsetzen.«

»Heißt das etwa, du beschuldigst mich der Nachlässigkeit gegenüber den Geschäften in Glengarth? Und außerdem des Ehebruchs? Ist es das, was du mir vorwirfst?«

»Ich glaube, du bist mir vollkommen treu – in deinem Herzen. Was ich dir vorwerfe, sind eheliche und geschäftliche Ausschweifungen.«

Rory bat um genauere Erklärung.

»Aye. Es bedeutet, wie der Elefant zu sein.«

»Wie bitte?«

»Dein Bruder erzählte mir von einem indischen Sprichwort, in dem es heißt, nur ein großer Mann könne die Arbeit eines Elefanten verrichten.«

»Und das bedeutet im Klartext?«

»Deine Belastung ist so groß, dass du sie nicht allein tragen kannst. Du brauchst einen Elefanten, der dir hilft.«

»Annie, hör auf.«

»Dein Elefant muss den Whisky und die Frauen schleppen, Mylaird. Frag also nicht den Esel, frag den Elefanten.« Sie drehte sich um und rauschte aus dem Büro.

»Und was ist mir dir und diesem Montgomery? Er scheint dir ganz gut zu gefallen, und du ihm auch!«, rief er hinter ihr her.

»Wer im Glashaus sitzt, sollte nicht mit Steinen werfen!«, warf sie über die Schulter zurück.

Rory trommelte mit den Fingern auf die Schreibtischplatte.

Sie tat es, um ihn zu demütigen, ihn zu verhöhnen, ihm den Titel heimzuzahlen, den er unverdienterweise geerbt und der eigentlich seinem Bruder Lindsay rechtmäßig zugestanden hatte.

Wie sehnlich hatte er sich alles das gewünscht, was er jetzt besaß! Und nun kam der Schlag ins Gesicht. Seine Frau liebte ihn nicht mehr, falls sie das überhaupt je getan hatte. Seine Kinder waren ihm unendlich fremd; nie würde er die junge Generation verstehen. Sein Leben war ein Trümmerhaufen, aus dem nur eine Frau ihm heraushelfen konnte. Sie hatte es bereits mehrfach getan. Rory nahm den Telefonhörer ab, wählte die Vermittlung und bat um eine Verbindung mit Devanna Prairie, Texas.

*

Aeneas Hamilton hatte einen endlosen Prozess gegen Rory und Annie angestrengt, um das zurückzubekommen, was er das »Land seines Vaters« nannte. Die Roskillens bemühten sich, Schritt zu halten. Ihr eigenes Leben wurde immer turbulenter, die große, lebhafte Familie verlangte Aufmerksamkeit, und Glengarth mit seinem Holzgeschäft, der Whisky-Brennerei und der anstrengenden Jagdsaison, die Besucher und Geldgeber gleichermaßen zufrieden stellen sollte, erforderte hohen Einsatz. Zu allem Überfluss stand nun auch noch Annies und Rorys Ehe auf dem Spiel.

»Gottverdammter Mist!« Rory fluchte absichtlich in Annies Anwesenheit, um sie zu ärgern. »Kein Wunder, dass aus meinem Bruder ein solches Ekel geworden ist. Es ist kaum zu verhindern angesichts horrender Steuern, Erbschaftsabgaben und dem vielen, dummen Gewäsch, mit dem Leute wie wir überschüttet werden. Das haben wir nur diesem verfluchten James Ramsey MacDonald zu verdanken. Ein Premierminister von der Labour-Partei! Kein Wunder!«

»Aye«, sagte Annie, »aber immerhin ist er Schotte.«

»Die MacDonalds waren immer schon ein auf ihren Vorteil erpichter Clan«, entgegnete Rory säuerlich.

*

Im August 1931 schrieb Duncan in sein Tagebuch:

»Meiner Ansicht nach trägt Stanley Baldwin einen großen Teil Schuld an diesem Wahldebakel. Jetzt haben wir einen neuen Premierminister: James Ramsey MacDonald. Vater hasst ihn, und eigentlich wundert mich das. Im Grunde war Pa immer ein Sozialist. Er tendiert zur Labour-Partei und hat sich zu Gerechtigkeit gegenüber der Arbeiterklasse bekannt, obwohl er der Laird von Glengarth mit mehreren tausend Hektar Grundbesitz ist. Wie kann das sein? Mein Vater ist für mich immer noch ein großes Fragezeichen. Und was Mr MacDonalds finanzielles Desaster angeht, so kann ich nur sagen, dass ich mich schäme, Schotte zu sein.

Stanley Baldwin (Stanley ist wirklich ein proletarischer Name!) hat alles darangesetzt, die wachsende Unzufriedenheit der arbeitenden Klasse einzudämmen. Er hat die Arbeitslosenmärsche unterbunden. Vielleicht geht er eines Tages in die Geschichte als entschlossener, konservativer Premierminister ein, der keine Auflehnung der Werktätigen duldete. Dabei war es ihm völlig gleich, ob die Menschen kurz vor dem Hungertod standen (und noch ste-

hen), sich die Pulsadern aufschnitten oder am Dachbalken aufhängten, weil sie nicht in der Lage waren, für ihre hungernden Familien zu sorgen. Und das alles im England des Jahres 1931!

Seit sich der Süden Irlands vor acht Jahren endlich von uns losgesagt hat, gibt es in England, Schottland, Wales und Nordirland keine Arbeit mehr. Soll Irland doch sehen, wo es bleibt! Und wer schert sich schon um diesen blöden MacDonald? Wer schert sich in hundert, fünfzig, zwanzig, zehn oder auch nur zweieinhalb Jahren um die Politiker von heute und das Leben, das wir jetzt führen? Dabei haben die Politiker jede Befugnis vom Parlament zu tun, was ihnen gefällt. Vielleicht werde ich eines Tages unabhängiger Kandidat für Schottland – falls ich überhaupt je in die Politik gehe.

Mein erstes Schuljahr in Eton macht mir Spaß. Ich habe denselben Hausmeister wie Jamie. Er behandelt mich mit Respekt und sagt, mein Bruder war eine Schlafmütze. Ich glaube, er hat Recht. Mein bester Freund gehört weder zum Adel noch zu den ganz Reichen: Er heißt Smith und ist ein ganz normaler Schotte, mit dem ich mich gut verstehe.«

*

Das erste Anzeichen von Unzufriedenheit bei der jüngeren Generation der Roskillens zeigte sich in einer unangenehmen Geschichte, in die seltsamerweise Jamie und nicht Duncan verwickelt wurde. Annie war entsetzt. Duncan hätte sie jederzeit ein rebellisches Verhalten zugetraut, aber ausgerechnet Jamie?

Auf Anweisung von Premier Ramsey wurde zwölftausend Seeleuten der Lohn um fünfundzwanzig Cent gekürzt. Die heftig umstrittene Maßnahme der Minderheitsregierung sollte dazu dienen, das Pfund zu stützen. Im ganzen Land wurde der Gürtel enger geschnallt; Arbeitslosengelder und Bezüge im öffentlichen Dienst erfuhren drastische Einschränkungen.

Rory, der keine Ahnung hatte, was sich im Cromerty Firth zusammenbraute, saß mit Ackker, Gamin, den Kindern und ihrer Erzieherin in der Küche und genoss das Frühstück. Glengarth beherbergte zurzeit keine Hausgäste und Rory widmete sich der Zeitungslektüre.

Zornig las er den aufreißerischen Titel: »Wirtschaftlicher Ausverkauf! Arbeitslosenzahl verdoppelt sich auf nahezu 3 Millionen!«

Rory las laut vor: *»13 Prozent der arbeitsfähigen Bevölkerung Großbritanniens sind derzeit ohne Anstellung. In manchen Regionen beträgt der Anteil der Arbeitslosen bis zu 70 Prozent. Die Opposition spricht von einem Skandal. Seit dem vergangenen Sommer wirtschaftet die Labour-Regierung sinn- und ziellos vor sich hin, ohne den ökonomischen Gegebenheiten Großbritanniens Rechnung zu tragen. Schon lange fordern die großen Banken massive Sparmaßnahmen. Doch wo kann noch gespart werden? Sollte man tatsächlich dazu übergehen, das Arbeitslosengeld zu kürzen und damit bei denjenigen zu sparen, die sowieso schon kaum das Nötigste zum Überleben haben?«*

Dolly Foxton begann, unmittelbar neben einem Glas selbst eingemachter Marmelade Brotteig zu kneten. Sie wünschte, der Laird würde sich mit seinem Frühstück beeilen. Es war Freitag, und an diesem Tag wurde gebacken. »Nehmen Sie sich nicht alles so zu Herzen, was in der Zeitung steht, Mylaird.« Sie schniefte und wischte sich die laufende Nase am aufgerollten Ärmel ihrer Bluse ab. »Wir Schotten sind es gewohnt zu hungern. Genau wie die Iren. Wir haben immer schon unter den Engländern gelitten, und die Iren hatten ihre Kartoffelpest. Engländer hungern nie, und am wenigsten ein Premierminister, der ausgerechnet Ramsey MacDonald heißt. Iren und Schotten werden dagegen dank seiner englischen Gesetzgebung kurz gehalten. Stolz kann er darauf nicht sein, Mylaird.«

»Aber er ist ein echter Schotte!«, riefen Dulcie, Marjorie und Heather im Chor. Sie kannten diese Art Diskussion in- und auswendig.

Elly befahl ihnen, den Mund zu halten und ihren Porridge zu essen; gleich würde die erste Schulstunde beginnen.

Rory fuhr fort: »Und was hat unser toller Premierminister getan?« Mit erhobenen Augenbrauen blickte er sein jüngstes Kabinettsmitglied an.

»Er hat eine Kehrtwendung von links nach rechts gemacht!«

»Sehr schön, meine Kleine!«, lobte Rory. »Er hat sich von der Labour-Partei gelöst und zusammen mit Tories und Liberalen eine eigene Partei gegründet, die den Namen ›National Party‹ trägt. Bei den letzten Wahlen erreichte er 550 Sitze im Gegensatz zu Labour, die gerade einmal auf 46 Sitze kam.«

»'tschuldigung, Chef«, mischte Gamin sich ein, während er sich ausgiebig den Kopf kratzte, »aber wie soll dieser ganze verfluchte Mist jetzt weitergehen?«

»Ich wünschte, Sie würden in Anwesenheit der Kinder nicht so reden, Benjamin«, sagte Elly verärgert, »und wenn Sie sich unbedingt den Kopf kratzen müssen, dann tun Sie das bitte im stillen Kämmerlein.«

»Ach, das ist also das Geheimnis, Miss? Man muss es im stillen Kämmerlein tun?« Wütend versteckte Gamin seinen ungewaschenen Lockenkopf unter einer zerfledderten, fettigen Kappe.

»Waschen Sie Ihr Haar mit Essig«, sagte Elly knapp.

»Essig? Ich bin doch keine Gurke, Miss!«

Die Mädchen kicherten. »Danach glänzen die Haare ganz toll«, zwitscherten sie.

Elly steckte ihre Stickarbeit weg, unter der sie im Nähkorb ihre Flasche mit »Stärkungsmittel« verbarg. Die Flasche schenkte ihr Ruhe, ganz gleich, wie früh am Morgen oder spät am Abend es war. »Kommt, Mädchen. Zeit für den Unterricht. Lasst euren Vater sich um die Politik kümmern.«

Ackker kam aus der Wäscherei und hielt einen zerdrückten Kilt nebst Umhang hoch. »Was zum Teufel soll ich damit machen, Mylaird? Sie hätten ihn aufhängen und nicht einfach in den Schrank knallen sollen. Sie brauchen ihn doch für öffentliche Auftritte! Da hilft kein Bügeln mehr, den können Sie wegwerfen!«

Wieder kicherten die Mädchen.

In diesem Augenblick tauchte Annie auf. Schmal, schön und ernst trat sie in den Raum wie eine Meerjungfrau, die von einem Seegeist ins Land der lauten Stimmen und des Lachens gezerrt wurde.

Köchin, Haushälterin, Gouvernante, Gamin, Ackker und sogar der Laird wussten, das mit Lady Anne nicht gut Kirschen essen war, wenn sie ihre Laune hatte; sie war in der Lage, sie alle mit einem einzigen Blick gefügig zu machen.

Ihre Stimme war scharf und klar: »Aha, findet wieder einmal ein geselliges Beisammensein statt? Und schon so früh am Morgen? Miss Arbuthnot, bringen Sie die Mädchen bitte sofort ins Klassenzimmer. Mr Ackker, Mr Gamin, kümmern Sie sich um Ihre Aufgaben. Und du, Rory, beende bitte dein Frühstück so schnell wie möglich und räume das Skandalblättchen vom Tisch. Die Köchin hat zu arbeiten wie wir anderen auch, wenn wir uns nicht demnächst unter den drei Millionen Arbeitslosen wiederfinden wollen.«

Im Nu war die Küche leer. Mrs Foxton stand vor dem abgeräumten Küchentisch und sagte zu ihrer Tochter Dainty, die inzwischen zur Küchenhilfe aufgestiegen war: »Noch irgendwelche Fragen, wer hier der Boss ist?«

*

Es widerstrebte Jamie, sich gegen die Mehrheit zu stellen. Er zögerte.

»Bist du für uns oder gegen uns, Rossie?«

»Natürlich bin ich für euch. Nur die Art, wie ihr es durchsetzen wollt, gefällt mir nicht.«

»Denk noch mal drüber nach. Wir gehen inzwischen zum Fußball.« Einer der Kadetten hielt Jamie eine Eintrittskarte für den Fußballplatz unter die Nase, auf der als Datum der 12. September 1931 aufgedruckt war. »Herzlichen Glückwunsch zum Geburtstag, Jamie. Wir haben alle zusammengelegt, weil wir wissen, dass du ein Fan der Celtics bist.«

Es war ein Sitzplatzticket des schottischen Fußballverbandes. Jamie seufzte erleichtert.

»Danke. Ich komme natürlich gern mit.«

Der Anführer der Gruppe grinste, schlug Jamie freundschaftlich zwischen die Schulterblätter und zwinkerte den anderen zu.

»Wird bestimmt ein tolles Spiel. Ein Hoch auf Jamie Roskillen, unseren Vorkämpfer für Menschenrechte und bürgerliche Freiheit!«

»Hurra, hurra, hurra!«

An diesem Abend fand im Fußballstadion kein Fußballspiel, sondern ein Massenprotest statt. Die Matrosen von Invergordan beschlossen dabei mehrheitlich, gegen ihre Gehaltskürzung in den Streik zu treten. Als sie auf ihre Schiffe zurückkehrten, sangen sie Kampflieder.

Jamie liebte diese Lieder nicht.

Am nächsten Morgen legten die Seeleute von Invergordan ihr Handwerkszeug nieder und weigerten sich, an die Arbeit zu gehen. Im Ehrenkodex der Seefahrt wurde ein solches Verhalten mit Meuterei gleichgesetzt und war ein Vergehen, auf dem noch immer die Todesstrafe stand.

Jamie war getäuscht worden. Er hatte nicht gewusst, dass es statt eines Fußballspiels Proteste geben würde und schon gar nicht, dass man tatsächlich einen Streik beschließen würde. Er gehörte zu denjenigen, die Meuterei für den falschen Weg hielten. Wie naiv war er doch gewesen!

Drei Tage später schlossen sich die Matrosen des Schlachtschiffs »Rodney« den Seeleuten von Invergordan an. Sie missachteten alle Befehle und verweigerten die Arbeit.

Schnell machte die Botschaft die Runde. Zwar wurde daraufhin jeglicher Funkverkehr unterbunden, doch selbst die Kriegsmarine, deren Mitglieder hinsichtlich Ordnung und Disziplin als vorbildlich galten, schlossen sich den Meuterern an.

Jamie sollte in absehbarer Zeit vom Offizierskadetten zum Offizier befördert werden. Schnell erkannte er, dass der Aufstand der Seeleute die vergangenen vier Jahre des Lernens zunichte machen und seine Zukunft bedrohen konnte. Alles wäre umsonst gewesen, wenn er seine Kameraden nicht davon überzeugen konnte, einen weniger drastischen Kurs einzuschlagen.

Er bemächtigte sich eines Lautsprechers.

»Leute«, rief er, »so kommen wir nicht weiter! Hört sofort mit dem Unsinn auf!«

Ein dicker, goldbetresster Offizier riss Jamie den Lautsprecher aus der Hand.

»Keiner von euch kommt weiter«, übertönte er mit bellender Stimme Jamies Worte, »wenn ihr euch nicht wehrt, Jungs!«

Die Sache lief aus dem Ruder. Auf dem Flaggschiff »HMS Nelson« wurden Offiziere mit Gewalt von ihren Matrosen daran gehindert, das Schiff fertig zum Auslaufen zu machen. Auf der »HMS Norfolk« ignorierten einfache Matrosen die Befehle ihrer vorgesetzten Offiziere. Sie hörten auf niemanden mehr, sondern fuhren einfach fort, das zu tun, was sie immer getan hatten, nur eben ohne das Einschreiten von höherer Stelle. Sie schrubbten die Decks, ohne dass jemand sie anschrie, sie stellten Decks- und Feuerwachen auf, sie reinigten Kombüse und Quartiere und erteilten auf diese Weise der Obrigkeit die Lektion, dass Offiziere eigentlich nicht benötigt wurden. Alles klappte wie am Schnürchen. Die einfachen Matrosen arbeiteten erheblich effizienter ohne Vorgesetzte, die ständig brüllten, ohne Regeln und Logbücher, ohne Regulative und Belehrungen darüber, was Nelson in Trafalgar gemacht hatte ...

Sie lehrten Regierung und Admiralität das Fürchten. Zunächst beschloss man, die Krise auszusitzen. Doch die Stimme der einfachen Bevölkerung stellte sich als mächtiger heraus als vermutet.

Die Admiralität reagierte schneller als die noch in der Sommerpause weilende Regierung. Innerhalb von vierundzwanzig Stunden nach dem Aufstand von Invergordan machte die Admiralität einen Rückzieher und sicherte den Seeleuten nahezu sämtliche Bezüge erneut zu.

»Gott sei Dank!«, seufzte Annie, als Rory ihr aus dem »Scotsman« von den Anklagen und Folgen des Streiks von Invergordan vorlas. Die Auswirkungen waren im ganzen Land spürbar geworden.

»Sie sind mit einem blauen Auge davongekommen! Warum hat Jamie nicht angerufen und uns erzählt, dass alles wieder in Ordnung ist?«

»Annie, Liebste, er ist wahrscheinlich gerade dabei, eine Flasche Champagner zu köpfen. Immerhin wird er heute siebzehn.«

Rory hatte daran gedacht, während es Annie völlig entfallen war. Sie war einfach zu eingespannt.

Beschämt griff sie nach dem Telefonhörer, um ihrem Sohn sowohl zum Geburtstag als auch dazu zu gratulieren, dass die Seeleute von Invergordan nun doch ihre ursprünglichen Bezüge fast vollständig erhielten. Nachdem sie jedoch nach Invergordan durchgestellt worden war erklärte man ihr, der Seekadett James Beauly Roskillen stünde unter Arrest und dürfe nicht telefonieren.

Annie schimpfte, verhandelte und drohte, doch es half nichts.

»Tut mir unendlich Leid, Lady Roskillen, er darf nicht telefonieren. Weder mit seiner Mutter noch mit sonst jemandem. Noch nicht einmal mit dem König von England!«, sagte eine strenge schottische Stimme und fügte hinzu: »Er ist ein Meuterer, Ma'am. Und Meuterer werden in Invergordan gehängt, gerädert und gevierteilt ... aye, auch noch in der heutigen Zeit.« Dann wurde der Hörer aufgelegt.

18. Kapitel

Die »Meuterei von Invergordan«, wie sie in den Zeitungen genannt wurde, beflügelte die Fantasie des Publikums fast so sehr wie die Meuterei auf der Bounty, als Kapitän William Bligh samt achtzehn seiner Getreuen vom Ersten Maat Christian Fletcher auf dem Weg nach Jamaica ausgesetzt wurde. Schon damals kommentierte eine Zeitung, dass Kapitän Bligh an der Meuterei vermutlich nicht ganz unschuldig gewesen war.

Nach Invergordan zogen die Zeitungen Parallelen zwischen der Anmaßung Kapitän Blighs im Jahr 1787 und derjenigen der Regierung Ramsey MacDonalds, die 1931 genau wie Bligh die Heuer gekürzt hatte. Invergordan brachte den Stein der Arbeiterstreiks ins Rollen.

Die herrschenden Klassen gerieten angesichts der Streikwelle in Panik. Die Aktien fielen und der Goldstandard, eine wichtige Währungsgrundlage, für den noch fünf Jahre zuvor britische Grubenarbeiter geopfert worden waren, wurde schnell außer Kraft gesetzt.

Als schließlich mit den Beamten, die bisher noch nie gestreikt hatten, auch das Rückgrat der britischen Arbeitskraft eine Großdemonstration im Hyde Park einberief, um gegen die Kürzung der Gehälter zu protestieren, geriet die Regierung MacDonald ins Wanken.

Doch es kam noch schlimmer.

Die Regierung zeigte sich unbeeindruckt und lavierte sich durch die verschiedensten Schlupflöcher.

In Glasgow führte die »Nationale Arbeitslosenbewegung« 50.000 Arbeitslose in einen Aufstand. Manchester und andere große Städte folgten dem Beispiel, die Zahl der Teilnehmer ging jedes Mal in die Zehntausende. Die Situation geriet zunehmend außer Kontrolle.

Schließlich sah sich die Regierung gezwungen, zurückzutreten und wenigstens die Gehälter von Lehrern, Polizisten und Streitkräften teilweise wieder auf ihren alten Stand anzuheben.

»Wie gut, dass wir in einer Demokratie leben«, sagte Rory, der mit seiner unvermeidlichen Zigarre über der Zeitung saß und die Kurse seiner Aktien verfolgte. Im Augenblick sah es nicht sehr gut aus, aber Rory hoffte wie immer, dass am nächsten Tag die Sonne wieder scheinen würde. Denn die Arbeiter hatten zwar eine Schlacht gewonnen, keinesfalls aber den Krieg. Zufrieden paffte Rory seine kubanische Zigarre.

Die Strafen gegen die Anführer der Bewegung kamen rasch und waren drakonisch. Die Redaktionsräume der von der Kommunistischen Partei herausgegebenen Zeitung »Daily Worker« wurden überfallen. Man verhaftete den Chefredakteur und einige Redaktionsmitglieder auf der Grundlage eines aus dem Jahr 1797 stammenden Gesetzes gegen Meuterei. Gleichzeitig entledigte sich die königliche Marine sämtlicher Seeleute nicht nur der Atlantikflotte, sondern auch aus anderen Häfen, die die Meuterer von Invergordan unterstützt hatten. Jamie Roskillen gehörte zu den 397 unehrenhaft Entlassenen.

In der Royal Navy durfte Meuterei noch immer mit der Todesstrafe geahndet werden, erklärte Rory seinem Sohn. Er kannte sich gut in der Marine aus, war er doch selbst einmal Offizier gewesen. Die unehrenhafte Entlassung Jamies traf ihn tief, und Annie womöglich noch mehr. Beide sahen nur das Stigma, das die Familienehre besudelte. Jamies Beteuerungen, er sei unschuldig zum Sündenbock gemacht worden, nahmen sie nicht zur Kenntnis.

»Wahrscheinlich hast du dich von weniger gut gestellten Verrückten mitreißen lassen, nicht wahr?«, sagte Rory sarkastisch. »Immerhin hast du nie Heuer bezogen. Du gehörtest zu den privilegierten Kadetten ...«

»Genau das versuche ich dir ja gerade zu erklären, Vater. Man hat mich zum Sündenbock gemacht, *weil* ich privilegiert bin.«

»Mit anderen Worten, du wirfst deiner Mutter und mir vor, dass wir, die wir für deine sehr exklusive Ausbildung in der Akademie der Königlichen Marine viel Geld bezahlt haben, dich damit benachteiligt hätten?«

»Bitte, Vater, hör mir zu! Bitte!«, bettelte Jamie traurig. »Schimpf doch nicht gleich immer!«

»Und noch etwas! Du hattest definitiv einen Lautsprecher in der Hand. Ein Offizier, der Ohrenzeuge wurde, wie du die Jungs aufgehetzt hast, hat ihn dir weggenommen. Vermutlich behauptest du, dass das auch nicht stimmt, nicht wahr, junger Mann? Was hattest du überhaupt auf dem Fußballplatz zu suchen, wenn es dafür keinen triftigen Grund gab? Oder war der Grund eben doch eure Protestversammlung? Eine Bande junger Idioten, die ihre Karrieren leichtfertig geopfert haben! Eine Art Junggesellenparty, wie?«

»Ich dachte, an dem Tag würde Celtic spielen«, erwiderte Jamie verdrossen. Zum dritten Mal fand er sich als Bittsteller wieder, ohne zu wissen, wie ihm geschah. Das erste Mal war in Eton gewesen, als er sich entschlossen hatte, die Schule zu verlassen, beim zweiten Mal hatte er sich vor seinen Vorgesetzten in Invergordan verantworten müssen, und das dritte Mal stand er mit schamrotem Gesicht vor seinen Eltern zu Hause in Glengarth. Das Leben war nicht fair.

»Meine Kameraden hatten mir zum Geburtstag eine Eintrittskarte für ein Fußballspiel geschenkt. Ich habe sie angenommen. So einfach ist das!«

»So einfach ist das ganz und gar nicht, du Einfaltspinsel! Dein Benehmen hat eine ganze Kettenreaktion von Ereignissen nach sich gezogen.« Rory versuchte, Jamie seinen Standpunkt klar zu machen.

»Ich gebe zu, dass ich das Ticket angenommen habe, ohne auf das Datum zu achten«, räumte Jamie schließlich ein.

»Ein Datum, das nach Angaben des Dienst habenden Offiziers drei Tage zurücklag.«

»Richtig. Aber ich hatte Geburtstag und dachte, die Matrosen hätten mir ein Geschenk gemacht.«

»Verdammt!«, brüllte Rory. Seine Zigarre qualmte vergessen im Aschenbecher vor sich hin. Wie konnte Jamie nur so blöd sein? Wie hätte sich dieser Junge wohl in der Schlacht vor dem Skagerrak verhalten? Hatte er überhaupt Rückgrat? Wo waren seine moralischen Prinzipien? »Ein tolles Geschenk, das muss ich schon sagen ... geh jetzt in dein Zimmer und rühr dich nicht von der Stelle, bis ich mir überlegt habe, was ich mit dir anfange.«

Annie hatte still dabei gesessen, während der Adoptivvater und ihr hübscher blonder Sohn sich stritten. Ihr Sohn – ein Kind der Liebe zwischen ihr und ihrem wunderbaren Liebhaber, damals, als das Leben und die Liebe noch einfach und vollkommen waren. Annie dachte an Jamies wirklichen Vater. Nun war es bereits siebzehn Jahre her, dass sie Jamie nach langen, einsamen Wehen zur Welt gebracht hatte. Lindsay weilte damals schon nicht mehr unter den Lebenden. Nur die treue Schwester Craig hatte ihr beigestanden; von der großen Familie hatte sich niemand um sie gekümmert. Ihnen war es egal gewesen, ob Annie und der »kleine Bastard« überlebten oder nicht. Jamie erinnerte sie für immer daran, dass auch die Großen und Mächtigen in Ungnade fallen konnten.

»Rory«, mischte sie sich jetzt ein, »vielleicht solltest du Jamie die Chance geben, hier bei uns in die Verwaltung einzusteigen. Es könnte ihm nützen ...«

»Ihm nützen? Verdammt, Annie! Es sollte ihm auch nützen, dass wir ihn von der Schule in Eton genommen und in Invergordan angemeldet haben. Du siehst ja, was daraus geworden ist! Auf den Kommunismus hat er sich verlegt! Nein, nicht hier in Glengarth! Wirklich nicht!«

»Ich bin kein Kommunist, Vater. Und ich habe auch nie an der Meuterei teilgenommen«, sagte Jamie mit fester Stimme.

»Die Ermittler bei der Admiralität behaupten, du hast es getan. Und du kannst von Glück reden, dass du noch so jung bist. Dir ist hoffentlich klar, dass du jetzt auch vor einem Erschießungskommando stehen könntest!«

»Ich habe euch beiden jetzt mehrfach erklärt, dass ich mit der Meuterei in Invergordan nicht das Geringste zu tun hatte.« Jamie sprach sehr ruhig, ganz im Gegensatz zu seinem Vater. »Im Gegenteil – ich habe versucht, die Jungs von ihrem Vorhaben *abzuhalten*. Und ich bin *kein Kommunist*. Wie oft soll ich es euch noch sagen? Wenn ihr mich allerdings weiter so quält, dann könnte ich vielleicht doch noch einer werden. Dann weiß ich wenigstens, wofür ich büße!«

»Lass die Drohungen, Junge!« Rory griff nach der Whiskyflasche. »Schade, dass dir in Invergordan niemand geglaubt hat. Hast du verdammt noch mal eine Idee, was wir jetzt mit dir machen sollen? Du hast da einen ziemlich dunklen Fleck auf deinem Lebenslauf. Ganz zu schweigen von der anderen Geschichte: deinem etwas überhasteten Abgang aus Eton. Zu meiner Zeit hätte man dich geteert und gefedert!«

»Jamie, geh bitte in dein Zimmer und warte dort!« Annie warf ihrem Mann einen finsteren Blick zu.

Hinter ihrem Sohn fiel die Tür ins Schloss. Er war immer noch ihre Freude und ihr Stolz, obwohl das für niemanden sonst mehr zu gelten schien. Selbst in der Küche wurde über Master Jamies unehrenhafte Entlassung aus der feinen Marineakademie in Invergordan getratscht.

»Führe ihn in die Verwaltung ein«, sagte Annie zu Rory. »Eines Tages wird es sowieso seine Aufgabe sein, sich darum zu kümmern. Er braucht keine Karriere als Marineoffizier. Krieg gibt es sowieso keinen mehr. Ich glaube, nach dem großen Krieg, den wir beide erlebt haben, wird es nie wieder einen geben. Wir leben im Frieden und Jamie braucht eine friedliche Beschäftigung. Aggressive Dinge liegen ihm nicht. Lehre ihn alles über Glengarth. Er kann es brauchen.«

»Was er braucht, ist eine ordentliche Tracht Prügel«, schimpfte Rory. »Schade, dass er zu groß dafür ist. Zu meiner Zeit wäre ich verdroschen worden, ganz gleich, für wie groß ich mich hielt.« Die kalte Zigarre ließ sich nicht mehr anzünden.

Annie stürmte aus dem Zimmer. Es hatte keinen Sinn, mit Rory zu reden. Jedenfalls nicht, so lange er von der anderen Frau besessen war. Einer Frau, der er nicht nur von seinen ewigen Streitereien mit einer ihm nicht ebenbürtigen Gattin erzählte, sondern der er den gesamten Rest ebenfalls anvertraute.

Was Rory mit seiner Freizeit anfing, war Annie egal. Sie hatte ihr eigenes Leben zu bewältigen. Sechs Kinder hatte sie dem Laird von Glengarth geboren, neben dem von seinem Bruder, und fühlte sich nun befreit von der Aufgabe, ihrem Mann jede Nacht im Bett zu Willen zu sein. Sie war der Frau dankbar, die sich um Rorys sexuellen Appetit kümmerte. Nach sieben Schwangerschaften durfte sie endlich aufatmen, ohne sich Sorgen darüber machen zu müssen, dass Rory nicht auf seine Kosten kam. Jederzeit würde sie die Rechte der Mätressen vertreten. Immerhin hatte sie selbst einmal dazu gezählt, ohne es allerdings an die große Glocke zu hängen.

Annie wusste, dass in ihrer Situation nur eines half: jeden Gedanken an Mann und Kinder zu verbannen, die Wanderschuhe anzuziehen und in die freie Natur hinauszuwandern. Während ihrer Ausbildung zur Krankenschwester hatte sie gelernt, allzu hohen Anforderungen mit einem Spaziergang in der Sonne die Spitze zu nehmen. Und genau das hatte sie vor.

Annie schätzte sich glücklich, dass sie im Leben so weit gekommen war. Manchmal hatte sie den Eindruck, ihre Jugend läge noch gar nicht so lange zurück. In ihrem neununddreißigjährigen, gereiften Körper einer Ehefrau und Mutter schlummerte noch immer das achtjährige Mädchen, das Lindsay kennen gelernt hatte.

Manchmal fühlte sie sich wie zwölf, sechzehn, achtzehn oder höchstens zweiundzwanzig. Immer noch brannte in ihr das Feuer der Leidenschaft und des Begehrens, wie damals, als sie sich zum Entsetzen der älteren Generation nichts dabei dachte, barfuß über Inchnadamph zu laufen. Heute gehörte sie selbst zur älteren Generation. Wo war nur die Zeit geblieben?

Sie hüllte sich in einen warmen Umhang, nahm ihren Wanderstab mit dem geschnitzten Rehkopf aus dem Schirmständer und machte sich auf den Weg über die Heide in Richtung der Schonung von High Hills und des schönen Berges von Glengarth, des Beinn Claidheamh Mor.

Der kühle Herbstmorgen war wunderbar klar und hell. Vor Annie erstreckten sich purpurn blühende, weit wogende Heidekrautflächen. Tannenwälder verströmten ihren würzigen Duft und der schöne Berg mit seiner Nebelkrone spiegelte sich im Wasser von Loch Garth. Hier war ihr Refugium, hier fand sie Frieden. Für Annie war Glengarth das Paradies auf Erden und der einzige Ort der Welt, wo sie auf vielfältige Weise dem Alltag entfliehen konnte.

Ihre kleine Insel Rill lag still und unberührt im See. Eine schmale Nabelschnur verband sie mit dem Festland; es war der kleine Damm, den Lindsay hatte bauen lassen, um sie jeden Tag besuchen zu können.

Die Hütte, in der Lindsay und Annie sich geliebt hatten, stand nicht mehr. Ihr Geburtshaus, der Ort, den sie der vielen schönen und schlimmen Erinnerungen wegen nie vergessen würde, hatte im wahrsten Sinne des Wortes den Geist aufgegeben.

Annie blickte auf die Insel hinunter. Im Grund war sie froh, dass die Hütte eingestürzt war. Die Wohnstatt ihrer Kindheit hatte sich mit dem weißen Sand von Rill vermischt, der aus vielen Milliarden Muscheln bestand, die Wind und Wetter in Tausenden von Jahren zermahlen hatten ... oder war das auch nur eine von Lindsays keltischen Geschichten gewesen? Er hatte es geliebt, den Kriegerbarden Ossian zu zitieren.

Annie floh vor den anklagenden Stimmen aus der Vergangenheit und lenkte sich ab, in dem sie die Grabsteine auf der Familienparzelle im Schatten einer einsamen Tanne reinigte. Hier hatten Lindsay und sein kleiner, tot geborener Sohn ihre letzte Ruhestätte mit einem herrlichen Blick über den See und ihr Erbland gefunden. Doch das irdische Erbe spielte keine Rolle mehr für sie. Wie hieß es noch in Annies schwarzem Buch? Asche zu Asche, Staub zu Staub ...

Annie legte Blumen auf die Gräber und ging weiter. Sie überlegte, wie ihr Schicksal und das aller anderen verlaufen wäre, wenn Lindsay und sein Sohn überlebt hätten. Was mochte Aeneas fühlen, wenn er an Mutter und Bruder dachte, die beim Brand von Forest Lodge ums Leben gekommen waren? Oder an seinen Vater, der in den River Clyde gesprungen war? Sie alle waren Geiseln Glengarths gewesen.

Ob wirklich ein Fluch über Glengarth lag? Etwa ein Richtspruch, der zu den Missgeschicken führte, denen die heutigen Bewohner des Schlosses ausgesetzt waren? Konnte es sein, dass ein düsteres Überbleibsel aus längst vergangenen Zeiten nach Rache schrie?

Manchmal verspürte Annie das Lauern ungenannter, unerklärlicher Kräfte, die sie umgaben. Es waren Kräfte, die sie nicht erkennen konnte, aber die es darauf anzulegen schienen, Glengarth in eine andere Richtung zu steuern, als Rory und sie beabsichtigten. Konnte dies der Fluch einer früheren Existenz sein? Einer tragischen Erscheinung, die dazu verdammt war, immer und immer wieder die gleichen Wege zu beschreiten, immer und immer wieder ... manchmal sträubten sich Annies Nackenhaare ganz von selbst. In Glengarth passierten Dinge, die selbst den eingefleischtesten Skeptiker nachdenklich werden lassen konnten.

Hoch über Annies Kopf kreiste einsam ein roter Falke im Wind. Die Tiere waren selten geworden. Viel zu viele hatten im Namen des Sports ihr Leben lassen müssen. Annie hoffte, dass dieser dort seine Familie weit entfernt von Jagdgesellschaften, Wilderern und gedankenlosen Menschen an einer Stelle versteckt hatte, wo er in

Frieden brüten und die Highlands zurückerobern konnte. Während sie ihn noch beobachtete, stieß der kleine Falke zu Boden und packte sich eine Beute.

Annie war mit dem Gesetz, dass nur der Stärkste überlebt, schon seit ihrer Kindheit vertraut. Dennoch tat ihr das Tierchen Leid, das dem königlichen Vogel als Mahlzeit dienen würde.

Sie erreichte Inverdune und betätigte den Türklopfer in Form eines Satyrkopfes. Nicht zum ersten Mal fiel ihr auf, dass an dem wundervollen schottischen Landhaus überall die Farbe abblätterte, die Gärten verwilderten und Disteln das Regiment übernommen hatten. Das Ganze erinnerte stark an Forest Lodge zu seinen besten Zeiten. Der Krieg hatte in vieler Hinsicht Klassen verwischt. Er hatte die ursprüngliche viktorianische Unterwürfigkeit verschwinden und, zum Glück für Glengarth, dank der Intervention der Admiralität in neuer Form wieder aufleben lassen. Annie wünschte, das Gleiche könnte man auch über Inverdune sagen, dem ein guter Schuss neues Leben gut getan hätte.

Sir John öffnete höchstpersönlich die Tür.

Annie besuchte ihn üblicherweise an Tagen, an denen seine Haushälterin frei hatte.

»Ich dachte mir schon, dass Sie es sind«, sagte er forsch. »Sie haben eine ganz besondere Art zu klopfen. Kommen Sie herein.« Er trat einen Schritt beiseite und ließ sie ins Haus. In seinem alten blauen Pullover und einer mit Farbe verschmierten braunen Cordhose sah er fast so schäbig aus wie sein Haus. Dennoch fühlte Annie sich wohl und wie zu Hause. »Ich habe gerade Teewasser aufgesetzt.«

An Sir Johns Küchentisch genossen sie eine Tasse heißen Tee und selbst gebackene Plätzchen. Annie wusste, dass er sehr gut für sich selbst sorgen konnte; er war sein Leben lang Junggeselle geblieben. Sie wusste auch, dass er ein ausgezeichneter Bäcker und Hausmann war. Dass Frauen sich so etwas entgehen ließen! John war vielleicht nicht der Schönste mit seiner Stupsnase, seinem Bäuchlein und seiner geringen Körpergröße; Annie überragte ihn um Haupteslänge. Aber er war immer nett und ausgesprochen aufmerksam. Annie konnte sich auf seine Freundschaft und sein offenes Ohr verlassen.

Die Leute im Tal kannten ihn nur als Staatsanwalt, Jagdaufseher für Ross-Shire und Großmeister aller möglichen Organisationen einschließlich der Freimaurer. Sie ließen sich von den vielen Titeln blenden, waren aber von dem Mann selbst weniger angetan. Er war schlicht, von kleiner Statur, rau, aber herzlich und eher schwerfällig. Rorys Charisma und der Glamour der Roskillens gingen ihm völlig ab. Aber war das der Grund, warum keine Frau sein selbst gebackenes Brot und die Haferkekse gewollt hatte? Die Damen hatten keine Ahnung, was sie versäumten! Warum hatte Sir John nie eine liebevolle, fürsorgliche Frau gefunden?

Eines Tages hatte Annie gewagt, ihn zu fragen, warum er immer allein geblieben war – es hatte lange gedauert, ehe sie die Barriere seiner Zurückhaltung durchbrechen konnte. Augenzwinkernd hatte er geantwortet:

»Weil, meine liebe Annie, ich mich nie heftig genug verliebt habe, um eine Frau zu heiraten. Und die Einzige, die ich vielleicht gewollt hätte, ist bereits vergeben.«

Annie hatte schnell das Thema gewechselt.

Also war John nicht aus Schüchternheit Junggeselle geblieben, sondern weil ihm nie eine Frau wirklich etwas bedeutet hatte. Vom Charakter her erinnerte er sie ein wenig an Lindsay: Wenn viele Leute anwesend waren, vor allem Frauen, war dieser vorsichtig, scheu und stumm geblieben. Selbst bei seiner Frau Iona hatte er sich nie völlig gelöst gegeben. Lindsay war erst aufgetaut, wenn er Glamour und Titel oben im Schloss zurücklassen konnte und in Donald Gowries kleiner Hütte auf Rill entspannen durfte. In schlammbedeckten Stiefeln hatte er dann am Küchentisch gesessen, mit den Lederflicken, die sich von seiner abgetragenen Tweedjacke lösten und seinem blonden Haar, das vom Wind zerzaust war, hinter der Tür hatte sein Gewehr gestanden und auf dem Boden eine Tasche mit blutigen Fasanen oder Kaninchen gelegen ... Sie hatte ihm Brot und Käse auf einem einfachen Holzbrett vorgesetzt und er hatte sie oft geneckt, weil der Käse nicht mehr ganz frisch und das Brot altbacken war ...

Inverdune war der einzige Ort, wo Annie die magischen Augenblicke völliger Freiheit und Entspannung wiederfand, die sie in ihrer Jugend mit Lindsay genossen hatte. In Inverdune wurde sie wieder sie selbst – eine Frau, keine Maschine. Nach vielen Jahren, in denen sie sich beweisen musste, in denen sie versucht hatte, ihrem kriegsversehrten Mann eine gute Frau und ihren Kindern eine gute Mutter zu sein, wurde sie in Inverdune wieder die wahre Annie Gowrie.

John Pemberton-Fookes hatte wie die Lairds von Glengarth in den Kolonien gelebt, wo Frauen wie Tee und Opium zu den selbstverständlichen Annehmlichkeiten des Lebens gehörten und jeder Laune ihres weißen Herren zu dienen hatten. Unverbindlicher Sex war ein Bestandteil der Dienste, die vom Opium benebelte Sahibs ohne Gewissensbisse einforderten. Annie hätte solche Dinge nicht gewusst, hätte nicht der junge Laird Lindsay ihr von seinen Erfahrungen in den Kolonien erzählt.

Rory und Christabel hatten die Seifenblase ihrer mädchenhaften Träume von der weiten Welt endgültig zum Platzen gebracht; danach war sie nie mehr fähig gewesen, wirklich an etwas zu glauben. Sie hatten ihr die Augen geöffnet, dass ihr Liebster, ihr schöner, goldener Traummann und Vater ihres Sohnes drogenabhängig war. Seit seiner Schulzeit rauchte er Opium.

John hatte viele Gemeinsamkeiten mit den Lairds von Glengarth, wenngleich Annie hoffte, dass sich die Ähnlichkeit nicht auch auf den Opiumgenuss erstreckte. Lindsays Drogenabhängigkeit war etwas, worüber zu sprechen sie sich niemals überwinden konnte, und Lindsays dunkles Geheimnis war mit ihm ins Grab gegangen.

Annie, die nie weiter als nach Edinburgh und London gereist war, hatte dank Lindsay und Rory und ihren Erfahrungen eine Weltgewandtheit erreicht, die man ihr nie zugetraut hätte. Die Ungewissheit aber, wie sich ihr Sohn Jamie in Zukunft entwickeln würde, konnte Annie nie ganz verbergen.

Bis zu einem gewissen Grad verstand sie Rorys Zorn über Jamies vorzeitig beendete Karriere bei der Marine. Die Marine hatte aus Rory einen Mann gemacht und seinem Leben nach dem Tod seines Bruders und während des Krieges einen Sinn gegeben. Rory gehörte zur Marine, wie John zur Armee gehörte. Männer schienen einen gewissen Stolz darein zu setzen, das zu tun, was von ihnen in einer Männerwelt erwartet wurde. Sie mochten es nicht, getrieben zu werden und sich immer wieder beweisen zu müssen. Annie verstand das, und sie hoffte, Rory würde auch sie verstehen. Seine schnell wechselnden Launen und die Kriterien, die er ansetzte, waren schwer zufrieden zu stellen. Da konnte es schon einmal geschehen, dass jemand ins Straucheln geriet, wie es Jamie soeben passiert war.

»Was ist passiert?«, fragte John, dem ihre Nachdenklichkeit sofort aufgefallen war.

Er hatte sich ans andere Ende des Tisches gesetzt. Vor beiden standen große Becher mit heißem Tee – ohne Zucker für Annie, mit drei gehäuften Teelöffeln für ihn. Ein großer Teller voller Butterplätzchen hätte Gamin und Ackker das Wasser im Munde zusammenlaufen lassen. Aber auch Annie ließ sich gern verführen. »Ist es wieder Aeneas?«

»Jamie«, sagte sie und nahm sich einen Keks.

»Oh, das tut mir aber Leid«, murmelte John mit vollem Mund, »ich weiß, wie viel der Junge Ihnen und Rory bedeutet.«

Annie erzählte ihm die ganze Geschichte.

»Wie schrecklich«, sagte John zum Schluss, streckte den Arm aus, an dem der Pullover stellenweise sehr fadenscheinig wurde und tätschelte ihre Hand. »Das Leben ist manchmal wirklich hart. Aber ich finde Ihren Plan hervorragend. Der Junge könnte sich in die Verwaltung einarbeiten. Damit hätte er eine gute Zukunftsperspektive. Für Rory ist die Situation natürlich völlig verfahren. Erstens glaubt er, seine Autorität könnte leiden, und zweitens besteht die Gefahr, dass sein Platz von einer jüngeren Ausgabe seiner selbst übernommen wird. Kein Mensch liebt es, an sein Alter erinnert zu werden und immer vor Augen zu haben, dass er sehr bald ersetzbar sein wird.«

»Ist ein Mann mit einundvierzig Jahren denn heutzutage schon alt?«, fragte sie verbittert.

»Der Krieg hat von uns allen Tribut gefordert«, sagte er leise. »Von mir auch.«

»Rory ist seit Jütland sehr eigenartig geworden«, platze Annie heraus. Das hatte sie noch nie jemandem gestanden.

»Inwiefern?«

»Er war früher ein ausgesprochen fröhlicher und unkonventioneller Mensch, der immer einen Scherz auf den Lippen hatte. Jetzt ist er langweilig und manchmal ein richtiges Ungeheuer. Ganz anders als früher. Er war lustig, er hat immer gesungen – er war ein wahrer Sonnenschein. Und jetzt? Mürrisch, verdrießlich, lasch. Er interessiert sich noch nicht einmal für die Drohungen von Aeneas. Inzwischen frage ich mich auch, ob Rory mit der Frau zufrieden und glücklich ist, die er unbedingt heiraten wollte. Ich fürchte, er ist es nicht.«

»Lieben Sie beide sich noch?«

»Natürlich«, antwortete sie wie aus der Pistole geschossen.

»Ich meine ... bitte verstehen Sie mich nicht falsch, Annie ... lieben Sie sich *wirklich?* Haben Sie das Gefühl, Sie sind füreinander geschaffen? Sind Sie verrückt aufeinander?«

So, wie ich Lindsay geliebt habe? Jedes Mal, wenn ich ihn sah, klopfte mir das Herz bis zum Hals, ich begann zu zittern und mein Körper sehnte sich nach ihm ...

Annies Augen füllten sich mit Tränen. Es fiel ihr schwer, sich John zu öffnen. Männer hielten zueinander und sie wollte ihn nicht zwingen, Partei zu ergreifen. Aber sie brauchte so dringend Trost. »Wir führen eine reine Vernunftehe und wissen es beide.«

John streckte seine Hand aus und hielt die ihre sehr fest. »Ich verstehe«, sagte er sanft.

Annie wischte sich die Tränen aus den Augen. »Wirklich?«, fragte sie.

»Ja. Es gab da einmal ein Mädchen in Indien. Sie war wunderhübsch. Sehr, sehr hübsch. Immer vergnügt und sehr verliebt in mich. Ich war ihr völlig verfallen.«

»Was ist passiert?«

»Beide Seiten waren dagegen. Sie entstammte einer strenggläubigen Brahmanenfamilie, ich einer unbekannten, bleichhäutigen, schottischen Sippe. Ihre Familie kannte Menschen meiner Art nur als strenge Zuchtmeister und Kolonialherren.«

»Aber war geschah zwischen Ihnen und der Liebe Ihres Lebens?«, bohrte Annie

»Mein Vater hat sich furchtbar aufgeregt. Er untersagte mir schriftlich, ein Nautch-Mädchen zu heiraten – das sind professionelle Tänzerinnen von sehr niedriger Herkunft. Natürlich war sie keine Tänzerin. Brahmanen sind die höchste indische Kaste. Trotzdem wurde ich nach England zurückbeordert. Meine Mutter lag im Sterben, und mein Vater konnte sich weder mit meinen so genannten ›Exzessen‹ noch mit der Krankheit meiner Mutter abfinden. Also wurde ich von meinem vorgesetzten Offizier richtiggehend nach Hause abkommandiert. Mein Vorgesetzter war natürlich auf Seiten meines Vaters; er hatte im gleichen Regiment gedient.«

»Wurden Sie unehrenhaft entlassen? So wie Jamie?«

»Das nicht gerade. Es war mehr wie ein langer Heimaturlaub. Ein sehr langer Heimaturlaub.«

»Nur, weil Sie ein indisches Mädchen heiraten wollten?«

»Das bringt die Sache ziemlich genau auf den Punkt.«

»Was hatten Sie zur Genesung Ihrer Mutter beizutragen?«

»Sie meinen wohl eher zu ihrem Tod?«

»Denken Sie mal nach, John. Sie hatten da drüben in Indien eine wunderschöne junge Frau, die nur für Sie lebte. Natürlich verstehe ich, dass Sie Ihre sterbende Mutter noch einmal sehen und Ihren Vater beruhigen wollten – aber was war mit der Frau, die Sie liebten, von der Sie geliebt wurden und die auf Sie wartete?«

»Die Armee wegen einer Heirat in Indien verlassen? Nie im Leben! Mein Vater hätte das nie zugelassen. Er war mit Leib und Seele Soldat. Er hat mir ein Ultimatum gestellt: Entweder, du gehst auf deinen Posten zurück und vergisst das Mädchen, oder ich streiche dich aus meinem Testament.«

»Und Sie haben den Weg des geringsten Widerstands und des größeren Reichtums gewählt?«

»Zeit und Entfernung trennten uns, Annie. Ich kam nach Hause, studierte Jura, wurde Anwalt und habe sie niemals wiedergesehen. Die Magie unserer Liebe wurde durch Kräfte zerstört, die stärker waren als wir. Hinzu kam der Unterschied unserer Hautfarben, unserer Kulturen, unseres Glaubens, unserer Herkunft ... In unserem Weg lagen einfach zu viele Steine ...«

Das, was er sagte, klang durchaus vernünftig. Aber Annie fragte sich insgeheim, ob eine Frau einen solchen Mann wirklich lieben konnte. Einen Mann, der die Liebe seines Lebens seiner sterbenden Mutter und seines unzufriedenen Vaters wegen verlassen hatte. Wegen einer Erbschaft, wegen Prestige, wegen der Hautfarbe eines Menschen. In Schottland gab es leider wirklich eine Menge echter Schlappschwänze!

Kein Wunder, dass Sir John sich nie verheiratet hatte. Annie suchte ihre Siebensachen zusammen und dankte ihm für seine Gastfreundschaft und dass er ihr zugehört hatte, wie immer.

»Es war mir eine Freude, Annie!« Er nahm ihre Hände in seine und sagte sehr ehrlich: »Sie und Ihre Familie sind mir in Inverdune immer herzlich willkommen, auch wenn es zu Zeiten meines Vaters anders war. Aber ich glaube, die beiden feindlichen Nachbarn Glengarth und Inverdune sollten allmählich wirklich Waffenstillstand schließen. Ich bin froh, dass Sie den ersten Schritt dazu getan haben, Annie.«

»Ich weiß, dass Ihr Vater den früheren Laird von Glengarth und seine Frau Iona vernichtet hat und mit ihnen jede Chance,

Glengarth einen rechtmäßigen Erben zu schenken. Ich möchte das nur klarstellen, John. Rory und ich können keine weiteren Feinde brauchen.«

»Ich habe das gleiche Problem wie Lindsay und Iona, Annie. Es gibt keinen Erben, dem ich Inverdune hinterlassen kann.«

»Das ist wirklich Ihr Problem. Suchen Sie sich eine Frau und bekommen Sie Kinder.« Sie lächelte und er reichte ihr den Wanderstab mit dem geschnitzten Rehkopf.

»Kommen Sie mich bald wieder besuchen, Annie?«, fragte er.

»Natürlich. So lange auf Ihrer Türmatte ›Willkommen‹ steht und Sie mir leckere Plätzchen servieren, komme ich immer gern wieder.«

»Auf Wiedersehen, Annie.«

»Auf Wiedersehen, John.«

19. Kapitel

Einen dunklen Winter lang machte sich Annie Sorgen um Jamies Verfassung. Das Interesse an den Waldbeständen von Glengarth, das er als Kind gezeigt hatte, war vollständig verflogen. Selbst sein erklärtes Idol Jack Montgomery schaffte es kaum, ihn aus seiner Depression zu reißen. Jamie war verdrießlich, schwierig, rebellisch und faul geworden.

»Das sind die Hormone«, erklärte Elly, die viel Erfahrung damit hatte, aus Kindern Erwachsene werden zu sehen. »Der Übergang vom Jungen zum Mann macht ihm zu schaffen.«

»Soweit ich es beurteilen kann, fällt ihm alles andere auch schwer.«

Jamies Probleme interessierten Rory herzlich wenig. Er hatte Besseres zu tun, als seine wertvolle Zeit mit dem unehrenhaft entlassenen Sohn zu verschwenden, der sowohl in Eton als auch in der Marineakademie von Invergordan als Feigling in die Annalen eingegangen war.

Wenn schon Jack es nicht schaffte, Jamie aus seiner Lethargie zu reißen, dann konnte Rory bestimmt nichts für ihn tun. Aus irgendeinem Grund stand Jamie ihm ganz besonders feindlich gegenüber. Wenn Rory das Wort an ihn richtete, blickte er finster drein und antwortete meist gar nicht erst. Tat er es aber doch, dann beschränkten sich seine Äußerungen auf ein einsilbiges Grunzen, ehe er wieder in sein Zimmer verschwand, wo er Gott weiß was tat; Erzieherin und Haushälterin behaupteten, er schliefe.

Glengarth putzte sich für die Weihnachtsfeiertage heraus. Bald würden die Gäste zu den Treibjagden anreisen. Alle waren viel zu beschäftigt, um auf Jamie und seine Launen zu achten. Auch Annie und Rory beschäftigten sich wenig mit ihm – ein solches Maß an Übellaunigkeit hätten sie vielleicht von Duncan erwartet, niemals jedoch von ihrem hübschen, goldblonden Sohn.

Duncan, Andrew und Bruce kamen aus ihren jeweiligen Schulen in die Weihnachtsferien. Gleich am ersten Tag verhöhnte Duncan Jamie mit einer Pappmaché-Figur in Seemannsuniform, die über und über mit Federn bedeckt war.

Duncan fand anscheinend ein ungeheures Vergnügen darin, Jamie sein Scheitern in Inverdune immer wieder unter die Nase zu reiben. Jamie schleuderte das Figürchen so lange gegen die Wand, bis es nur noch aus Fetzen bestand. Zwar flogen danach im ganzen Zimmer Gänsefedern herum, aber er fühlte sich erheblich besser.

Im weiteren Verlauf der Weihnachtsferien wurden immer wieder Zettel unter Jamies Tür hindurch geschoben. Einmal war es eine aus der Bibel herausgerissene Seite mit der Geschichte von Kain und Abel. Ein anderes Mal fand Jamie eine umgeschriebene Version von Sir Walter Scotts »The Antiquary«. Duncan hatte den Namen Glenallan durch Glengarth ersetzt.

»Was würdest tun du, schöner Herr,
Den wir beim König sehn,
Wenn heut du Graf von Glen(garth) wärst,
Und ich wär Roland Cheyne?
Es wäre Sünd, das Los zu drehn,
Zu kämpfen wär nicht brav!
Was würdest du tun, Roland Cheyne,
Wenn du wärst Glen(garth)s Graf?«

Ganz besonders gemein war ein Auszug aus Shakespeares »Titus Andronicus«:

»Aus Rache für die Vergehen gegen seine Familie ließ Titus Ta-

moras Söhne töten und ihr als Pastete servieren. Lucius berichtete von den Verfehlungen seiner Familie und wurde zum Kaiser ausgerufen ...«

Worauf wollte Duncan hinaus? Jamie beschloss, seinen Bruder zur Rede zu stellen. Er fand ihn im Stall, wo er gerade sein Pferd aufzäumte, um in John Pemberton-Fookes Gruppe an einer Jagd teilzunehmen. Wie seine Mutter fühlte Jamie sich von blutigen Sportarten abgestoßen.

»Du bist verrückt«, sagte er ruhig zu Duncan, »du bist völlig durchgedreht. Anscheinend schlägt bei dir die Geisteskrankheit der Beaulys durch.«

Mit dem Striegel in der Hand drehte sich der vierzehnjährige Duncan zu Jamie um und grinste ihn an wie ein Teufelchen.

»Man soll nie von sich auf andere schließen! Ich bin sicher weniger verrückt als du, Bruder ... oder sollte ich vielleicht lieber Halbbruder sagen?«

»Was zum Teufel meinst du?«

»Mensch, Jamie, tu doch nicht so! Jeder weiß, dass du illegitim bist!«

»Illegitim?« Jamie runzelte die Stirn. »Wovon redest du überhaupt?«

»Du bist nun einmal nicht der Sohn von Rory Duncan Roskillen, auch wenn sie versuchen, es so darzustellen.«

»Wer versucht etwas darzustellen?«

»Unsere Mutter und mein Vater. Bist du denn blöd? Wir haben verschiedene Väter. Jemanden wie dich nennt man normalerweise Bastard.«

Jamie ballte hinter seinem Rücken die Fäuste. Gerne hätte er Duncan eins auf die Nase gegeben, aber er verabscheute körperliche Gewalt und versuchte, ruhig zu bleiben. Es war immer noch besser, sich nur mit Worten zu streiten; hieß es nicht, dass Worte mächtiger sein konnten als ein Schwert?

»Du bist wirklich verrückt, Duncan. Vater sagt immer, bei dir ist eine Schraube locker.«

»Und von dir sagt er, dass du ein Schlappschwanz bist.«

Duncan lachte und warf Jamie den Striegel an den Kopf. Die Bürste erwischte ihn an der Schläfe, und wieder brach Duncan in höhnisches Gelächter aus.

»Jamie, der Bastard! Zu lahm, sich zu bücken – zu lahm, um zu ficken! Deshalb werde *ich* rechtmäßiger Laird von Glengarth.«

Jamie sah rot. Es war nicht nur das Blut, das ihm in die Augen lief, sondern auch eine unbezähmbare Wut, die er nicht mehr kontrollieren konnte. Er riss eine Peitsche von der Wand, zerrte Duncan in den Hof hinaus, um die Pferde nicht zu verängstigen, und begann, ihn nach allen Regeln der Kunst zu verprügeln. Wie ein Wilder drosch er auf den Bruder ein und hörte auch nicht auf, als Duncan längst schreiend am Boden lag.

Ein eilig herbeigelaufener Stallbursche brüllte:

»Heda, ihr beiden! Hört mit dem Quatsch auf! Ihr verschreckt mir die Pferde! Jamie, hör sofort auf ...«

»Ich versuche es ja!« Jamies Blondschopf hing ihm in die wild aufgerissenen Augen. Er atmete flach und heftig. »Ich bring ihn um ... Ich prügele jedes Quäntchen Leben aus ihm heraus ... Ich erteile ihm eine Lektion, die er nie wieder vergisst ...« Die Peitsche schnitt tiefe Striemen in Duncans Haut.

Schließlich gelang es dem Stallburschen, Jamies Arm festzuhalten und ihm die Peitsche zu entwinden. Inzwischen hatte das Personal mit großem Geschrei Annie und Rory alarmiert: »Die bringen sich um ...«

Bleich, zitternd und mit blutverschmiertem Gesicht stand Jamie über Duncan gebeugt, der sich heulend auf dem Boden wälzte. Hände und Stirn waren mit blutigen Striemen bedeckt, die schnell anschwollen. Entsetzt starrte Annie ihren Ältesten an. Sie konnte nicht fassen, dass er zugeschlagen hatte – von Duncan hätte sie sich so etwas vielleicht noch erklären können.

Auch Rory prallte zurück. Szenen aus einer längst vergangenen Zeit kamen ihm wieder in den Sinn: Er und sein Cousin Humphrey – Osterferien – sie prügelten sich im Stall von Breedon Hall ... So waren Jungen nun einmal! Grimmig fauchte er seine Söhne an:

»Das war's! Für den Rest der Weihnachtsferien ist Stubenarrest angesagt. Ihr verschwindet jetzt auf eure Zimmer, und zwar ein bisschen plötzlich! Weihnachten könnt ihr euch abschminken! Und das Taschengeld wird auch gestrichen!«

Er stand im Begriff, in sein Büro zurückzukehren, als Mr Montgomery im Hof erschien.

»Was wollen Sie denn schon wieder?«, raunzte Rory ihn an.

Der rüde Ton des Laird überraschte Jack. Er begriff jedoch schnell, dass es Ärger gegeben hatte und eilte sich, sein Anliegen vorzubringen.

»Ich habe wieder einmal eine Todesdrohung von Aeneas erhalten. Dieses Mal, sagt er, ist es ihm bitter Ernst. Er will mich umbringen, falls wir den Wald weiterhin für sportliche Aktivitäten missbrauchen ...«

»Nun, wenn es Sie tröstet: Mich will er auch umbringen und den Brennerei-Chef ebenfalls. Er behauptet, wir erheben unrechtmäßigen Anspruch auf das Land, das in Wahrheit ihm gehört ... In meiner Familie sind alle verrückt. *Absolut verrückt.* Und ich bin auch verrückt, dass ich mich damit abgebe! Ach, kommen Sie doch besser mit hinein!«

Kopfschüttelnd schob Rory Jack ins Büro und bot ihm einen Whisky an. Er hatte völlig vergessen, dass Jack nicht trank.

»Nun, wenn Sie nicht wollen – ich schon!« Er goss sich ein Glas seines besten Malt Whiskys ein. Natürlich fürchtete er insgeheim, Aeneas könnte wieder einmal alles zunichte machen, wie er es früher bereits versucht hatte. Aber inzwischen hatte der Whisky die Zwölf-Jahres-Marke überschritten und Rory hoffte, es auf mindestens fünfzehn, wenn nicht gar zwanzig Jahre zu bringen.

Und dann war da noch diese mysteriöse Geschichte mit Annie und Jack. Wenn sie wirklich etwas miteinander hatten, dann wünschte er ihnen viel Glück. Sie passten zueinander. Beide waren

Abstinenzler, beide waren gottesfürchtig und sehr religiös und beide waren Nervensägen.

Damals, als kleiner Junge in Indien, wollte er gern nach Schottland zurückkehren. Er war dort geboren, aber sein Vater hatte ihn entwurzelt. Als er bei seinen Verwandten in Breedon-on-the-Wold lebte, erschien ihm Schottland geradezu als Traumland. Nachdem sein älterer Bruder Land und Titel geerbt hatte, war Rory eine Zeit lang wirklich neidisch gewesen. Wie gern hätte er Glengarth besessen! Und jetzt besaß er es und wäre es am liebsten wieder los. Verdammt! Das war doch paradox!

Entscheidungen, Entscheidungen, Entscheidungen! Ständig musste er Entscheidungen fällen. Wie schön wäre es, sich lieber um den Transport von Gütern mit Lastschiffen nach Australien oder Südafrika kümmern zu können! Weder die Werftarbeit noch seine Zeit bei der Marine waren je so hart gewesen, wie ihn die Verwaltung dieses verdammten Schlosses samt seiner Bewohner ankam. Und dann noch die Regierung, die eine solche Plackerei als Privileg bezeichnete und exorbitante Steuern forderte, seit er zum ersten Mal in seinem Leben einen kleinen Gewinn gemacht hatte und Licht am Ende des Tunnels sah.

Rory zündete sich eine Zigarre an und behandelte den vermeintlichen Liebhaber seiner Frau mit herablassender Nachsicht. Der Mann war ein geradezu genialer Förster. Schlecht für Rory, denn am liebsten hätte er ihn mit Schimpf und Schande davongejagt. Zum Ersten, weil er vermutlich mit der Lady schlief, zum Zweiten, weil er in Sachen Aeneas ein solcher Kriecher war, und zum Dritten ... na ja, das mit Jamie war etwas anderes. Und Jack war ein verdammt guter Förster, daran gab es nichts zu deuteln.

Draußen im Hof las Annie ihren Söhnen derweil die Leviten. »Ich schäme mich für euch beide. Ich dachte immer, ich hätte euch zu respektvollen Menschen erzogen und dazu, niemals, wirklich niemals Gewalt anzuwenden, um euren Willen zu bekommen.«

»Er hat angefangen!«, murrte Duncan, aber Annie schnitt ihm das Wort ab.

»Dann hast du irgendetwas gesagt oder getan, was ihn provoziert hat. Jamie ist niemand, der ohne Grund einen Streit vom Zaun bricht. Ich möchte, dass ihr euch beide entschuldigt! Schüttelt euch die Hände und versprecht, dass ihr euch nie wieder prügelt wie Gassenjungen.«

»Ich habe ihn nicht geprügelt, Mutter. Er hat *mich* geschlagen. Nie und nimmer gebe ich diesem feigen Bastard, der es weder in Eton noch in Invergordan geschafft hat, die Hand«, sagte Duncan verächtlich.

»Duncan«, sagte Annie sehr vorsichtig, »hier bestimme immer noch *ich*.«

Sie hatte das Gefühl, die Kontrolle über die Situation zu verlieren. Zwar lehnte sie körperliche Gewalt grundsätzlich ab, aber sie musste sich sehr zusammennehmen, Duncan für den Gebrauch des Wortes »Bastard« im Zusammenhang mit Jamie nicht zu ohrfeigen. »Zur Strafe wirst du das Buch der Prediger lesen. So, und nun hinauf mit dir in dein Zimmer. Wasch dich und lerne deine Lektion. Ich werde dich später abhören. Und nun zu dir, Jamie: Ich hätte dich wirklich für klüger gehalten. Als Ältester müsstest du wissen, dass man seine jüngeren Brüder grundsätzlich nicht schlägt. Wir sprechen später noch miteinander. Irgendwie sollte es doch zu schaffen sein, dass wir alle an einem Strang ziehen! Und jetzt tut, was euer Vater euch gesagt hat.«

Sie schickte ihre Söhne nach oben und scheuchte Stallburschen und das neugierige Personal an die Arbeit.

Der Nachmittag war düster und feucht. Schneeschauer kündigten einen nächtlichen Schneesturm an. Als alle Lichter brannten und die Kamine angeheizt waren, ging Annie zu Jamie, um endlich zu erfahren, was der Grund für seinen Ausbruch gegenüber Duncan gewesen war. Sie klopfte, aber niemand antwortete. Sie klopfte noch einmal. Und noch einmal. Drinnen blieb es beängstigend still. Sie drückte die Klinke hinunter. Die Tür war abgeschlossen. Das sah Jamie ganz und gar nicht ähnlich!

Annie bekam es mit der Angst zu tun, obwohl das sonst ganz

und gar nicht ihre Art war. In der Schwesternschule hatte man ihnen immer wieder eingetrichtert, niemals Panik aufkommen zu lassen. Angst überschwemmte das Gehirn mit gewissen Chemikalien, die das vernunftgemäße Denken hemmten ... Doch eine dunkle Ahnung beschlich Annie und sie schrie um Hilfe. Mit allen Mitteln versuchte sie, die Tür aufzubrechen.

Schließlich wurde Agatha Kemster aufmerksam. Als sie den Hilferufen nachging, entdeckte sie die Dame des Hauses vor Jamies Tür, an der sie wie von Sinnen und laut schreiend rüttelte und in höchst unwürdiger Weise versuchte, das Türblatt einzutreten.

»Ruhig, Mylady, ganz ruhig«, redete sie sanft auf ihre Chefin ein. »Ich habe einen Generalschlüssel.« Sie nestelte an ihrem Gürtel.

»Ach ja, das hatte ich ganz vergessen.«

Annie seufzte vor Erleichterung und atmete tief durch, um ihre zitternden Gliedmaßen und ihr rasendes Herz zu beruhigen.

Agatha schloss auf und betrat das Zimmer. Jamie lag auf dem Bett, als schliefe er. Annie atmete auf. Doch dann sah sie den Umschlag, der auf Jamies Brust lag, und die vielen leeren Aspirintütchen sowie eine Flasche von Rorys zehn Jahre altem Malt Whisky ...

»Jamie!« Die Haushälterin schüttelte seinen kraftlosen Arm. »Jamie, Jungchen, wach auf! Er ist betrunken. Wir müssen zusehen, dass wir das Zeug wieder aus ihm herausbekommen!«

Annie schob die Haushälterin unsanft beiseite.

»Aus dem Weg! Er ist nicht betrunken ... er ist ... oh, mein Gott, Jamie!«

Aufheulend vor Angst warf sie sich über ihren Sohn und umarmte seine leblose Gestalt.

»Was hast du getan? Mein Gott ... *nein!* Holen Sie Rory! Schnell! Und einen Arzt! Nein, keinen Arzt, holen Sie Jack ... Jack Montgomery ... er wird wissen, was zu tun ist ... Jamie hat mehr Vertrauen zu Jack als zu irgendjemand anderem ...«, plapperte Annie wie von Sinnen.

»Kommen Sie, Mylady, überlassen Sie das mir.«

Jetzt verlor Annie vollständig die Kontrolle über sich. Sie war unfähig, sich zu bewegen oder zu denken, geschweige denn, sich der Erste-Hilfe-Regeln zu erinnern. Schluchzend klammerte sie sich an den bewegungslosen Körper ihres geliebten Sohnes. Sie hatte geahnt, dass so etwas früher oder später geschehen würde. Sie hatte es vorhergesehen. Rory und Duncan waren verantwortlich. Sie hatten Jamie bis an den Rand der Vernunft getrieben; auch mit ihr waren sie so umgesprungen. Sie hatte die ganze Zeit über geahnt, dass mit Jamie seit seiner Entlassung aus der Marine etwas faul war. Vergeblich hatte sie Rory auf Jamies seltsames Verhalten aufmerksam gemacht. Doch Rory hatte sie nicht beachtet, und hier lag das Ergebnis ...

Oh Gott, bitte nicht ... ihr geliebter Sohn durfte nicht, wie sein Vater vor ihm, viel zu früh sterben ...

»Bitte, Jamie, tu mir das nicht an!« Sie griff nach der Flasche »Glengarth Single Malt« und schleuderte sie wütend gegen das Fenster. Es klirrte und schepperte und ein Splitterhagel ergoss sich auf Teppich und Hof.

Agatha Kemster nahm sich der Schlossherrin an, die ebenso am Boden zerstört war wie die Flasche. Sie läutete nach den Dienstboten. Ein Arzt musste her, jemand der sich um sie kümmerte ... gab es einen Mediziner unter den Gästen?

Elly Arbuthnot war als Erste da, dann erschienen Daisy Foxton und die anderen. Die Haushälterin trieb sie alle an.

»Wir müssen ihm den Magen auspumpen, ihn intubieren ... wir müssen erreichen, dass er sich erbricht.«

Elly erinnerte sich schwach, was man bei ihr unternommen hatte, als sie ihr Leben gleichermaßen in Gefahr gebracht hatte. Der arme kleine Jamie; er hatte das alles miterleben müssen, und jetzt kam der Widerhall. *Die Kindheit nimmt den Mann vorweg wie der Morgen den Tag vorwegnimmt* – John Miltons Worte klangen ihr wie eine Warnung an Eltern und Lehrer im Ohr.

»Ruft einen Krankenwagen ... und den Laird ... Annie, es tut mir Leid, aber wir müssen uns um Jamie kümmern, bis der Krankenwagen hier ist ... Sie waren Krankenschwester. Was sollen wir tun?«

Annie war nie in der Lage gewesen, ihre eigenen Kinder zu behandeln. Sie standen ihr zu nah; eine falsche Entscheidung hätte sie sich nie verzeihen können. Und so war alles, was Kinder und Familie betraf, Eleanor überlassen worden, die nach dreizehn Jahren die Roskillens in- und auswendig kannte.

Annie war verwirrt und schluchzte so heftig, dass sie Jamies Puls nicht finden könnte. Wieder einmal übernahm Elly, und sie tat es gern. Sie suchte lange, bis sie nach einer Weile leise sagte:

»Da ist er ... ich habe den Puls gefunden. Er ist ziemlich schwach.«

Plötzlich stand ein kleiner, ziemlich dunkelhäutiger Mann mit einem Stethoskop in der Tür. Die Haushälterin hatte ihn anhand der Gästeliste aufgetrieben.

»Bitte aus dem Weg! Ist der Junge betrunken?«

»Ja, und er hat Aspirin genommen«, beeilte sich die Haushälterin zu bemerken.

»Woher wissen wir das?«

»Weil neben seinem Bett eine Menge leerer Tütchen liegt.«

»Ah. Wahrscheinlich hat er es in ein oder zwei kleineren Dosen zu sich genommen. Jedenfalls ist es nicht lebensgefährlich. Vielleicht blufft er ja auch nur. Junge Männer nehmen normalerweise kein Gift oder Pillen – das überlassen sie ihren Müttern. Wer ist die Mutter des Jungen?« Der Mann sprach mit deutschem Akzent.

Die Haushälterin zeigte auf Annie, die neben Jamie auf dem Bett lag und verzweifelt seine Hand festhielt, als könne sie ihn so ins Leben zurückzerren.

»Ah, gut. Lady Roskillen, die Schlossherrin. Hier habe ich etwas für Sie.«

Aus einer Pillenschachtel, die in seiner Tasche steckte, nahm der merkwürdige kleine Mann eine knallrote Pille, goss Wasser in ein Glas und reichte beides der Frau in Schwarz.

Hoheitsvoll sagte die Haushälterin: »Ich habe nicht die Angewohnheit, Pillen zu ...«

»Nein, nein! Ich weiß sehr wohl, dass nicht Sie eines Sedativums bedürfen. Es ist für die Mutter des Jungen. Würden Sie es ihr bitte einflößen«, fügte er ungeduldig hinzu, »und sie anschließend wegbringen? Ich muss ihn wiederbeleben, ehe der Krankenwagen kommt, aber das möchte ich nicht in Anwesenheit der Mutter tun. Es ist nicht besonders angenehm mit anzusehen.«

»Was wollen Sie machen?«, erkundigte sich Elly neugierig.

»Gute Lady, ich werde ihm den Magen auspumpen, ehe es zu spät ist. Und seine Gedärme spülen. Ich brauche einen Eimer – am besten gleich zwei. Ich werde in beide Richtungen arbeiten. Bei der Aufwärtsmassage könnte Erbrochenes eingeatmet werden, daher darf nur ein Experte wie ich sie durchführen. Ich wünschte, ich hätte meinen Gummischlauch eingepackt statt meines Gewehrs, aber in meinem Gepäck war kein Platz mehr.«

»Schlauch und Trichter haben wir hier«, sagte Agatha verkniffen.

»Dann bringen Sie sie, gute Frau, und zwar schnell.«

Sie verschwand und kam bald mit dem Verlangten zurück. Der kleine Arzt erkannte die Gerätschaften sofort als eine Vorrichtung für Frauen, die nach dem Geschlechtsverkehr eine Schwangerschaft verhüten wollten. Er hielt diese Maßnahme für höchst unwirksam, denn bis die Frauen den Schlauch mit dem Wasserhahn verbunden hatten, waren die Spermien längst auf dem Weg. Überdies erschien ihm das alte Mädchen in Schwarz ein wenig überreif für solche Dinge ...

»Es stammt aus dem Dienstbotenbad«, erklärte Agatha eilig. »Manche der Mädchen brauchen es ab und zu, und lieber früher als zu spät!«

»In der Tat, Madam, in der Tat!«

Dankbar schnitt er ein Stück Schlauch ab. Es würde verhindern, dass der Junge Mageninhalt einatmete. Hoffentlich würde ihm später niemand erzählen, welche Art Schlauch der Arzt in seine unschuldige Kehle einführte.

»Würden Sie mir bitte mitteilen, wenn der Krankenwagen da ist?«

Der Krankenwagen aus Drumbarry kam nie. Rory erhielt einen Anruf von der Leiterin des Krankenhauses, die Straße sei durch Schneeverwehungen blockiert und ob sie jemandem medizinische Hinweise per Telefon übermitteln könne? Annie sei doch Krankenschwester – könnte man sie nicht an den Apparat rufen?

»Das geht leider nicht«, sagte Rory, dankte der Krankenhausleiterin und fügte hinzu: »Wir haben einen Arzt unter den Gästen. Sollte es aber notwendig werden, rufen wir in Gairloch oder im Marinehospital von Ullapool an. Bei uns an der Küste fällt seltener Schnee als bei Ihnen im Landesinnern. Hier liegt kaum etwas.«

»Das erleichtert mich. Lady Anne und der Arzt geben bestimmt ein hervorragendes Team ab.«

Die Leiterin legte auf und dachte darüber nach, warum reiche Leute aus einfachen Zwischenfällen immer gleich ein Drama machten.

Rory überbrachte Annie die Nachricht persönlich. Atemlos und hinkend erreichte er den Flügel, wo die Kinder untergebracht waren. Hinken war bei Rory immer ein sicheres Anzeichen für Stress, das wusste Elly. Wenn zahlende Gäste im Haus waren, bemühte er sich grundsätzlich, seine Einbeinigkeit zu verbergen.

»Nun gut«, sagte der österreichische Arzt und seine dunklen Augen blitzten hinter der Goldrandbrille, »das ist eine große Herausforderung für uns. Wir müssen alle zusammenarbeiten, wenn wir das Leben dieses Jungen retten wollen.«

Präzise formulierte er seine Instruktionen. Als Elly dem Arzt erzählte, dass Lady Roskillen ausgebildete Krankenschwester war, lehnte er dennoch die professionelle Hilfe der Mutter ab und sagte zu Rory:

»Bringen Sie Ihre Gattin bitte weg, Mylaird. Sie wird mich nur behindern. Die Hilfe Ihrer Haushälterin und der Erzieherin genügt mir. Die beiden scheinen sehr feinfühlig zu sein.«

Obwohl Annie protestierte und bei ihrem Sohn bleiben wollte, führte Rory sie in ihre Privaträume. Sehr zum Leidwesen der

Haushälterin, die in jeder Situation einen kühlen Kopf bewahrt hatte, übernahm jedoch die Gouvernante Annies Vertretung.

Nachdem die unmittelbare Gefahr für Jamie gebannt war und er sich zu regen begann, entschloss sich der merkwürdige, kleine Arzt, über Nacht bei dem Jungen zu wachen. Er erlaubte den Damen, ihren jeweiligen Beschäftigungen nachzugehen, bat aber zuvor um eine Tasse guten englischen Tees mit viel Milch und Zucker. Im Flur vor Jamies Zimmer sagte Elly schnippisch zur Haushälterin:

»Denken Sie an den Tee für den Doktor, Agatha!«

»Machen Sie ihn doch, Miss Arbuthnot!«

»Ich bin die Erzieherin der Kinder und damit in einer verantwortungsvollen Position. Ich gehöre nicht zum Dienstpersonal!«, gab Elly zurück.

»Ich auch nicht!«

»Dann läuten Sie, Agatha, und lassen Sie Ihre Dienerschaft springen, um dem Doktor, der soeben Jamies Leben und Lady Annes Geisteszustand gerettet hat, eine Tasse Tee zu bringen.«

Ellys Tonfall ärgerte Agatha. »Ich kann kaum glauben«, bemerkte sie trocken, »dass Sie sich so rührend um Lady Annes Wohlergehen kümmern. Sie würden doch liebend gern an ihrer Stelle stehen.«

»Was wollen Sie damit sagen?«, fragte Elly zornig.

»Genau das, was Sie vermuten. Wenn Ihnen der Hut passt, dann tragen Sie ihn doch! Ich hoffe inständig, dass Sie wenigstens ein Pessar benutzen. Lady Anne kann nicht noch mehr Bastarde in der Familie brauchen.«

»Sie haben eine schmutzige Fantasie, Agatha, wie alle Dienstboten. Wieso wissen Sie überhaupt so viel über Pessare, Schläuche und Trichter? *Ich* habe im Dienstbotenbad jedenfalls noch nie so etwas gesehen.«

»Sie beaufsichtigen auch nicht dessen Reinigung, Miss Arbuthnot.«

Die Antwort klang plausibel.

»Und wer war der komische kleine Mann, dem Sie Jamies Leben anvertraut haben?«, forschte Elly weiter.

»Ein Gast, Miss Arbuthnot. Was sonst?«

»Ein echter Arzt nehme ich an?«

»Natürlich!«

»Und sein Name?«

»Ich wüsste nicht, was Sie das angeht; Sie sind schließlich nur die Erzieherin. Aber er heißt Dr. Johann Klaus und ist in seinen Kreisen ziemlich berühmt.«

»So, so, also der Weihnachtsmann persönlich!« bemerkte Elly spitz.

»Er hat bei einem sehr bekannten österreichischen Arzt namens Sigmund Freud studiert«, erklärte Agatha wichtigtuerisch, die sich nicht von der Gouvernante ausstechen lassen wollte.

»Nie gehört«, sagte Elly.

»Oh, ich denke doch.«

Elly runzelte die Stirn.

»Er ist der Mann, der sich mit dem Bewusstsein der Menschen befasst hat, Miss Arbuthnot.«

»Hoffentlich kennt er sich auch mit seinem Verdauungsapparat aus!«, erwiderte Elly spitz.

Elly starrte die Haushälterin zornig an. Sie mochten sich nicht, obwohl Elly wirklich alles versucht hatte, um mit Agatha Frieden zu schließen. Die beiden erwachsenen Frauen waren im Grund keinen Deut besser als Jamie und Duncan. Doch jetzt war keine Zeit für Streit.

Einst hatte Ellys Leben ebenso auf Messers Schneide gestanden wie heute Jamies. Sie war jung, leichtsinnig und sehr verliebt in einen amerikanischen Soldaten gewesen. Elly hoffte, dass sie aus dieser Episode gelernt hatte. Hand an sich selbst zu legen war keine Lösung. Und weil sie nach so vielen Jahren wie eine zweite Mutter für Jamie fühlte, wollte Elly vermeiden, einen Kommentar über das soeben Geschehene abzugeben. Im Gegensatz zu ihr hielt sich Agatha Kemster jedoch nicht zurück.

»Kein Wunder, dass die Kinder in diesem Haushalt auf die schiefe Bahn kommen. Man braucht sich ja nur das Beispiel der Eltern und der Erzieherin anzusehen.«

Elly gefiel es ganz und gar nicht, auf dem Flur zu stehen und mit der mürrischen alten Hexe zu streiten, die sie sonst kaum beachtete. Aber jetzt stand die Ehre des Hauses auf dem Spiel.

»*Wie* war das, Agatha? Ich fürchte, ich habe Sie nicht richtig verstanden.«

»Für Sie bin ich noch immer Mrs Kemster«, bemerkte die Haushälterin frostig. »Die Roskillen-Mädchen haben nichts anderes im Kopf, als nach Hollywood zu gehen, in dieses Sündenbabel. Kein Wunder, dass die Jungen keine Disziplin lernen, wenn die Frauen dieser Welt so leicht zu haben sind.«

»Und wie würden *Sie* die Kinder erziehen, Agatha?«, fragte Elly, wobei sie versuchte, nicht zu provozierend zu klingen. Die Antwort der Haushälterin interessierte sie wirklich.

»Mit der Rute, um ihnen die Sünden auszutreiben. Auf keinen Fall mit Nachsicht. Ihre Mutter mag ja eine gottesfürchtige Frau sein, die versucht, ihnen die Bibel näher zu bringen. Aber die Kinder wollen davon doch gar nichts wissen. Im Übrigen ist Annie Gowrie selbst kein Engel: Sie ist von ziemlich zwielichtiger Herkunft, ganz im Gegensatz zu Lady Iona Cowall-Lennox. In ihrer Jugend war sie eine Hure, ihr Liebhaber ein Drogenabhängiger aus dem Osten und der Bruder, den sie dann geheiratet hat, ist ein Trinker ohne Prinzipien. Jetzt ist Lady Anne dabei, ihre Seele zu retten, und liest fleißig in ihrem kleinen schwarzen Buch. Wahrscheinlich hofft sie darauf, dass der Herr sie erlöst, wie die Katholiken in ihrem Beichtstuhl. Aber ich glaube kaum, dass der Herr sich auf so etwas einlässt. Deshalb gibt es hier auch immer so viel Streit und Ärger: Sie haben Gott und seinem heiligen Wort den Rücken gekehrt wie in Sodom und Gomorrah.«

»Warum arbeiten Sie dann noch hier, Mrs Kemster?«, fragte Eleanor trocken. Sie hielt Agatha Kemster für völlig übergeschnappt und hatte keine Lust, weiter mit ihr zu diskutieren.

»Aye! Was ist denn mit Ihnen, Miss Arbuthnot? Sie und der Laird leben nicht unbedingt im Einklang mit den moralischen Prinzipien seiner Frau; dabei hat sie selbst Affären neben ihrer Ehe. Aber Sie sind ein Teil der Sündhaftigkeit, die hier im Haus herrscht. Sie treiben es nicht nur mit dem Laird, sondern auch mit Mr Montgomery, genau wie Lady Anne.«

»Warum sind Sie so verbittert und bösartig, Mrs Kemster?«

»Sie würden mir ja doch nicht glauben, wenn ich es Ihnen sagte, Miss Arbuthnot.«

»Dann halten Sie eben den Mund. Aber sollten Sie jemals jemandem erzählen, was sich heute hier zugetragen hat, dann weiß ich sehr wohl, was ich tue.«

»Aye, Miss Arbuthnot. Zweifellos würden Sie mich erschießen!«

»Sie haben völlig Recht«, erwiderte Elly kalt. Die spinnenartige Haushälterin gab ihr sehr zu denken. Am liebsten würde sie ihr die böse Zunge aus dem Hals reißen.

20. Kapitel

Wäre der komische, kleine, von Sigmund Freud ausgebildete Mediziner nicht gewesen, hätte Jamie sicherlich nicht überlebt. Die Kombination aus Aspirin und Whisky war insofern gefährlich gewesen, als Jamie im ohnmächtigen Zustand seinen Mageninhalt hätte einatmen und daran ersticken können. Seine Mutter hatte ihn gerade noch rechtzeitig gefunden. Annie dankte Gott, aber auch Dr. Johann Klaus.

Als Jamie wieder zu sich kam, litt er unter starken Kopfschmerzen, Magenschmerzen und einem schweren Durchfall. Dr. Klaus sprach von »innerer Reinigung«.

Der österreichische Arzt wandte sich an Annie und Rory. »Ich glaube, es täte dem jungen Mann gut, einige Zeit in meiner Privatklinik in der Schweiz zu verbringen. Ich besitze zwei solcher Einrichtungen, eine in Wien und eine in der Schweiz; ich vermute, in Davos würde es ihm besser gefallen. Er könnte jeden Tag Ski laufen. Das würde ihn von seinen Sorgen und Nöten ablenken.«

»Wie teuer wäre das, Johann?«, wollte Rory wissen.

»Zwanzig Pfund Sterling.«

»Pro Woche, Monat oder Jahr?«

»Pro Tag.«

»Oh ... vielen Dank, Johann.« Rory lächelte ihn durch Schwaden aus Zigarrenrauch an.

Auch der kleine Österreicher lächelte hinter seiner Goldrandbrille.

»Ich werde die notwendigen Schritte in meiner Klinik in Davos veranlassen. Die saubere Bergluft wird sowohl seinem Körper als auch seiner Seele gut tun.«

»Ich meine eigentlich, dass Jamie zu meinen Verwandten in den Süden reisen und ein ganzes Jahr bleiben kann, ohne einen Penny zu bezahlen – sollte er wirklich Luftveränderung brauchen«, stellte Rory das Missverständnis richtig. Er paffte dicke Rauchwolken und überlegte angesichts der exorbitanten Tagessätze von Dr. Klaus, ob er nicht seine Preise für den Luxus von Glengarth ebenfalls erhöhen sollte.

Enttäuscht wandte sich der kleine Arzt ab. Mit Rory allein geblieben, erinnerte sich Annie plötzlich des braunen Umschlags, der vermutlich Jamies Abschiedsbrief enthielt. Sie hatte ihn von seiner Brust genommen, ihn ungelesen in ihre Tasche gesteckt und dann vergessen. Der Umschlag sah aus wie einer von denen, die sie für Aeneas benutzt hatte; wahrscheinlich hatte Jamie in ihrem Schreibtisch gewühlt. Ob er etwas Bestimmtes damit ausdrücken wollte, dass er einen der Umschläge benutzte, in denen die Angestellten ihren Lohn und Aeneas sein »Maggie-Rab-Geld« ausgehändigt bekamen?

Annie zuckte die Schultern. Spielte das noch eine Rolle? Sie zog den Brief aus der Tasche und zeigte ihn Rory, der nicht besonders verständnisvoll auf Jamies Hilferuf reagiert hatte.

»Jamie hatte einen Abschiedsbrief geschrieben, Rory.«

»Ach ja. Und auch noch in einem braunen Umschlag. Bist du ganz sicher, dass er nicht für Aeneas ist?«

Rory freute sich von Herzen, dass Jamie außer Gefahr war. Er liebte den Jungen als wäre der sein eigenes Kind, aber manchmal ärgerte er sich eben auch über ihn. Genau wie über Duncan, der ja nun wirklich sein eigenes Fleisch und Blut war, verdammt! Rory kreuzte nervös die in Tartanstoff gehüllten Beine. Wenn es in seinem Leben drunter und drüber ging, pflegte die Prothese häufig zu schmerzen.

»Soll ich vorlesen?«

»Ja bitte. Meine Augen lassen in letzter Zeit wieder zu wünschen übrig.«

»Hör auf, dir ständig selbst Leid zu tun, Rory. Du könntest der Abwechslung halber auch einmal an andere denken.« Annie atmete tief durch und las den Brief ihres Sohnes vor.

»Liebste Mutter, nach allem, was Duncan mir ins Gesicht geschleudert hat, kann ich Rory nicht mehr als meinen Vater ansehen. Ich weiß nicht, woher Duncan das alles wusste, aber ich habe immer schon gespürt, dass Rory nicht mein wirklicher Vater ist. Es hat mit einem Satz zu tun, der vor vielen Jahren in der großen Halle von Glengarth gefallen ist, ehe du und ich mit der ›Renfrew Maid‹ nach Glasgow gefahren sind. Ich war höchstens drei oder vier Jahre alt, aber ich kann mich noch genau erinnern, dass ich nach den Porträts meiner Vorfahren fragte. Du sträubtest dich erkennbar, über meinen wirklichen Vater zu sprechen.

Danach erinnere ich mich an Gamin, Ackker und Rory, die an der Kaimauer warteten. Der Kapitän des Schiffes warf mich in die Arme eines Mannes, der sich hinter dunklen Gläsern verbarg. Ich hatte keine Ahnung, wer er war. War er Onkel, Vater oder Pate? Du hast nie ein Wort darüber verloren, bis auf ein einziges Mal bei eurer Hochzeit. Meine Gouvernante Elly wurde unfreiwillig Zeugin dessen, weil ich neben ihr stand und ihre Hand hielt. Du fuhrst mich an, weil ich den Mann, den ich immer Onkel genannt hatte, plötzlich Papa nennen sollte. Kannst du dir vorstellen, wie verwirrend das für einen kleinen Jungen ist?

Ich weiß jetzt, wie dumm ich war; ich liebte euch so sehr, dass ich dieses dumme Erwachsenenspiel mitgespielt habe. Doch meine Liebe wurde nicht erwidert. Wie sonst ist es zu erklären, dass mein vierzehnjähriger Halbbruder Duncan besser über meine Herkunft Bescheid weiß als ich? Wie viele Leichen habt ihr noch im Keller, und wann wird Duncan sie mir auf die Nase binden?

Ach, liebste Mutter Annie Gowrie, ich wüsste so gern, wer mein wirklicher Vater ist. Ich wüsste auch gern mehr über die Umstände meiner Geburt, obwohl ich mir das meiste wahrscheinlich ohne Duncans Hilfe zusammenreimen kann.

Invergordan war der einzige Ort, wo ich mich wirklich ›edel‹ und wohl gefühlt habe. Die Marine hat meinem Leben einen Sinn gegeben. Ich glaube, das Meer in seiner unendlichen Freiheit kann uns etwas lehren, nämlich nie gegen Elemente zu kämpfen, die stärker sind als wir. Die Gefahr, die Einsamkeit und die Schönheit des Ozeans gehören zu meinem schottischen Erbe und liegen mir im Blut, liebste Mutter. Es sind Gefühle, die ich nicht leugnen und die mir niemand nehmen kann. Ich liebte Invergordan, und die Aussicht auf eine Karriere bei der Marine hat mir Kraft verliehen. Durch falsche Anschuldigungen habe ich das alles verloren. Weder du noch Rory habt mir geglaubt; ihr schenktet euren Glauben lieber anderen Leuten und Zeitungsartikeln. Wem kann ich daher noch vertrauen?

Ich bin siebzehn. Warum um alles in der Welt konntest du dich nicht in einer ruhigen Stunde mit mir hinsetzen und mir die ganze Geschichte erzählen? Wir hätten unter anderen Voraussetzungen neu beginnen können. Jetzt habe ich alles auf eine sehr unschöne Weise erfahren. Ich kann mich des Gefühls nicht erwehren, dass du, Rory und du, liebste Mutter, mich verraten habt. Ihr habt mich in dem Moment verraten, als ich darauf angewiesen war, dass ihr an mich glaubtet, so wie ich all die Jahre hindurch an euch als meine wahren Eltern geglaubt habe.

Von dem, der mir weder Vater noch Onkel ist, spreche ich hier als Rory. Verstehst du, wie verwirrt ich bin? Sag bitte dem Mann, der sich als mein Vater ausgegeben hat, dass ich ihn immer geliebt habe, obwohl er dir bei dem Vertuschen der Wahrheit geholfen und mich damit zur bloßen Marionette degradiert hat. Vielleicht liebt er mich ja wirklich – aber was spielt das jetzt noch für eine Rolle?

Ich habe das Gefühl, dass ich für euch, die ihr mich all diese Jahre hindurch großgezogen und die ihr eure so genannte Liebe zu mir mit Lügen und Enttäuschungen ad absurdum geführt habt, nichts mehr wert bin. Es ist ein schreckliches, ein entsetzliches, ein hoff-

nungsloses Gefühl. Ich schreibe diesen Brief nur deshalb, weil ich nicht mehr kann und nicht mehr will. Ich möchte allem ein Ende machen. Ich möchte mich nicht mehr permanent beweisen müssen, vor allem nicht meinen so genannten Eltern und meinem Halbbruder Duncan gegenüber – denen, die eigentlich blind an mich glauben sollten!

Ich bin nicht mehr bereit, diese Last zu tragen. Jedes Mal, wenn ich in den Spiegel blicke, sehe ich Jamie, den Versager, den Bastard. Ich will mein Leben nicht unter falschen Voraussetzungen weiterleben: als Zerrbild eines Marineoffiziers, der eines Tages Laird von Glengarth werden sollte, bis eine Kommunistenversammlung seinen Aussichten ein Ende setzte. Ich bin nur noch eine lächerliche Figur, die in dem Ruf steht, ständig zu versagen. Dazu gehört sogar mein Geburtsrecht – oder sollte ich sagen, das Fehlen desselben?

Jeder hier scheint zu wissen, dass ich der illegitime Sohn des Laird von Glengarth bin, aber mein wahrer Vater wurde mir nie enthüllt. War es der Mann auf dem Porträt? Und soll ich wirklich mein restliches Leben als Erbe von Glengarth mit dem Stigma der Unehrlichkeit verbringen? Mich zu verlieren bedeutet für Glengarth keinen Verlust. Duncan, der rechtmäßige Erbe, wird meinen Platz schon ausfüllen!

Ach, Rory, warum hattest du nie den Mut, mir gegenüber ehrlich zu sein und mir meine uneheliche Herkunft zu beichten? Mir zu beichten, dass dein Bruder Lindsay, von dem du einschließlich meiner Person alles übernommen hast, mein wirklicher Vater war? Er war dein leiblicher Bruder, dessen Sohn nun erwachsen ist und dich und seine Mutter auf eine Weise in Verlegenheit bringt, die ihr nicht erwartet habt. Warum hast du mir nie die Wahrheit gesagt?

Ich verstehe jetzt, warum Duncan auf Titus Andronicus angespielt hat. Lest das Stück einmal, falls ihr es nicht schon längst getan habt. Rory kennt es vermutlich, aber du, liebste Mutter, liest wahrscheinlich außer deinem kleinen schwarzen Buch nicht sehr viel.

Auch Tante Christabel und Tante Kitty bin ich böse. Ich habe beide sehr geliebt. Warum haben sie mir nicht die Augen geöffnet, warum haben sie mich nicht gewarnt, dass »etwas faul ist« in Glengarth? Tante Chrissy hätte ich für ehrlich und fortschrittlich genug gehalten, mir die Wahrheit zu sagen, allein schon, um euch beide zu ärgern – aber vielleicht habt ihr sie ja auch getäuscht, genau wie Tante Kits und Onkel Toby. Aber jetzt ist es sowieso zu spät.

Gerne würde ich sagen, dass ich euch alle – und ganz besonders Duncan – hasse, aber ich kann es nicht. Mir fehlen die Worte, das zu beschreiben, was ich für euch empfinde. Den Mädchen und Andrew und Bruce bin ich sowieso nicht böse. Aber euch ... Wenn ihr wüsstest, wie unerheblich diese Familienfehde um Besitz, Titel und Macht für das Leben da draußen ist! Glengarth ist nichts als eine winzig kleine Enklave in einer viel weiteren Welt jenseits unseres Horizonts. Opfert nicht alles für einen Namen und ein Erbe, liebste Mutter und Rory – das ist es nicht wert! Du auch nicht, Duncan ...

Ich jedenfalls habe es nie getan. Ich wurde erst ziemlich spät und nur für das Protokoll getauft, mit Tante Lizzie als Patin. Nie habe ich mich mit dem Titel James Scott Beauly Roskillen of Glengarth identifiziert. Lieber hieße ich Jamie Gowrie. Immer noch weiß ich nicht sicher, wer meine Großeltern waren, und von meinen wahren Eltern kenne ich nur dich, liebste Mutter. Oder ist das etwa auch nicht wahr und ich bin bereits von dir adoptiert worden? So besehen, weiß ich eigentlich überhaupt nichts über meine Vergangenheit. Ich hoffe, irgendwer erweist mir die Ehre »Jamie Gowrie« auf meinen Sarg zu schreiben. Einen Grabstein auf unseren Familienfriedhof möchte ich nicht. Am liebsten hätte ich eine anonyme Seebestattung. Im Andenken an einen adoptierten Sohn, Jamie Gowrie.«

Auf Annies Wangen trockneten die Tränen. Sie saß ganz still. Welch schreckliche Anklage! Doch leider nur zu wahr. Jamie hatte ihnen gezeigt, wie Eltern nicht sein durften.

Auch Rory war tief gerührt. Er zog ein nicht ganz sauberes Taschentuch aus der Tasche, wischte sich die Augen, schwieg und machte keinerlei Anstalten, nach Whisky oder Zigarren zu greifen. Irgendwann sagte er schließlich:

»Ich glaube, Annie, er sollte wirklich eine Weile allein verreisen. Er muss sein Selbstwertgefühl wiederentdecken.«

»In Johanns Klinik in Davos?«

»Nein. Wenn wir Jamie in eine Klinik verbannen – und eine verdammt teure noch dazu – dann gerät er noch mehr ins Schwimmen. Glaub mir, ich spreche aus Erfahrung. Wir sollten ihm keine psychiatrische Klinik antun, Annie. Je weniger man mit solchen Einrichtungen zu tun hat, desto besser. Wenn du Einwände hast, sprich sie aus. Aber ich glaube, man muss Jamie nicht in eine Anstalt für Geisteskranke einsperren. Es würde ihm nicht gut tun. Wir müssen sehr vorsichtig damit umgehen, Liebste. Ach, komm her! Komm zu mir ...«

Er streckte die Arme aus und sie schmiegte sich glücklich an ihn. Eine Zeit lang hielten sie sich eng umschlungen, weinten und fühlten sich plötzlich in der Lage, über die Dinge zu sprechen, die in ihrem Leben falsch gelaufen waren. Sie liebten sich eben noch immer.

»Wir schicken ihn zu Charlotte und Rupert nach Breedon Hall, wo ich in Form gebracht wurde ...« Rory wünschte sich sofort, er hätte es nicht gesagt.

Sofort saß Annie wieder auf dem hohen Ross.

»Ich glaube kaum, dass das eine gute Idee ist. Drei deiner Vettern sind dort gestorben.«

»Sie sind nicht dort gestorben«, entgegnete Rory hastig.

»Ich weiß. Sie sind irgendwo in Frankreich gefallen. Aber das macht keinen Unterschied.«

»Was meinst du damit, Annie?«

»Lass uns nicht den Sarg mit roten und weißen Blumen aufputzen.«

»Entschuldige, aber ich glaube, ich kann dir nicht folgen.«

»Der Satz wurde nach der Schlacht von Culloden geprägt. Erst tötet man, dann aber beschönigt man den Tod mit Blumen. Wir haben die Särge der Roskillens geschmückt und jetzt müssen wir erleben, was mit Jamie passiert ist. Breedon Hall gehört der Vergangenheit an, Rory. Seine Wände weinen vor Trauer ...«

»Unsere auch«, murmelte Rory.

Annie unterbrach ihn. »Deine Vettern waren glückliche Kinder, und du auch. Aber du erinnerst dich nur an die guten Zeiten. Die Welt hat sich seither verändert und wir sind alle zwanzig Jahre älter geworden. Jamie in das Haus deiner verstorbenen Mutter zu schicken, halte ich angesichts seiner Melancholie nicht für eine gute Idee. Ich fürchte, dass er es noch einmal versucht – verstehst du?«

»Würdest du lieber auf Johanns teures Angebot eingehen und Jamie in die Schweiz schicken?«

»Auf keinen Fall.«

»Was dann?«

»Er könnte Kitty und Toby in Oakham Castle besuchen.«

»Darf ich wissen, welchen Unterschied es zwischen Oakham, Breedon Hall und Dr. Klaus' Klinik für die Verjüngung von Körper, Geist und Seele gibt?«

»Jede Menge Unterschiede! Marcus ist ungefähr im gleichen Alter wie Jamie. In ihrem letzten Brief erwähnte Kitty, dass ihr Sohn demnächst auf Reisen geht – du weißt schon, wie die jungen Männer aus guten Familien es früher machten. Vielleicht nicht mehr ganz im Stil Lord Byrons. Aber Jamie könnte seinen Cousin nach Italien begleiten, oder wo Marcus sonst hinfahren will. Ich könnte mir vorstellen, dass ihm das gefällt.«

»Das ist eine wirklich gute Idee, Annie, meine Liebste.«

Rory strahlte. Er war entzückt und erleichtert, dass Jamie nicht wie ein fünftes Rad am Wagen auf Glengarth herumlaufen würde und zu guter Letzt womöglich seinen fatalen Schritt noch einmal wiederholte. Wie hatte Elly noch gesagt? *Selbstmord war nie eine Lösung.*

»Und bitte, beschäme Jamie nie mehr«, flehte Annie.

»Ich rufe Kitty sofort an.«

Rory nahm den Hörer ab und wurde recht schnell zu seiner Schwester durchgestellt. Er paffte seine Havanna.

»Kits, meine Süße, bist du das? Ich kann dich kaum verstehen. Das überrascht dich nicht? Die ganze Strecke von Schottland? Nicht nur die ganze Strecke aus dem verteufelten Schottland, Kits, sondern sogar aus den abgelegensten Highlands – fast so abgelegen wie die Äußere Mongolei ... Die verdammten schottischen Telefonleitungen werden auch nicht besser, und ... entschuldige, das habe ich gerade nicht mitbekommen ... Annie hat mit mir geschimpft, weil ich so viel fluche ... sicher, das verdanken wir alles diesem tollen Schotten, der das Ding erfunden hat. Alexander Wie-auch-immer-Bell. Er hat sich von Schottland nach Kanada abgesetzt und nicht umgekehrt wie unser Jack ... ach, lass mich, Kits, ich freue mich doch so ... Ob ich die Lichter von Edinburgh, London und New York vermisse? Die Antwort ist ganz einfach ... Hallo? Was?« Ungeduldig tippte er auf die Gabel und wartete darauf, wieder mit seiner Schwester verbunden zu werden.

»Bist du es, Toby? Wo ist Kits? Weggegangen? Weil eure Katze Junge wirft? Verdammt, Toby, wann hörst du endlich auf, eure Hausmädchen zu zwicken? Ach, du warst es nicht, sondern Tom? Wer's glaubt, wird selig! Ihr hängt doch sowieso alle immer nur an der Küchentür herum ... Ach, bist du jetzt wieder dran, Kitty?«

Annie saß auf glühenden Kohlen. Rutland und Ross-Shire lagen Hunderte von Meilen auseinander, die Leitung war immer schlecht und ein Telefonat sehr teuer. Sie fürchtete überdies, Jamie könne sich abgeschoben vorkommen, wenn sie ihm von seiner unfreiwilligen Reise erzählte, aber noch war Rory nicht auf den Punkt gekommen.

»Toby! Mein guter alter Freund Augustus Cäsar. Weißt du noch, wie ... Ach, erinnern wir uns lieber nicht. Über die Vergangenheit reden nur alte Leute ...« Rory fuhr fort, seinen Schwager zu necken und vergeudete wertvolle Zeit und viel Geld.

Annie machte ungeduldige Zeichen.

»Toby, mein Alter, würdest du Annie und mir einen großen Gefallen tun?«

Mit einem Auge folgte Rory den Handzeichen seiner Frau, bis er sie schließlich verstand.

»Ja, richtig. Könntest du uns vielleicht Jamie für eine Weile abnehmen, alter Junge? Die Meuterei von Invergordan ist schon nach Süden vorgedrungen ... entschuldige ... das Herz von Mittelengland ... das wahre Herz von England? Das glaube ich nicht, altes Haus. Schottland ist das Herz von England. Von hier aus haben wir mehr Männer um die Welt geschickt, als England je gehabt hat ... sein Kopf? Ich verstehe ... die Karte von England. Annie und ich werden versuchen, uns eines Tages erkenntlich zu zeigen ... was? Charlie Chaplin? Toby, altes Haus, natürlich richten wir es gern so ein, dass du kommst, wenn er da ist ... aber wenn du meine ehrliche Meinung hören willst: Er ist ein Dummschwätzer ... genau wie du früher ...«

Annie hielt es nicht mehr aus. Sie riss Rory den Hörer aus der Hand und sagte kurz und knapp: »Könntet ihr Jamie für eine Weile bei euch aufnehmen, Kitty? Es geht ihm überhaupt nicht gut, er ist mürrisch und schlecht gelaunt.«

»Aber natürlich.«

»Es hat immer noch mit Invergordan zu tun.«

»Annie, du weißt wie sehr ich mit dir und Jamie fühle. Schick ihn her, sobald er reisefähig ist.«

»Danke.« Annie legte auf und wandte sich zu Rory um. »Kitty hat zugesagt.«

»Gott sei Dank.« Als wohlverdiente Belohnung nach drei Stunden Mäßigung schenkte Rory sich einen Scotch ein. »Man sollte Kitty einen Orden für ihr Lebenswerk verleihen. Sie ist in jeder Familienkrise für uns da gewesen, und hat uns nie Steine in den Weg gelegt wie Christabel.«

Dem konnte Annie nur aus vollem Herzen zustimmen.

Jamie reiste in Begleitung seines alten Freundes Jack Montgomery nach Süden. Jamie gefiel es, Jack weniger.

Zwar konnte der Wald von Glengarth ganz gut einmal vierundzwanzig Stunden ohne ihn auskommen, zumal er sich unter der Obhut der inzwischen sehr zuverlässigen Zwillinge Bills und Wills MacBride befand, aber in seiner Rolle als Kindermädchen für Jamie fühlte sich der gestandene Kanadier Jack gar nicht wohl.

Auf der Zugfahrt von Edinburgh nach London sprachen sie wenig miteinander. Sie kannten sich gut und wussten, dass sie füreinander da waren. Seit langem waren sie Freunde; der Altersunterschied spielte keine Rolle. Worte wären nur überflüssig gewesen.

Am Bahnhof Kings Cross warteten Kitty, Toby und ihr Sohn Marcus auf den Zug aus Schottland. Die beiden Familien trafen sich nicht sehr häufig; meist handelte es sich um Anlässe wie Hochzeiten, Taufen und Beerdigungen. Tante Kits war immer noch eine äußerst attraktive Frau, eine hoch gewachsene, schmale Brünette mit einer ausgezeichneten Figur für eine Frau ihres Alters. Sie trug einen schwarz-weißen Mantel und ein passendes Kleid mit Schulterpolstern. Von ihrer Fuchsstola baumelten tote, kleine Köpfe mit Glasaugen über ihre Schulter. Auf ihrem Bubikopf saß ein keckes, schwarz-weißes Hütchen. Vor ihr brauchte Jamie sich nicht zu schämen. Tante Kits hatte laut Pa... laut Rory noch immer jede Herausforderung angenommen.

Onkel Toby war einen halben Kopf kleiner als seine hübsche Frau. Drahtig, rothaarig und absolut nichts sagend konnte man ihn als Inbegriff eines exzentrischen, englischen Grafen bezeichnen. Er trug ein Monokel, hatte eine lustige Stimme, war sommersprossig und hatte nicht mehr viele Haare. Toby war sehr nett und wirkte immer ein bisschen dösig.

Marcus war ganz anders. Er ähnelte weder Vater noch Mutter. Stämmig, dunkel und ausgesprochen gut aussehend war er der Typ Mann, von dem man in Invergordan gesagt hätte, dass alle Mädchen auf ihn flogen. Marcus wirkte orientalisch, was vielleicht auf seinen für Indien entflammten Großvater zurückging, dem man jede Menge Verbindungen mit einheimischen Frauen nachsagte.

Jamie mochte die ihm fast unbekannten Verwandten aus Oakham auf Anhieb. Marcus schien längst nicht so langweilig zu sein wie Duncan, sondern offen und freundlich.

»Dürfen wir Sie nach Oakham Castle einladen, ehe Sie nach Schottland zurückkehren, Jack?«, fragte Kitty den Förster.

»Das wäre nett, in der Tat«, pflichtete Toby bei. »Wir bleiben übrigens diese Nacht noch in London. Sie können bei uns im Hotel schlafen.«

»Vielen Dank, Mylord, aber ich musste versprechen, umgehend nach Glengarth zurückzukehren, sobald ich Master Jamie in London abgeliefert habe. Ich nehme den nächsten Zug nach Norden. War es für Sie und die Lady nicht ein großer Umstand, eigens nach London zu reisen? Wir hätten uns doch auf halbem Weg treffen können.«

»So sieht nun einmal unser Eisenbahnsystem aus, Jack. Der ›Flying Scotsman‹ macht leider keine Umwege«, seufzte Toby. »Sie als Kanadier haben sicher ganz andere Erfahrungen mit Ihrem im ganzen Norden Amerikas sehr dichten Eisenbahnnetz. England muss Ihnen ziemlich altmodisch vorkommen.«

»Kann schon sein. Aber Kanada hat es im Gegensatz zum Nachkriegs-England nie an Geld gefehlt. Großbritannien zahlt bis heute an seinen Kriegsschulden. Ich wohne inzwischen seit zwölf Jahren in Schottland, Mylord. Mir sind die Unterschiede nördlich und südlich der Grenze sehr wohl aufgefallen. Es hat alles mit Geld zu tun.«

Toby nickte. »Sehr richtig Jack. Aber Sie müssen zugeben, dass wir wunderbare Dampflokomotiven herstellen, nicht wahr?« Er polierte sein Monokel. »Wir hoffen, dass wir eines Tages den Rekord zwischen Edinburgh und London aufstellen können.«

Er klemmte das Monokel ins rechte Auge und versetzte Jack einen freundschaftlichen Schlag auf die Schultern. Dabei wünschte er insgeheim, es wäre Rory, dem die Geste galt, und nicht sein

Förster. Doch die Zeiten änderten sich. Marcus und die restlichen Familienmitglieder wiesen ihn immer wieder darauf hin. »Sollen wir uns im Bahnhofsrestaurant einen zur Brust nehmen, alter Junge? Zum Andenken an die gute alte Zeit?«

Jamie eilte Jack zu Hilfe. »Jack muss wirklich sofort nach Schottland zurück, Onkel Tobias. Und außerdem trinkt Jack nicht.«

Kitty überragte sowohl ihren dunkelhaarigen Sohn als auch ihren Rotschopf von Ehemann um Haupteslänge, doch der hoch gewachsene Jamie und sie waren gleich groß. Der Junge erinnerte sie unglaublich an Lindsay. Strahlend sagte sie zu ihm: »Ich könnte durchaus eine Limonade gebrauchen.«

»Das ist ein Wort!«, erklärte Jack.

»Einverstanden!«, pflichtete Toby bei.

Sie prosteten einander mit Limonade zu, und als es für Jack Zeit wurde, zum Zug zu gehen, streckte Kitty ihm ihre behandschuhte Hand entgegen: »Es war sehr nett, Sie kennen zu lernen, Jack. Jetzt verstehe ich, warum Rory und Annie Sie immer so über den grünen Klee loben. Und nochmals vielen Dank, dass Sie Jamie begleitet haben.«

»Das Vergnügen lag ganz auf meiner Seite, Lady Tapstock«, antwortete Jack Montgomery galant. Er schätzte Kittys Fähigkeit, auf dezente Weise verfahrene Situationen zu retten, ohne hektisch zu werden. »Auf Wiedersehen, mein Sohn«, sagte er zu Jamie und tätschelte ihm freundschaftlich die Schulter. »Tu nichts, was ich nicht gutheißen würde.«

Jamie lächelte matt. »Bestimmt nicht. Auf Wiedersehen, Jack. Vielen Dank für alles. Ach, und ... melde dich ab und zu mal!«, rief er hinter dem breiten Rücken seines davoneilenden Freundes her.

Jack hob eine Hand. Er hatte verstanden. Dann verschwand er in der wimmelnden Menge.

*

Jack stieß einen Seufzer der Erleichterung aus, als er endlich die Stadt verlassen und nach Schottland zurückkehren durfte.

Kaum war er in Glengarth angekommen, fragte Annie ihn so genau über jede Einzelheit der Reise aus, dass es fast an ein Verhör grenzte. Es gab Zeiten, da ärgerte er sich darüber, im Jahr 1919 mit Rory einen Vertrag über zwanzig Jahre abgeschlossen zu haben; allerdings hatte es damals kaum Arbeit gegeben. Vor ihm lagen noch acht Jahre, die ihn nicht geschreckt hätten, ließe man ihn einfach nur seine geliebte Arbeit tun; stattdessen wurde er ständig zu anderen Beschäftigungen abberufen.

Man hatte ihm die Stelle eines Verwalters angeboten, was die Organisation des gesamten Gutes in seine Hand gelegt hätte. Doch er war und blieb Förster mit Leib und Seele und hatte den viel verantwortungsvolleren Job abgelehnt. Die stark emotionale Komponente, die Glengarth und die Familie Roskillen verband, lag ihm überhaupt nicht. Er hatte es längst bitter bereut, sich gleich zu Beginn viel zu intensiv mit Master Jamie beschäftigt zu haben.

»Jamie ist wohlbehalten im Schoß der Familie aus Oakham angekommen, Mylady«, versicherte Jack.

»Seien Sie nicht immer so förmlich, Jack.« Annie blickte von ihrem Stickrahmen auf. »Ich heiße Annie«, erklärte sie und fuchtelte dabei mit ihrer Nadel herum, »und weder Eurer Ladyschaft noch Mylady, Lady Roskillen, Lady Anne oder sonst etwas. Einfach nur Annie.«

»Alte Angewohnheiten kann man so schnell nicht ablegen, Ma'am. Ich bin mit den modernen Bräuchen nicht sehr vertraut und mag sie auch nicht besonders. Seien Sie mir nicht böse, Mylady.«

»Ich verstehe Sie ja, Jack. Wissen Sie, es kommt mir noch immer befremdlich vor, als Mylady angesprochen zu werden. Bevor ich meinen Mann heiratete, hatte ich mit dem Adel nichts zu tun – ganz im Gegenteil. Und jetzt spricht man sich untereinander ganz anders an als vor dem Krieg. Seither ist viel Zeit vergangen. Den ganzen Tag lang mühe ich mich ab, damit alles einigermaßen klappt, und fühle mich dabei weiß Gott nicht wie eine Lady. Eher schon wie ein Buchhalter. Na, egal. Sagen Sie, hatten Sie den Eindruck, dass Jamie glücklich war, zu Tante Kitty zu dürfen?«

»Ich glaube, er war sehr glücklich.«

»Und Marcus?«

»Er scheint ein netter, geradliniger junger Mann zu sein.«

»Hat er meinen Sohn akzeptiert?«

»Er hat sich benommen wie ein wohlerzogener Junge, der einen Cousin kennen lernt, den er nie zuvor gesehen hat. Aber sie schienen sich durchaus freundlich gesonnen zu sein, Mylady. Sicher freuen sie sich darauf, Europa miteinander entdecken zu dürfen.«

»Danke, Jack. Genau das wollte ich hören. Vor allem danke ich Ihnen für die Freundschaft, die Sie Jack all die Jahre hindurch bewahrt haben.«

»Mit Vergnügen, My... Anne«, murmelte er. Doch ehe er in sein Holzhaus zurückkehrte, musste er noch eine Sache loswerden, die ihm auf der Seele lag. »Wenn Jamie in einem Jahr zurückkommt, sollte man ihm vielleicht einen Kammerdiener zur Seite stellen. Einer von den jüngeren Bediensteten könnte für die Aufgabe ausgebildet werden. Ein junger Mann von Jamies Rang braucht einen Kammerdiener, nicht einen alten Oberförster, der hinter ihm herschleicht.«

»Ich glaube, das ist eine wirklich gute Idee, Jack«, sagte Annie zustimmend. »Sie müssen sich um Ihre Aufforstungsprogramme kümmern. Wir dürfen Sie nicht ständig dazu abstellen, auf Jamie aufzupassen. Obwohl ich natürlich hoffe, dass er mit achtzehn nicht mehr beaufsichtig werden muss – immerhin hat er dann eine Italienreise hinter sich. Es ist nur so, dass Sie immer eine Art zweiter Vater für ihn gewesen sind.«

»Stimmt, Ma'am.« Jack knetete seinen Hut zwischen den Händen. Er wünschte sich nichts sehnlicher, als endlich zu seiner Schonung und seiner Holzhütte gehen zu dürfen; nur dort fühlte er sich ganz er selbst.

»Ich werde unseren neuen Butler Monro fragen. Das Personal

bleibt heutzutage nicht mehr so lang wie vor dem Krieg. Ob das etwas mit uns zu tun hat, oder ...?«

»Es hat mit der Haushälterin zu tun, Ma'am«, sagte Jack. Plötzlich war er nicht mehr verlegen.

»Wie bitte?«

»Es liegt an der Haushälterin. Sie ist eine ziemlich komische Nudel, wenn Sie den Ausdruck gestatten. Sie geht allen gegen den Strich. Wenn die Leute kündigen, sagen sie immer, dass es ihretwegen ist.«

»Aha. Ich danke Ihnen, Jack, und werde Monro fragen, ob er bereit ist, Jamies Kammerdiener zu werden.« Annie entließ Jack mit einem Lächeln – einem gleichzeitig dankbaren und flehenden Lächeln.

Jack war froh, endlich verschwinden zu dürfen. Gut nur, dass nicht auch noch der Laird bei dem Verhör dabei gewesen war! Mit Lady Anne konnte Jack einigermaßen umgehen, aber er wurde das Gefühl nicht los, dass der Laird in letzter Zeit ihm gegenüber einige Vorbehalte hatte. Er musste auf der Hut sein. Auf keinen Fall würde er die Dame des Hauses je anders als Lady Anne titulieren. Er tippte nämlich darauf, dass der Laird schlicht eifersüchtig war.

21. Kapitel

Heute bin ich Zeuge des unerträglichen Stolzes und der barbarischen Ungerechtigkeit unserer Eroberer geworden und aus diesem Grund, du falscher, verlogener Mensch, du unehrenhafter Wilder, der in das Gewand seiner verdorbenen Zivilisation gekleidet ist, werden Zwietracht und Zerstörung deine Strafe sein. Bei den heiligen Sternen, die Zeugen dieser Nacht der Grausamkeit und des Bösen waren, die jener zu erleiden hatte, den du, weißer Mann, zu deinem Sklaven gemacht hast, werden die ewig brennenden Feuer des Moloch zweiundeinhalb Mal das verschlingen, was dir gehört. Für alle Zeit soll dieser Fluch dich und die Deinen verfolgen …«

Fieberhaft schrieb Duncan den Text aus dem Tagebuch seines Onkels Lindsay in sein eigenes ab. Bestürzt hatte er feststellen müssen, dass die Prophezeiung auf bemerkenswerte Weise wahr geworden war, einschließlich der schonungslosen Beschwörung auf die Häupter sämtlicher Roskillens, *»dich und die Deinen …«*.

Auch die Hamiltons hatten unter den Feuern des Moloch leiden müssen. Die Hamiltons waren den Roskillens und damit dem Laird, der ihnen diese Vergeltung schlechter Taten eingebracht hatte, verwandtschaftlich verbunden. Nach dem Tod von »Jean Hamilton, der einzigen Schwester von James Beauly Roskillen von Glengarth«, waren Aeneas und seine Tanten Moira und Morag in das Tal zurückgekehrt. Duncan bemühte sich, den Spuren seiner Familie mit Hilfe von Zeitungsausschnitten aus der »Wester-Ross

Daily Post« zu folgen und sich anhand der Fragmente ein Bild zu machen.

Das Ende von Duncans Großtante Jean hatte mit der Tragödie von Forest Lodge zu tun. Sie war an gebrochenem Herzen gestorben, nachdem ihr einziger Sohn Iain sich in den Clyde gestürzt hatte. Iain war nicht mit dem Tod seiner Frau Fiona und seines Sohnes Bruce fertig geworden, die bei dem Inferno ums Leben kamen, das Lindsays Schonungen in Schutt und Asche gelegt hatte. *Brandstiftung und Selbstmord.* Über so etwas konnte eine Familie natürlich nicht reden – geschweige denn, stolz darauf sein. Aeneas Hamilton hatte zwar überlebt, vegetierte aber seit seinem dreizehnten Lebensjahr in einer meist nur ihm zugänglichen Dämmerwelt vor sich hin. Er war vom Feuer gezeichnet und für immer einsam.

Auch der frühzeitige Tod Lindsays und seines kleinen Sohns waren mit Sicherheit auf den Fluch des Moloch zurückzuführen.

Und was war mit Lindsays Frau, der jungen und schönen Iona? Nach einem Reitunfall, bei dem sie ihr Kind verlor, blieb sie für immer an den Rollstuhl gefesselt. Es war wirklich ein mächtiger Fluch! Ob Iona noch in Edinburgh lebte?

Duncan hatte begonnen, die Familiengeschichte zu dokumentieren. Als er die Geschichte des so genannten »Fluchs von Glengarth« ausgrub, der alle Generationen der Familie bis hin zu seiner eigenen betroffen hatte, schnaubte er spöttisch, war aber gegen seinen Willen beeindruckt. Plötzlich konnte er nachfühlen, was sein Halbbruder Jamie hatte durchmachen müssen, und wurde von einer Woge von Sympathie für ihn überwältigt. Nie wieder würde er ihn als Schlappschwanz ansehen.

Auch der jetzige Laird, Duncans eigener Vater Rory, hatte den Fluch am eigenen Leib erfahren müssen. Auch er war durch ein Höllenfeuer gegangen, als die »Barham« vor Jütland einen Volltreffer abbekam. Zwar überlebte Rory, aber er war für sein Leben gezeichnet. Oft hatte Duncan die Berichte der Seeschlacht vor dem Skagerrak gelesen. Sie faszinierten ihn und waren ein Stück historische Wahrheit, das nicht nur ihn und seinen Vater betraf, sondern auch alle, die nach ihm kommen würden.

Und die Schwestern des Vaters? Tante Christabel und Tante Kitty? Hatten auch sie den Fluch am eigenen Leib gespürt? Was war mit der Halbschwester Sula, der indischen Prinzessin, die mit ihren Maharanis in Baharabad lebte? Sie trug den Namen Roskillen nicht, denn indische Frauen behielten auch nach der Eheschließung ihren Geburtsnamen. Doch in der Geburtsurkunde aus dem Jahr 1880 stand als Name des Vaters: James Beauly Roskillen, Laird von Glengarth, Ross-Shire. Duncan hätte gern gewusst, was aus der ihm unbekannten indischen Tante geworden war, die zudem noch in allen Dokumenten als Prinzessin bezeichnet wurde. Wo mochte sie sein? Und wo mochte Lady Iona heute sein?

Sollte er seine eigenen Brüder und Schwestern warnen? Müsste er ihnen nicht eigentlich sagten, dass der Fluch wie ein Oktopus seine Tentakeln ohne Vorwarnung auch nach ihnen ausstrecken konnte? Aber wie konnte er seine Schwestern und Andrew und Bruce schützen, ohne ihnen zu verraten, was es mit Jamies Herkunft auf sich hatte?

Wie heimtückisch war der Fluch? Konnte man sich überhaupt dagegen schützen?

Duncan las das Tagebuch seines Großvaters, das in einen großen Lederkoffer verpackt die Rückreise aus Indien überstanden hatte und nun sein Dasein in dem Gewölbe fristete, das der Familie Roskillen für solche Zwecke diente. Ein heiliger Mann war damals anscheinend wie aus dem Nichts im hohen Teraigras aufgetaucht, damals in Simla, am Fuße des Himalaja ...

Interessant war, dass der Bericht des Großvaters über diesen Lebensabschnitt von beiden Söhnen in ihren Tagebüchern untermauert wurde. Das galt sowohl für Onkel Lindsay als auch für seinen Vater Rory. Alle männlichen Familienmitglieder hatten Tagebücher geführt. Duncan bewunderte sie rückhaltlos dafür. Trotz ihres glamourösen und ausschweifenden Lebens, trotz aller

Nautch-Tänzerinnen, Mätressen und Kriegen, die geführt werden mussten, hatten sie Zeit gefunden, die Geschichte der Roskillens aufzuzeichnen und für die Nachwelt festzuhalten.

Rory saß über seinen Schreibtisch gebeugt und hielt sich den Kopf. So fand ihn Annie, als sie ihm die Dezemberrechnungen brachte. Fast unbemerkt war es Januar 1932 geworden.

»Was ist los, Rory?«, fragte sie ängstlich. Sie fürchtete, er könne wieder einen seiner Migräneanfälle haben, die ihn seit der Explosion der »Barham« manchmal heimsuchten. »Hast du noch genügend Aspirin in deiner Schublade?«

»Mit mir ist alles in Ordnung, Annie. Keine Sorge. Ich habe nur gerade über Jamie nachgedacht. Und über meine Mutter, die keines ihrer Enkelkinder kennen gelernt hat. So führte eines zum anderen, und schließlich bin ich bei dem alten Sadhu gelandet, der meine Familie mit dem Fluch belegt hat.«

Annie kannte die Geschichte in- und auswendig. Vor allem Lindsay war von der Tragödie in seinen Kindertagen, als sein Vater einen indischen Rikschamann fast zu Tode geprügelt hatte und für seine Grausamkeit verflucht wurde, stark beeinflusst worden. Immer noch packte Annie das kalte Grausen, wenn über die makabre Geschichte aus dem Osten gesprochen wurde.

Tröstend legte sie ihrem Mann die Hand auf die Schulter. »Nimm dir Jamies Handlungsweise nicht so zu Herzen, Rory. Was er getan hat, war ein Schrei um Hilfe. Er wollte sich nie wirklich umbringen. Genau wie Elly. Auch sie bettelte nur um Hilfe und Anerkennung. Ich habe es damals nicht verstanden. Auch Jamies Hilferufe habe ich nicht verstanden. Manche Menschen lernen nie etwas dazu. Ich habe mich in meiner Vorratskammer vergraben und mich mit meiner Marmelade beschäftigt. Ich dachte nur an mich selbst, weil ich endlich da angekommen war, wo ich immer hinwollte. Ich habe dem Haushalt und dem Gut mehr Aufmerksamkeit gewidmet als meinen eigenen Kindern.«

»Nun nimm nicht anderer Leute Schuld auf dich, Annie. Ich habe mich auch nicht gerade mit Ruhm bekleckert.«

»Wir beide, du und ich, Mylaird. Aber Jamie ist aus anderem Holz geschnitzt, das kannst du mir glauben. Sein Großvater war ein Held der Meere. Die Marine wäre stolz auf ihn gewesen. Aber Donald Gowrie war zeitlebens nur ein bescheidener Fischer. Er hätte sich über unsere Hochzeit und die vielen gelungenen Enkel sicher außerordentlich gefreut. Nie hätte er sich träumen lassen, dass aus seiner immer barfuß laufenden Tochter eines Tages Lady Anne von Glengarth werden würde. Aber ich auch nicht. Er wäre stolz auf mich gewesen, Rory. Ganz bestimmt. Und auf dich, auf Jamie, Duncan, Andrew, Bruce und die Mädchen, aye!«

Annie konnte beinahe den Wind in ihrem Gesicht spüren, die salzige Gischt in den Augen, sie fühlte fast, wie ihr Haar in der Brise flatterte, und einen winzigen Augenblick lang wünschte sie, sie wäre wieder da draußen, böte der Natur die Stirn und wüsste ganz genau, dass sie ihr Leben selbst unter Kontrolle hatte. »Donald Gowrie war mit Haut und Haaren ein Held wie die Männer aus Stirling. Ich bin stolz, seine Tochter zu sein.«

»Ich hingegen bin absolut nicht stolz darauf, der Sohn meines Vaters zu sein«, erwiderte Rory ehrlich. »Aber weiß Jamie das alles? Wir hätten es ihm früher sagen sollen, Annie! Im Augenblick will er noch nicht einmal mehr mit uns sprechen.«

»Nein, aber Kitty hat mit mir gesprochen. Sie hat vor kurzem angerufen. Jamie gewöhnt sich gut ein. Allmählich lernen er und Marcus sich kennen. Sie sagte, es geht nur langsam voran, aber so sind Männer nun mal. Aber er ist nicht unglücklich, und das ist die Hauptsache. Allerdings hat Kitty sich über ein paar andere Dinge geärgert. Dinge, über die Jamie mit ihr gesprochen hat. Ich glaube, es ging dabei um dich und mich. Sie wollte Jamies Vertrauen nicht missbrauchen, aber ich hielte es für gut, wenn du sie heute Abend einmal anrufen würdest, wenn die Jungen im Bett sind. Ich glaube, über Familienprobleme spricht sie lieber mit dir als mit mir.«

»Es ist auch deine Familie, Annie. Wir sind schließlich verheiratet«, erinnerte Rory sie freundlich.

»Schon richtig. Aber trotz allem komme ich nicht aus demselben Stall. Ich bin nicht adelig geboren, sondern habe nur eingeheiratet. Du und Lindsay habt euch durch meine Meerjungfrauen-Schönheit und andere Qualitäten um den Finger wickeln lassen ...«

»Wie zum Beispiel Bescheidenheit«, neckte er.

»Aye, auch das. Ihr habt euch in das Märchen von Loreley hineinziehen lassen.«

Sie strich ihm durch die inzwischen recht grau gewordenen Haare. Wie schön war er doch gewesen, als er singend durch den Stechginster und das Heidekraut des Inchnadamph lief. Ihre Erinnerungen schwelgten in den Farben Gold und Purpur. Dann hatte der Frost des Krieges eingesetzt, ihnen ihre schöne Jugend entrissen und sie vor der Zeit altern lassen.

Er hielt ihre Hand fest und küsste sie. »Hast du die Männer absichtlich auf die Felsen gelockt, kleine Sirene?«

»Scheint so. Zumindest hat man mir immer die Schuld an Lindsays frühem Tod gegeben.«

Sie ließ ihm ihre Hand. Seine früher so schönen Augen waren rot gerändert, aber weit offen und blickten ihr ins Gesicht. Die Lesebrille lag auf dem Schreibtisch. »Wer gibt dir die Schuld an seinem Tod, Annie? Ich bestimmt nicht.«

»Nein, aber deine Schwestern. Vor allem Christabel.«

»Aber Lindsay ist in einer Sturmnacht von den Klippen gestürzt. Die polizeiliche Untersuchung hat eindeutig ergeben, dass es ein Unfall war.«

»Ja. Trotzdem waren wir beide in dieser Nacht dort, wo wir nicht hätten sein dürfen. Lindsay hat uns in der Hütte auf Rill gefunden und ...«

»... sofort den falschen Schluss gezogen.«

»Wir beide wussten es, Lindsay aber nicht. Ich mache mir deshalb heute noch Vorwürfe. Wenn ich dich nicht eingeladen hätte, den Sturm bei mir zu Hause abzuwarten, könnte Lindsay vielleicht heute noch leben.«

Einen Moment blieb es ganz still. Beide dachten darüber nach, was gewesen wäre, wenn ... Aber es war sinnlos.

»Es war nicht unsere Schuld«, sagte Rory schließlich. »Solche Dinge passieren nun einmal. Man darf sie nicht zu persönlich nehmen. Dinge passieren, weil sie eben passieren sollen.«

»Und nicht, weil auf Glengarth ein Fluch liegt?«, parierte sie.

Rory zögerte. »Ganz ehrlich, ich glaube, das ist Hokuspokus. Wir glauben immer das, was wir glauben wollen.«

»Aye, Mylaird.«

»Ja, Annie?«, lächelte er. »Wünschst du mir etwas mitzuteilen?«

»Ich habe nie vergessen, wie du mich eines Nachts gebeten hast, ohne Lindsays Wissen mit dir wegzugehen und dich zu heiraten, obwohl du wusstest, dass ich Lindsays Kind trug. Das war eine sehr noble Geste von dir. Ich bin dir bis heute dankbar dafür.«

»Ich brauche keine Dankbarkeit von dir, Annie. Ich brauche deine Liebe und deinen Respekt. Ich habe dich damals geliebt und ich liebe dich noch immer. Lindsay hätte dich nie geheiratet. Er war bereits mit Iona verheiratet und hätte sich nie scheiden lassen. Es stimmt wirklich: Damals liebte ich dich, aber heute liebe ich dich sogar noch mehr. Und morgen werde ich dich noch mehr lieben. Ich weiß, das hört sich dämlich an, aber mir ist es ernst. Im Krankenhaus von Kingseat hast du mir nicht geglaubt ...« Mit sanften Küssen liebkoste er sie. Er wollte sie, er begehrte sie mehr denn je, auch wenn sie sich ihm schon seit langer Zeit entzogen hatte.

»Warum hätte ich dir glauben sollen?«, fragte Annie. Sie genoss seine Aufmerksamkeit. Seine Küsse riefen wunderbare Empfindungen in ihrem ganzen Körper hervor. »Du benimmst dich ja heute noch wie ein Moslem.«

»Wie bitte?« Er unterbrach seine Liebkosungen.

»Ein Moslem, Rory. Mit zwei Frauen und einer Menge Mätressen. In meinem kleinen schwarzen Buch heißen sie Konkubinen.«

»Du bist ein gerissenes Weib, Annie Gowrie. Konkubinen und Mätressen bringen mehr Ärger als Vergnügen.«

»Rory, meinst du nicht, dass es an der Zeit ist, mit mir über Elly zu sprechen?«, wagte sich Annie an das Thema, das sie beide so lange umgangen hatten. »Es ist nicht sehr schmeichelhaft, wenn die gesamte Dienerschaft Bescheid weiß und über unseren ménage à trois munkelt. Ich kann zwar kein Französisch, aber diesen Ausdruck habe ich schon mehrfach aufgeschnappt. Egal! Jedenfalls hörte ich, wie Christabel ihn benutzte, als sie über gewisse Vorfälle in königlichen Kreisen sprach.«

»Möchtest du die Wahrheit hören, Annie? Meine große Liebe bist *du*. Meine erste Mätresse ist *Glengarth*, dann kommen *meine Kinder*. Eine weitere Mätresse könnte die Werft in Renfrew sein, dann der ›Jütland-Seemannns-Fonds‹, den wir übrigens in JNA umbenannt haben: ›Jutland Naval Association‹. Ganz wichtig ist auch meine geliebte Brennerei, die den besten Single Malt in ganz Wester-Ross produziert, der inzwischen sogar in Paris und London bekannt ist. Weißt du eigentlich, dass Mark Twain geschrieben hat, Whisky sei für einen Schotten so ungefährlich wie Milch für den Rest der Menschheit?«

»Ich rede über uns! Über dich und mich und Elly, nicht über Mark Twain.«

»Du hast Recht. Sein Name steht sowieso nicht in unserem Gästebuch. Tom Sawyers übrigens auch nicht.«

Annie seufzte. Ihr Mann schien ein schlechtes Gewissen zu haben, was Miss Arbuthnot anging, aber sie war entschlossen, alles zur Sprache zu bringen.

»Um Himmels Willen, Rory. Alle Welt weiß doch, dass sie deine Geliebte ist.«

»Tatsächlich? Ich hätte nie geglaubt, dass wir so berühmt sind. Aber sie ist schon lange nicht mehr meine Geliebte. Ich tue mein Bestes, den *uisge beatha* aufzugeb...«

»Du weißt ganz genau, was ich meine.« Annie wurde ärgerlich.

»Allerdings – ich wäre ziemlich dumm, wenn ich es nicht merken würde. Immerhin schleicht mir Duncan dauernd mit einem Feldstecher nach, Agatha Kemster versteckt sich hinter Wandteppichen und Ritterrüstungen und verrät sich dadurch, dass sie laut atmet, und du hängst an meinem Schürzenzipfel, seit das Wort Skandal über Daisy, Dainty oder Dolly Foxtons Lippen gekommen ist. Warum ausgerechnet *ich* so vieler heimlicher Liebschaften verdächtigt werde, obwohl es mir dazu an Zeit, Durchhaltevermögen und Lust fehlt, ist mir schleierhaft.«

»Wahrscheinlich ist dein Ruf dir vorausgeeilt«, sagte Annie bissig. Sie konnte die Sache nicht auf die leichte Schulter nehmen. In ihrem Herzen flehte sie um die Liebe ihres Mannes, doch der interessierte sich augenscheinlich für eine andere Frau und stritt es noch nicht ein mal ab.

»Ellys Herzensangelegenheiten haben nicht das Geringste mit mir zu tun«, verteidigte Rory sich. »Nicht mehr, seit sie ihre Erfüllung andernorts sucht.«

»Ach ja?«

»Oh ja!«

»Und seit wann ist das?«

»Seit kurz vor unserer Hochzeit«, behauptete Rory.

»Vor oder nach Theo Longmorns Tod?«

In diesem Augenblick wurde Rory klar, dass er und Annie wirklich aneinander vorbei lebten.

»Es geht um *Elly*! Um Eleanor Arbuthnot, die Erzieherin unserer Kinder. Du und sie, ihr habt doch seit mindestens zehn Jahren eine Affäre miteinander. Und noch nicht einmal hinter meinem Rücken, sondern vor meinen Augen und den Augen aller anderen. Du gehst doch am hellichten Tag hinauf in ihr Zimmer und ...«

Sein linkes Auge juckte und er kratzte vorsichtig. Am liebsten hätte er laut gelacht, aber er wagte es nicht.

»Annie«, sagte er schließlich, sichtlich um Ernst bemüht, »ich glaube, da verstehst du einiges falsch ...«

»Aye! Tue ich das?« Längst hatte sie ihm ihre Hand entzogen und sich auf einen Stuhl ihm gegenüber fallen lassen. Sie hatte die

Hände sittsam im Schoß gefaltet, wie jemand, der sich um eine Arbeit bewirbt. Je hübscher die Hände, desto besser die Chancen, zumindest bei Frauen. Da kannte Annie sich aus.

Rory schüttelte den Kopf und betrachtete sie nachdenklich. »Ich gebe zu, Elly und ich hatten einmal etwas miteinander ...«

»Du meinst *eine Beziehung*?«

»Ja, so könnte man es nennen.«

»Wann?«

»Das habe ich dir jetzt schon mehrfach gesagt Annie. *Vor* unserer Ehe.«

»Und seither?«

»Nie wieder.«

»Du lügst.«

»Ich lüge nicht. Frag sie doch.«

»Warum sollte ich?«

»Weil du mich sonst für etwas beschuldigst, was nicht wahr ist.«

»Und wenn du zu ihr nach oben gehst, trinkt ihr wahrscheinlich nur Kakao und esst Kekse!«

»Ja, verdammt noch mal! Obwohl ich mich schuldig bekennen muss, dass manchmal auch ein Sandwich und das eine oder andere Glas Bier dabei war.«

Beide versanken in Schweigen. Annie überdachte ihre Vorwürfe. Schließlich fragte sie leise: »Was bedeutet sie dir?«

»Nichts. Absolut nichts. Sie ist jemand, zu dem ich gehe, wenn ich Verständnis brauche oder dem Stress entfliehen möchte. Es stört sie nicht, wenn ich meine lehmigen Stiefel auf dem Teppich ausziehe. Sie schimpft nicht über den Schmutz. Sie erlaubt mir, zu rauchen, zu trinken, zu fluchen, zu jammern oder einfach nur vor dem Feuer ein gemütliches Schläfchen zu halten, ohne dass ich gleich bis zum Hals in einem häuslichen Drama stecke.«

»Bedeutet das, dass du dich in ihrer Gesellschaft wohler fühlst als in meiner?«

»Das habe ich nicht gesagt, Liebling. Ich meine nur, das Elly weit weniger perfektionistisch ist als du und mich nicht umzuerziehen versucht ...« Oh je, das hatte er nicht geschickt angefangen. Er verstrickte sich immer tiefer. »Seit wir verheiratet sind«, fügte Rory verzweifelt hinzu, »habe ich dich nicht ein einziges Mal körperlich betrogen, obwohl du mich manchmal beinahe so weit gebracht hättest.«

»Und was ist mit Lizzie?«

»Was soll mit ihr sein?«

»Hattest du eine Affäre mit ihr?«

»Lizzie war in letzter Zeit kaum noch hier. Wie sollte ich?«

»Ich weiß nicht. Sag du es mir. Immerhin rufst du sie oft genug an ...«

»Ach, Annie ... Annie ...« Er griff nach ihren zitternden Händen. »Beruhige dich, Annie. Ganz ruhig. Atme tief durch. Ich bin immer für dich da ... hörst du? *Immer!*«

Erst nach einer langen Pause begann Rory wieder zu sprechen.

»Von jetzt an muss Jamie sein eigenes Leben leben. Wir beide können ihn nicht mehr vor der harten Realität schützen. Aber weil wir gerade dabei sind und weil ich mich soeben von dem Vorwurf reinwaschen musste, mit Elly, Lizzie und Gott weiß wie viel anderen Frauen geschlafen zu haben – vielleicht sogar noch Agatha? Um Himmels Willen! – wie wäre es, wenn du mir jetzt deine heimliche Liebschaft mit Jack beichtest?«

Verblüfft sah sie ihn an. »Jack? Welcher Jack?«

»Montgomery, mein Mädchen! Was hat dieser Jack, was ich nicht habe?«

»Jack Montgomery und *ich?*«, rief Annie entsetzt.

»Aye, wie ihr schottische Räuberbande sagen würdet, *aye*!«

Er zwinkerte ihr zu und versuchte, sie wie damals in Friedenszeiten auf dem Inchnadamph aus der Reserve zu locken – wie damals, als sie beide noch jung waren und nicht wussten, was das Leben ihnen bringen würde, aber sich auch keinen Deut darum scherten. Trotzdem war es ihm bitter ernst und er fürchtete sich vor ihrer Antwort.

»Jack Montgomery?«

»Eben der, teuerste Gattin.«

Annie war immer noch wie vor den Kopf geschlagen. »Du meinst, Jack und ich sind ...?«

»Seid ihr nicht?«

»Was sollen wir nicht sein?«

»Ein Liebespaar! Ja oder nein, wertes Weib?«

Da begann Annie plötzlich zu lachen. Sie lachte, bis ihr alles wehtat. Endlich erkannte sie, wie lächerlich das alles war: Sie und Rory, Rory und sie, Rory und Elly, Elly und Jack, Rory und Lizzie, Lizzie und ... wer blieb noch? Agatha und der Butler? Es war zum Schreien komisch. Wer hätte das gedacht? Diener und Hausgäste hatten endlose Geschichten um jeden von ihnen gesponnen – wie langweilig wäre doch das Leben ohne Klatsch!

»Wie kommst du ausgerechnet auf Jack?«, wollte Annie wissen, als sie sich ein wenig beruhigt hatte.

»Gehst du nicht jeden Nachmittag zu seiner Hütte?«

Sie schien verwirrt. »Tue ich das?«

»Das musst du doch selbst am besten wissen.«

»Nun, ich tue es nicht. Ehrlich gesagt weiß ich nicht einmal, wovon du redest.«

»Immerhin hast du mich beschuldigt, eine Affäre mit Elly zu haben! Hatte ich tatsächlich, aber das ist wie gesagt lange her. Es war, nachdem Lizzie mich wegen ihres Transatlantik-Geschäfts verlassen hatte und wir beide, du und ich, noch nicht zusammengefunden hatten. Aber seither sind Elly und ich lediglich gute Freunde.«

»Wie seid ihr zusammengekommen? Ich meine: du, der Laird, und sie, die Gouvernante?«

»Erstens war ich damals nur der Bruder eines Laird ohne die geringste Aussicht auf einen Titel. Und außerdem hatte ich immer eine Schwäche für Kindermädchen und Erzieherinnen.«

»Johann und Herr Freud würden es Mutterbindung nennen, oder in deinem Fall fehlende Mutterbindung. Du flüchtest dich in die Arme einer Ersatzmutter. Trotzdem möchte ich dich bitten, es noch einmal so zu erklären, dass auch ein ungebildeter Mensch wie ich es versteht: Wie kam es zu deiner Bindung an Eleanor?«

»Dann musst du mir aber versprechen, nicht eifersüchtig zu werden ... Charis war Schuld daran.«

»Charis? Welche Charis?«

»Charis Vayer alias Cynthia Smith ...«

»Ich glaube, ich will es doch nicht wissen, Rory!«

»Du willst es vielleicht nicht hören, aber ich erzähle es dir trotzdem, um mich zu entlasten. Charis war vor dem Krieg Gouvernante in Breedon Hall. Vetter Humphrey und Charis brannten miteinander durch, weil Charis ein Kind von Humphrey erwartete. Charis hieß eigentlich Cynthia Smith und hatte sich den anderen Namen zugelegt, um aufzufallen. Tatsache ist, dass Charis mich in die Geheimnisse der Liebe eingeweiht hat, allerdings lange bevor Humphrey sie mit Beschlag belegte. Aber ich war der Erste.«

»Heißt das, sie hat dich entjungfert?«

»So könnte man es auch ausdrücken.«

»Deine Kinderfrau und Gouvernante?«

»Sie war nicht meine, sondern Leonoras und Janes Erzieherin.«

»Du bist ja noch abgeschmackter und unmoralischer als ich dachte. Wie alt warst du?« Annie schwankte zwischen Amüsiertheit und Schockiertheit.

»Ungefähr fünfzehn oder sechzehn.«

»Und sie?«

»So etwa sechzig.«

»Mylaird, Sie sind ein dekadentes Ferkel!«

Er zuckte die Schultern. »Sie war vielleicht Anfang zwanzig, aber sie kam uns damals natürlich viel älter vor.«

»Trotzdem: Ihr wart allesamt ein unmoralisches Pack. Jetzt bin ich doppelt froh, dass wir Jamie nicht nach Breedon Hall geschickt haben – der Himmel weiß, in wessen Armen er gelandet wäre. Aber du hast meine Frage noch nicht beantwortet: Wie sind Elly und du euch näher gekommen?«

»Nachdem Lizzie mich verlassen hatte, wohnte ich in Haggs Castle. Ich war damals ziemlich durch den Wind und sah sie immer mit der Brut der Maxwells durch den Park spazieren. Und irgendwann traf ich sie auf einer Dinnerparty bei den Maxwells wieder. Ach ja, ich weiß – es war bei der Gründung des Jütländer Seemanns-Fonds. Ich war einsam, sie war einsam, und so kamen wir uns näher.«

»Verstehe. Kakao, Kekse und der ganze Hokuspokus in Haggs Castle. Sehr schön, Mylaird. Und nun zu meinem eigenen Fall: Jack und ich waren niemals zwei einsame Herzen, die zueinander gefunden haben. Für mich gibt es nur einen Mann, und das bist *du.*«

»Schön zu hören, Liebste. Ich habe mir nämlich Sorgen gemacht, wie der arme Kerl zwei Frauen auf einmal schaffen sollte. Mir kam es vor, als sei nicht etwa ich der Moslem, sondern unser großer, schweigsamer Jack. Und ich muss sagen, ich war ganz schön eifersüchtig. Manchmal sogar deprimiert.«

»Wieso denn?«

»Weil Jack offensichtlich noch Anziehungskraft ausübte, während ich zum alten Eisen gehörte. Glaub mir, es ist nicht leicht für einen Mann, seine Position als Platzhirsch an einen Älteren abzutreten. Aber über Elly und mich brauchst du dir wirklich keine Sorgen zu machen, und sie wird es dir bestätigen. Elly ist nicht an mir interessiert – längst nicht mehr. Sie interessiert sich ausschließlich für Jack. Die beiden hoffen, dass sie bald heiraten können.«

»Wie bitte?« Erstaunt blickte Annie Rory an. »So etwas erzählt sie dir?«

»Hat sie dir gegenüber nie ihre glückliche Verlobung erwähnt?«

»Ich trinke selten mit ihr Kakao, Mylaird«, versetzte Annie schnippisch. »Wann hast du es erfahren?«

»An dem Tag, als Jamie und Duncan sich geprügelt haben. Jack kam zu mir ins Büro und ich war nicht gerade höflich zu ihm. Doch dann sagte er nicht nur, dass er wieder einmal eine Todesdrohung von Aeneas erhalten hatte, sondern auch, dass er beabsichtigte, Elly zu heiraten. Er bot mir an, sich aus seinem 1919 geschlossenen Vertrag freizukaufen. Er und Elly möchten nach Kanada gehen und ganz von vorn anfangen. Ich fand sein Verhalten sehr anständig. Immerhin bin ich weder sein noch Ellys Vater.«

Annie fühlte sich ungeheuer erleichtert. Ihr Vertrauen in ihren Ehemann war endlich wiederhergestellt. Sie hatten viel zu wenig miteinander geredet und viel zu viel unbegründeten Verdacht gegeneinander gehegt. Ihrer Meinung nach bildeten Elly und Jack ein geradezu ideales Paar. Gemeinsam würden sie alle ihre Probleme lösen können.

»Es wurde auch Zeit«, sagte Annie. »Die beiden haben sich im Wald getroffen, seit unser Jamie ein kleiner Junge war und Jack unsere Forstwirtschaft übernommen hat. Aber ich muss schon sagen, sie waren wirklich diskret!«

»Ich glaube, so soll es auch erst einmal bleiben«, erklärte Rory. »Ich würde also mit niemandem darüber reden, bis sie selbst bereit sind, es offiziell bekannt zu geben.«

»Oh, ich sage ganz bestimmt nichts. Die Mädchen sind jetzt groß genug, um ohne Elly auszukommen. Ich bin erleichtert und freue mich für sie, dass sie endlich jemanden gefunden hat. Theo ist jetzt vierzehn Jahre tot. Unser Waldmensch hat ganz schön lang um sie geworben. Wer hätte das gedacht?«

Kopfschüttelnd verließ Annie das Büro ihres Mannes und überließ ihn den Haushaltsrechnungen. Allerdings hatte er angekündigt, zunächst seiner Halbschwester Sula schreiben zu wollen, ehe er sich der langweiligen Buchführung von Glengarth widmete.

Annie kehrte in ihr Refugium im Vorratsraum zurück. Am Morgen war eine Kiste mit spanischen Apfelsinen aus Sevilla über London am Bahnhof von Drumbarry angekommen. Drumbarry hatte Achnasheen mit dem neuen Wasserkraftwerk und den vielen neu entstandenen Siedlungen in seinem Umfeld, den Rang abgelaufen.

Zum ersten Mal seit langer Zeit fühlte sich Annies Herz federleicht an. Die Aussprache mit Rory hatte dreizehn Jahre voller

Missverständnisse und des Aneinandervorbeilebens mit einem Schlag aus dem Weg geräumt. Sie war froh, dass sie endlich einmal alles ausgesprochen hatte. Ob es Rory genauso ging, wusste sie nicht. Annie krempelte die Ärmel auf und freute sich darauf, die Marmelade einer neuen Saison in Angriff zu nehmen.

22. Kapitel

Im ersten Stock befand sich die Rüstkammer; über der Rüstkammer lag der Trophäenraum. Der Laird hatte verboten, den Turm zu betreten, und eine entsprechende Notiz im Treppenhaus angebracht. ›Komm‹, sagte sie und ging voraus zur alten Begräbnisstätte des ersten Beauly, der aus dem hohen Norden über das Meer gekommen war, um Ross-Shire seinen Stempel aufzuprägen. ›Er benutzt diesen Ort als Gruft, seit er die Hoffnung auf einen Erben für Glengarth aufgeben musste.‹ Räucherstäbchen glühten sanft über dem Grab, in dem die Gebeine des ersten und des letzten Roskillen zur Ruhe gebettet waren ...«

Wer mochte diesen Bericht geschrieben haben? Sehr alt war er jedenfalls noch nicht. Trotzdem lag er bereits bei den Familiendokumenten. War es Lady Iona gewesen, die frühere Schlossherrin von Glengarth? Duncan bezweifelte es. Iona schien sich erheblich mehr um ihr Aussehen, ihre Kleidung und die Dekoration des Salons gekümmert zu haben, als darum, die Geschichte von Glengarth niederzuschreiben.

Eine seiner Tanten? Vielleicht Tante Christabel? Vielleicht.

Sein Vater? Möglich.

Laird Lindsay selbst? Nicht sehr wahrscheinlich, denn im Bericht wurde über ihn in der dritten Person gesprochen.

Etwa seine Mutter, Annie geborene Gowrie? Sehr gut möglich. Sie war klug und konnte Dinge geheim halten.

Duncan räumte die alten Familiendokumente beiseite und kehrte an das zerbrochene Fenster im Ostturm zurück. Er entfernte das Stück Karton, das die fehlende Scheibe ersetzte. Hier oben war es fast immer entsetzlich kalt. Duncan spähte durch seinen Feldstecher, doch er sah nichts als eine düstere Landschaft, über die sich jetzt, gegen zwei Uhr nachmittags, allmählich die Dämmerung legte. So hoch oben im Nordwesten war das völlig normal. Plötzlich entdeckte Duncan seine Mutter, eine hoch gewachsene, schlanke Gestalt, die in Stiefeln und Mantel über das Moor von Inchnadamph eilte und den Weg in den Wald einschlug. Sicher wollte sie wieder ein paar Stunden mit Jack Montgomery verbringen.

Es war schrecklich, miterleben zu müssen, dass die eigene Mutter eine Nutte war, eine Hure, eine Frau, die vor nichts zurückschreckte und die niemals Zeit für ihn hatte, weil sie all ihre Zeit Jamie oder Jack Montgomery widmete, dachte Duncan angewidert.

Duncan räumte das Fernglas weg und kehrte zu seiner vorherigen Beschäftigung zurück. Das, was er in dem alten Gewölbe entdeckt hatte, würde noch mehr Schande über die Familie bringen. Aber wen kümmerte das schon? Es wurde höchste Zeit, die Leichen im Keller der Familie Roskillen ans Tageslicht zu zerren.

Duncans Peitschenstriemen waren längst verheilt. Elly hatte die Wunden mit Zaubernuss gebadet. Sie war freundlich und besorgt um ihn gewesen, ganz im Gegensatz zu seiner Mutter, die weder seine physischen noch die psychischen Ängste besänftigt und damit den Stachel noch tiefer in seine Seele getrieben hatte. Duncan hatte immer geargwöhnt, dass Jamie das Lieblingskind seiner Mutter war; jetzt wusste er auch, warum.

Seinem Vater hatte Duncan nichts vorzuwerfen. Der arme Kerl hatte in Jütland genug gelitten und war als Invalide zurückgekehrt. Zu Dingen, die Jungen gerne mit ihren Vätern unternahmen wie Ski fahren, Schwimmen, Bergsteigen, Wandern oder Fußball spielen war Rory eben nicht in der Lage, obwohl er sich wirklich Mühe gab.

Vater hatte die Mätresse seines Bruders aus reinem Altruismus heraus geheiratet; Annie hatte einen unehelichen Sohn gehabt, den sie im Haus von Schwester Craig, einem früheren Kindermädchen auf Glengarth, versteckt gehalten hatte. Nach dem Krieg hatte Annie Rory geheiratet. Annies Sohn Jamie Gowrie, der unehelich geboren und zu diesem Zeitpunkt vier Jahre alt war, wurde in James Scott Beauly Roskillen umbenannt und zum legitimen Erbe von Laird Rory erklärt. Wie betrügerisch und wenig geradlinig die eigenen Eltern doch sein konnten!

Duncan raste vor Wut.

Wie konnten sie es wagen, ihm sein rechtmäßiges Erbe wegzunehmen und es einem Bastard in den Rachen zu werfen?

Wenn sie glaubten, dass sie ihm das vorenthalten konnten, was ihm von Rechts wegen zustand, dann hatten sie sich geschnitten. Er würde alles versuchen: Er würde die Anwälte der Roskillens einschalten, er würde Aeneas informieren – den armen, psychisch gestörten Vetter Aeneas, der sich mehr schlecht als recht durch sein Leben hangelte, nur weil er den Namen Roskillen nicht trug. Duncan wollte dafür sorgen, dass endlich Gerechtigkeit waltete und der unehelich geborene Jamie nicht das bekam, was eigentlich ihm selbst zustand; ganz egal, wie Vater und Mutter darüber dachten.

Duncan schloss die Akte mit der Aufschrift »Glengarth 1910–1920« ziemlich unsanft, stopfte sie in den Stahlschrank, wo die Familiendokumente aufbewahrt wurden, und steckte den Schlüssel ein. Sorgfältig verschloss er auch die mit Eisen verstärkte Tür des Gewölbes und stieg die spiralförmig gebaute Steintreppe hinunter; vorbei an Waffenkammer und Rüstraum. Am Fuß der Treppe stellte er drei Strohpuppen auf, die Vater, Mutter und Halbbruder symbolisieren sollten.

In dem langen, mit Wandteppichen geschmückten Korridor, der vom Turm zu den Familienräumen führte, traf Duncan auf Andrew und Bruce, die Bogenschießen übten. Sie hatten eine Zielscheibe aufgehängt und testeten ihre Geschicklichkeit.

»Möchtest du mitmachen?«, fragte der elfjährige Andrew und bot Duncan Pfeile und seinen Bogen an.

»Nein danke, ich habe Wichtigeres zu tun.«

»Was denn?«, wollte Andrew wissen.

»Das geht dich nichts an, Kleiner.«

»Ich bin Little John«, kicherte der zehnjährige Bruce und stieß Andrew in die Rippen. »Kümmere dich nicht um ihn, Robin Hood. Er trägt eben die Nase höher als wir – hält sich wohl für den Sheriff von Sherwood. Komm jetzt, du bist dran. Du hast noch nicht ein Mal ins Schwarze getroffen!«

Duncan eilte zum Sonnenzimmer, wo seine Eltern um diese Nachmittagszeit sicher beim Teetrinken saßen. Die Gäste, die Weihnachten und Neujahr auf Glengarth verbracht hatten, waren inzwischen alle abgereist. Duncan selbst hatte von den Feiertagen nicht viel mitbekommen; er hatte ja wegen der Schlägerei mit Jamie unter Stubenarrest gestanden. Ehe die nächsten Gäste zu den verschiedenen Treibjagden anreisten, gehörte das Schloss ganz der Familie.

Duncan schwor sich, dass, sollte er je Laird von Glengarth werden, es niemals mehr zahlende Gäste geben würde, die sich auf dem gesamten Gut tummelten und überall Chaos verursachten. Er würde reich genug sein, um das Schloss ohne solche geschmacklosen Geschäftspraktiken unterhalten zu können. Er wollte Glengarth ganz für sich; keine fremden Leute, die auf Wild schossen, das ihnen nicht gehörte, die auf Waldwegen, im Moor und auf dem schönen Beinn Claidheamh Mor herumtrampelten, die auf dem weißen Sand von Rill Picknicks veranstalteten, die überall ihren Müll hinterließen und ihm überhaupt immer auf die Nerven gingen.

Annie und Rory waren zwar überrascht, freuten sich aber sehr über Duncans Auftauchen.

»Hallo, Großer«, begrüßte sein Vater ihn, »schön, dass du dich einmal blicken lässt. Wir fürchteten schon, die Mäuse und Fledermäuse da oben im Turm hätten dich aufgefressen. Was treibst du eigentlich den ganzen Tag da oben? Hausaufgaben? In diesem Fall würde ich dir im nächsten Schuljahr vor deinem Rektor ein dickes Lob aussprechen.«

»Danke, Vater, aber ich möchte mit dir und Mutter etwas sehr Wichtiges besprechen.«

»Schieß los, Großer.«

»Möchtest du vielleicht eine Tasse Tee und ein Stück Kuchen, Schatz?«, lächelte Annie. Duncans Strafe hatte lange genug gedauert; es war Zeit, die Verbannung aufzuheben. »Es ist dein Lieblingskuchen.«

»Ich glaube nicht, dass ich im Augenblick Tee oder Kuchen möchte. Ich habe nur ein paar Fragen. Wie kommt es, dass Jamie Glengarth und das alles hier erben soll, wenn er doch nur ein unehelicher Bastard ist?«

Annie warf Rory einen schmerzerfüllten Blick zu und setzte ihre Tasse hastig ab, um nicht alles zu verschütten. Duncans Ton und Wortwahl verletzten sie tief. »Wie meinst du das, Duncan?«

»Du weißt sehr gut, was ich meine, liebste Mutter. Während meines Stubenarrestes hatte ich Zeit, mich im Turm ein wenig mit Geschichte zu beschäftigen. Da oben liegen jede Menge Familienakten. Jamie ist nicht mein richtiger Bruder, und auch nicht der richtige Bruder meiner Geschwister. Er ist eher eine Art Cousin, aber das habt ihr uns verschwiegen. Jamie habt ihr auch nichts davon gesagt. Als ich ihn über die rechtlichen Verhältnisse aufgeklärt habe, wurde er wütend und schlug zu, dann hat Vater mich verprügelt und anschließend wurde ich in Verbannung geschickt. Aber das ist nicht gerecht. Jamie und ich haben ein Recht, zu erfahren, was hier vorgeht. Vor allem wüsste ich gern, wer Glengarth nach Vaters Tod erbt und warum.«

»Ich verstehe, Großer.« Rory wahrte die Fassung, obwohl sein keltisches Blut recht gern einmal aufbrauste. Er hatte immer gewusst, dass eines Tages die Wahrheit ans Licht kommen würde, und in gewisser Weise war er erleichtert. In einer Weise, die keinen Widerspruch zuließ, sagte er zu Annie: »Wenn du gestattest,

Liebste, ich möchte gern mit Duncan von Mann zu Mann sprechen.«

Annie legte ihre Handarbeit beiseite und verließ das Zimmer.

Rory und Duncan redeten eine ganze Stunde lang miteinander. Annie fragte sich beunruhigt, was da alles zur Sprache kommen mochte, wagte aber nicht einzuschreiten. Sie wusste, dass Rory den »dunklen Fleck in ihrer Vergangenheit« mit diplomatischem Feingefühl behandeln würde; er würde ihr helfen, ihr Gesicht zu wahren.

Doch was immer auch zwischen Rory und Duncan besprochen worden war, der Junge schien es nicht gut aufgenommen zu haben. Er war mitnichten besänftigt, sondern richtete im Gegenteil noch mehr Unheil an.

Annie fiel auf, dass etwas nicht stimmte, als plötzlich Diener und Angestellte durch Küche und Vorratsraum eilten, wo sie mit Dainty Foxton Marmeladengläser sterilisierte. Alle hantierten mit Eimern und verschütteten Wasser.

»Was ist passiert?«, rief Annie dem vorüberflitzenden Butler zu.

Monro und ein paar Angestellte schleppten einen langen Schlauch durch die Küche.

»Im Turm brennt es, Mylady«, antwortete der Butler. Die Männer versuchten, den Schlauch an den Wasserhahn anzuschließen. Ob er wohl bis in Duncans Turm reichte?

Annie rannte in die Familienräume, die schon völlig verqualmt waren. Dichter Rauch drang aus dem Turm, wo ihr Sohn wahrscheinlich Hausaufgaben gemacht hatte. Rory, Jack, Bills und Wills waren dabei, den Brandherd mit Feuerlöschern und Schläuchen zu bekämpfen, die normalerweise bei Waldbränden eingesetzt wurden, bis die Feuerwehr von Gairloch oder Drumbarry erschien.

Rory, erinnerte sich Annie erleichtert, hatte viel Erfahrung in der Brandbekämpfung; während seiner Zeit bei »Lilburn Aitkin & Company« war er in Südafrika bei der Freiwilligen Feuerwehr gewesen. Er würde wissen, was zu geschehen hatte.

»Wieder einmal Aeneas?«, war Annies erste Frage, als er neben ihr auftauchte.

»Ich glaube, dieses Mal nicht!«, gab Rory grimmig zurück, während er nach links und rechts Befehle erteilte und die Leute mit ihren Wassereimern an die richtige Stelle dirigierte. »Nein, verdammt, dieses Mal nicht. Wehe, wenn ich den kleinen Bastard erwische!«

Annie hatte dieses Wort für ihren Geschmack in der letzten Zeit zu oft gehört.

»Wenn das wirklich Duncan war, dann schlage ich ihn tot!«, brüllte Rory.

»Bestimmt nicht«, versuchte Annie, ihn zu beruhigen. »Er hat in letzter Zeit genug mit sich selbst zu tun. Weck bloß keine schlafenden Hunde, Rory!«

»Jetzt lass uns erst einmal hier mit dem Feuer fertig werden. Wird schon klappen.«

»Kann ich irgendetwas tun?«

»Nein. Du würdest nur stören. Wir schaffen das schon.«

Annie flüchtete in ihren Vorratsraum. Die Wohnräume waren verraucht und konnten jeden Augenblick in Flammen aufgehen. Gut, dass sich im Augenblick keine Gäste im Haus aufhielten.

Annie hatte nicht den geringsten Zweifel, dass Duncan der Feuerteufel gewesen war. Sie hoffte inständig, dass er seine Sache gut gemacht und jedes Dokument im Gewölbe vernichtet hatte, das sich mit Bastarden, unehelichen Kindern, Ansprüchen, Rechten, Lehen, persönlichen Tagebüchern und dem ganzen Rest von 600 Jahren blutiger Geschichte von Glengarth beschäftigte.

*

Nach dem Brand in Glengarth kam ein Brief von Kitty, in dem sie verärgert eine Lanze für Jamie und Duncan brach.

»*Gott sei Dank war das Feuer nicht so schlimm wie das vor vielen Jahren in Forest Lodge, bei dem Aeneas seine ganze Familie verlor und beinahe selbst gestorben wäre. Gott sei Dank gab es die-*

ses Mal keine Opfer. Ich möchte Duncans Tat selber nicht entschuldigen, aber Duncan ist natürlich momentan sehr verwirrt! Und Jamie natürlich auch! Sie sind verärgert, fühlen sich verloren und allein gelassen, und das ist kein Wunder. Warum habt ihr beiden es nicht übers Herz gebracht, die Jungen über die Besonderheiten von Jamies Geburt und eurer Beziehung zu informieren, bevor *sie erwachsen wurden? Um wie viel besser hätten sie mit den Dingen umgehen können, die sie jetzt ohne Vorwarnung überrollen, und das ausgerechnet nach all diesem Unsinn, den der arme Jamie in Invergordan ertragen musste.*

Was Duncan angeht, so fühlen wir ganz und gar mit euch. Toby und ich hoffen, dass er sich jetzt mit aller Kraft dem kommenden Schuljahr in Eton widmet und sich weniger auf Glengarth konzentriert. So hart es klingen mag: Entweder schafft er es, oder er geht völlig vor die Hunde.

Bezüglich Jamie sind Toby und ich der Auffassung, dass er am besten sofort mit Marcus nach Italien abreisen und dort bleiben sollte, bis die Wogen sich geglättet haben. Ein Schulfreund von Marcus aus seiner Zeit in Eton lebt in Florenz und hat den beiden Jungen angeboten, seine Stadtwohnung zu benutzen. Er heißt Anthony, oder richtiger: Antonio di Bonelli. Seine Familie ist sehr begütert und einflussreich und besitzt neben einem waschechten Palazzo vor den Toren von Florenz jede Menge Häuser in ganz Italien. Ich versichere euch, dass Jamie dort in guten Händen ist. Italiener sind sehr familiär und herzlich, und ich glaube, sowohl Marcus als auch Jamie sind sensibel genug, sich dort nicht in die Nesseln zu setzen. Beiliegend findet ihr Jamies Adresse. Die beiden Jungen werden schon sehr bald zu ihrer großen Italientour aufbrechen …«

»Ach ja, die große Italientour«, sagte Rory sehnsüchtig. »Hoffentlich sind die Leute keine Faschisten. Ich wünschte, ich wäre noch einmal jung. Ich wünschte, ich hätte nicht dieses verdammte Holzbein. Ich wünschte, ach, ich wünschte …«

»Hör auf, dir Dinge zu wünschen«, sagte Annie streng. »Lass Jamie und Marcus ihre Jugend genießen.«

»Ich hatte nicht die Gelegenheit dazu ...«, stellte Rory lapidar fest.

»Jetzt tust du dir wieder selbst Leid.«

»Stimmt. Ach Annie, komm, setz dich auf meinen Schoß und tröste mich ...«

In diesem Moment wurde die Tür des Wohnzimmers höchst unzeremoniell aufgerissen. Auf der Schwelle stand zitternd und käseweiß der Butler.

»Mylaird, Mylady ... es ist etwas Schreckliches geschehen. Sie müssen schnell kommen!«, stammelte er.

»Doch nicht etwa schon wieder ein Feuer?«, platzte Rory heraus. Gerade erst hatten sie mit vielen Kosten und großem Aufwand die Wasserschäden beseitigt. Rory war es allmählich leid, dauernd den Feuerwehrmann zu spielen. Er hatte Duncan und Aeneas gedroht, die Polizei einzuschalten, wenn sich ein solcher Vorfall wiederholen würde.

»Nein, kein Feuer, Mylaird. Es ist die Gouvernante ...«

»Miss Arbuthnot?« Rory runzelte die Stirn, als er sah, wie Annie ebenso weiß wurde wie der Butler. Er wusste, was Annie dachte. Schon wieder ein Selbsttötungsversuch? »Was ist mit ihr?«

»Sie ist tot, Sir.«

»*Tot?* Meine Güte, guter Mann, was sagen Sie da? Wo? Wann?« Annie und Rory starrten Monro vollkommen sprachlos an.

»Sie ist erschossen worden, Mylaird. Mit einem großkalibrigen Gewehr. Sie liegt oben in der Nähe von Mr Montgomerys Hütte. Es kann noch nicht lange her sein. Wir haben einen Arzt, einen Notarztwagen und die Polizei verständigt, aber ich fürchte, es ist zu spät. Wills sagt, Mr Montgomery ist kurz vor dem Durchdrehen.«

Rory und Annie folgten ihm eilig. Dieses Mal sah es aus, als sei wirklich ein Mord geschehen. Wenn Aeneas dafür verantwortlich sein sollte, das schwor sich Rory, dann sollte er hängen – auch wenn er ein naher Verwandter war.

Wills hatte die blutüberströmte Leiche von Elly nicht weit von Jack Montgomerys Behausung entdeckt. Die Erzieherin hatte einen Brustdurchschuss erlitten. Ben Buckie, der örtliche Arzt, stellte noch am Fundort ihren Tod fest. Die Polizei von Drumbarry sperrte das Gebiet ab und nahm Jack, Wills und Bills mit auf das Revier, um sie zu verhören. Jack stand unter Schock und verstand nicht im Geringsten, was mit seiner Verlobten nach dem Verlassen der Hütte geschehen war.

Von Drumbarry wurde der Fall nach Glasgow weitergegeben. Die dortige Dienststelle war besser ausgerüstet. Man begann, mit Steckbrief nach Aeneas Hamilton und Tally zu suchen – Tally schien sich seinen Aufgaben als Wildhüter nicht mehr zu widmen. Alle Bediensteten hatten sich für Vernehmungen zur Verfügung zu halten, solange man noch von einem Mord ausging und ein Unglücksfall nicht einwandfrei nachgewiesen werden konnte.

Auch Rory, Annie und die Kinder wurden um Kooperation gebeten. Ellys tragischer Tod hatte der ganzen Familie einen so schweren Schock versetzt, dass die Brandstiftung in Glengarth – Duncans kindischer Versuch, Aufmerksamkeit zu erregen, indem er die Familienmitgliedern nachempfundenen Strohpuppen verbrannte –, völlig in Vergessenheit geriet.

ZWISCHENSPIEL

Florenz, Italien

23. Kapitel

Die spektakulärste Sicht auf Florenz hat man von den Hügeln von Fiesole am Nordrand der Stadt, wenn frühe Morgennebel vom Arno her aufsteigen und die Stadt Michelangelos in perlmuttfarbenen Dunst hüllen, aus denen wie die Perle aus der Muschel Brunelleschis Kuppel herausragt. Mit Santa Maria del Fiore hat sich der Künstler ein Denkmal gesetzt, das für immer aus den Nebeln der Zeit herausragt. Der von Verrochios goldener Kugel mit Kreuz gekrönte Duomo fängt die Strahlen der Morgensonne ein und funkelt in der Abendsonne. Sie blendet diejenigen, die das Glück haben, Italiens schönste Stadt besuchen zu dürfen …«

»Wer hat denn diesen Mist geschrieben?«, fragte Marcus abfällig, der sich redlich, wenngleich auch vergeblich bemühte, im Sessel seines Freundes eine möglichst lässige Figur abzugeben. Er seufzte vernehmlich. »*… der gekrönte Duomo?* Ich finde, Verrochios goldene Kugel mit Kreuz hört sich an, als würde ein italienischer Eisverkäufer seine Ware anpreisen. Typisch italienisch. Aber das Eis ist nebenbei wirklich köstlich! Der Ausdruck könnte aber auch von einem Gefängniswärter stammen: Kugel und Kette. Der Schreiberling hätte besser den Mund gehalten, anstatt etwas zu beschreiben, was er nicht beschreiben konnte.«

Jamie hatte sich auf Antonio di Bonellis mit pfirsichfarbenem Leder bezogene Chaiselongue gelümmelt, die am Fenster stand und von der aus man einen wunderbaren Blick auf den Palazzo Strozzi hatte. Ihm war bewusst, dass er und Marcus zurzeit die

Gastfreundschaft wirklich reicher Leute genossen. Das Stadthaus in der Via degli Strozzi, das man ihnen zur Verfügung gestellt hatte, war ein Renaissancepalast und hatte einst den Medici gehört. Die elegante Einkaufsstraße Via de' Tornabuoni, wo Antonio seine eigene Kunstgalerie leitete, befand sich nur einen Steinwurf entfernt. Jamie war äußerst beeindruckt gewesen. Er beantwortete Marcus' Frage, nachdem er einen Blick auf den Einband der Reisebeschreibung geworfen hatte: »Arnos Coppernicus«.

»Vermutlich ein typischer, verklemmter, viktorianischer Reiseschriftsteller«, nörgelte Marcus an dem längst verstorbenen Autor herum. Er versuchte vergebens, sich auf seine eigene Lektüre zu konzentrieren; Jamie hatte die Neigung, jedes italienische Wort, dessen er habhaft werden konnte, laut auszusprechen und am liebsten las er ganze Texte vor.

»Stimmt!«

Jamie stimmte zu! Großartig! Endlich einmal! Wehmütig dachte Marcus darüber nach, wie bedrückt sein Cousin sein musste, dass er so selten wagte, eine eigene Meinung zu äußern.

Erst nach einiger Zeit blickte Marcus auf und fragte: »Was stimmt?«

Jamie schien verwirrt und wusste zunächst nicht, worum es ging. »Wie bitte? ... Ach so! Wer auch immer dieser Arnos Coppernicus gewesen sein mag – er ist bestimmt nie durch die Straßen und Gässchen hinter der Piazza del Duomo und der Piazza del Signoria gelaufen.«

Marcus dachte ein paar Sekunden nach, ehe er fragte: »Wie kommst du darauf?«

»Weil er sich mit der Genitivbildung nicht auskennt. Er kann also kein Italienisch gelernt haben.«

»Genitivbildung?« Marcus war am Rande der Verzweiflung. »Was soll denn das?«

»Na, hier steht: *Piazza del Duomo* und *Piazza del Signoria*. Der Genitiv richtet sich jedoch nach dem Geschlecht des bezeichneten Substantivs. *Del Duomo* ist richtig, denn *Duomo* ist männlich, aber es müsste heißen: *della Signoria*, denn *Signoria* ist weiblich. Bestimmt verbirgt sich hinter dem Pseudonym Arnos Coppernicus in Wirklichkeit ein Engländer.«

»Warum bist du bloß immer so entsetzlich pedantisch, alter Junge?«, fragte Marcus kopfschüttelnd. »Ich dachte übrigens, nördlich der Grenze sprecht ihr sowieso nur Gälisch.«

»Seit der Union nur noch selten.«

Marcus musste lachen. Sie sprachen hier von Kunst um der Kunst willen, wie man es mit den italienischen Sehenswürdigkeiten machte.

Seufzend nörgelte Marcus: »Seit meinem zwölften Lebensjahr habe ich fast alle Sommerferien bei Antonio verbracht. Die Villa liegt außerhalb von Florenz. Aber der einzige Perlmuttnebel, der vom Arno aufsteigt, ist schlicht und ergreifend dicke Luft. Zu viele Autos, zu viel Rauch, zu viel Großstadtdreck. Dabei ist Florenz längst nicht so groß wie London. Hast du je den gelben Nebel von London gesehen?«

»Ich glaube nicht«, antwortete Jamie, »ich bin selten dort. Seit ich von Eton nach Invergordan gewechselt habe, war ich überhaupt nicht mehr in London.«

»Also, ich kann dir sagen, alter Junge, es ist atemberaubend. Und das meine ich durchaus wörtlich. Ich kriege keine Luft mehr, weil meine Lungen mit TB und schlechter Luft verstopft sind.« Marcus griff sich an den Hals. »Genau wie in Schottland, wenn ich das sagen darf. Also dieses neblige Hügelland, die dunstigen Täler und Berge ...«

»So ein Quatsch! Wir haben die beste und reinste Luft in der ganzen Welt. Die Leute kommen nach Ross-Shire, um sich von ihren Leiden zu erholen – vor allem von Tuberkulose!« Glühend verteidigte Jamie die Ehre seines Landes.

»Ja, ja, ihr da oben im Norden. *Aye!* Ihr lebt doch noch in der Steinzeit, als die menschliche Sprache noch kaum entwickelt war – und so redet ihr auch. Ein Schotte grunzt, weil er sich praktisch nie von seinem Dasein als Höhlenmensch entfernt hat. Und ihr jagt immer noch wilde Tiere wie Wildschweine, Bären, Wölfe und Orang-Utans.«

»Vielleicht nicht gerade Orang-Utans«, grinste Jamie. Er liebte die Sticheleien, den frechen Witz und die verbale Auseinandersetzung mit seinem Freund. Um wie viel netter war es, Meinungsverschiedenheiten auf solche Art auszutragen als mit Fäusten.

Marcus freute sich, dass Jamie Roskillen sich aus der Reserve locken ließ. »Die Eingeborenen nördlich der Grenze erkennt man daran, dass sie orangefarbenes Haar haben und orange Tartans tragen, die mit dem orangen Wasser aus ihren rostigen Bächen gefärbt sind, aus denen sie sogar trinken – bäh!« Wieder fasste Marcus sich an den Hals. Dann strich er seinen gelben Seidenbinder glatt. »Das ist auch der Grund, warum die Römer damals eine verdammt hohe Mauer zwischen den beiden Ländern gebaut haben.«

»Vergiss nicht die Dudelsäcke, die sie gespielt haben, um den alten Hadrian davor zu warnen, sich der Mauer auch nur zu nähern ... Wusstest du, dass der Dudelsack früher in ganz Mitteleuropa gespielt wurde? In der Zeit um Ossian haben sich die Kelten seiner bemächtigt, weil die Musik so schön traurig klang.«

»Wer ist denn Ossian?«

»Ein legendärer gälischer Krieger, Sohn des Fionn Macumhail. Seine Geschichte ist eine häufig erzählte Sage, die ein gewisser James MacPherson, Sohn eines Pastors, im achtzehnten Jahrhundert aufgeschrieben hat. Aber wir Schotten glauben natürlich samt und sonders an Ossian.«

»Du gibst also zu, dass die Geschichte Schottlands einzig und allein auf Legenden beruht? Keine handfesten Fakten?« Marcus forderte Jamie bewusst heraus, und Jamie nahm die Herausforderung nur zu gerne an.

»Oh doch! Da war zum Beispiel Charles MacIntosh, ein Chemiker aus Glasgow, der den wasserfesten Regenmantel erfunden hat, den du heute trägst ... nun ja, vielleicht nicht gerade heute, denn in Florenz brennt die Sonne vom Himmel. Oder was hältst du von John Macadam aus Ayr? Ebenfalls ein Schotte. Er hat die meisten Straßen der Welt mit Oberflächenbelag versehen.«

»Ich hoffe für ihn, dass er es nicht ganz allein tun musste«, grinste Marcus. »Der arme Kerl würde sonst wahrscheinlich nur noch mit einer Flasche Whisky in seiner MacTasche durch die Gegend wanken.«

»Dann haben wir da noch Alexander Graham Bell. In Edinburgh geboren. Er hat das Telefon erfunden. Nicht zu vergessen Kirkpatrick Macmillan, ein Schmied aus Dumfries, dem wir das Fahrrad zu verdanken haben. Oder was hältst du von John Logie Baird aus Edinburgh? Er lebt und arbeitet mittlerweile in Amerika. Wusstest du, dass er ein Gerät erfunden hat, das er Fernseher nennt?«

»Fernseher? Und was kann das Ding?«

»Es überträgt Bilder von Menschen oder Ereignissen, während sie noch passieren.«

»Das ist doch lächerlich!«

»Wenn ich es dir sage! Es ist ein Gerät mit einem Bildschirm. Die ersten Bilder wurden schon 1923 übertragen.«

»Woher weißt du das alles?«, fragte Marcus mit widerwilliger Bewunderung.

»John Logie Baird ist ein Freund meines Vaters.«

»Deines Adoptivvaters oder Onkels meinst du?«

»Richtig.«

»Und weiter?«

»Er ist sehr schlau. Und er ist Schotte.«

»Du meinst wohl, er macht die Schotten dicht«, kicherte Marcus. »Wenn es hart auf hart kommt, verdrückt er sich nach Amerika.«

»Nur zu deiner Information: John Logie Baird hat seinen Fernseher zum ersten Mal an der schottischen Westküste ausprobiert, und zwar auf den Türmen von Glengarth.«

»Jetzt hältst du mich aber wirklich zum Narren!«

»Also, jedenfalls kam er in den zwanziger Jahren zu einer Art

Arbeitsurlaub nach Glengarth und experimentierte mit einer Menge Kupferdrähten und Röhren auf den Außenmauern des Schlosses.«

»Nun, wenn die Geschichte wahr ist, dann bin ich äußerst beeindruckt. Aber seit ich weiß, welch große Stücke ihr alten Kelten auf diesen Ossian haltet, habe ich da so meine Zweifel. Würde es dir etwas ausmachen, für einige Zeit den Mund zu halten? Ich würde allzu gern noch ein wenig im ›Hund von Baskerville‹ schmökern. Oh, und vielleicht versuchst du dir irgendwo einen neueren Reiseführer zu besorgen, alter Knabe.«

»Den hier hatte ich in der Bibliothek von Glengarth gefunden.« Jamie verzog das Gesicht. »Ich fürchte, er ist nicht mehr ganz aktuell.«

»Von wegen nicht mehr ganz aktuell. Herr Anus Coppersonstwie hat uns bisher in keiner Weise genützt. Nach den Anleitungen von ›Aachen nach Zürich‹ haben wir uns völlig verlaufen – es hätte ebenso gut von ›Bologna nach Bengal‹ heißen können. Wenn du etwas über Florenz wissen willst, frag einfach mich. Um die wirklichen Sehenswürdigkeiten, die Uffizien und das Café Martini zu besichtigen, brauchst du höchstens eine halbe Stunde. Ich persönlich bevorzuge übrigens das Café Martini im Universitätsviertel. Dort kann man den ganzen Tag lang herumsitzen und studierenden Signorinas nachschauen; schon allein deswegen ist Florenz eine herrliche Stadt. Sechzehn Museen, zwölf Kunstgalerien und mehr Kirchen und Kathedralen als im ganzen restlichen Europa zusammengenommen an einem einzigen Vormittag zu besichtigen ist nicht ganz mein Ding. Weder Religion noch Kunst reißen mich vom Hocker – das ist einfach nichts für mich. Tut mir Leid, alter Knabe. Und jetzt würde ich gern ein bisschen lesen.«

Erschrocken starrte Jamie seinen Vetter an. Armer Kerl!

Der ehrenwerte Marcus Algernon Tapstock wäre wirklich der erste Engländer, der sein Banausentum gegenüber den alten Gemäuern Cosimo de Medicis und Lorenzo Magnificos oder gegenüber Leonardo, Raffaelo und Michelangelo öffentlich publik machte. Was übrigens Michelangelo anging, war das einzig Schöne, was Jamie bisher gesehen hatte, die Statue des David, die seit 1873 auf der Piazza della Signoria stand. Die meiste Zeit hatte man sie vor der Prüderie bürgerlicher Damen in der Galeria dell' Accademia verborgen. Gott sei Dank konnte die moderne Welt von 1930 besser mit der Darstellung männlichen Stolzes umgehen. Die Statue des David hatte Michelangelo Buonarotti heiße Tränen abgerungen, weil der Marmorrohling sich seinen Gestaltungsversuchen zu widersetzen schien; im Florenz des zwanzigsten Jahrhunderts rührte die Statue noch immer zu Tränen, und zwar vornehmlich alternde Signoras aus aller Welt, die kamen, sahen und mit Tränen in den Augen seufzten; vermutlich hofften sie auf eine Neuauflage von *veni, vidi, vici*.

Jamie, den ein drohender Seitenblick seines Cousins zum Schweigen verdonnert hatte, nahm sich statt des betulichen Coppernicus seine italienischen Vokabeln vor, ohne zu bemerken, dass er beim Lernen leise vor sich hin flüsterte: »*La fenestra*, das Fenster, *il tavolo*, der Tisch, *lo specchio*, der Spiegel ... warum heißt es eigentlich *lo* und nicht *il*? *Specchio* ist doch männli...«

»Il libro giallo del Signore Conan Doyle!« Marcus warf Jamie den Band mit Sherlock-Holmes-Geschichten an den Kopf. Seit dem Vorfall mit Duncan hatte Jamie allerdings gelernt, sich rechtzeitig zu ducken, und das Buch traf nur eine Blumenvase, die auf einer Konsole unter dem Fenster stand.

»Nun sieh einmal, was du angerichtet hast«, brummte Marcus. »Würdest du bitte endlich aufhören zu quatschen! Ich habe absolut keine Lust auf Coppernickers beschauliche Spaziergänge durch Medicigassen, und die blöde Sprache will ich auch nicht lernen. Wenn die Italiener sich zu fein sind, Englisch mit uns zu sprechen, dann haben sie eben Pech! Dann behalten wir nämlich unsere Lire für uns. Und wenn ich schon meine Detektiv-Geschichten nicht lesen darf, erzähl mir wenigstens, was in Glengarth los ist. Ist Ellys Mörder inzwischen geschnappt worden?«

Jamie zuckte die Schultern, schob die italienische Grammatik unter die Chaiselongue zu Coppernicus, verschränkte die Arme, kniff den Mund zusammen, und weil er keine Lust hatte, von seinem erheblich anspruchsvolleren Vetter als »Pingel« bezeichnet zu werden, versuchte er, das auf den auf Hochglanz gewienerten Boden und den sündhaft teuren Teppich tropfende Wasser geflissentlich zu ignorieren. Glücklicherweise war die Vase aus Silber und daher nicht zerbrochen, aber das Blumengesteck lag zerrupft auf dem Boden. Marcus schien sich wenig darum zu scheren, das Eigentum anderer Leute pfleglich zu behandeln, was Jamie verwunderte, denn Tante Kitty nahm es mit guten Manieren und Respekt sehr genau.

»Entschuldigung, alter Knabe«, entschuldigte sich Marcus, »ich wollte deine Lippen nicht für immer versiegeln! Nur so lange, wie ich mich auf einen verdammten Hund konzentriere, der alle Welt zu Tode beißt ... Was?«

Jamie gab sein Schmollen auf. »Sie glauben, es war ein Unfall. Vielleicht ein Wilderer, der geschossen hat, ohne Elly im Wald zu bemerken.«

»Ach ja? Und wieso?«, fragte Marcus gedehnt. Seine Stimme klang ein wenig erstickt. Er lockerte die gelbe Seidenkrawatte, die seinen Adamsapfel behinderte, und fügte skeptisch hinzu: »Ich glaube nicht an einen Unfall. Immerhin bedroht Vetter Aeneas euch schon seit geraumer Zeit, und es hat eine Menge Anschläge auf deine Familie und die Angestellten von Glengarth gegeben. Nimm nur Jack als Beispiel. Ein Unfall war es bestimmt nicht. Könnte er es nicht gewesen sein?«

»Wer?«

»Jack! Natürlich – er hat Krokodilstränen geweint, als seine Freundin erschossen wurde, und auch noch mitten ins Herz! Aber könnte es nicht Unstimmigkeiten gegeben haben? Einen Krach? Vielleicht hat sie die Verlobung auflösen wollen. Bei Verliebten passiert es schon einmal, dass im Eifer des Gefechts ein Schuss losgeht. ›Verbrechen aus Leidenschaft‹ nennt man so etwas.«

»Ich glaube, du hast in letzter Zeit etwas zu viel Sherlock

Holmes gelesen«, sagte Jamie verstimmt. Nachdem er drei Monate mit seinem Cousin durch Italien gewandert war, mit schwerem Rucksack und Wanderschuhen, deren Sohlen inzwischen fast durchgelaufen waren, fühlte Jamie sich sowohl seelisch als auch körperlich erheblich besser. Trotzdem reagierte er noch immer empfindlich, wenn seine Familie zur Sprache kam.

»Ich kenne Jack schon fast mein ganzes Leben lang. Er ist immer eine Art Ersatzvater für mich gewesen. Davon allerdings scheine ich eine Menge zu haben. Liebhaber meiner Mutter, die als mein möglicher Vater in Frage kämen, tauchen an allen Ecken und Enden auf«, schob er bitter hinterher.

»Nun sei mal nicht so verbittert, alter Knabe«, sagte Marcus. »Dafür ist meine Familie so langweilig und angepasst, dass sie fast bürgerlich sein könnte. Ehrlich gesagt hätte ich nichts dagegen, einem so bizarren Schottenclan wie deinem anzugehören.«

»Ganz bestimmt! Am Ende des ersten Tages würdest du deinen Kopf unter dem Kopfkissen verstecken und darum beten, den nächsten Morgen nicht erleben zu müssen.«

»So etwas solltest du nicht sagen, James«, erklärte Marcus streng. »Hier geht es um Charakter! Alle bei euch, von Elly bis hin zu Tally, sind starke Charaktere. Eines Tages wirst du deinen Enkeln die tollsten Geschichten erzählen können. Vergiss doch einfach deine Seefahrer-Episode, alter Knabe, und denk einmal darüber nach, ob du nicht Geschichtenerzähler werden solltest – so in der Art von Conan Doyle vielleicht. Du könntest dir auf dem Rücken deiner verrückten Mischpoke aus Glengarth einen großen Namen und sicher eine Menge Geld machen.«

»Du hast leicht reden! Das sagst du nur, weil du genau weißt, wer dein Vater ist und dass er sein ganzes Leben als Ehemann im Bett deiner Mutter verbracht hat.«

»Oh, da wäre ich mir nicht so sicher«, murmelte Marcus. »Auch in der gediegensten Moral findet man Schlupflöcher.«

»Vor allen Dingen! Tante Kits ist die perfekteste, süßeste Ehefrau und Mutter und dein Vater vergöttert sie. Das ist für jedermann offensichtlich. Ich habe seit Januar weder von Vater noch von Mutter ein Wort gehört, und dabei läuft die Post über deine Mutter. Meine Mutter, die edle Lady Anne, für die nur die wichtigen Dinge im Leben zählen, scheint sich nicht die Mühe machen zu wollen, mir zu schreiben. Wäre Elly noch am Leben, sie hätte mir bestimmt jeden Tag einen Brief geschickt.«

»Warst du in sie verliebt?«

»Mach dich nicht lächerlich!«

»Ich war in mein Kindermädchen verliebt.«

»Mein Vater – entschuldige – mein so genannter Vater auch. In sein eigenes und in das anderer Leute.«

Marcus lachte auf. »Was? In die alte Delish?«

»Nein, in Charis Vayer. Ihr richtiger Name lautete Cynthia Smith.«

»Von der habe ich nie gehört.«

»Kann ich mir vorstellen. Die mütterliche Linie der Burretts hat die Ereignisse in Breedon Hall möglichst schnell unter den Teppich gekehrt. Vor allem, als Charis von Onkel Humph schwanger wurde. Die beiden sind ausgerissen und haben heimlich geheiratet, um ihr wieder einen anständigen Ruf zu verschaffen. Allerdings weiß ich nicht, ob sie vor oder nach der Eheschließung weggelaufen sind.«

»Du liebe Zeit! Ich muss unbedingt Mutter nach dieser dunklen Seite unserer Familie und den Kindermädchen fragen, die sich wie leichtfertige Sirenen in den Betten unserer Väter herumgetrieben zu haben scheinen. Wunderbar – damit können wir sie an den Hammelbeinen kriegen ... Woher weißt du solche Sachen, alter Knabe?« Marcus bemühte sich, ernst zu bleiben. Jamies Ärger und Verletzlichkeit angesichts seiner schottischen Familie, die ihm so oft übel mitgespielt hatte, hätte lächerlich sein können, wäre sie nicht so verdammt tragisch.

»Mein Vater und ich hatten ein langes Gespräch, ehe ich zu euch nach Oakham Castle verfrachtet wurde. Er schickte meine Mutter aus dem Zimmer und erzählte mir Dinge, die ich kaum glauben konnte.«

»Mein Gott, wie schrecklich. Ich hatte ein solches Gespräch mit Pa, ehe wir beide nach Italien aufbrachen. Auch er hat meine Mutter aus dem Zimmer geschickt. Alles, was er über Schwule, Sodomie und darüber gesagt hat, dass man sich bei billigen Frauen den Tripper holen kann, war ja noch in Ordnung. Aber als er anfing, von der sexuellen Beziehung zwischen Mann und Frau zu sprechen, ging seine Zunge mit seinen Genitalien durch. Es war zum Brüllen komisch. Ich glaube, ich habe von den Jungs in Eton tausend Mal mehr über Sex gelernt als mein Vater mit seinem aus der Übung gekommenen Penis. Aber ich habe nicht einmal einen Ansatz gemacht, ihm aus der Verlegenheit zu helfen.« Marcus gluckste vor Lachen. »Ha, ha, ha! Wie bitte?«

»Mein Vater ...« Jamie zögerte. »Eigentlich ist er ja gar nicht mein Vater. Zumindest nicht biologisch. Aber er ist mir immer und in jeder Hinsicht ein wirklicher Vater gewesen. Ich habe ihm nicht das Geringste vorzuwerfen.«

»Also, ich würde sagen, er *ist* dein Vater. Sogar vom biologischen Standpunkt her gesehen. Schließlich waren Rory und Lindsay Brüder und damit biologisch blutsverwandt.«

»Ja, aber ...«

»Ich weiß, alter Knabe!« Marcus' gönnerhafte Art, sein Filmstargehabe, irritierte Jamie zunehmend.

Das Kino begann in zunehmendem Maß, das Leben der Menschen zu beeinflussen. Man hörte nur noch: Das muss man gesehen haben – dies muss man gesehen haben, das muss man haben – jenes muss man haben, oder man versuchte gar die Hollywoodschauspieler nachzuäffen, wie Douglas Fairbanks, Ronald Colman, George Raft ...

Marcus verhielt sich eigentlich nicht anders als Jamies Schwestern zu Hause in Glengarth. Dulcie, Marjorie und Heather gingen regelmäßig zur Samstagsmatinee im Kino von Drumbarry und hatten »Big Business Girl« mit Loretta Young wer weiß wie oft gesehen. Jamie fragte sich, wer nach Ellys Tod die Mädchen ins Kino begleiten würde. Die Mutter bestimmt nicht. Annie hasste alle

»weltlichen Vergnügen«. Unter diesen Begriff fielen für sie sowohl Alkohol als auch Kino und Theater, aber auch Fotografieren, Tanzen und Rauchen. All diese Dinge sah Annie als Teufelswerk und damit als unmoralisch und heidnisch an.

Warum hatte sein vor Leben sprühender, junger und auch recht ansehnlicher Adoptivvater, der über einen gewissen Reichtum und die besten Verbindungen verfügte sowie einen schottischen Adelstitel und eine Vorfahrenreihe besaß, auf die jedermann stolz wäre – warum hatte diese starke Persönlichkeit ausgerechnet die ehemalige Geliebte seines älteren Bruders geheiratet, ein bescheidenes Fischermädchen ohne Titel und Erbe, dafür aber mit einem vier Jahre alten, unehelichen Kind? Jamie konnte es beim besten Willen nicht verstehen.

»Du tust mir Leid, Jamie«, sagte Marcus aufrichtig.

»Danke.« Jamie wusste Marcus' Freundschaft zu schätzen, auch wenn ihm sein Cousin manchmal auf die Nerven ging. Marcus war harmlos und trotz seiner Begeisterung für Leinwandhelden ein prima Kerl. »Ich brauche aber wirklich kein Mitleid oder Mitgefühl. Alles, was ich will, ist ein gewisses Verständnis.«

»Ich weiß, alter Knabe. Ich kann das gut verstehen – über Inzest redet man noch nicht einmal innerhalb einer Familie, geschweige denn mit anderen.«

»Was hast du da gesagt?« Jamie war von Marcus' merkwürdiger Antwort wie vor den Kopf geschlagen.

Marcus wollte sich eigentlich aus dieser Sache heraushalten. Er hatte sein gesamtes, junges Leben damit verbracht, an Türen zu lauschen, die Ohren zu spitzen und nach jedem Quäntchen Klatsch zu haschen. Ohne Klatsch war das Leben langweilig; Klatsch war die beste Möglichkeit, Informationen über solche Menschen einzuholen, die einem Steine in den Weg legten. Das galt für Lehrer, für Beichtväter und für alle anderen, die dank ihrer Stellung Macht ausüben durften, diese Macht aber missbrauchten. Erfuhr er aber etwas über jemanden, den er mochte – noch dazu etwas so Schreckliches – dachte er nicht im Traum daran, die Situation auszunutzen. Armer alter Jamie! Er war schwach und entstammte einem schwächelnden System und hatte offensichtlich keine Ahnung, was Marcus meinte.

»Inzest, werter Freund, ist das zweitschlimmste Verbrechen der Menschheit. Das schlimmste Verbrechen ist das, dessen Namen wir kaum auszusprechen wagen: die Homosexualität.«

»Mein Adoptivvater hat mit mir nie über Sex, Inzest, Homosexualität und andere kriminelle Machenschaften gesprochen. Ich verstehe nicht recht«, gab Jamie zurück.

Während der dreimonatigen Wanderung über Hunderte von Meilen hinweg hatte er allerdings sehr wohl verstanden. Jamie hatte viel Zeit gehabt, über alles Mögliche nachzudenken. Nach einem langen, anstrengenden Tag war er fast jeden Abend müde in seinen Schlafsack gekrochen, war unter einem strahlenden Sternenhimmel wie ein Baby eingeschlafen und am nächsten Morgen erfrischt und voller Tatendrang aufgewacht. Nicht ein einziges Mal hatte er sich mit seinem Vetter gestritten. Ihre Freundschaft war in Jamies Augen etwas ganz Besonderes. Dennoch empfand er die allzu große Nähe in Antonios Wohnung als erstickend und überlegte allen Ernstes, ob er den nächsten Abschnitt der Tour allein in Angriff nehmen sollte. Marcus könnte dann tun, was ihm Spaß machte.

»Über was habt ihr denn dann geredet?«, drängte Marcus weiter.

»Über Verbindungen innerhalb der Familie.«

»Wie dem auch sei, alter Knabe, ich glaube, dass irgendwo postlagernd ein ganzer Stapel Briefe auf uns wartet. Wenn du meinen Rat willst: Lass sie ruhen in Frieden! Briefe von zu Hause nimmt man am besten gar nicht erst zur Kenntnis.«

»Na ja, jetzt bin ich erst einmal froh, die Füße ein wenig hochlegen zu dürfen. Meine Blasen bringen mich fast um!« Jamie sah sich in der Wohnung um. »Ganz schön großzügig, dieses *appartamento*, wie der Italiener sagen würde. Und eine höchst noble Adresse! Sechs *camere da letto* – nein das hat nichts mit Lotto zu tun, es heißt Schlafzimmer! Ein *grande soggiorno* ...«

»Ein *soggi* ... wie bitte?«, fragte Marcus hinterhältig.

»Ein großer Salon und ein etwas kleineres Wohnzimmer, *ingresso, studio, balcone* und *terrazzo*, eine gigantische Küche mit Personal ...«

»Nicht zu vergessen die vier Marmorbäder«, fügte Marcus hinzu. Innerlich stöhnte er über Jamies italienische, mit schottischem Akzent ausgesprochene Brocken. Er nahm sich eine köstliche schwarze Olive. Den Kern behielt er im Mund und lutschte daran herum.

»Ich finde es unglaublich großzügig von deinem Kumpel, uns hier wohnen zu lassen«, sagte Jamie.

»Wie ... bitte?« Beinahe hätte Marcus den Kern verschluckt. Er hustete und spuckte ihn in hohem Bogen auf den Teppich.

»Na, hier in der Wohnung – Marcus, heb den Kern auf!« Mit strenger Miene zeigte Jamie auf den Aubusson-Teppich. »Benimm dich nicht wie ein Orang-Utan. Ich wollte eigentlich sagen, dass ich es ausgesprochen anständig von Antonio finde, dass er uns diese palastartige Wohnung leiht. Und ausgesprochen anständig von dir, dass du mit mir herumziehst, trotz ... na ja, trotz der Dinge, die in Invergordan passiert sind. Aber wenn du dich wie ein Ferkel benimmst, muss ich meine Meinung leider ändern.«

Verlegen hob Marcus den Olivenkern auf und legte ihn in den Kristallaschenbecher, der neben ihm stand. Dann zündete er sich eine weitere Zigarette an. Solange seine Eltern nicht da waren, ihm den Kopf zurechtzurücken, gab er sich ganz als Lebemann. Das war Jamie längst aufgefallen.

»Sagen wir mal – er schuldete mir noch einen Gefallen«, nahm Marcus den Gesprächsfaden wieder auf.

»Es spielt keine Rolle, was man weiß, sondern wen man kennt, stimmt's?«, grinste Jamie.

»Kommt hin, alter Knabe.« Marcus, Inbegriff des jungen, wohlsituierten, englischen Gentlemans, strich seinen Binder glatt, schnippte über die Manschetten seines cremefarbenen Seidenhemdes, versuchte die Knitterfalten in der beigen Leinenhose zu glätten und kreuzte die langen Beine – ein äußerst eleganter, aber nervöser Junggeselle auf einer Bergère. Er saß tatsächlich in diesem Sessel; er lümmelte nicht wie Jamie auf seiner Chaiselongue.

Jamie wusste nicht mehr recht, woran er bei Marcus war. Ein wenig erinnerte er ihn an Noel Coward, den er früher einmal in Glengarth kennen gelernt hatte.

»Was für ein Mensch ist dieser Antonio eigentlich?«, erkundigte er sich. Jamie kannte ihren Gastgeber nämlich noch nicht.

»Tony? Er ist halber Italiener und daher ziemlich temperamentvoll. Zu seinem Pech sieht er fantastisch aus. Die Damenwelt – allen voran meine Schwestern – liegt ihm zu Füßen. Ich bin sicher, deine Schwestern würden sich auch sofort in ihn verlieben. Wenn Tony seine Ferien bei uns in Oakham verbrachte, folgten ihm meine beiden Schwestern Pam und Shirley auf Schritt und Tritt. So, alter Knabe, jetzt solltest du dir die Zähne putzen und dich in Schale werfen, damit wir die Eröffnung der Galleria di Bonelli nicht verpassen. Ich fürchte, es wird tödlich langweilig.« Marcus gähnte.

Jamie blickte auf die Uhr. »Verflixt, ist es schon so spät?«

»Sieht so aus ... ach übrigens, wenn du an der *cucina* vorbeikommst, könntest du bei der Großherzogin eine Bloody Mary und ein *tramezzino* bestellen!«

Marcus nahm sich eine italienische Zeitung, »La Vita Italiana«, schüttelte sich angewidert und legte sie sofort wieder aus der Hand. Die Titelseite war ganz und gar dem Duce gewidmet, Benito Mussolini, dem Führer der faschistischen Bewegung Italiens.

»Was soll ich bestellen?«, fragte Jamie seinen Vetter.

»Tomatensaft mit Wodka und einem Spritzer ...«

»Ich weiß, was eine Bloody Mary ist. Eigentlich dachte ich, du hättest dir gestern Abend so viel *vino* einverleibt, dass du nicht schon vor dem Mittagessen alkoholischen Nachschlag brauchst. Tante Kits würde ...«

»Nun fang du nicht auch noch an, Jamie, alter Knabe. Du hörst dich an wie meine Mutter. Ich brauche die Bloody Mary gegen meinen Kater.«

»Und was war das andere?«

»Ein Schinkensandwich auf englische Art, mit Senf. Danke, alter Knabe.« Marcus streifte die Asche im Aschenbecher ab, anstatt sie auf den Boden fallen zu lassen, und lächelte in sich hinein wie eine zufriedene Katze vor dem Sahnetopf.

Jamie ärgerte sich. Marcus behandelte ihn wie einen Kuli. Hinzu kam, dass die Großherzogin, die eigentlich Carolina hieß und Antonios Köchin war, so ungemütlich werden konnte wie Mrs Foxton in Glengarth, wenn es darum ging, außerhalb der Mahlzeiten etwas Essbares zu organisieren.

*

An diesem Nachmittag lernte Jamie in der Galleria di Bonelli eine völlig neue Welt kennen – eine Welt, die er nicht gewohnt war. Die Galerie lag in der Via dei Tornabuoni, einer der teuersten Einkaufsstraßen von Florenz. Alle anwesenden Damen sahen wunderschön aus. Sie hatten sich prächtig herausgeputzt, waren nach der neuesten Mode gekleidet und mit echtem Schmuck behängt; ihre lackierten Nägel glänzten, sie dufteten nach teurem Parfüm und trugen Lippenstift. Die Männer waren allesamt sehr gut aussehend und strahlten Reichtum aus, waren glatt rasiert, verströmten angenehmen Duft, trugen teure Kleidung auf braun gebrannter Haut und hatten wie die Damen Handtaschen dabei, in denen sie ihr Geld transportierten. Der Champagner floss in Strömen, jeder küsste jeden viele Male, alle redeten mit den Händen, schnatterten und lachten durcheinander und keiner dachte mehr daran, dass man eigentlich gekommen war, um die Werke moderner Künstler zu bewundern und zu kaufen.

Gastgeber war natürlich Antonio, oder Anthony, wie er sich in England nannte. Marcus stellte ihn Jamie vor. Er hatte nicht übertrieben, was das gute Aussehen des jungen Mannes anging; er hatte wirklich eine geradezu extreme Ausstrahlung; die Damenwelt sammelte sich in seinem Fahrwasser und buhlte um seine Aufmerksamkeit und seine Küsse.

Als ehemaliger Eton-Schüler begrüßte Antonio Jamie in vollendetem Englisch ohne den geringsten Akzent. »Schön, dich endlich kennen zu lernen, Jamie. Tut mir Leid, dass ich nicht da war, um dich und Marcus zu begrüßen. Ich musste nach Rom; aber das ist eine andere Geschichte. Ich sehe euch später.«

Jamie erwiderte die Höflichkeiten.

Plötzlich tauchte eine höchst attraktive, verführerisch aussehende Frau neben Anthony auf, nahm sein Gesicht in ihre beringten und mit Armbändern geschmückten Hände, küsste ihn schallend auf beide Wangen und säuselte: »Antonio, *caro figlio – come è stato a Roma?*« Dann drehte sie sich zu Marcus um, nahm sein Gesicht ebenfalls in die Hände, küsste ihn, blickte ihm in die hellblauen Augen, fragte ihn, wie es ihm ginge, erkundigte sich nach England und wandte sich dann Jamie zu, der vorsichtshalber einen Schritt zurückwich.

»Sylvana«, sagte Antonio, der verlegen aussah und unter seiner Sonnenbräune ein wenig errötete, »das ist James Beauly Roskillen, ein zukünftiger Lord oder Laird, wie man in Schottland sagt. Er wird einmal Laird von Glengarth und ist der Vetter von Marcus. Sie machen gemeinsam Wanderurlaub und ich habe ihnen meine Wohnung zur Verfügung gestellt, so lange sie in der Stadt sind. Jamie, darf ich dir meine Mutter, die Contessa di Bonelli vorstellen?« Marcus trat einen Schritt zurück.

Die Frau streckte Jamie eine schmale, blasse Hand entgegen, die derart voller Ringe und Juwelen steckte, dass Jamie fürchtete, sie zu verletzen, wenn er zu fest zudrückte. »Nett, Sie kennen zu lernen, Laird aus Schottland. Sie sehen Ihrem Cousin gar nicht ähnlich.« Sie blickte Marcus an. »Sie sind dunkel wie die Nacht. Wieso ist Ihr Cousin so blond?«

Marcus lächelte. »Vielleicht war sein Vater Milchmann, Contessa.«

»Oh, Sie schlimmer Junge!« Sie gab ihm einen Klaps auf die Hand. »Einen Augenblick bitte. Wo ist denn meine Tochter?« Sie ließ ihren Blick über die Menge schweifen, entdeckte Antonios Schwester und rief sie zu sich. »Maria, *vieni qua!*«

Das Mädchen sah ihren Bruder, dann Marcus, ihre Mandelaugen weiteten sich und dann begrüßte sie Marcus mit einem Überschwang, der ihn fast umwarf. Sie schlang ihre Arme um seinen Hals und wirbelte ihn herum. Die Mutter seufzte und sagte etwas in so schnellem Italienisch, dass Jamie nichts verstehen konnte. Es war unverkennbar, dass die Frau Mama mit der Art der Begrüßung nicht ganz einverstanden war, selbst wenn Marcus nach so vielen Jahren schon fast als Familienmitglied gelten konnte.

»Und dies hier ist Jamie, ein Lord aus Schottland und Marcus' Cousin«, stellte die Contessa vor.

Maria begrüßte den großen, blonden James aus Schottland sehr viel zurückhaltender. Sie reichte ihm die Hand, lächelte, gab sich ausgesprochen höflich, sprach perfektes Englisch, lächelte wieder, wandte sich ohne weitere Umstände an ihre Mutter und sagte etwas auf Italienisch, was ihre Mutter veranlasste, sich auf dem Absatz umzudrehen. »*Scusi ... ci vediamo*, Antonio!«

Die Contessa ließ sich mit Marcus im Schlepptau von ihrer energiegeladenen Tochter wegziehen. Das war es dann wohl, dachte Jamie ärgerlich. Er fühlte sich brüskiert. Auch Antonio verschwand in der Menge, um sich Freunden, Verwandten und reichen Kunden zu widmen. Jamie zog sich in den Hintergrund zurück und fühlte sich entsetzlich fehl am Platz. Mit dem wenigen Italienisch, das er sich angeeignet hatte, war er nicht in der Lage, einer Unterhaltung zu folgen, geschweige denn, eine zu führen, und offenbar war er der einzige Gast, der sich für die ausgestellten Bilder interessierte.

Den Rücken dem völlig überfüllten Raum zugewandt, starrte er das vor ihm hängende Bild an, ohne es wirklich zu sehen.

Nie zuvor hatte ihn ein Mädchen so unglaublich verwirrt wie diese Maria di Bonelli! Ihr Haar war lang, dunkel und glänzte wie Zobel, dichte Wimpern umrahmten ihre wundervoll braunen

Mandelaugen, ihr süßer Mund schien zum Küssen geschaffen, so rot und so weich ... wahrscheinlich würde er schmecken wie ihre Haut – Milch und Honig mit einem Hauch Rosen. Jamie war hingerissen. Dabei hatte die Vorstellung alles in allem höchstens dreißig Sekunden gedauert, und Maria hatte ihn kaum beachtet, weil sie sich nur für Marcus interessierte. Wo blieb sein gesunder Menschenverstand?, fragte sich Jamie. Was war da geschehen?

Sein Herz pochte zum Zerspringen, sein Atem ging stoßweise, er fühlte sich schwach und ihm war übel. Wahrscheinlich lag es an dem Schinkensandwich, das er vor dem Aufbruch zur Galerie viel zu schnell verschlungen und mit einem Glas Bloody Mary heruntergespült hatte. Die italienische Köchin hatte statt eines tramezzino zwei gemacht; nicht unbedingt ein Kompliment für Jamies Italienisch-Künste! Jamie hatte sich verpflichtet gefühlt, seinen Vetter zu unterstützen ... Er zog ein Taschentuch aus der Hosentasche und tupfte sich die Stirn ab. Hoffentlich merkte niemand, dass er kurz davor war, sich zu übergeben ...

Eine englisch sprechende Stimme unmittelbar hinter ihm ließ ihn zusammenzucken. »Möchten Sie mein Gemälde kaufen, Signore? Sie haben es jetzt so lange angesehen, dass ich annehmen muss, es gefällt Ihnen?«

Jamie fuhr herum. »Wie bitte? Oh!« Ein kleiner, ziemlich verrückt aussehender Knabe stand vor ihm. Im Renaissancestil gekleidet, einen breitkrempigem Hut aus schwarzem Samt auf dem Kopf und einen braunen Samtumhang über die Schultern drapiert schien er direkt einem Gemälde entstiegen zu sein. »Wie viel ... äh ... quanto costa?«

Der Künstler sprach von einer Größenordnung im Bereich von mehreren Millionen Lire. Jamie wusste nicht, ob er ihn richtig verstanden hatte, aber um ganz sicherzugehen, lehnte er höflich ab. »Nein danke, Signore.« So viel könne er denn doch nicht anlegen. Der Künstler zuckte die Schultern und tauchte in der Menge unter. Jamie überlegte, was so Besonderes an einem Stillleben sein mochte, auf dem ein paar Feigen, ein Aal und ein Stück Seife zu sehen waren – zumindest hielt Jamie es dafür – um einen Preis zu rechtfertigen, bei dem Rembrandt höchstpersönlich sich im Grab umdrehen würde.

Ehe er einen Fehler machte, für den später Rory würde gerade stehen müssen, zog Jamie es vor zu verschwinden. Er blickte sich um, bemerkte, dass niemand ihn beachtete und glitt mit einem Seufzer der Erleichterung aus der Tür in die Freiheit.

Draußen wischte er sich noch einmal mit dem feuchten Taschentuch über die Stirn. Die Luft in der Galerie war zum Schneiden gewesen; Wolken von Parfüm hatten Jamie Kopfschmerzen verursacht. Schade war lediglich, dass er nun das Mädchen nicht wiedersehen würde. Dieser Marcus hatte aber auch ein Glück! Jamie beschloss, in die Wohnung zurückzukehren und sich seinen Italienisch-Lektionen zu widmen. Auf keinen Fall wollte er wieder linkisch und schwerfällig wirken, wenn er die hübsche junge Maria di Bonelli das nächste Mal zu Gesicht bekam – sollte es nicht auf Erden geschehen, dann wenigstens im Himmel, so Gott helfe!

*

Eine Woche später planten Jamie und Marcus ihre Weiterreise in Richtung Süden. Sie wollten über Arezzo, Siena und Perugia bis Rom wandern. Es würde Monate dauern, ehe sie nach Florenz zurückkehrten – wenn überhaupt.

Überall in der eleganten Wohnung lagen kurze Hosen, Socken, Hemden und Pullis, Rucksäcke und Proviant herum. Plötzlich klingelte das Telefon.

»Geh du dran!«, sagte Marcus.

»Nein, lieber du. Mein Italienisch lässt noch sehr zu wünschen übrig.«

»Na, dann lernst du es wenigstens.«

»Ich gehe dran«, mischte sich Antonio ein, der ebenfalls anwesend war. »Wahrscheinlich ist es sowieso für mich.« In seinem

Mundwinkel klebte eine Zigarette; er trug amerikanische Cowboy-Jeans, einen schwarzen Pullover mit V-Ausschnitt und sah aus wie die Verkörperung des von einem eleganten Schneider eingekleideten, reichen Italieners. Mit einer geschmeidigen Bewegung nahm er den Hörer ab.

Jamie und Marcus wurden Zeugen einer sehr einseitigen Unterhaltung. »Si mamma ... no mamma ... si mamma ... no mamma ... Si ... allora mangiare ... Ciao!« Er hängte ein. »Das war meine Mutter ...«

»Nicht möglich!«, sagten Jamie und Marcus im Chor und grinsten.

»Doch! Aber da fällt mir ein ...« Antonio kratzte sich zerstreut die Wange, »... Sylvana hat mich gebeten, euch Engländer zu fragen ...«

Marcus verabreichte ihm einen leichten Klaps auf den Hinterkopf: »Sag um Himmels willen niemals Engländer zu Jamie! Er dreht sonst glatt durch!«

»Tut mir Leid, Jamie!« Zerknirscht nahm Antonio seinen Fehler zur Kenntnis. »... ob ihr mit uns essen wollt, ehe ihr zu eurer Wanderung aufbrecht.«

»Wann denn?«, fragte Marcus und stopfte noch ein paar Kleidungsstücke in seinen sowieso schon heillos überfüllten Rucksack.

»Heute Abend.«

Marcus hörte auf zu packen und blickte zu Jamie hinüber. »Ja oder nein?«

Jamie zuckte die Schultern. »Das überlasse ich dir.«

»Verflixt, Jamie! Ja oder nein?«

»Dann also ja.«

»Dir ist klar, dass wir dann morgen mit einem Kater starten?«

»Du vielleicht, ich bestimmt nicht.«

»Glaubst du, die Schotten sind geübtere Trinker als die Engländer? Der Wein der Bonellis könnte stärker sein als euer Whisky, alter Knabe. Sie besitzen eigene Weinberge.«

Marcus drehte sich zu Antonio um. »Wir nehmen an. Vorausgesetzt, du chauffierst uns, und wir müssen nicht den klapprigen Bus nach Fiesole nehmen.«

»Aber natürlich nehme ich euch mit nach Fiesole. Ich bin nämlich auch eingeladen. Mich wundert übrigens, dass ihr euch diese Wanderung antut. Noch neun Monate! Und alles zu Fuß! Ich weiß doch, dass auch ihr ein gemütliches Zuhause zu schätzen wisst.« Antonio schüttelte lachend den Kopf. Er verstand die beiden nicht.

»Richtig«, bestätigte Marcus. »Und nur zu deiner Information, Tony: Jamie verzehrt sich geradezu danach, Maria wiederzusehen. Im Schlaf stöhnt er ihren Namen und träumt jede Nacht von ihr ...«

Jamie wurde rot. »Hör nicht auf ihn. Er ist derjenige, der sich verrückt macht!«

»Er ist absolut vernarrt!« Marcus warf eine einzelne Socke nach Jamie. »Ich glaube, das ist deine.«

Antonio wollte Marcus etwas erwidern, besann sich aber, lächelte, zuckte die Schultern und sagte: »Okay, dann rufe ich Sylvana an und informiere sie, dass wir heute Abend alle drei zum Essen kommen. Maria dürfte beruhigt sein. Es war ihre Idee, euch einzuladen. Sie wusste, dass ihr morgen aufbrechen wollt.«

Glücklicher Marcus!, dachte Jamie und fühlte sich wie ein Häufchen Elend.

Trotzdem gab er sich an diesem Abend ganz besondere Mühe mit seinem Aussehen. Er trug eine dunkle Krawatte zum weißen Hemd, einen ordentlich gebügelten Blazer und Flanellhosen. Seine Schuhe waren auf Hochglanz poliert und das leicht gewellte Blondhaar peinlich in Form gebürstet. Sowohl sein Cousin als auch Antonio äußerten ihre Bewunderung für Jamies Erscheinungsbild.

*

Es wurde ein Abend, den Jamie nie vergessen sollte.

Die Villa des Conte di Bonelli lag ungefähr acht Kilometer von Florenz entfernt. Genau genommen handelte es sich um einen in einer wundervollen Gartenlandschaft an den Hängen von Fiesole gelegenen Palast der Medici, der über die Täler des Arno und des Mugnone hinwegblickte. Der Blick von der Terrasse und aus den hohen, luftigen Fenstern des beeindruckenden Renaissancepalastes war spektakulär; jede bauliche Einzelheit hatte die Aufgabe, die Schönheit der Landschaft zu unterstreichen und ins Innere der Räume zu holen.

Für Jamie war das alles Neuland. Zum ersten Mal erlebte er, wie luxuriöses Leben in Italien aussah. In den Gassen der Städte war ihm viel mehr Armut und Hunger aufgefallen, als er aus Edinburgh, Glasgow oder London kannte. Hier war er am entgegengesetzten Ende der Reichtumsskala gelandet, wo das Beste gerade gut genug schien. Es gab einen Majordomus, livrierte Lakaien und jede Menge Bedienstete, die einem jeden Wunsch von den Augen ablasen. Jamies geplagte Mutter wäre vor Neid erblasst.

Sowohl die Familie als auch die Gäste waren im Abendanzug. Marcus und Jamie wünschten, sie hätten wenigstens statt der normalen Krawatten ihre Fliegen umgebunden, aber den Italienern war der nicht ganz dem Anlass entsprechende Aufzug der beiden jungen Männer völlig egal. Italiener waren nämlich der Ansicht, dass sich Briten sowieso immer schlecht kleideten und keine Ahnung von Mode hatten.

Jamie lernte Antonios Vater Alessandro, den Conte di Bonelli, kennen und fragte sich, wo um alles in der Welt die englische »Hälfte« von Marcus' Schulfreund herkam: beide Eltern wirkten wie Italiener aus dem Bilderbuch.

Am nächsten Tag erklärte Marcus ihm, dass Sylvana Antonios Stiefmutter war. Die leibliche Mutter, eine Engländerin, hatte sich von Conte Alessandro scheiden lassen und lebte in Rom.

Die kapriziöse Maria wirkte auf Jamie schöner denn je, hatte jedoch nur Augen für Marcus. Sie trug ein Kleid aus weißer Spitze. Ihr dunkles Haar wurde von einem breiten rosa Haarreif zurückgehalten wie bei einem kleinen Mädchen. Sie erinnerte Jamie an einen Schmetterling, der gegen eine Scheibe flatterte. Wie alt mochte sie sein? Vierzehn? Fünfzehn? Sechzehn?

Maria flirtete ziemlich offen mit Marcus. Genau so hatten Jamies Schwestern versucht, Hollywoodstars zu beeindrucken, die in Glengarth zu Gast waren. Jamie rutschte das Herz in die Hose, als er erkennen musste, wie nah sich Marcus und Maria standen.

Als Jamie und Marcus sich verabschiedeten und für den wunderbaren Abend und das köstliche Mahl bedankten, spürte Jamie plötzlich, wie Marias Hand sich in seine schmiegte und ein Briefchen hineingleiten ließ.

Sein Herz hüpfte in ungeahnte Höhen. Sie steckte ihm einen heimlichen Liebesbrief zu ...

Doch dann rief er sich zur Räson. Schließlich konnte das Briefchen durchaus für Marcus sein; vielleicht waren Marcus und Maria heimlich ein Paar geworden, nachdem sie sich über Jahre hinweg kannten und viele Ferien miteinander verbracht hatten. Vielleicht wollte Maria nicht, dass ihre Familie davon erfuhr ... Oh Gott! Nein! Nein! *Nein!*

Jamie konnte es kaum erwarten, von Antonio in dessen Bugatti nach Hause chauffiert zu werden. Ungeduldig quetschte er seine hoch aufgeschossene Gestalt neben Marcus und hoffte inständig, Antonio könnte die acht Kilometer in höchstens zehn Minuten bewältigen. In der Wohnung angekommen steuerte er sofort sein Schlafzimmer an.

»Schlaft gut, Jungs. Wir müssen morgen früh los. Und falls ich morgen früh zu müde sein sollte, mich meiner guten Erziehung zu erinnern, bedanke ich mich vorsichtshalber jetzt schon einmal bei dir, Tony. Deine Gastfreundschaft hat mir viel bedeutet. Du musst uns unbedingt in Glengarth besuchen kommen. Mit dir würde ich gerne auf den Ben Nevis steigen.«

»Gern!« Antonio salutierte fast militärisch, während er sich als Betthupferl einen letzten Cognac einschenkte. »Sollte ich morgen früh noch nicht wach sein – und das bin ich bestimmt nicht – wünsche ich euch eine gute Reise. Ruft mich an, wenn ihr noch einmal nach Florenz kommt.«

Jamie verriegelte seine Tür, riss sich die Krawatte herunter, schleuderte die Schuhe von den Füßen und ließ sich quer über das Bett fallen. Die schwache Nachttischlampe ließ die zarte Schrift auf dem zerknitterten Brief kaum erkennen. Dankbar registrierte Jamie, dass sie auf sehr dünnem, mit Briefkopf versehenen Papier Englisch geschrieben hatte. Er glättete den Brief, der ein schwaches Parfüm verströmte, und war unendlich glücklich, dass er Marcus nicht als Übersetzer bemühen musste.

»Lieber James, seit ich Sie in der Galerie traf, habe ich oft an Sie denken müssen. Vermutlich halten Sie mich für ziemlich dreist, aber ich hoffe, Sie tun es nicht. Ich wünsche mir sehr, dass wir Freunde werden. Als ich Sie in der Galerie zum ersten Mal sah, konnte ich kaum die Augen von Ihnen abwenden. Mir kam es vor, als würde ich Sie schon lange kennen. Marcus hat uns viel über seine schottische Verwandtschaft erzählt. Vor allem über Sie, der Sie einst der Lord von Glengarth werden. Es wäre schön, wenn Sie mir Postkarten schicken könnten, wenn Sie weiterwandern. Vielleicht sogar einen Brief? Ich fühle mich sehr einsam. Meine Mutter hat ein sehr einnehmendes Wesen, wie viele italienische Mütter. Das ist auch der Grund, warum ich Ihnen mitteile, wie es um mich steht. Ich kann es nicht ertragen, Gefangene meiner Gefühle zu sein, ganz gleich, was Mama dazu sagt. Bitte ärgern Sie sich nicht über mich, fühlen Sie sich nicht verlegen und erzählen Sie vor allem meinen Eltern nichts. Wenn Sie mich ein wenig mögen, dann helfen Sie mir aus meinem Elend und der Anspannung und schreiben mir. Bitte, James! Eine kurze Postkarte von Zeit zu Zeit reicht schon. Ich wäre so gerne Ihre Freundin und werde Tag und Nacht an Sie denken, bis ich eine Nachricht von Ihnen erhalte. Und noch eine Bitte: Erzählen Sie niemandem von diesem Brief. M.«

Aber ganz bestimmt nicht! Jamie hielt den hübschen, kleinen, in perfektem Englisch geschriebenen Brief die ganze Nacht auf seinem Herzen fest. Am nächsten Tag musste er eine schwere Entscheidung treffen: Sollte er Marcus auf der weiteren Wanderung begleiten, oder sollte er in Florenz in ihrer Nähe bleiben?

Schließlich siegte der gesunde Menschenverstand.

Jamie merkte, dass es weder richtig noch sehr freundlich wäre, Marcus jetzt einfach sitzen zu lassen, nachdem Tante Kitty und Onkel Toby sich so viel Mühe gegeben hatten, die Reise für ihn und seinen Vetter zu ermöglichen. Marcus war mit ihm während des ganzen ersten Teils der Tour durch dick und dünn gegangen und hatte ihn kein einziges Mal auf seine unehrenhafte Entlassung angesprochen. Jamie konnte und wollte seinen Cousin nicht enttäuschen, der sich auf den zweiten Teil der Wanderung freute.

Außerdem gab es da einige widersprüchliche und aufwühlende Fragen, die er seinem Vetter stellen wollte. Erst, nachdem er diese Dinge geklärt hätte, würde er sich frei genug fühlen, auf Marias Brief zu antworten.

Teil 4

Der Fluch von Glengarth

24. Kapitel

1933 waren zum ersten Mal seit dreizehn Jahren in Glengarth keine Gäste für die Winter- und Frühjahrssaison gebucht. Voller unangenehmer Vorahnungen erwarteten Annie und Rory den Prozess gegen Aeneas Hamilton. Die Kinder waren in die Schule zurückgekehrt und abgesehen vom Personal waren Annie und Rory allein. Ab und zu streiften Reporter mit Blitzlichtkameras über die Besitzungen der Roskillens, aber daran war man im Schloss inzwischen gewöhnt.

Der Staatsanwalt hatte genügend Indizien gegen »Aeneas Beauly Hamilton, ohne Wohnsitz« zusammengetragen, um den Fall vor Gericht zu bringen. Aeneas sollte des Mordes an Eleanor Arbuthnot, Kindermädchen und Gouvernante auf Schloss Glengarth, angeklagt werden. Bei einer Verurteilung drohte ihm die Todesstrafe. Er saß bereits seit fast einem Jahr in Untersuchungshaft.

Alle Zeitungen der Gegend, sowohl die wichtigen als auch die kleineren, hatten ausführlich über den Mord berichtet. Für das eher ruhige Wester-Ross war die Bluttat ein geradezu sensationelles Drama. Eine besonders große Rolle spielte der Umstand, dass Ellys erste große Liebe, ein amerikanischer Soldat, vor fünfzehn Jahren bei der Schlacht von Cantigny gefallen war, und sie gerade im Begriff stand, sich nach langer Werbungszeit mit dem Oberförster von Glengarth zu verloben, als das Verbrechen geschah. Auch dass der Täter ein Verwandter des Laird von Glengarth war, der es darauf abgesehen hatte, die Familie mit allen Mitteln zu schädigen, sorgte für reges Interesse.

Die schottischen Zeitungen breiteten sich genüsslich über Aeneas Hamilton, Elly Arbuthnot, Jack Montgomery sowie die Familien Roskillen und Hamilton aus, die sich seit dem großen Feuer von Forest Lodge lange vor dem Weltkrieg feindlich gegenüber standen – so lange dauerte die Fehde schon an!

Hatte Aeneas Hamilton etwa auch damals im Fall Forest Lodge die Finger im Spiel gehabt? Er war damals erst dreizehn Jahre alt gewesen und niemand hatte ihn verdächtigt. Fest stand, dass es sich um Brandstiftung gehandelt hatte, und als Verdächtiger war Fleddon an Fletcher aus Raasay in aller Munde gewesen. Er war ein Tunichtgut, der zur Zeit des großen Brandes auf Rill wohnte. Konnte es sein, dass nicht Fletcher, sondern ein Jugendlicher mit einer fatalen Neigung zur Pyromanie das Feuer gelegt hatte?

Annie hatte Rory – wie Lindsay vorher – von dem bösartigen Stiefvater erzählt, der sie als Kind missbraucht hatte. Nachdem Lindsay ihr Beschützer geworden war, hatte sie Fleddon an Fletchers Namen bei der Vernehmung bewusst nicht angegeben, obwohl sie ihn verdächtigt hatte, das Feuer gelegt zu haben, um Lindsay die Möglichkeit zu geben, selbst Rache zu üben. Deshalb wurde Fleddon an Fletcher nie öffentlich mit Annie Gowrie in Verbindung gebracht. Lindsay hatte sich große Mühe gegeben, seine Mätresse vor jeder Art öffentlicher Aufmerksamkeit zu schützen, zumal ein schlechter Leumund seinen eigenen Namen, seinen eigenen Ruf und seine eigenen Interessen hätte beeinträchtigen können.

Rory fuhr fort, mit dem unvermeidlichen Whiskyglas in der Hand über gerade zurückliegende und längst vergangene Ereignisse nachzugrübeln.

War die Besessenheit vom Feuer, die Aeneas seit seiner Kindheit an den Tag legte, auf seine strenge Erziehung zurückzuführen? Es gab Bibeltexte, die Zerstörung und Wiederaufbau als Mittel zur Reinigung der Seele anpriesen. Hatte die streng religiöse Zucht vielleicht Einfluss auf Aeneas' Geisteszustand gehabt, als er Brände legte und Todesdrohungen gegen seine Verwandtschaft ausstieß?

Wie dem auch sei, das letzte Opfer des Moloch-Vermächtnisses war eine schöne, freundliche und treuherzige Frau gewesen, die leider allzu oft missverstanden worden war.

Der *Moloch* entstammte dem Alten Testament. Er galt als Gottheit der Ammoniter, eines Nomadenstammes, der östlich des Jordan lebte und ein Erbfeind der Israeliten war. Die Roskillens, Hamiltons und Beaulys von Glengarth hatten sich seit jeher das schwarze Buch mit den vielen Verwünschungen zu Herzen genommen. Das galt vor allem für die grausame Gottheit der Ammoniter, der Kinderopfer dargebracht wurden. Gibt es denn wirklich kein Entkommen?, dachte Rory. Waren dem abscheulichen, unersättlichen Götzen einer altertümlichen Religion nicht schon genügend Kinder wie auch Erwachsene aus Glengarth zum Opfer gefallen? Was hatte der alte indische Sadhu auf der Straße nach Tippindee mit Elly Arbuthnot oder Aeneas Hamilton zu tun? Und waren die beiden tatsächlich Opfer des gierigen Götzen Moloch?

Das ist eben der Fluch von Glengarth! Rory hörte die Antwort klar und deutlich in seinem Kopf. *Der Fluch des Moloch, der über das Grab hinaus für immer und ewig nach dir greift, nach dir greift, nach dir greift ...*

Rory vergrub den Kopf in den Händen. Verzweifelt versuchte er, einen Sinn in alledem zu sehen.

Aeneas würde sicher schuldig gesprochen werden. Alle Welt machte sich auf, um Zeuge des Urteils zu werden. Das galt besonders für die sensationslüsternen Reporter und Journalisten, die auf Schritt und Tritt hinter der Familie herspionierten. Rory erinnerte sich noch gut an den kleinen Aeneas, den rundlichen, immer fröhlichen und sehr lebhaften Bengel, der wie Rorys eigene Söhne auf dem Hosenboden die Geröllhalden herunterrutschte und atemlos lachend vor Lindsays oder Iain Hamiltons Füßen landete. Das war lange vor Jack Montgomerys Zeit gewesen. Montgomery – sein in jeder Hinsicht zuverlässiger Oberförster mit der Geduld eines Heiligen, den Elly heiraten wollte ...

Annie hatte erzählt, dass die Hamiltons eine geradezu perfekte Familie gewesen waren, freundlich, warmherzig und fröhlich, ehe die beiden Brüder Roskillen vor über dreißig Jahren heimkehrten und der Fluch des Moloch ihnen anhaftete. Jetzt schloss sich der Kreis offensichtlich. Aeneas Hamilton würde wegen vorsätzlichen Mordes an einer unschuldigen Frau vor Gericht erscheinen müssen; zudem war er nachgewiesenermaßen ein Pyromane. Einen Brand hatte er bereits in der Brennerei von Glengarth gelegt ... aber würde man auch den Vorfall von Forest Lodge, der so viele Jahre her war, zur Sprache bringen? Ebenfalls nachgewiesen waren seine verschiedenen Erpressungsversuche. Wie viele braune Umschläge aus dem Büro des Anwesens waren wohl in seine gierig danach grapschenden Hände gewandert? Sicher – er hatte ihnen das Geld wiedergegeben – aber war es wirklich die ganze Summe gewesen? Rory hatte den Überblick verloren. Aeneas Hamilton wurde sicherlich zum Tod durch den Strang verurteilt ... Oh Gott, nein!

Die Situation grenzte ans Groteske, war einfach unhaltbar geworden.

Rory fragte sich, wie die beiden streng prinzipientreuen Tanten von Aeneas mit dem Sachverhalt fertig wurden. Sie hatten den Jungen nach dem Tod seiner Eltern zu sich genommen und erzogen. Wahrscheinlich ging es ihnen gar nicht gut. Ob er sie einmal besuchen sollte? Seitdem sie aus dem Tal weg und nach Drumbarry in ein neues Wohnviertel gezogen waren, hatte der Kontakt etwas gelitten.

In Drumbarry war nach dem Krieg ein Wasserkraftwerk entstanden, das vielen Menschen Arbeit bot, wo es früher nur Fischfang, Schafzucht, Milchwirtschaft und Holzhandel gegeben hatte. Der Nordwesten Schottlands hatte wirtschaftlich hart zu kämpfen. Doch inzwischen gab es bessere Straßenverbindungen in den

Süden, und seither war der Besucherstrom nach Gairloch gestiegen. Nur wenige Meilen nördlich von Glengarth lag Inverewe, das mit seinen außergewöhnlichen Gartenanlagen zum Anziehungspunkt für Touristen geworden war ...

Rory seufzte. Wenn er es nüchtern betrachtete, ging es Inverewe als Touristenattraktion und Wirtschaftsunternehmen erheblich besser als Glengarth. Dabei spielten die neuen Straßen noch nicht einmal eine Rolle. Glengarth hingegen wurde von immer neuen Schicksalsschlägen getroffen – auf der Familie musste wirklich ein Fluch liegen!

»So ein Quatsch!«, schimpfte Rory laut mit sich.

Aber seit dem Krieg hatte sich das Leben wirklich dramatisch verändert, und das machte Rory Angst. Seine Gedanken schweiften ab. Sollte er nun Morag und Moira besuchen oder nicht? Er konnte sich nie erinnern, welche seiner beiden Cousinen Witwe und welche Junggesellin war; inzwischen lebten jedenfalls beide in schwesterlicher Eintracht in der modernen Wohnsiedlung in Drumbarry.

Wahrscheinlich wären sie entsetzt, wenn er käme.

Rory selbst war sich nicht sicher.

Nach dem Feuer von Forest Lodge hatten sich die Hamiltons von den Roskillens losgesagt. Morag, Moira und ihre Mutter, Rorys Tante Jean, hatten Lindsay für Iains Selbstmord verantwortlich gemacht. Für Tante Jean war jeder, der den Namen Roskillen trug, mitschuldig. Das Unglück hätte ihrer Meinung nach vermieden werden können, wenn Lindsay, der Forest Lodge vermietet hatte, sich rechtzeitig um das Dachstroh gekümmert hätte, das schon lange vor dem Feuer in einem gefährlichen Zustand gewesen war.

Die drei Frauen hatten sich des dreizehnjährigen Aeneas angenommen, der unter den Narben seiner schweren Verbrennungen und dem Verlust seiner Familie sehr gelitten hatte. Eine ungeheure Aufgabe! Aber sie hatten es ohne Hilfe geschafft. Nie hätten sie sich dazu herabgelassen, bei den großen Lairds von Glengarth um Unterstützung zu betteln. Die Kluft zwischen den beiden Familien blieb unbezwingbar. Man konnte die Bitterkeit geradezu mit den Händen greifen. Rory schreckte daher davor zurück, sich in Morags und Moiras Befindlichkeiten einzumischen. Wieder einmal hatte das Schicksal zugeschlagen und ein Mitglied ihrer Familie getroffen; dieses Mal war es ihr geliebter und gehätschelter Neffe Aeneas. Und wieder einmal würden sie die Schuld für ihr Unglück bei den Roskillens suchen.

Mit Sicherheit wäre man Rory mit der Bibel gekommen, ehe man ihm die Tür vor der Nase zugeschlagen hätte. Und so beschloss er, Morag und Moira keinen Besuch abzustatten und sie fürs Erste zu vergessen, um nicht noch mehr Ärger heraufzubeschwören. Er und Annie hatten sowieso genug mit sich selbst zu tun.

*

Eines Nachmittags legte Annie im Sonnenzimmer ihre Handarbeit zur Seite. Sie hatte lang genug auf den tristen grauen Minch hinuntergeschaut und beschloss, sich auf die Suche nach ihrem Mann zu machen. Sie fand ihn in der Bibliothek, die gleichzeitig als Arbeitszimmer diente. In der letzten Zeit zog er sich häufig dorthin zurück.

»Ich gehe ein wenig spazieren, Rory«, sagte sie, »sonst setze ich noch Spinnweben an.«

»Gute Idee, Liebes«, antwortete er. »Ich wollte gerade Morag und Moira anrufen und mich mit ihnen verabreden ...«

»Glaubst du, dass das vernünftig ist?«, fragte Annie mit gerunzelter Stirn.

Er wusste genau, was sie dachte. Er selbst spürte Schmetterlinge im Bauch, wenn das Thema zur Sprache kam. Der Prozess gegen Aeneas sollte in vier Tagen beginnen. Es würde ein langes, anstrengendes Wochenende für sie alle werden. Vor allem für Annie – schließlich war sie in Forest Lodge Aeneas' Kindermädchen gewesen. Auch Rory wünschte sich oft, die Dinge wären anders gelaufen, aber leider konnte man die Uhr nicht mehr zurückstellen.

Es war einfach nur schrecklich, dass ein enger Verwandter der Roskillens des Mordes sowie der Brandstiftung und Erpressung angeklagt werden sollte.

Vielleicht gab es noch eine Chance für Aeneas, wenn man auf Unzurechnungsfähigkeit plädierte. Er war aufgrund der Ereignisse, die damals stattgefunden hatten, schwer traumatisiert und man konnte hoffen, dass er als vermindert schuldfähig galt, was allerdings bedeutete, dass er den Rest seines Lebens in einer psychiatrischen Anstalt würde verbringen müssen ... War eine Hinrichtung etwa doch die humanere Option?

Weder Annie noch Rory mochten an die Alternative denken.

»Möchtest du, dass ich dich begleite?«, fragte er.

Annie wusste, dass er viel lieber am Kamin sitzen und – vor allem an einem solch ungemütlichen Nachmittag – die häuslichen Bequemlichkeiten genießen würde. »Wenn es dir nichts ausmacht, wäre ich lieber allein.«

»Das verstehe ich völlig«, gab er zurück.

»Rory ...« Annie zögerte. »Ich wollte es dir schon lange sagen: Es tut mir Leid, dass ich so falsch von dir gedacht habe. Ich meine wegen Elly. Ich verstehe jetzt, dass sie nur eine liebe Freundin für dich war, und war nach unserer Aussprache wirklich nicht mehr eifersüchtig auf sie. Ich wollte, ich hätte es schon früher begriffen. Genau wie bei Lizzie. Ich bin immer davon ausgegangen, dass jede engere Beziehung zwischen einem Mann und einer Frau auf Lust, Leidenschaft und Libido beruht.«

»So wie bei dir und Lindsay?«

»Ja«, gab sie zu. »Aber damals war ich noch viel jünger. Ich war verrückt und hatte keine Ahnung vom Leben und von den Dingen, die jenseits von Rill und Glengarth lagen. Ich dachte, es wäre normal, wie mein Stiefvater mich behandelte. Als dann Lindsay kam, war es, als hätte er mich aus dem Dornröschenschlaf wach geküsst. Er schenkte mir ein völlig neues und wunderbares Leben ... Aber das hast du alles gewusst, ehe du mich um meine Hand gebeten hast, Rory.«

Der Nachsatz machte die Feststellung nicht unbedingt leichter verdaulich. Rory griff nach der schweren Whiskykaraffe aus geschliffenem Glas, die immer neben seinem Lehnstuhl stand, und lächelte traurig. »Lizzie würde jetzt sagen: *So ist nun einmal das Leben.*«

Annie nahm ihren Schirm aus dem Schirmständer. In der Halle hingen Geweihe und ausgestopfte Hirschköpfe an der Wand. Unter den Familienwappen saßen regungslose Vögel in Glaskästen und starrten sie aus toten Augen an.

Draußen warf sie einen Blick in den grauen Himmel und atmete tief die frische, vom Regen rein gewaschene Luft ein. Es roch nach Tannengrün. Annies Seele fühlte sich plötzlich viel freier.

Sie stand auf den grauen Granitstufen der Halle wie Lindsay in einer längst vergangenen Silvesternacht. Damals war er wie ein Clanführer in festliche Highlandtracht gekleidet. Immer, wenn die schwere Tür sich öffnete, fiel ein goldener Lichtstrahl auf ihn. Sie hatte sich im Schatten versteckt und ihren strahlenden Liebhaber beobachtet, der seinem Sassenach-Bruder entgegen ging, den er viele Jahre nicht gesehen hatte. Die beiden Brüder – sie waren beide schön, aber beide hatten sie ihre Fehler. Annie erinnerte sich, wie neidisch und krank vor Verlangen sie gewesen war, weil die »Besseren« innerhalb der schützenden Schlossmauern zu essen und zu trinken hatten, während sie barfuß und hungrig im Schnee stand. Zwei Brüder, wunderschön, und charakterlich doch so voller Brüche.

Annie seufzte und lächelte so traurig, wie Rory es vor wenigen Minuten getan hatte. Es sah nach Regen aus, aber wann regnete es einmal nicht in den Highlands? Annie spannte ihren Schirm auf und machte sich auf den Weg durch Inchnadamph. Es war der kürzeste Weg nach Inverdune.

John Pemberton-Fookes öffnete die Tür. Er war überrascht, sie zu sehen, denn sie hatten vor einiger Zeit vereinbart, sich vorerst nicht mehr zu treffen.

»Annie! Natürlich freue ich mich, dass Sie kommen, aber Sie

wissen, dass Ihr Besuch mich in eine sehr verzwickte Situation bringt, nicht wahr?«

»Das weiß ich, und es tut mir auch sehr Leid – aber ich muss mit jemandem reden.«

»Ich hoffe, es geht nicht um Aeneas.«

»Nein, das ist doch klar!«

»Kommen Sie und setzen Sie sich ans Feuer. Sie sind ja völlig durchgefroren! Warten Sie, ich nehme Ihnen Schirm und Mantel ab. Meine Güte, es regnet ja in Strömen da draußen! Bei einem solchen Wetter kommen Sie her? Dann muss es ja wirklich sehr wichtig sein!«

Er reichte ihr ein Handtuch, hängte ihren durchnässten Mantel zum Trocknen auf, kochte ihr einen Tee und brachte die Keksdose. Das alles waren Dinge, die Lindsay ebenfalls für sie getan hatte, wenn er auf Rill weilte. Manchmal vermisste sie die kleinen, häuslichen Aufmerksamkeiten, die Rory völlig abgingen. Interessanterweise war sein älterer Bruder Lindsay, der sich ansonsten eher kühl, reserviert, zurückhaltend und manchmal reichlich selbstherrlich gegeben hatte, der häuslichere von beiden gewesen.

Das galt auch für John. Der Junggeselle mittleren Alters hatte seinen kränklichen Vater gepflegt und begraben, aber nie geheiratet. Obwohl er Mitglied der schottischen Anwaltskammer und Staatsanwalt war, bewies er ein ausgesprochenes Geschick, wenn es darum ging, eine Tasse guten Tee zu kochen, Plätzchen zu backen oder einen Knopf anzunähen. Ein Mann, der seiner Frau in der Küche in nichts nachstand, war mindestens zwei im Schlafzimmer wert ...

Annie verzog das Gesicht bei diesem Gedanken zu einem unwillkürlichen Lächeln.

Zwei Brüder Roskillen und sie selbst waren in einer von Lust geprägten Dreiecksbeziehung gefangen, die viel Trauer, Schmerz und Liebeskummer verursacht hatte, und zwar nicht nur für sie selbst, sondern auch für andere. Wie viel Wahrheit steckte doch in dem Sprichwort, dass die Sünden der Väter auf die Kinder übergingen! Mitleidlose Ironie des Schicksals!

»Worüber lächeln Sie?«, fragte John.

»Habe ich gelächelt?«

»Entweder das, oder Sie haben den Mund verzogen. Haben Sie etwa Zahnschmerzen?«

»Nein. Ich fühle mich wie eine zufriedene Katze und genieße das warme Feuer, Ihre gemütliche Küche und den guten Tee. Deshalb habe ich sicherlich gelächelt, Sir John.«

»Wie geht es Rory?«, erkundigte er sich.

»Er trinkt mehr als ihm gut tut.«

»Tja, das sagen Sie als besorgte Ehefrau. Aber so, wie die Dinge auf Glengarth liegen, trinkt er wahrscheinlich gerade genug, um nicht durchzudrehen.«

»Hoffentlich haben Sie Recht. Aber wenn er das hier liest, dreht er wahrscheinlich doch noch durch!« Annie zog einen Brief aus der Rocktasche. »Den habe ich im Schlafzimmer meiner jüngsten Tochter gefunden. Anscheinend haben sich Heather und Jamie im vergangenen Jahr öfter geschrieben. Ich hatte mich schon gewundert, dass er so viel über die Ereignisse in Glengarth wusste, obwohl er mir und Rory kaum jemals schrieb. Eigentlich dachte ich, dass Marcus ihm Dinge weitererzählt hätte, die er von Kitty aus unseren Telefonaten wusste. Aber jetzt weiß ich, dass die Informationen von Heather kamen. Auf jeden Fall kommt er bald zurück ...«

»Und wie kommen Sie dazu, die Briefe Ihrer Tochter zu lesen?«, fragte John angriffslustig. »Erzählen Sie mir nicht, es gehöre zu den Aufgaben einer liebenden Mutter, heimlich durch die Korrespondenz und die Tagebücher ihrer Kinder zu stöbern.«

Annie reagierte empfindlich. »Selbstverständlich nicht. Ich war dabei, in ihrem Schlafzimmer Staub zu wischen und ein wenig aufzuräumen, als ich Jamies Brief auf dem Nachttisch fand. Da wurde ich natürlich neugierig und konnte der Versuchung nicht widerstehen, ihn zu lesen.«

»Haben Sie keine Bediensteten dafür?«

»Wofür?«

»Zum Staubwischen und Aufräumen.«

»Nur in den Gemeinschaftsräumen. Um die Schlafzimmer der Familie kümmere ich mich selbst. Die Angestellten schnüffeln mir zu viel herum.«

»Und haben dazu weniger Recht als die Mutter – das meinen Sie doch, oder? Ich verstehe Sie zwar, aber ich kann Ihre Beweggründe nicht unbedingt gutheißen. Und jetzt hat Jamie also genug von Italien?«, fügte er ein wenig umgänglicher hinzu.

»Ich glaube eher, er hat genug von seinem Vetter Marcus und dessen Freund Antonio. Außerdem schreibt er Heather, dass er sich in Antonios Schwester verliebt hat und sie heiraten möchte.«

»Das hört sich für mich doch eher nach einem sehr verantwortungsbewussten jungen Mann an. Jedenfalls spielt er ihr nicht die große Liebe vor und macht sich aus dem Staub, nachdem sie ihn schließlich erhört hat.«

»Ich dachte mir schon, dass Sie so reagieren würden. Das Schlimme ist nur, dass die beiden viel zu jung sind. Ich weiß genau, was Rory sagen wird: Nicht nur, dass das Mädchen Italienerin ist, zudem findet er die Leute auch noch ›verdammt blöd‹! Er würde nie und nimmer sein Einverständnis geben.«

»Legen Sie immer noch Wert darauf, was Rory denkt?«

»Aber sicher!« Annie durchbohrte ihn fast mit den Augen. »Selbstverständlich! Schließlich ist er mein Mann. In guten und in schlechten Tagen.«

John zuckte die Schultern. »Und?«

»Der Vater des Mädchens ist Faschist und sympathisiert mit dem Duce.«

»Verstehe.« John verrührte drei Stücke Zucker in seiner Teetasse. »Das ist das wahre Problem, nicht wahr, Annie?«

»Aber natürlich. Rory wird außer sich sein. Seit Jamies unehrenhafter Entlassung versucht Rory, seinen Namen rein zu waschen. Er hat die Admiralität so lange mit Briefen bombardiert, bis sie sich bereit erklärte, Jamies Fall erneut zu überprüfen.«

»Na, das sind doch gute Neuigkeiten.«

»Aber nicht, wenn Jamies Eskapaden in Italien ihn in den Verdacht bringen, ein verkappter Faschist zu sein.«

John lächelte und schenkte sich einen Glengarth Single Malt ein, obwohl die richtige Zeit für einen Sundowner noch längst nicht gekommen war. Trotzdem verspürte er das Bedürfnis nach einem guten Tropfen.

»Vom kommunistischen Sympathisanten in der Meuterei von Invergordan zum faschistischen Schwarzhemd in Italien. Der arme Junge! Ich glaube, Sie beurteilen ihn zu streng. Annie, auch wenn es Ihnen schwer fällt – er muss sich von Mutters Schürzenzipfel lösen. Und wenn Rory Jamie dabei hilft, seinen Lebenslauf wieder rein zu waschen, dann finde ich das gar nicht schlimm. Wer nimmt einen Siebzehnjährigen schon wirklich ernst?«

»Inzwischen ist er achtzehn. Allmählich sollte er vernünftig werden.«

»Jamies politische Gehversuche haben bisher niemandem wirklich geschadet, Annie. Lassen Sie Rory ruhig alles für Jamie Nötige in Angriff nehmen. Und lassen Sie die Finger von Heathers Briefen. Offenbar wünscht Jamie nicht, dass Sie seine geheimsten Wünsche kennen. Seit Invergordan muss er annehmen, dass Sie sehr kritisch mit allem umgehen, was ihn betrifft. Wecken Sie keine schlafenden Hunde und lassen Sie den Dingen ihren Lauf. Am besten, Sie legen den Brief dorthin zurück, wo Sie ihn gefunden haben. Er beruhigt sich schon wieder! Geben Sie ihm einfach die Zeit, sich in seinem eigenen Leben zurechtzufinden. Und hören Sie auf, Ihren Kindern nachzuspionieren.«

»Ich spioniere ihnen nicht nach.«

»Aber Sie stecken die Nase in ihre Angelegenheiten.«

»Und was soll ich von diesem italienischen Mädchen halten, das er heiraten will? Müssen Rory und ich dieses Geständnis nicht ernst nehmen? Wir wollen schließlich nicht, dass die Kinder Schwierigkeiten bekommen.«

»Jugendliche Schwärmerei!«

»Aber jugendliche Schwärmerei kann junge Leute durchaus in Schwierigkeiten bringen.«

»Das geht vorüber. Eine Ferienromanze, weiter nichts. Das passiert jedem von uns, sobald er unter Mutters Fittiche hervorkriecht.«

»Sind Sie da ganz sicher?«

»Ich bin *nie* ganz sicher, Annie. Dazu habe ich zu viel Erfahrung gesammelt. Ich habe zwar vieles gelernt, aber allwissend bin ich nun mal leider nicht. Außerdem darf man die menschliche Natur nicht unterschätzen – es gibt sie in allen Ausprägungen ... Wie lange war Jamie unterwegs?«

»Über ein Jahr. Eigentlich sollte er im Januar zurückkommen, aber inzwischen haben wir fast Ostern. Marcus ist längst wieder in Oakham, aber Jamie wollte unbedingt in Florenz bleiben.«

»Bei dem Mädchen?«

»Sie heißt Maria.«

»So, so! Das hat er alles seiner kleinen Schwester anvertraut? Ihr gegenüber macht er kein Geheimnis daraus? Glauben Sie, er will wirklich in die Königliche Marine zurückkehren?«

»Ich denke schon.«

»Das denken Sie. Und was ist mit Rory?«

»Rory weiß nicht das Geringste über Jamies heimlichen Briefwechsel mit Heather. Bis gestern wusste ich ja auch nichts davon. Der Brief ist übrigens an Heathers Schule in Edinburgh adressiert. Ich vermute, alle seine Brief sind dort hingegangen.«

»Wie nah stehen Sie Ihrer jüngsten Tochter?«

»Sehr nah.«

»Haben Sie Geheimnisse voreinander?«

»Bis gestern dachte ich, dass es so etwas zwischen uns nicht gäbe.«

»Könnten Sie sich vorstellen, dass Heather den Brief absichtlich auf dem Nachttisch hat liegen lassen? Damit Sie ihn finden und etwas unternehmen?«, fragte John. Typisch Anwalt.

»Könnte sein«, sagte Annie nachdenklich. »Könnte wirklich gut sein. Vielleicht hat sie sich Sorgen um ihn gemacht, wollte sein Vertrauen aber nicht enttäuschen.«

»Also hat sie eine List angewendet«, nickte John. Das hatte er längst vermutet. Er gab dem Gespräch eine andere Wendung.

»Was würden Sie sagen, wenn Jamie – im Gegensatz zu dem, was Sie und Rory von ihm erwarten – nicht in die Marine zurückkehren möchte, sondern stattdessen das italienische Mädchen heiraten, zehn Kinder mit ihr haben und Eisverkäufer werden will? Würden Sie und Rory seine Wünsche akzeptieren?«

»Ich glaube, ich könnte mich dazu durchringen, wenn es tatsächlich so wäre.«

»Sehr großzügig.«

»Für einen Junggesellen ohne Kinder wissen Sie eine Menge über junge Leute und ihre Träume«, stellte Annie überrascht fest.

»Ich habe gelernt, die Gedanken anderer Leute zu lesen.«

»Sie sind Rechtsanwalt, Staatsanwalt, Freimaurer, Soldat und haben noch eine ganze Menge anderer Titel. Wem wollen Sie das eigentlich alles vererben?«

»Hätten Sie einen Vorschlag?«

»Oh, ich habe sehr viele Vorschläge!«

Er lächelte. »Dann erklären Sie mir doch bitte, warum Sie an einem so unfreundlichen Nachmittag derart weit laufen und mich besuchen, Annie, wenn Sie sowieso schon alle Antworten parat haben.«

»Weil ich verhindern will, dass Aeneas Hamilton für ein Verbrechen bestraft wird, das er nicht begangen hat. Ich denke, ich weiß, wer Elly Arbuthnot erschossen hat, und es ist nicht Aeneas Ham ...«

John hob eine Hand und blickte Annie mit harten Blick an. »Hören Sie sofort auf, Annie!«

»Sehen Sie mich bitte nicht so an«, sagte Annie hastig. »Ich will Sie wirklich nicht erpressen, John. Ich sage nur die Wahrheit – ich rede von Fakten. Die Polizei hat sich nie dafür interessiert.«

»Fakten sind nicht unbedingt Beweise, Annie.«

»Das weiß ich. Hören Sie mir jetzt zu oder nicht?«

»Auf keinen Fall!«

»Ich werde trotzdem reden, und wenn ich mich zu dieser weißen Wand dort drüben umdrehen muss. Hier belauscht uns keiner. Gehen Sie einfach davon aus, dass ich die ›verrückte Annie‹ bin, eine grünäugige Meerjungfrau – oder vielleicht auch eine Hexe ...« Annie wandte sich von Johns anklagenden Augen ab. »Es heißt immer, Wände haben Ohren und Kartoffeln Augen. Nehmen Sie also das, was ich zu sagen habe, zur Kenntnis. Sie können ruhig so tun, als sei ich gar nicht hier.«

»Tun Sie es nicht, Annie!«, bat er, doch er wusste, dass der Stein bereits ins Rollen gekommen war. Sie hatte das alles geplant. Ihr Besuch würde ihn in tiefste Verlegenheit stürzen – er hätte sie nie ins Haus lassen dürfen, so lange der Fall nicht entschieden war. »Ich werde Maßnahmen ergreifen müssen ...«

»Aeneas sitzt längst in Untersuchungshaft. Sie können ihn also nicht wegen Beeinflussung des Staatsanwalts festnehmen lassen«, stellte Annie ruhig fest.

»Aber Sie könnte ich hinter Schloss und Riegel bringen.«

»Was glauben Sie wohl, weshalb ich gekommen bin, außer wegen Ihrer köstlichen Plätzchen?«

Entsetzt und ungläubig starrte er sie an. Mühsam streckte er den Arm nach seinem Lehnstuhl aus, zog ihn heran und ließ sich hineinfallen. »Nein ... das kann doch nicht ... sagen Sie mir, dass es nicht wahr ist ... bitte, Annie Roskillen!«

Wieder flackerte ein fast bösartiges, sehr selbstzufriedenes Lächeln über ihr Gesicht. Dieses Geständnis würde dem als hieb- und stichfest erachteten Indizienprozess eine völlig neue Wendung geben.

»Warum, Annie? Warum jetzt? Warum haben Sie uns über ein Jahr im Ungewissen gehalten? Ich spreche nicht nur in meiner Eigenschaft als Staatsanwalt. Warum tun Sie das Ihrer Familie an?«

»Um Aeneas eine Lektion zu erteilen. Er musste lernen, dass man mit den Roskillens nicht spielt. Er sollte wissen, wie bitter seine eigenen Pillen schmecken. Außerdem wollte ich, dass er eingesperrt blieb, um weitere Sabotageakte gegen Glengarth und Rorys und meine Interessen zu verhindern. Um uns Luft zum Atmen zu lassen. Und jetzt, nachdem er seine Lektion gelernt hat, will ich der Gerechtigkeit die Chance geben, die sie zuvor nicht hatte. Im Fall Aeneas war der Schritt längst überfällig.«

25. Kapitel

In Edinburgh stieg Jamie aus dem Zug. Vor der Weiterfahrt nach Inverness wollte er eine Nacht bei einem Freund bleiben. Auch die Karriere von Eddie Hay, den alle Matrosen nur Hedge gerufen hatten, war der Meuterei von Invergordan zum Opfer gefallen. Seine Familie führte eine kleine Pension in der Nähe der Prince's Street, in der man preiswerter abstieg als in den großen Hotels; in den Zeiten, da alle Welt knapp bei Kasse war, eine gute Alternative.

Die wirtschaftlichen Probleme waren nördlich der Grenze spürbarer als im Süden, wo das Parlament seine Entscheidungen traf. Einer Ironie des Schicksals verdankten die Briten, dass ihr Premierminister zur Zeit der größten Sparmaßnahmen ausgerechnet ein Schotte war. James Ramsay MacDonald hatte 1931 die Partei gespalten, was unter anderem zu Jamies Schwierigkeiten in Invergordan geführt hatte.

Hedge pries das englische und schottische Frühstück, das seine Mutter und seine Großmutter zubereiteten, als außergewöhnlich schmackhaft an; selbst die größten Hotels in Edinburgh könnten so etwas nicht bieten. Das Frühstück war auch einer der Gründe, warum die Pension außergewöhnlich gut lief, denn es richtete sich nach den Bedürfnissen der Menschen. Für einen vergleichsweise geringen Preis konnte man so viel essen, dass man den ganzen restlichen Tag nichts mehr brauchte.

Ein typisch englisches Frühstück bei Hedges Familie bestand

aus einem Teller voller bestem schottischen Speck, frisch gebratenen Eiern mit goldgelbem Dotter, hausgemachter Wurst und italienische Tomaten, die von einem Feinkostgeschäft in der Prince's Street geliefert wurden, schottischen Waldpilzen, Blutwurst und in Butter getoastetem Brot – ohne diesen speziellen Toast war kein englisches Frühstück vollständig.

Zum schottischen Frühstück gab es Porridge, je nach Geschmack mit Salz oder Zucker, geräucherte Bücklinge und, wenn man mochte, auch Schellfisch in einer sahnigen Käsesauce.

Jamie mochte weder Porridge noch Speck mit Eiern, Pilze, Tomaten oder Fisch und fragte nach Obst, Käse und Marmelade. Marmelade liebte er. Vielleicht ein Croissant dazu? Oder auch ein wenig kaltes Fleisch, wie er es vom Kontinent her gewohnt war.

Hedges Mutter und Großmutter beäugten Jamie misstrauisch. Käse zum Frühstück? Außer beim Schellfisch gab es so etwas nicht! Höchstens nach dem Abendessen. Obst zum Frühstück? Nach dem Abendessen! Und kaltes Fleisch? Allenfalls zum Nachtimbiss!

»Nun gut, dann nehme ich die gesammelten englischen Werke!«

Mutter und Großmutter strahlten und lieferten umgehend zwei sehr späte englische Frühstücke. Die anderen Gäste hatten längst ihre Zimmer geräumt; es war deutlich nach zehn Uhr dreißig. Anschließend kümmerten die Damen sich mit der Hilfe eines jungen Mädchens um die Zimmer und überließen Jamie und Hedge ihren Gesprächen.

»Tut mir Leid, James, wenn ich gewusst hätte, wie viel Wert sie auf dich als Kunden legen, hätte ich dir das erspart«, entschuldigte sich Hedge für seine beharrliche Verwandtschaft. »Lass einfach liegen, was du nicht schaffst.«

»Du spinnst wohl! In einer Wirtschaftskrise werde ich doch kein gutes Essen verschwenden. So viele Leute sind arbeitslos und haben nichts zu essen. Für uns beide kann übrigens möglicherweise etwas getan werden. Es war eine bodenlose Ungerechtigkeit, unehrenhaft entlassen zu werden, ohne die geringste Schuld zu tragen; ich hoffe inständig, dass unser brutaler Ausbilder zur Rechenschaft gezogen wird.«

»Meinst du Bangol Cameron?«

»Oh ja! Dieser Sadist! Weißt du noch, wie er uns splitterfasernackt am helllichten Tag durch den eisigen Wasserfall geschickt hat? Kannst du dich noch an den Hindernislauf über spitze Steine und glitschiges Moos erinnern? Wir waren barfuß und ohne Unterhosen, und er lachte sich fast kaputt! Er hat mir einen Tritt vors Schienbein versetzt und mir die Flüstertüte abgenommen, als ich meine Leute beruhigen wollte – und dann mir die Schuld für die Eskalation in die Schuhe geschoben! Aber mein Stiefvater kümmert sich um die Sache.«

»Meiner auch.«

»Hast du auch einen Stiefvater?«

»Wenn man so will. Die Pension hier gehört meiner Großmutter und meine Mutter und Großmutter bewirtschaften sie gemeinsam. Der Mann, mit dem meine Mutter zurzeit zusammenlebt, bezeichnet sich selbst als meinen Stiefvater. Er hat seinen Job verloren und hätte sich beinahe aufgehängt, weil es überhaupt keine Perspektive für ihn gibt. Menschen im ganzen Land hungern inzwischen schon.«

»Ist es wirklich so schlimm?«, fragte Jamie mit vollem Mund erstaunt. »Jetzt bekomme ich tatsächlich ein schlechtes Gewissen, weil ich mich so vollstopfe.«

»Ich vergesse immer, dass du über ein Jahr nicht da warst. Du brauchst aber kein schlechtes Gewissen zu haben: Das ganze Zeug hier kommt sowieso vom Schwarzmarkt. Mein Stiefvater ist Italiener ...«

Jamie erwärmte sich womöglich noch mehr für Hedge. Eine Verbindung nach Italien!

»Meine Mutter lernte ihn in dem Feinkostgeschäft auf der Prince's Street kennen, das seinem Cousin gehört, der uns mit Wurst, Käse und italienischen Tomaten versorgt. Als die Geschäfte nicht mehr so gut gingen, haben sie Giuseppe entlassen, und seither droht er uns, sich entweder aufzuhängen oder einen Protestmarsch zum Parlament zu unternehmen, bei dem er für die Rechte italienischer Gastarbeiter eintreten will. Mutter ist mehr für den Protestmarsch, aber Großmutter meint, Pepe solle sich samt den Würsten seines Cousins aufhängen. Mein echter Vater bekäme einen Anfall, wenn er wüsste, was Mutter mitmacht – aber er ist im Krieg gefallen.«

»Meiner auch.« Jamie flüchtete sich bezüglich seines Vaters gern in Notlügen. Es war erheblich einfacher, als sich in langen und schwierigen Erklärungen zu ergehen.

»Frauen wie unsere Mütter haben einiges durchhalten müssen. Dank unserer schrecklichen Politiker, Admiräle und Generäle endeten ihre Männer, Söhne und Liebhaber wie Schlachtvieh. Meine Mutter verlässt sich ganz und gar auf mich. Beide, auch meine Großmutter, platzten fast vor Stolz, als ich bei der Marine angenommen wurde«, erzählte Hedge.

»Das war bei meiner Familie ganz genauso«, murmelte Jamie während er versuchte, mit einem stumpfen Messer ein ziemlich dunkel geratenes Stück Speck mit fettiger Kruste zu zersäbeln. »Was der Generation unserer Eltern passiert ist, wird uns nie mehr passieren. Aus Schaden wird man klug. Nie wieder Krieg!«

»Wenn wir nur einen Funken Verstand im Leib haben, dann gibt es nie mehr Krieg. Und sollte es doch eines Tages wieder einen geben, mache ich mich vom Acker.«

»Ich auch. Eddy, das ist das beste englische Frühstück, das ich je gegessen habe. Sogar besser als bei meiner Tante Kitty in Oakham Castle, und das will schon etwas heißen. Du hast übrigens Recht gehabt: Heute brauche ich bestimmt nichts mehr zu essen. Ich bin bis obenhin voll und satt!«

Jamie rieb sich mit breitem Grinsen den Bauch, wischte sich den Mund mit einer altmodisch gestärkten Serviette ab und vergaß das italienische Essen. Nur Maria vergaß er nicht.

»So soll es auch sein!«, erklärte Hedge. »Meine Mutter und

Großmutter stammen aus Newcastle. Dort serviert man Frühstücke, dass einem das Wasser im Mund zusammenläuft.«

*

Jamie plante nur für kurze Zeit heimzukehren. Er hatte vor, seinen Eltern zu sagen, dass er Schottland für immer verlassen und sich in Italien niederlassen wollte, und dass er keine Einwände hatte, sollte Duncan seinen »legitimen« Anspruch auf Glengarth anmelden. Wenn es nach Jamie ging, durfte Duncan gerne der nächste Laird von Glengarth werden. Er selbst hoffte, seinen eigenen Weg zu finden und eines Tages stolzer Ehemann der schönen Maria Florena di Bonelli zu werden. Noch nie zuvor hatte Jamie sich dermaßen Hals über Kopf verliebt wie in Antonios hübsche Schwester.

Jamie konnte es kaum erwarten, die Sache hinter sich zu bringen und zu Maria zurückzukehren. Ihm war ein wenig mulmig, denn er wusste genau, dass das Gespräch mit Rory und Annie nicht einfach werden würde.

Nach dem opulenten Frühstück in der Pension »Hay« wollte Jamie gerade den Zug von Edinburgh nach Inverness besteigen, als ein Zeitungsjunge seine Aufmerksamkeit fesselte, der schrie: »Neue Entwicklung im Mordfall Glengarth: Frau festgenommen!«

Jamie kaufte den »Scotsman«. In seinem Erster-Klasse-Abteil überflog er die Titelseite:

»Zwei Tage vor dem Beginn des Indizienprozesses gegen Aeneas Hamilton, der des Mordes an Eleanor Arbuthnot angeklagt ist, gibt es neue Erkenntnisse. Wie die Staatsanwaltschaft mitteilt, hat sich Lady Anne Roskillen der Polizei gestellt ... Ob ein Geständnis abgelegt wurde, ist derzeit noch nicht bekannt ...«

»Verdammter Mist!«, fluchte er entsetzt.

Jamie gegenüber saß eine ältliche Witwe, die mit ihrer Zofe reiste. Das junge Ding hielt die mit einem Schloss versehene Schmuckschatulle der Dame auf dem Schoß fest. Mit gerunzelter Stirn betrachtete die Lady den jungen Mann, der auf den ersten Blick sehr nett gewirkt hatte. Wie konnte er sich in der Anwesenheit von Damen so entsetzlich gehen lassen?

Jamie fühlte sich so elend, dass er die anderen Leute im Abteil nicht einmal bemerkte.

Überrascht stellte Jamie fest, dass auf dem Bahnhofsvorplatz in Inverness Rorys Rolls-Royce auf ihn wartete. Ackker und Gamin saßen im Wagen. Wie konnte das sein?, überlegte Jamie. Woher hatte Rory gewusst, dass er heute, und zwar mit diesem Zug ankommen würde?

Jamie beugte sich zum geöffneten Fenster hinunter. »Ich brauche kein Maharadscha-Auto, um nach Hause zu kommen«, sagte er bissig.

»Steig ein, Jamie«, befahl Rory knapp. Er war nicht in der Verfassung, mit Jamie zu streiten.

Der Rucksack wurde im Kofferraum verstaut, und Jamie setzte sich neben Rory in den Fond des Wagens, wobei er ihm wutentbrannt die zerfledderte Zeitung auf den Schoß knallte.

»Ein tolles Willkommen, das muss ich schon sagen! Wieso erfahre ich erst aus der Zeitung, dass meine Mutter verhaftet wurde?«

»Weil es gerade mal ein paar Tage her ist. Und damit wir uns richtig verstehen: Deine Mutter hilft der Polizei lediglich, ein paar Unstimmigkeiten zu klären, die in der letzten Zeit aufgetreten sind. Sie ist nicht angeklagt, obwohl die Zeitungen das gern behaupten.«

»Du brauchst meine Gefühle nicht zu schonen!«, platzte Jamie heraus.

»Schuld an der ganzen Misere ist dieser kinnlose John Pemberton-Fookes!«

»Was hat der denn damit zu tun?«

»Er ist zufällig der Staatsanwalt! Unser nächster Nachbar und zudem noch der Busenfreund deiner Mutter, bei dem sie sich immer ausheult! Obwohl er sich in diesem Fall nicht gerade als Freund entpuppt hat. Ich war außer mir! Natürlich hatte ich nicht den Nerv, mich mit irgendwem in Verbindung zu setzten, am allerwenigsten mit dir. Ich wusste ja während des ganzen letzten Jahres nicht, wo du dich gerade herumtriebst.«

»Und woher wusstest du dann, wann ich ankommen würde?«

»Von Heather. Und die wusste es von Tante Kitty.«

»Heather?«

»Ja, Heather! Weißt du nicht mehr? Sie ist deine Schwester, verdammt noch mal, und du hast ihr das ganze letzte Jahr hindurch Briefe geschrieben.«

»Und warum hast du dich dann nicht über Tante Kitty, Marcus oder Heather mit mir in Verbindung gesetzt?«

»Habe ich ja versucht. Marcus sagte, du wärst auf dem Heimweg, wusste aber nicht, wann du ankommen würdest. Erst gestern Abend rückte Heather mit der Uhrzeit heraus. Und bei dem, was deine Mutter da macht, tappe ich ebenso im Dunkeln wie bei dir. Ich habe nur einen Anruf von der Staatsanwaltschaft bekommen, dass Lady Anne Roskillen sich in vorläufigem Gewahrsam befindet. Das war vielleicht ein Schock, mein Sohn!«

»Sag bitte nicht Sohn zu mir!«

»Meine Güte, fängst du schon wieder damit an?« Rory platzte der Kragen. Er hatte endgültig genug! Unwirsch klopfte er mit seinem Stock gegen das Trennglas und schnauzte in das Sprachrohr: »Sofort anhalten! Ich will umgehend aussteigen!«

Gamin war jedoch noch nicht einen Meter gefahren; der Wagen stand nach wie vor auf dem Bahnhofsvorplatz. Stoisch blickte er nach vorn. Weder er noch Ackker würden irgendwohin fahren, ehe sie nicht den klaren Befehl bekamen, ob es nach Glengarth gehen sollte oder in das Hotel, in dem sie seit Lady Annes Festnahme wohnten. »'tschuldigung, Sir, aber ich war noch gar nicht losgefahren. Ich weiß ja nicht wohin!«

»Zur Hölle, Gamin!« Rory riss die Wagentür auf, stieg aus und humpelte mit Hilfe seines Stockes davon.

Hinter dem Steuer der Luxuslimousine schob Gamin seine Chauffeursmütze aus der Stirn und kratzte sich den Kopf.

»Was ist denn nun schon wieder mit ihm los?«, wandte er sich hilflos an Ackker.

Ackker wies diskret auf den jungen Mann im Fond und rollte die Augen. Da wusste Gamin Bescheid.

Jamie lehnte sich nach vorn. »Folgen Sie ihm!«, brüllte er in das Sprachrohr. Gamin stöhnte auf und rieb sich das linke Ohr. »Nicht, dass er sich in den Spey stürzt!«

»'tschuldigung, Master Jamie, Sir, aber wenn Sie mich fragen, tut es ihm ganz gut, wenn er jetzt ein bisschen Dampf ablässt. Die letzten paar Tage haben ihm ganz schön zu schaffen gemacht. Ein kleiner Spaziergang an der frischen Luft wirkt manchmal Wunder. Gleich im Hotel hat er sich längst wieder gefangen.«

»Fahren wir denn nicht nach Glengarth?«

»Bestimmt nicht. Außer den Bediensteten ist niemand dort. Alle Möbel sind abgedeckt. Ohne Lady Anne ist es nicht wie früher ... Wir sind mit dem Laird im ›Culloden Castle Hotel‹ abgestiegen, solange Lady Anne in Untersuchungshaft sitzt. Bestimmt wird sie sich freuen, Sie zu sehen, Master Jamie, falls in den Verliesen von Inverness Castle überhaupt Besucher zugelassen sind.«

»Vielen Dank«, murmelte Jamie und ließ sich in den Sitz zurückfallen. Gamin startete den Rolls und fuhr langsam zum Hotel, das unterhalb der Festung lag, in der am folgenden Montag der Prozess gegen Aeneas beginnen sollte.

Jamie dachte darüber nach, was es im Fall Aeneas für neue Erkenntnisse geben mochte.

Beim Abendessen im Hotel entschuldigte sich Jamie bei Rory.

»Mein Verhalten von vorhin tut mir Leid. Mir ist jetzt erst klar geworden, unter welchem Druck du stehen musst. Und vielen Dank, dass du mich vom Bahnhof abgeholt und in diesem wundervollen Hotel untergebracht hast. Mein Taschengeld ist alle – ich hätte mir einen solchen Luxus nicht leisten können.«

Jamie gab sein Bestes; er wollte nicht unbedingt auf den nächsten Halbjahresscheck verzichten müssen.

»Entschuldigung angenommen«, grummelte Rory. Auch er wollte seinen Frieden mit Jamie machen.

»Warum ... warum ist Mutter verhaftet worden?«, stotterte Jamie.

Rory studierte angelegentlich die Zimmerdecke.

»Das ist einzig und allein die Schuld von diesem Pemberton-Fookes! Letzte Woche hat deine Mutter etwas sehr Dummes getan: Sie hat ihn zum Tee besucht. Dabei hatte er sie noch nicht einmal eingeladen. Wie sie später der Polizei sagte, ging sie aus eigenem Antrieb hin. Außerdem gab sie zu Protokoll, zu wissen, wo sich das Gewehr befand, mit dem Elly erschossen wurde, und auch, wie die Tat geschah. Während der ganzen Zeit, die Aeneas in Untersuchungshaft verbrachte, konnte die Polizei die Tatwaffe nicht finden. Allerdings scheint es nicht unbedingt wichtig zu sein, ob man nur eine Leiche oder auch die dazugehörige Waffe hat. Alle anderen Indizien sprachen gegen ihn. Aber nach den Aussagen deiner Mutter blieb Pemberton-Fookes keine andere Wahl, als sie der Polizei zu übergeben. Es ist schon komisch ...«

Jamie konnte absolut nichts Komisches an der Geschichte finden. Als Kind hatte er die hübsche Miss Arbuthnot sehr bewundert – jetzt war sie tot. Und zu allem Überfluss schien seine eigene Mutter die Hände im Spiel zu haben ...

»Und was weiter?«

»Annie konnte der Polizei den genauen Ort angeben, wo sie im Farn in der Schonung High Hills das Gewehr versteckt hatte. Ihre Aussage passte viel besser als die von Aeneas, der erklärt hatte, dass er zum fraglichen Zeitpunkt überhaupt nicht in Glengarth war, sondern in Glasgow. Allerdings fand sich niemand, der sein Alibi bestätigen konnte.«

»Er und Mutter waren doch seit undenklichen Zeiten die dicksten Freunde«, sagte Jamie verwirrt.

»Ich weiß, und ich hätte so etwas nie von ihr gedacht! Ausgerechnet dieser kinnlose Pemberton-Fookes!«

»Ich rede von Aeneas«, erklärte Jamie. »Sie hat es zugelassen, dass ein Unschuldiger – noch dazu Aeneas – fast ein ganzes Jahr lang festgehalten wurde. Er hat ein Jahr seines Lebens verloren.«

»Ganz unschuldig ist Aeneas bestimmt nicht. Er hat in Glengarth eine Menge Ärger verursacht. Bei seinem letzten Verhör, als noch alles darauf hinwies, dass er Elly getötet hat, hat er Drohungen gegen jeden auf dem Gut ausgestoßen. Er wollte unbedingt als Erbe von Glengarth registriert werden.«

»Das macht aber noch längst keinen Mörder aus ihm.«

»Nein. Aber du kennst ja das Sprichwort: Wer einmal lügt, dem glaubt man nicht ... Für dich gilt im Prinzip das Gleiche. Du musst erst von wirklich jeder Beteiligung an der Meuterei von Invergordan rein gewaschen sein, ehe du wieder zur Marine kannst.«

»Hatte Mutter eine Affäre mit Pemberton-Fookes?«

»Ich glaube nicht. Jedenfalls jetzt nicht. Als ich erfuhr, dass sie sich dann und wann mit Pemberton-Fookes traf, war ich zunächst argwöhnisch. Aber tatsächlich ist es so, dass wir manchmal ein wenig Zeit für uns selbst brauchen. Schließlich leben und arbeiten wir vierundzwanzig Stunden am Tag unter demselben Dach – da ist ein gewisser Freiraum wichtig.«

»Kann ich mir vorstellen. Aber zurück zu Mutter: Ich weiß, dass sie früher Kindermädchen bei Aeneas und Bruce war. Könnte es sein, dass sie für Aeneas die Kastanien aus dem Feuer holen will?«, überlegte Jamie laut.

»Durchaus möglich. Ich weiß auch nicht viel mehr als du, Jamie, und möchte mich nicht unbedingt in Vermutungen ergehen.«

Und dann stellte Jamie endlich die schreckliche Frage, die ihm die ganze Zeit über auf der Zunge gebrannt hatte.

»Wenn Mutter nun des Mordes an Elly für schuldig befunden wird – was geschieht dann mit ihr?«

»Sie wird aufgehängt wie eine Hirschkuh nach dem Ausweiden«, sagte Rory, der zwischen Entsetzen und Wut schwankte.

Der Gedanke war entsetzlich.

Rory räusperte sich. Jetzt sah er genau wie sein Großvater und

Jamies Urgroßvater aus, jener rothaarige Vorfahr, der während der Regierungszeit Königin Viktorias Laird von Glengarth gewesen war und dessen Porträt in der großen Halle von Glengarth hing. Die Ähnlichkeit fiel Jamie sofort auf. Rory war ein ebensolcher Hitzkopf wie sein Großvater mit dem roten Schopf, der auf dem Bild mit seinem Fuß auf dem Kopf eines Hirsches stand. Es stimmte schon: Kinder mussten für die Sünden ihrer Väter büßen. In der Halle hingen Porträts ganzer Generationen von Roskillens, die ihren Ruhm bezeugten – gleichzeitig aber auch oft ein Beweis für ihre Schändlichkeit waren sowie für ihre Art, wie die alten Pharaonen das Leben nicht loslassen zu können, wenn es darauf ankam ...

Rory brachte es einfach nicht fertig, Annies Verwicklung in den Mord an Elly aus seinem Gedächtnis zu verbannen. Wenn es sich tatsächlich als wahr herausstellen konnte, würde er bitter enttäuscht sein, denn für ihn war es ein Verrat an ihrem gemeinsamen Leben und an allem, wofür ihre Ehe gestanden hatte. Um nicht im Schmerz zu ertrinken, wechselte er das Thema.

»Wie war es in Italien?«

»Sehr italienisch ...« Jamie blickte von seinem Teller auf und verzog das Gesicht. »Entschuldige, Vater. Mussolini an allen Ecken und Enden – du weißt schon: Märsche und militärisches Gehabe, wohin man auch schaute. Der Duce liebt es, sich selbst zu feiern.«

»Wenn es dir lieber ist, darfst du mich ruhig Rory nennen. Es macht mir nichts aus.«

»Nein, ich glaube, ich bleibe doch lieber bei Vater. Es ist leichter, wenn man sich nicht umstellen muss.«

Rory lächelte etwas gezwungen.

»Warum sollten wir auch eine lebenslängliche Gewohnheit abschaffen, nicht wahr?«

»Genau. Dieses Wildgulasch in Rotwein mit Walnuss und Muskat ist einfach köstlich. Es ist wie ... wie ...« Mit halb geschlossenen Augen atmete Jamie mehrmals durch die Nase, um eines plötzlichen Kribbelns Herr zu werden.

»Hatschi!«, lachte Rory und reichte ihm ein sauberes Taschentuch.

Das Kribbeln legte sich.

»Entschuldige, ich glaube, ich habe Pfeffer in die Nase bekommen. Glaubst du, ich könnte anstatt Marineoffizier vielleicht Restaurantkritiker werden? Du hast doch auch ein Faible für gutes Essen und guten Wein – für *la dolce vita*, wie man in Italien sagt.«

»Du wärst ein verdammt guter Restaurantkritiker, wenn du nicht zufällig allergisch gegen jede einzelne Zutat auf der Speisekarte wärst. Kein echter Schotte niest bei rotem Fleisch, außer, er hat Sassenach-Blut.«

Jamie spürte, dass er nicht weiter gehen durfte und wurde ernst.

»Bis heute Morgen wusste ich gar nicht, wie sehr ich die schottische Küche vermisst habe. Aber heute Morgen in der Pension bei Hedge gab es ein fantastisches englisch-schottisches Frühstück. Hedge war mit mir zusammen in Invergordan und ist ebenfalls entlassen worden«, erklärte Jamie, weil er ahnte, dass Rory der Name nichts sagte.

»Ich bin froh, dass du das Thema anschneidest, Jamie. Ich habe einen Brief von Lord Jellicoe bekommen. Er war während meiner Zeit bei der Marine Flottenadmiral und hat in Invergordan ein gutes Wort für dich eingelegt.«

»Warum sich mit dem Fußvolk abgeben, wenn man die höchsten Chargen kennt, nicht wahr, Vater?«, witzelte er. Jamie versuchte, Zeit zu schinden, ehe er das nächste bittere Thema anschnitt: Maria. Es würde bitter werden, denn Jamie konnte sich ausrechnen, wie Rorys Reaktion sein würde. Hinzu kam, dass Annie im Gefängnis saß und dieser Abend vielleicht nicht unbedingt der richtige Zeitpunkt für ein solches Gespräch war. Und dass sie ihm nicht beistehen konnte, wie er gehofft hatte. Das Leben wurde wirklich immer komplizierter!

Rory goss sich ein weiteres Glas Rotwein ein. In Jamies Herz spielte sich ein wahrer Wirbelsturm von Gefühlen ab. Er war verzweifelt. Aber auch Rory stand unter einer immensen Spannung.

»Ich habe dem Untersuchungsausschuss bei der Marine erklärt, dass du diesen Monat aus Italien zurückkämst. Sie haben mir angeboten, deinen Fall hinsichtlich deiner Beteiligung an den Aufrufen zur Meuterei neu aufzurollen. Bei meinen eigenen Nachforschungen haben sich übrigens Unstimmigkeiten seitens ihrer Untersuchung ergeben, die ich dem Ausschuss unterbreitet habe. Man hat sie zur Kenntnis genommen und wird sie berücksichtigen.«

Jamie lächelte. »Wie hast du das denn geschafft? Mit welchen ihrer Feigheiten und Gemeinheiten hast du sie erpresst? Oder hast du etwa ein Enthüllungsbuch über die Marine geschrieben?«

»Sie werden dich auf jeden Fall anhören. Dieses Mal kommen die älteren Offiziere und Wachhabenden des betreffenden Tages nicht zu Wort. Nach der Schlacht vor dem Skagerrak ist mir etwas Ähnliches passiert. Kein Mensch wollte mir oder Snorkils zuhören ...«

»Snorkils?«

»Super Nark Officer, Rosyth Kill Squadron.«*

Jamie grinste. »Die Spitznamen bei der Marine sind prima. Aus Hay ist Hedge geworden, und ich hieß immer Jazz oder Jasper.«

»Jazz oder Jasper?« Rory konnte nicht folgen.

»Genau. So ganz kann ich den Zusammenhang auch nicht sehen. Aber die Abkürzung für den Namen James in der englischen Bibel ist JAS – klingt fast wie Jazz. Und meine Initialen lauten JSBR. Wenn man das schnell hintereinander spricht, wird daraus Jasper. Jasper, Jazz ... ich finde, das hört sich sehr modern an. Erinnert an eine Musikband oder einen Helden wie Scott Fitzgerald Gatsby, findest du nicht?«

»Doch, auf jeden Fall!«, bestätigte Rory verwirrt, der nicht die geringste Ahnung von moderner Musik, geschweige denn vom großen Gatsby hatte. Die einzige Tanzmusik, die er kannte, war der Walzer. Beim Walzer konnte man Mädchen festhalten und ihnen süße Worte ins Ohr flüstern.

»Aber um noch einmal auf meine Wiedereingliederung in die

---

* etwa: Super-Schnüffel-Offizier vom Killergeschwader Rosyth

Marine zurückzukommen: Die meisten Matrosen sind entsetzlich ungebildet und unwissend. Viele können ihren Namen nicht schreiben und machen nur Kreuze, wenn sie ein Dokument unterzeichnen müssen. Ich glaube, die Gewerkschaftsführer haben einfach Kreuze gemacht, als sie Namen und Unterschriften für die Teilnahme am Streik sammelten.«

»Meine Güte, Jamie, wenn ich es recht bedenke, hast du in deinem Leben schon ganz schön oft in der Klemme gesessen ...«, sagte Rory kopfschüttelnd.

»Kann schon sein, Vater«, unterbrach Jamie rasch, »aber was haben du und Snorkils denn in Jütland angerichtet, dass ihr in Schwierigkeiten kamt? Du hast mir noch nie davon erzählt.«

»Hast du nie mein Buch darüber gelesen? Eigentlich kann ich es dir auch nicht übel nehmen. Für jemanden, der nichts mit der Atlantikflotte zu tun hat, ist es vermutlich schrecklich langweilig. Ich war Signaloffizier und Snorkils Cheftelegraf. Wir schoben beide Dienst auf der ›Barham‹, als wir zwei sich widersprechende Meldungen erhielten. Die eine kam von der Einsatzleitung, die andere aus Raum Vierzig, wo Zivilisten saßen, die Funksprüche entschlüsseln sollten und wussten, wo die deutsche Flotte sich aufhielt. Die Leute in Raum Vierzig durften keine Meldung interpretieren, sondern waren nur berechtigt, sie im Wortlaut weiterzugeben. Die Interpretation war Sache der Jungs von der Einsatzleitung, die wiederum extremen Wert auf Geheimhaltung legten. Zwischen den beiden Abteilungen gab es so gut wie keine Berührungspunkte, und leiden konnten sie sich auch nicht. Der langen Rede kurzer Sinn: Die Signale gerieten durcheinander und Admiral Jellicoe ließ die beiden Flottengeschwader sich aufteilen. Bis heute wissen wir nicht, ob die Funksprüche, die Snorkils und ich ausgesendet haben, missverstanden, falsch interpretiert oder schlicht und einfach ignoriert wurden. Auf jeden Fall kam es zu einem ultimativen Zusammentreffen mit der deutschen Kriegsmarine. Der Rest ist Geschichte.«

»Ist dein Buch eine Art Autobiografie?«, fragte Jamie interessiert.

»Eigentlich schon. Aber kein Verleger wollte es veröffentlichen. Also habe ich es selbst getan. Ich habe dafür bezahlt, verlegt zu werden. Ein alter Freund aus Eton hat mir dabei geholfen. Manchmal können Schulfreunde ganz nützlich sein. Das ist jetzt siebzehn Jahre her, und das Buch ist immer noch ein so heißes Eisen, was die Geheimhaltung bei der Admiralität angeht, dass sie alles tun würden, um mir den Mund zu stopfen. Es ist noch gar nicht lange her, da hat wieder einmal jemand nach meinen Memoiren gefragt. Manchmal überlege ich, ob ich nicht das Geld nehmen und mich vom Acker machen soll.«

»Prima Idee, Vater«, sagte Jamie lachend.

Rory paffte dicke Rauchwolken.

»Nicht nur die Explosion der ›Barham‹ hat Snorkils und mich fertig gemacht. Im Anschluss an die Katastrophe wurden wir vor dem Untersuchungsausschuss der Marine beschuldigt, überhaupt keinen Funkspruch gesendet zu haben. Die Kerle wollten nur die eigene Haut retten! Wobei ich gleich dazu sagen muss, dass weder Admiral Jellicoe noch den Flottenkommandeur wirklich die Schuld an der Tragödie trifft. Sie taten alles in ihrer Macht Stehende, um die Katastrophe zu verhindern, und ich sehe sie auch heute noch als wahre Helden an. Es waren die Typen in der Verwaltung, die alles vermasselt haben, und Vizeadmiral Beatty mit seinem krankhaften Ehrgeiz. Die halten sich alle für oberschlau, aber ganz bestimmt hat kein Einziger von ihnen Jellicoes Buch gelesen – alles wird am grünen Tisch entschieden!«

»Aber dein Name ist doch inzwischen sauber, oder? Der Verdacht, du hättest nicht die richtigen Funksprüche übermittelt, konnte sicher entkräftet werden.«

»Oh ja, inzwischen schon. Aber die Untersuchungen, wer da was verbockt haben könnte, können beim Heer oder bei der Marine ganz schön lang dauern. Meistens ein Leben lang.«

»Heißt das, dass du mir glaubst? Glaubst du mir, dass ich die Matrosen nicht zur Meuterei angestiftet habe?«

»Ich glaube dir, Jamie. Und ich glaube an dich. Es tut mir Leid, dass ich das nicht von Anfang an getan habe. Ich hätte mich daran erinnern müssen, mit welchen Machenschaften die Marine oft aufwartet. Und ich möchte dir noch etwas sagen – etwas, das nicht für fremde Ohren bestimmt ist; auch nicht für die deiner Mutter: Wäre ich an deiner Stelle gewesen, ich hätte den Matrosen nicht nur in ihrem Streik zur Seite gestanden, sondern ich hätte sie wahrscheinlich angeführt. Zur Hölle mit der Regierung und ihrer verdammten Politik!«

»Bist du etwa in tiefstem Herzen ein Kommunist?«, fragte Jamie überrascht.

»Nein. Ich bin ein Mann des Volkes. Mir ist Fairness wichtig. Ich will Gerechtigkeit, wo sie notwendig ist. Ich möchte, dass auch die Leute aus dem Volk angehört werden, schließlich gehörte auch ich früher dem Volk an. Das war, bevor mein Bruder starb und mir einen Haufen bröckelnder Steine und einen Titel hinterlassen hat, der das Papier nicht wert ist, auf dem er steht ...«

»Dann bist du also Sozialist wie Ramsay MacDonald?«

»Ich glaube schon.«

»Komisch. Ausgerechnet du, ein englisch-schottischer Lord. Die Anzahl deiner Titel übersteigt die Anzahl der warmen Mahlzeiten, die sich ein durchschnittlicher Schotte im Monat leisten kann!«

»Das hat alles mit unserer Geschichte und mit Politik zu tun. Es kommt darauf an, ob man es eher mit Robert the Bruce, Bonnie Prince Charlie und Maria Stuart hält, oder sich lieber auf die Seite eines französischen, holländischen oder Hannoveraner Despoten schlägt, der gerade in England regiert. Ererbte Titel sind Quatsch, mein Junge. Man sollte sie abschaffen und stattdessen ein demokratisches System einführen – ganz besonders im Oberhaus. Aber bis du Glengarth übernimmst, weißt du über diese Dinge Bescheid.«

»Das wird wohl eher Duncans Problem. Ich bin schließlich der Bastard. Der vom Erbe Ausgeschlossene.« Jamie war froh, dass die Sprache endlich auf das Erbe kam.

Ackker und Gamin waren längst zu Bett gegangen. Rory und Jamie saßen vor dem glimmenden Feuer im Kamin, bedienten sich ab und zu an einer Käseplatte und hatten eine Karaffe mit Portwein zwischen sich stehen. Auch die meisten anderen Hotelgäste schliefen bereits. Im Aufenthaltsraum saßen außer den Roskillens nur noch wenige Nachteulen. Ein paar Hotelbedienstete drückten sich gähnend und müde an der Tür herum.

»Ich bin dir wirklich dankbar für das, was du für mich getan hast, Vater. Allerdings bin ich mir nicht sicher, ob ich wirklich wieder in die Marine eintreten möchte.«

Jamie verspürte ein warmes Gefühl für Rory, der ihm sein Leben lang ein wahrer Vater gewesen war. Auch dieser gemeinsame Abend berührte ihn tief.

»Du wirst gar nicht gefragt«, gab Rory zurück. »Jetzt ist es nur noch eine Sache von Name und Ruf. Deiner muss rein gewaschen werden. Einen verunstalteten Lebenslauf kannst du dir nicht leisten. Egal, was du in Zukunft tun willst – bis diese Sache aus dem Weg geräumt ist, wirst du dich immer verteidigen müssen.«

Jamie atmete tief durch. Hätte er vielleicht besser seine Verbindung mit Maria Floreana di Bonelli gleich zu Anfang angedeutet? Das wäre sicherlich cleverer gewesen. Und wenn man bedachte, wie die viele Geheimnistuerei sein eigenes Leben bisher durcheinander gewirbelt hatte ...

Jetzt würde er Rory erklären müssen, warum er sich bei der britischen Botschaft in Rom als Verbindungsoffizier gemeldet hatte und dass er angenommen worden war. Er sprach inzwischen fließend Italienisch. Zwar lag Rom zweihundert Kilometer von Marias Wohnort entfernt, aber er wäre wenigstens im gleichen Land. Er wollte nicht, dass ihre Familie Verdacht schöpfte; sie war noch so jung! Noch nicht einmal Antonio wusste Bescheid.

»Macht es dir etwas aus, wenn ich eine rauche?«, fragte Jamie und zeigte auf die Zigarren.

Überrascht reichte Rory ihm eine über den Tisch und sagte: »Pass bloß auf, dass deine Mutter das nicht erfährt.«

Doch im letzten Augenblick verließ Jamie der Mut. Er würgte, hustete und ließ die Zigarre in den Aschenbecher fallen.

»He, alter Junge!« Rory klopfte Jamie lachend auf den Rücken. »An einer Zigarre muss man nippen, nicht mit ihr gurgeln!«

»Was ... was war mit dir und Elly? Sag es mir ... bitte!« Jamie war nervös, er musste einfach wissen, was seine Mutter dazu bewegt hatte, die Gouvernante zu erschießen.

»Möchtest du nicht auch wissen, was mit Lizzie war? Interessieren dich meine versäumten Romanzen?«

»Nur, wenn du darüber sprechen magst!«

»Lizzie war in gewisser Weise anders. Sie und ich waren Geschäftspartner, und das war wichtiger als alles andere, weil es um viel Geld ging. Sex und Liebesqualen kamen später. Ich wusste nichts darüber, bis Lizzie mein Interesse an der körperlichen Liebe weckte.«

Rory verbarg sich hinter dichten Rauchschwaden, und Jamie wagte keine Unterbrechung seiner Gedankengänge. Rory hatte sehr viel getrunken, und Käse spät am Abend war nicht gut für die Gesundheit. Zumindest hatte seine Mutter das immer behauptet. Er würde die Gicht bekommen, genau wie sein Vater.

»Lizzie und ich waren sehr eng befreundet. Damals waren wir noch jung und ich kannte deine Mutter noch nicht. Unsere Kameradschaft ist geblieben. Elly habe ich nach Lizzie, aber ebenfalls vor deiner Mutter kennen gelernt. Ich war gerade wieder Junggeselle geworden, wohnte in Haggs Castle in Glasgow und spazierte jeden Tag mit einer frischen Blume im Knopfloch durch die Straßen. Dann kam der Krieg und machte mich zum blinden Krüppel. Ich erbte den Titel meines toten Bruders, einen Haufen alter Steine und seine schöne junge Mätresse, in die ich mich Hals über Kopf verliebt hatte – was übrigens noch heute so ist – und wusste nicht, was ich anstellen sollte, damit Annie Gowrie mich heiratet. Ich wartete den richtigen Moment ab, ließ aber inzwischen nichts anbrennen. Wirklich vergessen konnte ich deine Mutter die ganze Zeit aber nicht. Ich war süchtig nach ihr ... ehe ich den Whisky von Glengarth zum ersten Mal kostete«, fügte Rory lakonisch hinzu.

»Wie mein richtiger Vater? Er war doch auch verrückt nach ihr«, wagte Jamie zu fragen.

»Annie war eine Frau, nach der alle Männer sich verzehrten. Das ist sie übrigens noch immer. Nicht nur, weil sie so schön ist; sie strahlt einen ruhigen Zauber aus, ein tiefes Geheimnis, das jeden Mann glauben lässt, sie sei genau die Richtige für ihn. Eigentlich kann ich nicht für Lindsay sprechen, aber ich denke schon, dass er von deiner Mutter genau so berauscht war wie ich. Er muss es wohl gewesen sein, immerhin haben sie dich gezeugt. Um es kurz zu machen: Deine Mutter hat mir nie geglaubt, dass ich sie um ihrer selbst willen liebe. Sie glaubt, dass ich nur in jeder Hinsicht in Lindsays Fußstapfen treten wollte.«

»Ich hatte immer vermutet – und Duncan übrigens auch – dass Lindsay mein Vater war und nicht du. Damit aber ist Duncan tatsächlich der rechtmäßige Erbe von Glengarth. Er ist dein und Mutters legitimer Sohn, und zum Zeitpunkt seiner Geburt wart ihr ordnungsgemäß verheiratet. Ich hingegen bin das Ergebnis eines Seitensprungs, und Glengarth steht mir nicht zu. Ich bin darüber aber gar nicht so traurig, denn man hat mir an der Botschaft in Rom einen Job angeboten ...«

»Tatsächlich?« Rory beugte sich nach vorn und tätschelte Jamie tröstend die Schulter.

Einen Augenblick lang hatte Rory sich gar nicht wohl dabei gefühlt, Lindsays Sohn sein Herz auszuschütten. Ehe Duncan so voreilig die wahren Familienverhältnisse ausgeplaudert hatte, war die Beziehung zwischen Jamie und Rory eng und sehr freundschaftlich gewesen. Doch das tief empfundene Vater-Sohn-Verhältnis hatte sich nach den Enthüllungen verändert; die gegenseitigen Vorwürfe waren während der vergangenen Jahre zu einer schweren Belastung geworden. Dank Jamies heiterem und ausgeglichenem Naturell, das inzwischen wieder die Oberhand gewonnen hatte, hatte Rory jedoch das beruhigende Gefühl, als könne er sich jetzt befriedigt zurücklehnen und mit seinem Adoptivsohn die Friedenspfeife rauchen. Jamie war während seines Italienaufenthaltes reifer geworden, und er war schon immer viel sensibler und weniger unnahbar als Duncan gewesen. Für Rory nahm Jamie den Platz des rechtmäßigen Erben ohne Zweifel ein. Zwischendurch, während der Probleme, die Annie und er mit Jamie gehabt hatten, hatte er sich oft gefragt, ob Duncan nicht wirklich die bessere Wahl gewesen wäre. Aber nun wusste er – Jamie war genau der Richtige für Glengarth: Lindsays Sohn, Lindsays Erbe. Rory selbst fühlte sich eher als Außenseiter, als zweite Wahl, als Sassenach, als Seemann, den es nur zufällig an Land getrieben hatte.

»Glaubst du ernsthaft, dass Mutter es getan hat?«, fragte Jamie. Er suchte Trost. Plötzlich standen die Gedanken an Maria nur noch an zweiter Stelle.

»Wie kannst du so etwas fragen, Jamie! Deine Mutter könnte keiner Fliege etwas zu Leide tun!«

»Elly war ja auch keine Fliege. Sie war deine Geliebte und eine ständige Bedrohung für Mutters Würde, ganz zu schweigen von ihrer Seelenruhe.«

Rory seufzte. »Weißt du was, Jamie, lass uns meine Geliebten am besten eine nach der anderen hinter uns bringen. Vielleicht verstehst du dann, warum deine Mutter sie nie hatte fürchten müssen. Also da war zunächst meine Cousine Leonora. Sie war das schönste Mädchen der Welt. Wir waren eng verwandt, und es hätte ein Fall von Inzest werden können. Im Alter von ungefähr zehn Jahren verliebten wir uns unsterblich ineinander. Von zehn bis sechzehn gehörte ihr mein ganzes Herz. Das war alles. Aber das erste Gefühl von Lust werde ich nie vergessen. Mit den Jahren verstärkte sich dieses Gefühl. Ein hübsches Gesicht, ein schwingender Rock – und ich war entflammt. Ich ließ nichts anbrennen.«

»Und dann?«

»Wenn man jung ist, Jamie, gibt es keine Realität. Man glaubt, das Leben dauert ewig. Aber auf unserem Weg von der Geburt zum Tod verändern wir uns. Die einzige Konstante unserer Zeit auf der Erde ist die Art, wie wir uns verlieben. Ich habe mich von ganzem Herzen in Leonora verliebt. Es war die reinste Liebe, die man sich vorstellen kann. Ich war noch sehr jung. Ab und zu ein gestohlener Kuss – das war alles. Aber ihre Mutter, meine Tante Ada, hat alles verdorben. Sie ließ ein wahres Höllenfeuer auf unsere unschuldigen Häupter hernieder regnen. Sie war es, die von Inzest sprach. Doch ihre Verbote waren unnötig, denn Lennie starb an Tuberkulose, ehe sie siebzehn wurde.« Rory ließ seine Zigarre im Aschenbecher ausglühen.

»Ich bin mit Tante Kits einmal in Breedon Hall gewesen und habe Großtante Ada besucht«, sagte Jamie.

»Wie fandest du sie? Sie muss mindestens zweihundert Jahre alt sein!« Plötzlich fiel Rory auf, wie lange das alles schon her war.

»Großtante Ada? Oh, sie war absolut senil. Einfach eine alte Frau, die nicht mehr weiß, wohin. Außer vielleicht nach Hause zu Gott.«

Wie schnell doch die Zeit verging! Rory hatte sich immer für jung genug gehalten, um allen seinen Söhnen ebenbürtig zu sein. Jetzt musste er sich Jamie gegenüber plötzlich verteidigen.

»Eines Tages – ich war gerade von einer Reise um die Welt in den merkwürdigsten Seelenverkäufern nach Schottland zurückgekehrt – traf ich Annie Gowrie auf dem Inchnadamph. Von diesem Augenblick an war ich verloren. In meinem Herzen kann es keine andere Frau mit deiner Mutter aufnehmen, das darfst du mir glauben. Sie hat es mir nie wirklich abgenommen. Aber ich habe sie geliebt, als ich sie heiratete, und ich werde zu ihr stehen, bis dass der Tod uns scheidet.«

Rory streckte die Hand nach seinem Whiskyglas aus. Zu seinem größten Vergnügen führte das »Culloden Castle Hotel« Glengarth Single Malt in seiner luxuriös ausgestatteten Bar.

Jamie schürzte die Lippen. »Ich muss die Wahrheit wissen! Könnte es nicht doch sein, dass Mutter Elly in einem Augenblick blinder Eifersucht getötet hat? Bist du dir da wirklich vollkommen sicher?«

Rory wusste nicht, wie er auf diese Frage antworten sollte.

Vor seinem inneren Auge entstand das Bild Annie Gowries, wie sie auf dem weißen Sand von Rill einen schweren Ast auf Fleddon an Fletchers Schädel krachen ließ, während ihr Stiefvater mit Lindsay kämpfte. Der Schlag tötete ihn zwar nicht, aber er war lange genug bewusstlos ... Das Bild vervollständigte sich. Annie, wie sie gemeinsam mit Lindsay den leblosen Körper Fletchers über Bord in den See warf ... Sie hatte ihm die ganze Geschichte erzählt.

Rory schloss die Augen. Jetzt sah er nicht mehr die wärmenden, heimeligen Flammen des Hotelkamins, sondern die wütende Feuerwalze von Forest Lodge, die Feuersbrunst auf der »Barham«, den Brand seiner Mälzerei, die Flammen in Duncans Turm, das Gewehrfeuer, das Ellys Leben gekostet hatte – Feuer! Es hatte immer etwas mit Feuer zu tun!

Und nun war auch Annie ein Opfer des Molochs geworden. Rorys Herz stand in Flammen; seine Seele war ausgebrannt. Rory wollte und konnte nicht mehr. Seine Kinder sollten dieses unter dem Fluch des Molochs stehende Land nicht bekommen, dafür würde er in seinem Testament sorgen ...

»Vater?« Jamie tippte Rory an, der nach zu viel Portwein und Whisky in seinem Lehnsessel eingeschlafen war.

»Vater, ich glaube, es ist Zeit, zu Bett zu gehen.«

»Wie? Was? Ach ja! Ich komme.«

Rory griff nach dem alten Stock, den er von seinem Vater geerbt hatte – dem Stock, mit dem sein Vater auf der Straße nach Tippindee den alten Swami geschlagen hatte.

Jamie half seinem Vater die Treppe hinauf. »An deiner Stelle würde ich diesen Stock wegwerfen.«

»Warum das denn?«

»Weil dein Vater mit diesem Stock den Rikscha-Mann verprügelt hat. Verbrenne ihn. Vielleicht hängt der Fluch an diesem Stock!«

»Guter Gott, daran habe ich nie einen Gedanken verschwendet! Aber vielleicht hast du Recht. Ich wusste gar nicht, dass du so abergläubisch bist, mein Junge! Hier, fangen Sie auf!«

Rory ließ den Stock über das Treppengeländer fallen. Unmittelbar unter der Treppe schnarchte der Nachtportier in einem gemütlichen Lehnstuhl. Der Stock traf ihn am Knie und erschreckte ihn fast zu Tode.

»Verbrennen Sie ihn, guter Mann«, rief Rory ihm von oben zu. »Und das meine ich verdammt ernst. Stopfen Sie ihn in den großen Ofen. Auf dem Stock liegt ein Fluch!«

Auf Jamies Arm gestützt erreichte Rory sein Zimmer. Der unsanft geweckte Nachtportier dachte sich seinen Teil. Der gute Laird von Glengarth hatte offenbar viel zu tief ins Glas geschaut und würde vermutlich am nächsten Morgen seinen Stock brauchen. Außerdem handelte es sich um ein teures Stück mit Silberknauf. Und wenn der Laird ihn wirklich nicht mehr wollte, dann würde er ihn selbst behalten.

26. Kapitel

Rorys Anwälte aus Glasgow, Mr Anthony Wildcart und Mr Philip Fenton, schufen einen ungewöhnlichen Präzedenzfall, als sie am Sonntagmorgen vor der auf Montag angesetzten Verhandlung gegen Aeneas Hamilton bei Rory und Jamie im Hotel erschienen, um über die Sachlage zu berichten.

Philip Fenton lächelte strahlend.

»Guten Morgen Rory, guten Morgen Jamie. Ich habe gute Neuigkeiten.«

Er räusperte sich, rückte die Brille zurecht und begann vorzulesen: »Nach einer mehrstündigen Vernehmung Lady Anne Roskillens konnte die Polizei von Inverness keinen Tatverdacht feststellen.«

»Und was ist mit dem Gewehr, auf dem ihre Fingerabdrücke waren?«, wollte Jamie wissen.

»Die Polizei ist der Meinung, dass sie den wahren Mörder zu decken versucht«, erklärte Mr Anthony Wildcart. »Die Spurensicherung hat die Untersuchung des Gewehrs noch nicht vollständig abgeschlossen. Tatsächlich wurden ihre Fingerabdrücke gefunden, aber das heißt noch lange nicht, dass sie es auch wirklich war.«

Rory stieß einen Seufzer der Erleichterung aus.

»Ich habe der Polizei von Drumbarry von Anfang an erklärt, dass wir in der Waffenkammer im Duncan-Turm Dutzende von Gewehren und anderen Jagdwaffen aufbewahren. Und ich habe auch gesagt, dass die Kammer immer unter Verschluss ist. Annie hat nie im Leben ein Gewehr benutzt, dafür lege ich die Hand ins Feuer. Sie hasst Waffen und Menschen, die damit töten – sei es Wild oder Schlimmeres. Ja, auch das habe ich der Polizei bereits mitgeteilt, als man mich nach Annie befragte. Unser Hausarzt hat übrigens bestätigt, dass die arme Elly ein verdammt großes schwarzes Loch in der Brust hatte, das von hinten bis vorne durchging ... ekelhaft! Es war wirklich ekelhaft!«

Rory wischte sich aufgewühlt die Augen. Jamie beugte sich zu ihm hinüber und tätschelte ihm die Schulter.

»Meine Frau könnte die Waffe aus der Waffenkammer genommen und sie ins Unterholz geworfen haben, ohne sie zu benutzen. Dann hätten Sie Ihre Fingerabdrücke!«

»Aber warum sollte sie so etwas tun, Mylaird?«, fragte Wildcart erstaunt.

»Keine Ahnung. Um Aeneas Hamilton aus irgendeinem Grund zu schützen? Verdammt, ich weiß es nicht! Außerdem ist es Ihr Job, das herauszufinden, oder? Schließlich zahle ich dafür ein kleines Vermögen!«

»Bitte, Mylaird, wir tun doch alles, was wir können. Die Polizei in Drumbarry und Glasgow arbeitet noch daran.«

»Warum um alles in der Welt haben sie meine Frau quer durch das Land nach Inverness gebracht, wenn es keinen konkreten Verdacht gegen sie gibt?«

»Sie wissen doch, wie klein die Polizeistation in Drumbarry ist, Rory. Man hat dort keine Erfahrung mit Mordfällen ...«

»In Inverness oder Glasgow scheinbar genau so wenig!«, platzte Rory heraus.

»Was wird denn jetzt mit ihr geschehen?«, fragte Jamie, um die Spannung abzubauen, die zwischen Rory und seinen Anwälten herrschte.

»Sie wird mit der Auflage entlassen, sich in drei Wochen wieder bei der Dienststelle zu melden. Bis dahin, so hoffen wir, gibt es neue Erkenntnisse«, erklärte Philip Frenton.

»Na Gott sei Dank!« Rory sprang auf und hätte ohne seinen

Stock beinahe das Gleichgewicht verloren. »Los, Jamie, hopp, hopp, wir holen deine Mutter da raus.«

»Einen Augenblick noch, Vater!« Jamie legte beruhigend seine Hand auf Rorys Arm.

»Was passiert mit Aeneas Hamilton?«, wandte er sich an die Anwälte. »Wird er ebenfalls auf Bewährung entlassen?«

»Aeneas bleibt in Gewahrsam, bis es neue Beweise gibt.«

Rory und Jamie waren erleichtert. Zumindest würde Aeneas sie vorerst nicht einschüchtern können.

Rory war schon fast draußen, als er sich noch einmal zu den Anwälten umdrehte, die bereits ihre Aktenkoffer packten. Er dankte ihnen und fügte dann wie ein Blitz aus heiterem Himmel hinzu: »Ach übrigens, ich werde Pemberton-Fookes wegen Nötigung meiner Frau anzeigen.«

Die beiden Rechtsanwälte blickten ihn kopfschüttelnd an.

»Unmöglich – es sei denn, Sie können ihm böswillige Täuschung nachweisen. Er ist immerhin der Staatsanwalt und ...«

»Ich weiß verdammt noch mal sehr gut, was er ist!«

»Dann wissen Sie auch, dass es zu seinen Aufgaben gehört, in ungeklärten Todesfällen Nachforschungen zu betreiben und die Verfahren vor den obersten Gerichtshof zu bringen. Sir Pemberton-Fookes hat nur seine Pflicht getan; daraus kann man ihm keinen Vorwurf machen.«

»Dann erbringen Sie eben einen Beweis! Schließlich bezahle ich Sie dafür! Meine Frau ist zu diesem Pemberton-Fookes gegangen – ich kann diesen Namen allmählich nicht mehr hören! In aller Unschuld wollte sie Tee mit ihm trinken – das tut sie schon seit Jahren und daran ist nichts Verdächtiges zu finden – und er verhaftet sie, weil sie ihm erzählt hat, wo er ein Gewehr mit ihren Fingerabdrücken finden könnte! Das ist doch ganz klar Nötigung!«

»Eigentlich nicht ... ganz und gar nicht ... hören Sie, Mylaird ...«

Jamie legte eine Hand auf Rorys Schulter.

»Reg dich nicht auf, Vater!« Er lächelte die beiden Herren aus Glasgow freundlich an. »Die Ärzte sagen, dass mein Vater einen zu hohen Blutdruck hat. Ich denke, ich bringe ihn zu Bett. Vielen Dank, dass Sie uns Ihre Zeit opfern. Ich wünsche Ihnen einen guten Tag, Gentlemen.«

Er nickte den Anwälten zu und führte Rory aus dem Raum. Oben im Zimmer wollte er Hut und Mantel holen und Gamin Bescheid sagen, dass er den Wagen vorfahren könne. Jamie hatte es eilig, seine Mutter aus dem Gefängnis zu holen, und ärgerte sich ein wenig über Rory, der scheinbar einen Schuldigen brauchte.

»Wie kannst du nur so leichtsinnig sein, Mutters Freilassung mit deinem Verhalten zu gefährden? Und dann diese Schnapsidee, Pemberton-Fookes verklagen zu wollen!«

»Warum denn nicht, Jamie, alter Kumpel?« Rory gab sich flapsig.

»Weil du mit deinem Verhalten das Verfahren gefährdest. Das ist Beeinflussung! Und das geht sowohl Mutter als auch Aeneas Hamilton an!«

»Ich wusste gar nicht, dass du ein geborener Anwalt und Diplomat bist, Jamie, alter Kumpel. Und obendrein ein Sprachgenie, dem man einen Job in der Faschistenabteilung der Britischen – oder war es die Römische? – Botschaft angeboten hat.« Rory war scheinbar wütend.

»Der war ziemlich unter der Gürtellinie, Vater!«, stellte Jamie fest. Er hatte nach dem vergangenen Abend einen ordentlichen Kater und zeigte viel Verständnis für die wechselnden Stimmungen seines Vaters, trotzdem reichte es ihm allmählich.

»Da magst du Recht haben. Entschuldige, Kumpel.«

Rory ließ sich in einen Sessel neben der Treppe fallen.

»Sei ein lieber Junge und hole Ackker und Gamin. Ich bin viel zu erledigt, um die Treppen hochzusteigen. Ackker soll mir meinen Hut und Mantel bringen. Und meinen Stock. Ohne Stock fühle ich mich doch ziemlich wacklig auf den Beinen.«

»Du hast den Stock letzte Nacht die Treppe hinuntergeworfen, erinnerst du dich? Nein, wahrscheinlich nicht. Du warst ganz schön blau!«

Rory grinste.

»Sehen wir der Wahrheit ins Auge, mein Sohn. Wir waren beide ganz schön blau. Aber was soll's? Uns droht doch sowieso die ewige Verdammnis, warum sollen wir also nicht über die Stränge schlagen?«

»Hör auf, Vater. Das hört sich schrecklich negativ an. Denk dran, Mutter kommt aus der Geschichte heraus, ohne dass ihr ein Haar gekrümmt wurde. Wir sollten dankbar sein.«

»Ich hoffe es, Jamie – ich hoffe es aus ganzem Herzen. Deshalb habe ich auch die Kanzlei aus Glasgow beauftragt. Sie sind die Besten, wenn es darum geht, den Kopf aus der Schlinge zu retten. Könntest du mir bitte einen doppelten Glengarth Single Malt bestellen, während ich hier warte? Ich weiß, ich weiß, es ist erst halb zwölf und es ist Sonntagmorgen, und eigentlich sollte ich in der Kirche sein und für mein Seelenheil beten ...«

»Bitte, Vater!«, flehte Jamie.

Rory hob eine Hand.

»Meine herzallerliebste Mutter, die schon in den Himmel kam, als ich zarte acht Jahre alt war, sieht jetzt bestimmt auf mich hinunter und weint mit allen Engeln um die Erlösung meiner betrunkenen Seele ... *Rory, mein Liebling, hast du denn gar nichts von Robbie Burns gelernt? Schon dein Vater zollte dem größten Trinker Schottlands tagtäglich seinen Tribut* ... Warum hat Annie dich eigentlich nach deinem mordenden Großvater James benannt? Das hast du nicht verdient, Jamie!«

Rory legte eine Hand über die Augen, um seine Tränen zu verbergen. Alle Hotelgäste, die durch die großen Drehtüren ein und aus gingen, wurden Zeugen der peinlichen Szene.

Rory litt wirklich. Jamie verstand ihn und fühlte mit ihm, aber er fand keine Entschuldigung für sein Verhalten. Sein Stiefvater hatte mehr keltisches Blut, als ihm selbst bewusst war; genau wie Annie. Aber zwei keltische Seelen unter einem Dach, beide gleichermaßen morbide, flatterhaft, leidenschaftlich und künstlerisch veranlagt, das war der reinste Mord. Dazu brauchte man nicht einmal ein Gewehr.

Dennoch wusste Jamie, dass er auf keinen der beiden verzichten wollte. Sie lagen ihm so sehr am Herzen, dass er bereit war, sein eigenes Interesse an Maria und Italien für eine gewisse Zeit in den Hintergrund zu rücken, um Rory und Annie die Unterstützung zu bieten, derer sie jetzt bedurften.

Jamie nahm seine Mutter fest in die Arme. Sie hatte ihm wehgetan, aber auch er hatte ihr Schmerz verursacht. Ihre Ansichten waren grundverschieden. Lindsays Tod hatte in ihrer Seele eine große Leere hinterlassen, die sie – ohne es zu wollen – so manches Mal an Jamie und Rory weitergegeben hatte. Wo mochte das alles noch hinführen? Wen würden sie noch mit in diesen Strudel reißen?

Jamie drückte Annie so fest, dass ihr die Luft wegblieb. Mit leisem Lachen sagte sie: »Jamie, Liebes, du erstickst mich ja! Fast wie dieses Gefängnis hier.«

Jamie schniefte. In seinen Augen standen Tränen.

»Warum zum Teufel hast du Dinge zugegeben, die du nie getan hast, Mutter? Bist du verrückt?«

»Ein bisschen schon, glaube ich.« Sie legte den Arm um seine Hüfte. Er war ihr weit über den Kopf gewachsen. »Ein bisschen schon.«

»Annie«, begann Rory, als sie das Polizeigebäude verließen, »ich werde Pemberton-Fookes anzeigen.«

Annie blieb abrupt stehen. Gamin und Ackker, die im Wagen warteten, blickten sich an. »Was ist denn jetzt wieder? Hat sie etwa ihre Unterwäsche vergessen? Oder ihr Schießgewehr?«

»Du spinnst wohl!«, sagte Annie brüsk zu Rory gewandt, ehe sie schnurstracks zum Wagen marschierte und ihren Mann einfach stehen ließ.

»Guten Tag, Mylady«, begrüßten Gamin und Ackker sie mit breitem Grinsen. »Schön, wieder heimzufahren.«

»Das finde ich auch. Ich hoffe, ihr beiden habt euch ordentlich benommen, solange ich nicht da war.«

»Aber sicher doch, Mylady.«

»Habt ihr Rorys Whiskykonsum im Auge behalten?«

»Natürlich, Mylady!«, kam die Antwort unisono. Im Auge behalten hatten sie ihn tatsächlich ...

Als alle im Wagen saßen sagte Annie: »Nach Hause, James, und schonen Sie die Pferde nicht!«

Jamie gab die Aufforderung an Gamin weiter, der mit dem Finger an die Mütze tippte: »Mit Vergnügen, meine Herrschaften. Und hoffentlich hält Mrs Foxton die Brughtins bereit. Mit Marmelade. Für unseren Heimkehrer, unseren Master Jamie.«

Am folgenden Tag wurde vor Gericht eine Anhörung angesetzt. Der Verteidiger beantragte auf Grund neuer Erkenntnisse einen Aufschub von drei Wochen; dem Antrag wurde Folge geleistet.

Die vor dem Gerichtsgebäude wartenden Journalisten waren enttäuscht. Keine blutrünstige Geschichte, keine schottischen Lairds und Ladys, kein Skandal, kein Gespensterschloss, kein Gouvernantenmord. Das Einzige, was die Zeitungsleute in die Hand bekamen, war eine schriftlich abgefasste Erklärung des Verteidigers von Aeneas:

»Mein Mandant Aeneas Beauly Hamilton wünscht Folgendes zu veröffentlichen: Ich hoffe, Sie sehen es mir nach, wenn ich auf einen Brief Thomas Jeffersons aus dem Jahr 1801 zurückgreife, um das vergangene Jahr zu skizzieren. Zitat: ›Das Schwert des Gesetzes sollte nur diejenigen treffen, deren Schuld so offenkundig ist, dass Freund und Feind sich einig sind ...‹ Dem habe ich nichts hinzuzufügen.«

Nachdem Aeneas weiterhin unerreichbar hinter Schloss und Riegel saß, entschloss sich die Journaille, der Spur von Lady Anne

Roskillen zu folgen. Reporter und Fotografen machten sich auf den Weg nach Glengarth. Doch auch dort war nicht viel für sie zu holen. Das Anwesen wurde von starken Sicherheitskräften mit scharfen Hunden bewacht.

*

Countess Lizzie war nach Schottland zurückgekehrt, um ihre eigenen Interessen zu schützen. Sie konnte sich die Kosten für die Schutzmaßnahmen um Schloss Glengarth herum leisten: In kurzem Abstand waren ihre beiden »alten Herren«, ihr Vater und ihr betagter Ehemann Earl Albion of Rotherhorst, gestorben und hatten der Ölmillionärin ein schier unerschöpfliches Vermögen hinterlassen.

Lizzie hatte ihre kleine Schwester mitgebracht, die inzwischen aus der psychiatrischen Anstalt entlassen worden war. Rory hatte Susan-Jenny vor vielen Jahren kennen gelernt; damals war sie ein dreizehnjähriges Mauerblümchen gewesen und von den Burnett-Kindern als Spinner-Jenny gehänselt worden.

Inzwischen war Susan-Jenny erwachsen, aber immer noch so unscheinbar und unansehnlich wie immer. Sie trug eine Brille, ihr Körper wirkte plump, ihr Haar stand in alle Himmelsrichtungen, und ganz unabhängig davon, ob sie tatsächlich geistesgestört war, kam Rory Annie und Jamie gegenüber in Erklärungsnot. Lizzies unangekündigtes Erscheinen in Glengarth mit Spinner-Jenny im Schlepptau hätte zu keinem ungünstigeren Moment kommen können, und das sagte er ihr auch.

»Keine Sorge, Süßer«, war Lizzies lapidare Antwort. »Du weißt doch, ich bin immer für dich da. Schade um das Kindermädchen – wie hieß sie noch? Arsenut oder so? War das nicht die, die sich die Pulsadern aufgeschnitten hat, weil ihr amerikanischer Liebster in Cantigny ins Gras gebissen hat? Siehst du! Mein Erinnerungsvermögen hat noch nicht gelitten, Süßer. Und außerdem bin ich Annies und deinetwegen hier. Einfach so.«

»Und natürlich wegen deiner Investitionen in Glengarth.«

»Klar, Süßer. Ich habe in der ganzen Welt investiert, und ab und zu muss man mal nachsehen.«

»Weißt du, Lizzie, für Glengarth ist jetzt vielleicht nicht wirklich der richtige Augenblick.«

»Wie hätte ich das wissen sollen? Aber vielleicht ist es ja ganz gut, dass ich gerade jetzt gekommen bin. Als die Diener mir erzählt haben, was passiert ist, war ich so wütend, dass ich Wachhunde für euch angeheuert und sie angewiesen habe, die Tücher über den Möbeln zu entfernen. Ich fand die Dinger schrecklich, weil sie mich irgendwie an meine eigene Situation erinnern. Ich wollte, dass Glengarth wieder so nett und gemütlich aussieht wie immer.«

»Danke, Lizzie. Das große Rettungskommando, wie? Und was ist mit Susan-Jenny? Warum hast du sie mitgebracht? Hier in Glengarth gibt es weiß Gott genug Verrückte, da musst du uns nicht noch welche bringen. Was hat sie angerichtet? Sich die Pulsadern aufgeschnitten? Jemanden erschossen? Feuer gelegt? Oder warum war sie die ganze Zeit in einer Anstalt?«

»Sie war im Weg, Süßer.«

»Wie meinst du das?« Rory, der gerade dabei war, sich eine Zigarre anzuzünden, hielt inne.

»Nun ja ...«, Lizzie zog an ihrer Zigarette, »Jenny war immer Papas Liebling. Er wollte ihr sein ganzes Vermögen vermachen, weil sie immer netter zu ihm war als ich. Aber ich hatte einfach keine Zeit. Ich konnte mich nicht um einen kranken alten Mann kümmern und gleichzeitig für ihn das Ölgeschäft am Laufen halten. Die Katastrophe war geradezu vorprogrammiert. Jenny hat nicht einmal eine Ahnung, wie viel Uhr es ist – nach Pa's Tod hätten wir auch den letzten Cent verloren, wenn er alles ihr überschrieben hätte.«

»Und dann hast du sie mittels einer gefälschten Diagnose wegsperren lassen?«, fragte Rory entsetzt.

»Nun ja, sie zeigte zu diesem Zeitpunkt durchaus Anzeichen von manischer Depression ...«

»Du lieber Gott, Lizzie! Du hast deine Schwester für das Vermögen deines Vaters geopfert!«

»Nicht ganz, Süßer.«

»Sondern?«

»Inzwischen ist sie vollständig geheilt«, erklärte Lizzie vergnügt. »Sie hat sich sehr darauf gefreut, nach einer so langen Zeit endlich wieder einmal nach Good old England zu kommen.«

»Wir sind hier in Schottland«, sagte Rory mit versteinertem Gesicht.

Lizzie zuckte die Schultern. »Für uns Konföderierte ist das alles das Gleiche. He, Süßer, ich war nie grausam zu meiner kleinen Schwester. Schließlich ist sie mein Fleisch und Blut. Mensch, Süßer«, Lizzie schürzte die Lippen, »man hat ihr dort jeden Wunsch von den Augen abgelesen. Das Beste war gerade gut genug. Pa's Ölvermögen hat es möglich gemacht.«

»Ich weiß wirklich nicht, warum du ausgerechnet jetzt nach Glengarth zurückkommst«, sagte Rory mürrisch und sah ihr gerade in die Augen, »und vor allem verstehe ich nicht, warum du Susan-Jenny mitbringst. Schließlich weißt du, dass das Hotel geschlossen ist, bis der Prozess gegen Aeneas Hamilton stattgefunden hat. Obwohl – ich weiß ja nicht, ob du die Zeitungen gelesen hast: Hier ist eine Frau ermordet worden. Immerhin die Gouvernante von Glengarth! Lizzie, tu mir das um Himmels willen nicht an! Belaste mich nicht ausgerechnet jetzt mit deinen persönlichen Problemen.«

»Wann hätte ich dich je mit meinen Problemen belastet, Rory? Das habe ich noch nie getan. Im Gegensatz zu dir! Du hast dich in jeder Lebenslage auf mich verlassen, und du kannst es immer noch tun. Jenny und ich sind gekommen, um ein wenig Ruhe zu finden. Um den Geiern zu entfliehen, die nach unseren Fersen schnappen. Das müsstest du nach dieser Geschichte mit Annie und Aeneas doch eigentlich verstehen.«

»Es sind Bluthunde, die nach den Fersen schnappen, keine Geier, Lizzie«, erklärte Rory seufzend. Ob die Amerikanerin je richtig

Englisch lernen würde? Aber er wusste wirklich, was sie meinte: Sie war zu ihm gekommen und suchte Schutz, nachdem es viele Jahre lang umgekehrt gewesen war.

»Rory, Süßer, ich muss mich nach Vaters Tod – ganz zu schweigen von Alby – einfach einmal ausruhen. Ich muss mich um meine Schifffahrtsgesellschaft und Vaters Ölgeschäfte in der ganzen Welt kümmern und bin einfach am Ende.«

»Das heißt also, dass die weltweite Rezession deinem Vermögen keinen Schaden zugefügt hat?«, stellte Rory ironisch fest.

»Doch, natürlich, Süßer. Wie bei allen anderen auch. Aber das, was mir geblieben ist, hege und pflege ich und habe nicht die Absicht, es herzugeben. Und deswegen möchte ich meinen Geschäftsideen noch eine hinzuaddieren ...«

»Von wegen addieren! Ich dachte, du könntest nicht Kopfrechnen!«

»Ich kann nicht Lesen, Süßer. Im Rechnen bin ich Spitzenklasse!«

»Sag endlich, was du auf dem Herzen hast, Lizzie, damit wir es möglichst schnell hinter uns bringen«, bat Rory.

»Ich möchte dich zu meinem Gesellschafter machen, und zwar weltweit.«

»Und das bedeutet?«

»Du wirst meine rechte Hand, und zwar für alle Kontinente. Öl braucht man auf der ganzen Welt, Rory. ›Devanna Oil‹ befördert sein schwarzes Gold überallhin. Ich brauche einen Mann, dem ich eine solche Verantwortung anvertrauen kann. Wenn du möchtest, kannst du von deinem Büro in Glasgow aus arbeiten. Du brauchst nicht nach Texas oder New York zu ziehen.«

»Danke für das Zugeständnis. Ich hasse New York, und Texas würde mir schon gar nicht gefallen.«

»Na ja«, sagte sie gedehnt und blies Rauchringe in die Luft, »ich würde noch ganz andere Zugeständnisse machen. Schließlich sind wir doch schon sehr lang befreundet, nicht wahr?«

»Wo ist der Haken?«

»Süßer, mein Vater ist tot und der alte Alby ebenfalls; mach es nicht noch schlimmer, als es sowieso schon ist. Ich bin eine trauernde Tochter und Witwe mit einem Titel. Mehr nicht. Alby wusste es übrigens, und es hat ihn nicht gestört.«

»Was hat ihn nicht gestört?«

»Dass ich ihn nur wegen des Titels und der Peerswürde geheiratet habe. Das war etwas, was ich mir mit keinem Geld der Welt hätte kaufen können, Süßer. Ich musste es erheiraten. Alles andere hatte ich schon. Ich brauchte nur noch Albys Titel, und er hat ihn mir geliefert. Die englische Countess hat meinen amerikanischen Interessen sehr gut getan – sogar während des wirtschaftlichen Niedergangs. Ein britischer Titel, und die Investitionen laufen ... Falls die Wall Street je wieder auf die Beine kommt, sollten alle Broker sich die Zeit nehmen, meine Memoiren zu lesen.«

»Ich wusste gar nicht, dass du deine Memoiren geschrieben hast«, sagte Rory erstaunt.

»Habe ich auch noch nicht. Zunächst musste ich einen britischen Titel heiraten, verstehst du, Süßer?«

»Nicht wirklich. Eigentlich absolut nicht.«

»Wir haben uns gegenseitig geholfen, Alby und ich. Er hat mich wegen meiner Millionen geheiratet, mit denen ich sein bröckelndes Anwesen saniert habe. Weißt du eigentlich, wie sehr ich dich bewundere, Rory? Ich hätte auch dich deines Titels wegen geheiratet, aber du hast mich nicht gewollt. Noch nicht einmal meine ständig anwachsenden Millionen wolltest du. Annie ist wirklich ein Glückspilz – ein Riesenglückspilz. Du hast sie tatsächlich aus Liebe geheiratet.«

Lizzies Angebot war verführerisch. Mein Gott, wirklich verführerisch! »Und was steckt für mich drin?«, wollte Rory wissen.

»Keine Schulden mehr. Die gute alte Lizzie bezahlt alle Außenstände von Glengarth. Annie und du, ihr könnt ganz von vorn anfangen. Ich bestreite eure Gerichtskosten und alles andere. Ich lasse die besten Anwälte kommen, um deine Frau von jedem Vorwurf rein zu waschen. Mit Geld ist alles möglich.«

»Annie ist unschuldig«, erklärte Rory.

»Daran zweifele ich keine Sekunde«, nickte Lizzie, »aber wir werden es auch beweisen können. Das verspreche ich dir, Rory, Süßer. Aber nicht nur dir, sondern auch deinen Kindern und Kindeskindern will ich helfen. Ich werde ihnen eine hervorragende Erziehung ermöglichen, ich werde einen Fonds für sie einrichten – alles. Euch allen werde ich helfen, wie euch noch nie jemand geholfen hat. Ihr könnt Glengarth vergrößern und wertvoller machen. Als Aktionärin an deinem Unternehmen habe ich die Bücher einsehen können: Du steckst ganz schön tief in den roten Zahlen!«

»Erinnere mich bloß nicht daran.«

»Ich biete dir die Möglichkeit, deine Schulden loszuwerden, ehe Jamie sie erbt. Ich kenne die Erbgesetze dieses Landes, Süßer, und als Rechtserbfolger ...«

»Das Wort heißt *Rechtsnachfolger*, Lizzie.«

»Wie auch immer. Du willst doch sicher nicht, dass Jamie deine Schulden erbt, wie Lindsay sie von deinem Vater und der sie von seinem Vater geerbt hat, oder?«

»Was willst du dafür von mir, Lizzie?«

»Susan-Jenny bekommt auf Dauer eine Suite im Schloss, für die ›Devanna Oil‹ natürlich bezahlen wird. Wir zahlen auch gerne mehr als ihr euren anderen Gästen in Rechnung stellt. Sag mir deinen Preis, Rory, ich zahle ihn. Ich verlange lediglich die Gewissheit, dass Susan-Jenny bei dir und Annie in guten Händen ist.«

»Hat sie das nicht gehabt? War sie in der teuren Anstalt, in die du sie hast schicken lassen, nicht in guten Händen?«, fragte Rory.

»Sie war dort nicht glücklich.«

»Sag mir die Wahrheit, Lizzie. Wenigstens einmal im Leben!«

»Okay, Süßer ... okay. Beruhige dich. Susan-Jenny war wirklich nicht glücklich in der Anstalt. Man hat sie missbraucht. Als sie Vater und mir alles erzählte, ist mir fast die Luft weggeblieben. Manchmal glaube ich, dass der Schreck ihn umgebracht hat. Ich bin gerade dabei, die Institution zu verklagen. Vor allem natürlich die Leute, die meiner kleinen Schwester wehgetan haben.«

Lizzie paffte große Rauchringe, die für ihre innere Bewegung sprachen. Normalerweise vergeudete sie keine Zeit mit flüchtigen Emotionen; sie ging einfach zur Tagesordnung über und wurde allenfalls bösartig, wenn die Dinge nicht so liefen, wie sie es wollte.

Rory wusste sehr wohl, dass Lizzie sich Sorgen um ihre Schwester machte.

»Warum glaubst du, dass sie hier in Glengarth, viele tausend Meilen von zu Hause entfernt, glücklicher wäre?«

»Sie liebt England. Na gut, Schottland! Und sie hat dich früher geliebt, so wie ich es immer noch tue ...«

»Das ist doch Blödsinn, Lizzie!«, unterbrach Rory sie. »Absoluter Blödsinn. Susan-Jenny und ich haben uns ein einziges Mal gesehen. Das war auf der Feier zum einundzwanzigsten Geburtstag meines Vetters Humphrey, ehe er in den Krieg zog und sich bei Passendaele hat umbringen lassen. Ich habe genug von der Vergangenheit! Ich will keine schalen Erinnerungen aufwärmen! Vergiss deinen Plan – Annie und ich brauchen nicht noch eine Verrückte, die auf dem Anwesen herumzündelt, Leute erschießt oder Hand an sich legt. Was glaubst du, was das hier ist? Ein Tollhaus? Es stimmt schon, manchmal erinnert hier vieles an eine Klapsmühle, aber Annie und ich sind keine Irrenwärter. Wir versuchen noch immer, ein wirklich gutes Jagdressort für gesunde, vernünftige Leute zu bieten, die ein friedliches Refugium weitab vom Lärm der Menge suchen und dafür verdammt gut bezahlen. Du kannst Annie und mir nicht einfach deine Schwester aufhalsen und sie dann für den Rest deines Lebens vergessen.«

»Rory Süßer ... wenigstens um der alten Zeiten willen! Hast du denn wirklich keine Schulden mehr, die dir Sorgen machen? Bröckelt das Schloss nirgends mehr ab? Gibt es keine zusätzliche Steuer mehr, die irgendein dem Adel missgünstig gesonnenes Regierungsmitglied erfunden hat und die du bis ins hohe Alter nicht abbezahlen kannst? Du hast hier ein britisches Erbe zu verwalten, auf das du mächtig stolz sein kannst, Süßer.«

»Ich bin stolz auf mein *schottisches* Erbe, Lizzie. Und außerdem bin ich absolut pleite.«

»Genau davon rede ich doch die ganze Zeit, Süßer. Als Vorstandsvorsitzender meiner neuen Gesellschaft würde ich dir natürlich ein gutes Gehalt zahlen. Du könntest dir alles leisten, wonach du bisher vergeblich gestrebt hast. Alles, was du tun müsstest, wäre den Platz meines Vaters einzunehmen, ab und zu eine Sitzung zu besuchen und Papiere zu stempeln. Alles natürlich rein nominell ... Vorsitzender oder Präsident – wir würden schon eine hübsche und natürlich steuerlich absetzbare Bezeichnung dafür finden.«

»Und was würdest du tun, während ich dich bei ›Devanna Oil‹ und deiner Schiffsgesellschaft vertrete?«

»Oh, für die beiden Gesellschaften wäre nach wie vor ich selbst zuständig. Du sollst eine neue Gesellschaft übernehmen, die ich gründen möchte ...«

»Und was soll ich da tun? Beten?« Rory lächelte. Lizzie wusste nicht recht, ob es freundschaftlich oder zynisch gemeint war.

»Ich will mich in eine ganz andere Richtung orientieren. Eine gewisse Streuung hat nichts als Vorteile. Ich gründe eine Luftfahrtsgesellschaft, und zwar mit ganz neuen, sehr schnellen Luftschiffen. Anstatt in viereinhalb Tagen wie unsere Schiffe überqueren sie den großen Teich in vierundzwanzig Stunden. Stell dir das einmal vor! Vierundzwanzig Stunden! Der Dollar wird nur so rollen! Denk einfach mal drüber nach, Rory!«

»Ich denke darüber nach, und es ist mit Abstand das Verrückteste, was ich je von dir gehört habe, Lizzie. Kein Luftschiff kann den Atlantik ohne Zwischenlandung überqueren, ohne völlig einzufrieren und wie ein Stein vom Himmel zu fallen.«

»Na ja«, gab sie mit schleppender Stimme zurück, »›Imperial‹ und ›PanAm‹ arbeiten bereits daran. Auch ›Boeing‹ interessiert sich für Transatlantikflüge. Bisher schaffen es Luftschiffe höchstens von den Azoren aus in einem Stück nach New York, aber wer sagt, dass das so bleiben muss? Geht nicht gibt's nicht, hat mein Paps immer gesagt. Natürlich ist das alles noch Zukunftsmusik, aber die gute alte Lizzie will die Nase vorn haben, wenn es so weit ist. Du hast ein Händchen für Technik, Süßer, du kümmerst dich schon darum. Werde mein Geschäftsführer auf dieser Seite des Ozeans, und du bekommst ein Gehalt, ich bestreite deine Ausgaben und alle ...«

»Das war ich schon einmal, erinnerst du dich?«, unterbrach er sie. »Bis du mir den Teppich unter den Füßen weggezogen hast.«

»Weil du das Geschäft nicht wirklich ernst genommen hast, Süßer. Du warst ständig mit deinen Kumpels und deinen Freundinnen unterwegs und hast mein Geld mit vollen Händen rausgeschmissen.«

»Das ist nicht wahr, Lizzie.«

»Darüber möchte ich nach so vielen Jahren nicht mit dir streiten. Was passiert ist, ist passiert. Zukünftige Reiche entstehen nicht aus alten Erinnerungen – außer vielleicht bei euch Briten und euren Heinrichs, Georges und Edwards und wie eure Könige alle hießen ... Also willst du den Job oder nicht?«

»Du hast mir ›den Job‹ bisher noch nicht näher erläutert.«

»Du wirst Entwicklungschef der DAL.«

»Und das heißt?«

»›Devanna Air Lines‹«, sagte Lizzie stolz.

»He, vornehm!«

»Du machst dich über meine Idee lustig!«

»Ganz und gar nicht. Ich finde sie bewundernswert, aber dabei wird es auch bleiben, fürchte ich. Es klingt eher nach einer Idee auf dem Reißbrett. Allerdings hast du Recht – wenn sie eines Tages funktionieren sollte, wenn wir eines Tages über den Atlantik fliegen können, ohne Leben zu gefährden, dann gibt es natürlich kein Halten mehr. Und du hättest die Nase vorn, weil du mit deinem Öl auch die Energie zur Verfügung stellen könntest, die man dazu braucht. Doch, Lizzie, ich bin dabei! Ohne Mut und einen gewissen Instinkt bringt ein Unternehmer es nicht sehr weit. Meinen Segen hast du!«

»Heißt das, du nimmst den Job an?«

»Ich rede von dir. Ich weiß nicht, ob ich diese Art Herausforderung noch einmal durchhalte. Ich bevorzuge ein ruhiges Leben ...«

»So ein Quatsch, Süßer. Du bist noch nicht alt, und du hast nie besser und gesünder ausgesehen ...«

»Fetter wolltest du wohl sagen! Aber das ist das gute Leben, das ich hier draußen führe und das ich nicht für einen Schreibtischjob an den Nagel hängen möchte, denn darauf läuft es hinaus. Du willst, dass ich die DAL für dich zum Fliegen bringe, und zwar ohne die entsprechenden Flugzeuge, die den Atlantik in einem Stück überqueren können!«

»Für den Augenblick magst du noch Recht haben, aber das Rennen ist tatsächlich bereits eröffnet. Ich will die Erste sein, die Flüge von Glasgow nach New York ohne Tankstopp auf den Azoren anbietet. Ich muss es einfach schaffen! Ich will das Rennen gewinnen, Rory!«

»Also – ich nehme an, du hast deine Hausaufgaben gemacht, altes Mädchen. Ich traue dir zu, dass du es auch schaffst«, erklärte Rory bewundernd. »Was springt für mich dabei heraus?«

»Sämtliche Vergünstigungen natürlich. Du und Annie könnt jederzeit mit den Kindern Kreuzfahrten um die ganze Welt machen – entweder in der Luft oder auf dem Wasser.«

»Und die verrückte Susan sollen wir mitnehmen?«

»Sie ist nicht verrückt, Rory. Ich möchte nicht, dass du so über meine süße kleine Schwester denkst. Übrigens hast du dieser Artnut doch auch Arbeit gegeben; sie hat sich um deine Kinder kümmern dürfen, obwohl sie wirklich verrückt war. Susan-Jenny benimmt sich vielleicht manchmal ein wenig merkwürdig; aber das ist nur die Enttäuschung über das Leben.«

»Geht es uns nicht allen so?«, fragte Rory seufzend.

»Und was sagst du?«

»Ich muss erst mit Annie sprechen. Sollte ich mich dieser hirnrissigen Idee tatsächlich widmen, dann werde ich allerdings kaum dazu kommen, die Vergünstigungen meines Jobs zu genießen. Denn eine Herausforderung ist es wirklich! Und manchmal langweilt mich das Landleben schon ein bisschen ... Aber zunächst müssen wir diese grässliche Morduntersuchung über die Bühne bringen.«

»Klar, Süßer«, sagte Lizzie, lächelte strahlend und schrieb im Geiste den ersten auf die DAL ausgestellten Scheck aus.

Rory, den sein Spielerinstinkt nie ganz verlassen hatte, sagte sich, dass Lizzie ihm einiges schuldig war: Schließlich hatte sie ihn ohne einen Penny sitzen lassen, nachdem sie ohne Vorwarnung die gemeinsame Schifffahrtsgesellschaft in Glasgow geschlossen hatte und in die Staaten zurückgekehrt war. Damals hatte er keine andere Wahl gehabt, als wieder zur See zu fahren. Hier bekam er eine Chance, die er auf keinen Fall verpassen wollte. Er würde alles tun können, um das alte Anwesen für seine Nachfolger auf Vordermann zu bringen.

Im Augenblick war Glengarth – wie Lindsay sich ausgedrückt hatte – ein Klotz am Bein. Natürlich drückte die Last, aber das Schloss war es wert, erhalten zu werden. Es war ein Stück Geschichte, das Zukunft haben sollte, ein schützenswertes Stück Natur, das jetzt Annie und ihm gehörte und später auf seine Kinder übergehen würde.

Die Frage war nur, ob er dafür seine Seele an den Teufel verkaufen durfte.

Na und? Innerlich zuckte Rory die Schultern. Seine Seele war sowieso längst im Besitz des Teufels.

27. Kapitel

Die Dinge nahmen eine völlig unerwartete Wendung, als drei Wochen später – einen Tag, ehe Annie sich bei der Polizei in Inverness hätte zurückmelden müssen – ein starkes Polizeiaufgebot mit Blaulicht und Martinshorn in Glengarth einrückte.

Es war ein strahlender, klarer Sonntagmorgen. Frühling lag in der Luft. Der Stechginster stand in voller Blüte und hüllte die Hügel in einen goldenen Mantel, der eines Königs würdig gewesen wäre.

Der Lärm und die damit verbundene Verwirrung weckten Rory um sechs Uhr morgens auf; eine äußerst unchristliche Zeit für einen Sonntag. Als Rory aus dem Fenster sah, entdeckte er, dass vor der Tür nicht nur die Polizei von Drumbarry und Inverness, sondern auch die zuständigen Beamten aus Glasgow sowie der Staatsanwalt persönlich standen.

Das Martinshorn irritierte Rory so sehr, dass er vergaß, nach seinem Burschen zu läuten, sondern die Beinprothese selbst anlegte. Inzwischen schaffte er das allerdings innerhalb kürzester Zeit. Er fuhr in seinen Morgenmantel und humpelte die Treppe hinunter, um die schwere Eingangstür zu öffnen. Unmittelbar hinter ihm erschien der Butler, dem Jamie auf dem Fuß folgte. Alle rieben sich schlaftrunken die Augen.

»Schon gut ... schon gut, ich bin ja schon da! Das ist doch kein Benehmen ... Meine Frau war erst für morgen vorgeladen ... verflucht!«

»Gestatten Sie, Mylaird«, griff Monro ein, als er sah, dass sein Chef die Brille vergessen hatte und sich mit den Riegeln schwer tat. Mit Jamies Hilfe öffnete er die schwere Eingangstür. Sofort strömte eine ganze Schar Uniformierter in die Halle. Wappen, Geweihe und ausgestopfte Tiere, die seit siebzig Jahren unter Glas ihr Dasein fristeten, wirkten auf die Polizisten, als ob in diesem Raum die Zeit stehen geblieben sei. Ihr Eifer kühlte schnell ab.

»Wieso haben die Hunde nicht angeschlagen?«, wollte Jamie von Pemberton-Fookes wissen.

»Wir haben sie gestern Abend eingefangen und in einen Zwinger nach Inverdune gebracht – also keine Sorge.«

»Wer hat sie eingefangen?«, fragte Jamie.

»Beim derzeitigen Ermittlungsstand darf ich leider keine Informationen preisgeben«, antwortete Pemberton-Fookes wichtigtuerisch.

Rory weigerte sich, den Weg freizugeben. Wie Heinrich der Achte stand er breit und in der vollen Pracht seines karierten Morgenmantels in der Halle. »Was haben Sie auf meinem Grundstück zu suchen, Fookes? Das ist Hausfriedensbruch!«

»Kein Zweifel, Rory«, antwortete der Staatsanwalt ruhig lächelnd. »Und jetzt gehen Sie bitte aus dem Weg und lassen die Beamten ihre Arbeit tun.«

Die Halle füllte sich allmählich mit Bediensteten. Fast sah es so aus, als ob sie alle gekommen wären, um Annie zu verteidigen.

»Gibt es irgendeinen Grund, warum das komplette Polizeiaufgebot von Ross-Shire hier herumtrampelt und meine Frau und meine Gäste stört?«, erkundigte sich Rory zornig. »Darf ich Sie daran erinnern, dass meine Frau durchaus freiwillig herunterkommt, wenn man sie nett bittet? Gerade *Sie* müssten das doch wissen!« Er durchbohrte den Staatsanwalt mit Blicken.

Pemberton-Fookes zögerte, dann machte er ein Zeichen. Zwei Uniformierte lösten sich aus der Gruppe und bahnten sich einen Weg durch die feindlich dreinblickenden Angestellten. Rory war froh, dass die Kinder – allen voran der Hitzkopf Duncan – noch in der Schule waren, nicht störten und das Schauspiel der Verhaftung ihrer Mutter nicht miterleben mussten. Die Osterferien begannen erst eine Woche später.

Die beiden Polizisten und der Staatsanwalt stiegen die breite Treppe zu den Schlafzimmern hoch. Das Treppenhaus war düster, und die beiden Polizisten, die in modernen, hellen Wohnungen lebten, fröstelten leicht.

Rory flitzte über die Hintertreppe, um Annie zu warnen, sich so schnell wir möglich anzuziehen. Er war trotz seiner Prothese erstaunlich schnell. Währenddessen führte Jamie die Polizisten gemächlich den offiziellen Weg zum Familienflügel. Annie würde zwar sicher inzwischen wach sein, aber bestimmt noch nicht bereit, ihre unwillkommenen Gäste zu empfangen.

Auf dem Weg durch die langen Korridore fragte einer der Beamten: »Stimmt es, dass dein jüngerer Bruder oft auf den alten Turm steigt und alles von oben beobachtet?«

Die unerwartete Frage überraschte Jamie.

»Meinen Sie Duncans Turm? Duncan ist in der Schule.«

»Den meine ich. Von da oben muss man einen fantastischen Blick über das ganze Anwesen haben. Ich nehme an, man kann auch Leute sehen, die über das Moor in den Wald gehen.«

»Keine Ahnung. Ich steige nie auf den Ostturm.«

»Also, ich glaube schon, dass man von diesem Turm aus so ungefähr alles beobachten kann.«

Jamie zuckte uninteressiert die Schultern.

»Wie kommen Sie darauf?«

»Aber dein Bruder steigt hinauf, wenn er in Glengarth ist, nicht wahr?«

»Ich glaube schon. Wenn er während der Ferien Zeit hat.«

»Ist er in Eton?«

»Ja«, gab Jamie widerwillig zu. Er kam sich mittlerweile vor wie ein Aussätziger. Fookes führte sich auf wie ein russischer Spion.

Pemberton-Fookes strahlte. »Da war ich auch.«

»Wie schön für Sie«, murmelte Jamie.

»Das *Eton Wall Game* …« Pemberton-Fookes machte sich scheinbar bereit, von Eton zu schwärmen.

»Ein blödsinniges Spiel mit völlig unverständlichen Regeln«, sagte Jamie abfällig. »Einer der Gründe, warum ich zur Marine gegangen bin.«

»Ich habe gehört, dass du nach der Meuterei von Invergordan unehrenhaft entlassen wurdest.«

Jamie schwieg.

Pemberton-Fookes fuhr mit dem Verhör fort.

»Soviel ich weiß, ist die Waffenkammer im Ostturm untergebracht, nicht wahr?«

»Richtig.«

Am liebsten hätte Jamie dem Staatsanwalt die Zähne eingeschlagen – dabei war er sonst eher friedfertig. Er litt noch immer darunter, sich eine Schlägerei mit Duncan geliefert zu haben. Etwas ruhiger fügte er hinzu: »Mein Bruder hat nichts mit dem Mord an der Gouvernante zu tun. Er war in Eton, als Elly erschossen wurde.«

»Niemand verdächtigt deinen Bruder, Jamie«, sagte Pemberton-Fookes.

»Sie sprechen von meinem Halbbruder.«

Die Augenbrauen des Staatanwalts hoben sich bis zum Haaransatz.

»Dein Halbbruder? Ich wusste gar nicht, dass deine Mutter oder dein Vater schon einmal verheiratet waren.«

Jamie gab nach. Der Staatsanwalt war stärker als er.

»Das Schlafzimmer meiner Mutter ist da drüben, nur noch den Korridor entlang. Bitte verhaften Sie sie mit der Würde, die sie verdient«, bat er, obwohl es ihm schwer fiel.

Pemberton-Fookes ging darüber hinweg. »Wo sind die Quartiere der Dienstboten?«, fragte er.

»Äh …« Auf die Frage war Jamie nicht vorbereitet. Er zeigte auf die Treppe am Ende des Korridors, die sowohl nach oben als auch nach unten führte. »Da drüben ist die Dienstbotentreppe.«

Die Polizisten machten sich auf den Weg treppauf in die Dienerunterkünfte.

Unter dem Dach befanden sich die Privaträume der Angestellten. An jeder Tür klebte ein Schild, auf dem mit Annies sauberer Handschrift Name und Funktion des Bewohners verzeichnet war. In diesem Flügel lebten ausschließlich weibliche Bedienstete, und wehe dem männlichen Gast oder Diener, der die unsichtbare Grenze überschritt. Annie und die Haushälterin legten großen Wert auf Sitte und Anstand.

Sir John las die Namen an den Türen laut vor. »Miss E. Arbuthnot, Gouvernante.« Der Name auf dem Schild war durchgestrichen. Sollte das ein Zeichen sein?, überlegte er. Er ging weiter zur nächsten Tür. »Miss F. Bloom, Zimmermädchen.« An der folgenden Tür stand: »Miss C. Cameron, Aufsicht Zimmermädchen.« Wieder eine Tür weiter las er: »Mrs D. Foxton, Köchin; Miss D. Foxton, Kindermädchen; Miss D. Foxton, Küchenhilfe ... Hier wohnt ja eine ganze Familie!«, stellte Pemberton-Fookes ungezwungen fest.

»Stimmt«, bestätigte Jamie, »meine Mutter hat sehr zuverlässige Leute bei den Alteingesessenen im Tal gefunden und sie stammen aus ein- und derselben Familie.«

»Es gibt doch gar nicht mehr so viele Alteingesessene im Tal. Deine Familie hat den Leuten dieser Gegend die Lebensgrundlage entzogen, weißt du das etwa nicht?«

»Davon weiß ich nichts«, sagte Jamie. »Das war lange vor meiner Zeit. Tut mir Leid.«

»Hier gibt's anscheinend nur Jobs für Jungs – und Mädchen – die in der gleichen Schule waren wie ihr«, witzelte der Staatsanwalt.

»Wenn Sie meinen«, sagte Jamie steif.

Wieder meldete sich das Bedürfnis, dem Kerl eins auf die Nase zu geben. In der Familie existierte das Gerücht, dass der Niedergang von Laird Lindsay und Lady Iona den Pemberton-Fookes' zu verdanken war. Jamie hoffte inständig, dass Geschichte sich nicht zwangsläufig wiederholte.

Sie maßen weiter ihre Kräfte.

»Ich sehe, dass die Bediensteten in alphabetischer Ordnung und nicht etwa der Hierarchie nach untergebracht sind«, stellte der Polizist aus Glasgow fest, der dem Staatsanwalt im Kielwasser folgte. Er war im Regenmantel und hatte die Hände auf dem Rücken verschränkt.

Als sie die Tür mit der Aufschrift: »Mrs A. Kemster, Haushälterin« erreichten, versuchten sie, in das Zimmer zu gelangen, ohne vorher zu klopfen. Doch die Tür war von innen verschlossen. Ein junger Polizist machte Anstalten, sich mit der Schulter dagegen zu werfen, aber Jamie sagte: »Warum fragen Sie nicht einfach freundlich nach? Ich bin sicher, die Haushälterin findet es sympathischer, Ihnen die Tür selbst zu öffnen, als dass Sie sie einschlagen, während sie noch im Bett liegt.«

Der Staatsanwalt hielt den Daumen hoch, blieb selbst aber still. Daraufhin klopfte Jamie an die Tür der Haushälterin und fragte: »Agatha, sind Sie wach?«

»Bist du das, Jamie?«, kam eine verdrossene Stimme von der anderen Seite. »Was ist das für ein Lärm hier? Ist deine Mutter krank? Braucht sie mich?«

»Mutter geht es gut. Würden Sie bitte die Tür öffnen?«

»Warum?«

Jamie zögerte. Da sagte der Staatsanwalt: »Madam, hier ist John Pemberton-Fookes. Der Staatsanwalt. In meiner Begleitung befindet sich Detective Inspector Ayres aus Glasgow, der Ihnen gerne ein paar Fragen stellen würde. Bitte, öffnen Sie uns die Tür.«

Sie hörten ein kleines Geräusch wie von einer Maus, dann kehrte eine lange Ruhe ein.

»Vielleicht vergiftet sie sich gerade mit Arsen«, mutmaßte der junge Polizist, der die Tür hatte aufstemmen wollen. »Dann kriegen wir nie ein Geständnis ...«

Pemberton-Fookes versuchte erneut, die Klinke niederzudrücken. Die Tür ging auf und die Polizisten purzelten fast übereinander in das Zimmer der Haushälterin. Sie stand vor ihrem Spiegel –

eine zerbrechliche, grauhaarige, sechzigjährige Frau in einem schäbigen Morgenmantel. Um ihre dürren Schultern hing ein gestrickter Schal. Sie war dabei, sich eine schwarze Perücke aufzusetzen, über die eine grünlich-schwarze Haube gestülpt werden würde, ehe sie ihr schwarzes, an Queen Victoria erinnerndes Kreppkleid überstreifte.

»Agatha Kemster?«, fragte der Staatsanwalt.

»Jawohl.« Sie wandte sich um. »Ich nehme an, Sie sind der Staatsanwalt. Eigentlich wollte ich gerade in die Kirche gehen. Diese Art Überfall ist einem Sonntagmorgen nicht unbedingt angemessen.«

»Ich bitte um Entschuldigung«, sagte Chief Inspector Martin Ayres aus Glasgow und trat einen Schritt vor. »Miss Kemster ...«

»Missis«, fauchte sie ihn an und bedachte ihn mit einem finsteren Blick.

»Mrs Kemster, ich verhafte Sie wegen des Mordes an der Gouvernante Miss Eleanor Arbuthnot. Möchten Sie etwas dazu sagen? Ich muss Sie allerdings darauf aufmerksam machen, dass alles, was Sie sagen, gegen Sie verwendet werden kann.«

Agatha ließ sich in den Lehnstuhl fallen, rückte die strenge Perücke zurecht und hantierte mit den Bändern ihrer Haube. Sie tat Jamie unendlich Leid; sie sah so zerbrechlich, grau und verletzlich aus.

Die merkwürdige Haushälterin, die so viel über Glengarths bestgehütete Geheimnisse wusste, ergriff das Wort.

»Annie ist wirklich schlau«, sagte sie. »Ich habe es in dem Augenblick verstanden, als sie überall das Gerücht ausstreute, sie sei schuldig am Mord der Gouvernante ihrer Kinder. Sie war nicht in der Lage, zu beweisen, dass ich es war, aber sie schaffte es, einen Weg zu finden, den Fall neu aufzurollen ...«

Ein Polizeibeamter mahnte zur Vorsicht. »Sie brauchen nichts zu sagen, was Sie belastet, Mrs Kemster.«

»Ich sage genau das, was ich will, junger Mann.« Plötzlich entdeckte die Haushälterin in der versammelten Menge aus Polizisten und weiblichem Personal ein bekanntes Gesicht.

»Jamie! Lieber Jamie!«, rief sie unvermittelt. »Wie hübsch du in den vierzehn Monaten deiner Abwesenheit geworden bist! Du wirst bestimmt Furore machen. Lass dich bloß nicht von den Mädchen verheizen. Warte unbedingt auf die Richtige. Mein Sohn hat das nicht getan. Die Frau, die er sich ausgesucht hat, passte nicht zu ihm. Er war unwissend und unverdorben und hatte keine Ahnung von den Fallen, die solche Frauen einem Mann stellen können. In allen Zivilisationen wird immer vom schwachen Geschlecht gesprochen, wird davon geredet, dass Frauen unterdrückt und vergewaltigt werden, aber niemand bedenkt, wie es jungen Männern ergehen kann, die das Opfer falscher Frauen, das Opfer von Huren werden. Eleanor Arbuthnot hat meinen Sohn um den Finger gewickelt und vergewaltigt ... Er hat dich so sehr geliebt, als du ein kleiner Junge warst, Jamie, und er ...«

Der für die Verhaftung zuständige Beamte räusperte sich. Vor Gericht würde ausreichend Zeit sein, diese Dinge ans Tageslicht zu bringen. Hier war weder der richtige Ort noch der Augenblick, dass die alte Schachtel dem naiven jungen Mann ihr Herz ausschüttete, zumal sie offensichtlich auf Zeit spielte. Welche Trümpfe mochte sie abgesehen von der Perücke noch im Ärmel haben?

»Mein Sohn hat sich in die falsche Frau verliebt. Sie war keine anständige Frau, keine Jungfrau mehr«, fuhr Agatha fort, auf Jamie einzureden, während die Beamten Anstalten machten, sie abzuführen. »Tu es nicht, Jamie! Ich bitte dich von Herzen.«

»Was soll ich nicht tun, Agatha?«

Sie stellte sich auf die Zehenspitzen und flüsterte ihm ins Ohr: »Heirate auf keinen Fall die kleine Faschistennutte da unten in Italien!«

Jamie prallte erschrocken zurück und starrte die Frau an. »Woher wissen Sie von Maria?«

»Ein kleiner Vogel hat es mir geflüstert.«

»Heather etwa?«

»Nein, nicht Heather. Ich musste meinen Sohn schützen, Jamie, verstehst du? Deine Eltern werden mich verstehen. Sie müssen schließlich alle ihre Kinder und uns Angestellte vor denjenigen schützen, die uns korrumpieren wollen ... Oh Jamie, wie stolz können deine Eltern auf dich sein! Gehorche ihnen, dann wird Gott dich segnen.«

»Agatha, diese Leute hier sind aus einem ganz bestimmten Grund gekommen.« Jamie wollte der Haushälterin klar machen, wie wichtig es war, dass sie ihre Tat gestand.

»Aus welchem Grund, Jamie?«

»Sie wollen meine Mutter davor beschützen, für ein Verbrechen verurteilt zu werden, das sie nicht begangen hat.«

»Das ist mir klar, Jamie.«

»Und auch Aeneas Hamilton, Agatha.«

»Ach ja, der arme Aeneas. Entstellt, heimatlos und hin und her gerissen wie ein Blatt im Wind.«

»Warum haben Sie es getan, Agatha?«

»Was denn, Jamie?«

»Die Beamten möchten Sie wegen Elly verhören.«

»Diese Hure!«

»Sir John und alle anderen, auch mein Vater und meine Mutter, möchten wissen, warum Sie es getan haben.«

»Hallo, Sir John!« Agatha winkte ihm mit ihrer Vogelkrallenhand.

Er winkte etwas unsicher zurück.

»Ich bin wirklich erleichtert«, erklärte Agatha, »dass Sie mich endlich gefunden haben.« Sie stellte sich auf die Zehenspitzen und küsste Jamie auf die Stirn.

»Vielleicht könnten Sie mir auf dem Revier alles ganz genau erzählen, Mrs Kemster«, sagte Sir John sanft.

»Nein!«, gab Agatha stur zurück. »Ich erzähle es nur Jamie.«

*

Es bedurfte vieler Überredungskünste und Jamies als Vermittler, ehe Agatha Kemster sich bereit erklärte, in ein Polizeiauto zu steigen und auf dem Revier von Drumbarry ihr Geständnis zu wiederholen.

Fünf Monate später wurde sie vom Schwurgericht in Inverness des vorsätzlichen Mordes an Miss Eleanor Arbuthnot für schuldig befunden und zu einer lebenslänglichen Haftstrafe verurteilt. Für eine Frau ihres Alters war es ein hartes Urteil, da sie aller Voraussicht nach im Gefängnis sterben würde. Sie selbst hatte nur einen einzigen, makaberen Kommentar für das Urteil bereit: »Ich hätte lieber den Henker begrüßt.«

Aeneas Hamilton wurde vom Mordvorwurf freigesprochen. Auch die Brandstiftung von Forest Lodge vor vielen Jahren konnte man ihm nicht nachweisen, ebenso wenig wie das Legen der Brände in Glengarth. Er verließ das Gericht als freier, aber verbitterter Mann. Sein Leben kam ihm vergeudet vor.

Seine beiden Tanten Morag und Moira saßen während der gesamten Prozessdauer im Publikum und warfen dem Laird von Glengarth vorwurfsvolle Blicke zu. Doch schließlich widerfuhr ihrem Neffen – Lob sei dem Herrn – die wohlverdiente Gerechtigkeit, und das war das Wichtigste.

Nachdem der Prozess vorüber war, ging Rory zu ihnen hin, aber sie wandten sich ab.

Kurz bevor die Schwestern in das wartende Taxi stiegen, drehte Morag sich noch einmal um und rief: »Und ehe du noch einmal mit deinem anklagenden Finger auf uns Hamiltons zeigst, würde ich dir raten, dir zuvor einmal deine eigenen Kinder gründlich anzusehen. Dein Duncan verdient eine ordentliche Tracht Prügel ...«

»Die bekommt er, sobald ich zu Hause bin«, versprach Rory. »Da könnt ihr euch drauf verlassen! Aber könnten wir nicht wenigstens zu einer freundschaftlichen Einigung kommen?«

Aeneas und sein Rechtsanwalt kamen just in dem Moment hinzu, als Rory diese Bemerkung machte.

»Sicher können wir«, mischte er sich ein. »Du kannst und wirst Zugeständnisse machen müssen, Rory. Es ist ganz einfach: Gib mir das Land zurück, das du meiner Familie weggenommen hast. Das

Land, wo Forest Lodge stand. Ich will, dass das Haus wieder aufgebaut wird. Ich will ein Zuhause für mich und meine Tanten. Ich will eine hohe Mauer, die euch von uns trennt und die uns vor Brandstiftern schützt. Ich will keine Beschuldigungen mehr hören. Und ich will, dass du für alles bezahlst, Rory Roskillen.«

»Einverstanden«, sagte Rory leise.

»Wie bitte?« Damit hatte Aeneas nicht gerechnet. Er taumelte vor Erstaunen gegen das Taxi.

»Das ist wohl das Wenigste, was ich für euch Hamiltons tun kann. Sowohl Lindsay als auch ich haben einiges gutzumachen. Schreib mir alles auf. Zeichne die Pläne. Wir kümmern uns so bald wie möglich darum.«

»Gott im Himmel«, stammelte Aeneas. Er wusste nicht, was er sagen sollte. Doch als er seine Stimme wieder fand, hakte er noch einmal nach.

»Du weißt, Rory, dass ich nicht darum bitten muss. Das Land *gehörte* meinem Vater. Es wurde ihm rechtmäßig von unserem gemeinsamen Großvater zugesprochen. Nach dem Feuer behielt Lindsay das Land für sich, weil niemand es reklamierte. Ich war damals noch viel zu jung. Und die Papiere, in denen die Übergabe des Landes an die Hamiltons verzeichnet war, sind irgendwo verloren gegangen. Ich bin kein Bittsteller!«

»Das ist doch alles ganz egal«, sagte Rory, »Unsere Rechtsanwälte werden die Sache schon ins Reine bringen, Aeneas.« Er grüßte zu Aeneas' Anwalt und den Tanten hinüber. Morag und Moira lächelten, ehe sie ins Taxi stiegen.

Annie zupfte Rory am Ärmel.

»Komm, Jack und Jamie warten schon. Sie wollen sich verabschieden.«

Jamie kehrte in die Marineakademie nach Invergordan zurück; Jack verließ Schottland, um in Kanada seinem früheren Beruf als Waldarbeiter nachzugehen.

Mit Tränen in den Augen verabschiedeten sich Annie und Rory von beiden. Für Jamie freuten sie sich allerdings; er durfte seine

Karriere wieder aufnehmen, denn es war mittlerweile geklärt, dass er sich an der Meuterei nicht beteiligt hatte, und sein Name würde nun mit diesem Vorfall nicht mehr in Verbindung gebracht werden.

Dass Jack ging, tat ihnen Leid, aber sie verstanden es. Wills und Bills, die Zwillinge aus Achnasheen, waren inzwischen so gut ausgebildet, dass sie selbstständig arbeiten konnten und sich gemeinsam um das Holz von Glengarth kümmerten.

Jack schenkte Annie einen Strauß sündhaft teurer roter Rosen. Mit tränennassem Gesicht legte er ihr eine Hand auf die Schulter. »Bitte tragen Sie meiner Muter nicht nach, was sie Ihnen angetan hat. Ich hätte ihnen sagen sollen, dass sie meine Mutter ist und die Arbeit im Schloss angenommen hat, um in meiner Nähe zu sein. Ich weiß, sie hat Ihnen sehr weh getan ...«

»Ihnen aber auch, Jack.« Annie hielt seine Hand fest. »Ich weiß, wie viel Elly Ihnen bedeutet hat, und es tut mir Leid, dass Rory und ich der Situation nicht mehr Aufmerksamkeit gewidmet haben.«

»Schon in Kanada zeigte meine Mutter alle Anzeichen einer psychischen Störung. Sie wollte nicht, dass ich heirate. Alle meine Freundinnen hat sie vertrieben. Einmal hätte ich mich beinahe verlobt. Wir begingen den Fehler, es meiner Mutter zu sagen. Sie wurde so wütend, dass sie ein Messer nahm und Diana und mich damit bedrohte. Meine Freundin bekam es mit der Angst zu tun. Sie verließ mich und ging nach Amerika. Die Aussicht auf ein Leben mit einer derart gewalttätigen Schwiegermutter hat sie verschreckt. Später heiratete sie einen Mann, der in Detroit Autos baute und ziemlich gut verdiente. Besser jedenfalls als ich. Ich versuchte, meiner Mutter zu entkommen, und bin ins Land meiner Väter, nach Schottland, zurückgekehrt. Aber sie folgte mir. Es war wie ein Zwang. Mit der Perücke und dem veränderten Namen habe ich sie zunächst nicht erkannt. Als ich es schließlich tat, war es schon zu spät.«

»Schon gut, Jack!« Annie tätschelte ihm die Hand. »Sie konnten es gar nicht wissen. Sie waren viel zu selten im Schloss mit den Angestellten zusammen. Keiner von uns konnte wissen, wer sie in Wirklichkeit war. Ich wünschte nur, Sie hätten mit Rory und mir über Ihre Vergangenheit gesprochen, ehe jemand deswegen sterben musste.«

Jack wischte sich mit dem Handrücken über die Augen. »Meine Mutter konnte einfach nicht loslassen. Wir leben in einer grausamen Welt, Mylady. Unsere Verwandten können wir uns nun einmal nicht aussuchen.«

»Aye, Jack, das können wir nicht«, bestätigte Annie, die das nur zu gut wusste. »Versuchen Sie zu vergessen, was Ihnen in Glengarth widerfahren ist. Ich weiß, das ist leichter gesagt als getan. Aber bemühen Sie sich, ein neues Leben anzufangen – Sie wissen schon, was ich meine. Vielleicht finden Sie eines Tages wieder eine Frau, mit der Sie glücklich sind und eine Familie gründen wollen, ohne dass Ihnen Ihre Mutter dazwischenfunkt.«

Annie lächelte. »Wissen Sie eigentlich, dass sie mit mir das Gleiche getan hat? Sie war auf Schritt und Tritt hinter mir her und spionierte mir nach. Immer, wenn ich einen Besuch in Inverdune machte und Sir John etwas aus unserer Küche mitbrachte, fühlte ich mich schuldig. Aber das gehört jetzt endgültig der Vergangenheit an. Ich möchte Ihnen von ganzem Herzen danken für alles, was Sie für Jamie getan haben. Vor allem, dass Sie ihn überzeugen konnten, zur Marine zurückzukehren. Sie haben uns sehr geholfen.«

»Mit Vergnügen, Mylady. Ich habe Sie und Ihre Familie immer hoch geschätzt und es tut mir Leid, dass alles so gekommen ist.« Jack beugte sich über Annies ausgestreckte Hand und küsste sie.

Rory hielt Jack ebenfalls die Hand hin und schüttelte seine starke Holzarbeiterpranke.

»Viel Glück, Jack, alter Kumpel. Wir werden Sie vermissen. Und machen Sie sich keine Sorgen um die alte Schachtel ... entschuldigen Sie, Annie sieht mich schon ganz böse an ... wir werden uns um Ihre Mutter kümmern. Als Erstes sehen wir zu, dass sie an einen angenehmeren Ort verlegt wird als das schreckliche Festungsgefängnis, wo sie jetzt sitzt.«

»Ich danke Ihnen, Mylaird. Wissen Sie, meine Mutter und ich haben uns nie wirklich nahe gestanden. Schon als Kind in Kanada hat sie mir das Leben zur Hölle gemacht. Sie beschimpfte mich als böse, ungehorsam und gottlos, weil ich ihrer Religion nie etwas abgewinnen konnte. Wer hätte ahnen können, dass ausgerechnet an dem Tag, als Elly und ich unser Verlöbnis bekannt geben wollten, meine Mutter mit Mordplänen im Wald herumlungerte? Ihr Kopf kann nicht ganz in Ordnung sein. Ich frage mich nur, wie sie es herausbekommen hat. Elly und ich haben nie einer Menschenseele etwas gesagt.«

»Das ist leicht zu erklären«, sagte Rory. »Wir beide kennen das auch; wir haben Ähnliches mitgemacht. In der Dienerschaft wird immer geklatscht, und so hat Agatha von Ihren Hochzeitsplänen erfahren. Eine verliebte Frau kann man übrigens erkennen, ohne dass sie etwas sagt. In ihren Augen liegt ein gewisses Etwas und sie verhält sich anders. Das gilt anscheinend auch, wenn eine Frau schwanger ist. Wir sind nur Männer – solche Feinheiten gehen über unser Verständnis. Jetzt müssen Sie aber los, Jack, sonst verpassen Sie Ihren Zug nach Glasgow. Ihr Schiff wartet bestimmt nicht.« Rory klopfte Jack kameradschaftlich den Rücken.

»Ich danke Ihnen beiden für alles. Sie sind wunderbar!«, rief Jack aus dem Zugfenster. Die Lokomotive stieß eine Dampfwolke aus, die den Bahnsteig einnebelte.

»Wir bleiben in Kontakt, Jack! Schreiben Sie uns. Wir kümmern uns um Ihre Mutter!« Annie winkte, während ihr die Tränen über die Wangen liefen. Alles war so entsetzlich fehlgeschlagen ...

Rory schlang seinen Arm um ihre Schultern und drehte sie zu sich um.

»Ab nach Hause, Madam. Du hast in deinem Leben ein paar ziemlich dumme Sachen gemacht, Annie Gowrie. Eine davon war, mich zu heiraten. Aber dass du einen Mord auf dich nimmst, um eine verrückte alte Frau zu schonen, das hätte ich wirklich nicht gedacht! Stell dir doch einmal vor, es wäre nicht alles herausgekommen. Dann hättest du lebenslänglich im Gefängnis gesessen oder wärst möglicherweise sogar gehängt worden. Hast du mal darüber nachgedacht? Was wäre wohl aus den Kindern, aus mir und aus Glengarth geworden? Ich weiß wirklich nicht, wer von euch beiden verrückter ist – du oder Agatha.«

Unter Tränen lächelte Annie Rory an. Er nahm sein Taschentuch und tupfte ihr die Augen ab.

»Aber es ist ja gut gegangen«, schluchzte sie.

»Umso besser, Liebste«, sagte er sanft. »Und ein Grund mehr, sich zu freuen und nicht mehr zu weinen. Genau genommen bin ich froh, dass wir Jack und seine Mutter los sind. Sie waren mir beide unheimlich. Ich war auch nie ganz glücklich damit, dass Jamie sich so eng an Jack angeschlossen hatte.«

»So ganz stimmt das nicht, glaube ich«, gab Annie zurück. Sie saßen bereits im Rolls-Royce, der sie nach Glengarth zurückbrachte. »Du meinst nicht Jamie sondern Elly. Es hat dir nicht gefallen, dass Elly ein Verhältnis mit Jack hatte. Immerhin warst du einmal in sie verliebt. Und was sind das für Geschichten mit Lizzie, die mir da zu Ohren gekommen sind? Ihr wollt eine Luftfahrtgesellschaft gründen? Bist du verrückt?«

Gamin und Ackker vorne im Wagen grinsten sich an. Durch die Gegensprechanlage drangen Informationen, die nicht für ihre Ohren bestimmt waren. Mit halber Stimme raunte Gamin seinem Kumpel zu: »Potz Blitz – das Leben normalisiert sich wieder, Reggie.«

28. Kapitel

Lizzie Roebling Chanin hatte nach dem Tod ihres Ehemannes wieder ihren früheren Namen angenommen. Nur auf den Titel einer Countess mochte sie nicht verzichten. Sie wandte sich ihrer jüngeren Schwester Susan-Jenny zu. Gemeinsam warteten sie ungeduldig auf die Rückkehr von Rory und Annie aus Inverness. Der Tee war fertig und stand auf einem Silbertablett bereit. Obwohl man sich mitten im August befand, flackerte ein helles Feuer im Kamin des Sonnenzimmers.

Normalerweise wurde zwischen Juni und September auf Glengarth aus Sparsamkeitsgründen nicht geheizt. Doch für die Gluthitze an diesem Tag brauchte der Laird nicht zu bezahlen; Lizzie hatte sie angeordnet. Schottische Sommer waren kühl, und sie konnte die texanische Wärme nicht gut entbehren.

»He, Süße«, sagte Lizzie zu ihrer Schwester, während sie beide am englischen Tee nippten und versuchten, sich darüber klar zu werden, ob sie das Gebräu mochten oder doch einen guten kolumbianischen Kaffee bevorzugten, »Süße, wenn du deine Karten jetzt richtig ausspielst, stellen sie dich vielleicht sogar als Haushälterin ein. Die alte Schachtel Agatha sitzt ja nun hinter Schloss und Riegel.«

»Wie du meinst, Lizzie.«

»Nimmst du immer schön deine Beruhigungspillen, Süße?«

»Ja, Lizzie.«

»Braves Mädchen. Ich glaube, sie sind gerade gekommen. Ich höre Schritte im Flur ...« Lizzie riss die Tür zum Sonnenzimmer auf und schlang die Arme erst um Rory, dann um Annie. Sie lotste beide ins Zimmer, wo sie entzückt den fertigen Tee und etwas erstaunt das lodernde Feuer mitten im Sommer registrierten.

»Nun erzählt mal, wie es war.« Lizzie ließ sie Platz nehmen, goss Tee ein und wartete gespannt auf die Neuigkeiten. »Jamie hat Jenny und mich angerufen und gesagt, dass alles bestens ist und dass er auf dem Weg nach Invergordan sei. Annie, du hast doch bestimmt deinen letzten Dollar verwettet, dass du bald nach Hause kommst. Jenny und ich haben dir jedenfalls alle Daumen gedrückt und für dich gebetet.«

»Genug gedrückt und genug gebetet, zumindest vorerst, Lizzie«, lächelte Rory und sagte zu Monro: »Ich könnte etwas Stärkeres als Tee brauchen.«

»Glengarth Whisky, Mylaird?«, fragte der Butler.

»Gute Idee.«

»Bitte zwei Gläser«, sagte Lizzie.

»Drei«, fügte Susan-Jenny hinzu.

Besorgt fragte Lizzie: »Annie, Süße, was ist passiert? Wie ist es zu alledem gekommen? Und wie hat es sich schließlich geklärt? Jenny und ich sind schrecklich neugierig.«

»Erzähle du es ihnen«, wandte sich Annie an Rory. »Ich fühle mich völlig ausgelaugt und würde mich gern zurückziehen ... Entschuldigt bitte, Lizzie ... Jenny ...« Sie fühlte sich todmüde.

»Du musst dich doch nicht entschuldigen, Annie, Süße. Immerhin bist du hier zu Hause.«

Annie ließ Rory über die Ereignisse der letzten Monate berichten; sie selbst fühlte sich so müde, dass sie am liebsten eine Woche lang nur geschlafen hätte.

Rory zündete sich eine Zigarre an, Lizzie und Jenny rauchten Kensitas-Zigaretten. Alle drei gaben sich dem Genuss von Glengarth-Whisky hin – auch Jenny, die immer noch die von ihrem amerikanischen Arzt verschriebenen Beruhigungspillen einnahm.

Rory begann, die Geschichte zu erzählen, die schließlich zu dem Verfahren gegen Agatha Kemster geführt hatte.

»Annie hatte nicht die geringste Ahnung von der Liebesaffäre zwischen Elly und Jack. Der Einzige, der vielleicht einen gewissen Verdacht schöpfen konnte, war Jamie, weil er sowohl meinem Oberförster als auch seiner früheren Gouvernante ein wenig näher stand. Ich hatte Jack unmittelbar nach dem Krieg bei unserer Rückkehr nach Glengarth eingestellt. Das Anwesen war in einem katastrophalen Zustand. Annie begann damals, Bedienstete einzustellen, und eines Tages stand Agatha Kemster vor der Tür ...«

»War das etwa die komische Alte, die wir eines verschneiten Nachmittags an der Türglocke trafen? Erinnerst du dich, Rory, Süßer? Sie schien mir schon damals verrückt. Annie hätte sie sich besser ansehen sollen, ehe sie sie einstellte.«

Lizzie wandte sich an Jenny.

»Die alte Schachtel hielt mich für eine Nutte im Kostüm der Schneekönigin und Rory für einen Playboy-Lakaien – kannst du dir so etwas vorstellen? Du musst dir den Rest der Geschichte unbedingt anhören, Süße.«

Lizzie füllte die leeren Gläser erneut mit Glengarth Single Malt, der sich den Geschmacksknospen wie flüssiges Gold anschmiegte, während Rory gleich einem keltischen Barden in seiner Geschichte fortfuhr.

»Die Jahre vergingen, Jenny. Allerlei Dinge stürzten auf Annie und mich ein. Mehr oder weniger vergeblich bemühten wir uns, aus Glengarth ein Jagd- und Fischressort zu machen. Wir waren fast am Ziel, als die Sache mit den Bränden losging. Aeneas Hamilton meldete sich zurück. Erstes Ziel war meine neu eingerichtete Brennerei – das, was mich am meisten traf. Ich war natürlich wütend. Rings um das Anwesen gab es in der Folge noch mehr Brandanschläge. Ich hatte Angst, dass der Wald in Flammen aufgehen würde, wie es zu Lindsays Zeiten schon einmal passiert war. Annie und ich dachten, dass Aeneas Schuld an den Bränden trug, weil er sich für das rächen wollte, was seiner Familie widerfahren war. Wir zeigten ihn an – wie sich später herausstellen sollte fälschlicherweise. Und dann wurde Elly ermordet. Wir waren schon seit langem befreundet und sie war bei unserer Hochzeit Trauzeugin gewesen. Danach hatte sie sich über Jahre hinweg unseren Kindern gewidmet ...«

»Sie ist die Frau, die sich einmal die Pulsadern aufgeschnitten hat«, erläuterte Lizzie ihrer Schwester die näheren Umstände. »Stimmt das, Rory, Süßer?«

»Genau, Lizzie. Sie tat es, nachdem ihr Liebhaber – ihr zweiter Liebhaber –, ein amerikanischer Soldat, bei Cantigny ›ins Gras gebissen hatte‹, um mich deiner Ausdrucksweise zu befleißigen.«

»Wer war denn ihr erster Liebhaber?«

»Ich.«

»Hatte ich mir fast gedacht. Ich glaube allerdings, wenn Annie hier gewesen wäre, hättest du nicht so frei darüber geredet. Schlimmer Junge, Rory.«

»Annie und ich haben keine Geheimnisse voreinander, Lizzie.«

»Das kannst du jemandem erzählen, der die Hose mit der Kneifzange anzieht! Was mich interessieren würde: Ab wann hatte Annie den Verdacht, dass es Montgomerys Mutter war, auf deren Konto dies alles ging? Alles andere weiß ich – dass die beiden sich lange Zeit heimlich geliebt haben, aber aus Gott weiß welchen Gründen niemandem etwas davon gesagt haben; wahrscheinlich hatte es mit ihrer Anstellung und irgendwelchen englischen Sozialgesetzen zu tun ...«

»*Schottischen* Sozialgesetzen, Lizzie!« Rory verdrehte die Augen.

»Wenn du meinst ... Wenn ich du wäre, Rory, dann würde ich versuchen, aus diesem bröckelnden schottischen Mausoleum wegzukommen.«

»Und auf welche Weise, Lizzie?«

»MD bei DAL!«

»Ist das eine neue Geheimsprache, Lizzie?«

Susan-Jenny wurde ungeduldig. »Um Himmels willen, ihr zwei. Ihr erinnert mich an die Zeit vor einem Vierteljahrhundert in Breedon Hall, ›Lest-er-shire‹, meiner ersten Begegnung mit den ›Großen Briten‹ und ihrer Lebensweise. Eigentlich hätte es ›Lustershire‹ heißen müssen. Keiner von euch beiden hat sich seither wirklich verändert. Jeder von euch bewundert den anderen noch immer, ihr seid immer noch erfüllt von melancholischer Liebe und viel zu trunken, um euch hinter eurer Selbstsucht wirklich zu erkennen. Macht die Augen auf! Hört auf, euch gegenseitig anzustarren und nach dem Mond von gestern zu sehnen: Morgen könnt ihr die Sterne sehen! Nach dem trübseligen Gestern wartet ein wundervolles, großartiges Morgen auf euch. Lebt endlich weiter! Lebt das Leben, zu dem ich nie die Chance hatte, weil ich dank meiner lieben Schwester weggesperrt wurde und abseits von allem Leben war ...«

Mit tränenüberströmtem Gesicht floh Susan-Jenny aus dem Sonnenzimmer und überließ Rory und Lizzie ihrer Verwirrung ob eines solch unerwarteten und ungerechtfertigten Ausbruchs.

*

In den Dienerquartieren wurde die Situation mit erheblich mehr Fantasie diskutiert. Monro, der Butler, beobachtete den neuen, ziemlich vorlauten Diener und enthielt sich eines Kommentars; die Belegschaft veränderte sich ständig, genau wie das Leben in den Tälern. Für jeden von ihnen hielt jeder Tag neue Herausforderungen bereit. Die Alternative dazu wäre ein Leben in der modernen Stadt Drumbarry; steril und seelenlos – Gott behüte – so anders und doch so sicher. Mit kleinen, aber unaufhaltsamen Schritten kam die Moderne auf sie alle zu, auch wenn sie sich wie eine kleine Schafherde gegen die Unbilden der Außenwelt zusammengerottet hatten. In den Dienerquartieren von Schloss Glengarth existierte noch die althergebrachte Hierarchie; tonangebend war hier die Familie Foxton, und Monro ließ sie gewähren; es machte das Leben erheblich einfacher.

Die Köchin gab einem vorwitzigen Diener eins auf die Finger, als würde sie nach einer Fliege oder einer lästigen Mücke schlagen.

Leicht schnüffelnd schnitt sie einen ungeheuren Schinken-Käse-Auflauf an, der den Laird oben das Staunen gelehrt hätte, hätte er das Ausmaß der Diskrepanz zwischen seinen Sparversuchen und den Genüssen der Dienerschaft gekannt.

»Es hat alles mit Duncans Turm zu tun«, erklärte die Köchin wichtig.

»Duncans Turm?«

Alle hielten ihre Teller hin und warteten auf ein Stück leckeren Auflauf sowie den neuesten Klatsch.

»Dort bewahrte Laird Lindsay seine Waffen auf. Laird Lindsay war übrigens – für alle, die es noch nicht wissen – der inzwischen verstorbene Bruder unseres jetzigen Laird. Die Waffenkammer schien ein Zeichen für die Stärke der Lairds von Glengarth zu sein; hier gab es Gewehre, Speere und Dolche in Mengen. Das Leben in den Glens verlief sehr kriegerisch, ehe Königin Viktoria in Balmoral einzog. Über der Waffenkammer befand sich ein Raum, den die Familie ›das Gewölbe‹ nannte.«

»Was soll das sein, Mrs Foxton?«

Die Frage wurde von einem der neuen Diener gestellt. Er sprach mit vollem Mund und machte gar den Anschein, alles wieder auszuspucken. Keine Manieren! Er gehörte zu den jungen Barbaren aus Drumbarry, die ihnen von der Regierung zugewiesen worden waren.

Mrs Foxton wusste, dass Monro ein guter Katholik war. Sie selbst fühlte sich zu keiner besonderen Religion hingezogen. Trotzdem: Gutes Personal hatte in letzter Zeit den Seltenheitswert von Goldstaub, und Religion hin, Religion her, gute Leute waren wichtiger als der ganze fromme Kram, den Agatha Kemster zu verkünden pflegte. Überdies war sie sich durchaus bewusst, dass die Suche nach vernünftigem Personal der Suche nach der sprichwörtlichen Stecknadel im Heuhaufen glich; als Erstes musste man mit denen fertig werden, die versuchten, ein weiteres Stück von ihrem Auflauf zu stibitzen. Diebstahl, in welcher Form auch immer, war eine ebenso große Sünde wie schwerer Raub.

»Wenn ich etwas nicht ausstehen kann, dann sind es die Sitten und Gebräuche, die in Drumbarry anscheinend zur Tagesordnung gehören, mein Lieber!«

Sie packte den Jungen an den Haaren und befahl ihm, gerade zu sitzen und sich wenigstens der einfachsten Manieren zu befleißigen; ansonsten würde sie ihn piesacken, bis er wüsste, wo Bartel den Most holt.

»In Glengarth herrschen Prinzipien, denen wir treu bleiben wollen. Als Allererster kommt der Laird, dann Lady Anne und der Rest der Familie! Und wenn du noch ein einziges Mal mit vollem Mund sprichst, dann bekommst du keinen einzigen Bissen mehr von mir.«

Sie schaute den Jungen noch einmal streng an und wandte sich mit triumphierendem Lächeln an den Mann, der am entgegengesetzten Ende des Tisches saß:

»Mr Monro, würden Sie bitte den hier Versammelten erklären, welche Erlösung heute über Glengarth gekommen ist?«

Der unter Mrs Foxtons Fuchtel stehende Butler räusperte sich und schickte sich an, eine weitschweifige Darstellung der Dinge abzugeben, die sich im Verlauf des Tages abgespielt hatten. Natürlich war das völlig unnötig, denn alle wussten längst Bescheid, was im Obergeschoss geschehen war.

»Lady Anne, unsere tüchtige und vorausschauende Wohltäterin, wurde von allen ihr zur Last gelegten Vorwürfen freigesprochen«, sagte der Butler hüstelnd.

Laute Hurrarufe erklangen rings um den Tisch.

»Wahrscheinlich wissen Sie alle, dass Polizei und Kriminalpolizei vor einiger Zeit hier im Haus waren, um wie wir alle vermuteten, Lady Anne festzunehmen. Stattdessen verhafteten sie Agatha Kemster. Wie sich herausstellte, war das nicht ihr richtiger Name. In Wirklichkeit heißt sie Bathseba Montgomery, geborene Gerschom ...«

»Wie?«

»Agathas Mädchenname war Gerschom. Später heiratete sie

Jacks Vater, einen gewissen Montgomery aus Schottland. Jack hatte einen Zwillingsbruder, der sehr früh starb. Nach seinem Tod wurde die Mutter dem einzigen Sohn gegenüber ausgesprochen besitzergreifend. Übrigens steht unsere Mrs Kemster gewissermaßen schon in der Bibel: ›*... samt ihren beiden Söhnen; von denen hieß einer Gerschom, denn Mose sprach: Ich bin ein Gast geworden in fremdem Lande ...*‹ Zweites Buch Mose, Kapitel 18 Vers 3. Nachdem der Zwillingsbruder gestorben war, wurde Jack in den Augen seiner Mutter auf eine Art Thron gehoben. Sie verehrte ihn, er war ihr Lebenssinn. Die Gerschoms gehörten übrigens einer äußerst strengen protestantischen Freikirche an, den Mennoniten, die sich von den Amish abgespalten haben.«

»Was ist denn das nun wieder?«

Geduldig erklärte Monro: »Die Amish sind ebenfalls eine Freikirche, hauptsächlich in Amerika und Kanada angesiedelt. Ihre Ursprünge führen sie zurück auf einen Schweizer Bischof namens Jakob Amman, der im siebzehnten Jahrhundert gelebt hat. Bathseba Gerschom Montgomery, oder Mrs Agatha Kemster, als die wir sie kennen gelernt haben, gehörte einem noch strengeren Zweig an, den so genannten Mennoniten. Im Grunde handelt es sich bei den Mennoniten um Protestanten, die jedoch sowohl die Kindtaufe als auch kirchliche Organisation und vor allem die Verwandlung von Brot und Wein in Leib und Blut Christi bei der Eucharistie ablehnt. Aber was erzähle ich euch? Ihr Ignoranten, die ihr nie in die Kirche geht, ihr werdet sowieso nicht erlöst! Übrigens ziehen weder die Amish noch die Mennoniten für ihr Vaterland in den Krieg. Im letzten Krieg galten sie als Verweigerer aus Gewissensgründen. Sie bevorzugen es, Konflikte auszusitzen, während wir anderen kämpfen, um unsere Haut zu retten. Auch Jack Montgomery hat den Dienst mit der Waffe verweigert.«

»Aber war Jack nicht damals sowieso in Kanada?«, wollte einer der Diener, ein gewisser Paul Lardy, wissen.

»Mr Lardy«, sagte Monro voller Verzweiflung ob der Unwissenheit des Mannes, »Jack Montgomery ist *Kanadier.* Kanada gehört zum *britischen Empire.* Alle waffenfähigen Bewohner von Mitgliedsländern des britischen Empire werden einberufen, wenn sich das Mutterland im Krieg befindet. Und das Mutterland sind wir, Sie verflixter Ignorant!«

»Gehörte er denn der gleichen Amen ... Dingsda-Religion an wie seine Mutter? Ich dachte, er ist vor ihr davongelaufen?«

»Das ist richtig. Allerdings nur bis zu einem gewissen Grad. Alte Gewohnheiten lassen sich schwer ausrotten. Immerhin ist er in diesem Glauben aufgewachsen, bis er alt genug war, um selbst zu wählen. Aber um die Sache abzukürzen – die Herrschaft ist längst zu Bett gegangen und wir müssen schließlich noch aufräumen – diese Kirchen sehen es nicht gern, wenn ihre Mitglieder Angehörige anderer Religionen heiraten. Wie zum Beispiel Miss Elly. Sie sind der Vorstellung ausgesprochen abgeneigt, Religionen miteinander zu verbinden.«

»Ich dachte, beim Heiraten ginge es darum, Körper miteinander zu verbinden«, sagte Paul und grinste frech. »Miteinander schlafen und so – wie wir normalen Leute eben.«

»Waschen Sie ihm sein schmutziges Maul aus, Mr Monro!« Mrs Foxton starrte Paul Lardy grimmig an. Die jüngeren Angestellten kicherten. Sie fanden es witzig, wie man die Älteren mit Bemerkungen über Sex und Unanständigkeiten auf die Palme bringen konnte.

»Möge Gott sich der armen Seele und ihres verwirrten Geistes erbarmen«, sagte Monro trübselig. »Da sitzt sie nun lebenslänglich hinter Gittern.«

»Für die Sünden, die sie begangen hat«, murmelte Mrs Foxton. »Ich bin wirklich nicht sehr rachsüchtig, aber sie war immer so unheimlich und tat so geheimnisvoll ... Selbst als sie befürchten musste, dass ihr eigener Sohn ins Verderben rennt, weil er die falsche Frau heiratet, hat sie nicht darüber geredet.«

»Wenn sie geredet und ihre Seele erleichtert hätte, vielleicht wäre sie dann nicht der Versuchung erlegen, die Zukünftige ihres Sohnes von hinten zu erschießen«, sinnierte Monro. »Keiner von uns wusste doch, dass Miss Elly gemeint war, wenn Agatha ihre Moralpredigten über unmoralische Frauen hielt, die im alten Israel zu Tode gesteinigt worden wären. Vermutlich ist Agatha eifersüchtig gewesen, als sie bemerkte, wie Elly ihren Sohn ohne Begleitung in seiner Hütte auf High Hills besuchte. Für sie war jede Frau eine potentielle Bedrohung für ihren Sohn; zudem noch eine, die nicht ihrer Religion angehörte. Und da hat sie dann Selbstjustiz geübt ...«

»Gott schütze uns«, murmelte Mrs Foxton, die immer noch erschüttert über die Ereignisse war. »Im Namen der Religion werden schlimmere Verbrechen begangen, als ich mit meinem Auflauf an eurem Taillenumfang verübe ...« Einen Augenblick lang starrte sie gedankenverloren ins Leere, wobei sie die Schneide des Auflaufmessers gegen ihre schnurrbärtige Oberlippe drückte. »Haben diese Mennoniten irgendwas mit den Ammonitern zu tun? Ich meine, wegen der Legende, die sich um Glengarth rankt. Kinder, die im Feuer geopfert werden, Mr Monro? Gehört das auch zu der mennonitischen Religion?«

»Sprechen Sie vom Fluch von Glengarth, Mrs Foxton? Von den Opfern, die die Ammoniter des Alten Testaments ihrem Moloch darbrachten? Ich denke, es hat alles mit den abtrünnigen Stämmen Israels zu tun, die ihre eigenen Gesetze aufstellten, nachdem sie sich von den Gesetzen Moses befreit hatten. Anscheinend bricht jedermann gerne Gesetze und lebt nach eigenem Gutdünken. Ich weiß nicht, wie die Legende von Glengarth zu Stande kam und auch nicht, was es mit dem Fluch auf sich hat, der angeblich auf der Familie Roskillen liegt. Ehrlich gesagt halte ich das Ganze persönlich für Humbug.«

»Welcher Religion gehören Sie denn an?«, fragte der junge Diener vorlaut.

Mrs Foxton verabreichte ihm eine Ohrfeige.

»Das geht dich überhaupt nichts an, frecher Taugenichts.«

Sie wandte ihre Aufmerksamkeit wieder dem Butler zu. »Wie hat die Polizei denn eigentlich herausgefunden, dass es die Haushälterin war, Mr Monro?«

»Durch die Gewehre in der Waffenkammer, Mrs Foxton. Gewehre können Geschichten erzählen. Als Lady Anne das Gewehr ins Unterholz von High Hills warf und so tat, als hätte sie die Gouvernante erschossen, da wusste sie nicht, was sie tat. Im Gegensatz zu den meisten Leuten, die nach Glengarth kommen, hatte sie noch nie im Leben ein Gewehr benutzt. Sie wollte nur Mr Aeneas schützen, mit dem die Familie verwandt ist und dem sie sehr nah gestanden hat, als er noch ein Kind war. Sie nahm ein ganz bestimmtes Gewehr, das dem früheren Laird, dem Bruder des heutigen, gehört hatte. Soviel ich weiß, war Laird Lindsay ein sehr akribischer Mensch; ich war damals noch nicht Butler hier, doch ich habe es von vielen Leuten gehört. Lady Anne hat mir einmal erzählt, dass Laird Lindsay jedes einzelne Gewehr in der Waffenkammer eigenhändig an die Wand gehängt und mit Name, Datum und Hersteller der Waffe versehen hat.«

Monro holte tief Luft und fuhr in seinem Bericht fort.

»Das Gewehr, das Lady Anne in den Farn warf, war das Jagdgewehr, das Laird Lindsay am letzten Tag seines Lebens benutzt hat. Nach seinem Tod hat es der alte Butler Murray zu seinen Ehren in die Waffenkammer zu all den anderen Gewehren gehängt, aus denen nie ein Schuss abgegeben wurde. Lady Anne kannte sich damit nicht aus. Sie mag keine Gewehre, weil es für sie verdammenswerte Tötungsinstrumente sind.«

Monro war schon immer ein langatmiger Geschichtenerzähler gewesen und wiederholte sich gern. Jetzt trank er in aller Seelenruhe ein Glas Wasser. Seine Zuhörer warteten mit aufgestützten Ellbogen gespannt auf die Auflösung des Dramas.

»Agatha schoss mit einem schweren Whitworth-Gewehr mit Hexagonal-Bohrung, das Königin Viktoria im Juli 1860 zu einer Jagderöffnung benutzt hatte. Es handelt sich um ein sehr zielsicheres Gewehr, mit dem man kaum jemals daneben schießt. Agatha kannte sich aus; sie wusste, mit einem Whitworth-Gewehr würde sie ihr Ziel nicht verfehlen.«

»Woher wissen Sie so viel über Schießgewehre und merkwürdige Religionen, Mr Monro?«, fragte einer der Angestellten dazwischen.

»Weil ich mich sowohl für Jagdzeitschriften als auch für das Alte Testament interessiere, Tom.«

»Aber Sie sind hoffentlich keiner von diesen Sektierern, oder?« Mrs Foxton verteilte erneut einen ihrer gefürchteten Klapse. »Noch weitere Fragen gefällig?«

»Ist noch etwas von dem herrlichen Auflauf da? Er ist unglaublich lecker. Meine Mutter kann nicht halb so gut kochen wie Sie, Mrs Foxton.« Tom wusste genau, wie er Mrs Foxton zu nehmen hatte.

Sie zögerte, gab dann aber nach und legte den letzten Rest des Dienerabendessens auf seinen Teller. »Das heißt aber noch lange nicht, dass du bei mir einen Stein im Brett hast, Tom. Dazu bist du viel zu anmaßend«, wies sie den gut aussehenden jungen Mann zurecht, auf den ihre Tochter Dainty ein Auge geworfen hatte. Ihre andere Tochter, die ehemalige Säuglingsschwester Daisy, war längst in festen Händen. Sie hatte sich mit einem netten Schreiner aus Drumbarry verlobt, der nichts mit Glengarth zu tun hatte. Mrs Foxton war nicht abgeneigt, Dainty ebenfalls unter die Haube zu bringen, wollte aber keinesfalls mit der Tür ins Haus fallen.

»Aber Sie hätten mich doch sicher gern als Schwiegersohn für eine Ihrer hübschen Töchter«, sagte Tom und zwinkerte Dainty zu, die sich längst von der Küchenhilfe zu einer großartigen Köchin gemausert hatte.

Dieses Mal war Mrs Foxtons Klaps so heftig, dass Tom mit der Nase im Teller landete. »Erzählen Sie weiter, Mr Monro«, forderte sie den Butler mit einem strahlenden Lächeln auf, »wir möchten doch gerne jetzt alles über die letzten Tage unseres Racheengels Agatha erfahren ... Und du hältst die Klappe, Tom. Mit vollem Mund spricht man nicht, das habe ich deinem jungen Kollegen da drüben eben schon gesagt.« Ihre drohend erhobene Hand sprach Bände; die männlichen Mitglieder der Dienerschaft zogen es vor, zu kuschen.

Mit Ausnahme von Tom. Für die Befriedigung seines Magens

und seiner Lenden wäre er sogar bereit gewesen, den Zorn seiner zukünftigen Schwiegermutter auf sich zu ziehen. Er zwinkerte Dainty weiterhin zu, und das Mädchen kicherte hinter vorgehaltener Hand.

Der Butler fuhr in seiner Geschichte fort. »Nachdem Agatha sich nicht damit abfinden konnte, dass Eleanor Arbuthnot die Auserwählte ihres Sohnes geworden war – sie sah in Elly eine kaltschnäuzig kalkulierende Person, die ihr den Sohn wegnehmen und ihn manipulieren wollte – nahm sie das besagte Gewehr aus der Waffenkammer ...«

»Das hatten wir schon. Aber wie ist sie da rein gekommen?«, wollte Mrs Foxton wissen. »Die Waffenkammer ist meines Wissens immer verschlossen, und der Schlüssel befindet sich im Arbeitszimmer des Laird.«

»Das stimmt nicht immer. Zumindest nicht, wenn Master Duncan in den Ferien zu Hause ist, Mrs Foxton. Master Duncan hält sich ständig im Turm auf, und seine Eltern machen sich darum keine Sorgen. Er erklärt ihnen, er mache da oben seine Hausaufgaben, weit weg von der lärmenden Familie und den lauten Gästen. Möglicherweise stimmte das sogar. Auf jeden Fall konnten sowohl Agatha als Haushälterin als auch Elly als Gouvernante in den Turm. Zum Beispiel unter dem Vorwand, ihn zum Essen zu holen oder ihn aufzufordern, ins Bett zu gehen, wenn er sich noch spät abends oben aufhielt. Die Haushälterin hätte zu jeder beliebigen Zeit ein Gewehr stehlen können, sobald Duncan zu Hause war – sie hatte dann beliebigen Zugang zur Waffenkammer. Zu diesem Schluss ist übrigens auch das Gericht gekommen.«

»Und wie hat Lady Anne festgestellt, dass ein Gewehr fehlte? Das Gewehr, mit dem Miss Elly erschossen wurde?«, wollte jemand aus der Runde wissen.

»Lady Anne kennt Glengarth besser als wir alle zusammen«, antwortete Monro. »Sie ist auf der Insel Rill in Loch Garth aufgewachsen. Sie hat schon zu Zeiten von Rorys Großvater im Schloss gelebt und gearbeitet. Damals war sie noch sehr jung; sie stammte aus sehr bescheidenen Verhältnissen. Sie hat in bessere Verhältnisse hineingeheiratet – aber lassen wir das ... Jedenfalls wusste sie, dass jemand ein Gewehr genommen hatte, ehe jemand anderes es bemerkte. Sie wusste auch, wie genau es der verstorbene Laird Lindsay mit dem Zustand der Waffenkammer genommen hatte und wie er darauf achtete, dass niemand von der Familie sich dort unbefugt zu schaffen machte. Über der Waffenkammer befindet sich das so genannte Gewölbe, das eine Art heilige Gruft der Familie Roskillen war, vor allem zu Zeiten Laird Lindsays. Zum Gewölbe hat niemand Zutritt. Das hat mir mein Vorgänger Murray erzählt, den ich schon lange kenne.«

Monro räusperte sich wieder und trank einen Schluck Wasser, ehe er fortfuhr: »Zwischen Laird Lindsay und Laird Rory hatten wir einen schrecklichen Krieg, der unseren Kleinkrieg gegen das Wasserkraftwerk von Drumbarry erbärmlich aussehen lässt. Jeder, der hier in diesem herrlichen Tal geboren ist, kann sich vorstellen wie es ist, wenn man Platz machen muss für ein völlig überflüssiges Projekt ... Es hat nicht an Laird Lindsay gelegen. Eigentlich war es niemandes Fehler. Wir mussten einfach mit der Zeit gehen ...« Ein weiterer Schluck aus dem Wasserglas, »... und die Region brauchte einen modernen Plan, um an Steuern zu kommen.«

Keiner am Tisch sprach ein Wort. Alle waren verwirrt.

Schließlich meldete sich Daisy zu Wort, die seit ihrer Arbeit als Säuglingsschwester, die im Hause längst überflüssig geworden war, als Dienstmädchen arbeitete und demnächst heiraten würde.

»Ging es nun um ein einziges Gewehr? Oder um mehrere? Und woher wusste die Polizei, mit welchem Gewehr Miss Elly erschossen worden war? Wie kam man überhaupt auf Mrs Kemster als Tatverdächtige?«

»Die Polizei hat gar nichts herausgefunden. Es war Lady Anne, die die Ermittlungen in die richtige Richtung lenkte. Die Kugel, die in Miss Ellys Körper steckte, hatte nichts mit dem Gewehr zu tun, das im Unterholz von High Hills lag. Zu Laird Lindsays Zeiten war der Wald von High Hills noch eine Schonung. Laird Lindsay betrieb ein Aufforstungsprogramm. Inzwischen sind die Bäume groß geworden, doch sie werden noch lange Zeit bis zur endgültigen Reife brauchen – wie die meisten von uns. Aber ich schweife schon wieder ab ...«

»Stimmt! Und um ehrlich zu sein: Das irritiert ganz gewaltig, Mr Monro!«, schimpfte Mrs Foxton. »Kommen Sie doch einfach zur Sache!«

»Als Lady Anne bemerkte, dass in der Waffenkammer ein Gewehr fehlte, schöpfte sie Verdacht. Sie nahm ein anderes vom Haken – Laird Lindsays Gewehr, das sie kannte – warf es fort und wartete ab. Ein paar Tage später war das vermisste Gewehr wieder da, aber es hing am falschen Haken.«

Mit einem breiten Lächeln blickte der Butler in die Runde. Sein aufmerksames Auge musterte die Sitzenden: Alle hielten sich so gerade und aufrecht, wie es sein sollte. »Lady Anne wollte nur ihren unschuldigen Verwandten schützen und nahm deshalb Lindsays Jagdgewehr. Die Kugel in Miss Ellys Körper stammte jedoch aus dem Whitworth – und dadurch kam die Polizei schließlich auf die richtige Spur. Das von Lady Anne ins Unterholz geworfene Gewehr mit ihren Fingerabdrücken diente sozusagen als Köder.«

Wieder war es Daisy, die die nachfolgende Stille brach: »Aber woher wusste die Polizei, dass Agatha mit dem Whit-dingsda geschossen hatte, und nicht Lady Anne?«

»Weil ihre Fingerabdrücke drauf waren, dummes Mädchen!«

»Annies oder Agathas?«

Peinlich genau wiederholte der Butler sämtliche Einzelheiten, die er von niemand Geringerem als Ackker selbst erfahren hatte; den Rest hatte er in der Zeitung gelesen.

»Annies natürlich! Sie hat absichtlich die Schuld auf sich gelenkt, weil sie hoffte, den Staatsanwalt so auf die Spur des wirklich Schuldigen zu lenken.«

»Wusste der Staatsanwalt davon?«

»Ob er es wusste oder nicht, spielt keine Rolle. Hauptsache, das Ergebnis stimmt.«

»Und Laird Rory? Wusste er Bescheid?«

»Das bezweifele ich.«

»Aber wer hat dann damals auf Jack Montgomery geschossen?«, wollte Daisy schließlich noch wissen. »Wurde nicht Mr Aeneas verdächtigt?«

»Das ist ziemlich lange her, mein Mädchen!«

»Jedenfalls lange vor Ihrer Zeit, Mr Monro«, sagte Dolly Foxton. »Erinnerst du dich nicht, Daisy? Es war ein Unfall. Dieser Tally lief mit einem Gewehr herum, ohne zu wissen, wie man es benutzt. Außerdem war er völlig betrunken und man konnte ihm nichts nachweisen. Später gab der Laird ihm einen Job als Wildhüter.«

»Aber damit hatte er dann tatsächlich die Lizenz zum Töten«, gab Monro skeptisch zu bedenken.

»Richtig, Mr Monro«, erwiderte Mrs Foxton, »aber seitdem hielt sich Tally in gebührender Entfernung vom Förster, der die Kugeln abbekommen hatte, die vermutlich eigentlich für ein Schneehuhn gedacht waren.«

»Was ich aber noch immer nicht verstehe«, sagte Tom nach reiflichem Überlegen, »wer hat dann die Feuer gelegt?«

»Mr Aeneas jedenfalls nicht«, sinnierte Daisy.

»Aber irgendjemand muss es doch gewesen sein!«

»Aye! Kaum zu glauben, aber es war Master Duncan. Ein Dummejungenstreich. Aber natürlich hörte der Spaß auf, als Mr Aeneas dafür verantwortlich gemacht wurde.«

»Aber warum hat Master Duncan das getan?«

Monro zuckte die Schultern. »Um auf sich aufmerksam zu machen? Um Bestätigung zu bekommen? Um zu sehen, wie weit er gehen kann? Wer weiß das schon!«

»Aye! Wenn ich es getan hätte, wäre ich bestimmt nicht mit ein paar Tagen Stubenarrest davongekommen. Mich hätte man sicher ins Kittchen gesteckt!«, murrte Tom.

»Da mögen Sie schon Recht haben, Tom«, bestätigte der Butler. »Aber bedenken Sie bitte: Sie sind einundzwanzig, Duncan erst vierzehn.«

»Der wahre Grund, warum wir alle so betroffen waren, hat viel weniger mit Lady Annes persönlichem Schicksal zu tun als vielmehr damit, dass wir alle unsere Jobs verloren hätten, wenn sie nicht mehr da gewesen wäre. Sie ist doch diejenige, die hier Tag und Nacht arbeitet bis zum Umfallen. Ohne sie würden wir alle bis zum Hals in der Scheiße stecken, denn wäre sie nicht, hätte der Laird sich längst zu seiner millionenschweren Dauerfreundin nach Amerika aufgemacht.«

»Vielen Dank, Tom«, sagte Monro bissig. »Ich wollte Sie gerade zu Ihren Überlegungen beglückwünschen, aber dann kam der Teil, wo wir alle bis zum Hals stecken.«

»Agatha wäre nie festgenommen worden, wenn Lady Anne sich nicht als Köder geopfert hätte«, fasste Paul Lardy die Überlegungen seines Kollegen zusammen. »Sie wäre ungestraft davongekommen. Das alles haben wir Lady Anne zu verdanken ...«

Der Diener tat so, als ob er sich eine Träne abwischte. Mit grimmiger Miene musterte der Butler die um den Tisch versammelte Belegschaft.

»Also ist Lady Anne verhaftet worden, obwohl das Gewehr mit ihren Fingerabdrücken gar nicht benutzt wurde, während die Kugel aus dem Woolworth ...«

»Whitworth, Mr Lardy!«

»Gut, dann eben Whitworth. Jedenfalls die Kugel, die Miss Elly getötet hat, passte zu dem Gewehr von Queen Victoria ... Stimmt das so, Mr Monro?« Paul hatte es fast begriffen.

»Wissenschaft ist doch eine wunderbare Sache, nicht wahr, Mr Lardy?«, sagte der Butler ironisch. »Vielleicht sollten Sie sich überlegen, zur Polizei zu gehen, anstatt Ihr ganzes Leben lang Diener zu bleiben. Allerdings muss ich Sie in einem Punkt korrigieren: das Whitworth war nicht das Gewehr, das Königin Viktoria bei ihrem Besuch in den Glens 1860 benutzt hat. Aber verzweifeln Sie nicht. Die Wache in Drumbarry kann bestimmt jemanden wie Sie brauchen.«

»Und Sie ebenfalls, Allen Smith, wenn Sie nicht aufhören, so unverschämt zu grinsen«, schimpfte Mrs Foxton und verteilte wieder eine Ohrfeige. »Und ehe ich's vergesse: Daisy, könntest du bitte das Brot und die Milch zu Master Duncan hinaufbringen?«

»Soll das eine Mahlzeit sein, oder braucht er es als Breiumschlag auf seinen Hintern?«, feixte Paul.

»Hüten Sie Ihre Zunge, Paul Lardy; vielleicht ereilt Sie ebenfalls das Schicksal einer Tracht Prügel, wenn der Laird merkt, dass Sie seine Stiefel nicht geputzt haben«, warnte Mr Monro und wies auf die Tür zum Schuhputzraum.

»Aye! Das ist nicht mein Job. Smith ist für die niederen Dienste zuständig.«

»Nicht mehr lang, wenn Sie sich nicht mal allmählich darum kümmern, die Hemden zu bügeln«, erklärte Mrs Foxton trocken.

»Das gehört zu Ackkers Aufgaben. Er ist der Kammerdiener.«

»Und wofür werden Sie bezahlt, Mr Lardy?«

»Ich poliere das Silber, Mrs Foxton.«

»Ach ja? Und wieso ist dann alles so schwarz wie mein Küchenrost?«

»Ich dachte schon, Sie würden ›Gesicht‹ sagen«, flachste Tom.

»Frechdachs!«

Da sprach Monro ein Machtwort. Er zog sein Jackett aus; ein Zeichen dafür, dass sein Tagewerk erledigt war. »Lardy, Sie helfen jetzt als Erstes Smith bei den Stiefeln und dann Ackker mit den Hemden. Danach dürfen Sie weiter Ihr Silber polieren.«

»Was? Aber doch nicht heute Abend, Mr Monro! Es ist fast Mitternacht.«

»Ich glaube, dass Glengarth sehr bald wieder Gäste beherbergen wird. Und dann wird das Tafelsilber benötigt, Mr Lardy.«

»Das ist nicht fair«, brummte Paul. Die restliche Belegschaft grinste schadenfroh. Ihr Tag war so gut wie vorüber! Paul geschah ganz Recht: Er tändelte die ganze Zeit nur herum, während alle anderen sich die Finger wund schufteten. Guter alter Mr Monro. Er war längst nicht so betriebsblind, wie Paul vielleicht geglaubt hatte.

TEIL 5

Die Lairds von Glengarth

29. Kapitel

Der König ist tot! Lang lebe der König!

König George V. hatte das Zeitliche gesegnet; auf den Thron gefolgt war ihm König Edward VIII. Zwar trauerte das Land um seinen alten König, aber man freute sich auch, einen jungen, hübschen Prinzen als Nachfolger für die Königreiche England, Schottland, Wales und Nordirland sowie für das Empire zu haben, das in seiner Gesamtheit größer war als das Römische Reich.

Aber Edward, Prince of Wales und Duke of Cornwall, der am 20. Januar 1936 den Thron bestieg, hatte ein dunkles Geheimnis, das nicht für die Öffentlichkeit bestimmt war. Nur die engsten Vertrauten des Königshauses wussten Bescheid; eine von ihnen war Lady Christabel Roskillen.

»Aber wisst ihr, die Frau ist nicht die einzige Schwierigkeit. Der arme Kerl ist zwischen der Konstitution und seinem Gewissen hin- und her gerissen. Außer Mrs Wallis Simpson gibt es noch ein paar andere Dinge, die ihm jetzt als König schlaflose Nächte bereiten.«

Christabel war die Plaudertasche von Glengarth. Annie und Susan-Jenny saßen über eine Stickerei gebeugt und amüsierten sich über Christabel und ihre Londoner Freundinnen, die ihnen den Wintertag mit Klatsch und Bosheiten vertrieben.

Die Herren und ein paar der mutigeren Damen befanden sich noch auf Moorhuhnjagd; alle anderen hatten sich im Sonnenzimmer versammelt, wo es viel wärmer und angenehmer war als auf den schneebedeckten, frostigen Bergen.

Lizzie ließ die Schachtel mit den Kensitas-Zigaretten herumgehen. Christabels neueste Freundin, eine gewisse Lady Jemima Eugene FitzGeorge aus County Kildare im Süden Irlands, war entfernt mit den Windsors verwandt und früher einmal mit dem neuen König Edward befreundet gewesen. Sie kannte sich bestens in den privatesten Angelegenheiten des Königshauses aus und wusste Einzelheiten aus Fort Belvedere zu berichten, wohin sich Edward mit der zweifach geschiedenen Amerikanerin zurückgezogen hatte, die sich bereits als englische Königin sah.

»He, Chrissy, Süße, schließlich bin ich selbst Amerikanerin. Ehrlich gesagt kann ich mir nicht vorstellen, dass ihr Briten euch mit einer Yankee-Königin abfindet!«, grinste Lizzie.

Ihre Schwester lächelte sie an und reichte Annie einen bunten Seidenfaden, den sie aus einem dicken Knäuel Seide gelöst hatte. Die Handarbeit erforderte volle Aufmerksamkeit.

Annie hatte sich vorgenommen, einen Wandteppich nach Art des Teppichs von Bayeux zu knüpfen, auf dem alle Lairds von Glengarth nebst ihren Leistungen zu sehen waren; angefangen beim ersten Beauly, der in einem Wikingerboot über den Minch gekommen war und das Land von Ross erobert hatte, über Lindsays und Rorys Großvater in der Pose, die er auf dem Gemälde in der großen Halle einnahm: in vollem Highland-Ornat, den Fuß auf einen Hirschkopf gesetzt. Lindsay erschien dagegen in sehr viel einfacherem Rahmen; er trug einen Kilt, ein altes Tweedjackett mit Lederflicken auf den Ärmeln, ein Gewehr im Arm und zu seinen Füßen sah man seinen treuen Hund Bonnie Prince Charlie.

»Wie soll Rory denn aussehen?«, flüsterte Jenny. »Ich plädiere für Marineuniform, Holzbein und Papagei auf der Schulter!«

Annie lächelte. Susan-Jenny hatte sich nicht als spinnerte Jungfer sondern als ausgesprochen intelligente, sensible Frau und unschätzbare Freundin in allen Lebenslagen herausgestellt. In den düsteren Tagen nach dem Mord an Elly Arbuthnot war Jenny eine große Hilfe gewesen und in den vergangenen drei Jahren zu Annies bester Freundin geworden, auf die sie nicht mehr verzichten wollte. Lizzie hingegen trieb sich nach wie vor in der Weltgeschichte herum und wurde nirgends wirklich sesshaft, außer vielleicht auf Glengarth während der Jagdsaison.

In Ellys Anwesenheit hatte sich Annie nie derart wohl gefühlt, was vor allen Dingen mit der früheren Beziehung zwischen Rory und der Gouvernante zu tun hatte. Susan-Jenny stellte diesbezüglich keine Bedrohung dar. Annie wusste inzwischen, dass sich Susan-Jenny in den Highlands viel mehr zu Hause fühlte als im heimischen Texas; sie hatte Annie erzählt, wie sehr sie in der Anstalt hatte leiden müssen. Annie hatte es fast das Herz zerrissen vor Mitleid mit dem unglücklichen Mädchen, das Jugend und Schönheit für den Erhalt eines großen Vermögens eingebüßt hatte.

Countess Lizzie vereinigte in ihrer Person zwei Extreme: Einerseits zeigte sie sich oft unglaublich großzügig, andererseits konnte sie zur Furie werden, wenn die Interessen der Dynastie Roebling Chanin auf dem Spiel standen. Dass Lizzie es gewesen war, die Jenny in eine Heilanstalt hatte einweisen lassen – wenngleich sie auch geglaubt hatte, damit das Richtige für die väterliche Öldynastie zu tun –, machte Annie nach wie vor zu schaffen.

»Für Schottland ist er übrigens König Edward der Zweite und nicht der Achte«, warf Annie ein.

»Wie das?« Christabel blickte Annie mit gerunzelter Stirn an.

»Nun, in der Geschichte Schottlands ist er erst der zweite König, der den Namen Edward trägt. Nicht der achte.«

Jemima, die weite Knickerbocker und ein rotes Cape mit Hermelinbesatz trug, das sie nach Annies Ermessen nur aus Edwards Schrank stibitzt haben konnte, witzelte:

»Ganz egal ob Zwei oder Acht: Er wird niemals heiraten. Und schon gar nicht diese Wallis. Eher bringt Queen Mary ihn um.«

»Sprechen Sie in diesem Haus lieber nicht von Mord«, warnte Susan-Jenny die Irin, die Bücher und Gedichte schrieb, sich als Schauspielerin betätigte und damit hausieren ging, dass sie die Patentochter von George Bernard Shaw war. Susan-Jenny war das egal. Sie konnte die maskuline Frau nicht leiden. Auch Christabel und die anderen Frauen in ihrem Kielwasser gefielen ihr nicht besonders. Sie sah sie samt und sonders als stinkreiche, selbstsüchtige, unmoralische Kreaturen an, die keine richtigen Frauen waren und ihre Interessen mit einer gewissen Grausamkeit vertraten.

»Warum sollen wir nicht über Morde reden?«, wollte Jemima wissen.

»Weil sie die unangenehme Eigenschaft haben, Wirklichkeit zu werden.«

Jemima kicherte vernehmlich. »Sie sind ein wirklich süßes amerikanisches Mädchen.«

»Wussten Sie nicht, dass auf Glengarth ein Fluch liegt?«

»Nein, das hat Chrissy mir nie erzählt. Böse Chrissy!«

Spielerisch tippte Jemima mit ihrer Zigarettenspitze auf Christabels Hand.

»Und wenn Sie sich nicht vorsehen, haben Sie diese Nacht den Buhmann im Bett!«, unkte Susan-Jenny.

Annie spürte, dass es an der Zeit war, ihre Handarbeit zu beenden, sich ihrem Haushalt zu widmen und Susan-Jenny mitzunehmen. Gerade wollte sie sich entschuldigen, da meldete sich Christabel zu Wort.

»Annie weiß eine ganze Menge über Buhmänner, nicht wahr, Liebste? Sie hat einen ganzen Schrank voll davon unter strengstem Verschluss. Ach, Jemima, du solltest deinem sozialistischen Paten unbedingt raten, einmal hier hinauf zu kommen – hier findet er mehr Stoff, als seine Fantasie ihm je liefern kann.«

»Er schriebe wohl eher über Lizzis Millionen als über Buhmänner, Chrissy-Liebling.«

Während sie die Tür hinter sich zuzogen, hörten Annie und Jenny die Irin kichern: »Wie alt soll deine Schwester sein, Lizzie?«

Annie blieb lange genug stehen, um zu hören, wie Lizzie Jemima in die Schranken wies.

»He, Süße, Susan-Jenny ist ein gutes Stück jünger, als Sie je waren. An Ihrer Stelle würde ich etwas gegen meine Falten tun, ehe es zu spät ist. Rory hat die Adresse eines hervorragenden Schönheitschirurgen. Liegt fast auf Ihrem Weg, beim Buckingham Palast gleich um die Ecke.«

Susan-Jenny und Annie prusteten fast vor Lachen; niemand, wirklich niemand konnte bissiger sein als Lizzie, wenn bestimmte Grenzen überschritten wurden und man sie auf die Palme brachte. Vorsichtig schloss Annie die Tür, als Monro erschien.

Der Butler hielt ein silbernes Tablett in der Hand, auf dem er Briefe zu präsentieren pflegte.

»Ein Telegramm aus England, Ma'am.«

Was war denn nun schon wieder passiert?, fragte sich Annie beklommen. Ihr Herz klopfte zum Zerspringen. Sie riss den Umschlag auf, überflog den Inhalt und murmelte: »Sagen Sie dem Boten, er braucht nicht zu warten ... Und könnten Sie jemanden zur Jagdgesellschaft hinausschicken? Der Laird möchte bitte *sofort* kommen!« Es klang nicht wie eine Bitte – es war eindeutig ein Befehl.

»Sehr wohl, Madam!«, erwiderte der Butler und verschwand.

»Hoffentlich keine schlechten Nachrichten?«, fragte Susan-Jenny erschrocken. »Telegramme sind immer so ...«

»Duncan ist in Oxford von der Uni verwiesen worden.«

»Aber er hat doch gerade erst angefangen zu studieren.«

»Deshalb sehe ich es auch als schlechte Nachricht an. Rory wird toben!«

*

Nach vielen Telefonaten mit dem Balliol College, wo Duncan sich für ein Studium der Geisteswissenschaften eingeschrieben hatte, bekam Rory endlich eine Stellungnahme.

Duncan war von der Universität geflogen, weil er gelogen und betrogen hatte und sich zudem als notorischer Faulpelz erwies.

»... so jedenfalls würde ich es knapp und präzise ausdrücken«, erklärte sein äußerst verärgerter Studienleiter. »Sie kennen die Geschichte unserer Universität, Rory. Sie wurde vor achthundert Jahren von einem Baron unter Heinrich III. gegründet, dessen schottische Ehefrau, eine Prinzessin von Galloway, dem College eine Stiftung vermachte ...«

»Ja, ja«, schnitt ihm Rory ungeduldig das Wort ab.

»Wir haben einen Ruf zu verlieren, Mylaird. Viele Ihrer Vorfahren haben ihrer Ausbildung in unserer ehrwürdigen Universität den letzten Schliff verliehen und uns später weiterhin unterstützt – unter anderen Ihr Bruder Laird Lindsay. Dennoch stehe ich zu unserer Entscheidung, Duncan des Instituts zu verweisen. Er hat sich als untragbar erwiesen, und zwar nicht nur einmal. Mit anderen Worten: Er hat unsere durchaus großzügig bemessene Toleranz schlichtweg überstrapaziert. Das Maß ist voll. Und ehe Sie weitere Fragen stellen: Nein, ich weiß auch nicht, wo er sich zurzeit aufhält. Ehrlich gesagt ist es mir auch egal. Rufen Sie morgen wieder an. Hoffentlich bin ich bis dahin etwas besser gelaunt und kann Ihnen mit mehr Sachlichkeit Rede und Antwort stehen. Vielleicht weiß ich dann auch Näheres über den Verbleib Ihres Sohnes. Gute Nacht, Mylaird.«

Schnaubend vor Wut machte sich Rory über seine Zigarren und den Whisky her.

»Ausgerechnet jetzt, wo wir gerade in ein etwas ruhigeres Fahrwasser kamen«, schimpfte er. »Endlich war ein bisschen Gras über den Mord an Elly, die verrückte Agatha, den irren Aeneas und seine Tanten und die Meuterei-Geschichte gewachsen, und Jamie ist sogar befördert worden – und da legt uns dieser kleine Taugenichts Duncan ein solches Ei ins Nest!«

»Na ja, so klein ist er auch nicht mehr«, wandte Annie ein, die sich ebenfalls über Duncan ärgerte. Gerade einmal drei Monate war er in Balliol immatrikuliert – das Sommersemester hatte erst vor drei Wochen begonnen – als sie der Rauswurf wie ein Blitz aus heiterem Himmel traf. Welcher Teufel mochte den Jungen geritten haben? Annie hatte sehr wohl bemerkt, dass etwas in Duncan vorging, hatte aber gehofft, dass Oxford ihn reifen ließe.

Nach allem, was Rory in Erfahrung bringen konnte, war Duncan den Vorlesungen ferngeblieben, hatte um Geld gewettet und dabei Schulden gemacht, hatte beim Kartenspiel betrogen und war schließlich einfach verschwunden. Keiner seiner Freunde – verwunderlich, dass er überhaupt welche hatte, fügte Rory mit einem gewissen Sarkasmus hinzu – wusste offenbar, wo Duncan geblieben war, und noch nicht einmal seine jüngste Schwester Heather, der die Brüder oft ihre Sorgen und Nöte anvertrauten, hatte einen Wink bekommen.

»Woher soll ich etwas wissen?«, sagte sie und zuckte die Schultern. »Nachdem er vor drei Wochen mit Ackker nach London gefahren ist, habe ich nichts mehr von ihm gehört.«

»Und du hütest ganz bestimmt kein kleines Geheimnis so wie damals bei Jamie?«, stellte Annie die Dreizehnjährige zur Rede. Heather zeigte schon jetzt deutlich mehr Reife als alle anderen Geschwister zusammen.

»Ganz bestimmt nicht! Ich weiß wirklich nicht, wo er ist.«

Einen Augenblick beobachtete Rory seine kleine Tochter mit schmalen Augen, doch dann ließ er es bei der Auskunft bewenden. Wahrscheinlich würde Duncan bald wieder auftauchen. Auch er selbst war vor vielen Jahren aus Breedon Hall davongelaufen, um nicht viel später ohne einen Penny und ziemlich kläglich vor Lindsays Tür zu erscheinen. Rory wusste, was es hieß, das schwarze Schaf der Familie und der verlorene Sohn zu sein. Ob Rory allerdings zu Duncans Ehren das Mastkalb schlachten würde wie der biblische Vater, und wie auch Lindsay es für ihn getan hatte, das hing doch sehr von seinem Sohn und dessen Reue ab.

»Geh ruhig zu Bett, Heather, es ist recht spät. Aber wenn die Buschtrommeln von Glengarth Neuigkeiten über den Verbleib deines Bruders verbreiten – wärst du dann so lieb, und würdest deiner Mutter und mir Bescheid sagen?«

»Ach, Papa!« Heather stampfte urplötzlich mit dem Fuß auf. »Alle sind immer so unfreundlich zu Duncan. Vor allem du und Mutter. Ihr habt euch in jedem Streit auf Jamies Seite geschlagen. Wenn Duncan aus Oxford verschwunden ist, wird er wohl seine

Gründe gehabt haben. Er hat immer seine Gründe. Da ist er ganz anders als Jamie, der euch ständig um den Bart geht. Duncan ist mehr wie Mutter: Er redet nicht viel über das, was in seinem Kopf vorgeht – er tut einfach etwas. So wie Mutter in der Agatha-Sache.«

Heather drehte sich auf dem Absatz um und rauschte aus dem Zimmer. Doch anstatt die Tür zuzuschlagen, wie es jedermann erwartet hätte, schloss sie sie sehr leise.

»He«, konstatierte Rory verblüfft, »es ist wirklich das erste Mal, dass ich unsere Heather verunsichert gesehen habe.«

»Weißt du, welchen Fehler wir all die Jahre hindurch gemacht haben?«

»Sag es mir, meine Süße!« Er rappelte sich aus dem Lehnstuhl auf, um zum Schreibtisch zu gehen. Über seinen Papieren zu brüten war für ihn der sicherste Weg, seinen Ärger über unliebsame Familienangelegenheiten zu vergessen.

»Wir haben uns immer viel mehr um andere Leute gekümmert als um die eigenen Kinder«, seufzte Annie.

Rory wandte sich Annie zu und legte ihr die Hände auf die Schultern. Sie unterbrach ihre Knüpfarbeit. Rory betrachtete den halbfertigen Teppich und sagte plötzlich: »Du hast ja ein ganz wichtiges Familienmitglied vergessen, Liebste!«

Sie wandte ihre grünen Augen zu seinem Gesicht empor. »Und wen meinst du? Jamie ist noch nicht Laird.«

»Ich meine den anderen James. Lindsays und meinen Vater, der in Indien gestorben ist. Er war der Sohn des Alten mit dem Fuß auf dem Hirschkopf. Damals warst du noch das kleine Fischermädchen Annie Gowrie.«

Annie dachte einen Augenblick lang nach.

»Aye! Stimmt! Ich habe ihn nie gekannt. Aber das ist kein Problem, er passt bestimmt noch irgendwo hin.«

»Ich dachte mir schon, dass es kein Problem für dich ist. Weißt du, dass ich grenzenloses Vertrauen zu dir habe? Und das nach fast zwei Jahrzehnten Ehe.«

»Mich wundert, dass du überhaupt weißt, wie lange wir schon verheiratet sind«, gab Annie trocken zurück.

Er küsste ihre Hand.

»Manchmal verschlagen mir deine Talente und dein Können die Sprache. Ich bewundere dich, Liebste. Aber am tollsten war, wie du in bester Sherlock-Holmes-Manier die versammelte Polizei von Drumbarry, Inverness und Glasgow an der Nase herumgeführt hast, um Agatha zu stellen. Und nicht zu vergessen den Staatsanwalt ...«

Damit würde er sie wohl nie in Frieden lassen. Von Zeit zu Zeit kam er auf die peinliche Geschichte zurück, bei der sie sich heute noch innerlich wand.

»Schon gut, Rory. Ich habe immer nur Tee mit ihm getrunken. Sonst ist nichts passiert.«

Rory küsste ihren Nacken. Annies völlig unschuldige Teetrink-Freundschaft mit Sir John sorgte noch immer in der ganzen Familie für Heiterkeit. Niemand hatte ihr damals geglaubt! Mit freundlichen Klapsen versuchte sie, ihren nicht ganz so unschuldigen Gatten zu vertreiben, mit dessen Unzulänglichkeiten sie allerdings längst zu leben gelernt hatte.

Doch Rory ließ sich nicht verscheuchen. Er küsste sie auf den Mund und sagte: »Weißt du eigentlich, wie sehr ich dich liebe? Heute mehr als gestern, und noch mehr als am Tag davor ...«

»Hast du getrunken?«, fragte sie scherzend. Aber sie wusste, dass er es ehrlich meinte und erwiderte seine Küsse. Er sollte nie vergessen, dass sie die Macht hatte, ihm wie keine andere Frau zu gefallen.

Rory grinste und klopfte auf den im Entstehen begriffenen Teppich.

»Mein Vater konnte einem bengalischen Tiger den Fuß auf dem Kopf setzen. Einmal hat allerdings einer versucht, ihm das Bein abzubeißen.«

Den ganzen Frühling und Sommer über hörten sie nichts von Duncan. Annie machte sich große Sorgen. Es war, als wäre ihr Sohn vom Erdboden verschluckt worden.

Aber nicht nur in Glengarth machte sich Sorge und Unruhe breit. Die ganze Welt war in Aufruhr. Es war, als hätte Gott der Erde den Rücken gekehrt und den Teufel sein Werk verrichten lassen, weil die Menschheit sich weniger von den Zehn Geboten beeindrucken ließen als von der Versuchung Christi: *Dies alles will ich dir geben, wenn du niederfällst und mich anbetest ...*

Deutschland erklärte den Locarno-Pakt, in dem eine friedliche Regelung aller Streitigkeiten unter vielen europäischen Ländern vereinbart worden war, für nicht bindend. Im März 1936 besetzte Hitler das entmilitarisierte Rheinland.

Zwei Monate später besetzte Italien die Hauptstadt Äthiopiens, Addis Abeba.

Im Juli beschäftigte der Ausbruch des Spanischen Bürgerkriegs die Weltöffentlichkeit.

Und dann endlich, nach vielen Monaten der Unsicherheit, erhielten Annie und Rory Nachricht von Duncan. Der in Spanien abgestempelte Brief ging durch alle Hände in Glengarth.

»Liebste Mutter, liebster Vater ...«

»Immerhin bezeichnet er uns noch als ›Liebste‹«, sagte Annie vor Aufregung stotternd.

»Pst, Mutter«, brachten Andrew, Bruce und Heather sie zum Schweigen. Die sechzehnjährigen Zwillinge Marjorie und Dulcie befanden sich auf einer Akademie für Tanz, Gesang und Theater in Edinburgh; Jamie war mit der »HMS Jervis Bay« auf hoher See.

Die drei während der Ferien zu Hause weilenden Kinder drängten atemlos: »Lies endlich, Vater ...« Heather hielt Rory den Brief unmittelbar vor die Nase.

»Ausgerechnet ich mit meiner Kurzsichtigkeit!«, brummte Rory und setzte die Lesebrille auf. Familie und Dienerschaft hatten sich um den großen Küchentisch versammelt.

»Liebste Mutter, liebster Vater, Familie, Freunde und ihr da un-

ten – ja, genau ihr! Ich meine euch Bedienstete, die ihr in den Katakomben von Glengarth von Laird und Lady Roskillen unterdrückt euer Dasein fristen müsst – natürlich mache ich Spaß! Tut mir Leid wegen meines Rausschmisses aus Oxford; aber da gab es viel zu viel Familienklüngel, und auch der Klassendünkel hat mich gestört. Aber jetzt tue ich endlich das, was mir wirklich Freude macht. Ich lebe in Katalonien in einem Camp, dessen Namen ich beim besten Willen nicht aussprechen kann. Wir werden ausgebildet und halten Übungen ab, ehe wir uns Francos Truppen stellen, die zurzeit noch die Stadt Saragossa besetzt halten. Wenn ihr die Namen der strategischen Punkte und auch alles andere in diesem Brief lesen könnt, seht ihr, dass es hier keine Zensur gibt. Aber auch keine Regeln, keinen Zusammenhang und fast kein Kommando in dieser zusammengewürfelten Armee. Die armen Spanier, die sich gegen den Faschismus zur Wehr zu setzen versuchen, bedürfen jeder verfügbaren Hilfe. Ich gehöre übrigens zu einer Brigade Freiwilliger, die sich aus allen möglichen Nationalitäten zusammensetzt. Wir wollen gegen die Faschisten unter General Franco vorgehen. In diesem Krieg gibt es so viele Splittergruppen und Kampfschauplätze; ihr würdet es kaum glauben: Carlisten, Falangisten, die Fünfte Brigade, Republikaner, Nationalisten, Loyalisten, Gewerkschaftler und so weiter und so fort.

Wir alle wissen, dass die Welt aus Männern, Frauen und Kriegen besteht, was manchmal fürchterlich und erschreckend ist, oft aber auch verdammt aufregend. Auf jeden Fall besser, als im verstaubten Arbeitszimmer irgendeines Professors herumzusitzen und zu lernen, was Homer nicht geschrieben hat. Jetzt habe ich zum ersten Mal in meinem Leben etwas wirklich Sinnvolles zu tun. Seid mir nicht böse, dass ich so lange nichts von mir habe hören lassen. Aber ich musste erst herausfinden, dass es mehr gibt im Leben als in einer verstaubten Einrichtung wie Oxford zu verblöden – vor allem, wenn man so jung ist wie ich. Vater wird vielleicht verstehen, was ich meine; immerhin war auch er in seiner Jugend rebellisch, immerhin wollte auch er eigene Wege gehen, immerhin musste auch er mit seinen Dämonen fertig werden, ehe er in ruhigeres Fahrwasser kam. Entschuldigt also bitte den Kummer, den ich euch bereitet habe, und versucht, meine Entscheidung zu akzeptieren. Ich kämpfe hier für eine wirklich gute Sache, von der bisher nur wenige wissen. Und auch, wenn ihr es mir nicht glaubt: Ich liebe euch, und ihr liegt mir am Herzen. Duncan Beauly Roskillen.«

Die Stille am Tisch sprach Bände.

»Nun gut«, sagte Annie, atmete tief durch, nahm Rory den Brief aus der Hand und steckte ihn in die Schürzentasche. »Wir sind froh und dankbar, dass es Duncan in Katalonien gut geht, aber jetzt müssen wir an unsere Gäste denken. Mrs Foxton, zu Mittag gibt es Hühnchen mit Thymiansalat und Sauce Glengarth und als Nachtisch ein Wildbeerensoufflé ...«

»Wunderbar«, seufzte Heather, die es sich auf dem Schoß ihres Vaters bequem gemacht hatte. »Wir lieben Soufflé, nicht wahr, Papa?« Dabei kitzelte sie Rory am Ohr. Ihr Vater schob den Finger samt dem dazugehörigen Mädchen von sich weg.

»Weg da, ihr ungezogener Haufen Roskillens. Lauft und sucht nach Lizzie, Jenny, Christabel, Jemima, Jezebel, Susi und Strolch aus Hollywood, Mr Coward, Mr Bernard Shaw, Premierminister Baldwin, wegen mir auch nach Winston Churchill oder unserem neuen König samt seiner Geliebten Wallis Simpson ... aber lasst um Himmels willen eure Mutter und mich in Frieden, damit wir uns in aller Ruhe kundig machen können, wo zum Teufel dieses Katalonien liegt.«

Im Flur zwischen der Küche und dem Allerheiligsten der Familie legte Rory tröstend seinen Arm um Annies Schultern.

»Es geht ihm sicher gut, Annie. Wenigstens wissen wir jetzt, wo er ist.«

»Aber für wen oder was kämpft er, Rory? Und ausgerechnet als Söldner?« Annie putzte sich die Nase. Sie ließ ihren Gefühlen immer erst freien Lauf, wenn sie beide allein waren. »Haben wir nicht schon genug Krieg gehabt?«

»Diese spanische Auseinandersetzung ist doch nur eine Kleinigkeit, Annie. Ein Klacks, und bestimmt sehr bald erledigt. Duncan wird ganz schnell wieder hier sein, das verspreche ich dir.«

Rory sagte Worte, die ihn nicht wirklich überzeugten. Er wollte Annie beruhigen, mehr nicht. Doch sie sollten sich als geradezu prophetisch herausstellen. Kaum hatte er sie ausgesprochen, als am Haupttor von Glengarth ein Krankenwagen vorfuhr. Weder Blaulicht noch Martinshorn waren eingeschaltet. Es war einfach nur ein Rot-Kreuz-Wagen, in dem Duncan lag.

Er hatte in Spanien einen Lungendurchschuss erlitten und war zur Genesung in die Heimat geschickt worden.

»Oh, mein Gott«, stöhnte Annie verzweifelt. Als Krankenschwester kannte sie solche Wunden nur allzu gut, kannte die Prognose und kannte den Tod in allerlei Varianten. Die Verwundeten erlebten nicht nur einen Tod, sondern viele ...

»Beruhige dich, Liebste.« Rory hielt Annies Hand fest umklammert, während Duncan auf einer Trage ins Schloss transportiert wurde. »Er wird weiterleben. Wir wollen nur hoffen, dass er nicht gleich wieder zündelt.«

»Mein Gott, bist du gefühllos«, weinte Annie. »Unser Sohn ist schwer verwundet, und du ... du glaubst, er spielt immer noch Spielchen mit uns.«

»Er *spielt* seine Spielchen mit uns, Annie!«, sagte Rory ernst.

»Das ist Duncan gegenüber sehr unfair ... außerdem, woher willst du das wissen?«

»Weil ich mich selbst in meinem – in unserem – Sohn erkenne. In seinem Alter war ich ganz genau so. Eine wahre Landplage. Frag Tante Ada, die mit ihren Neunzig-und-ein-paar-Zerquetschten immer noch voll auf dem Damm ist. Duncan ist mir ähnlicher, als mir lieb ist, und das macht mir natürlich Angst. Denk an meine Worte: Spätestens morgen sitzt er im Bett, isst etwas und freut sich, dass das die Republikaner weit ins Ebrodelta vorgestoßen sind. Der Junge ist ein Held, Annie! Genau wie sein Vater vor ihm. Die spanischen Ärzte haben die Kugel entfernt – ich möchte lieber gar nicht wissen, wie – also lass uns froh und dankbar sein. Für Duncan ist der spanische Krieg vorüber, ehe er richtig losging. Freuen wir uns, Liebste, und bereiten wir unserem Sohn ein Willkommen, wie es Helden gebührt.«

»Manchmal verstehe ich dich wirklich nicht, Rory. Da liegt unser Sohn schwer verletzt, kann kaum atmen, weil er so viele Schläuche in der Lunge hat, und du bist so ekelhaft fröhlich«, fauchte Annie. Sie und Susan-Jenny wuselten mit frischen Bandagen und jeder Menge Zuneigung um den Kranken herum. »Geh weg. Wir müssen uns um ihn kümmern.«

»Ich bin tatsächlich fröhlich. Und zugleich Gott dem Allmächtigen dankbar, weil ich weiß, dass Duncan nicht an seiner Verletzung sterben wird. Schließlich kümmerst du dich um ihn, Annie, du, Susan-Jenny und all die anderen Damen ... er kann von Glück reden, dass er nicht an einer Stahltür klebte und seine Augen und Beine ihm geradezu wegschmolzen, ohne dass sich eine Menschenseele um ihn kümmerte. Ich weiß genau, wovon ich rede.« Rory überließ die Frauen ihrer Aufgabe, Duncan ins Leben zurückzuholen.

Nachdem sein Vater aus dem Zimmer gestürmt war, öffnete Duncan ein Auge.

»Mama«, flüsterte er schwach, »bist du da?«

»Aber ja, mein Liebling, hier bin ich.«

Sie tätschelte seine braun gebrannte Hand mit den bemerkenswert schmutzigen Fingernägeln.

»Tut mir Leid, wenn ich euch Sorgen gemacht habe, dir und Papa. Ich wollte nicht ...«

»Lass nur, Liebes. Über diese Dinge reden wir, wenn du wieder bei Kräften bist. Du hast eine schlimme Tortur hinter dir und bist noch sehr schwach. Nicht reden, nur ausruhen, mein Kleiner.«

»Hast du mich wirklich lieb, Mama?«, flüsterte Duncan mit schwacher Stimme.

»Aber natürlich, Duncan. Das war eine ziemlich dumme Frage.«

»So sehr wie Jamie?«

»Manchmal sogar mehr als Jamie, wenn du es wirklich wissen willst.«

»Warum?«

»Weil du oft ein so dummer Junge bist. Ich mache mir häufig Sorgen um deine Zukunft. Jamie hingegen geht seinen Weg sehr geradlinig ...«

»Wie sein echt schottischer Vater? Nicht wie meiner, der ein halber Engländer – ein Sassenach – ist?«

»Aye!«, antwortete Annie müde. »Aye, Duncan. Wolltest du das hören?«

Duncan streichelte die Hand seiner Mutter.

»Ich fühle mich ein bisschen müde. Aber wenn ich wiederhergestellt bin, möchte ich zurück nach Spanien.«

»Du musst tun, was du für richtig hältst, Duncan«, sagte Annie. »Aber Vater und ich können dir nicht zu allem unseren Segen geben.«

Susan-Jenny drückte vorsichtig eine kalte Kompresse auf Duncans fieberheiße Stirn. In der Anstalt, wo sie viele Jahre hatte verbringen müssen, war Lungenentzündung als Folge von Lungenkomplikationen eine häufige Todesursache gewesen. Duncan war noch viel zu jung zum Sterben. Sie küsste ihn auf den Haaransatz.

»Schlaf gut, Duncan. Deine Mutter ruht sich auch ein wenig aus.«

Er griff nach ihrer Hand. »Bleib bitte bei mir. Bitte, Elly ...«

»Ich bin Jenny.«

»Gut, Jenny.« Duncan schloss die Augen. »Weißt du was, Jenny?«

»Was denn?«

»Katalonien und die Schlacht am Ebro sind in meinem Kopf zu einem surrealistischen Traumbild geworden. Es ist wunderschön, obwohl es in Wirklichkeit ganz schrecklich war.«

»Und welcher Zustand gefällt dir besser?«

»Der Scheintod, Jenny.«

»Ich kenne das Gefühl. In der Anstalt schwebte ich oft zwischen Traum und Wirklichkeit, zwischen Leben und Tod. Aber wenn meine Füße den Boden berührten, war ich außer mir vor Angst.«

»Arme kleine Maus«, flüsterte er und klammerte sich an ihre Hand wie an eine Nabelschnur zum Leben.

Dank aufopfernder Pflege, guten Essens und viel frischer Luft erholte Duncan sich rasch. Schon bald konnten die Drainagen aus seinem Brustraum entfernt werden.

»Darf ich jetzt endlich wieder spazieren gehen?«, fragte Duncan den Hausarzt von Glengarth, der die Schläuche entfernte.

»Aye, Junge, auf jeden Fall. Je mehr du dich bewegst, desto besser. Und tief durchatmen! Das tut deiner Lunge gut. Aber mute dir vorerst nicht zu viel zu. Lass es langsam angehen. Und Spanien solltest du dir zunächst aus dem Kopf schlagen.«

»Ja, ich glaube, das dauert noch ein bisschen. Warum komme ich so schnell außer Atem?«

»Weil du noch nicht ganz gesund bist. Das Lungengewebe muss erst vollständig verheilen, dann fällt das Atmen auch nicht mehr so schwer. Denk dran, Junge, die Kugel hat dir nicht nur ein paar Rippen zerschmettert, sondern ist auch durch einen Lungenflügel gedrungen. Du hättest auch verbluten können!«

»Ja wirklich, ich habe geblutet wie ein Schwein.«

»Ganz ehrlich: Deine spanischen Ärzte haben ganze Arbeit geleistet. Hut ab!«

»Es war das amerikanische Rote Kreuz, das mich zusammengeflickt und mir literweise Bluttransfusionen verabreicht hat. Spanier sind doch schon mit der Organisation von Mottenkugeln für einen Schrank überfordert!«

»Das erklärt natürlich einiges.« Der Arzt tätschelte Duncans Schulter. »Ich rufe morgen kurz an, ob alles in Ordnung ist. Ansonsten: Mach weiter so!«

»Vielen Dank, Dr. Buckie.«

»War mir ein Vergnügen.« Mit diesen Worten ging Ben Buckie zu Annie und Rory hinüber, wo eine Tasse Tee auf ihn wartete.

Kaum hatte sich die Tür des Krankenzimmers hinter dem Arzt geschlossen, wickelte sich Duncan aus seinem Morgenmantel und zog sich an. Warm eingepackt und mit dem Ersatzschlüssel in der Tasche machte er sich auf den Weg zum Ostturm.

30. Kapitel

Heather fühlte sich völlig zerrissen. Ihr Dilemma bestand darin, dass sie zwischen zwei Stühlen saß: die Aufrichtigkeit ihren Eltern gegenüber und der Treue zu ihrem Bruder Jamie. Vor drei Monaten hatte sie einen beunruhigenden Brief bekommen, dessen Inhalt sie wie versprochen für sich behalten hatte.

»Liebste Schwester, du kannst dir nicht vorstellen, wie groß meine Freude ist. Ich muss es unbedingt jemandem sagen, sonst platze ich noch! Und wer wäre geeigneter als du, die Neuigkeiten als Erste zu erfahren? Ich bitte dich nur, den Eltern noch nichts zu sagen, denn das möchte ich zu Weihnachten selbst tun – es ist gar nicht mehr lang hin! Auf dem Weg ins Südchinesische Meer, wohin wir zu einer Friedensmission zwischen Chinesen und Japanern abkommandiert sind, mussten wir einen außerplanmäßigen Reparaturstopp in Neapel einlegen. Während der Arbeiten hatten wir drei Wochen freien Landgang. Maria hielt sich glücklicherweise gerade in Rom bei Verwandten auf. Zu Hause hatte sie viel Streit mit ihren Eltern gehabt und war nicht besonders glücklich. Die Eltern hatten sie im Verdacht, von einem italienischen Liebhaber verführt worden zu sein – nie hätten sie sich träumen lassen, dass es in Wirklichkeit ein Schotte gewesen war – und sie fürchterlich heruntergeputzt.

Maria hat mir versichert, dass niemand von unserem geheimen Briefwechsel während der letzten Jahre erfahren hat und auch niemand von unseren tiefen Gefühlen füreinander weiß. Noch nicht einmal ihr Bruder Antonio. (Du bist also die einzige Ausnahme!) Ihre Eltern jedenfalls schickten sie nach Rom, weit weg von dem vermuteten Liebhaber in Florenz, unter die Obhut einer verwitweten Tante.

Für uns war das eine glückliche Fügung. Mein Schiff lag nicht allzu weit entfernt im Trockendock, und Maria schaffte es, der Fuchtel ihrer Tante zu entkommen. Sie erklärte, sie sei mit einer Freundin zum Einkaufen verabredet. Wir trafen uns. Zwar musste Maria abends wieder nach Hause, aber ein paar Tage später gelang es uns erneut, uns einen ganzen Tag lang zu sehen. Der Vorwand? Keine Ahnung! Jedenfalls haben Maria und ich kurzerhand an diesem Tag in Rom geheiratet. Ein paar meiner Kameraden vom Schiff waren Trauzeugen, und gegen ein ordentliches Schmiergeld fanden wir ziemlich schnell einen Priester – eigentlich war es ganz einfach.

Was sagst du nun? Jetzt hast du es aus einschlägiger Quelle: Ich bin ein verheirateter Mann, Maria ist meine süße Ehefrau, und unsere Eltern können nichts mehr rückgängig machen. Natürlich hatten wir nach der Trauung nur wenige Stunden füreinander Zeit; dann musste sie zu ihrer Tante zurück, um keinen unnötigen Verdacht aufkommen zu lassen. Aber damit können wir bis zu meiner Rückkehr aus China leben. Um die Weihnachtszeit wird die ›Jervis Bay‹ nach England zurückkehren, und dann kann ich endlich Maria als meine mir rechtmäßig angetraute Ehefrau nach Glengarth bringen.

In der Zwischenzeit möchte ich dich bitten, liebste Heather, Stillschweigen zu bewahren. Dein Bruder Jamie.«

Doch das war nicht der Brief, der Heather Kopfzerbrechen bereitete. Für sie bedeutete das Vertrauen ihres Bruders eine große Verantwortung, der sie sich nicht entzog. Sie verstand einfach nicht, warum Jamie seine Eltern nicht einfach geradeheraus informierte. Sie wusste auch nicht, warum Duncan sich so viele Stunden geheimniskrämerisch im Ostturm einsperrte. Ihre Familie war schon eine merkwürdige Gesellschaft!

Eines Tages kam dann der zweite Brief. Sie erhielt Jamies Post an die Adresse ihrer Schule in Edinburgh.

Es war nicht mehr lang bis Weihnachten; das lange Halloween-Wochenende stand vor der Tür. Heather wurde plötzlich klar, dass sie trotz Jamies Bitte ihren Eltern von der heimlichen Hochzeit würde erzählen müssen. Der Brief stammte nämlich von Maria.

»Liebe Heather, ich hoffe, du nimmst es mir nicht übel, wenn ich dich so vertraut anspreche. Jamie hat mir gesagt, ich soll mich an dich wenden, wenn ich Hilfe brauche, und gab mir die Adresse deiner Schule.

Mir war nicht wohl bei dem Gedanken, direkt an deine Eltern zu schreiben und ihnen von unserer heimlichen Hochzeit im August in Rom zu erzählen. Deshalb bitte ich dich um deinen Rat. Natürlich habe ich auch an Jamie geschrieben, aber die Briefe brauchen sehr lang. Ich habe ein großes Problem, Heather, und mache mir Sorgen, weil ich schon viele Wochen nichts von Jamie gehört habe: Ich bin nämlich schwanger.

Meine Eltern ahnen bisher noch nichts, aber sie werden es sicher bald sehen können. Ganz bestimmt wird es einen großen Krach geben. Natürlich besitze ich die nötigen Papiere, die beweisen, dass wir ordnungsgemäß verheiratet sind; allerdings bin ich erst siebzehn und hätte daher die Erlaubnis meines Vaters gebraucht. Jamie und ich wussten das, wir wollten mit der Enthüllung warten, bis ich volljährig bin. Bis dahin kann mein Vater die Ehe annullieren lassen – was er sicherlich tun wird, wenn er es herausfindet, und zwar nicht nur, weil Jamie nicht römisch-katholisch ist wie ich. Mein Vater hat sehr viel Einfluss und gehört der Regierung Benito Mussolinis an. Ich habe große Angst, dass er Jamie verhaften lässt, sobald sein Schiff hier in Italien anlegt.

Um mich selbst mache ich mir weniger Sorgen; dafür habe ich große Angst um Jamie und um unser Baby. Ich bin sicher, dass mich meine Eltern in ein Kloster sperren werden. Schließlich habe ich Schande über die Familie gebracht. Von unserer Liebe wollen sie sicherlich nichts wissen, obwohl Jamie und ich es geschafft haben, unsere tiefe Zuneigung trotz der dreijährigen Trennung stark und fest zu erhalten.

Aber ich habe auch Angst, dass deine Eltern mich nicht akzeptieren, weil ich nicht richtig gehandelt habe: Ich habe heimlich ihren Sohn geheiratet, der nicht meiner Religion angehört, ich habe ihn nach Italien gelockt und zudem hat meine Familie enge Verbindungen zu einem faschistischen Regime, das im demokratischen England nicht akzeptiert wird. Was soll ich tun, Heather? Wie soll ich mich verhalten? Ich werde deinen Rat abwarten, ehe ich mich meinen oder deinen Eltern anvertraue. Schreib mir bald, bitte!

Obwohl wir uns noch nie begegnet sind, breite ich heute mein ganzes Unglück vor dir aus, denn du, meine unbekannte Schwägerin in Schottland, bist die Einzige, der ich mich anvertrauen kann. Dabei sollte ich um des Babys willen eigentlich sehr glücklich sein. Ganz liebe Grüße, Maria Roskillen.«

*

Das folgende Wochenende war Halloween. Alle tobten sich aus, sammelten Süßigkeiten und hatten Spaß. Die Einzigen, die nicht mitmachten, waren Duncan und Heather.

Dabei sah es Heather gar nicht ähnlich, sich von solchen Vergnügungen auszuschließen. Annie fürchtete schon, das Mädchen hätte sich irgendwo die Grippe oder eine Erkältung eingefangen. Aber schließlich beruhigte sie sich. Ihre Tochter war jetzt in dem schwierigen Alter, in dem die Hormone verrückt spielten.

Was Duncan anging, so war er nie anders gewesen – selbst als ganz junger Knabe nicht. Duncans Emotionen hatten immer verrückt gespielt. Und dass er ein Einzelgänger war, hatte sich nach seinem Abenteuer in Katalonien noch deutlicher herauskristallisiert. Annie ließ ihn meistens in Ruhe. Sie hoffte allerdings inständig, dass er, nachdem er endlich vollständig genesen war, nicht wieder auf die Idee kam, sich der Sache der Republikaner in Spanien anzuschließen.

Sie hatte sich bei Heather erkundigt, was Duncan den lieben langen Tag im Ostturm trieb, wenn er sich dort einschloss; Heather hatte etwas ausweichend geantwortet, ihr Bruder wolle Anwalt werden und sich in den alten Büchern kundig machen. Als Annie Rory davon erzählte, freute er sich.

»Gut, dass er endlich etwas Vernünftiges gefunden hat. Das würde ich ihm gern selbst sagen. Und wenn er sich berufen fühlt, in Glasgow oder Edinburgh Jura zu studieren, werde ich ihn gern mit allen Mitteln unterstützen. Nur zündeln sollte er nicht mehr!«

»Ha, ha, sehr lustig!«, gab Annie zurück.

Heather machte sich auf die Suche nach ihrem älteren Bruder. Sie wusste, wo sie ihn finden würde. Sie klopfte an die Tür der Gruft über der Waffenkammer. Die schweren, eisenbeschlagenen Türen gingen von einer gewundenen Steintreppe ab, die vom Familienflügel in den Turm führte. Zunächst kam keine Antwort, doch Heather wusste, dass Duncan da sein musste. Durch die Risse in der alten Eichentür drang Licht.

»Duncan, ich bin's ... Heather. Ich muss dich unbedingt etwas fragen. Es ist sehr wichtig, aber ich weiß nicht, was ich tun soll.«

Als schließlich die Riegel zurückgeschoben wurden, seufzte sie erleichtert auf. Heather mochte den Turm nicht. Er war düster, gespenstisch und voller Spinnweben. Allein und zitternd auf dem kalten Treppenabsatz zu stehen, kam ihrer Meinung nach durchaus einer mittelalterlichen Folterung gleich.

»Was willst du?« Duncan war absolut nicht begeistert über den Besuch. Sein grimmiges Gesicht sprach Bände.

»Ich habe hier zwei Briefe. Könntest du sie bitte lesen und mir dann sagen, was ich tun soll?«

»Warum fragst du nicht Mutter oder Vater?«

»Sie sollen nichts davon erfahren. Der eine Brief ist von Jamie.«

Duncan trat einen Schritt zurück und ließ sie eintreten. Dann schloss er die schwere Tür. Obwohl Heather schon früher in dem Gewölbe gewesen war, spürte sie eine Gänsehaut im Rücken. Es roch muffig nach Schimmel und Fledermäusen. In der Mitte des fast kreisrunden Raums stand wie ein Altar ein mächtiger Steinsarg. Der Familienlegende nach handelte es sich um die letzte Ruhestätte des ersten Beauly. Auf dem Grab lag ein großes, rotes Fransentuch. Der Seidenstoff war verblichen und morsch vor Feuchtigkeit und Alter.

Duncan benutzte den Sarkophag als Schreibtisch. Unter dem gigantischen Deckstein lagen Staub und Gebeine eines wagemutigen Mannes; dennoch hatte Duncan die Stirn, ihn als Ablage für Bücher und Notizen zu gebrauchen. Ein Stuhl neben dem Grabmal diente ihm als Sitzplatz und rings im Raum sorgten flackernde Altarkerzen in alten Kandelabern für das nötige Licht.

Durch die Kerzen wirkte das Mausoleum des ersten Duncan womöglich noch kälter und vor allem sehr deprimierend. Auf diesem altarähnlichen Grabmal hatte Laird Lindsay vor vielen Jahren die Leiche seines tot geborenen Sohnes in einem Glasbehälter in Formaldehyd aufbewahrt und Lady Iona befohlen, Kerzen anzuzünden und um Vergebung zu beten, weil sie den letzten Erben von Glengarth verloren hatte. Annie und Rory wussten davon, hatten es ihren Kindern jedoch nie erzählt. Duncan aber hatte die Geschichte in den Familienarchiven aufgetrieben. Warum Duncan in diesem düsteren, makaber wirkenden Raum Stunde um Stunde allein verbringen wollte, entzog sich Heathers Kenntnis.

»Was machst du hier eigentlich?«

»Ich lerne.«

»Du lernst ständig. Eigentlich müsstest du längst ein Genie sein. Was genau lernst du denn?«

»Schottisches Recht, schottische Geschichte, Familiengeschichte, Sozialgeschichte, Verwaltung, Forstwirtschaft ... aber was willst du von mir, Heather?«

»Habe ich dir doch gesagt. Ich habe hier zwei Briefe, von denen die Eltern nichts wissen sollen ...«

»Ja. Der eine ist von Jamie. Und der andere?«

»Wenn du Jamies Brief liest, wirst du es wissen. Ich brauche einen Rat.«

Heather reichte ihrem Bruder Jamies Brief. Während er las, setzte sie sich auf einen Stapel Bücher; wenigstens würde auf dem Papier ihr Hinterteil nicht zu Eis erstarren!

Sie wartete und studierte dabei Duncans Gesichtsausdruck.

Wie erwartet wurde sein Grinsen von Minute zu Minute breiter.

»Dieser schlaue Fuchs! Zwei Stunden Zeit zum Flittern. Ich könnte fast wetten, dass er sie geschwängert hat. Der andere Brief ist vermutlich von der Freundin ... äh, der Ehefrau?«

»Richtig.« Heather gab ihm den anderen Brief, nach dessen Lektüre Duncan durch die Zähne pfiff. »Verdammte Scheiße! Vater und Mutter werden wahnsinnig!«

»Ich dachte mir, dass du das sagen würdest ... aber ich glaube, es ist besser, sie werden wahnsinnig, als dass ihre Eltern sie und das Baby umbringen oder Jamie ins Gefängnis stecken. Wer weiß, ob der Duce ihn nicht an die Wand stellen lässt, wenn Marias faschistischer Vater eine entsprechende Andeutung macht ...« In Heathers Augen standen Tränen.

Duncan streichelte ihre Schulter.

»Nicht weinen. Jamie hat sich wirklich wieder mal ordentlich in die Scheiße geritten, und zwar schlimmer als je zuvor. Ist dir die Unterschrift aufgefallen? Maria Roskillen! Irgendwie komisch. Aber du solltest nicht um Jamies willen weinen. Er ist ganz allein Schuld. Warum hat er ihr ein Kind gemacht, ehe irgendwer etwas von der Hochzeit wusste? Ich kenne die Italiener – in Spanien liefen genug von ihnen herum. Sie wissen eigentlich nicht, auf wessen Seite sie sich schlagen sollen; Hauptsache, es ist die Gewinnerseite und dafür scheuen sie sich auch nicht, ihr Mäntelchen nach dem Wind zu hängen. Die di Bonellis haben vermutlich nicht übel Lust, Jamie den Hals umzudrehen. Aber wenigstens hat Glengarth in der nächsten Generation einen angemesseneren Erben ...«

»Das ist kein Witz, Duncan«, sagte Heather verärgert.

»Wer macht hier Witze? Ich meine es todernst. Aus Jamie wird nie ein angemessener Laird, außerdem ist er unehelich ...«

»Mensch, fang doch nicht schon wieder damit an!« Heather stand zornig auf. »Ich bin gekommen, um dich um Rat und Hilfe zu bitten, und nicht, um irgendeine blöde Familienlegende aufgetischt zu bekommen!«

»Was glaubst du wohl, was diese beiden Briefe sind? Sie sind ein Teil dieser Familienlegende – kein Roman. Ich kann dir sagen, was du tun solltest, liebste Heather: *Gar nichts!* Lass Jamie zu Weihnachten heimkommen und sich der Sache stellen. Wenn du jetzt eingreifst, wird er glauben, du hättest nicht dicht gehalten. Wenn ich etwas sage, werden sie mir gleich wieder vorwerfen, ich sei ein Brandstifter und wolle nur meine Interessen durchsetzen, und abends werden sie im Bett liegen und vor Furcht zittern, ich könne wieder einmal zündeln ... Dabei wollte ich gar kein Feuer legen, sondern nur ein paar Leuten eine Lektion erteilen – leider kam mir ein ungünstiger Wind in die Quere ... aber egal, darum geht es jetzt nicht. Lass es einfach laufen, Hetty, dann erledigt sich alles ganz von selbst.«

»Aber was ist mit Maria? Früher oder später werden ihre Eltern doch merken, dass sie ein Kind erwartet.«

»Eher später, Kleine, eher später! Sie ist kaum im dritten Monat, und in den nächsten vier Wochen verändert sich ihre Figur noch nicht so sehr. Falls aber doch, soll sie eben weite Kleider tragen. Schreib ihr, dass sie noch niemanden einweihen soll. Wenn Jamie auf Urlaub kommt, kann er alles mit ihren Eltern klären. Schlauer wäre allerdings, er würde sie einfach entführen und als blinden Passagier an Bord mitbringen ...«

»Du bist wirklich eine große Hilfe, ich muss schon sagen!« Wütend stampfte Heather mit dem Fuß auf. »Mach mir diese Riesentür auf! Ich wünschte, ich hätte dich gar nicht erst gefragt. Eigentlich hätte ich mir denken können, dass du Jamie oder mir nicht helfen würdest. Du bist immer nur eifersüchtig auf ihn – ich kann es manchmal nicht ertragen, dir zuzuhören!«

Duncan lächelte spöttisch.

»Reg dich nicht so auf, kleine Hetty. Ich habe dir nur einen Rat gegeben, und demnach solltest du im Augenblick keine Aussprache herbeiführen – mit wem auch immer. Allerdings solltest du Maria schreiben und sie beruhigen. Sag ihr, wir sind ganz auf ihrer Seite und wir halten auf jeden Fall dicht! Warne sie davor, ihre Eltern einzuweihen. Wenn Jamie heimkommt, löst sich alles in Wohlgefallen auf, das verspreche ich dir.«

Heather sah ihren Bruder mit schmalen Augen an.

»Aber du drehst die Dinge doch nicht wieder so, dass es dir in den Kram passt, Duncan?«

»Nein, warum sollte ich das tun? Ich habe mich verändert, Hetty ... So, und jetzt ab mit dir! Verkleide dich als Kürbis für den Kostümball heute Abend. Ich habe noch zu arbeiten und kann deshalb nicht am Hexentreiben unserer großzügigen Gönnerin Countess Lizzie teilnehmen. Eines Tages wird Glengarth nicht mehr von ihr anhängig sein, das verspreche ich«, setzte er grimmig hinzu.

Duncan scheuchte Heather aus dem Gewölbe. Ihre Schritte hallten im steilen Treppenhaus wider. Er verriegelte die Tür und setzte sich an seinen makaberen Schreibtisch. Vor ihm lagen die Briefe von Jamie und Maria, die Heather in ihrer Hast vergessen hatte, wieder einzufordern.

Grinsend griff Duncan nach einem dicken Buch: »Rechtsfragen für jedermann«, und schlug das Kapitel Erbrecht auf.

»Nach der Änderung des Erbrechts im Jahr 1926, die im Januar 1927 in Kraft trat, kann ein unehelich geborenes Kind nachträglich als legitim anerkannt werden, wenn seine Eltern heiraten. Voraussetzung ist, dass zur Zeit der Geburt des Kindes keiner der beiden Elternteile mit einer dritten Person verheiratet war ...«

Mist!, dachte Duncan, damit könnte Jamie ja wirklich als legitim gelten.

Aber so ganz klar war die Sachlage nicht. Einerseits war Jamie vor 1926 geboren; das Gesetz hatte damals noch keine Gültigkeit gehabt. Andererseits hatte Rory Jamie anlässlich seiner Eheschließung mit Annie Gowrie im Jahr 1918 rechtmäßig adoptiert und als seinen Sohn anerkannt. Trotzdem war und blieb Jamie ein Bastard und hatte damit kein Anrecht auf Glengarth.

Doch galt das Gesetz nur in Schottland, oder auch in England und Wales?

Mal sehen!

Duncan wandte sich einem anderen Buch zu, das ihm für seine Zwecke aufschlussreicher erschien.

»Der Zeitpunkt, von dem an ein nachträglich als ehelich anerkanntes Kind seine Rechte als legitimer Erbe einfordern kann, ist entweder das Datum der Eheschließung der Eltern oder der Tag der Gesetzesänderung. Ausschlag gebend ist das später eingetretene Ereignis ...«

Na gut.

Zum wohl hundertsten Mal konsultierte Duncan den Familienstammbaum, verglich Daten und Orte und kaute dabei gedankenverloren an seinem Bleistift.

Jamie war 1914 geboren, und zwar unehelich, weil Annie und Lindsay kein Ehepaar waren. Rory und Annie heirateten 1918. Gleichzeitig wurde Jamie offiziell von Rory adoptiert und damit als ehelich anerkannt. Das Gesetz zur Änderung des Erbrechts entstand 1926 und trat 1927 in Kraft. Bis zu diesem Zeitpunkt musste Jamie also noch als unehelich gelten. Zwar hatten Duncan und Jamie die gleiche Mutter, aber verschiedene Väter. Wie mochte das alles in die Familiengeschichte passen?

Verflixt, dachte Duncan, das ist ja schrecklich kompliziert! Es musste doch etwas geben, dass die Sachlage eindeutig klärte.

Doch dann fand er einen weiteren Passus, der dem bisher Gelesenen widersprach.

»Die Ansprüche eines Halbbürtigen stehen hinter denen eines Vollbürtigen gleichen Grades zurück ...«

»Aye! Das ist es!«

Triumphierend klappte Duncan die Bücher zu.

»Jetzt habe ich dich an den Hammelbeinen, Jamie, altes Haus!«

31. Kapitel

Die Feiertage standen vor der Tür. Wieder einmal wimmelte das Schloss vor reichen und berühmten Gästen, vom indischen Maharadscha bis zum Hollywoodstar. Alle versuchten, dem Lebensstil eines echt schottischen Lairds und seiner Lady nachzueifern. Dabei sah sich Annie durchaus nicht als Lady, sondern als hart arbeitende Hausfrau. Glengarth lief schließlich nicht von allein; hinter der glamourösen Fassade waren große Kraftakte erforderlich.

Wie groß jedoch war Annies Freude, als ein Telegramm aus Gibraltar von der »HMS Jervis Bay« ankam. »Sind auf dem Heimweg. Bis Weihnachten! Gruß, Jamie.«

Rory zeigte eine leichte Melancholie. Allerdings war nicht Jamie der Grund dafür, sondern die Weigerung von Rorys indischer Halbschwester Sula, ihren schottischen Verwandten einen Besuch abzustatten. Der Himmel in Schottland sei ihr zu trüb und zu grau, schrieb sie.

»Ich wünsche mir so sehr, sie würde uns einmal besuchen kommen«, sagte er.

»Warum fährst du nicht einfach stattdessen nach Indien und besuchst *sie*?«

»Wie bitte? Die lange Reise nach Baharabad und zurück? Die Zeit kann ich einfach nicht aufbringen. Nicht jetzt, wo Lizzies Luftfahrtgesellschaft kurz vor der Feuertaufe ist. Immerhin habe ich einen gewichtigen Anteil daran. Ehre wem Ehre gebührt.«

»Na ja, aber deine Freunde waren auch daran beteiligt«, lächelte Annie.

»Sogar sehr! Wie ich schon immer sagte, Liebste: Es kommt nicht darauf an, was man weiß, sondern wen man kennt. Meine Verbindungen haben sich immer ausgezahlt. Ob es nun schottische Freunde wie die Jedburghs aus Stirling sind, oder meine englischen Bekanntschaften – ich hatte immer Leute, auf die ich mich verlassen konnte, wenn ich sie brauchte. Ihnen habe ich zum Beispiel auch meinen Erfolg mit dem Glengarth Whisky zu verdanken.«

»Den du ihnen gleich fassweise zukommen lässt!«

»Wie sonst sollte ich Geschäfte machen, Annie?«, neckte er sie.

»Nun, zum Beispiel mit deiner Idee, Glengarth auf außergewöhnliche und sehr moderne Weise zu nutzen. Du hast es mit deiner unnachahmlichen Art geschafft, Glengarth wieder auf die Beine zu stellen. Trotzdem: Die Familie geht vor. Deine Schwester Sula kommt allmählich in die Jahre. Ich finde, du schuldest ihr einen Besuch, ehe es zu spät für euch beide ist. Nächstenliebe beginnt vor der eigenen Tür, weißt du!«

»Ich bin nicht zäh genug für eine so lange Reise.«

»Faule Ausrede! Wie wäre es mit einer Flugreise? Du bist immer nur dann zäh genug, wenn es dir in den Kram passt, Mylaird!«

»Ein Flug mit Lizzies Gesellschaft? Fliegen Sie mit DAL! Was meinst du, was Sula zu dem Logo sagen würde? In Indien ist Dal nämlich ein Linsengericht, das man zu scharfem Fleisch serviert. Als Kind war ich ganz wild darauf. Am liebsten mochte ich es mit Zwiebeln, Chilischoten und Gewürzen, wie es unser alter Koch in Baharabad zubereitete.«

»Wie sind wir jetzt auf diese kulinarische Nostalgiereise gekommen?«, fragte Annie verwirrt.

»Keine Ahnung. Wir hatten davon gesprochen, dass ich gerne die gute alte Sula wiedersehen würde. Und wenn ich alt sage, dann meine ich auch alt. Sie muss jetzt ... mein Gott, sie muss hoch in den Fünfzigern sein. Sie war ein gutes Stück älter als wir anderen.

Habe ich dir je erzählt, dass sie nach dem Tod unserer Mutter eine Art Ersatzmutter für uns wurde? Tut mir Leid, Annie, aber ich glaube, ich möchte Indien niemals wiedersehen. Es gibt da zu viele traurige Erinnerungen ... Zum Beispiel an den Sarg meiner Mutter, der auf einem riesigen Eisblock stand, damit ihr hübscher Körper nicht – sie war erst sechsunddreißig, als sie starb, eine junge Frau! – damit sie nicht verweste, ehe die Begräbnisfeierlichkeiten vorüber waren ... Diese Hitze und dieser Fäulnisgeruch ... Diese tänzelnden schwarzen Pferde, deren Köpfe mit schwarzen Federn geschmückt waren ... mein Gott, es macht mich ganz krank, an diesen schrecklichen Tag zu denken, an die Fliegen, die Hitze, den Gestank. Noch Jahre später habe ich mich in den Schlaf geweint. Und wenn ich heute daran denke, wie mein Vater mich dazu verdonnerte, nach England ›heimzureisen‹, kriege ich noch immer eine Gänsehaut! Wo ist bloß die Zeit geblieben, Annie?«

»Hauptsächlich bei Lizzie und ihren fantasievollen Projekten, Rory. Und vermutlich bei der Abzahlung von Glengarths Schulden«, murmelte Annie mit über die Handarbeit gebeugtem Kopf.

»Wenn du weiter bei diesem schlechten Licht arbeitest, wirst du bald so kurzsichtig wie ich«, mahnte Rory.

Annie nickte, steckte die Nadel in den Stramin und ließ die Arbeit ruhen.

»Was soll Ackker dir zum Nachtessen bringen? Käse aus Glengarth mit Gürkchen und Hausmacher-Schinken? Oder vielleicht ein Wild-Sandwich?«

Annie streckte die müden Arme zur Decke aus. Sie sehnte sich nach einem Bad, ehe sie zu Bett ging.

Rory drehte an den Knöpfen des Radios und sagte plötzlich:

»Hör mal, Annie, die Nachrichten! Ich hatte heute Nachmittag schon davon gehört, aber nicht richtig darauf geachtet und später vergessen. Es geht um unseren König Edward ...«

Annie setzte sich wieder und hörte zu.

»Hier ist Windsor Castle. Seine königliche Hoheit, Prinz Edward ...«

Zu Beginn der Rede von Edward hörte man einen lauten Knall. Man konnte sich fast vorstellen, es sei eine Tür gewesen, die in Windsor Castle zugeschlagen wurde – wahrscheinlich, weil die königliche Familie nicht richtig fand, was Edward der Nation zu sagen hatte. Erst am folgenden Tag berichteten die Zeitungen, dass der Prinz versehentlich gegen ein Tischbein getreten hatte, als er zum Mikrofon ging.

»Endlich fühle ich mich in der Lage, einige Worte zu meiner eigenen Situation zu sprechen ... Ich kann die schwere Last der Verantwortung nicht auf mich nehmen ... ohne die Hilfe und Unterstützung der Frau, die ich liebe ... Ab sofort verzichte ich auf alle öffentlichen Ämter und lege die Last nieder ...

Wir haben einen neuen König ... Gott schütze Sie und Gott schütze den König.«

Annie und Rory saßen wie vom Donner gerührt und versuchten den Schlag zu verstehen, der das ganze Land getroffen hatte. In diesem Augenblick wurde die Tür zu den Privaträumen hoch über dem Minch aufgerissen, und Kinder, Gäste und sogar einige Bedienstete stürmten mit Monro an der Spitze ins Zimmer.

»Haben Sie das gehört, Mylaird, Mylady? Der König ist zurückgetreten ...«

»Er hat abgedankt«, korrigierte Duncan den Butler.

»Aye, auch das noch!«

»Haben wir etwas zu befürchten?«, fragte Heather.

»Nein, natürlich nicht«, beruhigte Rory sie.

»Nein, natürlich nicht«, echote eine reiche Schottin, die jedes Jahr um die gleiche Zeit auf Glengarth zu Gast war. »Schließlich sind wir Schotten. Lasst doch die Engländer damit zu Rande kommen. Die und die Waliser. Dieser ganze Lärm um Wallis Simpson hat nichts mit uns zu tun. Für uns Schotten war er sowieso nur Edward der Zweite ...«

Susan-Jenny mischte sich ein. »Ich hoffe doch nicht, dass Amerika jetzt einen Krieg mit Großbritannien anfängt, weil der König von England mit Mrs Wallis Simpson davongelaufen ist, oder?«

Ihre Bemerkung brachte allen Anwesenden die Unsinnigkeit der Situation zu Bewusstsein. Der König hatte abgedankt – na und? Ein anderer würde ihn sehr bald ersetzen. Die Verfassung Großbritanniens war solide bis in die Wurzeln. Die Regierung des Landes stand so sicher wie der Felsen von Gibraltar – der ebenfalls den Briten gehörte. Ein König in der langen Reihe britischer Monarchen war sozusagen gestorben, na und? Lang lebe der nächste König.

»Wie wäre es mit ein paar belegten Broten, Monro?«, sagte Rory. »Ich gebe eine Runde Drinks aus. Je eher die britische Monarchie merkt, was sie uns Schotten angetan hat, umso besser. Die Abdankung ist ein Grund zur Freude, nicht zur Trauer. Was meinst du dazu, Duncan?«

»Zumindest so lange es keinen Bürgerkrieg der Königstreuen gegen die Republikaner gibt wie zu Cromwells Zeiten.«

»Das glaube ich kaum«, sagte Rory. »Und selbst wenn es dazu käme, hätten die Royalisten vermutlich keine Chance gegen dich als Anführer der Republikaner.«

»Dazu käme es nicht, Vater. Ich stünde bestimmt an der Spitze der royalistischen Bewegung. Die Schotten haben immer für die Sache der Legitimen gegen die Bastarde gekämpft. Erinnerst du dich vielleicht an Maria Stuart, die Königin der Schotten? Sie hat sich gegen Elisabeth die Erste zur Wehr gesetzt, die das als illegitime Kind eines lasterhaften Vaters und ihrer armseligen, letztendlich enthaupteten, Mutter Anna Boleyn war. Oh ja, ich wäre Royalist, Vater. Und ich würde für deine Sache kämpfen!«

Typisch Duncan, dachte Heather. Sie konnte der Versuchung nicht widerstehen, sich ein wenig spöttisch bei ihm zu erkundigen: »Wie kommt es dann, dass du im spanischen Bürgerkrieg auf Seiten der Republikaner gekämpft hast? Dieser Krieg hatte absolut nichts mit uns zu tun.«

»Weil er die einzige Alternative zu einem weltweit verbreiteten Faschismus war, liebste Schwester«, kam Duncans prompte Antwort, »und zwar ein Faschismus in der Art von Mussolini oder

Hitler: rechte Ideologie, gepaart mit Militarismus und autoritärer Führung, die sich jeder Demokratie und jedem Liberalismus widersetzt.«

Auch Andrew und Bruce ärgerten sich über Duncan, der wieder einmal die Aufmerksamkeit der Eltern auf sich und seinen ewigen Streit mit Jamie gelenkt hatte. Sie konnten sein ewiges Herumreiten auf dem Erbrecht beim besten Willen nicht mehr hören. Jamie war meilenweit entfernt auf See; trotzdem schien Duncan unter dem inneren Zwang zu stehen, immer wieder Gründe dafür anzuführen, warum er selbst der nächste Laird von Glengarth werden musste – und das, obwohl sich ihr Vater bester Gesundheit erfreute.

Duncan war wie besessen von der Idee des legitimen Erben!

»Halt den Mund!«, schnauzten Andrew und Bruce den älteren Bruder an. Susan-Jenny, die inzwischen ganz und gar in Ellys Rolle als weibliches Faktotum geschlüpft war, versuchte die Wogen zu glätten.

»Möchtet ihr lieber mit uns zusammen den Rest der Sendung verfolgen, oder zieht ihr es vor, allein zu sein?«, fragte sie an Rory und Annie gewandt.

Noch ehe Annie den Mund öffnen konnte, antwortete Rory, der genau wusste, wie sehr sich seine Frau nach einem Bad sehnte: »Annie und ich wären gern allein.«

Die reiche Schottin verzog das Gesicht. »Sollten wir im Augenblick einer nationalen Krise denn nicht alle zusammenstehen?«

»Wir können die Sendung im Aufenthaltsraum weiter verfolgen«, erwiderte Susan-Jenny. »Für den späteren Abend ist noch ein offizielles Bulletin angekündigt. Monro wird uns mit Butterbroten und heißer Milch versorgen – vielleicht lässt er sich sogar zu Kakao erweichen. Und die Kleineren dürfen heute ausnahmsweise einmal länger aufbleiben!«

Die Tür schloss sich hinter ihnen und Rory seufzte erleichtert auf, während er ein Glas mit seinem Lieblings-Lebenselixier füllte.

»Wo wären wir nur ohne Susan-Jenny?«

»Und wo wäre sie ohne uns?«, stellte Annie die Gegenfrage. Sie war Rory und Susan-Jenny unendlich dankbar, dass sie die Meute aus ihren Privaträumen bugsiert hatten.

»Vielleicht hätte sie sich in der Anstalt längst die Pulsadern aufgeschnitten. Genau wie Elly.«

»Vermutlich!«

»Ist die Geschichte dabei, sich zu wiederholen, Annie? Du kannst doch in die Zukunft sehen – sag es mir, meine grünäugige Meerjungfrau!«

»Guten Gewissens kann ich nur eine Voraussage machen: Du wirst gleich ziemlich blau sein und morgen einen ordentlichen Kater haben.«

»Ich wünsche dir ein angenehmes Bad«, grinste er und fügte hinzu: »Habe ich dir je gesagt, wie sehr ich dich liebe?«

»Aye. Wahrscheinlich sagt das auch Edward der Achte von England und der Zweite von Schottland gerade heute Abend zu seiner amerikanischen Geliebten. Dass er sie sehr liebt und ihretwegen den Thron aufgegeben hat. Er sollte sich schämen!«

»Wieso das denn?«

»Weil er nicht genug Mumm hat, seine Pflicht gegenüber seinem Volk und seinem Land zu erfüllen. Liebe ist schön und wichtig, Rory. Aber auch wenn König Edward sich in einem Zwiespalt der Gefühle befand: Ein wirklicher Mann hätte sich für sein Land und seine Gewissenspflicht entschieden, so wie du es trotz aller Widrigkeiten immer getan hast. Ich weiß sehr wohl, wie sehr du dich manchmal von den täglichen Verpflichtungen hier in Glengarth eingezwängt und unter Druck gesetzt gefühlt hast. Trotzdem hast du dich den Anforderungen gestellt, wie der König es hätte tun müssen.«

»Aber er ist verliebt, Annie. Er hat den Thron für die Frau aufgegeben, die er liebt.«

»Aye! Aber wie mag er Wallis Simpson vorkommen? Entschuldige, aber ich glaube, wir können alle froh sein, dass wir diesen Waschlappen los sind. Er hat eben kein Rückgrat. Ich wünsche ihm und seiner Amerikanerin viel Glück, hoffe aber, dass der nächste König mehr Mumm hat ... und habe ich dir je gesagt, wie sehr ich dich um deiner schönen, hellen Augen willen geliebt habe?« Schnell schloss sie die Tür hinter sich. Sein Lächeln nahm sie nicht mehr wahr.

Rory schenkte sich noch ein Glas ein und zitierte für sich allein eine Strophe des Lieblingsgedichtes seines Vaters von Robert Burns:

»Wenn dich die Nachbarn ärgern und viel stören
Und du magst ihr Gezänke nicht mehr hören,
Wie leicht kann Whisky doch den Streit beheben;
Es spart den Anwalt, wenn das Glas wir heben ...«

Zwei Tage nach der Abdankungsrede des noch ungekrönten Königs Edward, der nur 325 Tage regiert hatte, wurde am 12. Dezember sein jüngerer Bruder George, Duke of York, zum König proklamiert. Am gleichen Tag sollte Jamies Schiff in Rosyth eintreffen.

»Ja!«, jubelte Duncan.

Wieder einmal saß er allein im kalten Ostturm. Er ballte eine triumphierende Faust.

»Ja, ja, ja!«

Das Kapitel Edward der Zweite von Schottland konnte man als erledigt ansehen, und alles wegen der Liebe zu einer Ausländerin – zumindest war das die Ansicht von Stanley Baldwin.

Duncan war trotz des großen Altersunterschiedes seit seiner Kindheit mit Mr Baldwin befreundet. Wenn sie gemeinsam durch die Moore um Glengarth streiften, unterhielten sie sich häufig über Politik.

»Pass bloß auf, Jamie!«, sagte Duncan zu einem Foto seines Halbbruders in Marineuniform, das er neben den Bildern aller anderen Familienmitglieder auf dem Sarkophag aufgestellt hatte.

»Die Liebe zu einer Frau, Jamie!« Duncan blickte das Schwarzweißfoto an. »Sie bringt sogar den englischen König zu Fall. Deine kleine Faschisten-Maria ist Ausländerin. Sie passt hier nicht hin, ebenso wenig wie du in ihr Land passt. Sieh dich also vor! Ich habe dich in der Hand und ich werde dich gnadenlos zermalmen, wenn du mir das Recht auf Glengarth absprichst. Ich habe alle Beweise, dass das Schloss mir zusteht!«

Jemand polterte von außen laut und heftig gegen die Tür. Andrew und Bruce standen auf der Schwelle.

»Was ist?«, fuhr Duncan die beiden unwirsch an.

»Wir haben auf der Klippe draußen ein Lagerfeuer gemacht und grillen unser Fleisch zum Abendessen. Lizzie hatte die Idee. Sie nennt es Barbecue. Zwar friert es Stein und Bein, aber wenn man nah ans Feuer geht, ist es ganz toll ... Wir dachten, du hättest vielleicht Lust mitzumachen. Gegrillte Wildsteaks, Duncan, und gebackene Kartoffeln und ...«

»Macht es aus!«

»Was?«

»Macht es aus, verdammt noch mal!«

»Wir dachten, es würde dir vielleicht Spaß machen ...«, sagte Andrew kleinlaut, und Bruce fügte hinzu »Du hast doch immer gern mit Feuer zu tun gehabt, und ...« Unversehens fing er sich eine Ohrfeige ein. Duncan war nicht in der Stimmung, lange zu reden. »Ihr sollt es ausmachen, habe ich gesagt!«

»Aber warum denn?«

»Weil ein Feuer auf der Klippe alle vorüber fahrenden Schiffe irritiert, ihr Spinner. Sie kommen näher, weil sie es für einen Leuchtturm oder ein Leitfeuer in sichere Gewässer halten. Ihr wisst, wie viele Felsen hier in Küstennähe sind. Und jetzt geht und löscht dieses verdammte Lagerfeuer!«

»Und warum hast du dann als Junge dauernd Feuer gemacht? Und hier im Turm brennt doch auch Licht ...« Dieses Mal bekam Andrew die Ohrfeige.

»Das hier ist ein Ostturm, ihr Trottel. Aber das Vorgebirge geht nach Westen hinaus, in Richtung Skye und der anderen Inseln. Ich habe immer darauf geachtet, dass meine Feuer nicht von See aus gesehen werden konnten.«

»Wen willst du denn mit deinem Licht anlocken, Duncan?«, höhnten Andrew und Bruce, die es leid waren, von ihrem Bruder immer so geringschätzig behandelt zu werden.

»Haut ab, ihr Trottel. Und macht das Feuer aus, ehe ein Unglück geschieht. Wisst ihr eigentlich, dass von dort oben aus Laird Lindsay in den Tod gestürzt ist? Ihr habt dort oben nichts verloren. Und außerdem macht ihr euch mit dem Feuer strafbar. Bewusstes Herbeiführen von Schiffbruch! Dafür könnt ihr ins Kittchen wandern!«

Duncan schüttelte den Kopf über seine jüngeren Brüder. Die beiden trollten sich eiligst. Duncan hatte ihnen mit der Gefängnisdrohung eine Heidenangst eingejagt. Dabei hatten sie sich das von Countess Lizzie angeregte Barbecue so schön vorgestellt. Fast wie bei Lizzie zu Hause in Texas, nur dass sie dort Rindersteaks statt Wild grillten.

»Papperlapapp, meine Süßen«, sagte Lizzie draußen auf der Klippe zu den um sie versammelten Kindern. »Vergesst Duncan. Er ist ein Spielverderber! Aber hier ist eure liebe Tante Lizzie mit Steaks und Grillkartoffeln und so vielen Weihnachtsgeschenken, dass ihr noch morgen früh auspackt, wenn das Christkind schon längst schläft. Heute ist Zahltag. Ihr kriegt eure Schecks und euer Schulgeld. Bald muss ich wieder weg, Geld verdienen, damit es mit Glengarth weiter bergauf geht, und eigentlich ist es auch lausig kalt hier, aber trotzdem glaube ich, dass es keinen schöneren Platz auf der Welt gibt. Nur fliegen ist noch schöner, ganz hoch da oben, wo meine Luftschiffe zwischen London und New York verkehren. Also lasst uns die Gläser erheben auf die DAL, und nicht zu vergessen das Wasserkraftwerk von Drumbarry, das ich natürlich ebenfalls ins Leben gerufen habe ... Kommt, wir singen ein Weihnachtslied!«

Heather zückte bereits die Flöte, als es plötzlich zischte und das

Lagerfeuer in einer stinkenden Qualmwolke in sich zusammensank. Susan-Jenny hatte mit Andrew und Bruce mehrere Eimer Schnee gesammelt und sie über die Flammen gekippt.

Die wie ein Eskimo eingemummelte Lizzie blickte ihre Schwester erstaunt an. Während sie die trotz ihrer Fellhandschuhe eiskalten Hände aneinander rieb, fragte sie mit von der Kapuze halb erstickter Stimme: »Verdammt, Süße, warum hast du das getan? Wir wollten gerade so richtig schön Weihnachten feiern!«

»Es ist verboten, Lizzie!«

»Wer sagt das?«

»Duncan.«

»Rory Duncan?«

»Nein, Duncan, sein Sohn. Er will Rechtsanwalt werden und weiß, wovon er spricht.«

Bruce tauchte hinter Susan-Jenny auf.

»Er sagt, dass ein Feuer auf dem Vorgebirge Schiffe anlocken könnte. Wenn sie an den Felsen zerschellen, kommen wir alle ins Gefängnis. Und außerdem ist hier Onkel Lindsay abgestützt.«

»Abgestürzt!«, korrigierte Andrew seinen Bruder.

»Aber jetzt ist es doch nun einmal angezündet!«, wandte Lizzie ein. »Die Flammen sollen uns befreien, wie damals bei den alten Ammonitern ...«

»Aha!«, bemerkte Susan-Jenny spöttisch.

Lizzie hätte sich gern eine Zigarette angesteckt, aber ihre Finger waren so kalt, dass sie sie nicht mehr spürte.

»Ich habe Bills und Wills überredet, das Feuer anzuzünden, damit mir etwas wärmer würde. Drinnen im Haus ist es genau so kalt wie draußen. Die beiden sagen ja nie etwas. Ich dachte, ich könnte mich an einem eigenen Feuer ein wenig aufwärmen. Na, egal. Kinder, es ist Zeit, dass Tante Lizzie nach Amerika zurückkehrt. Nach Texas, um genau zu sein. Lassen wir Papa und Mama allein in ihrem alten Schloss frieren. Gute Nacht, Kinder.«

»Muss Susan-Jenny mit dir zurück nach Texas?«, erkundigte sich Heather.

»Nein, Süße. Susan-Jenny ist erwachsen; sie kann selbst entscheiden.«

Lizzie kuschelte sich noch tiefer in ihren Pelz und ging zurück zum Schloss. Es war bitterkalt – so kalt, dass sie den Eindruck hatte, ihr Körper würde kaum noch funktionieren. Trotzdem wollte sie sich nicht geschlagen geben, auch wenn alle Warnsignale ihr zu verstehen gaben, dass es höchste Zeit war, loszulassen.

Lizzie hatte genug. Genug von Schottland, genug von Glengarth, genug von allem. Sie wünschte sich nichts sehnlicher, als heimzufahren und sich unter einem dunkelblauen Himmel sorglos am Swimmingpool zu aalen. In diesen eisigen Breiten schaffte sie es nicht einmal, eine Zigarette anzuzünden. Sie versuchte es erneut. Welch unerhörte Anstrengung! Es war doch nur eine Zigarette! Lizzie schwankte und fiel. Ein entsetzlicher Schmerz breitete sich in ihrer Brust aus, ein Schmerz, wie sie noch nie einen erlebt hatte. Er erstickte sie, umklammerte sie, würgte sie, strahlte bis in den Kiefer aus – er war überall in ihrem Körper.

Sie merkte noch, dass jemand sie aufhob und zum Schloss hinübertrug. Dann verlor Lizzie das Bewusstsein ...

Kurze Zeit später stellte Dr. Ben Buckie Lizzies Tod fest. Sie hatte einen schweren Herzanfall erlitten, der vielleicht sogar auf die für eine Texanerin ungewohnte Kälte zurückzuführen war.

32. Kapitel

Es war ein bedrückendes Weihnachtsfest auf Glengarth. Der überraschende Tod von Countess Lizzie erfüllte jedermann mit tiefer Trauer; viel mehr, als es bei Elly der Fall gewesen war. Es war schwer, sich damit abzufinden, dass die liebenswürdige, quirlige Texanerin nie mehr zurückkommen würde.

Vor allem Rory litt unter Lizzies Tod. Tagelang schloss er sich in seinem Arbeitszimmer ein. Er aß nicht und schlief kaum. Annie wusste, dass er Trost in seiner Whiskyflasche suchte, und machte sich große Sorgen.

Nachdem die erste Woche des Jahres 1937 auf diese Weise vergangen war, hielt Annie es nicht mehr aus. Eines trüben und grauen Morgens baute sie sich vor der Tür auf, tatkräftig flankiert von Susan-Jenny und Monro. Annie rüttelte an der Klinke.

»Rory, du machst jetzt sofort diese Tür auf, sonst müssen Bills und Wills sie leider einschlagen ...«

»Geh weg, Annie«, kam eine barsche Stimme von innen. »Lasst mich in Frieden!«

»Monro wartet mit deinem Frühstück!«

»Ich brauche nichts!«

Annie drehte sich zu Susan-Jenny um und zuckte hilflos die Schultern. Susan-Jenny beugte sich zum Schlüsselloch hinunter und sagte:

»Rory, ich finde, du bist ganz schön selbstsüchtig! Lizzie war meine Schwester und letzte Verwandte. Ich hatte sie sehr lieb.

Heute wird sie begraben. Jetzt komm endlich da raus und zieh dich ihr zu Ehren anständig an – oder wolltest du als versoffener Penner enden wie Tally? Ich schäme mich für dich, Mylaird, genau wie deine Frau und deine Kinder. Nie hätten wir gedacht, dass du dich so sehr vor einer Verantwortung drücken könntest!«

Susan-Jenny machte Monro ein Zeichen, das Tablett auf der kalten Türschwelle abzustellen. Annie hielt beide Daumen hoch.

»Ackker hat deinen schwarzen Anzug gebügelt, Rory«, sagte Annie zu der verschlossenen Tür. »Der Trauerzug wird in zwei Stunden vom inneren Hof zur Kapelle starten. Um Punkt elf Uhr ist es so weit. Wir erwarten dich dort. Die Countess hätte sich gewünscht, dass du sie persönlich begleitest – hörst du? *Persönlich!*«

Annie, Susan-Jenny und Monro überquerten den Hof und suchten Zuflucht in der Wärme der Schlossküche, wo sie auf Ackker trafen, der es sich bei Mrs Foxton und den Mädchen gutgehen ließ.

»Er braucht gleich heißes Wasser für die Rasur. Wahrscheinlich werden Sie eine Schere benötigen; immerhin hat er sich eine Woche weder rasiert noch sich vermutlich die Zähne geputzt.«

»Sicher, Mylady Anne«, grinste Ackker. Mehr denn je glich er einem frechen Gnom, fuhr es Annie durch den Kopf.

Annie zog sich in ihre Privaträume zurück, um sich umzuziehen und dafür zu sorgen, dass sich auch die restliche Familie bereit machte, Lizzie die letzte Ehre zu erweisen. Nach allem, was Lizzie für Glengarth getan hatte, schuldete Rory ihr zumindest den Anstand, bei ihrer Trauerfeier zu erscheinen. Falls er es aber trotz allen Bittens nicht tun würde, so schwor sich Annie, dann wüsste sie, was zu tun war.

Der Trauerzug formierte sich im inneren Hof. Vier mit schwarzen Federn geschmückte Rappen tänzelten vor dem gläsernen Katafalk. »Cameron und Cameron«, das Bestattungsinstitut aus Gairloch, das schon Laird Lindsay zur letzten Ruhe gebettet hatte, zeichnete verantwortlich für die Organisation. Lizzie hatte in ihrem Testament die Aufbahrung in einem gläsernen Sarg verfügt – um der Welt ein Lebewohl zuwinken zu können –, ehe ihr Leichnam zur Bestattung in der Familiengruft nach Texas zurückgeflogen wurde.

Natürlich hatte sie zu dem Zeitpunkt, als sie das Testament bei ihren Notaren hinterlegte, nicht gewusst, wann und wo und vor allem nicht wie plötzlich sie das Zeitliche segnen würde, aber Susan-Jenny war überzeugt, dass ihr Glengarth sicher zugesagt hätte. Immerhin hatte Lizzie Glengarth schon lange als zweite Heimat betrachtet, und Annie und der Laird hatten weder Kosten noch Mühen gescheut, Lizzies letzten Willen in die Tat umzusetzen.

Auch Susan-Jenny, die im Begriff stand, das ungeheure Familienvermögen zu erben, hatte sich alle erdenkliche Mühe gegeben. Sie hatte zusätzliche Lilien und gelbe Rosen – Lizzies Lieblingsblumen – aus Übersee einfliegen lassen, nachdem sie die Märkte in Covent Garden leer gekauft hatte.

Die Schlosskapelle hatte sich in ein Blumenmeer verwandelt. Der intensive Duft machte Annie zu schaffen. Lizzies und Roskillens sämtliche Freunde hatten sich in der Kapelle versammelt. Sie waren sowohl aus der Nähe als auch von so weit entfernten Orten wie New York und Texas gekommen. Gekrönte Häupter hatten sich ebenso wenig wie viele einfache Leute den letzten Abschied von Lizzie nehmen lassen. Eine von Lizzies bemerkenswertesten Fähigkeiten war gewesen, sich auf Menschen jeder Herkunft einstellen zu können. Und so hatten sich viele Angestellte ihrer weltweit operierenden Unternehmen, die gesamte Dienerschaft von Glengarth und viele Dorfbewohner aus Drumbarry und Gairloch in der kleinen Kapelle versammelt. Sogar Aeneas Hamilton und seine Tanten Morag und Moira waren gekommen. Sie bewohnten inzwischen ein großes Haus, das dort erbaut worden war, wo einst Forest Lodge gestanden hatte; Aeneas hatte seine neue Heimat voller Stolz »Hamilton House« genannt.

Wie weit Lizzies Einfluss in diesen Teil der Welt gereicht hatte, erkannte man erst jetzt. Die Kapelle war bis auf den letzten Platz besetzt und auch vor den Toren drängten sich Menschen, die Blumen auf den letzten Weg ihrer Wohltäterin streuen wollten.

Rory hatte sich Aeneas Hamilton gegenüber sehr großzügig gezeigt. Zusätzlich zu dem versprochenen Haus hatte er ihm hundert Acres Land zugestanden, weil die alten Grundbücher nicht mehr auffindbar waren und er den Streit zwischen den Hamiltons und den Roskillens endlich hatte beilegen wollen.

Annie hatte mit den Kindern – auch Jamie war inzwischen auf Heimaturlaub – in der Fürstenloge Platz genommen. Jamie zitterte vor Unruhe. Es schien so gut wie unmöglich, einen ungestörten Moment zu finden, in dem er seinen Eltern von der heimlichen Hochzeit mit Maria erzählen konnte.

Lizzies plötzlicher Herzinfarkt, der nicht nur auf die Kälte, sondern auch auf einen zu hohen Blutdruck, viel zu viele Zigaretten, zu viel Whisky und den niemals enden wollenden Stress zurückzuführen war, bewies einmal mehr, dass auch großer Reichtum nicht unbedingt glücklich machte.

Aber was war das überhaupt: *Glück?* Woraus bestand es? Jamie nannte die hübscheste Frau der Welt sein Eigen, die ihn ebenso sehr liebte wie sie ihn, sie könnten sich auf ein süßes Baby freuen – und dennoch stand er hier, gefangen in der Trauer seiner Eltern.

Jamie wurde von einem starken Gefühl der Klaustrophobie überwältigt. Kalter Schweiß rann ihm über die Stirn. So ähnlich hatte er sich in der Galleria di Bonelli in Florenz gefühlt. Plötzlich hatte er den Eindruck, den Tod seines eigenen Vaters vorherzusehen. Aber wie konnte das sein? Lindsay war doch noch vor seiner Geburt gestorben.

Wie es das Protokoll erforderte, stand Jamie stocksteif, mit gesenktem Kopf und vor dem Körper gefalteten Händen neben Duncan. *Glück?* Sein Glück beruhte auf dem Bewusstsein, das Richtige getan zu haben. Er hatte die einzig für ihn in Frage kommende Frau geheiratet, die ihm bald ein Kind schenken würde. Und egal, was passierte: Er würde zu Maria halten.

Gleich nach der Trauerfeier wollte er seinen Eltern alles gestehen. Das Baby war ein Grund zur Freude, nicht für Tränen. Zwar war ein Leben beendet, doch dafür würde ein anderes kommen.

Annie und Rory würden Großeltern werden, und er und Maria durften für immer zusammenbleiben. Nichts auf der Welt konnte sie mehr trennen ...

Neben Duncan stand Andrew, daneben Bruce. Auf Annies anderer Seite, wo eigentlich Rorys Platz gewesen wäre, standen die Zwillinge Dulcie und Marjorie sowie Heather, alle ganz in Schwarz.

»Wenn dein Vater nicht bald hier auftaucht, werde ich ihm das nie verzeihen«, flüsterte Annie verbittert in Jamies Ohr. »Dann kann er ...«

Heather zupfte über die Köpfe der Zwillinge hinweg Annie am Ärmel.

»Da ist der Sarg. Schade, die amerikanische Flagge bedeckt alles. Jetzt können wir gar nicht sehen, ob sie uns anschaut!«

Lizzies mit einer amerikanischen Fahne bedeckter Sarg verschwand fast unter der Last weißer Lilien und gelber Rosen. Sechs starke Männer trugen ihn.

Plötzlich stupste Dulcie die Mutter an: »Sieh mal, wer gekommen ist ...«

Doch Annie wollte sich nicht umdrehen. Ihretwegen hätte es die Königin von Saba oder der amerikanische Präsident sein können – sie war einfach nur wütend, dass Rory sie und die Kinder in einer solch prekären Situation allein ließ.

Hinter Lizzies Sarg ging Susan-Jenny, ebenfalls ganz in Schwarz gehüllt. Schwarz stand ihr gut. Im Gegensatz zu ihrer älteren Schwester liebte sie es nicht, ihren Reichtum in Prunk und Pomp zu zeigen.

Und hinter Susan-Jenny erschien Rory unter dem Torbogen der Kapelle.

»Er ist tatsächlich rasiert und nüchtern«, flüsterte Heather, »und er humpelt noch nicht einmal ...«

»Pst!«, zischten die Zwillinge ihre aufgeregte Schwester an. Annie seufzte, sie fühlte sich unendlich erleichtert.

In respektvoller Distanz zu Susan-Jenny und Rory folgten Ackker und Gamin. Gamin hatte seine Chauffeursmütze an die Brust gedrückt. Er und der Kammerdiener hatten Lizzie ebenso lang gekannt wie Rory – seit über dreißig Jahren.

Mein Gott, wie viel Zeit war vergangen! Rory bemühte sich verzweifelt, das Zittern seiner Hände und die Tränen zu unterdrücken. Hoffentlich war er in der Lage, die Rede vorzulesen, die Lizzie sich von ihm für ihr Begräbnis gewünscht hatte. Natürlich hatte keiner von beiden im Traum damit gerechnet, dass diese Situation tatsächlich eines Tages eintreten könnte – sorglos, wie man in der Jugend nun einmal war. Rory hatte immer geglaubt, er würde vor Lizzie sterben; aber Gottes Wege waren nun einmal unergründlich.

Rory atmete tief durch und setzte sich ans Ende der Bank in der Familienloge neben Heather. Als Donald Dunkeld, der Pfarrer, der in den armen Highlands mehrere Pfarreien betreute, ihm ein Zeichen machte, stand Rory auf und ging zur Kanzel.

»*Liebe Anwesende, wir sind hier vor Gott und den Menschen zusammengekommen, um das glückliche Paar* ... oh, Entschuldigung, das war der falsche Text. Den wollte ich eigentlich vortragen, wenn eins von meinen Kindern sich eines Tages verheiratet. Danach sieht es allerdings im Augenblick nicht aus, nun, da die reiche Patin für immer gegangen ist und sich nicht mehr um die Aussteuer kümmern kann. Außerdem haben meine Kinder nichts anderes im Kopf, als es Lizzie nachzutun und ihr Glück in Devanna Prairie zu versuchen ...«

Rory räusperte sich und ordnete ein paar Blätter. In der Kapelle wurde neben verwirrtem Flüstern Kichern hörbar. Annie schämte sich, dass sie Rory so falsch eingeschätzt hatte. Sehr kontrolliert und im Vollbesitz seiner fünf Sinne begann er:

»Ich muss gestehen, dass ich ebenso wie jeder andere hier von ihrem plötzlichen und unerwarteten Tod tief getroffen wurde ... Elizabeth Roebling Chanin, eine liebe Freundin unserer Familie, hat uns für immer verlassen. Doch ihr Geist wird weiterleben in Glengarth, das sie so sehr geliebt hat. Wie oft hat sie uns gestanden, dass sie die unberührten Berge der schottischen Highlands sogar dem heimatlichen Texas vorzog!

Ich durfte das Privileg genießen, seit mehr als dreißig Jahren zu Lizzies engsten Freunden zu gehören. Vor langer Zeit schon hatte sie mich gebeten, dafür zu sorgen, dass – sollte sie vor mir diese Welt verlassen – aus ihrem Begräbnis keine traurige Angelegenheit würde, sondern die Feier ihres Lebens. Lizzie versprach mir damals, im anderen Fall das Gleiche für mich zu tun.

Ihr Leben war etwas ganz Besonderes. Countess Lizzie war die erste Frau überhaupt, die den ›International Businesswoman Achievement Award‹ verliehen bekam.

Sie übernahm von ihrem Vater ein kleines Ölgeschäft, das sie zu einem weltweiten Unternehmen ausbaute. Sie gründete eine Flotte aus Luxusschiffen, die zwischen Southampton und New York verkehrten. Als letzten großen Coup rief sie eine Luftfahrtgesellschaft ins Leben, die DAL, deren Luftschiffe in direkter Konkurrenz zu ›Boeing‹ über den Atlantik fliegen. Sie hat gerade lange genug gelebt, um noch Zeugin zu werden, wie ihr Traum Wirklichkeit wurde. Lizzie gab niemals auf, und wir könnten uns alle ein Beispiel an ihr nehmen. Sie weigerte sich zu verlieren. Sie kämpfte immer in vorderster Front, immer auf der Gewinnerseite und scheute weder harte Arbeit noch völlige Hingabe an ihr Werk. Ihr unternehmerisches Gespür war fantastisch und ihr Erfolg gab ihr Recht. Lizzie wagte sich in Männerdomänen wie keine andere Frau und sie ist ... sie war ein Vorbild für alle Frauen, die sich für unfähig halten, in einer Männerwelt zu bestehen.

Wenn es anderes herum gekommen wäre, stünde sie jetzt sicher hier und würde Ihnen erzählen, dass sie meine Schulden hätte bezahlen müssen und dass ich ein Passivposten sei. Aber eines kann ich Ihnen versichern: Es ist nicht wahr. Ich bin nicht ausschließlich ein Passivposten. Fragen Sie meine Frau. Annie und Lizzie zusammen waren das beste Team, das man sich vorstellen konnte. Die eine verteilte schottische Wildbeerenmarmelade und die andere amerikanische Lottoscheine, während ich ... ich hebe meine Hände und ergebe mich ...«

John Pemberton-Fookes blickte verstohlen zum Laird auf, der da oben in der Kirchenkanzel öffentlich Beichte ablegte.

»Nach all dem Guten, was mir widerfahren ist, kann ich mich nur noch bei den wunderbaren Frauen in meinem Leben entschuldigen – einschließlich meiner Töchter, die mich oft genug daran erinnern, was für ein lausiger Kerl ich bin. Ich bin nicht nur ein lausiger Geschäftsmann, sondern auch sonst ein geradezu hoffnungsloser Fall und schäme mich nicht, das offen zuzugeben. Deshalb habe ich immer alles Lizzie und ihrem Geschäftssinn überlassen, war jedoch nie abgeneigt, Dividende zu kassieren.«

In den Reihen wurde gekichert, womit der Pfarrer bei der Vorbereitung der Trauerfeier sicher nicht gerechnet hatte. Aber diese Feier war sowieso – wie sollte er es nennen? – nicht ungebührlich, aber irgendwie ... anders!

Rory fuhr in seiner Lobrede auf Lizzie fort.

»Sie liebte Glengarth wie kein anderer unserer amerikanischen Gäste. Noch nicht einmal Charlie Chaplin kann ihr darin das Wasser reichen. Glengarth war Lizzies zweites Zuhause, und sie sah nur einen Weg, immer einen Vorwand zu haben, um nach Schottland zu kommen: Sie tat so, als hätte sie Einfluss auf den Laird und die Lady. Natürlich war es Lizzie, die mir zu Beginn unserer langen und tiefen Freundschaft einen Start ermöglichte ...«

»Ich stelle mit Freude fest«, sagte Jamie leise zu Annie, »dass er es als Freundschaft und nicht als Beziehung bezeichnet!«

»Im Zweifel für den Angeklagten«, flüsterte Annie zurück. »Über Tote soll man nichts Schlechtes sagen, und dein Vater steht immerhin auf der Kirchenkanzel: Wenn er die Unwahrheit sagt, wird Gott ihn sicher auf die eine oder andere Weise strafen.«

»Dann hoffe ich für ihn, dass er die Wahrheit sagt!«

»Doch ich habe auch meinen Teil der Abmachung von vor dreißig Jahren eingehalten: Mit Annie an meiner Seite habe ich Glengarth wieder zum Leben erweckt. Annie hat Lizzie mit weit geöffneten Armen in unserer Leben aufgenommen. Und jetzt muss ich für alle hier in dieser kleinen Kirche, die ihr aus Freundschaft zu

Lizzie gekommen seid, die Sicht der Dinge gerade rücken: Ihr seid auch unseretwegen hier. Wegen der Familie Roskillen. Denn Elizabeth Roeblin Chanin war ein echtes Familienmitglied.«

Rory machte eine Handbewegung hin zu den Gesichtern vor ihm.

»Sie hat uns erwählt. Jeder von euch, der schon einmal an einer Jagdpartie in Glengarth teilgenommen oder an unserem Tisch gegessen hat, wird wissen, warum Lizzie immer wieder zu uns kam. Weil sie willkommen war! So wie jeder der hier Anwesenden über all die Jahre hinweg in unserem Leben willkommen war. Und genau das ist es, was so unendlich wichtig ist: Liebe, Freundschaft, Verbundenheit, Treue und Lachen. Alles, was Lizzie in ihrem Leben getan hat, war eine Summe dieser Dinge und ist unter anderem der Grund, warum Annie, die Kinder und ich so tief in Lizzies Schuld stehen. Sie hat uns wieder gezeigt, wie man lacht, nachdem der Krieg so viel Schreckliches angerichtet hatte.

Wir sind Lizzie Roebling Chanin zu großem Dank verpflichtet. Sie hat uns geholfen, unsere Köpfe über Wasser zu halten, wenn es hart auf hart kam. Heute sind wir hier, um uns von einer außergewöhnlichen Lady zu verabschieden, und dabei spielt es nicht die geringste Rolle, ob sie einfach nur eine Amerikanerin vom Land oder eine dem britischen Hochadel angehörende Countess Albion of Rotherhurst war.

Und um zum Ende zu kommen, denn ich sehe, der gute alte Donald da drüben wird schon ganz ungeduldig, möchte ich – nein, heute einmal nicht mit den Trinkerliedern von Robbie Burns schließen, um meine Familie da drüben nicht in Verlegenheit zu bringen. Heute schließe ich mit den Worten William Shakespeares. Liebe Lizzie, möge deine Seele in Frieden ruhen!

Fürchte nicht mehr Sonnenglut,
Noch des Winters grimmen Hohn!
Jetzt dein irdisch Treiben ruht,
Heim gehst, nahmst den Tageslohn.

Jung Mann und Jungfrau, goldgehaart,
Zu Essenkehrers Staub geschart.
Fürcht von Fürstenzorn nicht Not,
Dich trifft kein Tyrannenstreich;
Sorge nicht um Kleid und Brot,
Eich und Bins ist dir nun gleich.
Und König, Arzt und Hochgelahrt,
Sind all zu einem Staub geschart.
Fürcht nicht mehr den Flammenblitz,
Noch den grausen Donnerschlag,
Fürcht nicht Schmähung, Tadel spitz,
Die verstummt jetzt Lust und Klag.
Jung Liebchen, Liebster, goldgehaart,
Wird so wie du, zum Staub geschart.
Kein Zauberspruch beschwör dich!
Noch Hexenkunst verstör dich!
Kein irr Gespenst umschwärm dich!
Und nie was Böses härm dich!
Ruhiges Vergehen hab,
Und geehrt sei hoch dein Grab.«[*]

*

Auf dem kleinen Flugplatz von Glasgow wurde Lizzies Glassarg in eine große, stabile Holzkiste gepackt, um sie nach Amerika zu überführen.

Susan-Jenny überwachte die Vorbereitungen. Lizzie würde ihre letzte Reise in einem ihrer eigenen Luftschiffe antreten. Allerdings musste der Sarg einmal umgeladen werden, denn es war noch immer nicht möglich, ohne Tankstopp von Glasgow nach Dallas in Texas zu fliegen. Doch der Durchbruch stand kurz bevor.

---

[*] William Shakespeare, Cymbeline, Vierter Akt, Szene II Übersetzung. D. Tietze

Rorys Interesse an der Luftfahrtgesellschaft hatte nicht nachgelassen und er war mehr denn je entschlossen, den Luftraum zwischen London und New York in der kürzestmöglichen Zeit zu erobern. »Boeing« arbeitete daran, und es gab keinen Grund, warum die DAL nicht ebenfalls die Nase vorn haben sollte.

Rory, in voller Highlander-Tracht, hielt seinen Glengarry vor der Brust wie Gamin die Chauffeursmütze. Annie und die Kinder standen mit versteinerten Gesichtern neben ihm. Feierlich wurde der gläserne Sarg mit der amerikanischen Flagge ins Luftschiff geladen. Ein Dudelsackspieler intonierte »Auld lang Syne«.

Eines Tages würde Lizzies Traum wahr werden und es würde Nonstop-Flüge von Glasgow, Edinburgh und London nach New York, Washington und Dalls geben. Und zwar nicht nur mit Luftschiffen, sondern mit wirklichen Flugzeugen. Lizzie war eine der wenigen Frauen gewesen, die es dank ihrer Visionen geschafft hatten, in einer Männergesellschaft Fuß zu fassen.

»Du darfst allerdings nicht vergessen, dass ihr Vater sehr, sehr reich war. Da ist es – ohne ihre Taten schmälern zu wollen – doch ein wenig einfacher«, erinnerte Annie ihren Mann, nachdem das Luftschiff ihren Blicken entschwunden war.

Rory wischte sich die Augen.

»Ich hätte meine Uniform tragen sollen wie Jamie.«

»Wie bitte?«

Rorys Gefühlsduselei ging Annie allmählich auf die Nerven. Er benahm sich, als sei Lizzie seine Frau gewesen und nicht nur eine Freundin und Geschäftspartnerin.

»Ach, egal!«, wich Rory aus. Wäre er in Uniform gewesen, hätte er dem Sarg die Ehrenbezeigungen erweisen können, die Jamie an seiner Stelle übernommen hatte.

»Es war fast wie im Kino«, sagte Dulcie schwärmerisch.

Annie starrte ihre Tochter irritiert an. Sie hieß die Hollywoodbesessenheit ihrer Zwillingstöchter ganz und gar nicht gut.

Marjorie kam ihrer Schwester zu Hilfe.

»Dulcie und ich haben in der Schauspielschule gerade für ein Stück über Heinrich den Achten und seine sechs Frauen vorgesprochen. Wir sind genommen worden; Dulcie spielt die Anne Boleyn und ich ihre Schwester, die vor Anne mit Heinrich liiert war und ein uneheliches Kind von ihm bekommen hat ...«

»Du lieber Himmel, und so etwas erlaubst du deinen Töchtern?«, brauste Rory im Wagen auf, der sie von Glasgow nach Glengarth zurückbrachte.

Der Einzige, der sie nicht begleitet hatte, war Duncan gewesen; er behauptete, sich nach sechs Monaten des Nichtstuns immer noch krank zu fühlen. Rory hatte seinem Sohn entgegengehalten, dass der Ostturm sicher nicht der gesündeste Ort für einen kränkelnden jungen Mann war, aber wenn Duncan es durchaus wünsche, könne man natürlich die Tür verbarrikadieren lassen, damit sich Duncan wirklich als Eremit fühlen dürfte. Regenwasser gab es mehr als genug in den Rinnen, und die eine oder andere Möwe ließe sich bestimmt erweichen, ab und an einen Fisch fallen zu lassen ... Annie hatten die Witzeleien auf Duncans Kosten ganz und gar nicht gefallen.

Jamie hatte das Gefühl, lang genug gewartet zu haben. Jetzt oder nie! Die Familie war fast vollzählig versammelt, und dass Duncan nicht anwesend war, machte ihm sein Vorhaben deutlich leichter. Nervös knetete er die Uniformmütze in den Händen.

»Ich habe euch etwas Wichtiges zu sagen. Susan-Jenny ist mit Tante Lizzies sterblichen Überresten auf dem Weg nach Amerika. Wir sollten die Gelegenheit wahrnehmen, unsere Familienstreitigkeiten beizulegen.«

»Ich stimme dir voll und ganz zu, Liebes«, sagte Annie.

»Mutter, Vater, ich möchte euch sagen, dass ich ...«

»... bald wieder auf hoher See sein werde. Mensch alter Junge, wir werden dich wirklich vermissen. Aber es ist prima, dass du es zu Tante Lizzies Beerdigung geschafft hast«, ließ sich Rory vernehmen. Er hatte den Strumpf über seiner Prothese hinuntergerollt und enthüllte einen hässlich entzündeten Beinstumpf.

»Annie, Liebste, würde es dir etwas ausmachen, dir das einmal anzusehen ...«

Sie untersuchte den Stumpf, indem sie ein wenig drückte. Ihr Finger hinterließ Abdrücke.

»Du hast dir da eine ordentliche Infektion geholt. Nichts Lebensbedrohendes, aber wenn wir zu Hause sind, sollte Ben sich das einmal ansehen. Am besten, du nimmst das Bein ab.«

Alles prustete vor Lachen. Einschließlich Rory.

»Den Trick beherrschen nicht viele Menschen, wie?«

»Waschungen mit Salzwasser und Jod müssten eigentlich genügen, um den Infekt einzudämmen«, lächelte Annie.

Der Augenblick war vorbei. Jamie konnte in einer derart bizarren Situation nicht von Maria sprechen.

»Autsch!« Er verzog das Gesicht. »Für eine Krankenschwester bist du ganz schön grausam, Mutter!«

33. Kapitel

Jamie entschloss sich, seinen Eltern einen Brief zu hinterlassen, den sie nach seiner Rückkehr auf sein Schiff finden würden. Sicher war die Lösung ein wenig feige, aber er glaubte nicht, seinen Eltern nach Lizzies plötzlichem Tod einen weiteren Schock zumuten zu können. Und ein Schock würde es werden, da war sich Jamie sicher. Er hatte seine Eheschließung gut fünf Monate geheim gehalten, inzwischen war ein Baby unterwegs und Marias Familie musste italienischen Faschistenkreisen zugerechnet werden – bei alledem wäre es kaum verwunderlich, wenn Rory als nächster Kandidat für einen Herzinfarkt in Frage käme.

Annie sorgte sich zunehmend um Rorys Gesundheit, sein steigendes Körpergewicht und seine Gicht. Tatsächlich, es war die Gicht! Es war zwar merkwürdig, dass die Krankheit einen Körperteil befiel, der eigentlich nicht mehr vorhanden war, aber Ben Buckie hatte die Entzündung an Rorys Beinstumpf als Folge eines Gichtanfalls diagnostiziert. Annie setzte Rory seither ununterbrochen zu, weniger Steaks und Wild zu essen, auf Rotwein zu verzichten und vor allen Dingen natürlich keinen Whisky mehr zu trinken.

Darauf hatte Rory wieder einmal eines der Loblieder von Robbie Burns auf den Whisky zitiert und hinzugefügt: »Wie kannst du behaupten, Annie, Whisky sei nicht gut für Körper und Seele? Immerhin heißt es im Gälischen ›Wasser des Lebens‹!«

»Aye. Wenn du dich zur Erlösung deiner Seele unbedingt in

Whisky ertränken musst, dann darfst du dich hinterher nicht beschweren, wenn Ben Buckie das andere Bein auch noch amputieren muss, weil deine Seele so unerträgliche Schmerzen leidet.«

»Sehr witzig, Annie!«

Mit Blick auf all diese Dinge hielt Jamie es für sinnvoller, zunächst einmal nichts von seiner Hochzeit zu sagen und seine Eltern erst dann mit den Tatsachen zu konfrontieren, wenn er wieder an Bord der »Jervis Bay« und auf dem Weg nach China war.

Gleichzeitig würde er auch an Maria schreiben, dass sie ihren Eltern reinen Wein einschenken solle.

Jamie glaubte, dass die Familie di Bonelli im Grunde nicht grausam war; schon gar nicht, wenn es um die eigene Tochter ging. Sicher würden sie schnell darüber hinwegkommen, dass Maria heimlich geheiratet hatte und das Kind ihres Ehemanns erwartete. Jamie hatte die Eltern kennen gelernt und stufte sie eigentlich als nette, freundliche Leute ein. Natürlich fürchtete Maria sich vor der ersten Reaktion, aber wenn die Wahrheit einmal heraus war – dessen war sich Jamie sicher – würde sich alles nur noch um Maria drehen. Italiener liebten ihre Familie und waren ganz vernarrt in Kinder.

Am Tag vor seiner Abreise zum Rapport nach Invergordan und der anschließenden Weiterfahrt nach Rosyth, wo sein Schiff vor Anker lag, ging Jamie mit seinem Bruder Duncan und einigen Schlossgästen auf Auerhahnjagd. Als Junge hatte Jamie einen ausgesprochenen Widerwillen gegen den blutigen Jagdsport an den Tag gelegt, doch inzwischen war er nicht mehr ganz so abgeneigt. Vor allen Dingen wollte er keinesfalls in Duncans Augen – geschweige denn in den Augen von Andrew und Bruce – als Schlappschwanz dastehen. Seine Brüder galten als ausgezeichnete Jäger.

Rory war nicht in der Lage, die Jagdgesellschaft zu begleiten. Er saß mit seinem entzündeten Beinstumpf in der großen Halle von Glengarth und trank Whisky mit den Gästen, die ein gemütliches Feuer der Auerhahnjagd im Schnee vorzogen. Nüsse wurden geknabbert und Orangen geschält; Annie wusste sehr wohl, dass beides in Rorys Zustand Gift für ihn war, doch sie wollte nicht schon wieder an ihm herumnörgeln.

Man lauschte einer Sendung im Radio, die sich mit der kürzlich gegründeten Gesellschaft für gälische Sprache beschäftigte.

»Das wäre etwas für Annie«, sagte Rory und warf eine Apfelsinenschale ins Feuer. Sofort breitete sich ein sehr weihnachtlicher Duft aus. Weihnachten und Neujahr waren vorbei; in den nächsten Tagen würde der Schmuck abgenommen und der Christbaum in der großen Halle entfernt werden. Rory fand es immer schade, wenn die Feiertage vorbei waren; das Gefühl stammte noch aus seiner Kindheit, als die indischen Diener mit Kugeln und Kerzen an einer Palme einen Christbaum nachzuahmen versuchten. Natürlich war es nie dasselbe gewesen wie in der Heimat.

»Aye«, sagte Annie lächelnd, »als Nächstes lasse ich mich an der Grundschule von Drumbarry als Lehrerin für Gälisch einstellen und sehe zu, wie ich den Haushalt hier im Schloss in meiner Freizeit bewältige.«

»Gar keine schlechte Idee«, erklärte Rory augenzwinkernd, »so verdienst du dir wenigstens deinen Lebensunterhalt selbst.«

Sie wollte gerade eine Orange nach ihm werfen, als draußen im Flur heftiges Streiten zu hören war. Der schwere Vorhang zur Halle wurde beiseite gerissen und Duncan stürmte in den Raum. Jamie folgte ihm auf dem Fuß. Beide hatten sehr rote Wangen, aber ob das an der Kälte draußen auf dem Beinn Claidheamh Mor oder an ihrer Wut lag, konnte man im Moment nicht genau feststellen.

»Ich finde es unerträglich, dass du mich ständig vor den Treibern, den Dienern und sogar unseren Gästen einen Bastard nennst«, schrie Jamie hinter Duncan her und ließ achtlos seine Jagdtasche auf den Boden fallen.

»He, he«, versuchte Rory die Streithähne zu besänftigen, »hier drinnen sitzen auch Gäste ...«

Doch die Brüder achteten nicht auf ihn.

»Ich habe dich vor niemandem Bastard genannt«, sagte Duncan. Als er die Gäste und seine Eltern vor dem Kaminfeuer gewahrte, bemühte er sich um eine gewisse Unbekümmertheit.

»Doch, das hast du. Paul Lardy hielt sich in unmittelbarer Nähe auf und hat es gehört. Ich schwöre, wenn du so etwas noch ein einziges Mal tust, dann bringe ich dich um ...«

»Sachte, Jamie, sachte!« Annie stand von ihrer Handarbeit auf und setzte ein beschwichtigendes Lächeln auf, um vor den Gästen das Gesicht zu wahren. »So etwas sagt man nicht. Kommt erst einmal mit, ihr beiden. Und benehmt euch bitte wie menschliche Wesen.«

»Wenn du dich angesprochen fühlst, kann ich auch nichts ändern«, sagte Duncan mit frechem Grinsen. »Ich habe nur gesagt – ich zitiere – ›blöder Bastard‹, weil du den Vogel abgeschossen hast, hinter dem ich schon den ganzen Tag her war. Dabei habe ich mir absolut nichts gedacht!«

»Du lügst, Duncan. Du hast den Begriff absichtlich benutzt, um mich vor versammelter Mannschaft zu demütigen.«

Nun riss Annies Geduldsfaden. Sie packte die beiden Brüder und zerrte sie hinter den Vorhang. Zwar waren sie damit außer Sichtweite, aber man hörte Annie schimpfen.

»Wie könnt ihr es wagen, hier wie ein Haufen Barbaren hereinzustürmen? Ihr glaubt gar nicht, wie leid ich es bin, dass ihr euch ständig gegenseitig die Köpfe einschlagt ...«

»Nun, ich bin morgen wieder weg. Es wurde auch höchste Zeit.«

Der sonst so sanfte Jamie wütete weiter. Durch seine Jagdtasche tropfte Blut auf den teuren Aubusson-Teppich auf der anderen Seite des Vorhangs. Duncan trug zwar seine Tasche noch über der Schulter, aber auch sie tropfte.

Duncan grinste verschlagen.

»Ach, dann verschwindest du also wieder, ohne Vater und Mutter zu sagen, warum du eigentlich wirklich hier warst? Willst du ihnen nicht dein neues Faible für die Faschisten erklären?«

»Na und du? Du bist ein verdammter Kommunist und versuchst, die Gesellschaft zu unterminieren!«, konterte Jamie.

»Stopp!«, ging Annie dazwischen. »Hört jetzt beide sofort auf, hier herumzubrüllen, sonst setzt es wirklich noch eine Tracht Prügel. Ihr mögt zwar beide groß und fast erwachsen sein, aber glaubt ja nicht, dass mich das in irgendeiner Weise abhält!«

Duncan wandte sich an Annie. »Im letzten Jahr haben sich alle den Kopf darüber zerbrochen, ob es möglich ist, dass der englische König eine geschiedene Amerikanerin heiratet. Wie wäre es damit: Die Frau des zukünftigen Laird von Glengarth stammt aus einer Faschistenfamilie? Ach ja, Jamie, alter Junge – hast du dir schon einmal Gedanken gemacht, als was ihre Familie dich sieht? Du treibst dich mit der britischen Marine in ihren Gewässern herum. Für sie bist du nichts anderes als ein Spion, und dafür kriegen sie dich an den Hammelbeinen ...«

»Die ›Jervis Bay‹ musste repariert werden«, erklärte Jamie, der bleich geworden war.

»Aber das werden sie so nicht sehen, du Trottel. Es sind Faschisten! Du entsteigst einem britischen Schlachtschiff, das in italienischem Gewässer kreuzt und machst Maria den Hof oder was auch immer. So etwas macht ein Spion, Jamie. Sie werden dich für einen britischen Spion halten. Und hier wirst du als Sympathisant der Faschisten verurteilt. Meine Güte Jamie, komm doch endlich zur Besinnung – verstehst du nicht, was sie und ihre Familie da tun? Und was du tust?«

»So ein Quatsch, Duncan! Außerdem ist es jetzt sowieso zu spät. Maria und ich *sind* verheiratet.«

»Verheiratet? Wer ist verheiratet? Und was war das mit den Faschisten und den Spionen?«, fragte Annie völlig verständnislos, während sie sich immer noch bemühte, ihre Söhne davon abzuhalten, sich zu verprügeln. Wie konnten zwei so unterschiedliche Charaktere von ein und derselben Mutter geboren sein?

»Oh, Bruder!« Verzweifelt wandte Jamie sich zum Gehen, aber Annie hielt ihn zurück.

»Worüber redet ihr?«, fragte sie mit einer Stimme, die schon zu ihren Krankenschwester-Zeiten selbst den härtesten Soldaten zum Zittern gebracht hatte.

»Erzähl's ihr, Jamie«, forderte Duncan ihn verächtlich auf.

Annie zerrte an Duncans Ohr, obwohl sie sich dazu auf die Zehenspitzen stellen musste. »Und wer um alles in der Welt ist sie? Geht es um eine Katze?«

»Wenn du die Wahrheit hören willst, Mutter, dann musst du Jamie fragen.«

»Aber ich habe dich gefragt. Also, ich sage dir ... Kommt mit, ihr beiden. Wir besprechen das mit eurem Vater. Er wird schon mit euch fertig werden.«

Annie schleppte beide Söhne zu Rory. Die diskreteren Gäste machten sich auf Zehenspitzen davon, doch es gab auch einige, die sitzen blieben und interessiert auf einen Skandal warteten.

Annie war es egal. Sie hatte es einfach nur satt, und wenn es darauf ankam, würde sie die beiden hoch aufgeschossenen jungen Männer auch eigenhändig verprügeln. Rory wäre dazu sowieso nicht in der Lage.

»Duncan und Jamie haben uns etwas zu sagen, Rory. Du bist als Erster dran, mein Sohn.«

Sie schob Duncan vor seinen Vater. Duncan stellte plötzlich fest, dass er keine Stimme mehr hatte. Annie gab ihm einen Stoß in den Rücken.

»Na, los, Duncan, behalt es nicht für dich. Dein Vater und ich wüssten gern, was du über deinen Bruder zu sagen hast.«

»Jamie ist heimlich verheiratet«, murmelte Duncan verdrossen, »und zwar mit der Tochter eines Handlangers von Mussolini. Ihr Faschistenvater ist die rechte Hand des Duce.«

Selbst Duncan hätte sich den Eindruck nicht träumen lassen, den seine Worte auf die Eltern und die anwesenden Gäste machten. Im ganzen Raum herrschte eine tödliche Stille. Niemand bewegte sich. Noch nicht einmal Jamie, obwohl Annie sah, dass sein Unterkiefer zitterte. Jegliche Farbe war aus seinem Gesicht gewichen. In diesem schrecklichen Augenblick erinnerte er Annie mehr denn je an seinen Vater Lindsay.

Annie fürchtete sich vor dem, was Jamie seinem Bruder antun könnte, wenn er zum Äußersten getrieben wurde.

Rory schälte eine weitere Apfelsine und fragte mit gleichmütiger Stimme: »Hast du Beweise für deine Behauptung, Duncan? Wir wissen alle, dass du manchmal ziemlichen Blödsinn von dir gibst, was mich nicht weiter verwundert, wenn ich bedenke, wie viel Zeit du mutterseelenallein da oben im Ostturm verbringst.«

»Du brauchst Beweise? In meinem Besitz befinden sich zwei Briefe; einer ist von Jamie und einer von seiner italienischen Frau, die mit Maria Roskillen unterschreibt. Natürlich kannst du auch Cousin Marcus fragen. Oder Tante Kits. Aber ich kann dir auch italienische Zeitungen besorgen, in denen alles über die Verbindung zwischen Graf Alessandro di Bonelli mit Hitler und Mussolini steht.«

»Wie sind die Briefe und die Zeitungsausschnitte in deinen Besitz gelangt, Duncan?«

»Die Briefe hat Heather mir gegeben. Und dann habe ich an Vetter Marcus geschrieben, der mir die Artikel geschickt hat.«

»Was wollte er denn mit den Artikeln?«

Duncan zuckte die Schultern. »Was macht man schon in einem Sabbatjahr?«

»Ich frage dich, verdammt noch mal!« Rory hatte die Orange geschält und zur Seite gelegt, um sie später zu genießen. Gerade wollte er sein Whiskyglas erheben, stellte es aber sofort wieder ab. Ein äußerst schlechtes Zeichen!

»Marcus hat auf seiner Reise mit Jamie alles Mögliche gesammelt. Zeitungen, Zeitschriften, Postkarten, Andenken ...«

»Mit anderen Worten, du hast persönliche Briefe und Papiere aus dem Zimmer deines Bruders gestohlen, während er auf See war?«

»Aber er ist nicht mein wirklicher Bruder, nicht wahr?«

»Verdammt noch mal, Duncan!« Rory brüllte so laut, dass alle erschraken – sogar Monro, der hinter dem Vorhang lauschte. »Du kleiner, widerlicher Kriecher! Wenn ich noch den Stock meines Vaters hätte, ich würde jeden Zoll deines lügnerischen, betrügerischen, jämmerlichen, kleinen Lebens aus dir herausprügeln! Ekelhafter, kleiner Schmutzfink, dass du es überhaupt wagst, mich ...«

»Pst, Rory! Ganz ruhig Liebster!« Annie drückte Rory in seinen Stuhl zurück. »Er ist es nicht wert. Mit Duncan Hamish haben wir einen kleinen Teufel an unserer Brust genährt.«

»Mutter!«, sagte Jamie und trat einen Schritt nach vorn. Inzwischen hatten es alle Gäste vorgezogen, das Weite zu suchen. »Es ist nicht allein Duncans Schuld. Ich hätte schon früher etwas sagen sollen.«

»Da magst du wohl Recht haben«, sagte Annie und warf Jamie einen Blick zu, unter dem er in sich zusammensackte. »Und ich finde es ziemlich gemein von dir, uns so etwas anzutun. So, und weil jetzt anscheinend die Stunde der Wahrheit geschlagen hat, sollten wir auch die Mädchen holen, damit alle ihre schmutzige Wäsche in aller Öffentlichkeit ausbreiten können. Vor allen Dingen Heather!«

Annie warf Jamie einen zweiten, äußerst geringschätzigen Blick zu, ehe sie mit erhobener Stimme rief:

»Monro!« Zwar brauchte sie den Butler eigentlich nicht, aber sie wusste, dass er hinter dem Vorhang lauschte. »Würden Sie bitte die anderen Kinder holen?«

Hinter dem Vorhang ertönte ein Räuspern. »Natürlich, Mylady!«

»Ach, und noch etwas, Monro!«

»Ich höre, Mylady?«

»Räumen Sie bitte die Taschen mit den blutigen Vögeln weg.«

»Sehr wohl, Mylady.«

Monro kam eilig herbei und hob den auf dem Boden liegenden Beutel auf. Duncan reichte ihm seine Tasche.

Die Kinder kamen herunter. Die Mädchen setzten sich auf das Ledersofa, das soeben noch von den Hausgästen benutzt worden war, Andrew und Bruce nahmen auf dem aus Indien stammenden Tigerfell Platz. Jamie und Duncan standen nach wie vor ihrem Vater gegenüber. Jamie hatte die Hände starr hinter dem Rücken verschränkt und Duncan schwitzte – vielleicht weil er unmittelbar neben dem Feuer stand. Annie begann mit dem Verhör.

»Du bist dran, Jamie. Was sagst du zu den Anschuldigungen deines Bruders?«

»Er ist nicht mein Bruder!«, sagte Jamie trotzig.

»Jamie, ich warne dich!«

»Wenn du die ganze Wahrheit ans Tageslicht bringen willst, Mutter, wie wäre es dann, wenn du und Vater erst einmal eure Seite der Geschichte zum Besten gebt? Duncan und ich haben bisher alles nur von anderen gehört oder in der Familienchronik gelesen.« Zum ersten Mal war Jamie auf Duncans Seite.

»Nun gut«, sagte Annie, »wenn es denn sein muss! Hört gut zu, ihr Mädchen, damit euch nie so etwas passiert. Ich habe mein Herz und meinen Körper zunächst Jamies Vater und anschließend eurem Vater Rory geschenkt. Ich hatte nie einen Titel so wie ihr und besaß keinerlei Rechte. Schon gar nicht das Recht auf eine Adelshochzeit. Ich war nur ein einfaches Fischermädchen und hatte nie die Absicht, in die Welt der Lairds von Glengarth einzudringen. Aber nachdem es einmal geschehen war, habe ich mir meinen Titel verdient. Laird Lindsay und seine Frau konnten nach einem Reitunfall von Lady Iona, nach dem ein kleiner Sohn tot zur Welt kam, keine Kinder mehr bekommen. Alle Hoffnungen von Laird Lindsay auf einen legitimen Erben für Glengarth waren vernichtet. Nach Ionas Unfall war er ein gebrochener Mann – er hat seine Frau geliebt, ganz bestimmt. Er konnte es nicht akzeptieren, dass sie den Rest ihres Lebens im Rollstuhl verbringen musste. Und in diesem Augenblick trat ich in sein Leben. Lange, bevor ich euren Vater kennen lernte.«

Annie wandte sich ausdrücklich an ihre Töchter.

»Ich wurde Laird Lindsays Geliebte, weil seine Frau ihre ehelichen Pflichten nicht mehr erfüllen konnte.«

Annies Geständnis legte sich wie eine schwere Last auf die Seelen ihrer Kinder.

Marjorie, Dulcie und Heather waren nur eines einzigen Gedankens fähig: Ihre Mutter hatte sich verkauft.

Heather war die erste, die das Schweigen brach. »Hast du Jamies Vater geliebt?«

»Ja, Heather, ich habe ihn geliebt. Euer Vater Rory wusste das, als er in mein Leben trat. Aber es hat ihn nicht gestört. Lindsay war der Mann, den ich vor eurem Vater geliebt habe. Euer Vater hat mich aus der Sackgasse geholt, zu der mein Leben geworden war, und hat mir neue Chancen geboten.«

»Entschuldige, Mutter, aber war nicht Schwester Craig die Frau, die dir den Weg in ein neues Leben gewiesen hat?«, fragte Duncan mit der ihm eigenen Pedanterie.

Annie lächelte. »In gewisser Weise hast du Recht, Duncan. Es war Schwester Craig, aber auch dein Vater. Schwester Craig war die Hebamme, die das tot geborene Baby von Lindsay und Iona zur Welt gebracht hat, aber sie war auch meine Hebamme, als ich Jamie bekam. Jamie ist der Einzige von euch, der nicht hier auf Glengarth geboren ist. Nach Jamies Geburt ging ich auf ihren Rat hin in die Schwesternschule nach Edinburgh. Rory und ich haben uns erst drei Jahre später in Kingseat wiedergesehen. Er war schwer verwundet und ich war seine Krankenschwester. Er gab meinem Leben einen neuen Sinn. Es würde zu weit führen, jedes Detail zu erwähnen, aber eines möchte ich sagen: Über die Jahre hinweg entstand eine neue Liebe in uns beiden, die jedoch meine Liebe zu Jamies Vater nie herabsetzte. In Lindsay war ich verliebt, aber Rory liebe ich. Es ist ein großer Unterschied, ob man verliebt ist oder rückhaltlos liebt.«

Annie griff, von Gefühlen überwältigt, nach Rorys Hand.

»Dieser hier ist derjenige der beiden Brüder, den ich über alles liebe und der mir mehr bedeutet als die ganze Welt. Er hat mir meine Liebe in jeder Weise vergolten, und ihr Kinder seid der beste Beweis dafür.« Sie lächelte unter Tränen. »Wagt es nicht, uns je zu enttäuschen. Keiner von euch! Ich bin im Stande, euch auch noch dann eine Tracht Prügel zu verabreichen, wenn ihr fünfzig seid und ich auf halbe Größe zusammengeschrumpft bin!«

Die Mädchen kramten nach ihren Taschentüchern. Annie wandte sich an Lindsays Sohn und sagte: »Du bist dran, Liebes.«

»Das Gewölbe finde ich ganz schön gespenstisch«, sagte Jamie. »Aber Duncan kümmert sich um das Familienarchiv, und dafür sollten wir ihm eigentlich dankbar sein. Es war gut, dass du es mir gesagt hast – jetzt weiß ich wenigstens ganz sicher, dass ich Laird Lindsays unehelicher Sohn bin. Ich schäme mich dessen nicht. Und auch meine Mutter«, er warf Annie einen dankbaren Blick zu, »braucht sich nicht zu schämen. Aber eines möchte ich jetzt, da wir uns nichts mehr vormachen müssen, vor allem Duncan ans Herz legen: Diese Gruft ist ein sehr ungesunder Ort, an dem du besser nicht den Rest deines Lebens verbringen solltest. Was ich damit sagen will ist – Glengarth gehört dir, Duncan. Ich stelle keine Ansprüche.«

»Und?« Heather blickte ihren Halbbruder mit gerunzelter Stirn an. So ganz unglücklich war sie nun nicht mehr darüber, dass Duncan die Briefe behalten hatte. Jetzt kam wenigstens alles ans Licht. Sie fasste Jamie scharf ins Auge. »Und, Jamie?«

»Ach ja«, begann Jamie unsicher. Er hatte plötzlich einen Frosch im Hals.

»Maria!«, soufflierte Heather.

»Ach ja ...« Jamie scheute sich, das Thema zur Sprache zu bringen, nachdem sich die Wogen einigermaßen geglättet hatten. »Mutter, Rory ... oder darf ich dich doch weiterhin Vater nennen? Es würde mir leichter fallen.«

»Natürlich, mein Junge.« Rory griff nach dem mit dem Geist von Glengarth gefüllten Kristallglas. Das war immer ein gutes Zeichen. Er nahm einen tiefen Schluck vom Wasser des Lebens und streckte die Hand nach einer Zigarre und dem Cutter aus.

»Ich werde ebenfalls Vater.«

Eine erdrückende Stille folgte. Rory kappte statt der Zigarre versehentlich leicht seinen Finger. »Verdammt ...«, fluchte er, ohne dass man hätte erahnen können, ob er sein Missgeschick oder Jamies Vaterschaft meinte.

Annie ließ sich zwischen ihre Töchter auf die Couch fallen. Sie war fassungslos: Ihr kleiner Jamie sollte Vater werden?

»Wie bitte? Du wirst Vater? Du bist doch selbst kaum den Windeln entwachsen, mein Kleiner.«

»Maria war ein Mädchen, als ...«

»Was du nicht sagst! Und was ist sie jetzt? Ein Mann?«

Jamie trat unglücklich von einem Bein auf das andere.

»Ich traf sie während meiner Italienreise mit Vetter Marcus. Marcus kannte ihre Familie gut. Auch Tante Kits und Onkel Toby haben die di Bonellis kennen gelernt, als Marcus zu ihnen in Ferien fuhr und Antonio im Austausch nach Oakham Castle kam. Marias Familie ist sehr reich und einflussreich und lebt seit Jahrhunderten in Florenz.«

»So alt wie unsere Familie ist sie bestimmt nicht.« Rory konzentrierte sich auf seine verstümmelte Zigarre, um den blutigen Finger zu vergessen.

»Maria und ich haben im August geheiratet. Im Mai erwartet sie mein Baby.«

Nach einem weiteren, langen Schweigen brummte Rory: »Könntest du mich bitte daran erinnern, Annie, Toby beim nächsten Familientreffen zu erwürgen?«

Annie legte den Finger auf die Lippen. »Sei still, Rory. Lass uns lieber hören, was Jamie uns sonst noch zu sagen hat.«

»Nicht mehr viel, Mutter. Nur, dass Duncan Recht hat: Ich habe tatsächlich in eine Faschistenfamilie eingeheiratet und Maria ist außerdem römisch-katholisch. Sie ist wirklich schwanger und ich gehe demnächst zurück auf See und weiß nicht, was ich tun soll. Ich kann die Uhr nicht zurückdrehen. Das Einzige, was ich weiß, ist, dass ihre Eltern mich, sie und das Baby umbringen, wenn sie es erfahren.«

Jetzt musste sich auch Duncan auf das Tigerfell setzen. Er hatte

Jamie mit seinen Vermutungen, was passieren würde, wenn Marias Familie von der Hochzeit erfuhr, doch nur provozieren wollen. Nun merkte er, dass er der Wahrheit vermutlich sehr nahe gekommen war, und machte sich Sorgen um seinen Bruder. Jamie wirkte mit Tränen in den Augen absolut nicht alt oder reif genug, Vater zu werden.

Annie stand auf, ging zu ihrem Ältesten und strich ihm über die Wange.

»Liebster Sohn, du hättest viel früher damit zu deiner, zu unserer Familie kommen sollen. Es war nicht notwendig, allein zu leiden. Auch Duncan hätte in all den Jahren nicht allein leiden müssen. Rory und ich hatten doch nicht die geringste Ahnung von dem, was hier vorging! Aber das ist sicher zu einem Großteil unser eigener Fehler. Wir haben viel zu viel Zeit damit verbracht, uns nach dem Krieg um Glengarths Aufbau zu kümmern. Niemand hat uns beigebracht, wie man zu Eltern wird – versteht ihr? Das geht nicht automatisch, und du wirst es bald selbst merken, Jamie. Rory und ich wollten bestimmt nicht, dass du und Duncan euch als Außenseiter fühltet; du, weil du unehelich geboren bist, und Duncan, weil er sich immer nur für den Zweitbesten hielt. Ich bin froh, dass wir es jetzt endlich geschafft haben, offen miteinander zu reden. Spät, aber hoffentlich noch nicht *zu* spät. Was wir alle daraus lernen sollten, ist: Wir sollten nie mehr Geheimnisse voreinander haben.«

Jamie fiel ein ungeheurer Stein vom Herzen. Warum hatte er sich nicht schon viel früher seiner Mutter anvertraut? Heather war ein lieber Kerl, aber doch noch viel zu jung, um etwas von Liebe und heimlichen Beziehungen zu verstehen.

Annie war aufgestanden und ließ ihren meergrünen Blick über die Familie schweifen.

»*Jeder* von euch ist ein einmaliges, ganz besonderes Individuum, und alle zusammen bilden wir eine einmalige, ganz besondere Familie. Sie ist vergleichbar der in Segmente aufgeteilten Apfelsine, die euer Vater gerade mit großem Appetit verzehrt. Ach Jamie, du hättest Rory und mir viel früher von Maria erzählen sollen.«

»Ich wollte wirklich, ich hätte es getan. Ein paar Mal habe ich einen Anlauf genommen, aber dann lief es nicht so, wie ich wollte. Manchmal bin ich ziemlich feige. Aber wie auch immer, Duncan hat Recht: Ich habe keinen Anspruch auf Glengarth. Ich habe viele Jahre darüber nachgedacht. Du, Mutter, und mein wunderbarer Adoptivvater ...«, Jamie hielt Rory beide Hände entgegen, »... ihr habt bis zum Umfallen dafür gekämpft, dass dieses große Mausoleum nicht nach und nach ins Meer hinunterbröckelt. Ich glaube nicht, dass ich genügend Mut und Cleverness habe, euren Job zu übernehmen. Sicher, Laird Lindsay war mein Vater, aber du bist meine Mutter und Rory eigentlich mein Onkel; das Leben ist kompliziert und ich sage danke für alles – aber *nein danke* zu Glengarth. Duncan kann das Schloss gerne haben. Ich weiß von deinen anwaltlichen Ambitionen, Duncan. Du bist genau der Richtige für Glengarth, du wirst ihm gut tun. Glückwunsch – und möge dein Schornstein lange rauchen!« Jamie hatte dabei das Glas seines Vaters genommen und mit diesem alten schottischen Sprichwort seinem Bruder lächelnd zugeprostet. Er war jedoch wieder vollkommen ernst, als er sagte:

»Auf dich und deine Zukunft, Duncan! Ich, James Scott Beauly Roskillen, schwöre am heutigen Tag vor euch allen als Zeugen, dass ich keinerlei Anspruch auf Glengarth erhebe, selbst wenn ich ihn laut meinem etwas umstrittenen Adoptivdokument aus dem Jahr 1918 haben sollte.«

Zum ersten Mal fehlten Duncan wirklich die Worte.

»Aber warum, Jamie?« Heather war aus allen Wolken gefallen und konnte seinen Entschluss offenbar nicht verstehen. »Hat Duncan dir nicht von der Gesetzesänderung von 1926 erzählt, die auch uneheliche Kinder nicht mehr von der Erbfolge ausschließt? Du musst doch an die Zukunft denken und dein Erbe für dein und Marias Kind sichern!«

»Ich glaube nicht, Hetty.«

»Warum nicht?«

»Weil ich, liebste Schwester und treue Briefpartnerin, mich nicht so nach Glengarth verzehre, wie Duncan es tut. Er kann es gerne haben. Ich möchte mein eigenes Leben mit Maria und unserem Kind führen und uns eine eigene Zukunft aufbauen.«

»Natürlich ist sie hier jederzeit herzlich willkommen«, warf Annie ein, die den Entschluss ihres Erstgeborenen bewunderte und rückhaltlos billigte. »Vor allem, wenn ihre Eltern die Situation nicht akzeptieren wollen. Natürlich müssen wir die Wünsche ihrer Eltern berücksichtigen; schließlich sind sie die Eltern der Braut und der werdenden Mutter.«

»Danke, Mutter. Sehr lieb von dir. Du hast Recht: Als Nächstes muss ich mit der anderen Seite der Familie klarkommen, und das liegt mir schwer im Magen.« Jamie lächelte hilflos. Vor ihm lag ein weiteres Hindernis, das es zu überwinden galt. Aber allmählich gewöhnte er sich daran. Die Auerhahnjagd mit Duncan auf den Fersen hatte sicher auch dazu beigetragen.

Aber er war es gewesen, der dabei schließlich im wahrsten Sinne des Wortes den Vogel abgeschossen hatte, und das, obwohl sein Bruder ein erheblich geübterer Jäger war! Ein bisschen stolz darauf war er schon. Mit wirklichem Stolz aber erfüllte ihn die Tatsache, dass er endlich den Mut gefunden hatte, seinen Eltern die Wahrheit zu gestehen. Einen Brief zu hinterlassen wäre wirklich feige gewesen – wie hatte er nur auf eine solche Idee kommen können?

Duncan stand auf. Sofort erkundigten sich alle, wo er hingehen wolle.

»In Duncans Turm, wohin sonst? Und ihr braucht euch wirklich keine Sorgen zu machen, dass ich Feuer lege. Ich bringe die Familienchronik auf den neuesten Stand. Was glaubt ihr wohl, was ich die ganze Zeit da oben gemacht habe? Ich habe das Vermächtnis von Glengarth gepflegt, weil es für uns und die nachfolgenden Generationen wichtig ist. Sämtliche Familiendaten habe ich zusammengestellt; aber unsere Geschichte geht weiter und so muss sie auch weiter festgehalten werden. Dieses Mal geht es um Jamie und Maria, die nach dem indischen Abenteuer unseres Großvaters ihren Anteil Italien in unser Leben einbringt. Ist euch übrigens aufgefallen, dass die schwarzen Schafe in unserer Familie immer James heißen? Ich jedenfalls werde nie eines meiner Kinder James nennen. Auf dem Namen liegt ein Fluch wie auf Vaters Spazierstock.«

»Den mir Jamie übrigens ausgeredet hat. Ich besitze ihn nicht mehr«, warf Rory dazwischen.

»Sehr gut. Mir kommt es vor, als wäre der Fluch dieses Sadhu ziemlich machtvoll gewesen.«

Rory fühlte sich plötzlich sehr matt. Dass Duncan und Jamie sich endlich vertragen hatten, war wie die Heilung einer großen, schmerzhaften Wunde. Leider hatte er selbst mit seinem Bruder nie eine solche Chance bekommen.

»Annie, würdest du bitte einmal einen Blick unter diese Bandagen werfen. Mir geht es nicht gut – ganz und gar nicht gut.«

Annie blickte entnervt zu ihren Töchtern hinüber. Sie kannte dieses Betteln um Aufmerksamkeit bei Rory nur allzu gut – er fühlte sich niemals wohl, wenn jemand anders als er selbst im Mittelpunkt des Geschehens stand.

»Du sitzt viel zu nah am Feuer. Wenn du ein kleines Stück beiseite rückst, wird es dir besser gehen und du wirst auch nicht lebendig geröstet. Hast du Duncan noch etwas zu sagen, bevor du ihm wie angekündigt die Seele aus dem Leib prügelst?«

Rory musterte seine Kinder mit sanftem Blick.

»Er sollte aus seinen anwaltlichen Fähigkeiten endlich etwas Vernünftiges machen. Oder um Lizzie zu zitieren: Wir könnten ein bisschen Hilfe durchaus gebrauchen. Immerhin bin ich im Vorstand der DAL und wir suchen händeringend nach guten Juristen. Also – willkommen an Bord, mein Sohn!« Rory hob Duncan sein Glas entgegen.

»Hast du auch Jamie etwas zu sagen? Er geht morgen auf sein Schiff zurück.« Annie gab die vollendete Moderatorin.

»Meinen Segen hat er! Genau wie seine italienische Frau und mein in der Herstellung befindliches Enkelkind – oder ist es Lindsays Enkelkind? Meine Güte, in diesen komplizierten Familienverhältnissen bin ich völlig verloren! Du darfst deine kleine Familie nach Glengarth bringen, wann immer du möchtest, Jamie – aber lass Mussolini und Hitler bitte da, wo sie hingehören!«

»Danke, Vater«, sagte Jamie leise.

»Bitte sehr.«

Rory schloss die Augen, öffnete sie aber sofort wieder, weil Duncan und Jamie Anstalten machten, das Zimmer zu verlassen.

»Bleib doch noch ein bisschen hier, Jamie, ehe du wieder auf dein Schiff und zu deiner uns noch unbekannten italienischen Frau verschwindest. Und du auch, Duncan, bevor du auf deinen Turm steigst und dein Haar herunterlässt – ach nein, das war ja Rapunzel! Kann irgendwer von euch Klavier spielen, singen und tanzen? Mir ist irgendwie heute Abend nach Show zumute!«

Natürlich sprangen Marjorie und Dulcie sofort auf.

Dulcie übernahm die Regie. »Heather und Mutter können sich am Klavier abwechseln. Bruce reißt an der Tür die Eintrittskarten ab, Andrew wird Platzanweiser. Du bist unser ganz besonderer Gast, Vater. Jamie souffliert und Duncan schreibt die Rezension, die morgen in der Sonntagsausgabe des ›Scotsman‹ erscheint.«

»Und was macht ihr beiden Mädchen?«

»Wir sind die Schauspielerinnen, Papa!«

»Welches Stück wird gegeben?«

Die Zwillinge berieten sich kurz, dann antwortete Dulcie: »Wir führen das Stück auf, das Marge und ich kürzlich in der Schauspielschule gelernt haben und das demnächst im Theater von Edinburgh gespielt wird ...«

»Ja?« Rory rieb sich neugierig die Hände. »Was wäre das?«

»Es geht um Heinrich den Achten und seine sechs Frauen ...«

Rory stöhnte auf, während seine beiden großen Söhne schadenfroh wie die Wasserspeier auf den Zinnen von Glengarth grinsten. »Ach, nein, tut mir doch so etwas nicht an!«

»Warum denn nicht, Vater?«, erkundigte sich Duncan, ohne den ironischen Unterton zu verhehlen. »Zwischen dir und Heinrich dem Achten gibt es unübersehbare Parallelen. Zum Beispiel sein

Schlachtengetümmel und deine Seeschlacht vor dem Skagerrak. Oder seine vielen Geliebten und deine Elly, Lizzie, Charis und Leonora, um nur ein paar von ihnen zu nennen. Leugne es nicht – wahrscheinlich hattest du noch Dutzende andere! Genau wie er hast du die Frau deines Bruders geheiratet und warst der Vater eines illegitimen Kindes – in diesem Fall Jamie. Oh, ich weiß, du hast ihn nicht gezeugt, aber du hast ihn all die Jahre hindurch wie einen eigenen Sohn behandelt. Zu deinen Gunsten nehmen wir einmal an, dass es keine weiteren gibt. Aber es geht noch weiter, Vater: Zum Beispiel isst und trinkst du mehr als gut für dich ist, bist allen Genüssen gegenüber aufgeschlossen wie Heinrich der Achte ...«

»... und lasse wie er Buckingham enthaupten!«, grinste Rory und fügte an die Zwillinge gewandt hinzu: »Spielt ihr alle sechs Frauen dieses Monsters?«

»Nein, nur Anne Boleyn und ihre Schwester Mary, die Heinrichs Geliebte war und ein Kind von ihm hatte. Erst danach heiratete er Anne Boleyn, die ihm Elizabeth die Erste gebar, der übrigens nach der Enthauptung ihrer Mutter die Legitimität aberkannt wurde. Als Königin von England ließ Elizabeth später Mary Stuart, die Königin der Schotten, hinrichten und ...«

»Oh, dann geht es also eigentlich um ein ganz normales Familienleben?«, witzelte Rory.

»Du hast es erfasst, Vater. So, und jetzt sei bitte still, wir müssen uns vorbereiten. Oder willst du etwa den ganzen Abend dasitzen und respektlose Kommentare von dir geben?«

Rory warf einen Blick auf die große Uhr aus Ebenholz und Gold, die vernehmlich tickend auf dem Kaminsims thronte. Er hatte sie von seinem Vater geerbt; nach seinem Tod war sie von Indien nach Glengarth gebracht worden. Für Rory verband sich mit dieser Uhr für immer die Erinnerung an den schrecklichen Verlust, den er als kleiner Junge erlebt hatte: an den Tod seiner Mutter, deren Leiche man wie einen Fisch auf Eis kühlen musste ...

Rory bekam noch immer eine Gänsehaut, wenn er die Uhr ansah, die ihm mit ihrem lauten Ticktack die Sekunden seiner eigenen

Sterblichkeit vorzählte. Ärgerlich war nur, dass sie nie stehen blieb und ausgesprochen genau ging – Rory pflegte seine Taschenuhr nach dem hässlichen Relikt aus seiner indischen Vergangenheit zu stellen. »Wann soll denn die Vorstellung beginnen?«, erkundigte er sich bei seinen Töchtern.

»Wann du möchtest, Vater. Wenn die Bühne fertig ist. Vielleicht legt uns Paul Lardy eine Rampe in den Flur, dann können wir den Trennvorhang als Bühnenvorhang benutzen.«

Die Damen des Hauses Roskillen wuselten in Vorbereitung des großen Ereignisses eifrig hin und her. Einer nach dem anderen ließen sich auch die Hausgäste wieder blicken. Auf keinen Fall wollte man sich etwas entgehen lassen – in Glengarth wurde es wirklich niemals langweilig!

»Haben wir noch Zeit, eine Einladung nach Hamilton House zu schicken?«, fragte Rory plötzlich. »Wir könnten doch Aeneas und die Tanten bitten, uns anlässlich einer Sondervorstellung mit ihrer Anwesenheit zu beehren ...«

Sein Vorschlag fand begeisterte Zustimmung. Die Jungen begannen, Stühle aufzustellen und Annie räumte ihre Stickerei beiseite, um sich mit Heather der Auswahl passender Klavierstücke zu widmen.

Plötzlich erklang Rorys volltönende Stimme. Ganz ohne musikalische Begleitung sang er lauthals.

Mein Schatz ist wie die Rose schön
Die Sommers blutrot blüht.
Mein Liebchen ist wie Jubeltön'
Von einem heitren Lied.

Du bist so süß, mein schönes Kind
Ich liebe dich so sehr.
Ich lieb dich sicher immer noch
Wenn trocken ist das Meer.

Annie schloss die Augen und atmete in tiefen Zügen die Wohlgerüche von Glengarth ein: Farn und Heidekraut und den Geruch des taufeuchten Grases, der regennassen Erde sowie des nebligen Berges und der salzigen See. Und tief in ihrem Herzen nährte sie das Wissen, dass auf den verschwiegenen Lichtungen der undurchdringlichen Wälder immer Blumen blühen werden.

EPILOG

Nur einundzwanzig Jahre nach dem großen Krieg, den man für den letzten hielt, beginnt 1939 wieder ein Krieg in Europa. Auf den Straßen verkaufen Verwundete und invalide Soldaten, die auf den Schlachtfeldern Flanderns ihr Armageddon erlebt haben, Millionen roter Mohnblumen.

Nach seinen Erfahrungen im ersten Krieg weiß Rory, dass es auf die Dummheit und Herzlosigkeit von Politikern, Führern und Diktatoren keine wirkliche Antwort gibt: Ein Ende der Mohnblumen ist nicht leider abzusehen. Und obwohl sie es besser wissen müssten, fügen sich die Wähler in aller Welt dem Diktat der von ihnen Gewählten – und es gibt nichts, was man dagegen machen kann! Als ob sie Soldaten wären, die dem Befehl eines Vorgesetzten gehorchen, auch wenn der Vorgesetzte nur ein entlaufener Irrer ist, der sich General, Admiral oder Minister nennt. Rory wird zum ausgesprochenen Kriegsgegner. Er und Annie nehmen an jeder Anti-Kriegs-Kampagne teil.

In diesem Krieg ist Jamie derjenige, der unter der Politik zu leiden hat. An Bord der »HMS Jervis Bay« begleitet er Konvois über den Atlantik. Es ist eine gefährliche Mission; Rory, Ackker und Gamin können aus eigener Erfahrung ein Lied davon singen und machen sich große Sorgen.

Annie, die im Ersten Weltkrieg zur Krankenschwester ausgebildet wurde, beginnt 1940 beim Roten Kreuz zu arbeiten. Dabei verfolgt sie eigene Ziele. Maria und das inzwischen dreijährige Enkelkind sind verschwunden. Ihre Spur verliert sich im kriegsgeschüttelten Neapel. Annie setzt alles daran, ihre italienische Schwiegertochter und das Enkelkind zu finden – nicht nur um ihrer selbst willen, sondern auch wegen Jamie, der ebenfalls kein Lebenszeichen von Frau und Kind hat.

Als Griechenland im November 1940 die Angriffe Italiens zurückschlägt und die »Jervis Bay« bei der Verteidigung eines Atlantikkonvois gegen das deutsche Schlachtschiff »Admiral Scheer« schwer getroffen wird, erträgt Annie die Ungewissheit nicht länger. Sie entschließt sich, dem Weg zu folgen, den ihr Sohn auf seiner großen Italienreise genommen hatte, um möglicherweise so auf Marias Spur zu kommen. Annie, die nie im Leben ihr Land verlassen hat, reist von Florenz nach Neapel. Ihr offizieller Auftrag ist die Versorgung von Lazaretten mit Nachschub; gleichzeitig jedoch sucht sie entschlossen nach der Schwiegertochter und dem Kind, die sie beide noch nie gesehen hat.

Ehe Annie nach Italien aufbricht, schreibt sie ihrer Schwägerin Kitty auf Oakham Castle:

»Meine Friedensmission muss *einfach Früchte tragen! Ich bringe für das Rote Kreuz Verbandmaterial nach Italien, und meine Töchter helfen mir dabei. Wir sind alle in der Lage, Lastwagen zu fahren; schließlich haben wir viel Erfahrung mit den Traktoren von Glengarth. Auch mit den Kesseln, Turbinen und Generatoren aus Rorys Brennerei kennen wir uns aus. Dulcie, Marjorie und Heather sind mir wirklich eine große Hilfe, genau wie die Foxton-Damen Daisy, Dainty und Dolly. Manchmal wünschte ich, Susan-Jenny wäre noch bei uns, aber sie führt jetzt ein neues, ganz anderes Leben. Es ist wirklich erstaunlich!*

Susan-Jenny hat sich zu einer Vorreiterin in der Luftfahrt entwickelt. Sie ist schon mit den allerbesten Leuten geflogen, unter anderem mit Amy Johnson. Lizzie wäre gelb vor Neid! Erstaunlich ist auch, wie sehr Jenny seit Lizzies Tod aufgeblüht ist. Sie hat ohne Probleme die Verantwortung für das riesige Ölimperium und sämtliche daraus entstandenen Gesellschaften übernommen. Und dabei hatte man sie jahrelang wenn nicht sogar für geistesgestört dann jedoch für unfähig gehalten, Verantwortung zu übernehmen!

Duncan ist kürzlich als Abgeordneter für Midlothian ins Parlament gewählt worden, kannst du dir das vorstellen? In seinem jugendlichen Alter!

Aber jetzt sind es vor allem die Frauen von Glengarth, die starken Frauen von Glengarth, die sich beweisen müssen. Wir reagieren mit Mitleid auf Brutalität und gehen einfach weiter, ohne uns umzudrehen, wenn wir mit Feindschaft konfrontiert werden. Wir werden den so genannten ›Fluch von Glengarth‹ überwinden und zeigen, dass wir ebenso dazu fähig, wenn nicht sogar besser dafür geeignet sind als die schon wieder in einen Krieg verwickelten Männer, ein großes schottisches Anwesen zu führen.«

Annie hat ihren großen Eifer schon sehr oft unter Beweis gestellt, und ihre Kinder necken sie deshalb häufig. Weder der Duce noch Hitler, General Franco oder die Familie di Bonelli, und schon gar nicht der »Fluch von Glengarth« können ihr etwas anhaben.

Aber wer wird nach Rory die Herausforderung annehmen?

Duncan nimmt an, dass er der Nächste in der Reihe ist, nachdem Jamie auf alle Ansprüche verzichtet hat. Doch derjenige, der Glengarth übernimmt, muss über viel Kraft verfügen. Und genau hier liegt Annies Dilemma. Sie traut es keinem ihrer Söhne und nur einer ihrer Töchter zu: Heather.

Doch auch Annie selbst kann die Lairdschaft übernehmen, falls Rory etwas passieren sollte. Im schottischen Gesetz gibt es keinen Paragraphen, der sie von der Erbfolge ausschließt. Selbst der Staatsanwalt John Pemberton-Fookes hat ihr zugesichert, dass Lindsays Vermächtnis *ihr* Erbe ist, das sie in Jamies Namen verwalten darf. Und auch Rorys Vermächtnis ist ihr Erbe, das sie im Namen von Duncan, Dulcie, Marjorie, Andrew, Bruce und Heather verwalten kann.

Also – wo wird die nächste Generation der Roskillens hingehen?

Wer weiß das schon?

Annies Hoffnung liegt im Wunder der Erneuerung.

INHALT

Spannend – und wunderbar romantisch

Sommer 1939: Die siebzehnjährige Roslin verbringt die Ferien auf Orca, einer der Scilly-Inseln südlich von Lands End. Wie jedes Jahr besucht sie ihre einzigen verbliebenen Verwandten. In diesem Sommer ist jedoch alles anders. Sie und die gleichaltrige Cousine Abigail verlieben sich in »Pater Luke«. Er hat zusammen mit einigen Dominikanerbrüdern ein Haus auf der Insel gemietet. Bald wird klar, dass die angeblichen Mönche zum englischen Geheimdienst gehören. Als Luke schließlich Ros seine Liebe gesteht, kann sie ihr Glück kaum fassen. Aber Abigail steht zwischen ihnen ...

ISBN 3-404-14913-0

BASTEI LÜBBE